2002
올해의

문제
소설

현대문학 교수 350명이 뽑은

2002 올해의
문제
소설

한국현대소설학회엮음

푸른사상

2002년 올해의 문제소설 선정 경위

'2002 올해의 문제소설'이 선정된 경위는 다음과 같다. 학회의 위촉을 받은 고려대·숭실대·아주대·이화여대 4개 대학원의 석·박사 과정에 재학중인 현대소설 전공 학생들이 중심이 되어 1년 동안 전 작품에 대하여 세미나 형식을 통해서 예비적인 검토 작업이 진행되었다. 2000년 1월, 4월, 7월, 10월 네 차례에 걸쳐 종합 세미나가 개최되었고, 이메일을 통한 작품 평가도 동시에 이루어졌다. 대상작품은 2000년 11월부터 2001년 10월까지 월간지·계간지·무크지 등의 문예지를 통해 발표된 중·단편 소설이다. 〈문학사상〉, 〈현대문학〉, 〈동서문학〉, 〈작가세계〉, 〈창작과 비평〉, 〈세계의 문학〉, 〈문예중앙〉, 〈21세기문학〉, 〈문학동네〉, 〈내일을 여는 작가〉, 〈실천문학〉, 〈한국문학〉, 〈문학과 사회〉, 〈라쁠륨〉 등 14개의 문예지에 게재한 중·단편 소설 전부를 대상으로 하여 그 중에서 문학성이 뛰어나다고 생각되는 작품, 혹은 문제성을 내포한 작품을 선정하여 세미나의 자료로 삼았다. 대상이 된 작품명은 다음과 같다.

성석제, 「황만근은 이렇게 말했다」(동서문학, 2000년 겨울), 김문수, 「김동만전」(동서문학, 2000년 겨울), 이승우, 「검은 나무」(작가세계, 2000년 겨울), 최인석, 「모든 나무는 얘기를 한다」(창작과 비평, 2000년 겨울), 신경숙, 「부석사」(창작과 비평, 2000년 겨울), 배수아, 「우이동」(세계의 문학, 2000년 겨울), 김연수, 「호모 사피엔스 사피엔스」(문예중앙, 2000년 겨울), 허은희, 「틀니」(자유문학, 2000년 겨울), 이인화, 「려인」(작가세계, 2000년 겨울) 구효서, 「세상은 그저 밤 아니면 낮이고」(문학사상, 2001년 3월), 공선옥, 「정처없는 이 발길」(창작과 비평, 2001년 봄), 박완서, 「그리움을 위하여」(현대문학, 2001년 2월), 송하춘, 「그해 겨울을 우리는 이렇게 보냈다」(문학사상, 2001년 2월), 전상국, 「한주당, 유권자 성향 분석 사례」(문예중앙, 2001년 봄), 김경욱, 「선인장」(문학사상, 2001년 4월), 김인숙, 「원더풀 투나잇」(문학동네, 2001년 봄), 송하춘, 「바다 이야기」(내일을 여는 작가, 2001년 봄), 김하기, 「미귀」(실천문학, 2001년 봄), 서하진, 「비밀」(현대문학, 2001년 2월), 박성원, 「우리는 달려간다 이상한 나라로」(현대문학, 2001년 3월), 이혜경의 「일식」(문학동네, 2001년 봄), 이현수, 「미노」(작가세계, 2001년 봄), 송영, 「성자의 그늘」(문예중앙, 2001년 여름), 조경란, 「동시에」(동서문학, 2001년 여름), 함정임, 「치사」(동서문학, 2001년 여름) 강석경, 「관」(현대문학, 2001년 6월), 천

운영, 「눈보라콘」(창작과 비평, 여름) 이수경, 「넉넉함을 위하여」(라 뿔륨, 2001년 여름), 배수아, 「시취」(창작과 비평, 2001년 가을), 김성아, 「아무도 증명할 수 없는 나」(문학사상, 2001년 9월), 현길언, 「천관정」(문학사상, 2001년 9월), 홍희담, 「김치를 담그며」(실천문학, 2001년 여름), 고종석, 「아빠와 크레파스」(동서문학, 2001년 가을), 공지영, 「할머니는 죽지 않는다」(문학사상, 2001년 8월), 박범신, 「빈방」(문학사상, 2001년 7월), 엄창섭, 「몸의 예술가」(문예중앙, 2001년 가을), 김인숙, 「밤의 고속도로」(동서문학, 2001년 여름)

　　다시 현대소설 전공 교수들의 개인적인 추천을 거쳐 최종적으로 올해의 문제 작품으로 선정된 작품은 다음과 같다.

　　강석경, 「관」(현대문학, 2001년 6월)
　　공지영, 「우리는 누구이며 어디서 와서 어디로 가는가」(21세기 문학, 2000년 겨울)
　　구효서, 「세상은 그저 밤 아니면 낮이고」(문학사상, 2001년 3월)
　　김하기, 「미귀」(실천문학, 2001년 봄)

박정규, 「에코르체 혹은 보이지 않는 남자」(세계의 문학, 2001년 가을)

서하진, 「비밀」(현대문학, 2001년 2월)

송하춘, 「그해 겨울을 우리는 이렇게 보냈다」(문학사상, 2001년 2월)

윤후명, 「나비의 전설」(작가세계, 2001년 가을)

이승우, 「검은 나무」(작가세계, 2000년 겨울)

이혜경, 「일식」(문학동네, 2001년 봄)

조경란, 「동시에」(동서문학, 2001년 여름)

천운영, 「눈보라콘」(창작과 비평, 2001년 여름)

이외에 박완서의 「그리움을 위하여」, 신경숙의 「부석사」, 성석제의 「황만근은 이렇게 말했다」, 최인석의 「모든 나무는 얘기를 한다」, 김윤영의 「철가방 추적사건」, 공선옥의 「정처 없는 이 발길」, 박정애의 「어느 사회주의자의 연인」, 강영숙의 「청색 모래」, 이인화 「려인」 등이 많은 회원들의 강력한 추천을 받은 작품들이지만 이미 다른 곳에서 수상 작품으로 결정되었거나, 단행본 출간계획으로 게재하지 못한 아쉬움이 있다.

이렇게 선정된 작품들은 해설위원들에게 넘겨져 평이한 해설이 첨부되어 있다. 작품을 읽고 난 뒤에 이 해설을 읽으면 소설을 보다 명쾌하게 이해하리라고 생각한다. 현직 교수들이 '소설의 이해'를 강의하는 수준으로 썼기 때문에 작품을 이해하는 데 도움이 되리라 생각한다. 실제로 전국의 대학에서 이 『올해의 문제소설』을 부교재로 채용하는 경우가 많다고 한다. 소설의 예를 들기에 아주 적당한 소설집이기 때문이다.

　끝으로 이 소설집을 읽고 좋은 의견 주시기를 바란다. 한국현대소설학회는 여러분의 사랑과 성원으로 나날이 성장하고 있다. 홈페이지(http://fiction.web.edunet4u.net)로 방문해 주셔서 게시판에 글을 올려 주었으면 한다. 여러분의 질책과 충고를 고맙게 받아들여 내년에는 더 좋은 소설집을 만들기 위해 최선을 다할 것을 다짐한다.

2002년 1월

2002 올해의 문제소설 선정위원

2002 올해의 문제소설

차례

2002 올해의 문제소설

차례

관(觀)

강 석 경

1951년 대구 출생.

1974년 〈문학사상〉으로 등단.

소설집 『밤과 요람』 『숲속의 방』,
장편소설 『가까운 골짜기』 『세상의 별은 다 라사에 뜬다』
『내 안의 깊은 계단』 등이 있음.

관(觀)

강석경

레스토랑 내부—낮

실내는 어둡고 한 쌍의 남녀가 차지한 식탁만 조명을 받은 듯 드러나 있다. 두 사람이 자리잡은 식탁엔 음식이 담긴 접시가 놓여 있다. 둥근 식탁이지만 두 사람은 거의 나란히 앉아 있다. 긴 생머리를 곱창리본으로 묶은 여자는 눈을 가늘게 뜨고 남자를 주시하고, 남자는 접시를 밀어놓은 채 허공을 보며 독백하듯 무어라 말한다. 여자가 순간 그의 입술에 재빠르게 입맞춤한다. 남자의 입에 닿은 여자의 뾰족한 입술.

남자는 주춤하다 여자의 시선을 의식하며 다시 말을 계속하는데 여자가 또다시 남자 입에 입맞춤한다. 사랑스러워 못 견디겠다는 듯. 순간 낭패한 표정으로 무력하게 하얀 식탁보를 바라보는 남자. 남자의 시선을 따라가는 카메라, 흰 식탁보 클로즈 쇼트.

눈부시게 흰 식탁보가 쏟아진 물감처럼 시야에 번진다. 밝고 부드러운 빛이 포대기같이 그를 감싸는 듯하다. 그에게 입맞추던 여자도 사라져, 안도하며 빛의 공간을 유영하는데 눈이 시리게 흰 삼파장 형광등이 눈에 들어왔다. 책꽂이의 책들과 책상, 빛들이 은하수처럼 흐르는 컴퓨터 화면이 그의 동공에 스쳐가자 관(觀)은 꿈을 꾼 것을 알았다. 불을 켜둔 채 잠이 들었나 보다.

관은 눈을 뜨려다 몽롱한 상태로 뒤돌아 누웠다. 선잠에서 깬 탓에 눈꺼풀이 무거웠다. 다시 어둠 속에 숨죽이고 있으려니 꿈에 본 O의 모습이 보름달처럼 떠올랐다. O가 달처럼 그를 쫓아오고 있었다. 둥근 식탁에서도 나란히 앉아 있었지만 무언가 어긋나 보이던 두 사람, 관이 시나리오라고 생각한 장면들은 꿈이었다.

관과 O가 식탁에서 거의 나란히 앉은 것은 얼굴을 마주보지 않기 위해서가 아닐까. 관은 꿈에서 혹은 시나리오에서 무슨 말을 했던 것일까. 관은 앞을 바라보며 감상 없이 말하고자 했다. 내가 너와 잤던 것은 커피숍을 지나가다 커피냄새를 맡고 한 잔 커피를 마신 것과 다를 바 없는 것이라고, 너를 싫어하지야 않았겠지만 좋아했다고도 말할 수 없다고. 다소 위악적이지만 위선보다는 위악이 진실에 가깝지 않을까.

그러나 여자는 삼치처럼 뾰족하게 입을 내밀고 재빨리 입맞춤을 했다. 먹이를 낚아채듯. 관은 생각과는 달리 너를 조금은 좋아했다고 말했을지 모르겠다. 여자들은 의미부여를 좋아하고 상대의 가슴에 담긴 제 존재의 의미는 자존심을 살리니까. 그렇다고 관이 O의 자존심을 살려주려고 그랬다는 뜻은 아니다. 군이 알릴 필요가 없는 진실은 가슴에 묻어두는 편이 낫다. 환상을 갖는 것도 자유고, 상처를 줄 만큼 관의 심장이 강하지도 않다.

입맞춤의 습격을 받고 멈칫거리다가 관은 다시 무슨 말을 했나. 너를 좋아했을지는 모르지만 결혼하고 싶은 마음은 없다고, 나는 나 자신도 주체할 수 없기 때문에 가장이 될 수 없는 사람이라고. 그런 말을 듣고도 여자는 왜 다시 관에게 입을 맞추었을까. 사랑스러운 나머지 호두처럼 깨물어먹고 싶다는 표정이었지만 그건 승리를 점치는 강자의 쾌재였다. 네가 무어라 하든 너는 나의 먹이라고 도장 찍는 입맞춤. 떠들려면 떠들어요, 우리들의 아이는 올챙이처럼 내 뱃속에서 무럭무럭 자랄 테니. 그런 확언이 아니었을까.

옆으로 돌아누우니 밝은 형광등 빛이 눈 속으로 파고들었다. 오전에 천리기획에 나갔다가 그가 감독으로 데뷔할 작품의 제작자가 떨어져나간 것을 전해들었고 낮술을 마셨다. 합석했던 촬영기사가 약속이 있다면서 빨리 일어나 그도 택시를 잡아타고 대낮에 집에 들어왔다. 습관처럼 이메일을 체크하고 무력증에 침대에 잠시 누워 있었는데 잠이 들었다. 낮술 탓이겠지. 머리도 아프더니 달갑지 않은 꿈까지 꾸었다. 꿈을 털어 버리려고 자리에서 일어나려는데 별안간 〈금지된 장난〉의 멜로디가 울려왔다. 정적을 깨트리는 투명한 음률이 괴기스럽기까지 했지만 늘 듣는 휴대폰 벨이었다.

벽시계를 흘긋 보니 4시가 넘었다. 동향에다가 버티칼이 드리워져 빛이 거의 들어오지 않지만 날이 저물진 않았다. 관은 침대에서 몸을 일으켜 컴퓨터 옆에 놓인 휴대폰을 집어들었다.

"여보세요"

"정 관?"

"정 관은 맞는데 누구십니까?"

정 관 씨도 아니고 관아라고 부르지도 않은 걸 보면 사무적인 일로 찾는 것도 아니고 친한 사람도 아니다. 낮게 가라앉은 꺼칠한 목소리가 왠지 신경에 거슬렸다.

"나, 닥터 박이야."

"닥터……."

"……여기 미국이야. LA에 있는 닥터 박, 전에 여기 왔지 않나."

엘에이라는 발음이 뱀처럼 미끄럽게 귓가를 스쳤고 관의 눈썹 끝이 곤두섰다. 관은 얼떨떨한 채로 아, 하고 기억한다는 표시를 했다. 미국에 사는 쌍둥이 두 조카가 교통사고로 죽었다는 연락을 받고 누이에게 갔을 때니 5년 전이었을 거다. 조카 장례 때 이웃에 살고 있던 한국인 의사를 미국인 매부로부터 소개받았다. 키가 작지만 다부져 보이던 비뇨기과 의사였다.

"그런데 웬일입니까. 제 연락처는 어떻게 알구요. 미국에서."

반가운 것이 아니라 놀라서 관은 그것부터 물었다.

"며칠 전 수자 씨 집에 전화했더니 가르쳐 주더군. 자네 소식을 알려주면서."

"저도 몇 년 만에 그 댁에 연락했습니다. 새해에 영화일로……."

수자 씨는 누나 친구였다. 닥터 박이 수자 씨를 아는 것은 LA에서 수자 씨가 운영하는 헬스클럽의 오랜 단골이기 때문이다. 누나네는 벌써 LA를 떠났고 수자 씨도 한국으로 들어왔지만 닥터 박은 지금까지도 수자 씨 부부와 연락하며 사는 도양이었다. 관이 몇 군데를 거쳐 인천에 사는 수자 씨와 오 년 만에 통화한 것은 무용가인 딸을 영화에 출연시키기 위해서였다.

"나를 찾진 않았나?"

그럴 리가. 자만심이 깃들인 말투에 관은 양미간을 찌푸렸다.

"누나와 연락한 지도 오래됩니다."

"무심하시구만."

"그래 어떻게 지내세요. 병원은 잘되구요?"

"의사가 굶을 일 있나. 그런 건 안 물어도 돼."

반은 건성으로 반은 예의로 근황을 물었을 뿐이다. 더이상 할말이 없어 입을 다물자 닥터 박이 목소리를 한 음 낮추었다.

"어떻게 살고 있어. 요즘도 번역하고 시나리오 쓰나?"

"변할 게 없군요."

의사는 수자 씨로부터 관의 근황에 대해 들었을 것이다. 수자 씨가 관에게 이것저것 물었으니까. 결혼 말도 어김없이 물었고 올해 서른여덟이 된 노총각을 수자 씨는 친누나처럼 걱정했다. 저쪽에서 아무 소리가 들려오지 않아 관이 불쑥 물었다.

"거긴 지금 몇 십니까?"

"자정이 막 지났지. 사방이 고요한 화이트 나이트야. 눈이 온다구. 아주 오랜만에"

"한국엔 눈이 많이 오죠."

관은 감정 없이 말하곤 엉덩이를 걸치고 있던 침대에서 일어나 버티칼을 들쳤다. 밖은 아직 밝고 아파트 길 옆으론 눈이 쌓여 있었다. 서울에도 어제 아침까지 눈이 내렸다. 의사의 목소리가 어둠처럼 다가섰다.

"한 달 전 샌프란시스코에 갔어. 우리가 갔던 바에도 갔지. 생각나?"

관은 잠자코 있었다. 닥터 박이 관의 친구가 사는 샌프란시스코에 관을 데려다주었지만 관은 친구 집에 가지 않고 닥터 박과 사흘을 돌아다녔다. 일이 이상하게 빗나갔다.

"미국 올 일 없어?"

"특별히 갈 일은 없습니다."

"샌프란시스코에서 살고싶다면서."

"살만한 곳이죠."

박터 박의 차로 샌프란시스코를 돌아볼 때 관은 자연이 인공을 품어주는 듯한 관대하며 섬세한 그 도시에 감탄했다. 인간으로 태어난다면 이런 선택된 환경에서 삶의 풍요로움을 누리며 살아야 마땅하다고 생각했다. 수난과 상처의 땅에서 살아온 코리안이기에. 자유의 도시답게 샌프란시스코에서 맨 처음 관의 눈에 띈 것은 입술에 검은 루즈를 바른 금발의 여자였다. 햇빛이 흩날리던 거리에 서있던 검은 루즈의 여신.

If you're going to San Francisco, be sure to wear some flowers on your hairs.

샌프란시스코에 가면 머리에 꽃을 꽂으세요―환청인가 했으나 노래가 흘러나온 곳은 휴대폰이었다. 닥터 박이 정확하나 딱딱한 이민자의 영어발음으로 노래를 흥얼거리고 있었다. 관보다 일곱 살 위인 그는 한국에서 레지던트 과정을 마치고 서른에 미국으로 유학 가서 그대로 영주권자가 되었다. 닥터 박이 노래를 멈추고 한숨쉬듯 말했다.

"I miss San Francisco."

60년대 중반에 히피운동이 일어난 샌프란시스코. 게이들의 구역, 카스트로 디스트릭트가 있고 공항 벽면에 에이즈로 죽어간 친구를 추모하는 조사들이 작품처럼 걸려 있는 샌프란시스코. You gonna meet some gentle people there. 잰틀 피플은 누구인가? 기존의 관습을 거부하는 자유주의자? 게이까지 포함된 히피들? 흰머리가 나기 시작한 45세의 한국인 이민자, 게이인 닥터 박도 샌프란시스코를 그리워하고 있었다. 그만의 자유를 찾아 정착한 미국 땅에서. 그건 관으로 하여금 그들의 여행을 상기시키기 위한 우회적인 수법이 아닐까.

닥터 박이 호모라는 건 매부가 말해주어서 알고 있었다. 보수주의자 소시민인 매부가 그 사실을 알려준 것은 경고인지 모르지만 관은 한 귀로 흘려들었다. 세상에 관을 놀라게 할 일이 있을까. 중학교 때 함께 기차를 탔던 친구가 충돌사고로 먼저 뛰어내리다 한 팔이 잘렸다. 잘린 팔에서 쏟아지던 피를 제 손으로 받은 뒤로 관은 그 무엇에도 놀라지 않았다. 운명은 마음만 먹으면 한 팔 정도는 서슴없이 베어버린다는 걸 알고 있으니까. 천사 같은 조카들도 그렇게 데려갔다. 동성애자도 동성애자가 될 운명을 타고났겠지. 각자 주어진 인생이 있듯이 그건 그에게 주어진 인생일 뿐.

닥터 박이 술을 마시는지 식도로 액체 넘어가는 소리가 들려왔다. 관은 수화기를 든 채 팔을 뻗어 담배를 물었다. 왜 이 전화를 받고 있어야 하는지, 왜 끊지 못하는지 알지 못한 채로. 바람 스치듯 스쳐간 인연이라 까마득히 잊고 있었건만 오 년이 지나 전화해서 샌프란시스코가 그립다고? 관이 동행했던 그곳을. 담배연기를 들이마시자 처음 피우는 것처럼 속이 메슥거렸다. 술을 넘기며 침묵을 지키던 닥터 박이 화제를 돌렸다.

"참 우연히 〈유리새〉라는 동승 얘기를 비디오로 봤어. 한국 비디오가게에서 제목만 보고 빌렸는데 각색 정관이라고 이름이 나오더군. 이름이 특이하니까 동명이인은 아니겠지. 그런 영화나 각색하니

돈을 어떻게 벌겠어."

"돈 벌 생각 없습니다. 팔자에 없는 걸 갖겠다고 머리 굴릴 시간
도 없구요."

"돈 벌려고 일하는 것 아니면 뭣하러 거기 죽치고 있어. 미국 와.
캘리포니아 해안도로 드라이브도 하고. 선셋 타임이 환상적이야. 여
름 휴가 때 태양이 작열하는 키웨스트 해안을 달려도 좋지."

정말 한가한 부르주아 직종이군. 관은 짜증을 누르며 담배를 부벼
껐다.

"전화요금 많이 나오겠어요. 국제전화니까 대강 하시죠."

"김 빠지는 소리 하네. 전화요금 같은 소리야."

"배부른 닥터와 고달픈 시나리오 작가와 차원이 같겠습니까. 저는
밥줄을 위해 일해야겠습니다."

전화를 끊겠다는 소리였으므로 닥터 박은 더이상 말을 잇지 못했다.

"멀리 살지만 가끔씩 연락하자구."

달갑지 않은 소리였으나 관은 그러십시오, 했다. '당신이 싫다'고
직선적으로 말한다면 오히려 관답지 않은 짓이었다.

실타래를 풀 때 한번 엉키면 전부가 걷잡을 수없이 헝클어지기
십상이다. 생각지도 않게 LA에서 온 전화를 받고 나자 관의 머릿속
이 수세미처럼 헝클어졌다. 시나리오는 보류되었고 임신한 O는 꿈
에서까지 결혼을 재촉하고 거기다 무의미한 과거의 인연이 꼬리를
잡듯 LA에서 지구를 가로질러 서울 가리봉동 골목까지 전파를 보냈
다. 그럴만한 권리라도 있다는 듯.

그러나 오 년 전 만났던 비뇨기과 의사의 존재를 관은 선뜻 실감
하지 못했다. 그동안 까마득히 잊고 있었고 또 잊었다고 믿고 싶었

다. 뒤통수를 치듯 나타난 비뇨기과 의사의 모습을 떠올리려니 「이상한 나라의 앨리스」에 나오는 체셔 고양이처럼 미소만 허공에 나타났다. 그 다음에 나타날 거만한 입과 두 귀와 머리를 허공에 그려보았으나 얼굴은 해파리처럼 부유하고, 쓰레기더미에 던져두었던 어떤 기억이 거미처럼 기어나와 그물을 치기 시작했다.

바다가 보이는 샌프란시스코의 호화판 호텔에서 닥터 박과 머물렀던 사흘. 대마초와 술을 번갈아 들이마시며 성냥을 켜면 화약이 불붙는 듯한 환청을 들었고, 씨름하듯 맞붙어서 땀을 흘렸던 두 육신도 종말을 맞듯 폭파할 것 같았다. 관에게 그것은 육욕의 모험도 금기에 대한 충동도 아니었다. 닥터 박을 거부하지 않음으로써 파트너로 선택된 것은 순전히 방기였다.

눈 부릅뜨고 살아도 삶에는 늘 덫이 숨겨져 있지 않은가. 태무심한 관에겐 경계와 방어도 천성에 맞지 않는 발버둥질이었다. 삶에서 몇 번 가슴을 채이고, 영화대사처럼 인간이 행복하기 위해 태어난게 아니란 걸 깨닫게 되면 흐르는 물결에 가랑잎처럼 몸을 맡기고 싶을 때도 있는 법이다. 관이 세상에서 유일하게 사랑했던 쌍둥이 조카들은 운명조차 수갑으로 채워져 거리에서 박살났고, 관은 게이바에서 피 냄새를 지우며 빈혈환자처럼 어지럼증에 몸을 맡겼다. 누가 죽어가거나 말거나 아름다운 샌프란시스코에서 견딘다는 긴장감이 이유 없이 무너지자 관은 자신을 내동댕이쳤다. 결코 돌이켜 보고 싶지 않은 이방의 세계에.

갈증을 느낀 관은 냉수를 한 잔 들이키고 곧장 밖으로 나섰다. 찬 공기를 마시고 싶었다. 해가 스름스름했지만 날은 충분히 밝았다. 연 이틀 내린 눈으로 세상이 하얗게 덮였지만 관이 어제 영우의 메일을 열어보고 한낮에 나섰을 땐 거리에 이미 눈이 치워져 스티로폼 조각처럼 쌓였고 야산 쪽으로도 마을로 가는 길에는 눈이 차바퀴에 더럽혀져 있었다.

　　이른 아침 눈을 뜨니 천지가 개벽한 듯 온 세상이 눈으로 하얗게 덮였어요. 태초의 빛 같은 순백의 세계를 바라보며 저 길로 끝없이 걸어가면 자작나무 숲이 길게 뻗어있는 시베리아라고, 눈이 시리도록 푸르다는 바이칼 호수가 나온다고, 그런 공상을 하며 잠시 날았습니다. 영화도 이런 일탈의 꿈일까요. 곧 촬영에 들어갈 영화 「하얀으로 가는 길」은……

　관이 감독으로 데뷔할 영화에서 영우는 조감독을 맡을 예정이었다. 관의 시나리오 배경이 겨울이라 근사한 설경을 찍을 수 있다고 좋아했다. 어릴 때 까닭 없이 기피했던 한 교사가 일러준 하얀이란 지명을 화두처럼 가슴에 새기고 중년의 사내가 하얀을 찾아가는 로드 무비인데, 눈에 덮여 사라진 하얀 풍경을 찍기에 최적의 겨울이라고 격려했다. 메일을 보낼 때만 해도 영우는 제작이 무로 돌아간 것을 모르고 있었다. 위대한 자본의 힘이여! 관은 슈퍼 쪽을 바라보다 발길을 돌려 다시 아파트 안으로 들어갔다. 담배를 사러가던 참이었으나 엘리베이터를 타고 꼭대기 층인 17을 눌렀다. 해가 지기 전에 옥상으로 가기 위해서였다.

　옥상엔 아무도 발 딛지 않은 눈밭이 하얀 포대기처럼 펼쳐져 있었다. 더럽히고 싶지 않아 순백의 공간에 주저하며 발을 내디뎠으나 정복자의 발도 눈 속에 자취를 감추었다. 관은 눈부시도록 밝은 무채색을 음미하다가 눈 위로 가만 몸을 뉘였다. 잠에서 깨기 전 그를 감쌌던 빛, 물보라처럼 피어나던 빛의 부드러운 감촉이 기억 속에서 되살아났다.

천국처럼 밝고 편안한 그 빛은 관이 초등학교 오륙 학년 때까지 꿈속에서 보았던 세계이다. 아이는 구름밭에 누워있는 듯 안락하여 빛 속에서 아메바처럼 꼼지락거렸다. 그러다 갑자기 세상이 기울어지면서 어두운 곳으로 미끄러져 내려갔다. 천 길이나 되는 우물로 빠져드는 듯한 나락이었다. 안 내려가려고 밀고 차며 발버둥쳤지만 순대 같은 통로로 밀리듯 빠져나가 숨이 막히고 죽을 것 같았다.

관은 어릴 때 그 꿈을 되풀이 꾸었고 깨어날 때마다 서럽게 울었다. 어른들에게도 꿈에 대해 설명할 수 없었으므로 사내자식이 운다고 아버지에게 핀잔을 받기도 했다. 먼 뒷날에야 깨달았지만 그건 관이 태어날 때의 기억이었다. 큰 형광등이 켜진 듯 환하고 고요했던 어머니 뱃속, 아이는 어머니 몸밖으로 밀려나와서도 충격에 싸인 듯 울지 않았다. 의사가 발을 들고 머리를 찬물 더운물에 번갈아 담근 뒤에야 울기 시작했다. 중학교 때 할머니에게 이 말을 들었을 때 관은 아이가 천국 같은 어머니 뱃속에서 혼돈의 세상으로 내려온 것을 알았다.

눈 위에 누워 하늘을 올려다보니 구름 한 점 없어 호수가 반사된 듯했다. 일몰을 앞둔 시각이라 하늘빛깔도 서늘하지만 호수를 손으로 휘저으면 온천처럼 따뜻할 것 같았다. 온양 부근에서 살았던 초등학교 시절 관은 곧잘 온천물에서 놀았다. 옷을 더럽혀 오는 아들이 못마땅해서 아버지가 관을 끌고 가려다 팔이 빠져나오게 한 기억도 생생하다. 아버지의 자전거에 실려 접골사에게 갈 때 관은 자전거가 뒤집혀져 아버지 다리가 부러지기를 바랐다. 그러면 아버지로부터 달아나리라. 아버지 없는 세상으로 가면 젖과 꿀이 흐르는 가나안이 펼쳐질 것 같았다.

아버지가 돌아가신 지 십 년이 지났건만 가나안은 어디 있나. 저 하늘 호수를 끝없이 걸어가면 가나안이 나올까. 이 눈밭을 끝없이 걸어가면 은자가 사는 하얀 자작나무 숲이 펼쳐질까. 천국이 보일까.

눈[日] 속에 자작나무 숲이 하얗게 흔들리는데 문득 정초에 재연이 보낸 말다래 엽서가 생각났다. 자작나무 껍질로 만들었다는 천마총 출토 말다래. 하늘 위쪽을 흘긋 보니 천마에 그려진 무늬 같은 하얀 반달이 떠있는데 먹구름이 걷히듯 관의 가슴이 환해졌다. 관은 눈밭에서 등이 젖는 줄도 모르고 시베리아 벌판에 뜬 반달 같은 여자에 대한 그리움에 사로잡혔다.

겨울강변

러시아 장교복같이 더블단추가 달린 코트에 담비 모자를 쓴 젊은 여자, 복장이 여자를 성숙하게 보이게 하지만 추위에 발그스름한 코와 선한 눈매가 소녀 같다. 여자는 얼어붙은 강을 배경으로 서 있는데 얼음 사이로 흐르는 강과 허허벌판이 뒤로 펼쳐져 있다. 몸을 반쯤 돌려 얼음 벌판을 바라보는 여자.

> 여자 하얼빈의 겨울은 영하 2, 30도야. 침을 뱉으면 그대로 얼어붙지. 더럽고 질척거리는 것들도 다 얼어붙으니까 깨끗하기도 해. 이곳에선 외로움조차 그렇게 얼어붙어서 감정도 고체화되는 것 같아. 오늘도 송화강에 나와 저 막막한 벌판을 바라보며 쏘냐도 생각하고 안중근도 생각했어. 이 멀리까지

와서 사람 하나 쏘아 죽인들 무엇이 바뀌랴. 안중근은 이등박문을 죽여도 안 된다는 걸 알았을 것 같아. 이 거대한 자연 앞에 서면 인간 존재가 하찮다는 걸 알게 되니까. 인간의 발버둥이. 조선의 독립투사도 그저 으악, 소리 한 번 지르고 싶은 심정으로 총을 쏘았을 거야. 하얼빈은 그런 곳이야. 정말 춥고 외로와. 정신의 유형지라는 말도 사치야. 아무것도 위로가 되지 않고 아무도 내 존재와 연결되지 않아. 몇 번 살을 섞으며 근친상간인 체 했지만 너도 멀고먼 앨라배마였을 뿐이야. 내가 언 손을 부비며 고독이란 본질에 떨고 있을 때 넌 뭘 했니.

캄캄한 어둠 속으로 갑자기 하얀 각설탕 같은 창들이 떠오르면서 아파트 단지가 이어졌다. 관이 장소를 확인하듯 차창에 얼굴을 대고 밖을 바라보는데 안내방송이 나왔다. 잠시 후 이 열차는 경주역에 도착하겠습니다. 경주역에서 내리는 손님은 잊으신 물건 없이 안녕히 가십시오…….

차에 타자마자 한숨 자고 김천에서 눈을 떴다. 그 사이 맥주를 마시며 이런저런 생각에 잠겼을 뿐인데 벌써 경주에 도착했다. 관은 창가에 걸린 외투를 들곤 손에 쥐고 있던 사진을 넣으려다 다시 들여다보았다. 더블단추가 달린 외투에 회색 베레모를 쓴 여자가 청록의 불빛이 새어나오는 원통 지붕 건물을 배경으로 밤거리에 서 있는데 러시아풍의 그 건물은 얼음조각이었다. 하얼빈 사람들이 송화강 얼음으로 자금성이나 만리장성 등을 만들어 전시하는 빙등제 축제라고 했다.

이마를 덮은 앞머리와 베레모, 외투 위로 두른 체크 목도리. 소녀 티가 가시지 않은 얼굴이 이혼까지 치른 서른여섯 살이라고는 믿기지 않았다. 재연은 얼음나라의 앨리스같이 분홍 불빛이 새어나오는 동화의 거리에 서 있다. 흑룡강 대학에 초빙연구원으로 가서 일 년간 머물렀던 재연은 관에게 몇 번 편지를 보냈다. 이 사진은 관의 요청으로 재연이 지난 봄에 보낸 사진이었다.

재연이 작년 정월 하얼빈으로 떠날 때 관은 그가 번역한 『이상한 나라의 앨리스』 속에 7백 불을 끼워 재연의 가방에 넣어주고 김포 공항에서 작별 인사를 했다. 처음엔 이메일도 자주 보내고 보름에 한 번 꼴로 하얼빈으로 전화하다가 관의 게으름 탓에 간격이 뜸해지고 크리스마스날 마지막 통화를 했다. 재연은 정월에 한국으로 돌아왔고, 관도 만나지 않은 채 경주로 내려갔다. 경주에 있는 대학에서 강의 생활을 시작한다고 전화로만 알렸다.

마중 나온 몇 사람들만 서성거리고 있을 뿐 역 광장은 썰렁했다. 밤 공기가 차가웠으나 추운 날씨는 아니었다. 관은 역사에서 걸어나오다 뒤돌아 하늘을 올려다보았다. 보름이 가까워 가는지 둥근 달이 떠 있었다. 역 앞으로 뻗어 있는 시가지는 지방도시의 평범하고 조촐한 모습이었으나 수제품 냄새가 나는 경주역이란 글씨체와 광장 한편에 서 있는 탑과 역사 위로 떠오른 보름달이 고도의 정취를 주는 듯도 했다.

관은 광장에 서서 휴대폰을 열었다. 기억번호 1번을 누르니 이내 신호가 울렸고 관은 숨죽인 채 기다렸다. 새 전화번호를 입력한 지 얼마 되지 않지만 기억번호 1번은 재연이 하얼빈으로 떠나가기 전에도 재연의 차지였다. 이것이 너에게 나에게 무슨 의미가 있을까마는. 귀에 익은 비음이 들려오자 관은 "나야" 말했다.

"관? 웬일이야"

"여기 경주야."

"정말?"

재연은 믿어지지 않는다는 듯 말꼬리를 울렸고 관은 하하, 웃었다.

"지금 기차에서 내렸다. 이제 아홉 신데 자기엔 너무 빠르잖아. 오늘 가기 전에 얼굴 좀 보면 안 될까."

"웬일이야, 갑자기 경주엔."

관은 촬영 헌팅이 있다고 생각나는 대로 말했다. 일과 상관없이 재연을 만나러 경주로 왔지만. 재연은 잠자코 있더니 나가겠다는 말 대신 장소를 일러주면 찾아올 수 있는지 물었다. 관이 걸어오면 재연과 비슷하게 도착할 것이라고 했다.

재연이 찾으라고 한 테라스는 봉황대와 마주보고 위치한 이층 경양식당이었다. 전면을 유리로 배치한 회색 지붕의 단아한 건물인데 이름처럼 뜨락과 잘 어울렸다. 봉황대가 한눈에 들어오는 창가에 자리잡고 관이 담배를 피우고 있으려니 재연이 입구로 들어섰다. 동그스름한 얼굴과 단발머리는 그대로이나 쏘냐 같은 담비모자도 앨리스 같은 베레모도 쓰지 않았다. 전보다 여윈 듯 보이는 재연은 관 앞에 서서 한 손을 내밀었다. 관도 빙긋 웃으며 악수했다. 차가운 손이었다. 재연이 관의 머리 한 가닥을 손으로 당기곤 자리에 앉았다. 귀 뒤로 넘긴 관의 머리가 재연의 머리만큼 길었다.

"바쁘니?"

"아니. 아직 방학중이지만 난 연구소 소속이니 매일 학교에 나가. 방학중이라 조용해서 더 좋기도 해."

"경주에 내리니 도시가 조용해서 내 몸이 엿가락처럼 늘어나는 것 같아. 잠깐 걸었는데도 흐느적 흐느적, 그랬어."

재연이 소리 없이 웃으며 고개를 뒤로 젖혔다. 제 목도 늘어났는지 확인하듯.

"하얼빈에서 지난달 서울로 돌아오니 갑자기 가마솥에 들어온 듯하더라. 서울도 춥지만 가는 데마다 난방을 지나치게 해서 숨이 막혔어. 어떤 선물가게에 들어갔을 땐 덜큰한 양초냄새에 속이 메슥거렸어. 잉여의 부르주아지 냄새…… 머리를 후려치는 듯한 찬 공기가 그리웠고 난 서둘러 경주로 내려왔어. 경주의 비어 있는 들판을 걸어가면 시베리아에서 불어오는 바람 한 자락이라도 잡을 수 있을 것 같았어. 먼먼 옛날부터 모든 것들이 경주로 흘러왔으니까. 서울은 나를 해체시키지만 경주는 나의 겨울까지 받아들이니까."

막 종업원이 다가와서 관은 맥주 두 병을 시켰다. "안주는요?" 권해서 재연에게 물으란 손짓을 하니 재연이 마른안주를 시켰다. 관은 담배에 불을 붙여 물고 창 밖으로 봉황대를 바라보았다. 고목이 뿌리를 드러내고 서있는 거대한 동산이 헐벗은 겨울풍경을 보여주는데 천오백 년 전의 고분이 문명의 시설을 굽어보며 공존하고 있었다. 나의 겨울…… 관의 가슴속에도 할 말이 그득한 것 같지만 세월이 켜켜이 쌓여 있는 고분을 바라보니 말이 입안에 맴돌았다.

소련에서 영화 공부를 하고 돌아온 조감독이 있어. 러시아의 겨울은 정말 춥다고, 그 춥고 긴 겨울을 보내고 있으면 슬프다고 그러더라. 난 그게 무슨 말인지 알 것 같아. 희망이 무언지 모르지만 희망이 있는지 없는지 모르지만 춥고 긴 겨울을 견디며 살아나가야 한다는 것, 그 원초적인 삶의 슬픔을 알 것 같아. 네가 얼어붙은 송화강에 서서 거대한 자연 앞에서 으악, 소리지르고 싶었던 것도 그 대적할 수 없는 슬픔 때문이겠지. 나도 늘 견뎌왔지만 너의 슬픔 앞에서 속수무책이었구나.

종업원이 맥주와 안주를 가져왔다. 관은 재연의 잔에 술을 따라주고 제 잔에도 가득 부었다.

"외가인 경주에 와서 좋겠네."

"내 뿌리로 돌아온 것 같아. 전부터 경주에 살고 싶다고 생각했는데 운 좋게 자리가 났어. 그럴 땐 삶이 불공평하지만은 않구나 싶어."

재연은 맥주를 마시며 창밖에 눈길을 주었다. 달은 보이지 않지만 황색 등으로 음영이 드리운 봉황대의 느티나무 고목이 꿈틀거리는 듯했다.

"어릴 때 경주에 와서 능에서 놀던 기억이 나. 지금은 능이니 고분이니 하지만 그때는 그저 동산이었어. 산너머 작은 집에 가듯 고분 위를 오르내리고 달이 뜨면 고분 위에 올라가 달구경하고. 집 뒤에 동산 같은 고분들이 있었으니까. 봉황대에서 숨바꼭질하던 기억도 나. 억새밭도 있었고 비탈에 납작 엎드리면 보이지 않아서 숨바꼭질하기에 최적의 장소였어. 정월 보름에 남자아이들은 봉황대 위를 뛰어다니며 숯을 피운 깡통을 돌리고. 내가 코흘리개 때 엄마가 아파서 일 년간 외갓집에서 자랐거든. 지금은 이런 것도 추억인 양 말하지만 그때는 엄마랑 떨어져 있는 게 아픔이었어. 외갓집에서 잘해줬지만 아무도 엄마를 대신할 수는 없잖아. 그 상처가 컸는지 여고를 졸업할 때까지 다시 경주에 가지 않았어."

"예민하기는. 그 상처의 기억이 너를 사학자로 만든 거 아냐. 감나무가 있는 경주의 외갓집 마당에서 엄마 없이 혼자 놀던 계집아이의 그늘이. 상한 조개에서 진주가 자란다고."

"넌 늘 시나리오를 쓰지. 하긴 그 말도 틀리지 않아."

돌담 밑에 떨어진 감꽃들을 치마에 주워 모으는 계집아이. 양갈래로 땋은 머리를 갸웃하며 햇볕에 눈썹을 찡그리는 아이 모습은 사랑스러웠을 것이다. 관은 누이동생을 추억하듯이 재연의 어린 시절을 눈앞에 그렸다. 재연은 편강을 집어먹으며 지금은 외가 식구도 흩어져서 외삼촌 한 분만 안강에 살고 있다고 일러주었다.

"경주에 온 첫날 비가 왔는데 여기 테라스에 혼자 앉아 있었어. 비가 아크릴 덮개 위로 떨어지며 무수한 동그라미를 그리는데 하늘로 뻗은 젖은 나뭇가지에 곧 잎이 피어날 것 같았고 내가 살아나는 듯 느꼈어. 구원을 받은 것 같았어."

"전화 한 통 없이 이젠 경주에 숨어살 거지?"

"아무도 찾지 않고 실종자처럼 묻혀 있을 거야. 올해 안에 박사 논문을 마무리하면서. 그것과 연관있는 짧은 논문 한 편을 역사학지에 발표하려고 경주 오자마자 썼고. 신라 국혼에 대한 연구야. 후발국인 신라가 통일까지 이룰 수 있었던 것은 외교적인 전술에 힘입은 바 크지만 신라의 대외관계에서 특히 국가간의 혼인에 주목했지."

혼인이란 단어가 관의 흥미를 끌었다. 관이 논문에 대해 알고싶어 하니 재연이 간략하게 설명했다.

"정략적인 차원에서 국가가 주도한 혼인이란 의미로 국혼(國婚)이라는 용어를 사용했어. 14대 유리이사금 때 왜가 4번이나 신라를 침범하고 16대 흘해왕 때 혼인을 요청하자 왜의 침입을 막기 위해 아찬 급리의 딸을 보내. 20대 소지왕 때 백제 동성왕이 사신을 보내 혼인을 요청하자 이벌찬 비지의 딸을 시집보내 고구려의 남하에 군사적인 공조관계를 형성해. 23대 법흥왕 대에는 가야의 혼인요청에 응하고 낙동강 유역 진출의 발판을 마련하는데 11년 뒤 532년에 금관국왕이 신라에 항복하지. 진흥왕대에는 백제와 고구려가 싸우는 틈을 타서 신라가 백제의 동북쪽 변경을 빼앗아 신주(新州)를 설치해. 이러한 와중에 백제 성왕의 딸과 진흥왕과의 국혼이 이루어져. 신라는 삼국 중 가장 작은 나라였어. 뒤쳐진 신라가 국혼의 정책적 기능을 적절히 이용하여 국가적 위기도 벗어나고 한반도의 패권을 차지하게 되는 과정이 흥미있지."

재연은 이어 가야의 혼인 요청에 신라가 이벌찬의 누이를 보내면서 시종 백여 명을 함께 보냈다는 일본서기의 기록을 들려주었다. 이들은 여러 현에 분산되어 신라의 옷을 입었고 이것이 말썽이 되자 신라는 여자를 돌려달라고 하면서 오히려 가야의 여러 성을 빼앗았다.

"결국 신라는 가야와의 혼인을 통해 친신라적인 성향을 만들고 가야 내부 정세를 염탐했다고 할 수 있어. 고구려 장수왕대 중국 북위의 문명태후가 고구려에 여자를 보낼 것을 요구하자 고구려에서 핑계를 대고 피한 것도 이러한 국혼의 속성을 파악했기 때문이야. 위나라가 연나라와 혼인을 맺고 곧 정벌했는데 혼사로 말미암아 내왕하는 사람들이 연나라의 지리를 잘 알았기 때문이야. 낙랑공주와 호동왕자 이야기도 정보수집에 이용된 국혼의 예지."

"국혼만 그런 게 아냐. 인류의 결혼제도부터 서로의 욕구와 이익에 부응해 정착된 거래 아냐. 여자들은 새끼를 보호해주고 먹이를 가져다줄 남자가 필요했고 남자들은 성적 대상을 소유하고 자식을 낳아 가족이란 자기 세력을 불려나간 거지. 인류학자들이 일찍이 지적한 것처럼."

"현실을 직시하고 환상을 갖지 않으면 잘 살아갈 수 있을 거야.

오히려 너처럼 부적격자로 보이는 사람이 더 잘 적응할지 몰라. 제도가 주는 안정감이 있으니까. 언제 결혼할거니?"

관은 두 번째 잔을 비우고 담배를 입에 물었다. 작년 크리스마스에 관은 국제전화로 O의 얘기를 재연에게 고백했다. 이게 선물이니? 재연은 그렇게 말하면서 피식 웃었다. 그로부터 보름 뒤 O가 전화하여 아버지가 만나고 싶어한다고 전했다. O는 마피아의 딸처럼 임신을 온 가족에게 알렸던 거다. O의 아버지가 관에게 할 말은 초등학생이라도 추측할 수 있다. 조신한 내 딸을 이렇게 만들었으니 사내로서 책임을 지라는 거지. 제가 미성년자를 강간했습니까? 배에 군살이 붙기 시작한 남녀가 합의하에 성인의 잠을 잤건만 임신했다고 강아지처럼 끌려가 결혼이란 족쇄를 차야 합니까?

관도 할 말이 있었지만 O의 아버지 앞에서 절대 그렇게 말할 수 없다는 것도 알고 있었다. 이곳은 동방예의지국이 아니던가. 처녀의 배를 부르게 한 젊은것이 무슨 낯짝으로 어른 앞에서 깻묵 같은 이론을 펴겠나. 인간의 탈을 쓰고 그럴 수는 없지. O의 아버지 앞에서 죄인처럼 앉아 있을 생각을 하니 관은 한심해서 한강에라도 뛰어들고 싶었다.

대한민국 부모들은 세상에 자기 딸처럼 조신한 처녀는 없다고 생각한다. O로 말할 것 같으면 백 명을 채운다고 공언하고 다닌 여자였다. 가부장사회에서 남자는 다원적으로 평가가 이루어지나 여자는 성적 행동이 가장 우선되어 순결한 여자와 비순결한 여자란 이분법으로 나뉜다는 것이 O의 생각이었다. 여자들조차 이 통제에 복종하여 '정숙'을 개목걸이처럼 걸고 다니니 자신은 여성에게 가해지는 성적 억압을 공개적으로 무시하겠다고 공언한 터였다.

급진적 여성해방주의자라고 자처하는 O가 관도 밉지는 않았다. 뼛골이 부서지지 않는다면 백 명과 동침한들 무슨 상관이랴. 관이 여자였다면 자매애를 느끼며 나는 열 다스를 채우겠어, 하고 동조했을지 모른다. 적어도 O는 요조숙녀인 체하지 않아서 말이 통할 것 같았다.

여성해방주의자 O는 임신을 알리면서 돌변했다. 미안하다, 관은 머리까지 조아리며 병원에 동행하겠다고 했지만 O는 유산을 거부했다. 네가 뿌린 생명에 책임을 져달라고 했다. 네가 결혼하지 않겠다면 혼자 아이를 낳겠다고 선언했다. 생명주의자로 돌변한 O 앞에서 관은 파렴치한이 되었다. 그렇다고 무책임하게 결혼을 약속할 수 없었다. 관에게 결혼 약속이야말로 무책임이었다. 그것을 알기에 서른여덟이 되도록 결혼 보기를 밥같이 보았던 관이 아닌가.

그러나 O가 그녀의 아버지를 만나라고 말했을 때 기둥 하나가 가슴속에서 우지끈 쓰러지는 소리를 들었다. 그것은 스페어 타이어처럼 대기하고 있던 체념이란 왕녀의 빗자루질이었다. 너의 아버지를 왜 만나야하지? 묻는 대신 관은 O에게 결혼날짜를 잡으라고 말했다.

임신을 해서 결혼한다는 말을 관은 살아오면서 수없이 들었다. 삼촌도 그랬고 누나 친구도 그렇게 서둘렀다. 텔레비전 드라마도 이런 얘기들을 재탕했다. 삼류극 같은 인생들. 결혼제도 같은 것 없어져야 해, 난 가부장이 되고 싶지 않아. 굶어도 홀로 평화롭게 허기를 음미하고 싶어. 머릿속에서 들끓는 생각들을 다독거리며 관은 거품이 넘치도록 제 잔에 맥주를 따랐다.

"내 결혼식 날 올거지? 차 가지고 와서 기다리고 있다가 식 끝나면 나랑 도망가자. 결혼을 그렇게 하고 싶어하니 만인 앞에서 식이라도 해줘야지."

"졸업 영화 안 본 사람 있겠니. 정말 무책임해."

"무슨 책임! 어떤 일이 생겼어. 다른 일들과 같이 그냥 생긴 거야."

관은 〈졸업〉 대사를 외었다. 알코올중독자인 유부녀와의 관계에 대해 더스틴 호프만이 그녀의 딸에게 해명한 말. 그건 군더더기 없는 진실이었다. 그녀의 남편에게도 말했다. 무의미해요. 악수를 한 것과 같다구요. 닥터 박과의 일도 다른 일들과 같이 그렇게 생긴 거다.

"딸을 사랑하게 됐는데 그 엄마와 무의미하게 몇 번 잔 적이 있다고 사랑을 포기해야 하니? 인간은 본래 불완전하고 믿을 수 없는 존재야. 성자가 아닌 다음에야 누구든 실수하고 죄도 지을 수 있어. 경박해서 실수를 저질렀다 하더라도 그 그거 때문에 미래까지 저당잡혀야 하나?"

관은 며칠 전 LA에서 걸려온 두 번째 전화를 상기하며 자기혐오를 느꼈다. 세상은 욕망의 지뢰밭, 나도 더스틴 호프만처럼 졸업을 하고 싶어. 세상에 널려있는 함정들을 영리하게 뛰어넘고 미성년의 삶을 졸업하고 싶어. 새 출발을 하고 싶어. 관은 재연이 어깨라도 쳐주길 바랐으나 재연은 늙은 여자처럼 쓴웃음을 지었다.

"발버둥쳐봤자 우리는 유교의 자식들이야. 넌 도망은커녕 축하객들에게 감사하다고 샴페인을 부어줄 거고 몇 달 뒤엔 아들 사진을 지갑 속에 넣어 다니며 만나는 사람마다 보여줄 거야. 널 닮았다고. 평범한 자신을 지금은 참을 수 없겠지만 너도 결국은 평범한 사람일 뿐이야. 더이상 엄살 떨지마."

밤늦도록 보문호수를 서성거리다가 새벽녘에 눈을 붙인 관은 재연의 전화를 받고야 잠에서 깼다. 재연이 호텔로 찾아와 함께 점심을 먹고 문무대왕릉이 있는 감포 쪽으로 향했다. 재연은 대왕암에서 정월 보름 행사가 있다고 알려주었다. 몇 년 전 대왕암에서 본 정월 보름밤 풍경이 아름다워 다시 보고싶다고 했다.

보문단지에서 출발한 지 얼마 되지 않아 도로 왼편으로 호수가 나오는데 겨울 하늘 아래 물빛이 청정했다. 재연은 덕동댐이라고 가르쳐 주고 경주 시민들이 마시는 식수원이지만 삼 년 전엔 가뭄으로 호수가 바닥을 드러낸 적도 있다고 말을 이었다.

"그때 빨간 승용차 한 대가 댐 바닥에 형체를 드러냈대. 그것도 두 사람이 탄 채로. 두 사람의 신원을 조사해보니 남자는 기혼자이고 옆에 탄 여자는 간호사인데 부인이 아니었대. 사고로 차가 빠졌을지도 모르고 여자는 우연히 남자의 차에 탔을 수도 있지만 동반자살로 결론이 났대. 정말 자살이었을까?"

인간이 사랑 때문에 죽지는 않는다. 인간은 희망의 노예이므로 저마다 자신이 살아남을 수 있는 특정한 방식을 스스로 찾아낸다. 사랑으로 삶의 의미를 만들어내는 체홉의 「귀여운 여인」도 사랑을 잃으면 본능적으로 다른 대상을 찾아낸다. 인간의 사랑에 과연 절대성이 있을까. 그건 자기 최면이며 집착이 아닐까.

그러나 몇 년 전인가 젊은 기혼남이 그의 애인과 동승한 차를 폭발시켜 자살한 사건이 있었다. 그 뉴스를 보고 관은 사랑 앞에서 가정이며 자신의 생명까지 포기할 수 있었던 남자에게 압도되었다. 그 맹목성에 대해. 관에게 결여된 것은 맹목이 아닌가. 무모했을지언정 맹목적이 된 적은 없다. 사랑이든 무엇이든 결사적으로 매달려본 적이. 관은 수장된 차를 찾기라도 하듯 호수를 굽어보며 대사처럼 읊조렸다.

"경주시민들은 제의처럼 사랑의 순교자들 피와 살을 마셨군. 카톨릭 신자들이 예수의 피와 살인 밀떡을 영성체로 받아모시듯."

아늑한 황룡사 골짜기와 감은사지를 둘러보고 대왕암 어구로 들어설 땐 햇빛도 기울어가는 시각이었다. 청명한 겨울 하늘 아래 잉크빛 바다가 가슴을 씻어주는 듯 했지만 주차장은 대형버스들과 인파로 붐볐다. 입구에서부터 몸을 부딪치며 걷는데 오징어, 멸치 등 온갖 건어물을 파는 노점들이 늘어서 있고 손뼉을 치며 떠드는 약장사 앞에는 사람들이 몰려 있어 완연한 장날 분위기였다.

바다가 시네마스코프처럼 펼쳐 있는 해변에도 장이 선 듯 인파로 북적거렸다. 승려는 금속성 잡음이 울리는 마이크로 방생법회를 하고, 울긋불긋한 옷차림의 한 무리 신도들은 대왕암을 마주보며 두 손 모아 절했다. 무당은 여기저기 휘장을 둘러놓고 북을 치며 굿을 벌이는데 상에 놓은 돼지머리 아가리엔 만 원짜리가 물려 있었다. 아낙이 상에 돈을 놓을 때마다 징소리가 커지고, 고무같이 투명한 두 귀를 세운 채 돼지는 눈을 감고 파도소리를 감상하고 있었다.

모래사장엔 가족들이 늘어앉아 하염없이 촛불을 지키고 있지만 초는 바람막이 조약돌을 시커멓게 그을렸다. 굿판의 징소리와 스님 염불소리가 철썩이는 파도소리에 뒤섞여 불협화음을 이루는데 한쪽에선 할머니가 액땜용으로 헌 옷가지들을 태우느라 검은 연기가 바람에 흩어지고, 낮을 밝히는 수많은 초들로 파라핀 냄새가 바닷가에 진동했다. 코를 막으며 관은 돗자리에 앉아 염불하는 비구니 옆에 다가섰다.

나라를 지키고자 동해 바다 가운데 뼈를 묻으신 문무대왕전에 전합니다. 죄 많은 우리 중생들 백배 사죄하오니 대왕님도 용왕님도 굽어 살펴주시고 불쌍히 여기시고……

염불에 맞추어 신도들이 가족 이름과 주소가 적힌 종이를 안고 원을 지어 돌기 시작했다. 수십 개의 촛불이 켜진 모래구덩이는 흘러 넘친 촛물로 유황온천처럼 끓고 있었다. 물통 속에서 자라와 뱀장어는 살지도 못할 방생을 기다리고, 젖은 치마를 들어올린 한 아낙은 부풀은 명태 세 마리를 든 채 옆으로 걸어갔다. 바닷가에도 사람들이 어설프게 미꾸라지를 던지며 방생하는데 살찐 갈매기들이 수면을 낮게 나르며 먹이를 탐색했다.

완연한 아수라장이었다. 신성한 보름 제의를 상상하고 따라왔으나 무질서하고 혼탁한 인간 부대의 정경이 연옥 같기도 했다. 끔찍하군. 관의 혼잣말을 듣고 재연이 태연하게 말했다.

"고달픈 서민들이 정월 보름을 기다려 액막이하겠다고 우르르 달려온 거야. 신산한 삶들이 영험한 문무대왕전에 기도하면서 복을 빌려고. 다 너같이 고상하지 않아."

재연은 바다 쪽으로 몸을 돌리고 대왕암을 바라보았다. 소란한 뭍의 정경과는 달리 바다는 청정하고 갈매기들이 하얗게 내려앉은 대왕암은 거대한 알 같았다. 죽어서도 나라를 지키고자 동해에 묻힌 갸륵한 군주, 그 영령의 환생을 기다리듯 새들이 바위알을 품고 있었다. 해는 벌써 지고 하늘은 회색으로 가라앉는데, 바닷바람이 찬지 재연이 목도리를 고쳐 매었다.

"저 속에 뼈를 묻었건 뿌렸건 수중릉이라니 근사해. 파도 소리 들리는 묘지라니 영웅답지. 북구신화에 나오는 미의 신 발데르의 장례도 신의 의식답게 장엄해. 시신을 배에 싣고 불을 질러 바다로 보냈대. 그렇게 흔적 없이 사라질 수 있다면 바다에서 죽어도 좋겠어.

넌 죽으면 어디 묻히고 싶어. 그런 생각 해본 적 있어?”

“신라왕도 아니고, 시신을 남겨서 어쩌겠다고. 죽을 때가 되면 인도 가서 갠지스 강에서 화장하겠어.”

“그러지 말고 강가에 예쁜 고인돌 무덤을 만들어. 내가 가르쳐줄게, 이렇게 말야.”

재연은 쪼그리고 앉더니 길쭉한 돌 두 개를 주워 모래 속에 세웠다. 그 위에 납작한 조개껍질을 얹으니 고인돌 무덤 형태가 만들어졌다. 아이처럼 천진하면서 진지한 표정으로 재연은 죽음의 소꿉장난을 하는데 관은 와락 여자를 안아주고 싶었다. 재연의 엷은 갈빛 외투에 꽂힌 금빛 매미 장식도 그제야 관의 눈에 들어왔다. 금빛 매미는 외투 색깔과 조화되어 나무에 붙어 있듯이 자연스러웠다. 관은 모래사장에 주저앉으며 매미 브로치를 눈으로 가리켰다.

“무슨 브로치야? 매미 장식은 처음 봐.”

“흑룡강 대학에 나처럼 연구원으로 머물렀던 그리스인이 선물로 준거야, 내가 한국 돌아올 때. 옛날에 아테네 사람들은 금으로 만든 매미 장식을 머리에 꽂고 다녔대. 그러면 자신의 조상이 매미장식을 통하여 부활한다고 여겼대.”

“그 남자가 널 좋아했구나. 연애했니?”

“질투하는 거라면 우스워. 너답지 않으니까.”

나다운 것이 무언데. 관은 자기정체의 불확실성을 느끼며 자문했다. 처음 재연과 잔 날 근친상간을 한 듯 미묘한 기분에 휩싸여 더 이상 안을 수 없었다. 나의 쌍생아. 나의 앨리스. 내 존재를 채워준 여자는 넌데 우리는 어디로 가고 있나. 관은 때때로 생각 없는 아이처럼 자신의 행위에서 ‘나’를 인식하지 못했다. 행위와 그 사이에

틈새가 벌어져 있었다. 그 결과는 오늘 같은 혼돈, 영악한 현실이 아가리를 벌리고 있는 혼돈이었다.

갑자기 예리한 날이 가슴 한가운데를 가로지른 듯 아픔을 느꼈고 관은 자신이 재연을 사랑하고 있음을 깨달았다. 이날까지 한번도 제 것이라고 생각해본 적이 없는 그 추상의 단어가 불꽃처럼 가슴에 솟아난 것이 믿기지 않았다. 관은 모래 위에 검지로 '재연아' 썼다.

"우리가 결혼했어야 하는 거 아냐? 나란 인간은 정말 수술을 받아서라도 개조를 했어야 해. 정관수술을. 너도 내 아이를 가지고 책임지라고 하지 그랬어. 그러면 난 못이기는 척 너랑 살면서 아침마다 베개맡에서 이 우연의 행운에 대해 남몰래 회심의 미소를 지을텐데."

"자책하지마. 슬퍼할 수도 없어. 난 결혼도 했고 이혼도 했어. 이젠 결혼도 이혼도 두려워. 네가 같이 살자고 했어도 그럴 수 없지. 우리는 행복을 믿지 않는 회의(懷疑)의 남매잖아. 머뭇거리면서 얽히고 공허를 확인하면서 매듭을 끊고, 다시 그렇게 되풀이하고 싶지 않아."

수리수리 수리수리 사바하. 귀에 익은 염불이 등뒤로 울리는데 신도들이 들고 있던 종이를 타오르는 솔가지더미에 던졌다. 종이는 순식간에 재가 되었고 검은 나비떼처럼 허공으로 날아갔다. 허공을 지켜보던 재연이 목도리를 풀어 불길 속으로 던졌다. 띠처럼 긴 검은 목도리는 솔가지 위에서 너울거리며 타오르고 재연은 결연하게 입을 다문 채 주시했다. 관은 재연의 팔을 잡으려다 뜨거운 불길로부터 등을 돌렸다. 내 사랑을 너는 액처럼 태워버리는구나.

허청거리며 몇 발자국 걸어가니 휘장이 쳐진 간이막사가 나타났다. 그 안에서 북소리가 낮게 규칙적으로 울려왔다. 굿을 하는 모양이었다. 앞으로 지나가다가 무심코 안을 들여다보니 상에 백설기와 과일, 미나리, 술병과 부적이 놓여 있고, 한 여자가 서서 수제비 알 굴리듯 두 손을 부비며 바다를 향해 절하고 있었다. 여자는 눈을 감은 채 기도하면서 물고기처럼 입을 벌려 하품하고 박수는 바닥에 앉아 눈을 희번덕거리며 양손으로 북과 징을 동시에 쳤다. 높고 낮은 징소리가 장단에 맞추어 일정한 음률로 울리는데, 북소리가 심장의 박동소리처럼 들려 관은 저도 모르게 가슴을 눌렀다.

그때 가까이서 〈금지된 장난〉의 멜로디가 울렸다. 투명하고 가냘픈 실로폰소리로, 그건 관의 주머니에서 울리는 휴대폰 신호였다. 이 남쪽 바닷가까지 전파가 오다니. 관은 바다 쪽으로 걸어가면서 휴대폰을 받았다. 뜻밖의 목소리가 귀에 울렸다.

"여기 LA야, 닥터 박"

"웬일입니까. 여기까지."

"거기가 어딘데"

관은 비아냥거렸다.

"여기가 어딘지를 말할 필요도, 내가 어디 있는지 알 필요도 없죠. 한가하군요. 전화를 이렇게 자주 하는 걸 보니."

"한가하다고 아무한테나 전화하나. 내가 좋아하는 사람한테 하지."

난 스토커처럼 전화나 해대는 당신 같은 사람을 좋아할 수 없어. 관은 피로를 느끼며 저물어 가는 바다를 바라보았다. 닥터 박은 지난번에도 물었던 것을 되풀이했다.

"영화는 어떻게 됐나. 감독으로 데뷔한다던데."

"잠시 보류되었죠. 제 시나리오가 너무 고상해서요."

"영화 한 편 만드는 데 보통 제작비가 얼마나 드나?"

"왜요, 영화 제작까지 하시렵니까?"

"할 수도 있지. 유망한 예술가의 뒤를 밀어주면 돈을 보람있게 쓰는 것 아냐?"

관은 흐흐 웃었다. 위대한 의술로 부를 거느리는 닥터가 이제 신인감독의 자본가로 나설 모양이었다. 돈이면 구세주가 될 수 있는 세상이니. 위압감을 주는 거칠한 목소리가 미국이라는 거리감을 느끼지 못할 정도로 선명하게 들려왔다.

"나 보름간 휴가 내서 일본 온천지대 여행하려고 해. 나랑 함께 규슈 지방 여행 가지. 일본에서 만나도 되고 아니면 내가 한국으로 데리러……"

닥터 박의 말과 뒤섞여 북소리가 갑자기 빠른 간격으로 울려왔다. 뭍을 바라보니 머리에 검은 띠를 두른 무당이 붉은 치마에 남색 쾌자를 걸치고 위로 솟구치듯 모래사장에서 뛰어오르고 있었다. 신이 내린 모양이었다. 관의 몸도 위로 솟구치는 듯했고 피가 머리로 몰리는 기분이었다.

"온천이라구요? 좋아하는 여자와 목욕할 시간도 없습니다."

"관, 요리 잘하잖아. 여자가 무슨 필요야. 미국 와서 치킨 요리해주고 같이 살아."

닥터 박이 LA 누나 집에 초대받았을 때 관이 닭도리탕을 요리해 내놓았다. 요리는 관의 유일한 취미지만 먹기 위해서라기보다 시간을 잊는 방법으로 칼질하며 주방에서 몰두하곤 했다. 그래서 재연을 가끔씩 불러 나눠먹은 것 외에 누구를 위해서도 요리한 적이 없다. 나더러 남자인 당신을 위해 매일 식탁을 차리라고? 요리를 바치고 싶을 만큼 혼이 아름다운 동성도 물론 있겠지.

사례에 걸린 듯 침을 뱉아내는데 삼색 깃발을 한 손에 쥐고 무당이 바다를 향해 뛰어왔다. 한 여자도 같이 달려와 바다로 뛰어드는 무당을 만류하니 무당이 젖은 쾌자를 치켜들고 물 밖으로 걸어나왔다. 무당은 두 팔을 수평으로 쳐든 채 위로 뛰어오르다가 이내 쓰러지듯 주저앉아 통곡하는 시늉을 했다. 삶의 업, 올가미 같은 인연! 정작 내 사랑은 소리도 없이 재로 타버렸는데 보름 뒤엔 원치 않은 지아비의 식을 올려야 하고 쾌락주의자는 가난한 예술가의 영혼을 사겠다고? 설사 누가 침대에서 미처 사랑한다 속삭였다 하더라도 오 년 뒤 망령처럼 나타나 요리해달라고 수작하다니.

머나먼 로스앤젤레스에서 구름을 거쳐 바람을 거슬러 대한민국 남쪽 용당리 바닷가로 찾아온 전파. 그 곡절 많은 길을 생각하면 애틋하기까지 하지만 관은 휴대폰이 밀정이라도 되는 양 분노를 느끼며 박살내고 싶었다. 보이지 않는 연이 발목이라도 끌어당기듯 관은 모래를 걷어차며 비틀거렸다.

뭍의 소란도 어둠에 묻혀가고 모래구덩이에서 타오르는 촛불들이 먼 발치서 석기시대 불씨같이 가물거렸다. 하늘이 바다로 침투하듯 회청색 장막을 내리고 있는데 보름달 가운데로 구름이 끼어 달조차 두 개의 반달로 분열된 듯 했다. 검푸른 지평선에 불빛이 깜박이고 선박 한 척이 환생한 거북처럼 수평선 위로 기어가듯 천천히 움직였다.

관이 꼼짝 않고 서서 수평선을 바라브니 환생한 거북이 아니라 거인이 수평선 위에 떠 있었다. 그것은 왕이 처음으로 즉위하고 용삭 신유에 사비수 남쪽 바다에 나타났다는 여자의 시체였다. 몸길이가 73척이요, 발 길이가 6척이요, 생식기가 3척이나 된다는. 아까 재연이 들려준 『삼국유사』 문무대왕 편 첫 기사가 환각처럼 눈앞에 떠오른 거다.

사비수 남쪽 바다 여자의 시체는 백제의 죽음 그 상징이지만 불기 2545년 정월 보름 용당리 앞바다에 떠오른 시체는 신라의 죽음이었다. 회의의 누이인 재연은 신라 천년의 고도로 흘러와 자신의 뿌리를 찾으려 하지만 이 난장판 속에 신라는 없다. 바다가 좁다는 듯 검푸른 수평선 위에 미동도 않고 누워 있는 거인을 구름 속에서 흘러나온 보름달이 비추는데 그것은 여자가 아니라 생식기가 거세된 관의 시신이었다.

「관(觀)」에 나타난 삶과 운명의 여정 엿보기

김현숙 | 이화여대 국문과 교수

　작품 「관(觀)」은 후에 「나는 너무 멀리 왔을까」라는 제목으로 제8
회 21세기문학상을 받은 작품이다. 따라서 이 작품은 이미 사람들의
관심을 받은 작품이다.

　우리들은 가끔씩 삶이 운명에 의한 것인가 아니면 자신의 의지에
의한 것인가를 생각하곤 한다. 그러면서도 곧잘 잊어버리고 산다.
이 질문에 정답은 없으니까. 이 소설은 이 문제를 생각하면서 쓴 것
이다. 내용은 주인공 관이 재연이라는 여자를 사랑하면서도 결혼할
수 없는 상황에 이르기까지를 보여주는 단순한 것이다.

　그러나, 제목 「관(觀)」을 처음 대하게 되면 '관(觀)'이 무엇일까라는
호기심을 갖게 된다. '관'은 작가의 의식을 나타내는 말인가, 아니면
어떤 현상인가라는 수수께끼가 시작된다. 그러나 독서가 시작되면
곧 주인공의 이름이 '관'인 것을 알게 되고 그 주인공의 이름이라고
생각하면서 다 읽고 나면 경주 대왕릉의 바다라는 거대한 관(棺)의

동음이며, 또 작가가 작중인물들을 통해 한자어 '觀'의 사전적 의미처럼 '보여주고 자' 하는 어떤 세계라는 것임을 알게 된다.

작가가 작중인물들을 통해 보여주고자 한 그 세계는 이야기의 흐름에 따라 평면적으로 드러나는 주인공들의 만나고 헤어짐의 문제가 아니라 모든 인간들을 묶고 있는 '운명'이라는 명제와 사랑, 결혼, 죽음의 문제이다. 작가는 각 인간들에게 주어진 운명이 삶과의 줄다리기에서 어떤 결과로 드러나고 있는가를 집요하게 추적하여 보여주고 있다. 운명에 대한 주인공의 인식은 이미 중학교 때부터 시작된다. 함께 기차를 탔던 친구가 기차의 충돌사고로 뛰어내리다 한 팔이 잘리던 사고의 기억을 통해 '운명은 마음만 먹으면 한 팔 정도는 서슴없이 베어 버린다는 것'과 '천사 같은 조카들의 죽음'을 통해 인간들의 삶은 '주어진 인생'으로 받아들일 수밖에 없다고 화자를 통해 말하고 있다. 그리고 주인공은 스스로의 힘으로는 어떻게 할 수 없었던 삶의 모든 것들을 운명이라고 받아들이면서 자신의 운명인 고독과 회피와 죽음과 보이지 않는 시간과 공간을 향해 여정을 시작한다.

이 세상에 우연은 없으며 작고 미미하고 힘없는 북경 나비의 날갯짓이 거대한 역동적 힘을 내는 뉴욕의 태풍을 불러올 수도 있다는 로렌츠(Edward Lorenz)의 프렉탈 이론의 '나비효과(the Butterfly Effect)' 처럼 그가 선택하고 있는 죽음의 여정이 그 원인은 처음에는 가볍게 생각했던 자신의 한순간의 무책임과 '방기'로부터 시작된다. 타인들과의 만남, 그것으로 인한 운명의 엮임으로 진행되면서 그에게는 이렇다할 현재의 희망도 없다. 현실의 좌절로부터 자신을 추스르기도 전에 과거의 성관계는 그물로 그를 얽어매고 있는 것이다. 그러나 작중인물은 자신에게 주어진 삶에 대해 극복하고자 하기보다는 스스로를 운명이라는 바다에 버리는 것이다. 불교에서 말하듯 세상에 인연 아닌 것은 없고, 모든 것은 인연 따라 움직이며 인연은 운명을 불러오고 시작이 운명이었다면 결과도 운명일 뿐이다. 운명을 벗어나는 길은 죽음뿐이다.

다음은 작가가 이 작품에서 사용하는 언어 표현을 살펴보자. 주인공을 둘러싸고 있는 어휘들인 '운명-스토커-굴레-삶의 업-올가미 같은 인연, 괴기, 어둠, 슬픔'의 언어들이 그렇듯 이 텍스트의 언어 표현은 긍정적이 아니다. 그러나 작중인물은 그러한 현실로부터 벗어나고 싶어하며 '새로 시작하고 싶음'-'다시 태어나고 싶음'의 욕망 언어들도 있지만 곧 좌절과 포기의 언어들이 표현되고 있다.

그리고 그가 선택한 공간과 시간의 목적지는 신라시대의 경주이다. 그러나, 그곳에서도 그가 만나는 것은 죽어서도 나라를 지키기 위해 바다 속 바위에 묻힌 수중왕릉 바닷가 한편에서는 종교를 빌미로 살지도 못할 물고기를 방생하며 저 잘살겠다 속인들이 난장이다. 현재로부터 벗어나고 싶음, 구속의 도시로 벗어나고 싶어서 온 곳, 그러나 현재 삶의 공간은 어디고 번잡과 구속과 속임만이 있을 뿐이다. 숨겨진 가슴 바닥에서 사랑했음을 깨닫고 구원의 대상으로 여겼던 연인 재연에게 결혼을 청하자 "행복을 믿지 않는 회의의 남매"에게 결혼은 어울리지 않는다는 대꾸로 거절한다. 어느 곳에서도 행복의 언어는 없다.

그 외 이 작품에서는 몇 가지의 소설 기법을 볼 수 있다.

작가는 소설의 서두를 주인공의 직업처럼 시나리오의 기법인 장면 보여주기의 카메라 표현법으로 시작하고 있다. 그러나 전체적인

서술의 진행은 주인공 관에게 초점을 맞추어 제한된 전지적 서술로
되어 있다. 모든 상황은 주인공 관의 의식을 통해 제시하고 보여준
다. 서술자는 주인공의 의식을 따라다니면서 기술하고 있다. 그리고
소설을 이끌어 나가는 시간의 진행은 '과거－현재－과거－현재－과
거－현재'인 시간혼용기법을 활용하고 있다. 주된 현재의 시간은 의
식의 시간이며, 꿈과 회상으로 나타나는 과거의 시간은 생각 속의
시간이며 부정적 시간이다. 급진적 여성해방주의자이며 남자 백 명
과도 동침할 수 있다고 큰소리치던 여인 O가 임신을 계기로 관을
결혼으로 묶어놓으려는 짓, 또 미국을 방문했을 때 만나 함께 지냈
던 호머 닥터 박의 끈질지게 회유하는 전화질은 그들의 행위가 위
악적이라 생각한다. 그러나 관은 O에게 "결혼제도 같은 건 없어져
야 해. 난 가부장이 되고 싶지 않아."라고 거절하지도 못하고 또 닥
터 박에게도 정면에 대고 당신이 싫다는 소리를 하지 못한다. 그의
의식 속에서 그들은 자신의 자유를 구속하는 이들로서 선악으로 판
단되는 대상일 뿐이다. 그들은 지워버리고 싶은 과거의 악연일 뿐이
다. 한번 만들어진 인연의 고리는 서울을 떠났다고 끊어지는 것이
아니다.

또 이 텍스트에서는 상징이 설정되어 있다. 독서를 하면서 처음
만나게 되는 주인공의 이름인 '관'으로 자기성찰의 의미의 '관(觀)'
과, 시체를 담는 '관(棺)'과 독자들로 하여금 무엇인가를 보여준다는
의미의 관(觀)이라는 삼중의 의미를 지니고 있다. 또 시나리오 작가
의 글쓰기는 일상인들의 몽상의 세계의 유영과 같은 비일상의 세계
를 나타내며, 현재와 과거 현실의 세계와 역사의 세계, 의식과 무의
식을 넘나드는 작중인물의 의식을 나타낸 것이라 할 수 있다.

또, 그의 무의식 속에 남아 그를 따라다니는 것은 잘못된 만남의 '성(sex)'이다. '바람 스치듯 스쳐간 인연이라 까마득히 잊고 있었던 사람'에게 '당신이 싫다'고 직선적인 말은 하지 못해 서울을 떠나온 경주에서까지 울려대는 핸드폰 벨소리는 〈금지된 장난〉이다. 이 휴대폰은 의사소통의 수단이라기보다는, 그의 현재와 미래를 위협하는 괴기스러운 소리일 뿐이다. 호모인 닥터 박이 생식기를 다루는 비뇨기과 의사인 점도 인물설정의 상징성이다.

불기 2545(2001)년 거대한 관(棺)인 바다에 떠오른 성기가 거세된 시체는 관의 자살인가, 아니면 죽은 것이 아니라 단지 죽음의 환영으로서 상징일 뿐인가. 그러나 주인공 관은 잘못된 인연의 고리를 그렇게 끊고 싶었을 것이다. 설령 방생된다 하더라도 살 수 없는 물고기처럼 헤쳐나오기 힘든 삶에서 죽음의 운명을 믿으며 악연의 고리를 끊기 위해 자신을 내동댕이치고 싶었을 것이다.

우리는 누구이며
어디서 와서 어디로 가는가

현 대 문 학 교 수 3 5 0 명 이 뽑 은

공 지 영

1963년 출생.

1988년 〈창작과 비평〉으로 등단.

소설집 『인간에 대한 예의』『눈물을 흘린다』,
장편소설 『더 이상 아름다운 방황은 없다』
『무소의 뿔처럼 혼자서 가라』『착한 여자』 등이 있음.

우리는 누구이며
어디서 와서 어디로 가는가

공지영

1

약속된 장소로 출발하려고 자동차 문을 여는데, 내가 지금 만나기
로 한 여자가 5년 전에 끈질기게 내게 전화를 걸어왔던 그 여자가
아닌가 하는 생각이 문득 들었다. 그러고 보니 미국에서 왔다는 여
자가 전화를 걸어 나를 꼭 만나야 한다고 말했을 때 내가 별 이유도
묻지 않고 순순히 그러마고 했던 것이 나로서도 좀 이상하기는 했
다. 보통 독자라거나, 인터뷰를 요청한다거나 혹은 출판사 사람들이
라 해도 나는 웬만하면 낯선 사람들을 만나지 않는다. 처음에는 불
쾌하게 여기던 사람들도 내가 모두에게 공평히 그러고 있다는 사실
을 알고는 면전에서 대놓고 불평하지 않는 것도 사실이었다. 글쎄,
미국에서 딸의 연주여행 때문에 들렀다는 그녀의 말 때문이었을까.

미국처럼 먼 나라에서 왔으니까, 잠깐 만난다 해도 언젠가 별 생각 없이 만나주었던 어떤 중년의 여자처럼 낮이나 밤이나 내게 전화를 걸어 신세를 한탄할 위험이 없어서? 하지간 전화를 받았을 때 그녀의 차분한 목소리에서 내가 느꼈던 인상은 그녀가 무언가 아주 긴요한 이야기를 하고 싶어하고 있으며 그것이 내게도 중요한 일일지도 모른다는 것이었다. 하지만 나는 그때 막내 아이의 기저귀를 갈아주면서 뭐 자신의 기막힌 인생사를 책으로 써달라든가 하는 일이겠지, 취재하는 셈치고 만나보지 뭐, 생각하고 찹쌀떡 같은 아이의 엉덩이를 톡톡 두드리고 말았다. 하지만 그럼에도 불구하고 오늘 내가 그녀와의 약속 장소로 가기 위해 한 시간이나 달려가는 것에는 무언가 알 수 없는 이끌림이 분명 있었다.

2

호텔의 커피숍은 한산해서 나는 그녀를 금방 알아볼 수 있었다. 오십이 좀 넘었을까 여자는 갸름한 윤곽의 고운 얼굴이었고 작은 체구에 작고 둥그런 어깨를 가지고 있었다. 벨벳의 무늬가 도드라진 자줏빛 투피스 안으로 광택이 있는 연분홍 블라우스의 리본이 단정했다. 머리는 단발보다 약간 짧았지만 웨이브가 심하지 않은 퍼머를 드라이어로 잘 펴서 상스러워 보이지 않았으며 양쪽 손에 비취와 다이아몬드로 보이는 큼직한 반지가 끼워져 있었다. 흔히 양갓집 규수의 엄마를 만나러 간다면 십중팔구는 저런 엄마가 나올 것이다. 간단히 인사를 하고 앉자 그녀는 자신의 딸이 어제 예술의 전당에서 피아노 콘서트를 했다는 말을 꺼냈다. 갑자기 이 여자가 나를 만나자고 한 이유가 딸과 관계가 있는 걸까 하는 생각이 들었지만 잠자코 있었다. 여자는 잠시 나의 얼굴과 옷매무새를 살폈다. 나는 발목까지 오는 검정 개더스커트에 흰 민소매 티셔츠를 입고 그 위에 성긴 흰 민소매 니트를 덧입고 있었는데 왠지 내 팔이 민소매를 입기에는 너무 굵은 것이 아닐까 싶은 뚱딴지같은 생각이 들었다. 사귀는 남자의 어머니에게 선이라도 보이기 위해 나온 것처럼 나는 순간 어색해졌던 것이다.

"제가 왜 만나자고 했는지 아세요?"

여자가 물끄러미 나를 바라보고 있다가 물었다. 순간 오 년 전의 전화 통화가 생각났다. 차 문을 열기 전 나를 스쳐지나갔던 그 예감, 순간 설마라는 생각이 꼬리를 물었고 나는 그냥 웃었다.

"전화하는 사람들을 자주 만나주지 않는다고 들었는데 선뜻 오겠다고 해서 오히려 제가 놀랬어요…… 제 목소리를 기억하신 거였나요?"

사람이란 건 참 이상하다. 왜 차 문을 열기 전 그 여자가 바로 그 여자라는 생각이 스쳐지나갔을까. 나는 이 만남에 전혀 신경을 쓰지 않았고 그저 수첩에 오후 2시라고 적혀 있어서 기계적으로 나왔을 뿐이었다.

"그럼 오 년 전에 그……."

"그래요 제가 바로 오 년 전에 전화를 걸었던 최인옥이라는 사람입니다."

여자가 빙그레 웃었다. 실수였구나, 하는 생각이 스쳐갔다. 그건 5년 전에 이미 전화로 끝낸 일이었는데 싶었던 것이다.

"어쨌든 이렇게 나와주셔서 고마워요, 왜 그러느냐고 묻지도 않고 이렇게 나와 주니 확실히 우리 사이에 뭔가 있긴 있나봐요."

여자가 말했다. 나는 낚시바늘을 물 생각이 전혀 없는 물고기처럼 잠깐 어깨를 으쓱해 보였다.

본론을 꺼내기라도 하겠다는 것처럼 여자가 잠시 침묵했다. 5년 전 전화를 받았을 때의 생각들이 잠시 나를 스치고 지나갔다. 오 년 전…… 그런데 갑자기 오 년 전 처음 그녀의 전화를 받았을 때 내가 어디서 살고 있었더라, 싶어졌다. 기억은 대개 영상처럼 떠오르는데 그 영상이 떠오르지 않는 것이었다. 지금 이 마당에 그게 뭐가 중요하지, 스스로에게 묻기도 했지만 소리는 나오고 화면은 없는 TV를 보는 것처럼 나는 갑갑해졌다. 그러니까 오 년 전이면 아마도 수유리였을 것이다. 연도를 따져보자면 나는 그때 거기 살고 있었으니까. 그런데 이상하게도 내가 막 대학을 졸업하고 잠시 근무했던, 허름한 출판사의 사무실이 떠올랐다. 페인트칠이 벗겨진 창 앞에 있던 책상에서 전화를 받고 있던 내 모습이. 하지만 그건 아니다. 그건 오 년 전이 아니라 벌써 십오 년 전의 이야기였다.

"그동안 우리는 계속 지켜보고 있었어요. 이런저런 소식도 들었고 또 지난해 귀국했을 때는 제 동생들과 함께 교보문고에 가서 독자들에게 사인한 책을 주는 걸 멀리서 지켜보기도 했었죠. 누구와 결혼했는지 소식도 들었고."

여자는 담담하게 말을 꺼냈다. 대도시의 익명성에 길들여 자란 탓인지, 그저 나의 성격 탓인지 나는 누가 나를 아는 것이 싫었다. 집 앞 구멍가게의 아주머니가 내가 밤마다 소주를 몇 병씩 사가는지 아는 체 하기 시작하면 나는 아무리 힘이 들어도 다른 구멍가게로 물건을 사러갔다. 백화점이나 동네 미장원에서 이름을 물으면 나는 주민등록증이나 의료보험증을 내야 하지 않는 한 가명을 말한다. 이런 성격은 소설을 쓰고 이름이 알려진 후 더욱 심해졌다. 가끔 들르던 양품점에서 혹시 작가 공지영 씨 닮았다는 소리 많이 안 들으세요? 물었을 때, 나는 아니요 그런 일은 한 번도 없었는데요…… 말끝을 흐리며 다시는 그 양품점에 가지 않았다. 그런데 5년 동안이나 나를 지켜보았다는 사람이 여기 내 앞에 있는 것이다.

"그러세요……."

"그래서 이번 귀국한 길에 이제 그만 담판을 지으려고……."

나와 여자의 눈이 마주쳤다. 여자 역시 담판이라는 말이 좀 어색하다고 느꼈는지, 어색하게 미소를 지었다.

"저 그건 그때 이미 아니라고 말씀을 드린 것 같아요. ……저는 아니예요. 죄송하지만."

여자는 등을 뒤로 젖히며 갈색 소파에 등을 기댔다. 여유있는 미소를 지은 채였다.

"제 얼굴 보고 어떤 생각 들었나요?"

여자는 이제부터 하나씩 하나씩 실마리를 풀어가려는 사람처럼 천천히 물었다. 나는 그제서야 그녀의 얼굴을 살펴보았다. 자연스럽지만 진한 눈썹에 쌍꺼풀진 눈, 그리고 콧대부터 높은 코 그리고 입술…… 그녀의 얼굴 위로 자연스레 이모들의 얼굴의 겹쳐졌다. 그래, 그녀는 이모들의 얼굴과 닮았다. 머리카락이 노랗고 피부가 희고 콧대가 높은 이국적인 외가의 사람들과 섞어놓았다 해도 별로 이상할 것이 없을 것 같았다. 하지만 나는 우리 어머니와 닮지 않았다. 그렇다고 아버지를 닮은 것도 아니다. 나는 형제들과도 닮지 않았다. 그렇다고 나를 제외한 나머지 두 형제들이 엄마나 아빠 혹은 서로를 닮은 것은 아니다. 가만히 가족사진을 들여다보면 비슷한 분위기가 있긴 하지만 그건 어디까지나 가족사진이라는 선입견 속에서만 가능한 일이었다. 그래서 우리 자매들은 중고등학교 시절 오빠와 함께 집을 나서지 않았다. 형제라고 보아주는 사람들은 아무도 없었고 애인 사이냐고 놀림을 당할 게 뻔했기 때문이다. 언니 역시 나와 함께 있으면 자매예요? 하는 질문을 받은 적이 없다. 엄마가 가끔 같은 모양의 옷을 우리 자매에게 사주고는 푸념하는 것도 이상한 일이 아니었다. 언니에게 어울리면 내게는 우스꽝스러웠고 내게 어울리면 언니에게는 도무지 먹혀들지 않았다. 물론 그래서 편리한 점도 있었다. 가끔 너무도 내게 어울리지 않는 옷을 사거나 선물받으면 지체없이 그 옷을 언니에게 보냈다. 그러면 그게 언니에게 어울릴지 아닐지는 물어보지 않아도 됐다. 언니 역시 외국 생활 중 내게 옷을 사보낼 때면 종업원에게 물어본다고 했다. "제가 입으면 제일 안 어울릴 것 같은 옷은 뭐지요? 그걸 주세요."

"우리 둘을 보고 있노라면 누구나 닮았다는 생각을 하게 되겠지요. 사진을 보고 모두들 말하더군요. 정말 이렇게 닮을 수는 없다고……."

5년 전의 일이 생각났다. 그때도 그녀는 말했었다.

"우리 형제들의 얼굴을 본다면 우리가 왜 이렇게 전화를 하는지 알게 될 거예요."

나는 잠시 생각을 가다듬었다. 이건 분명 5년 전에 끝난 일이었다.

"저도 생각을 해보았는데요. 저희 형제들에게는 유전되는 점이 하나 있습니다. 목덜미에 나 있는 붉은 점이죠. 아버지에게도 있고 언니와 제게도 있습니다. 심지어 내가 낳은 두 아이에게도 있어요. 타원형의 반점이지요. 그러니 더이상 그 문제는 말하실 필요가 없을 것 같아요."

여자는 계속 야릇한 미소를 지은 채였다.

"점에 대해서는 5년 전에도 말했었죠? 점 하나 가지고 말하기에는 너무 큰 문제예요 이건……."

나는 식은 커피를 한 모금 삼켰다.

"이상한 게 너무 많아요. 전에도 말씀드렸지만 왜 출생지가 서울이 아니라 부산으로 되어 있느냐는 말이지요? 게다가 출생신고도 원래 생일보다 6개월이나 늦었어요. 이상하지 않아요?"

"그건 저번에도 말씀드렸다시피 아버지가 부산에 있는 육군 병기학교에 잠시 출강하시느라고 우리 식모가 모두 부산으로 내려갔고 거기서 제가 태어났고 그리고…… 제가 태어난 지 한달 반 만에 다시 아버지가 서울로 발령을 받는 바람에 서울로 왔으니까요. 저희식구 중 누가 부산에 연고가 있는 것도 아니고 제가 거기서 어린 시절을 보낸 것도 아니고…… 그런 북새통이라 출생신고가 늦은 거라고 부모님께서 제가 어렸을 때부터 말씀하셨어요."

"그래요 그 이야기는 오 년 전에 했어요. 그런데 어린 시절의 사진 중에서 제일 어린 사진이 두 살 무렵의 것이라고 했죠? 왜 그 전 사진이 하나도 없는 거지요? 이상하지 않아요?"

갑자기 에어컨이 작동되는 실내가 덥게 느껴지기 시작했다. 오 년 전에도 했던 이야기가 다시 반복되고 있었다. 나는 다시 한번 그녀의 얼굴을 바라보았다. 내가 왜 여기 앉아서 이런 대화를 나누고 있어야 하는지 알 수 없었다.

"그건 전에도 말씀드렸다시피 아버지가 군인 신분이셔서 월급이 적었기 때문에 제게 사진을 찍어줄 여력이 없어서라고 말씀드렸잖아요."

"아니지요. 예쁜 막내딸의 사진이 없다는 게 이상하지 않아요? 아무리 그래도 백일이나 돌 사진은 찍어주는 게 보통이에요. 근데 그게 하나도 없다면서요."

나는 대답하지 않았다. 그건 나도 알고 있었다. 언니나 오빠의 백일과 돌 사진은 있었지만 내 것은 없었다. 내가 태어난 이후 우리집 형편이 많이 나아졌는데도 그랬다. 보통 가난했기 때문에 큰애나 둘째는 못해 주어도 막내는 사진을 찍어주는 게 우리네 가족사에서는 어울리는 일이다.

그랬다. 이상한 일이었다. 남들이 말하던 예쁜, 막내딸…… 예쁜 막내딸…… 우리 어머니는 이 예쁜 막내딸의 사진을 찍어주지 않았다.

"그러면 그 무렵의 사진이라도 볼 수 있을까요? 제가 맏이였으니 저는 그때 열 살이었고 아이적 모습을 본다면 기억이 더 확실할 거예요."

"지난번에 어머님 댁이 15년 만에 이사를 하셨는데 하필 그때 제 어린시절의 앨범이 모두 분실되었어요. 공교롭게 언니 오빠들 앨범 말고 제 것만요…… 그래서 언니 오빠와 함께 끼어있는 사진 말고 제 어린 시절 사진은 하나도 남아 있지 않아요."

무언가 내가 점점 궁색해지는 느낌이 된다, 이상하다, 느끼며 나는 자신없이 대답했다.

"그때가 혹시 제가 전화를 처음 걸었던 그 무렵이 아니었나요? 그 말씀을 드렸더니 어머니가 몹시 화를 내셨다고 했지요?"

그러고 보니 그랬다. 오래도록 사시던 집에서 어머니가 이사를 하신 것이 5년 전쯤이었다. 그리고 그때 공교롭게도 내 앨범만이 분실되었다. 화는 났지만 그것이 이번 일과 연관이 있을 거라는 것은 한번도 생각해보지 않았었다. 그런데 말을 듣고 나자 정말 우리 어머니가 내 과거의 어떤 것들을 지우기 위해 내 앨범만 유독 없애버릴 수도 있었다는 추리도 가능하겠구나 싶었다.

"제가 말씀드릴 수 있는 건 댁께서 찾고 있는 사람이 제가 아니라는 겁니다. 길게 말씀드리기는 곤란하지만 가장 큰 이유는 우리 어머니는 설사 누가 아기를 맡긴다 해도 아이를 맡아 키우실 분이 아니라는 거예요…… 이해 못하시겠지만 이것처럼 중요한 증거는 없어요."

나는 여자가 이해 못할 거라는 것을 예상하면서도 이렇게 말했다. 내 스스로도 이해 못할 말이었다. 누가 이런 생각이 가장 중요한 이유라고 생각했겠는가.

"우리도 이해해요. 만일 지금 우리가 나타난다면 얼마나 혼란스러울까, 그래서 고민도 많이 했어요……."

"아뇨, 그래서 그러는 게 아니예요……. 아까도 말씀드렸다시피 목덜미의 점도 있고 또 우리 어머니 성격이……."

나는 입을 다물었다. 점 하나와 어머니의 성격…… 그게 이 여자의 확신을 자를 만한 증거가 될 수 있을까?

"어머니 성격 때문에 아니라구요?"

나는 입맛을 다시며 그대로 앉아 있었다. 할 말이 없었다. 당장 우리 동네에 가서 앙케이트 조사를 하면 우리 어머니는 동네 아주머니들에게 존경받는 인물 1위로 뽑힐 사람이었다. 1위가 아니더라도 최소한 3위 안에는 들 것이었다. 어머니는 친절하고 어머니는 경우바르고 어머니는 품위있는 할머니였다.

"좋아요. 그래 어쩌다가 절 잃어버린 동생이라고 생각하셨나요? 왜 동생을 잃어버리셨지요? 어쨌든 이것도 인연이라면 저도 궁금하군요."

이야기가 금방 끝날 것 같지 않았고 이왕 여기까지 나온 거 사연이나 물어보자 싶어 내가 물었다. 여자의 얼굴에 빙그레 미소가 번졌다. 진작 그렇게 나오지, 어쩌면 그런 표정이었는지도 모른다.

"우리 어머니가 막내를 낳고 돌아가셨죠 ……그러니까 우리는 갑작스런 어머니의 죽음에 망연해 있었고 아버지 역시 막내 아기를 어쩔 줄 몰라했지요. 어머니 아버지 모두 함경도에서 피난 내려온 실향민이라 우리에겐 친척도 하나 없었어요. 아시다시피 그때는 분유도 귀해서 일제 모리나가 분유를 사야 했는데 우리에겐 그럴 여유조차 없었지요……. 어머니는 돌아가시고 갓난아기는 밤새 울고 우리 여자 형제들이 밤새 쌀을 씹어 암죽을 만들어 먹였지요……. 우리가 다니던 성당의 마리아 할머니는 우리 형편을 듣고는 딱하다면서 마침 아기가 죽은 엄마가 있으니 그 집에 주자고 했어요. 우리는 정말 경황이 없었어요. 마리아 할머니라는 분이 그 아기를 당시 마산에 있었던 우리집에서 데려다가 부산의 공씨 집안 젊은 군인에게 주었다고 했어요. 그리고 우리 식구들이 다시 정신을 차려 마리아 할머니를 찾았을 때 할머니는 그 공씨라는 젊은 군인이 가족들을 데리고 서울로 갔다고 말하더군요. 아이는 잘 크고 있으니 찾으려면 조금 더 큰 다음에 찾으라고 말이지요……."

"그래요?"

내가 물었다.

"그래요."

하기는 여자가 의심할 만도 하기는 한 것 같았다. 공씨, 부산, 군인 그리고 서울로 곧 가버린 것까지.

"아버지도 어머니를 잃은 충격에서 회복하셨고 세월이 좀 지났지요. 아마 아이가 초등학교 갈 무렵쯤 되었을 거예요. ……우리는 이제는 아이를 데려오지 않는다 해도 멀리서나마 보기를 원했어요. 우리도 서울로 거주를 옮겼구요…… 그제서야 수소문하러 다시 마산으로 내려가니까…… 마리아 할머니마저 한마디 말씀도 없이 돌아가신 거지요……."

"……."

"오 년 전 아버지가 돌아가셨어요. 아버지는 돌아가시는 순간까지 막내딸 때문에 괴로워하셨어요. ……그때 아무리 힘들었어도 누군지도 모르는 사람들에게 맡기는 것이 아니었다고…… 아버지의 마지막 유언은 그거였어요. 무슨 수를 써서라도 막내 인향이…… 그러니까 인향이를 찾으라고 말이지요."

여자는 잠시 목이 메는지 말을 멈추고 손수건을 꺼내들었다.

"그런데 아버지가 돌아가신 다음날 우리는 신문에서 공지영 씨를 발견한 거지요. 그 책의 광고 사진 말이예요. 공씨가 어디 흔한 성이던가요? 게다가 그 사진은 젊은 시절의 내 모습을 빼닮았더군요. ……우리는 조사하기 시작했어요. ……기가 막히게도 우리 막내와 같은 1963년 1월생이더군요. 생일이 약간 차이 나긴 하지만 그거야 얼마든지 있을 수 있는 일이고 게다가 부산 출생으로 신고가 되어 있고…… 그래서 전화를 걸었더니 아버지가 군인이었다고 하셨죠? 어머니가 한때 성당에 다니셨다고? 그때 우리는 생각했어요. 이건 분명 돌아가신 아버지가 천국에서 보내신 메시지라고 말이지요."

여자는 말을 더 잇기가 힘든지 손수건을 눈에 대고 한참 그 자세로 있었다.

"……그 여자아이의 이름이 인향이었나요?"

"그래요. ……영세명은 테레사예요."

여자는 손수건으로 눈가를 훔쳤다. 인향이. 지영이. 인향이. 지영이…… 하기는 그저 사람을 잘못 보셨습니다, 하고 말기에는 많은 일들이 잘 짜인 각본처럼 일어나기는 했네, 싶었다.

"마리아라고 했죠?"

여자가 물었다. 아 예, 하고 대답하면서 내가 만일 최인향이라면 영세를 두 번씩이나 받았단 말인가, 싶자 나도 좀 이상한 기분이 들었다.

"혼자서만 성당에 나간다고 했죠?"

"예, 어머니가 예전에……."

"나는 그것도 이상했어요. 어머니가 천주교 신자이셨기 때문에 마리아 할머니라는 분과 연결이 된 것 같고."

"아, 아니 어머니는 저를 낳을 무렵에는 성당에 나가시지 않으셨어요. 그건 결혼 전에……."

"어쨌든 다니셨던 거잖아요. ……그러니 마리아 할머니라는 분과 연락도 될 수 있었던 거고…… 우리 집안은 천주교 신자예요. 5대째 내려오는 집안이죠. 지영 씨도 천주교 신자라는 말을 듣고 나는 생각했어요. 피는 역시 속이지 못하는구나. 그게 아니고서야 집안에서 유독 혼자 성당에 나갈 이유가 있겠어요?"

그것도 그럴려면 그럴 수 있는 일이었다. 뭐 이런 우연이 있어,

싶게 정황은 척척 맞아떨어져 갔다. 거액의 유산 문제만 없힌다면 할리우드 영화 소재감이군, 농담처럼 스쳐가는 생각의 꼬리를 물고 알 수 없는 소름이 돋아났다. 나는 팔뚝을 쓸어내렸다. 그러니 내가 정말 공지영이 아니라 최인향이라는 여자라면…… 내가 공지영 마리아가 아니라 최인향 테레사라면…… 그러자 내 팔뚝의 피들이 일제히 둘로 갈라져 흐르는 듯했고 몸 전체가 약간 부어오르는 듯도 했다. 5년 전의 혼란이 다시 내게로 엄습했다. 이게 출생에 관한 문제가 아니라 살인 사건에 대한 추궁이라 해도 내게는 빠져나갈 알리바이가 별로 없겠다는 생각이 들었다. 그 여자는 이렇게 많은 개연성을 들이대는데 내게는 아니라고 할 증거가 없는 것이다. 아니 없는 정도가 아니라 나 역시 의심하고 있었다. 나도 내내 물어왔던 것이다. 나 진짜 우리 엄마 딸 맞아? 하지만 5년 전의 전화 이후 나는 스스로 그 일에 대해 마음을 정리했다. 가끔 거울 속에서 어머니의 윤곽을 희미하게 발견하기도 했고 사촌들의 얼굴에서 내 모습을 찾아낼 수도 있었다. 그리고 무엇보다 내가 컸고 아이의 엄마가 되었고 그래서 정말 우리 어머니의 친딸이 맞을까 고민할 일이 사라져버린 것이 무엇보다 큰 이유였다.

"이렇게 우연들이 겹쳐지는데 그걸 그냥 우연이라고 할 수 있나요?"

여자가 답답하다는 듯이 말했다.

"게다가 우리가 이 일을 밝혀서 뭘 어쩌자는 것도 아니잖아요. 우린 그냥 동생이 이렇게 잘 자라주었구나 아는 것만으로도 그걸 확인하는 것만으로도 행복할 거예요. ……그저 가끔 만나고 그저 가끔 연락하고……."

나는 아무것도 모르겠는 기분이었다. 언젠가 자신과 내가 서로 사랑한다고 우기던 남자의 얼굴이 떠올랐다. 남자는 내가 자신을 사랑하는 것이 분명한 이유를 열 개쯤 댔다. 왜 하필 내가 점심을 먹으러 갈 때 거기 서 있었느냐, 왜 그때 아무도 없는 출입문에 혼자 서 있다가 내가 저녁을 살까요, 하니까 따라왔느냐, 그 모임에서 왜 자신을 그렇게 애처로운 눈빛으로 쳐다보았느냐, ……그건 그때 친구가 온다길래 서 있었던 거고, 그건 그날 엄마랑 싸워서 집에 가기가 싫었는데 당신이 나타나 저녁을 사겠다니 아무 생각 없이 따라갔던 것뿐이고 모임에서 애처롭게 쳐다봤는지 아닌지 기억도 안 난다, 며 실랑이하던 그 상황 같았다. 그 남자도 말했던 것 같다. 아니에요 스스로를 속이지 마세요, 분명 당신은 절 사랑하고 있어요. ……그때 나는 생각했었다. 내가 정말 이 남자를 사랑하나? 모든 것이 불분명했고 혼란스러웠다. 좋아요, 내가 말했었다. 내가 그렇다고 치죠. 그러면 당신이 날 사랑한다는 증거는 뭐예요? 남자가 웃었다. 그건 간단하죠. 난 당신을 사랑하니까요. ……그게 단가요? 그게 다지 뭐가 있어요. 남자는 이제 네가 드디어 내 손에 넘어오는군 하는 표정으로 웃었다. 나는 내가 자기를 사랑하는 게 분명하다고 우기는 그 남자와 끝내 결혼까지 했었다. 그리고 그 결혼은 예상대로 불행했다.

"어쨌든, 전 아닌 것 같아요……."

"글쎄 아무리 아니라도 우겨도 여기 이렇게 정황들이 있잖아요. 이렇게 맞아떨어질 수가 있어요?"

여자가 자신있게 말했다. 그건 그랬다.

"왜 내가 동생이 아닐 수도 있다는 가정으로 동생을 좀더 수소문해 보이지 않으셨나요. 그러니까 경찰서에 찾아가 본다든지…… 뭐

요즘 잃어버린 형제들 찾잖아요. TV에 나가실 수도 있는 거고……
그래서 찾아낸 것이 다시는 나라면 그땐 나도 어쩔 수 없겠지요."

"그렇게 하려고도 했어요. ……그런데, 솔직히 찾았다 싶으니까
더 찾을 노력을 못하겠어요. ……찾은 거라고 생각했으니까. 이제
그걸 확인하고 그러면 된다고 생각하니까……."

여자는 조금 힘이 빠지는 것 같았다. 그러자 나는 내가 정말 그
여자의 동생일까봐 문득 겁이 나기 시작했다.

3

5년 전 몇 번 그녀의 전화를 받고 나서, 내가 혼란에 빠졌던 것은
왜였을까? 서른세 살짜리 다 큰 어른인 나에게 그런 말들이 왜 그렇
게 충격이 되었을까…… 아마도, 그건 오랫동안 나 역시 그런 생각을
해왔기 때문이었을 것이다. 그녀의 말대로 호적이 6개월 늦게 신
고되어 있는 것도 그랬고, 내 백일이나 돌 사진이 없는 것도 그랬고
내가 어머니나 아버지 중 누구도 닮지 않았다는 사실도 그걸 부추겼
다. 하지만 무엇보다 사춘기 무렵 열렬하게 내가 친딸이 아닐지도 모
른다는 의구심을 가졌던, 그 기억이 떠올랐던 것이 제일 힘들었다.
다 커서 아이까지 둔 여자가 나 친딸 맞아, 물어보는 것도 우스웠지
만 나는 소설에 필요한 정황인 것처럼 꾸며 내 출생을 목격했을 만
한 이들에게 전화를 걸었다. 하나는 언니였고 하나는 이모였다.

　─그래, 내가 그때 일곱 살이었는데 아빠가 아기 낳았다고 오라고
해서 준이랑 내가 가보니까 아이가 있더라…… 분명 보았지. 그게
너였어. 왜?

―글쎄 내가 여학교 다닐 때였는데 방학 때 부산에 가니까 니네 엄마, 그러니까 큰언니가 만삭이 되어 있었던 게 기억나. 그때 니네 엄마 고생 많이 했다. 근데 왜?

그들의 대답이 너무 태연했으므로 몇 번 확인을 하고 나는 그 일을 더이상 염두에 두지 않기로 결정했다. 그래서 다시 전화가 걸려왔을 때 나는 냉정할 수 있었다.

―저는 아닙니다. 그러니 다시는 전화하지 말아주세요.

하지만 내가 냉정할 수 있었던 것만은 아니었다. 검은 구름이 비를 부르고 동풍이 폭풍을 부르듯, 기억은 그날부터 마당에 널어둔 색색의 빨래처럼 나부꼈다.

하느님, 제발 이런 저를 용서해 주세요. 저는 엄마를 미워하고 있습니다. 엄마가 대체 왜 저를 이렇게나 미워하는지 알 수가 없습니다. 눈물밖에 나오지 않아요, 하느님 제가 뭘 잘못했다면 벌을 주세요. 하지만 저는 엄마를 이해하려고 했고 착한 딸이 되려고 노력했습니다. 그건 당신도 아시잖아요.

오늘 가족들이 놀러가는 길에 엄마와 한양슈퍼에 갔는데 엄마가 계산대원들 앞에서 소리를 꽥 질렀다. 모두들 나만 쳐다보는 것만 같아 얼굴이 화끈거렸다.

―누가 그런 거 사랬니? 그 맛도 없는 걸, 응? 당장 바꿔와.

나는 들고 있던 초콜릿 상자를 가지고 뛰어갔다. 점원들이 안 보이는 곳으로, 아니 그들이 나를 볼 수 없는 곳으로 가서 몸을 숨겼다. 눈물이 나올 것 같았지만 꾹 참았다. ……잠시후 맛동산 봉지를 집어들고 나타난 내게 엄마는 다시 소리쳤다.

―왜 이렇게 꾸물거리니? 식구들 다 기다리잖아! 이번엔 또 맛

동산이야? 하긴, 네가 고르는 게 다 그렇지.

같은 성당에 다니던 형준이 오빠가 동생과 함께 아이스크림을 고르다가 놀란 표정으로 나를 바라보았다.

아버지와 식구들은 차에서 기다리고 있었다. 엄마가 먼저 운전석 옆자리 문을 열고 차에 탔다. 문을 열고 형제들 옆자리에 앉으려는데 참았던 눈물이 쏟아졌다.

─엄마 제발 사람들 있는 데서는 그러지 마.

목이 메어왔지만 너무 화가 나서 겨우 말했다. 차를 출발시키려던 아버지가 엄마를 향해 얼굴을 찌푸리시는 게 보였다.

─왜 맨날 애하구 싸우구 그래 당신은?

─내가 뭘 어쨌다고 그래요? 소리는 쟤가 질렀단 말야!

─내가 언제 소리 질렀어? 엄마가 질렀잖아…… 난 엄마가 그럴 때마다 너무 챙피해서 죽고 싶어.

─내가 언제 소리 질렀다구 그래? 이 기집애가 이제 거짓말까지 하네! 나쁜 기집애.

그리고 이번에는 난데없이 엄마가 울기 시작했다. 차안에서 두 여자가 우는 것이다. 엄마와 나다. 아버지는 기분이 잡친 표정이고 언니와 오빠는 엄마를 울린 나를 노려본다.

오늘 나들이는 강화도였다. 아빠는 내 기분이 상했다는 걸 알고 전등사를 구경하는 내내 내 손을 놓지 않았다. 그리고는 매표소에서 산 표를 주신다. 거기에는 전등사가 어떻게 지어졌는지 씌어 있다. 아빠는 지금은 내가 어리지만 이담에 훌륭한 사람이 되려면 모든 자료를 잘 모아놓아야 한다고 말씀하셨다. 나는 아빠 말대로 그 입장권을 일기에 붙이고 설명서를 적어넣었다.

잔 마리아 디디에, 당신은 내가 누구인지 모르시겠지요. 나는 여기 한국 여의도에서 울고 있는 열네 살짜리 소녀입니다. 오빠는 과외에 가서 아직 오지 않고 언니는 과에서 MT를 떠났어요. 아빠는 오늘도 늦으시네요.

엄마는 저 방에서 친구랑 무슨 전화인가 하다가 울고 있어요. 아까 설거지를 도와드리려고 했는데 그만 유리컵을 깨버렸지 뭐예요. 그런데 엄마가 갑자기 다가와 내 등짝을 후려치더니 말했어요.

　─들어가. 니가 맘에도 없는 짓을 하려니까 이게 깨지지!

마음이 없었던 것이 아니었어요. 그건 당신도 아시잖아요. 나는 엄마의 착한 딸이 되고 싶었어요. 그런데 엄마는 믿지 않아요. 다 내가 마음이 없어서 그러는 거래요. 왜 하필 그때 컵이 깨졌을까……

며칠만에 당신을 펴보네요. 잔 마리아 디디에, 어디론가 가버리고 싶지만 눈 사정 때문에 그럴 수가 없어요. 당신도 알다시피 보름 전부터 눈가에 난 종기가 커지고 있어요. 아무리 말을 했지만 엄마는 들은 척도 하지 않아요. 그냥 놔두래요. 거울을 보니 한쪽 눈이 완전히 찌그러졌어요. 두꺼비 같아요. 챙피해서 학교도 못 가겠어요.

선생님들이 왜 병원에 가지 않느냐고 물으시길래 병원에 갔는데도 이렇다고 거짓말을 했어요. 일그러진 내 눈, 내 눈을 뽑아버리고만 싶어요.

어제 이상한 일이 있었다. 밤에 하느님의 소리를 들은 거였다. 사실을 이야기하자면 내가 간절한 기도를 하고 잤던 것이다. 하느님 제발 우리 엄마가 진짜 엄마인지 아닌지 가르쳐 주세요. 만약 진짜 우리 엄마가 어딘가에 있다면 아무리 가난해도 난 그 엄마에게 가서 살래요. 오늘밤에 꼭 알려주세요 아멘.

그런데 깜깜한 꿈속에서 "아니다"라는 목소리가 들렸다. 꿈에서 깨어나니 뭐가 아닌지 물어보지 못했다는 생각이 났다. 새엄마가 아니라는 건지. 진짜 엄마가 아니라는 건지. 어떻게 하지?

지금은 일요일 아침. 아버지가 직원들과 가을 여행을 가신다고 엄마와 싸우시는 소리가 들린다. 만일 아버지가 지난번처럼 또 나만 데리고 가신다고 하면 나는 어떻게 하지? 아니야 가지 않을 거야. 지난번 속리산에 학교도 빠지고 다녀왔을 때 식구들의 그 눈초리를 생각하면……

　　엄마가 집에 선생님들을 초대했다. 교감 선생님과 담임 선생님과 교무주임 선생님이시다. 저녁을 잘 먹고 과일을 먹는데 선생님들이 말했다. 이렇게 좋은 어머니까지 계시니 남부러울 게 있느냐고. 얘가 괜히 공부를 잘하는 게 아니었다고…… 엄마가 웃으며 말했다. 우리 막내는 말도 잘 듣고 마음도 너그럽고 정말 자신이 제일 사랑하는 딸이라고. 심부름도 잘하고 설거지도 잘 도와준다고…… 나는 도저히 엄마를 이해할 수 없다…… 인간이란 정말 무엇일까?

5년 전 그 여자가 걸었던 전화벨 소리 때문이었을 것이다. 돌멩이처럼 단단하게 웅크리고 있는 어린 계집애가 내 안에서 고개를 들었다. 그때 나와 함께 살던 남편은 말했다. 넌 나쁜 여자야, 난 너처럼 나쁜 여자를 본 일조차 없어! 남편을 도와줄 마음이 눈곱만큼이라도 있다면 이럴 수가 없어!

전화는 그 무렵 걸려왔다. 그게 수유리임이 분명했다. 나는 그때 거기서 그 남편과 살았으니까. 그 무렵, 어머니의 집이 오랜만에 이사를 하는 바람에 어린 시절의 일기장들이 우수수 쏟아져 펼쳐졌다. 나쁜 계집애! 나쁜 여자! 나쁜 계집애! 나쁜 여자!…… 나는 그렇지 않아, 라고 말하고 있었지만 내 입술은 점점 더 자신이 없어졌다. 나는 죽을힘을 다해 공부를 했고 죽을힘을 다해 요리를 했다. 나는 죽을힘을 다해 착해지고 싶었고 죽을힘을 다해 좋은 아내가 되고 싶었다. 내가 나쁘지 않다는 것을 증명할 방법은 그것밖에 없었다. 그러니 누군가의 손가락질을 받을 만한 일을 한다는 것은 있을 수 없었다. 나는 모범생이어야 했고 선생님들의 눈밖에 나면 안 되었고 노래를 부르면 노래를 그림을 그리면 그림을 가장 잘 그리지 않으면 안 되었다. 트집거리가 잡히는 날에는, 만일 조금이라도 의심받을 만한 내 행실이 발각된다면 그들이 말할 테니까. 거봐! 내가 뭐랬어. 넌 나쁜 계집애라니까. ……내가 나쁘다고 해서 그들이 나를 죽이려는 것도 아닐텐데 죽는다 해도 나는 나쁜 여자이기는 싫었다. 엄마 나 잘할게, 엄마 내가 착해질게…… 내가 잘못했어요, 엄마, 제발 나를 미워하지 말아요! 나는 벼랑 끝에 홀로 서 있는 기분이었다. 돌아서서 그들과 마주치든지 아니면 뛰어내리는 수밖에 없었다. 하지만 돌아가기는 싫었다. 그것이 죽음이라 해도 하는 수 없었다. 내가 뭘 잘못했어! 누가 낳아달라고 했어? 누가 그렇게 결혼하자고 했었어? ……눈을 질끈 감지도 못하고 뛰어내리는 꼴을 내 뒤통수에서 언제나 나 자신을 비추고 있었던 카메라로 바라보면서 나는 몸을 던졌다. 눈을 뜨고 있었지만 캄캄한 어둠, 나는 다만 내가 떨어져 내리는 맹렬한 속도만을 느꼈을 뿐이었다. 그런데 분명 그 캄캄한 절벽을 뛰어내렸는데, 죽어도 좋다고 생각하고 뛰어내렸는데 정신을 차리고 보니 내가 뛰어넘은 것은 다만 문지방일 뿐이었다. 나는 문을 열고 밖으로 나왔다.

훗날 친구가 내게 말했다.
─그러니까 니네 엄마가 니 문장 실력을 키워준 거야. 본의 아니게 널 훌륭한 소설가로 만들어준 거지. 사춘기 때 그렇게 죽자사자

자세히 일기를 쓰는 사람이 어디 흔하니? 니네 남편은 니 안의 착한 여자를 본의 아니게 '착한 여자'로 탄생시켜 준 거고…… 다 고마운 사람들이야.

4

　언니는 뜻밖에도 웃지 않았다. 이제 자신의 나이도 40대 중반, 뭐 그런 일이 있었다 해도 별로 놀랄 일은 아니라는 듯 태연했다.
　─글쎄 정확한 사실을 이야기하자면 네가 태어나고 한 달 만에 그러니까 2월 말쯤 나는 할아버지 할머니랑 먼저 서울로 왔어. 아버지가 곧 서울로 발령이 난다니까 전학시키기가 뭐하다고 먼저 할머니 할아버지랑 서울의 초등학교에 입학하라고 말이야. 만일 최인향이라는 아이가 왔다면, 그 우연이 사실이라면 내가 서울로 간 사이 진짜 네가 죽고 최인향이라는 아이가 그 집에 왔다는 이야긴데…… 네가 태어난 건 분명 내가 보았으니까…… 그러니까 아닌 것 같다. 우리 엄마가 미쳤니? 니가 죽었으면 엄만 솔직히 좋아라 했을 텐데…….
　"그렇지? 내 생각도 그 생각이야."
　우리 자매는 함께 낄낄거리며 웃었다. 이미 딸 하나 아들 하나를 낳고, 다산은 무식의 소치라고 생각하던 엄마가 나를 밴 건 우연이었다고 했다. 낙태를 하기 위해 몇 번이나 병원에 가려고 했지만 아버지가 혹시나 아들일지도 모른다고 말렸고 그래서 나온 것이 나라는 딸이었다.
　─둘일 때는 단촐하고 좋았는데 왜 애가 하나 더 태어나니까 방이 그렇게 좁니?

어머니는 무심히, 무심히 말하곤 했다. 나는 엄마의 교양을 파괴해 버린 다산의 증거에다가 아들일지도 모르게 위장해서 세상에 억지로 나온 사기꾼 불청객에다가 방을 좁게 만든 귀찮은 가구였다.

5

여자는 공원에서 나를 기다리고 있었다. 하는 수 없다는 생각에 집에서 입던 푸른 스커트에 연베이지색 얇은 카디건만 걸치고 집 앞으로 나갔다. 푸르던 이파리들이 벌써 윤기를 잃어가고 있었다. 검은색 바지 정장에 푸른 리본 블라우스를 입은 여자는 옷의 색깔 때문이었을까, 지난번 커피숍에서 만났을 때보다 작고 파리해 보였다.

"어디 가서 커피라도 한 잔 하실래요?"

내가 물었다.

"아니예요. 여기 좋네요…… 애기들은?"

"…… 저는 댁의 동생이 아닌 것 같아요. 어떻게 다른 방법을 찾아보시지요."

담담한 말투 때문이었을까, 여자가 약간 놀라더니 울듯한 표정을 지었다.

"바빠서 미안해요."

"바빠서가 아니예요……."

우리는 둘 다 잠시 침묵했다. 아직 햇살은 뜨거운데 바람은 서늘했다. 파란 하늘이 가을을 데리고 와와 몰려오고 있는 것 같았다. 산다는 일도 이렇게 예측이 가능했으면 좋겠다는 생각이 들었다. 하늘이 높아지면 여름옷을 차근차근 개켜 서랍 깊숙이 넣어두고, 바람이 차지면 고추를 빻아놓고 마늘을 쟁이며…… 장독을 씻어 김장을 준비하고…… 하지만 어느 날 아침 문득 바람이 싸늘해지면 나는 아직도 알 수 없는 두려움에 휩싸이곤 했다. 한번도 어김이 없었던 계절인데도 말이다.

"언제 미국으로 돌아가세요?"

여자가 머뭇머뭇하더니 울기 시작했다. 나는 이맛살을 찌푸린 채로 아이들이 킥보드를 타고 지나가는 모습을 바라보고 있었다. 더럭 짜증이 나기 시작했다. 뭐야, 나보고 내 출생을 증명하라니, 누가 자신의 출생을 증명할 수 있단 말인가…… 더구나 누가 뭐라고 생각하든 나는 이젠 울지 않는다.

"부탁이 있어요. 형제들이 오늘 따라온다는 것을 내가 말렸는데…… 한 가지만 들어주시면 다시는 이런 일 없을 거예요."

"말씀해 보세요."

"유, 전자 검사…… 유전자 검사를 해주세요. ……어려운 부탁이란 건 알아요. ……하지만 이렇게 앉아서 안타까워만 하고 있느니 차라리 확인이 되면……."

그녀와 나의 눈이 가까운 거리에서 마주쳤다. 여자의 눈에는 두려움이 실려 있었다. 나는 이 여자가 진심으로 두려워하고 있는 것이 무얼까, 잠깐 생각했다. 이 여자는 내가 자신의 동생이 아닐까봐 두려워하고 있을까? 그럴지도 모른다. 하지만 이 여자는 어쩌면 내가 자신의 동생이 아니란 것이 확인된다는 사실을, 동생이 아니라는 사실보다 더 두려워하고 있을지도 모른다는 생각이 들었다. 그건 별로 특별한 것도 아니었다. 나 역시 오래도록 두려워했고 오래도록 나 자신을 속여 왔다. 진실보다 무서운 건 진실이 밝혀진다는 것이라는 걸. 거짓이라도, 사랑하지 않는다 해도, 붙들고 있는 편이 나을 때가 있다. 그러자 나도 두려워지기 시작했다. 만일 만에 하나 내가 그녀의 동생이라면…… 확인율 99.99%의 냉정한 과학 앞에서, 마치 거짓말 탐지기 앞에서 두려운 증인처럼 나 역시 두려워졌던 것이다. 만일 내가 최인향이라면, 공지영이 아니라 최인향이라면 그래도 나의 삶은 평온히 계속될 수 있을까…… 내가 나에게 물었다. 그, 럴, 것, 같다……라고 내가 대답했다. 나는 다시 물었다. 만일 네가 공지영이 아니고 최인향이라면 그래도? 너는 온전히 너일 수 있을까? …… 그, 렇, 다……. 나는 다시 물었다. 정말? ……나는 대답했다. 그래.

"그러시죠."

내 선선한 대답에 여자가 오히려 놀라는 눈치였다. 그리고 나 역시 내 자신에게 놀라고 있었다.

6

나는 짐짓 쾌활함을 가장하고 있었다. 우리 이모들을 닮은 그쪽 형제들은 떨고 있는 듯 보였다. 여자의 동생들을 본 것은 그때가 처음이었는데 사실 나와 나란히 서서 가족사진을 찍는다 해도 이상히 여길 사람은 아무도 없을 것이었다. 분위기도 그랬고 얼굴의 윤곽도 그랬다. 하지만 그들의 얼굴에는 반가운 기색이 없었다. 모두들 조직 검사를 하러 들어가는 예비암 환자들 같았다. 미리 부탁해 놓은 여의사가 커다란 쟁반에 주사기를 가지고 들어와 인사를 했다.

"저어, 비밀은 보장되는 거지요? 이분은 유명한 분이라서…… 혹시나 잡지사 기자들이 알기라도 한다면…… 우리는 그저 사실만을 원하는 거지, 이게 알려지면 안 되는데."

여자는 정말 걱정스러운 듯 말했다. 순간 내가 최인향이라면 그래서 큰언니 밑에서 미국으로 이민 가 어린 동생으로 컸다면 내 삶은 어떻게 달라졌을까 하는 생각이 들었다. 하지만 그것은 아무도 모른다. 이미 저질러진 것을 우리는 인생이라고 부른다. 내가 잠 안 오는 밤 동이 틀 때까지 뒤척이며 그때는 이렇게 했다면, 그때 그렇게 하지 않았더라면, 그때 거기 가지 않았더라면, 아아 정녕 그랬더라면…… 수만 번 되뇌인다 한들, 혹은 내가 앞으로는 어리석게 살지 않을 거야. 정말 이제까지와는 다르게 살겠어, 두 팔에 고개를 묻고 흐느껴 운들 마찬가지였다. 중요한 것은 과거가 아니고 중요한 것은 미래도 아니며 현재는 더더욱 아닌 것이다. 나는 그저 통째로의 이 삶, 나의 어리석음과 돌이킬 수 없었던 결정들과 원하지 않았으나 내게 주어졌던 이 삶, 그러니 결국은 내 것일 수밖에 없는 온전히 내 책임인 이 삶…… 찬물에 풍덩 넣어 삶아내는 통돼지 고기처럼 다리도 있고 꼬리도 있고 뭉툭한 코도, 다 깎이지 않은 털도 있는 통째로의 이 삶을 나는 받아들이고 싶었다.

"어느 분이 먼저 하실래요?"

젊은 의사가 비밀 보장이고 유명이고 별 관심이 없다는 투로 물었다. 여자와 그의 형제들은 말이 없었다. 만일 이 피 몇 방울이 쐐기벌레 같은 유전자 지도를 그리며 맞아, 하고 말한다면 우리는 형제들이고 나는 어쩌면 그녀들과 언니! 하며 포옹해야 할지도 모른다. 나와 닮은 이 낯선 그녀들…… 친언니는 나와 닮지 않았고, 이 여자는 세세한 부분까지 나를 걱정해 오 년 동안이나 숨만 죽이고 나를 지켜보았다. 이 여자가 나를 동생이라고 주장할 수 있는 정황은 10가지쯤 되고 우리 어머니가 할 수 있는 말은 넌 내 딸이야, 내가 낳았으니까, 일 뿐이다. 진실은 단순한 것인가? 그래서 거짓이 정교하게 복잡한 무늬를 그릴 때 진실은 그저 말할 뿐인가? 아니야, 혹은 맞아. 그게 다야……라고? 그렇다고 내가 더 두려워할 것도 없지 않은가.

"제가 먼저 할게요."

의사가 내 팔에 고무줄을 묶고 바늘을 찔러넣었다.

"오래 걸릴 거예요. 유전자가 부서지지 않도록 주사기를 꽂아만 두고 피가 흘러나오도록 기다려야 하니까요."

주사기에 내 피가 천천히 고여가고 있었다. 내가 어디서 왔는지 밝혀줄 피였다. 나는 문득 내가 왜 5년 전 받았던 전화를 수유리에서가 아니라 도화동 낡은 출판사로 착각해 기억하고 있는지 깨달았다. 그건 그때 그곳에 드나들던 한 청년 때문이었다. 일찍 출근해 갈탄난로에 불을 피우고 청소를 마친 후 자리에 앉아 낡은 창틀로 조각난 하늘을 보고 있노라면 소리 없이 문을 밀고 들어와 화들짝 놀라게 하던 그. 그래, 지금은 중년이 다된 스물세 살의 청년이 거기 있었다. 간첩 혐의로 보안사에 끌려가 미쳐버린 그. 청년은 풀려난 이후에도 혼자서 중얼거리곤 했다. 나는 아니에요 그냥 아니라구요…… 정말 아닌데…….

7

"아니라고 말했습니다. 하지만 그들은 나를 발가벗겨 내 몸 여기저기에 물을 뿌렸지요. 이미 이유도 모른 채 죽도록 매를 맞은 후였

습니다. 겨드랑이 사타구니 발꿈치 그리고 성기에까지 전선이 연결
되었습니다……. 죽지 않을 만큼의 전기량을 재기 위해서는 전문가
가 있어야 하니까 고문기술자가 출장을 왔더군요. ……그리고 전기
고문이 시작되는 것이지요……. 저보고 북한에 납북됐을 때 무슨 지
령을 받았는지 대라는 겁니다. ……그리고는 반복되는 문구를 읽어
주며 저에게 그걸 인정하라는 거였어요. 그러니까 제가 간첩 활동을
했고, 북한에서 돈을 받았다는 거지요. ……성기에 이어놓은 전선에
전기 충격을 가하면 널빤지에 꽁꽁 묶여 있는 몸이 10센티쯤 위로
솟구쳐 오릅니다…….”

TV 속, 한 스님이 담담하게 그러나 떨리는 어투로 말을 이어가고
있었다. '74년 납북 어부 간첩 혐의로 15년 복역'이라는 자막이 떠올
랐다.

“어쩌세요? 이젠 그분들을 용서하실 수 있으십니까?”

기자의 질문에 스님은 눈을 감았다. 파르란 그의 윤곽이 가늘게
떨리고 있었다. 잠시 무거운 침묵이 화면에 가득 찼다.

“나는 생각했습니다. 만약 나에게 저 고문 도구를 준다면 나를 고
문했던 모든 사람들에게 간첩이라는 자백을 받아낼 수 있다고 말이
지요.”

그리고 한 얼굴이 비추어졌다. 고문의 후유증을 앓고 있는 수많은
사람들의 얼굴이 짧은 영상으로 스쳐가면서였다. 헐렁한 병원복을
입고, 말라버린 땅콩 알맹이 같은 그의 육신이…… 카메라를 들이대
는 대도 멍한 눈을 뜨고 있었다. ……김병걸 선생님! 순간 내 뇌리
로 강한 전류가 지나가는 듯했다. 안 돼!라는 희미한 울림이 가슴을
치고 지나가는 순간 눈물이 쏟아졌다. 곁에서 TV를 보고 있던 남편

이 놀라며 내 손을 잡았다. 나는 말했다.

"안 돼. 그러면 정말 안 된다구!"

8

1983년 겨울 전두환 정권은 80년대 초 그가 내몰아버린 모든 해직교수의 복직을 발표했다. 그러나 그는 홀로 복직을 거부했다. 정권의 본질이 바뀌지 않는 한 유화책은 받아들일 수 없고 이런 시국에서 대학에 앉아 학생들을 가르치는 것 자체가 무의미하다는 것이었다. 명분이야 어찌하든 그것은 그에게 지속되는 가난을 의미하는 것이었다. 함경도에서 홀로 월남한 그에게는 생계를 도와줄 친척도 없었다. 한때는 대학의 교수였던 그가 버스비와 전철비가 없어 외출하기조차 힘들어 모임에 빠지는 일도 잦았다. 그의 딸은 아버지가 복직을 거부하는 바람에 대학 진학을 포기해야 했다고…… 우리는 전철을 타고 다시 버스를 타고 물어 물어 부천 외곽 그의 집으로 찾아갔다. 방 두 칸에 작은 마루 하나가 달린 작은 집에는 설날 오후였지만 세배객 하나 없었다. 교수가 아니니 이제 제자도 없는 것이다. 세배만 드리고 가려는 우리를 선생이 붙잡았다. 사모님이 부산하게 움직이는 소리가 나고 우리는 염치도 없이 거기 앉아 떡국을 두 그릇씩이나 먹었다. 79년 명동 YMCA사건으로 끌려가 심한 고문을 당한 끝에 몸이 몹시 상했던 그는 거의 먹지 못했다. 160센티 정도의 작은 체구 바싹 마른 몸뚱이. 고문으로 망가진 몸뚱이는 앉아 있는 것 자체도 힘들어하는 듯했지만 그는 비스듬히 기대어 앉아 훗날에도 그를 생각하면 떠오르는 어린 아이 같은 미소를 내내 짓고 있었다.

"그러니까 내가 그렇게 풀려나온 후에도 이 보안사 놈들이 계속 나를 쫓아다니는 거야. 한번은 무슨 시내의 호텔로 오라고 해서 갔더니 거기 안다 하는 문인들이 다 앉아 있어. 내가 이름은 다 밝힐 수 없지만 말이야."

그는 그때 기분이 좋은 듯했다. 하긴 선생들에게 있어 찾아와 주는 제자만큼 기쁜 것이 있을까. 엄밀히 따지자면 우리는 그분의 제자가 아니었지만 우리는 이미 같은 시대의 문하생들이었다.

"······그런데 이놈들이 또 무슨 꿍꿍인가 했더니 갑자기 상을 내오는 거야. 음식은 없고 웬 상인가 싶은데 여자들이 들어오는 거야······ 내가 젊은 여러분들 앞에서 이런 이야기하기 정말 부끄럽지만······ 거기 모인 사람 수만큼 여자들이 들어오더니 갑자기 옷을 다 벗는 거야. 그러더니 상위에 올라가서······ 여학생한테는 죄송합니다만, 바나나를 자르고 성기로 담배를 피고······ 그 순간 내가 말했지. 갑시다, 여러분 갑시다! ······그런데 구중서 선생 한 분만 따라오더군······."

그는 쓸쓸하게 담배를 물었다. 우리끼리, 라고 말할 수 있는 사이가 아니면, 이야기할 수 없었던 배신감, 무기력, 분노 같은 것이 그의 얼굴에 복잡하게 어리고 있었다. 그럼 거기 계속 앉아 있던 나머지는 누구야? 진보적 문인들 중 누구냐고? 그리고 거기선 그 후에 무슨 일이 벌어졌을까?······ 친구들은 선생이 화장실을 간 사이 내 눈치를 살피며 이야기를 주고받았다. 친구들 입으로 깊은 한숨이 새어나왔다. 그래선 안 되는 거잖아, 어떻게 진보적인 사람이 그럴 수 있어?

몇 시간이나 지났을까. 방에서 나오니 따님과 사위와 두어 살 된 손주가 마루에 서 있었다. 나중에 알고 보니 연료비를 아끼느라고 방 하나에만 불을 넣은 바람에 사모님과 따님과 손주들은 우리가 자리에서 일어날 때까지 마루의 연탄난로 앞에서 꼼짝없이 서 있었던 것이다. 우리는 그 후에도 두어 번 선생에게 세배를 갔었고 물론 미리 연락을 했다. 따님과 손주들이 오시는지 아닌지 확인하기 위해서였다.

그리고 10여 년 세상이 변하고 지난해 나는 어느 시상식장에서 선생을 다시 만났다. 선생은 여전히 약한 함경도 사투리가 섞인 부드러운 어조로 물으셨다. 어린아이 같은 미소는 여전했다.

"잘 살지요?"

선생은 내 손을 잡고 한참 나를 바라보셨다. 나는 사실은 그렇게 잘 살고 있지 않았지만 네, 하고 대답했다. 그것이 마지막이었다. 왜냐하면 그 TV를 본 지 이틀 후 나는 선생의 부음을 전해들었기 때문이다.

그러자 잊혀졌던 기억이 하나 떠올랐다. 내가 다니던 대학 당국이 해직된 김병걸 교수 같은 불온한 사람의 글은 실을 수 없다고 학교 신문의 발행 자체를 중지시키는 바람에 우리는 그분의 원고를 싣지도 못했고 원고료도 챙길 수가 없었다. 그 무렵엔 그리 특별한 일도 아니었다. 죄송하다고 말씀을 드리기 위해 선생을 만나러 가는 길에, 원고료를 드려야 하는가 아니면 솔직히 말씀을 드릴 것인가를 놓고 우리는 잠시 머리를 맞대었다. 그리고는 술값을 하려고 야금야금 아껴둔 돈을 추렴해 봉투에 넣었다. 그 당시 5만 원이면 적은 돈이 아니었던 것이다. 게다가 그분은 당시 200원 하던 전철비도 절실할 만큼 어려운 상황이 아니던가. 그 돈이면 전철을 250번이나 탈 수 있는 것이다. 하지만 한때 대학에 계셨던 선생은 이미 알고 계셨다. 발행 중지된 신문의 그 문제 필자에게 학교 당국이 원고료를 지불할 리가 없다는 것을.

"여러분들 나 때문에 고생이 많군요……."

우리는 끝내 그분에게 그 봉투를 전해 드리지 못했다. 우리가 전해 드리면 우리가 추렴한 것을 그분이 알 것이고 그렇게 되면 자존심이 상하실까봐였다. 부음을 들었을 때 그게 떠올랐던 것이다. 그런 일이 지금 일어났더라면 나는 돈을 드렸을 것이다. 어떤 거짓말이라도 할 것이었다. 선생이 받으시지 않았다면 가시는 길에, 어거지로 주머니에 넣어드렸을 것이다. 그러나 우리는 그러지 못했고, 선생이 가셨다니까 5만 원을 드리지 못했던 그게 제일 가슴이 아팠다.

9

서울대학원 주차장에 차를 세우고 나는 잠시 서 있었다. 오늘은 유전자 결과 검사가 나오는 날이었다. 한쪽 병동에서는 쐐기벌레 같은 유전자의 도표가 내가 어디서 왔는지 밝힐 준비를 하고 있을 것이고, 다른 한쪽에서는 영안실에서 사람들이 김병걸 선생을 영원히 보낼 준비를 하고 있을 것이다.

만나기로 한 본관 입구 쪽으로 걸어가는데 멀리서 그녀가 보였다. 어쩌면 내 큰언니가 될지도 모를 그녀는 입구에서 망연히 서 있었다. 나를 처음 만나던 날처럼 벨벳 자주 무늬의 투피스에 블라우스만 흰 것으로 바꿔 입고 화사한 귀걸이까지 달고 있었지만 여자의 얼굴에는 어두운 그늘이 덮여 있었다. 왠지 마음 깊은 곳에서부터 미세한 떨림이 느껴져 왔다. 이상한 일이었다. 괜찮다고 생각했는데, 몇 번이나 그렇게 생각해 놓고 이렇게 떨고 있는 자신을 나는 이해할 수 없었다.

나는 그녀를 향해 몇 걸음 걷다가 멈추어 섰다. 누군가가 내 뒷덜미를 잡아당기고 있는 듯 나는 거기서 더 움직일 수 없었다. 나는 숨을 고르고 거기 서 있었다. 이제 내가 더 걸어가 그녀 앞에 서면 그녀는 말할 것이다. 인향아…… 내 동생 이제야 널 찾다니…… 그리고 나는 그녀에게 엉거주춤 안길지도 모른다. 사람들이 쳐다보는 그 시선을 의식하고 다시 사춘기 어느 날의 슈퍼마켓을 떠올리지도 모른다. ……그도 아니면 그녀는 말할 것이다. 아니래요. ……미안해요 지영 씨…….

그리고 나면 무슨 일이 일어날까. 내가 누구의 딸이라는 것이 밝혀진다는 것이 지금 나에게 어떤 의미일까. 미국에 새로 생긴 언니를 두었으니 이민 수속을 할 것도 아니고 거액의 유산이 굴러떨어져 평생 돈걱정 없이 살아갈 것도 아니다. 아니 설사 그렇다한들 그것이 이제껏 살아온 내 사십 년을 변화시킬 수 있는가. 내가 태어난이래 내 살에 박히고 내 피가 되어 흐른 시간의 유전자들을 바꿔놓을 수 있을 것인가. 봄마다 같은 여울에 떨어져 흘러가는 꽃잎도 이미 그 꽃잎이 아닌데 지금 이 서울대병원, 내 발길에 채이는 노란은행잎도 지난 가을 떨어진 그 은행잎은 아닐진데……. 나는 분명누군가의 딸이었고 나는 분명 누군가의 딸일 테지만 이미 또 나는 아이들의 어미가 아닌가. 쐐기벌레 같은 유전자의 지도가 99.9%의 정확도를 뽐내며 그래 넌 누구야, 하고 말해준다 한들 대체 무엇이 달라진단 말인가.

나는 다시 차에 올라탔다. 여자는 아직도 병원 입구에 서 있었다. 가끔씩 고개를 두리번거리다가 다시 고개를 숙이고 깊은 생각에 잠기는 듯했다.

최인향이라는 사람의 아버지가 함경도 출신이었다는 사실이 떠올랐다. 만일 그가 월남한 사람이 아니었다면, 그래서 아기를 돌보아줄 이모나 고모라도 있었다면 최인향은 사라지지 않았을 것이다. 나는 그녀를 알지 못했을 것이고 기이한 인연처럼 함경도 출신으로 이 타향을 고단하게 떠돌다가 이제 사라져간 두 사람을 바로 이 자리에서 함께 기억하지도 못했을 것이다. 처음으로 나는 여자의 동생에게, 엄마를 잃고 밤새 배가 고파 울었다는 그 아기에 대해, 그렇게 동생을 보내놓고 평생을 마음이 아파하는 그녀에 대해 마음이 아팠다. 그녀는 지금 어디서 어떻게 살고 있을까, 나와 비슷한 겨울날에 생일카드를 받을 그 여자…… 최인향, 혹은 나. 그때 핸드폰이 울렸다.

만일 이 전화가 그녀의 것이라면 어떻게 해야 하나 망설이다가 나는 백 속에서 전화기를 집어들었다.

어머니였다.

"넌…… 어떻게 에미라는 게 아이가 이렇게 되도록 눈치를 못 채니?"

"무슨 소리야?"

"막내가 지금 열이 펄펄 끓는다."

“그래?”

“그래. 아줌마 말로는 아침부터 열이 좀 있었다는데…… 내가 지금 니네 집에 들러보니까 아줌마 혼자 쩔쩔매고 있더라. 차도 없고, 동네 병원들 파업이라서 병원도 못 간다.”

“어떻게 하지 나 여기 중요한 곳에 왔는데.”

“못 온다구? 아니 에미란 게 자식이 아픈데 일이 무슨 일이니, ……하는 수 없지. 119를 부르는 수밖에……?”

“119는 무슨 119?”

정말 119는 무슨 119였다. 그렇게 엄마가 전화를 해서 뛰어가 보면 아이는 금세 열이 내려 잠들어 있곤 했다. 하지만 매번 속는 셈치고 나는 집으로 뛰어가곤 했다.

“우선 옷을 다 벗겨서 미지근한 수건으로 닦고 계세요.”

“얘가 평소에는 잘 놀다가 아프면 엄마를 찾는데 어찌나 애처로운지…… 봐라 지금도 에미한테 전화하는 걸 아는지 축 늘어져서 운다.”

“알았어요…… 지금 갈께요.”

열기 때문에 상기된 뺨으로 축 늘어져 뚝뚝 눈물을 흘리고 있을 아이의 얼굴이, 미국에서 왔다는 여자의 얼굴을 제치고 최인향을 제치고 공지영도 제치고 수화기 너머로 내게 다가왔다. 어머니는 나를 가장 마음 아프게 하는 방법을 잘 안다. 나 역시 이제는 그렇다. 우리는 모녀니까. 친구에게 전화를 걸어서 김병걸 선생의 부조금을 부탁하고 나서 나는 차를 출발시켰다. 엄마, 내 어머니…… 나는 알고 있었다. 내가 우리 어머니의 딸이라는 것을, 내가 어머니의 딸이 아니었던들 어머니는 그렇게 당당히 나를 미워할 수 없었을 것이다.

……의붓딸을 미워할 만큼 담력을 가진 새엄마는 드물다. 그래서 팥쥐 엄마나 신데렐라의 의붓엄마가 역사에 남은 것이다. 하지만 친딸을 미워한 엄마는 많다. 그렇다고 아들들에게는 엄마들이 사랑만을 베풀었던가…… 나는 거기에 대해서도 회의적이다. 다른 여자에게 친절하나 유독 제 아내에겐 불친절한 수많은 남편들, 다른 집 아이가 공부를 안 하는 건 국가의 교육정책이 잘못되어 있어서이고 내 아이가 그러면 정신이 썩어빠져서 그러니 버릇을 고쳐놓아야 하는 교육학자들, 진보운동을 하는 성폭행범과 여성 비하 발언을 일삼는 보수적인 애처가, 페미니스트인 매맞는 아내와 단란주점에서 영계를 찾는 교육 공무원…… 진실은 너무나 게으르다.

나는 이제 나의 어머니를 용서하려고 애쓰지 않는다. 그건 그러니까 엄마도 그때 자신의 삶이 힘겨웠던 거야, 내 사춘기와 엄마의 갱년기가 일치했으니까, 라는 생각도 하지 않기로 했다. 누군가 말하지 않았던가 우리 삶에서 가장 하기 힘든 일은 자신에게 상처를 준 사람을 용서하는 일이며 우리 삶의 비극은 그럼에도 불구하고 우리 역시 끝없이 누군가에게 상처를 주며 사는 것이라고.

내 아이들이 자라나서 우리 엄마는 좋은 사람이었어, 바쁘긴 했지만 그래도 우리를 사랑했어, 말할 거라고는 더더군다나 생각해 본 일이 없다. 솔직히 나는 우리 아이들 중 하나가 혹여라도 작가가 되어 나처럼 이런 글을 쓰게 될까봐 두렵기만 한 것이다. 아무리 좋은 문구를 생각해 낸다 해도 우리 엄마는 제멋대로고, 우리 엄마는 자기만 알며, 심지어 우리 엄마는 나늘 미워하지도 않았다. 관심이 없었으니까…… 한마디로 엄마 자격이 전혀 없는 여자가 하필 나의 엄마였던 것이 내 운명의 시작이었다, 정도가 아닐까…….

차가 영안실 앞을 지나쳐 갈 때 김병걸 선생 생각이 났지만, 그래도 가시는 길인데 잠깐 얼굴이라도 비추어야 하는 건 아닐까 망설임이 일었지만 나는 그대로 가속 페달을 밟았다. "죽은 자의 장례는 죽은 자들에게 맡기고 너는 나를 따르라" 예수가 말했던가. 명색이 기독교 신자이면서 예수의 말을 반쪽만이라도 이렇게 충실히 지키기는 아마 이때가 처음이었다.

나, 존재의 암호가 아닌 살아온 시간의 유전자

구수경 | 건양대 국문과 교수

갑자기 어떤 사람이 나타나 당신의 부모는 친부모가 아니며, 지금의 당신 이름은 진짜 당신의 이름이 아니라고 말해 온다면, 우리들은 어떤 반응을 보이게 될까? 이때 '나'를 결정하는 것은 지금까지 살아온 삶의 자취일까, 새롭게 알게 된 존재의 비밀일까?

공지영의 「우리는 누구이며 어디서 와서 어디로 가는가」는 어느 날 자신의 언니라고 주장하는 한 여성에 의해 주인공 '나'가 자신의 정체성을 위협받는 상황을 그리고 있다. 특히 이 작품은 주인공 '나'의 이름이 공지영이고, 작품 속에 등장하는 인물들이 대부분 실존인물이라는 점에서 스토리가 허구적이기보다는 사실적이고 자전적인 느낌이 강하다. 따라서 작가 공지영보다는 인간 공지영의 삶의 풍경과 인생관을 생생한 육성으로 만날 수 있는 작품이기도 하다.

'나'는 5년 전에는 전화를 통해, 그리고 이번에는 직접 찾아와서 자신이 '나'의 친언니라고 주장하는 한 여성 때문에 당혹스럽다. 그런데 더욱 곤혹스러운 것은 여자가 그 이유로서 들이미는 근거나 정황들이 정말 그럴듯해서 무조건 부정할 수도 없다는 점이다. 때문에 '나'는 그 여자 앞에서는 단호하게 부정하면서도, 속으로는 그녀의 말이 진실일지도 모른다는 의구심과 본능적인 호기심에 이끌린다. 특히 '사춘기 무렵 열렬하게 내가 친딸이 아닐지도 모른다는 의구심을 가졌던' 기억이 다시 살아나며, 어느새 '나'는 출생의 비밀에 대한 의혹에 빠져든다.

사실 '나'는 어렸을 때부터 "나쁜 계집애!"라고 못박는 어머니의 분노에 찬 욕설을 들으며 자라야 했다. 왜냐하면 '나는 엄마의 교양을 파괴해 버린 다산의 증거에다가 아들일지도 모르게 위장해서 세상에 억지로 나온 사기꾼 불청객에다가 방을 좁게 만든 귀찮은 가구' 같은 존재였기 때문이다. 그리고 불행하게 끝내야 했던 첫번째 결혼생활. 그때 그 남자 역시 "넌 나쁜 여자야, 난 너처럼 나쁜 여자를 본 일조차 없어!"라고 저주와 분노를 일방적으로 쏟아놓고 떠나간 것이다. 그 이후 지금까지의 '나'의 삶은 엄마와 전 남편이 자신에게 옭아맨 그 '나쁜 여자'의 이미지에서 벗어나기 위한 억울한 몸부림이자 처절한 비명이었다고 할 수 있다.

> 나쁜 계집애! 나쁜 여자! 나쁜 계집애! 나쁜 여자! ……나는 그렇지 않아, 라고 말하고 있었지만 내 입술은 점점 더 자신없어졌다. 나는 죽을힘을 다해 공부를 했고 죽을힘을 다해 요리를 했다. 나는 죽을힘을 다해 착해지고 싶었고 죽을힘을 다해 좋은 아내가 되고 싶었다.

그러나 어른이 되고, 새 남자를 만나면서 자연스레 정리되었던

'나'의 존재에 대한 의구심이 그 여자가 나타나면서 또다시 불거지고 있는 것이다. 더욱이 그 여자는 이번에는 '나'가 공지영 마리아가 아니라 최인향 테레사임을 확실하게 증명해 보이겠다는 듯이, 유전자 검사를 한 번만 받아보자고 간청해 온다. 마침내 고민하던 '나'는 그녀의 제의를 승낙한다. 내 가족이 누구인가, 내 이름이 무엇인가를 묻기 이전에, 나는 그냥 나일 뿐이라는 것, 그리고 스스로 이미 살아낸 삶만이 내 삶이라는 나름대로의 결론에 도달했기 때문이다. 즉 '중요한 것은 과거가 아니고 중요한 것은 미래도 아니며 현재는 더더욱 아닌 것이다. 나는 그저 통째로의 이 삶, 나의 어리석음과 돌이킬 수 없었던 결정들과 원하지 않았으나 내게 주어졌던 이 삶, 그러니 결국은 내 것일 수밖에 없는 온전히 내 책임인 이 삶'을 그대로 받아들이기로 생각의 가닥을 잡은 것이다.

그와 함께 '나'는 자신의 존재와 삶의 터전을 박탈당했던 두 사람의 슬픈 운명을 떠올린다. 간첩혐의로 보안사에 끌려갔다가 미쳐버린 채 "나는 아니에요. 그냥 아니라구요…… 정말 아닌데……."만을 중얼거리던 스물세 살의 청년. 그리고 79년 명동 YWCA 사건으로 끌려가 심한 고문을 당하고 해직교수가 된 김병걸 교수—자신의 신념과 진실을 지키기 위해 생계의 위협 속에서 고문의 후유증을 앓다가 돌아가신 선생님. '나'는 자신의 존재를 왜곡당한 채 모순되고 불의로 가득 찬 현실을 감당해야만 했던 그들의 삶을 반추한다. 그리곤 유전자 검사를 통해 누구의 딸인가를 밝히는 일이 얼마나 부질없고 무의미한 것인가를 깨닫는다. '그것이 이제껏 살아온 내 사십 년을 변화시킬 수 있는가. 내가 태어난 이래 내 살에 박히고 내 피가 되어 흐른 시간의 유전자들을 바꿔놓을 수 있을 것인가'를 생각할 때, 그렇지 않기 때문이다.

그리고 아이가 아프다는 친정어머니의 전화를 받으면서, '나'는 누군가의 딸이라는 사실보다 '아이들의 어미'라는 사실이 자신의 엄연한 진실임을 깨닫는다. 그와 더불어 '나'는 유전자 검사 결과를 확인하기보다는 현재의 자신의 어머니를 어머니로서 온전히 받아들이는 쪽을 택한다. 즉 '엄마, 내 어머니…… 나는 알고 있었다. 내가 우리 어머니의 딸이라는 것을, 내가 어머니의 딸이 아니었던들 어머니는 그렇게 당당히 나를 미워할 수 없었을 것이다. ……의붓딸을 미워할 만큼 담력을 가진 새엄마는 드물다.'라고 생각함으로써, '나'는 나를 향한 어머니의 미움이야말로 진짜 나의 어머니인 증거라는 역설적인 결론에 도달하고 있는 것이다. 결국 '나'는 자식을 키우는 '어머니'의 위치에서 비로소 자신의 어머니를 이해하고, 어머니와 자식이라는 구체적인 관계의 틀을 통해 자신의 정체성을 회복하고 있다.

그런 점에서 공지영의 「우리는 누구이며 어디서 와서 어디로 가는가」는 결국 '나'란 존재는 출생의 비밀이나 주어진 이름으로 증명되는 것이 아니라, 내게 주어졌던 혹은 내가 살아온 모든 삶의 축적이자 발자취로서만 설명될 수 있는 것임을 생에 대한 긍정과 직관의 시선으로 전달하고 있다고 하겠다.

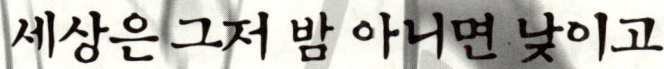

세상은 그저 밤 아니면 낮이고

구효서

1957년 경기 강화 출생.

1987년 〈중앙일보〉 신춘문예 「마디」 당선.

중단편집 『확성기가 있었고 저격병이 있었다』
『깡통따개가 없는 마을』 『도라지꽃 누님』 등과
장편소설 『늪을 건너는 법』 『남자의 서쪽』
『라디오 라디오』 『비밀의 문』
『악당 임꺽정』 등이 있음.

1994년 한국일보문학상 수상.

세상은 그저 밤 아니면 낮이고

구 효 서

여자 아니면 남자지. 그녀의 알몸에서 떨어져 나와, 담배를 한 대 피우고, 그가 말했다.

그 사이에 땀도 있잖아. 당신 몸에서 쏟아져 나온 땀이 이렇게 내 가슴을 흠뻑 적시고 있는데. 그녀가 손바닥으로 자신의 가슴을 두어 번 둥그렇게 문지르고 나서 말했다.

그녀의 가슴은 크고 유두와 유륜은 새카맸다. 그는 검은색 유두와 유륜을 싫어한다고 그녀에게 말하려다 그만두었다.

침대 삐걱거리는 소리도 있어. 그녀가 말했다.

당신의 몸이 내 몸에 철썩 철썩 부딪치는 소리는 어쩌구. 당신이 쏟아놓은 뜨거운 것이 아직도 내 몸 안에 있는 걸.

그녀가 그의 손을 끌어다 자신의 아랫도리에 얹었다. 그의 팔은 떨어져나간 게발처럼 힘이 없었다.

내겐 세상이 그런 것들로 가득 찼는 걸. 그녀는 쉴새없이 떠들었다. 세상은 기껏 밤 아니면 낮, 여자 아니면 남자가 아니라니깐.

그녀의 몸 안에다 사정을 하고 나면 그는 1분도 안 되어 그녀와의 만남을, 섹스를 후회했다. 그녀의 어떤 얘기도 듣기 싫었다. 그녀가 백 마디를 하면 그는 한 마디쯤 했다. 그것도 그만 떠들라는 소리였다.

알 수 없는 것은, 그녀가 그로부터 그런 취급을 당하면서도 그가 나오라면 저녁이든 새벽이든 가리지 않고 뛰쳐나오고, 벗으라면 언제든지 벗는다는 거였다. 더욱 알 수 없는 것은, 그런 그녀를 그는 느닷없이 불러내고, 마치 죽일 것처럼 그녀를 타고 누르며 물어뜯는다는 거였다.

대개는 전화를 걸어 버스로 한 시간 거리나 되는 그의 오피스텔로 부르지만, 아주 가끔씩은 그가 그녀의 직장 근처로 가거나 집 가까이로 갈 때도 있었다. 공중전화를 걸어 누구라는 것도 밝히지 않은 채 "지금 하고 싶으니까 나와."라고 갈했다. 그런 말을 뱉은 지 15분도 안 되어 그녀의 벌어진 보랏빛 성기가 그의 눈앞에 드러나기 마련이었다.

그녀에 대해 아무런 배려도 없는 섹스가 무턱대고 진행되는 동안 그녀는 지나치다 싶을 정도로 소리를 질러댔다. 대개는 알아들을 수 없는 허텅지거리였으나, 때로는 "어떡해. 어떡해. 어떡하라고……" 라며 진저리를 쳤다. 그럴 때마다 그는 그녀가 섹스라면 무조건 좋아하는 드문 여자 중에 하나일 거라는 생각이 들어 마음이 놓이곤 했다. 그의 무례와 몰염치가 섹스에 대한 그녀의 특별한 취향으로 충분히 상쇄될 것 같았다.

하지만 그가 그녀의 미끌거리는 배 위에서 나가떨어지는 것이 그녀에겐 시작에 불과했다. 배가 고파. 그녀는 당장 뭐라도 먹지 않으면 죽을 것 같은 얼굴로 칭얼거렸다. 내가 싫지는 않은 거지? 라면 같은 것도 없어? 당신이 내 젖을 물고 있을 땐 꼭 애기 같다. 뱃속에 거지가 든 것 같아. 아이 참, 냉장고는 언제나 텅텅 비어 있어.

그녀는 벗은 채 방안을 돌아다녔다. 그러는 자신을 그가 무슨 생각으로 바라보고 있는지 따위는 조금도 아랑곳하지 않았다. 벌거벗은 몸으로 방안을 휘젓고 다니는 걸 보면 그라는 존재는 그곳에 없었다. 밑에 깔려, 있는 힘을 다해 사지를 뒤틀던 것과는 달리, 그리고 배가 고파 죽을 것 같다며 칭얼거리던 것과는 달리, 그녀의 움직임은 경쾌했다. 입만 열면 퉁명스럽고 경멸어린 말뿐인 그가 그녀의 천연덕스런 나신과 그것의 움직임에 의해 무시되고 있는 거였다.

그녀는 그의 투정과 경멸을 공연한 것이라고 여기는 것 같았다. 그의 말이라면 비굴할 정도로 고분고분해지는 그녀가 어째서 정사가 끝나고 나면 그토록 오만해지는 것일까. 물론 그의 말을 거스르거나 음성을 높여 대들지는 않았지만, 맨엉덩이를 함부로 실룩거리며 방안을 돌아다니고, 듣거나 말거나 한 혼잣말로 궁시렁거리는 것은 그의 퉁박과 으름장이 가소롭다는 뜻이었다.

침대 위에서까지만 하더라도 줄곧 그녀를 찍어누르며 능멸했던 건 그였다. 그러나 정사가 끝난 뒤의 상황이란 언제나 그녀가 승리자였고, 그녀는 승리자답게 의기양양했다. 식탁 위의 비스킷을 우걱우걱 씹어 먹고, 초코시럽까지 타 마시는 걸 보면서도 그는 침대에 널브러진 채 한 마디도 하지 못했다. 식탁의자 위에 놓인 그녀의 커다랗고 허여멀건 맨엉덩이가 언젠가 그곳에 말라붙어 애를 먹였던

애액을 상기시켰지만 그가 할 수 있었던 것은 고작 한숨을 쉬는 일
이었다.

이것 좀 봐.

그녀는 비스킷 가루가 묻은 자신의 입술 끝을 혀로 핥으며 그 앞
에 서 있었다. 물론 알몸이었고, 양 다리를 반쯤 꼬아 밀착시키고
있었다. 그녀의 가랑이 사이, 치모가 끝나는 곳에 한 송이 백합이
피어 있었다.

꽃은 식물의 성기래. 난 백합나무야.

그녀는 허리를 쑥 내밀어 누워 있는 그의 얼굴에다 백합을 들이
밀었다.

뭐야? 치워!

백합의 다갈색 꽃술이 코끝에 닿기 전에 그는 얼른 고개를 돌렸
다. 백합향과 그녀의 가랑이 냄새가 한꺼번에 끼쳐왔다.

오늘 당신 생일인 거 알아? 축하해 주려고 꽃 사온 거야.

그녀는 유리 맥주잔을 여러 번 물에 씻고 가랑이 사이에 끼어 있
던 백합을 꽂았다. 창가에 놓인 투명한 유리잔 속에 세상의 한낮이
거꾸로 걸려 있었다.

그녀는 오피스텔 지하상가에서 쇠고기를 사다가 미역국을 끓였
다. 미역국엔 파를 넣어선 안 돼. 마늘도 안 넣는 게 좋아. 2백원짜
리 치즈 소시지를 통째로 입에 문 채 연신 중얼거렸다. 대신 감자를
얇게 썰어 넣으면 좋지.

옷을 입고 화장을 고친 그녀의 모습은 그런대로 봐줄 만했다. 몸
에 착 달라붙는 청바지가 잘 어울렸다. 남자라면 어떻게든 한번쯤
안아보고 싶게 만드는 어깨며 가슴, 엉덩이와 다리라고 그는 생각했

다. 사람들은 대체로 그녀를 예쁘다고 했다. 그만큼 그녀의 몸은 표준과 전형의 어떤 모습을 갖추고 있었다. 옷가게를 지나치다 아무거나 사서 입어도 두어 시간 골라 산 것처럼 어울리는 그런 몸이었다.

그런 것들이 그에겐 때때로 참을 수 없는 거부감으로 다가왔다. 얼굴과 몸뿐만 아니라, 언제나 붉은 루주가 칠해진 그녀의 입에서 흘러나오는 언어라는 것도 판에 박힌 상투어 투성이였다. 일일이 다 나열할 수는 없지만, 일테면 '감동'이라는 말 앞에는 언제나 '잔잔한'이라는 수식어가 붙고, '공감대'라는 말 뒤에는 '형성'이라는 풀이말이 반드시 따라붙으며, '충격'이라는 말 앞에는 '신선한'이란 형용사를 쓰는 것과 같은 경우였다.

그날도 주방에서 접시를 닦고 있는 그녀 뒤로 다가가 청바지를 내리고 뒤에서 재삽입을 시도하려 했다가 그녀의 입에서 튀어나온 '짐승!'이라는 지독한 상투에 놀라 용케 다시 부풀었던 그의 페니스가 그만 맥없이 수그러들고 말았다. 그녀의 몸은 한국 남자 1천 명이 추천한 매력적인 코와 눈과 가슴과 엉덩이로 조립된 몸 같았으나, 유감스럽게도 그녀의 지능과 감성은 그러한 표준을 넘어서지 못하고 있었다.

그녀는 그들이 처음 만난 날을 잘 기억하고 있었다. 결코 잊지 않고 기념했다. 그조차 까먹고 있는 생일을 기억했고, 꽃을 샀고, 어머니도 끓여주지 않던 미역국을 끓였다.

그가 어쩌다 내뱉은 말들, 그러니까 그가 그녀를 아주 싫어하지는 않는다는 투의 말들을 그녀는 C드라이브처럼 기억했다. 그리곤 그의 기분이 어쩌다 고자누룩해지는 틈을 타 슬쩍슬쩍 내비쳤다. 토씨 하나 틀리지 않았다. 넌 아무래도 내 팔자인 것 같다, 라고 말했던

것 기억해? 그리곤 어쨌는 줄 알아? 푸욱 한숨을 내쉬며 제기랄! 이
라고 말했어. 호호…….

그녀는 그의 신장과 체중은 물론 신발과 속옷 사이즈까지 알고
있었다. 가르쳐 준 기억이 없지만 그녀는 알고 있었다. 언젠가 붉은
색 상자에 든 고급스런 스웨터를 선물이래서 받았는데 기분이 나쁠
정도로 딱 맞았다. 한 번 입어 보고 그는 그걸 다시 상자에 넣었고
캐비닛 한쪽에 처박아두었다. 다시는 꺼내지 않았다. 캐비닛을 열
때마다 외면해야 했다. 누구에게 주어버리고 싶어도 그 누구를 무시
하는 것만 같아 그러질 못했다. 의류 재활용통에 갖다 버리지 못했
던 것도 그녀에 대한 미안함 때문이 아니라 그 옷을 만들어 판 사람
에게 왠지 죄를 짓는 것만 같아서였다.

그녀는 그의 왼쪽 사타구니에 나 있는 점을 비롯해 그에 관한 정
보라면 무엇이든 게걸스레 모으고 기억하고 그걸 보석처럼 간직했
다. 그녀가 그러면 그럴수록 그는 그러는 그녀가 바보 같고 정신병
자 같아서 싫었다. 그 자신보다 그에 대해 더 잘 알고 있는 그녀를
때리고 싶었고, 가능하면 죽이고 싶었다. 하지만 기껏 그가 그녀에
게 할 수 있었던 짓은 말비난과, 결국은 패배처럼 끝나고 마는 침대
위의 능멸뿐이었다. 그녀는, 그의 탁한 경멸의 늪에서 서식하는 한
마리 거머리 같은 여자였다.

먹어 봐.

흰 쌀밥과 미역국을 내밀며 그녀가 말했다. 얇게 썰어 넣은 감자
가 푸른 국물에 잠겨 있었다. 그는 입이 깔깔하고 속이 더부룩해 외
면했다.

먹어 봐, 언능.

메슥거려. 치워.

먹어 보라니깐. 얼마나 맛있는데.

그녀는 그에게 숟가락을 쥐어 주었지만 그는 손가락을 오므리지 않았다. 숟가락은 식탁 위에 힘없이 떨어졌다. 언능이라는 말이 메스꺼웠다는 걸 그녀가 알 리 없었다.

그의 식욕을 돋굴 참이었는지 그녀는 일부러 후루룩 후루룩 소리를 내며 미역국을 푹푹 퍼먹었다. 그에겐 마스카라로 말아 올린 그녀의 긴 속눈썹과 뾰족한 코끝과 오물거리는 입술이 슬프게 보였다. 그녀는 그를 좋아하는 게 아니라, 그를 좋아하는 자기자신을 좋아하는 건지도 몰랐다.

그녀가 돌아간 적막한 오피스텔엔 그녀가 남기고 간 화장품 냄새와 산화한 애액 냄새가 추한 기억처럼 떠돌고 있었다. 그는 창문을 열고 오랫동안 환기를 시켰다. 그리고 유리잔에 꽂혀 있던 백합을 꺼내 창 밖으로 던져 버렸다. 백합은 31층 저 아래로 아득히 떨어져 내렸다.

그에게는 잊으려고 해도 도무지 잊혀지지 않는 한 여자가 있었다. 그 여자에겐 그가 그냥 스쳐 지나가는 많은 사람 중에 하나였을지 모르나, 그에게는 그 여자가 전부였다. 전부라고 생각했다. 어째서 그런 생각이 들었던 건지는 알 수 없었다. 분명했던 것은 그 여자와의 섹스가 말할 수 없이 좋았다는 것뿐이었다. 그러나 그것 때문만이라고 말하고 말기엔 부족함이 너무 많은 것 같았다. 그는 그 여자의 음성이 좋았고 머리카락이 좋았고 맹장수술 자국이 좋았다. 다좋았다. 좋지 않은 것은 아무것도 없었다.

그에게는 그 여자가 '여자'라는 것의 기준이 되었다. 다리통도 그녀와 다른 여자는 못나 보였고, 비슷하면 신기해 보였다. 걸음걸이며 엉덩이며 눈썹이며 턱까지도 그 여자와 닮거나 그 여자의 스타일에 가까워야 간신히 여자로서 인정되었다. 가슴도 안쪽이 아니라 바깥쪽으로, 그것도 호리병 모양새로 늘어진 듯 벌어져야 했고, 무엇보다 유두와 유륜은 아주 옅은 갈색이어야 했고, 엉덩이는 약간 납작한 쪽이어야 했으며, 목소리는 저음이어야 했다.

그 여자를 만나는 동안 그는 애꿎은 여자들을, 그리고 불특정한 다수의 남자들을 측은하게 여겼다. 길에서나 전철에서나, 여자들을 보면 저도 모르게 속으로 혀를 찼다. 저들도 애인이나 남편이 있을까? 있겠지. 왜 없겠어. 그래서 저들도 섹스라는 걸 하긴 하겠지. 저런 여자를 여자라고 안는 남자들이 정말로 불쌍해. 어떻게 저런 몸에 자기 몸을 포갤 수 있을까.

그는 그 여자가 자신의 여자라는 게 한없이 행복했고, 그 여자를 포함하고 있는 이 세상이 좋았고 고마웠다. 다른 여자가 아닌 그 여자 위에 자신의 몸을 얹을 수 있다는 게 다행스러웠다. 그런 행운을 허락한 하늘에 감사했다. 전생에 분명 좋은 공덕을 쌓은 모양이라고 생각했다.

그 여자가 좋아서 섹스가 좋은 건지 섹스가 좋아서 그 여자가 좋은 건지 그는 그게 늘 궁금했다. 세상에서 가장 풀기 어려운 문제가 그거라고 생각했다. 그 여자의 몸 안으로 들어가면서도 그는 계란이 먼저일까 닭이 먼저일까 하는 식으로 그 문제를 떠올렸다. 풀릴 까닭이 없었다. 다만 어느 것이 먼저든 그는 섹스와 그 여자 모두를 좋아하고 있다는 사실을 다행스러워했다. 그처럼 그 여자도 그러길 바랐을 뿐이었다. 그 여자의 말과 표정들로 봐선, 그가 그 여자를 좋아하는 것처럼 그 여자도 그를 좋아하는 것으로 보였다. 의심할 나위가 없었다. 그런데도 그는 언제나 그 여자도 그가 그러는 것처럼 그를 좋아하길 간절히 바랐다. 그러지 않으면 어떡하나 걱정했다. 그 여자에 대한 그의 사랑은 그러한 걱정과 불안과 안타까움들을 포함하는 것이었다.

그 여자를 만나던 동안은 물론이고, 그 여자가 떠난 지금까지도, 그와 관련이 있든 없든 하여튼 그 여자 이외의 여자들은 그 여자로 인해 그로부터 여전히 손해를 보았다. 한마디로 거들떠보지도 않았으니까. 거들떠보지도 않기는커녕 애꿎은 여자들마저 공연히 측은하게 여겼으니까. 만일 그 여자가 아니었다면 지금 거머리 같은 그녀의 주가도 대번에 상한가를 칠 것이 분명했다. 한마디로 그녀는 운이 없는 거였다.

그러나 그 여자는 그에게서 떠나고 말았다. 떠나고 나자 그 여자에 대해 늘 갖고 있던 그의 걱정과 불안과 안타까움들이 그의 사랑의 일부가 아닌 전부, 즉 본질을 구성하는 부분이 아니었던가 싶었다.

헤어진 것도 남다르거나 피치 못할 사연 때문이 아니었다. 그가 어쩌면 무능해 보이는 삼류 시나리오 작가에 지나지 않았다는 것, 그리고 그 여자는 부모가 일방적으로 정해 준 결혼 상대를 적극적으로 거부하지 못했다는 것. 이것이 그들이 헤어진 이유의 처음이요 끝이었다. 그토록 통속적이고 시시껍절한 사랑의 시말이 그로선 견딜 수 없는 수치였다. 하지만 그렇다고 해서 상황을 역전시킬 만한 그 어떤 수단도 그에게는 없었고, 그 여자 또한 얄밉고 울화통이 터질 만큼 부모의 성화에 소극적인 태도로 일관했다.

사랑이란 것이 기껏 그 정도에 지나지 않았던가 싶어 그는 매일 자신을 책망하고 비웃었다. 그 여자를 잊어버려야겠다는 다짐은 당연한 것이었다. 그 여자를 못 잊고 빌빌거리는 자신이 도무지 창피하고 부끄러웠다.

그러나 그러지 못했다. 잊지 못했다. 그 여자가 다른 남자와 결혼하고, 그 남자의 아기를 열 달 동안 뱃속에 키우는 동안, 그 여자에 대한 그의 그리움과 미련은 자궁 속의 아이처럼 자꾸만 자라났다.

그 여자가 아이를 낳는 데 열한 시간이 걸렸다. 난산이었다. 나오던 아이의 어깨가 더이상 빠져 나오지 못했다. 출산 보조 기구로 빼내려 했지만 쉽지 않았다. 그 여자는 다른 남자의 아이를 가랑이 사이에 반쯤 걸친 처참한 모습으로 늘어져 오랜 시간 사경을 헤맸다. 결국 외음부를 10센티쯤 찢고 아이를 꺼냈다.

다른 남자의 아이를 임신하고, 그 아이를 낳느라 온몸의 뼈마디가 해체되고, 그것도 모자라 아이를 산도에 매단 채 사투하고, 결국 외음까지 절개당한 그 여자는, 이제 누가 뭐래도 그 아이의 엄마이며, 아이 아빠의 아내였던 것이다. 처참하게 널브러진 그 여자에게 주어진 이름은 그것이었다. 낯선 아이의 엄마, 그리고 아내. 그 여자의 어디에도 이제 그가 끼여들 여지는 없었다. 몇 년 전 지구를 살짝 비껴 지나간 소행성에 대한 작고 아득한 기억 정도에 지나지 않을 것이었다. 어두운 허공으로 암전되고만, 별 소용도 없는 기억.

그런데 그 여자가 죽음을 통과해 자랑스런 이름을 얻던 날이 하필 그의 생일이었을까. 전혀 우연일 뿐이겠지만, 그는 하루종일 그 여자의 존재의 끄나풀을 여전히 놓지 못하고 있었다. 그가 아닌 다른 남자에 의해서, 그 남자의 아이에 의해서, 마치 중앙선을 넘어 충돌한 차량의 잔해처럼 널브러진 채 엄마와 아내뿐임을 기꺼이 선언한 그녀를, 그는 기억에서 끝내 폐기처분하지 못하고, 일그러진 잔해의 예리한 쇳조각이라도 찾아 일부러 찔리고 싶었다.

그 여자를 만날 때의 걱정과 불안이 여지없이 통속적인 이별의 현실로 드러난 것과, 그 여자가 사경을 넘어 엄마와 아내로 다시 태어난 사실을 떠올릴 때마다 몸서리가 쳐졌지만, 그의 상념은 자석가루이기라도 한 것처럼 그 여자에게로만 쏠려갔다.

그녀를 불러 죽일 듯이, 혹은 죽을 듯이 섹스를 하고, 미역국을 밀치고, 창 밖으로 백합을 내동댕이쳐 버린 일도 어쩌면 그 여자에 대한 기억을 차단하려는 몸부림이었을지도 몰랐다. 다 끝났다. 적어도 그 여자나 제삼자 쪽에서 보자면 그랬다. 그도 그걸 인정하지 않을 수 없었다. 그러나 그는 끝내지 못하고 있었다. 이유는 없었다. 당초에 그 여자를 사랑하고 좋아한 이유가 없었듯이. 있었을지도 모른다. 하지만 그는 그걸 모르고 있는 것이다.

전화벨이 울렸다. 받지 않았다. 앤서링머신이 작동했다.

나예요.

그녀의 음성이 방안의 어둔 공기를 살짝 흔들었다. 밤이고, 어두워서였을까. 반말이 아니어서였을까. 그녀의 목소리가 지나치게 부드럽고 나직하게 들렸다. 섬과 섬 사이의 깊은 바다, 그 먼 심연으로부터 들려오는 듯한 소리였다.

어두운 천장을 훑고 지나가는 차량의 불빛이 뜸한 것으로 보아 새벽 2시나 3시쯤이었다. 그녀가 돌아가고 난 뒤로 그는 불을 켜지 않았다. 잠도 오지 않았다.

없을지도 모른다고 생각했지만 걸었어요.

그녀가 말했다. 전화기는 침대와 거실공간을 가르는 석면벽 너머에 있었다. 그러나 소리는 또렷하게 들렸다. 말 사이사이의, 겨울바람소리처럼 끓는 잡음마저 잘 들렸다.

종종 나 이래요. 당신도 없이 텅 비어 있는 방에 내 목소리가 냄새처럼 가득 퍼지는 상상을 해요. 오늘 같은 날은 이렇게라도 해야 잠이 올 것 같으니까.

그녀는 말을 멈추고 깊은 한숨을 내쉬었다. 차량의 불빛이 오랜만에 천장을 훑고 지나갔다. 그는 침대 위에 누워 꼼짝도 하지 않았다.

그녀가 말을 멈춘 사이 통신회로에서 발생하는 노이즈만이 그와 그녀 사이의 거리를 지루하게 환기시키고 있었다. 그것은 눈에 보이지도 않고 귀로도 들리지 않던 전파음이란 거였다. 아득히 멀고 어두운 우주의 공간을 가로질러 도착하고 있는 듯한 소리. 그녀는 그로부터 40킬로미터쯤 떨어진 서울 한 외곽의 시멘트 구조물 속에서 수화기를 든 채 하릴없이 그의 적막한 공간과 새벽의 소통을 시도하고 있는 거였다.

그러나 언제나 그랬듯 그녀의 기대는 어둠과 적요와 그의 무응답에 차츰 짓눌려 갔다.

당신마저도 믿지 않겠지만……

그녀가 말했다.

나…… 당신 많이 사랑해요.

갑작스런 북받침으로 그녀의 말끝이 서둘러 잘리는 것 같았다. 그에겐 아무런 감흥도 일지 않았다. 천장은 어둡고 사방은 고요하다는 것뿐.

그녀는 더이상 아무 말도 하지 않았다. 여전한 회로음만이 전화가 끊기지 않았다는 사실을 알리고 있을 뿐이었다.

얼마 후 맥슨 CAC-3000 전화기에서, 천천히, 꾹꾹 누르는 듯한 두 번의 버튼음이 들렸다.

귀하가 설정한 비밀번호를 입력하세요.

전화기에 내장된 칩에서 건조한 여성의 안내 메시지가 흘러나왔다. 네 번의 버튼음이 다시 울렸다. 그리고 또 한 번의 버튼음.

귀하가 입력한 메시지가 지워졌습니다.

마침내 전화가 끊겼다.

새벽에, 빈 허공을 향해 중얼거린 자신의 목소리가 갑자기 부끄러워져서가 아니었다는 걸 그는 알고 있었다. 그녀의 사랑해요, 라는 말을 죽기보다 싫어했던 게 그였다. 그녀도 그걸 잘 알고 있었다. 그 여자가 아닌 한 그는 누구로부터도 사랑받고 싶지 않았다. 사랑하고 싶지도 않았다.

저 먼 동해 바다. 태초 이래 쉬지 않고 해안에 밀려와 부딪치는 파도가 지금 이 시각에도 여전히 밀려갔다 밀려온다는 사실이 그에겐 새삼스럽지도 소용에 닿지도 않는 거였다. 봄나무 가지에든 겨울나무 가지에든 바람이라는 것이 주야장천 분다한들 그것은 바람일 뿐 새로운 의미 따윈 귀찮았다. 그가 있든 없든 가끔씩 새벽의 어둠으로 흩어지고마는 그녀의 전화 음성도 천장을 훑고 지나가는 차량의 불빛이거나 창문을 흔드는 바람 같은 거였다. 그냥 있는 거였다. 존재하는 것. 존재하는 모든 것에 의미를 부여하는 일은 따분하고 불필요해 보였다.

뭔가 그의 의식을 환기하고 자극하고 간섭하려는 듯한 그녀의 말. 일테면 사랑한다는 말 따위를 그가 가장 싫어한다는 걸 그녀는 잘 알고 있었다. 그래서 그녀는 그가 잠들었거나 외출한 것이 분명할 때 그 빈 공간에다 자신의 진심과 한숨을 몰래 불어넣었다가는 이내 지워버리곤 했던 것이다. 그리곤 그 앞에서는 여전히 아무 물정 모르는, 그저 섹스나 좋아하는 여자처럼 지저분한 교성을 질렀다. 만난 날들을 기계처럼 기억하고, 꽃과 선물과 음식 따위로 그것을 호들갑스럽게 기념하고, 기쁨조차 상투로 정형화해 버렸다. 당신 건 어떤 줄 알아? 길고 단단한 총신 같애, 라고 말했다. 그래서 아주 섬뜩하지만 난 그게 좋아, 라며 바보 같고 천박하게 웃었다. 그녀의 웃음엔 그러나 언제나 슬픔이 스쳤다. 그는 그 슬픔을 외면했다.

그는 침대에서 일어나 거실공간으로 나갔다. 칠흑 같은 어둠 한켠에 부재중 전화통수를 알리는 디지털 표지판이 빛나고 있었다. 옆으로 나란히 붙은 사각형 모양의 0자 두 개. 붉은 네온 같기도 했고, 핏빛 같기도 했다.

어둠 속에 우두커니 서서 붉은 숫자를 바라보았다. 01이었던 것이 00으로 바뀌는 순간을 그는 침대 위에서 느끼고 있었다. 귀하가 입력한 메시지가 지워졌습니다……. 01과 00 사이에 남은 것은 그녀의 한숨뿐이었다. 디지털 표지판이 홍시빛으로 보였다.

식탁 등을 켜고, 가스레인지 위에 놓여 있던 냄비 뚜껑을 열었다. 미역국을 떠 흰색 수프 그릇에 담았다.

얇게 썬 감자가 식은 국물 속에 푸르게 잠겨 있었다. 촛농처럼 동그랗게 굳은 쇠고기 기름이 겨울 강의 유빙(流氷)처럼 둥둥 떠다녔다.

그는 무언가에 유도되어 일어난 몽유증 환자처럼 몇 번을 더 식탁과 냉장고 사이를 느리게 오갔다. 식은 밥과 무김치를 꺼내 식탁으로 옮겼다. 낮에 지하상가에서 그녀가 사온 것들이었다.

밥을 떠 국물에 넣었다. 식은 밥은 얼른 풀어지지 않았다. 겨울

밤. 모든 게 얼어붙어 있었다. 냄새도 맛도 없었다. 그녀의 칭얼거림과 경쾌함, 천연스러움과 태평함이 유년의 어떤 한낮의 기억처럼 아득했다.

눈에 보이는 것, 손에 잡히는 것, 입에 닿는 모든 것들의 경계가 차갑게 끊겨 있었다. 한낮 침대 위의 소란스럽던 교성과, 감자를 깎고 미역을 다듬던 그녀의 수선스러움마저 싸늘한 냉기의 흔적으로만 남아 있었다.

배가 고프다며 칭얼거리고 비스킷을 우걱우걱 씹고 맨엉덩이를 실룩거리며 다니던 그녀의 기미는 어디에서도 느껴지지 않았다. 적막한 삶의 공간에 잠깐 틈입했다 사라진 열기의 환(幻). 그녀를 찍어 누르며 그가 느꼈던 살의와 경멸과 흥분 또한 그런 것이었다. 지나고 나면 한결 더 경직되고 완강한 냉기로만 남는 짧은 광기. 점점 더 분명하고 확실해지는 것이라곤 길고 지루하며 숙명처럼 이어지는 을씨년스런 일상뿐이었다. 얼마 남아 있지 않을 것 같은 열정의 불씨를 되살려 보려 애쓰지만, 그것은 매번 공연하고 헛된 몸짓으로 끝나고, 그의 몸 안에 남는 것은 이전보다 반으로 줄어든 열의와 곱으로 부푼 회한이었다.

그는 밥을 만 차갑고 씁쓸한 미역국을 천천히 떠먹었다. 국물이 식도를 타고 내려갈 때마다 싸늘하게 식은 그녀의 시신을 삼키는 것 같았다. 지나칠 만큼 부드럽고 나직했던 그녀의 전화 음성. 몰래 녹음했다 혼자 지워버리곤 하던 그녀의 가라앉은 목소리와 한숨을 삼키는 것 같았다. 그가 모르리라고 그녀가 믿고 있는 그녀의 어둡고 쓸쓸한 이면을 떠먹는 것 같았다.

위층에선가 변기 물 내리는 것 같은 소리가 잠깐 들리고 끊겼다.

더이상 차량이 지나가지도 않았다. 어두운 창문 유리에 웅크린 그의 모습이 비쳤다.

단숨에 들이킬 수도 있는 적은 양의 미역국을, 그는 천천히, 그리고 오래오래 떠먹었다.

다음 날, 방을 막 나서려는데 전화벨이 울렸다.

미안해.

그녀였다.

뭐가?

그가 물었다.

오전 11시가 안 넘었잖아. 전화하려면 11시 이후에 하라는 명령을 어겼잖아. 그래도 괜찮지? 혼낼 거야?

그녀는 한낮의 음성으로 변해 있었다. 그런 명령을 했었는지, 그는 기억하지 못했다.

뭔데?

그가 물었다.

지난 밤 아주 이상한 꿈을 꾸었거든.

지겨워.

왜? 또 어디 나가?

전라도.

전라도 어디?

그건 알아서 뭐해. 전라도면 전라돈 거야. 전화 끊어.

아이, 1분만.

글쎄 뭐냐니까?

꿈 얘긴 길어서 그렇고…… 내 백합 잘 있어?

그는 창틀을 바라보았다. 빈 유리컵만이 여전히 아침 세상을 거꾸로 담고 있을 뿐이었다.

그건 왜?

그냥. 잘 있나 싶어서. 그건 당신 방에 있는 나니깐. 물 갈아줬어?

미치겠네 정말.

전라도엔 오래 있을 거야?

한 열흘.

어엉, 보고 싶어서 어떡하지?

끊어.

그는 전화를 끊고 숄더백을 집어들었다. 전라도 어디로 갈지는 그도 몰랐다.

엑셀을 몰고 광주를 거쳐, 그냥 서쪽으로 갔다. 무안과 현경을 지나다가 밤을 맞았다. 잘 곳이 없어 다시 무안으로 돌아왔다. 중앙통 진미 식당에서 곰탕을 먹고, 장판에 담뱃불 자국이 어지러운 여관방에 들었다. 길 건너로 클림트 그림을 단순화해서 붙여 놓은 노래방 간판이 보였다. 방안엔 오래된 TV가 있었다. 코미디언들이 탄 승용차를 풀장에 빠뜨리고 있었다. 구조신호를 보내면 거대한 크레인으로 끌어냈다. 차가 물에 완전히 잠길 때까지 침착하게 기다려야 문이 열린다고 진행자가 말했다.

아침에 다시 현경을 지나 지도라는 뾰족한 반도에 다다랐다. 고추장과 오이와 휴대용 버너 가스를 샀다. 임자도행 여객선이 드나드는 곳에서 길은 잘려 있었다. 라면을 끓여 먹고 국물과 찌꺼기는 가겟집 개한테 주었다.

아침부터 날이 흐렸다. 서해로 어지간히 뻗어나온 반도 끝이었지만 바다는 탁했다. 바람도 없고 고깃배도 없고, 다만 한 시간에 한 번쯤 여객선이 드나들 뿐이었다. 선창에서 기다리고 있던 광주행 시외버스가 배에서 내린 승객들을 모조리 싣고 떠났다. 아침이어선지 임자도로 들어가는 승객은 없었다. 버스가 떠나고 여객선도 떠나면 선창은 금방 텅 비었다. 광주며 무안으로 갔던 임자도 사람들이 섬으로 돌아가기 위해 다시 몰려들 때까지 그는 빈 선창에 그냥 서 있었다.

함평을 지나 영광으로 가던 길 어느 만치에서 차를 세우고 캔 콜라를 샀다. 터무니없이 작은 가게였지만 이름은 슈퍼였다. 대중슈퍼. 아낙들이 가게 앞에서 얼갈이 배추를 다듬고 있었다. 좀 살 수 있겠느냐고 물었다. 아낙 하나가 한 움큼을 쥐어 주었다. 천 원짜리를 던지다시피 내밀고 차에 올랐으나 아낙이 쫓아와 차안으로 다시 천 원짜리를 던졌다.

불갑이라는 곳의 어느 한 초등학교에 들어가 쌀과 얼갈이 배추를 씻었다. 길옆에 차를 세우고 버너를 켰다. 밥을 해 얼갈이 배추와 고추장을 비벼 먹었다.

그렇게 그는 영광과 법성과 홍농을 돌아다녔다. 해는 여러 번 동쪽 능선으로 떠올랐고 서해 바다로 졌다. 그리고 그는 선운사에 닿아 있었다. 선운사. 그 초입에 있는 '사계절 민박'을 보고서야 그는 선운사에 다다라 있다는 사실을 깨달았다. 전라도라는 것이 결국 선운사였다는 걸 알게 되었다. 그는 낭패감에 사로잡혔다.

발길 닿는 대로 떠돌아보겠다던 것이 겨우 전라도였고 선운사였다. 간다간다 하고 간 곳이 결국 떠난 그 자리라더란 말이 있었다. 사계절 민박 간판을 바라보며 그는 자신이 떠돈다고 떠돈 경계가 얼마나 좁고 옹색했는지를 깨달았다. 그의 세계라는 것엔 기껏 한 줌의 아쉬움과 유효기간도 한참 지난 것 같은 미련 따위나 꼼지락거리고 있었던 것이다. 누런 바탕에 다섯 개의 푸른색 글자가 서툴게 박힌 민박집 간판은 그의 사념이란 것이 얼마나 누추하고 보잘것없으며 허망하기 짝이 없는 것인지를 웅변하기 위해 내걸린 것만 같았다. 비루하여 외면하고만 싶은 자신의 낡은 명패를 연민의 시선으로 바라보듯, 그는 시린 눈으로 민박집 간판을 흘깃거렸다.

그 여자의 몸을 처음 만지고 결국 되돌아올 수 없는 깊은 나락으로 빠져들고만 것이 그곳이었다. 흰 피부, 검은 거웃, 그리고 가을 석류처럼 붉게 벌어져 있던 그 여자의 몸은 언제나 그 민박집의 낮은 천장과 꽃무늬 벽지와 함께 떠올랐다. 그 뒤로 밝은 불빛 아래서 그 여자의 몸을 수도 없이 탐했지만 매번 그를 깊은 심연으로 빠뜨리며 허우적거리게 했던 것은 첫날의 그 어스름한 민박집 객실 풍경이었다. 작은 창문이 암녹색 커튼으로 반쯤 가리워져 있었다.

어째서 그럴 수 있었는지 몰라.

누가 먼저랄 것도 없이 그 여자와 그는 자주 그런 말을 했다.

처음 만나 열두 시간도 안 되어 그 여자와 그는 술에 취해 한방에 들었고, 방에 들어가자마자 미친 듯이 서로를 탐했다. 남달리 자별하고 금슬이 좋은 부부가 젊어 한때 피치 못할 사정으로 한 삼 년 국경을 사이에 두고 헤어졌다가 극적으로 다시 만난 것 같았다. 만나기 한 시간쯤 전, 우리 만나자마자 무조건 하는 거야, 라고 갈급한 전화 약속이라도 한 듯, 몇 개 안 되는 옷을 벗어버리는 일마저 천년 세월처럼 길게 느껴졌다.

두 사람의 만남, 그리고 몸과 몸의 부딪침은 아무래도 욕정 따위가 아니라, 수억 겁 동안 서로에게 누적되어온 분노를 일시에 터뜨리는, 처절한 해원(解寃)의 몸부림 같은 것이었다. 서로에게 씻을 수 없는 상처를 입힌 두 짐승이 그 상처의 대가를 갚기 위해 다시 서로를 물어뜯는 것만 같았다.

그렇게 알 수 없는 광포한 밤이 가버리고 난 아침, 그는 샤워를 하기 위해 욕실에 들었다가 그만 비명을 지르고 말았다. 불에 데인 듯 여기저기 허물이 벗겨져 있는 성기를 보고 공포에 사로잡혔다. 그 여자가 욕실로 들어가고 난 뒤 그는 끄챙이에라도 찔리는 것 같은 그녀의 짧고 날카로운 비명을 들을 수 있었다. 그 방에 들어갔다 나올 동안 그들이 서로에게서 들을 수 있었던 것은 두 마디의 비명이 전부였다.

어째서 그럴 수 있었을까를 생각하는 건 부질없는 일이었다. 그 여자와 그가 그 뒤로도 종종 어째 그럴 수 있었는지 몰라, 라며 한숨을 쉬었던 것은 정말로 궁금해서가 아니었다. 그때를 생각할 때마다 여전히 놀랍고 감탄스러웠기 때문이었다.

절벽을 타고 오르는, 기이한 모양의 보호 식물을 보기 위해 선운사에 갔었다는 그 여자의 말은 그들의 만남의 비의를 푸는 데 여전히 아무런 단서를 제공하지 못했다. 마찬가지로 추사의 글씨와 미당 시비와 동백꽃을 보러 그곳에 들렀었다는 그의 말도, 어째서 그들이 급속히 부딪쳤는지를 이해하는 데 아무런 도움이 되지 못했다.

하필 서로가 혼자였으며, 그때 그 시간에 하필 토산품 직판장을 서성거렸으며, 척박한 복분주에 두 사람 다 아무런 거부감을 느끼지 않았던 건지.

알 수 없었다. 토산품 직판장에, 혼자인 사람은 많았다. 그날 복분주를 맛본 사람은 그들뿐만은 아니었을 것이다. 혼자였다는 것. 그리고 토산품 직판장과 복분주. 그런 것들을 그들이 부딪치게 한 원인으로 치기엔 터무니없어 보였다.

선운사를 찾았던 서로의 동기, 그리고 의당 가졌었을 얼마간의 여수(旅愁)와 나름대로의 동선(動線)들. 그러나 그런 것들은 그들이 가까워지고 사랑하고, 나중에 헤어질 때까지도 그들의 관계를 지배하는 어떤 질료도 되지 못했다.

애당초 그들은 생각했고 믿었다. 그런 것들은 그저 그들이 사랑하게 된 진정한, 그러나 알 수 없는 이유의 저 바깥에 존재하는 하잘것없는 부스러기거나 허망한 현상의 껍데기들에 불과했던 거라고.

이럴려고 그랬던 것뿐이야.

역시 그 여자와 그는 누가 먼저랄 것도 없이 그렇게 말하곤 했다. 사랑하게 돼 있었던 것뿐이라고. 우연한 것이었든 충동적인 것이었든, 그날의 그 어떤 미세한 기미와 낌새들에서 아무리 사랑의 이유를 찾아내려고 해도 그건 부질없는 일일 거라고.

자 봐, 이렇게 사랑할 거였잖아.

그 여자가 말하곤 했다.

이유가 있었대도 그건 우리가 알 수는 없는 거야.

그가 말하곤 했다.

적절하고 정당한 근거나 이유가 없으면 도무지 아무것도 믿지 않겠다는 건 일종의 나쁜 습관일지도 모른다고 그들은 생각했다. 아무런 근거나 이유가 없어도 존재하고 작용하고 느껴지는 것이 사랑이라고 믿기 시작했다. 정말이지 그날 그들이 왜, 어쩜 그렇게 만날 수 있었는지를 따지는 것은 점점 바보 같은 일로 여겨졌다. 거듭 말하건대 그들이 그날의 일을 자주 떠올렸던 것은 궁금해서가 아니라, 놀랍고 신기한 자신들의 사랑을 자꾸만 확인하기 위해서였을 뿐이었다.

　이상할 거 없어.

라고 그 여자가 말하면,

　그래, 결국 이렇게 사랑할 거였는데 만나지 않았다면 외려 그게 더 이상한 거지.

라고 그가 늘 하던 말로 받았다. 그들에게 닥쳐온 사랑의 절대적 질량으로 보건대 그날의 일은 우연적인 것이었든 필연적인 것이었든 한없이 가볍고 사소한 것에 지나지 않았던 것이다.

　그랬었는데, 그 여자는 그의 곁을 떠났다. 스스로 운명과 존재의 엄숙함 앞에 기꺼이 부복하려 했는데 그 여자는 떠나버리고 말았다. 너무도 통속적이어서 놀랐고 당황했다. 세상일이라는 게 다 결국 통속이고, 진리와 진실이라는 것도 결코 그 통속 바깥의 것이 아니라는 사실을 깨닫는 데는 그리 오랜 시간이 걸리지 않았다. 그러나, 그랬기 때문에 그는 그 여자를 더 잊지 못했다.

　기억 속에서 그 여자를 지워버리려 하면 할수록 그 여자가 그의 곁에 없다는 사실만 더욱 환기될 뿐이었다. 그럴 때마다 세상은 텅 빈 것 같았다. 원망을 하면서도, 그는 그 여자를 생각하지 않는 자신을 상상할 수 없었다. 그 여자를 지우려 할수록 자신이 존재해야할 이유 따위도 따라서 없어지는 것 같았다. 절망이 클수록 그래서 미련 또한 커졌다. 바람이나 쐬자고 어디 먼 곳을 쏘다니겠다던 그가 고작 머문 곳이 선운사였고 사계절 긴박 앞이었다. 그 여자에겐 어쩌면 이미 오래 전에 잊혀졌을, 낡고 초라한 기억의 언저리를 그 혼자 지루하게 배회했다.

어쩌다 이루어지는 그 여자와의 통화에서도 그 혼자서만 긴장했다. 그는 그 여자의 말끝에서, 설령 그것이 이미 죽어 빛 바랜 흔적에 지나지 않을지라도 그가 갖고 있는 것과 같은 미련의 기미를 발견해내려고 신경을 곤두세웠다. 가시 끝 만한 거라도 남편에 대한 불만과 원망의 낌새가 드러나지 않을까 기대했다. 소설과 영화에 수없이 등장하는 얘기들처럼 그 여자의 남편도 바람을 피우다 들켜서, 혹은 사업에 아주 쫄딱 망해서, 하여튼 여사여사한 일들로 매우 어렵게 되어 이혼이라도 할 수 있는 것 아니냐라는 질문을 어느새 그 자신에게 던지고 있었다.

그 여자가 불행해지기를 바라지는 않았지만 만일 그런 일이 생긴다면, 그리고 그가 약간만 너그러워진다면, 그 여자가 다시 자신에게로 돌아오는 데는 그다지 어려울 게 없을 것 같았다. 누구에게나 다 찾아온다는 권태기가 그들 부부에게는 가능하면 빨리, 그리고 이왕이면 돌이킬 수 없을 만큼 심각하게 찾아와 주는 것도 괜찮겠다고 생각했다. 그 여자와 통화를 하던 중이든 아니든, 그는 서글프게도 최근 급등하고 있다는 이혼율에 공연한 기대를 걸었다.

터무니없는 생각과 기대였다. 그는 정말로 그 여자에게 그런 일들이 벌어지기를 바라고 있었던 것도 아니었다. 다만 그가 그 여자의 기억으로부터 한 발자국도 물러나지 못하고 있었다는 것뿐.

그에게서 떠난 뒤로 그 여자는 빠르게 변해갔다. 말끝을 끄는 거며 얘기 중간에 흥흥거리는 한숨 비슷한 기침은 여전했지만, 점보는 얘기로 매번 열을 올리는 그 여자는 낯설었다. 연변 파출부 아줌마에 대한 푸념과, 신발 모양을 보고 올케자리를 퇴짜놓았다는 얘기를 들었을 때 그는 경악했다. 높낮이 없는 음성으로 끊임없이 늘어놓는 그 여자의 말을 듣고 있으면 지나친 풍요가 나태와 안일의 주범임을 어렵지 않게 알 수 있었다. 결혼과 함께 세상에 대한 경계와 경쟁심이 일시에 사라진 그 여자에게선 과거의 긴장된 재치와 유머를 더이상 찾아볼 수 없었다. 그 정도의 여자였던가. 고작 그런 여자를 사랑했었다는 말인가. 뭔가에 씌었던 것은 아닐까.

그 여자에 대한 실망은 그가 그 여자를 잊는 데 마땅히 적잖은 도움이 되어야 했다. 그러나 그는 이상하게 변해버린 그 여자를 여전히 잊지 못했다. 애당초 그 여자의 외모나 지성이나 감성의 어느 부분들을 좋아했던 게 아니라는 사실이 외려 또렷하게 환기될 뿐이었다. 존재 자체에 무턱대고 이끌렸을 뿐, 그의 사랑이라는 건 그 존재가 드러내는 현상적인 것들과는 아무 상관도 없었던 거였다. 그것이 그 여자와의 만남과 이별, 그리움과 아쉬움에 깊숙이 개입돼 있는 딜레마였다.

그는 끝내 그 여자로부터 벗어나지 못했고, 벗어나지 못하는 자신을 저주했고, 슬프게도 스스로 저주하고 저주받아야만 자신의 존재감이 확인되었다. 그것을 그는 아직 운명이라고 불렀다.

젠장, 아무것도 알 수가 없잖아.

서울로 돌아오면서 그는 그 말을 몇 번이나 되풀이해 중얼거렸다. 정읍과 전주와 공주와 천안으로 이어지는 국도를 달렸다. 그 여자와 함께 돌아올 때 달리던 길이었다. 비발디를 들으며 바라보던 산등성이와, 눈에 익었던 길모퉁이며 식당의 간판들이 스쳐 지나갔다. 공주나루를 건널 때는 그 여자의 음성과 몸에서 끼치던 그때의 체취마저 생생해 액셀러레이터를 밟는 것조차 잊었다. 그 여자는 그의 곁을 떠나고 말았지만 함께 달리며 웃고 떠들던 길은 그대로 남아 있었다. 그가 죽고 그 여자도 죽고 이 땅에 전혀 낯선 사람들로 가득 찰 그 어떤 미래에도 그 길은 오래도록 남을 것이라는 사실이 슬펐다.

알 수 없어.

한강을 가로지르는 검은 다리를 지나며 그는 마지막으로 중얼거렸다. 서울이었다. 수면 위로 불빛들이 떨어져내려 번들거렸다. 차량들이 발광충처럼 불을 켜고 다리와 도로 위에 납작 엎드려 느리게 기어갔다.

그 여자가 살고 있는 곳이었지만 서울은 광주와 무안과 함평과 영광보다도 아득하고 낯설었다. 해만 지면 곧장 어두워지는 선운사보다 더 적막했다. 전화만 걸면 달려나와 한껏 다리를 벌리고 널브러지는 백치 같은 그녀가 있어서 더 괴이쩍은 곳이었다.

그가 없다는 걸 알고 그녀는 밤마다 제멋대로 전화를 걸어 은밀히 어둠을 흔들곤 이내 제 목소릴 지워버렸겠지. 몇 번이고 디지털 표지판은 01과 00 사이를 또 한숨으로 오갔을 것이다.

지겨워.

언덕길을 오르며 그는 중얼거렸다. 거대한 오피스텔 건물의 내부란 게 고작 구멍 만한 작은 방들의 집합일 뿐이라는 사실이 새삼 기이했다. 촘촘한 벌집구멍들 중 하나가 자신의 삶을 의지하는 공간이라는 것.

시동을 끄자 엑셀은 쉬지 않고 달려온 늙은 말처럼 풀썩 주저앉았다. 건물 현관으로부터 비쳐 나오는 불빛이며 엘리베이터 앞을 서성거리는 사람들의 모습이 열흘 전과 하나도 다르지 않았다.

차문을 잠그고 키를 뽑았다. 주차장과 화단 사이에 가로놓인 낮은 콘크리트 턱 경계를 따라 천천히 걸었다. 열흘간의 여행에서 돌아오는 길이었지만 그의 손에 쥐어져 있던 것은, 떠날 때도 그랬던 것처럼, 열쇠고리뿐이었다.

맞은편 건물 전면에 오피스텔의 긴 그림자가 음산하게 드리워져 있었다. 화단은 좁고 길었다. 누렇게 마른 풀과, 잎을 다 떨군 라일락이며 단풍나무도 그림자에 묻혀 있었다. 노간주나무일 듯 싶은 키 작은 침엽수 몇 그루가 새끼 곰처럼 웅크리고 있었다.

그 침엽수 중 하나의 발치에 희끗한 것이 눈에 띄었다. 누군가가 창 밖으로 던져버린 휴지 같았다. 겨울로 접어들면서 화단청소가 뜸해졌다는 걸 그는 알고 있었다.

그는 걸음을 멈추고 그 희끗한 것을 바라보았다. 어둠 속에 버려진 휴지라면, 발걸음을 멈추면서까지 자세히 볼 필요는 없는 거였다. 그러나 그는 걸음을 멈추었고 그것을 유심히 들여다보았다.

어느 건물에선가 아이들이 무심코 날려버린 종이비행기 같았다. 하지만 그것이 무엇인지, 한눈에 알아보기엔 화단 주위가 너무 어두웠다. 삼각뿔 모양의 그 흰 것은 밤이었으나 가장자리의 날카롭고 뾰족한 기운만은 분명하게 느껴졌다.

그는 두어 발자국 화단 안으로 들어섰다. 그리고 그 희끄무레한 것을 천천히 집어들었다. 1층 창에서 흘러나오는 불빛에 비춰 보았다.

날카로운 종이로 접은 것 같은 꽃이었다. 백합이었다. 떠나기 전날 그가 31층 창 밖으로 던져버린 것이었다.

열흘 동안 겨울화단 한구석에 버려져 있던 것이었으나 꽃잎은 금방 화원에서 꺼내온 것처럼 생생했다. 인광(燐光)처럼 내쏘는 창백한 빛이 그의 눈을 찌를 것 같았다.

백합은 얼어붙은 그의 손가락 사이를 빠져나가 마른 풀 위에 다시 떨어져내렸다. 백년이 지나도 시들 것 같지 않는 빛깔이 무서웠다.

그는 도망치듯, 그러나 애써 태연하게 화단을 걸어 나왔다. 그리곤 뒤돌아보지 않고 현관을 향해 똑바로 걸었다.

뜨거운 물을 틀어놓고 오래오래 발을 씻었다. 돌아왔지만 왠지 더 낯선 곳으로 유폐된 것 같아 잠이 오지 않았다. 불을 다 끄고 침대 속으로 기어들었다.

바람이 불었다. 겨울 밤바람이 건물의 모서리에 모여 웅웅거렸다. 북쪽에서 몰려온 찬바람이 전선(電線)에 제 몸을 가르며 내지르는 것 같은 소리였다.

그러나 오피스텔 주변엔 전선이라곤 없었다. 있더라도 그것은 저 아래 지상 언저리에나 있을 법한 거였다. 31층 허공은 그대로 하늘이었고, 그만큼 차고 센 바람이 있을 뿐이었다.

전선을 스치며 내는 소리라고 많은 사람들은 오해했지만 그는 그게 문틈을 헤집고 들어오는 바람소리란 걸 알고 있었다.

얼마간 침대 위에서 뒤척이다가 일어났다. 다용도실로 나가 이미 닫혀 있던 창문을 힘주어 다시 닫고 걸쇠를 조였다.

그러나 침대에 누우면 어디선가 다시 음산한 바람소리가 들려왔다.

주방의 작은 쪽창문을 당겨 닫고 걸쇠를 꼭 조였다.

그는 다시 욕실로 들어가 발등이 벌개질 때까지 뜨거운 물로 발을 씻었다.

하지만 여전히 잠은 오지 않았고, 미세하지만 또 어디선가 바람소리가 들려왔다.

문틈을 비집고 드는 겨울 밤바람 소리는 도시의 어두운 한쪽 귀퉁이에서 울어대는 긴 사이렌 같았다. 반주자도 없는 텅 빈 무대의 절망스런 영창(詠唱)처럼, 이어질 듯 끊어지고 끊어질 듯 이어지는 그 소리엔 귀기마저 감돌았다.

다시 일어나 현관문을 끌어 닫고, 신문지를 접어 문틈을 메꾸었다.

그러나 침대로 다시 돌아가 눕기도 전에, 깊은 동굴 속에서 막 빠져 나온 듯한 길고 음험한 소리가 그의 등을 후려쳤다.

잠시 거실 한가운데 서 있었다. 욕실 둔틈에서 새어나온 가느다란 오랜지색 불빛이 거실 바닥을 직선으로 가로지르고 있었다. 바람이 가쁘게 창틀을 흔들었다. 오피스텔 건물이 통째로 넘어져 버릴지도 모른다고 생각했다.

그거라도 읽을까. 오래 전에 번역 출간된 세계문학전집 속의 『설국』을 떠올렸다. 이미 중학교 땐가 한 차례 읽었지만 최근에 다시 읽기 시작한 소설이었다. 읽었다는 이유로 그동안 거들떠보지도 않았던 소설. 그러나 아무것도 기억나지 않는 소설. 그래서 다시 읽기 시작했던 것인데 너무 재미가 없어 덮어두었던 것이었다.

침대맡의 램프를 켜고 책을 찾아 펼쳤다. 고마꼬와 시마무라의 밑도끝도 없는 대화. 그는 다시 책을 덮었다. 담배를 반쯤 피우다 두어 번 기침을 하고 껐다. 서랍에서 양말을 꺼내 신고 거실을 가로질러 캐비닛으로 갔다.

턱까지 닿는 두터운 폴라를 꺼내 입었다. 오리털 가득한 빅조이 돕바를 걸쳤다. 꺾여진 운동화 뒷굽을 펴고 발을 집어넣었다.

어둡고 긴 복도를 지나 엘리베이터 하강 버튼을 눌렀다.

텅 빈 로비와 경비실을 지나면서 기침을 쏟았다. 졸고 있던 경비원이 부스스 고개를 들고 눈을 비볐다.

바람에 쫓겨 내려온 듯한 어둠이 주차장 한켠에 고여 있었다. 열흘 동안 줄창 지방도로를 달렸던 엑셀은 죽은 듯 잠들어 있었다.

그는 화단으로 걸어 들어가 마른 풀 위에 떨어져 있는 백합을 주워 들었다. 돕바의 깃을 올려 서늘한 목덜미를 감쌌다.

31층까지 오르는 동안 그는 엘리베이터 거울 속의 푸른 얼굴을 바라보았다. 볼수록 낯선 얼굴이었다. 잔뜩 어깨를 움츠린 채 백합을 들고 있는 자신의 모습이 기이했다.

네 번에 걸쳐 잠그게 되어 있는 현관을 닫고 운동화를 벗고 거실의 불을 켰다. 창틀에 놓여 있던 유리컵 속의 물을 쏟고 뿌드득 소리가 나게 닦았다.

새 물을 받은 유리컵에 백합을 꽂았다. 등 하나를 더 켠 것처럼 거실이 밝았다. 열흘. 그 고스란히 소급된 시간이 빛나고 있었다. 희고 푸른 색깔이 두렵지 않았다. 바람 소리도 더이상 들려오지 않았다.

길고 조용한 잠을 잤다.

눈을 떴을 땐 어느새 방안에 가득 햇살이 들어차 있었다.

거실로 나가 창틀의 백합을 보고서야 지난밤의 바람과 몽유증 같던 잠깐 동안의 외출을 떠올렸다.

백합은 온밤 내 어둡고 추운 산 속을 헤매다 뒤늦게야 혼곤한 잠 속으로 빠져든, 난롯가의 낯선 방문객처럼 시들어 있었다. 완연하게 늘어진 갈색 꽃잎 속에 나그네의 시름과 태평한 잠과 철없는 꿈이 아무렇게나 구겨져 있는 것 같았다. 슬며시 웃음이 나왔다.

전화벨이 울렸다.

나야. 11시 넘었지?

그녀였다. 여전히 호들갑스러웠다.
햇살이 거실 가득 밀려들고 있었다.
언제 도착한 거야?
그녀가 물었다.
그는 말없이 속으로 중얼거렸다.
지겨워…….

우리네 삶은 그저 되는 것도 없고 안 되는 것도 없고

이정숙 | 한성대 국문과 교수

그는 어떤 남자인가? 무능해 보이는 삼류 시나리오 작가인 그는 존재하는 모든 것에 의미를 부여하는 일이 따분하고 불필요해 보이는 사람이다. 과거의 여인인 '그 여자'와 현재의 여인인 '그녀'라는 두 여자를 비교하면서 한 사람은 지독히 사랑하여 모든 걸 미화시키고 나머지 한 사람은 지독히 미워하며 그런 여자를 만나는 자신까지 혐오스러워하고 있다.

과거에는 모든 게 다 좋기만 했던 '그 여자'가 있었지만 다른 남자와 결혼하면서 그를 떠났고, 현재는 모든 게 싫은 것 투성이인 '그녀'와 섹스를 나누고 있다. 그 여자가 아무 별다른 이유 없이 너무나 미화되어 있다면(그래서 그 여자와의 만남은 운명이다), 그녀는 정말 별다른 이유 없이 억울할 정도로 내팽개쳐져 부당하게 대접받고 있다(그래서 그녀와의 만남은 아무래도 팔자 같다). 그가 그녀를 싫어하는 이유는 그녀의 상투적 표현, 그의 의식을 환기 자극

간섭하려는 듯한 그녀의 말, 사랑한다는 말 따위에 거부감을 느끼기 때문이다. 예를 들어 "먹어봐, 언능"에서 '얼른'이라는 말 대신에 쓰여진 '언능'이라는 말에 메스꺼워하고, 그녀와의 행위에 대해 1분도 안 되어 후회하고 그녀의 말들을 못 견디면서도 지속적으로 또 자발적으로 그 만남을 유지하는 사람이다. 말하자면 언어에 대해 굉장히 민감한 사람이라 할 수 있는데 이 점은 비록 삼류이긴 해도 시나리오 작가라는, 언어를 업으로 삼고 있는 직업인이라는 점에서 설득력이 있고 작가 구효서의 주인공들이 어떤 형태로든 언어에 대해 매우 민감한 자의식의 소유자들이라는 점에서 예외가 아니다.

그는 그 여자와의 만남이 우연으로 가장한 운명적 만남이라고, '처절한 해원의 몸부림'이라고 미화하고 있지만 그 여자와의 사랑은 사실 통속의 범주를 넘지 못한다.

그 여자는 부모가 일방적으로 정해준 결혼 상대를 적극적으로 거부하지 못한 채, 결국은 그를 두고 다른 남자와 결혼하여 아이 낳고 시누이 혼인 자리 찾는 통속적이고 시시껄절한 사랑의 당사자이다. 그는 이렇게 유치하게 끝나버린 사랑의 시말에 대해 견딜 수 없이 수치를 느끼면서도 여전히 그 여자에게 쏠리면서 그 여자와의 추억을 찾아다닌다. 속물적이고 어떻게 보면 가증스럽기까지 한 그 여자가 그에게는 '여자'의 기준이 되고 만다. 그녀와의 섹스를 그 여자에 대한 이런 상념을 차단하려는 몸부림이라고 합리화시키기도 하지만 그는 그녀에 대해 끊임없이 지겨워하고 있다.

그녀는 어떤 사람인가? 그녀는 사실 그의 사랑을 받기에 마땅할 정도로 적당히 예쁘고 적당히 날씬한 몸을 갖고 있고, 헤프고 천박한 면이 있지만 무엇보다도 그를 진심으로 사랑하고 있다. 평소에는 딴청부리며 기쁨조차 상투적인 어떤 것으로 정형화시키는 호들갑스러운 여자지만 그 웃음엔 남자의 마음을 읽는 슬픔이 스치는 여자이다. 그녀는 그가 싫어하는 게 무언지를 잘 알면서 그가 없는 텅 빈 방에 전화를 걸어 자신의 목소리가 '냄새처럼 가득 퍼지는 상상을 하면서 대답 없는 전화에 자동 응답기로 흔적을 남겼다가 지우곤 하는', 말하자면 그가 싫어하는 어떤 부분을 적절히 제어할 줄도 아는 여자이다.

이렇게 한 남자와 두 여자에 대한 이야기를 읽으면서 남자에 의해 세 번이나 표현되어 있는 '지겨움'을 난 '역겨움'으로 읽고 있었다. 그러면서 그와 그녀의 행동에 나도 모르게 느꼈던 감정이 '역겨움'이란 걸 알게 되었다. 그녀를 지겨워하면서도 끊임없이 몰두하거나 마지못해 대응하고 그러면서 그런 자신을 싫어하는 남자를 보면서, 또 자기를, 자기의 말을, 행동들을 모멸스러워한다는 걸 알면서도 '자신을 섹스라면 무조건 좋아하는' 드문 여자 중의 하나쯤으로 알며 능멸하는 남자를 향해 사랑한다고 허공에 대고 말했다간 지우곤 하는 그녀를 보면서, '지'겨움이 '역'겨움으로 보였고, 읽혔던 것이다.

지겹건 역겹건 어차피 진부해진 김에 이들의 사랑에 대해 한 걸음 더 나아가 본다면—남자와 그녀의 관계는 지속될 것이다. 한밤중에 자기가 31층에서 내던져 버린 백합꽃을 주워 들고 들어오는 남자에게서, 그리고 백합을 다시 가져다놓은 후 비로소 음산한 바람소리가 더이상 들리지 않으면서 편안히 잠들 수 있는 남자에게서 백합꽃 한 송이를 생일 선물로 가져다준 그녀와의 관계는 남자가 아무리 지겹다고 아우성을 친들 지속될 수밖에 없을 것이다.

그런 역겨움은 바로 우리 일상의 한 모습이 아닐는지……. 싫으면서도 피할 수 없고, 내던질 수도 없고, 외면할 수도 없는 너무나 많은 일과 사람과 상황 속에서 형태만 다를 뿐인.

여기서 그녀가 그의 생일을 축하하기 위해 사온 백합꽃 한 송이는 남자의 변화를 유도하고 암시하는 중요한 문학적 장치이다. '꽃이 식물의 성기'라며 매우 그로테스크하게 혹은 몽환적인 포즈로 그녀가 그에게 내민 백합이 그가 내던져버린 후 출장을 다녀와서도 '열흘 동안 겨울화단 한구석에 버려져 있으면서도 꽃잎은 금방 화원에서 꺼내온 것처럼 생생해서, 백년이 지나도 시들 것 같지 않는 빛깔'로 무섭게 다가오는 데서 몽환적인 것은 지속된다. 그런가 하면 그 꽃을 추운 겨울 한밤중에 중무장을 하고 내려가 주워들고 들어오는 남자는 엘리베이터 거울 속의 푸른 자기 얼굴이 볼수록 낯설고 백합을 들고 있는 자신의 모습이 기이하게 보인다. 왜 차고 거센 바람 소리가 백합을 주워들고 온 후 사라지고 남자가 길고 조용한 밤을 잘 수 있는지 그 과정이 몽환적으로 신비하게―비현실적이고 설득력이 없지만 그만큼 문학적 상상력이 동원되었거나 필요할 때 이런 표현을 쓰곤 한다―그려져 있지만 백합의 시든 모습에서 자기의 모습을 발견하는 식으로 백합은 통과제의적인 중요한 문학적 장치가 된다.

뭔가 대단한 것 같았던 '그 여자'와의 통속적이고 유치한 사랑의 시말과 시덥잖고 하찮은 것 같은 '그녀'와의 허무와 슬픔이 묻은 지겨운 사랑. 그리고 보면 이 소설은 대단한 어떤 것은 하찮게 끝나고, 하찮은 어떤 것이 의미 있을 수 있는 우리네 삶의 알레고리인지도 모르겠다.

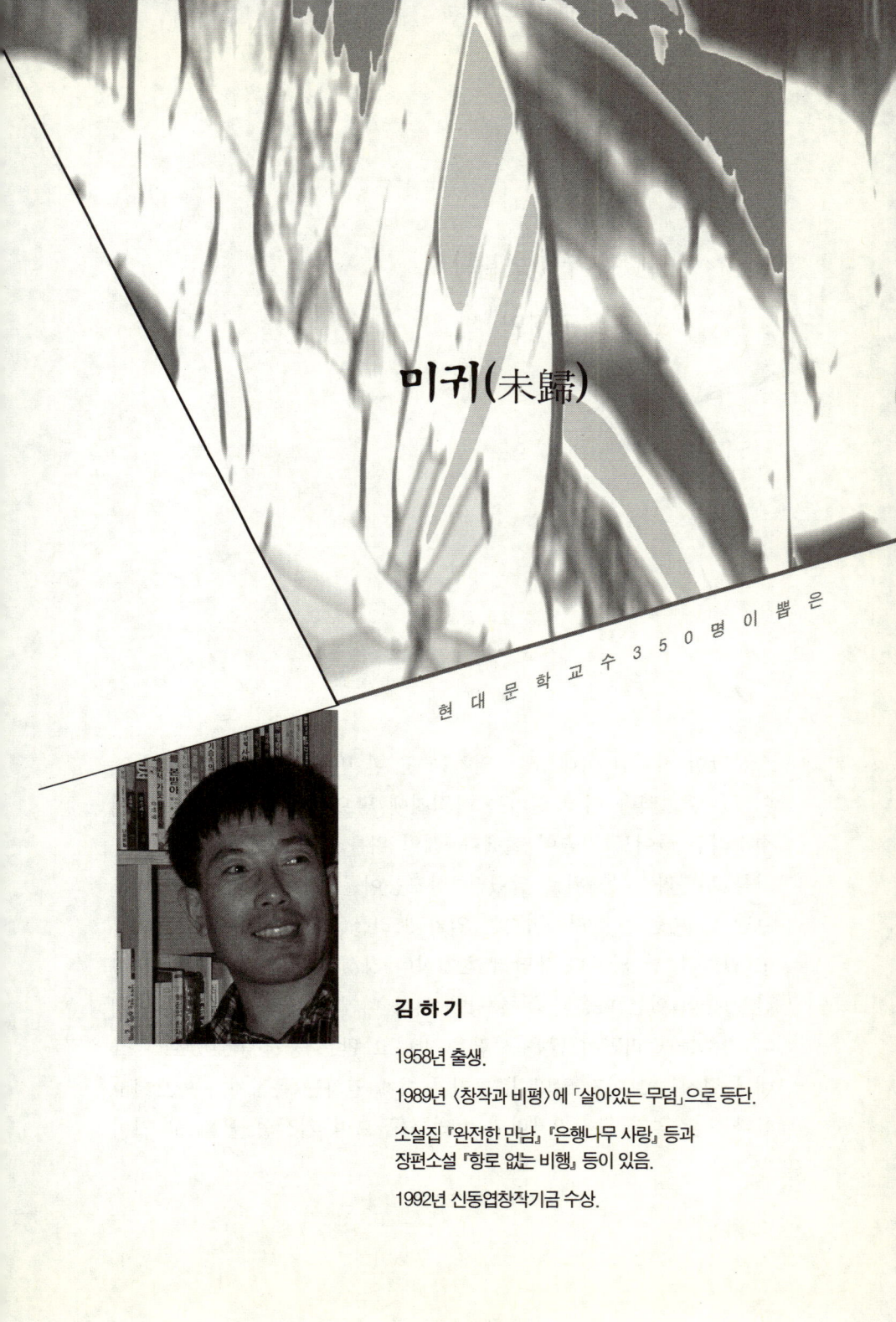

미귀(未歸)

김 하 기

1958년 출생.

1989년 〈창작과 비평〉에 「살아있는 무덤」으로 등단.

소설집 『완전한 만남』 『은행나무 사랑』 등과
장편소설 『항로 없는 비행』 등이 있음.

1992년 신동엽창작기금 수상.

미귀(未歸)

김 하 기

1

　분단이 시작된 이래 모든 열차는 단 한 번도 목적지에 도착한 적이 없다. 그러나 이제 열차는 목적지에 닿으려고 한다. 어릴 땐 기적소리만 들어도 가슴이 설렜다. 레일 위를 걸어 학교를 다녔고 열차를 뒤따라 침목 위로 달렸다. 산모퉁이를 돌아 사라지는 열차를 보면 내 마음은 빨려들어가는 열차 꼬리를 붙잡고 먼 곳으로 떠나고 있었다. 난 남보다 유달리 호기심이 강했나보다. 열차를 타고 빨간 지붕이 있는 마을과 푸른 강을 지나 미지의 세계로 떠났다. 인생의 미로를 달리면서 많은 사람을 만나고 많은 풍경을 보았으나 끝내 목적지는 보이지 않았다. 그러나 이제 열차는 목적지가 닿으려고 한다. 철커덕거리는 기차바퀴 소리를 들으며 기적의 꿈을 꾼 것이 눈앞의 현실로 다가오고 있다. 끊어져 녹슨 레일 위로 열차가 달린다. 두 동강 난 신경과 핏줄과 뼈마디가 이어져 거대한 식물인간이 침상에서 일어나고 있다. 차창 밖에는 하염없이 비가 내린다. 이제 마지막 종착역을 남겨두고 들판 위로 열차가 달리는데 왜 이리 눈물이 나는 걸까. 자꾸만 하염없이 눈물만 흐르는 것일까.

2

철커덕철커덕.

기차바퀴 소리가 들리고 물에 젖은 풍경이 서서히 움직인다. 부산발 서울행 무궁화 열차는 희부옇게 내리는 빗속을 달리기 시작했다. 차창에 부딪치는 빗방울이 사선을 긋고 있었다.

김길만은 강물이 불어난 낙동강을 보다가 절반으로 접힌 신문 갑지를 펼치고 읽었던 기사를 또 읽는다.

내일 비전향 장기수들 판문점을 통해 평양으로 송환, 오늘 전국의 장기수들 서울에 집결 예정.

기차바퀴소리가 커지더니 터널 속으로 들어간다. 차창에 비친 자신의 몰골을 본다. 유리창에 세월의 비바람에 마모되고 풍화된 얼굴이 음화처럼 드러난다. 유령 같은 얼굴에 자기도 흠칫 놀란다. 이게 나란 말인가. 두피 위에 쓰러져 있는 마른 건초들, 얼굴 골격을 덮고 있는 가죽에는 미세한 잔주름이 거미줄처럼 얽혀 있다. 산 사람의 증거를 깊은 눈동자에서 간신히 발견한다. 응시된 두 눈만은 형광물질을 바른 듯 어둔 차창에 반짝거린다. 고양이과의 눈에 플래시를 비추었을 때나 나타나는 기괴한 눈빛이다. 나란 존재가 두렵다.

아니, 나를 직시하는 걸 두려워하고 있다. 기차가 터널을 빠져나오자 다시 하얀 비낱이 차창을 때리고는 길게 쓰러진다.

비에 젖은 산야가 뒤로 빠르게 흘러가고 기차는 북행을 계속한다. 6·15 남북정상회담의 성과가 서서히 가시화되고 있다. 이산가족이 서울과 평양에서 눈물로 상봉하고 고위급군사회담과 각종 경제회담도 순조롭게 진행되고 있다. 이제 곧 경의선이 이어진다니 부산에서 이대로 철의 실크로드를 타고 서울과 평양을 거쳐 중국과 러시아, 유럽으로 갈 수 있을 날도 멀지 않은 것 같다.

김길만은 회한에 어린 눈으로 남조선의 산하를 지그시 응시한다. 30년 전 남조선으로 내려온 뒤 내내 저 산하대지는 나에게 돌아누워 있었다. 저 혼자 비 내리고 눈 내리고 바람 불고 햇볕 났다. 남명의 시조가 생각난다.

삼동에 베옷 입고 암혈에 눈비 맞아 구름 낀 볕뉘도 쬔 적이 없건마는, 아 구름 낀 볕뉘조차 쬔 적이 없건마는 왜 이리 눈물겨운지…….

차창에서 눈길을 거두어 복도 건너 대각선으로 시선을 돌린다. 엄마 아빠와 딸 아들이 한가족인 그들은 의자를 돌려 서로 마주보며 끝말잇기를 하고 있었다.

기러기 기차 차표 표범 범인 인기 기러기 기러기 기러기 기차 차표 표범 범인 인기 기러기 기러기 기러기를 몇 번이고 순환하며 반복하고 있는 게 재미있게 들린다.

"아빠, 서울에는 왜 가?"

끝말잇기에 못 끼여든 작은애가 딴청을 부리고 있다.

"기러기, 할아버지 회갑잔치에 간다고 했잖아?"

"회갑잔치가 뭐야?"

궁금한 게 한창 많은 나이다. 딸애가 저만할 때 헤어져야 했다. 떠나올 때 네 살이었으니 지금은 서른네 살이다. 눈매가 해맑고 콧날이 오똑한 게 제 엄마를 닮아 아주 예뻤다. 지금쯤 한 지아비의 지어미가 되어 아이 두셋은 낳아 기르고 있을 테지. 그 밑엣놈은 머리뼈도 제대로 굳어지지 않은 한 살배기 젖먹이 갓난애였다. 밀가루 반죽처럼 형체조차 갖춰지지 않은 물렁한 녀석이지만 둘째 놈의 얼굴을 돌에 새긴 조각처럼 명확하게 기억하고 있다. 북녘에 두고 온 가족을 생각할 때마다 달콤쌉사름한 젖비린내가 나는 그놈의 얼굴이 제일 먼저 눈에 밟혔다. 내가 남조선에서 산 지도 햇수로 벌써 31년째니 이제 그놈의 나이도 서른하나다. 길을 가다 무심코 되돌아보니 30년이다. 그 중에서 20년은 고스란히 쇠창살에 갇혀 살았다. 인생이란 참으로 짧고 허무하다.

두부모처럼 몰랑몰랑했던 녀석이 거뭇거뭇한 수염을 깎고 넥타이를 매고 출근길에 담배를 한 대 물고 있는 모습을 상상해 본다. 상상이 되지 않는다. 아인슈타인은 상대성 원리를 쉽게 설명하기 위해 달리는 열차를 즐겨 예로 들었다. 광속으로 달리는 열차 안에서 보는 바깥의 시간과 바깥에서 보는 열차 안은 서로 시간이 다르게 흐른다는 거지. 그래, 우리는 남조선과 북조선, 서로 다른 시간의 층위에서 딴 세상을 살았다. 북조선을 떠나기 전날 밤 딸애와 아들놈은 세상모르게 자고 있었다.

"애들을 깨울까요?"

아내는 새근거리며 자고 있는 두 아이를 보며 말했다.

"나둬. 갔다와서 보지 뭐. 당신이나 이리 와. 당신 살내음 맡은 지가 얼마만이야."

그는 고된 훈련으로 깡마른 얼굴을 젖이 불어 뭉실한 아내의 젖가슴에 묻었다.

북조선에서 잘나가던 부서인 철도부 공안원으로 있던 어느 날 불시에 중앙당으로 소환되어 남파공작원이 되었을 때 그는 기쁨으로 받아들였다. 당의 부름을 받아 남조선혁명에 나서는 걸 최대의 영광으로 생각해오지 않았던가. 수령의 무류성(無謬性)성을 믿고 당의 명령에 무조건 따르기만 하면 되는 것이다. 그 결과에 대해서는 생각하지 않도록 훈련받았다.

그는 6개월 동안 남파공작과 침투훈련을 받느라 가족과 격리되어 있다 남조선으로 떠나기 직전 단 하루 말미를 얻어 집에 온 것이다.

단내와 유향이 풍기는 아내의 젖가슴에 얼굴을 부비며 숨막힐 듯이 애무하던 장면은 뇌리에 스틸 사진처럼 정착되어 있다. 신새벽 먼길을 떠나기 직전 밑엣놈과 경쟁이라도 하듯 철철 흐르던 아내의 풍성한 젖을 빨아먹었지. 아직도 그에게 아내는 여전히 나이 서른의, 귀밑머리와 발뒤꿈치까지도 곱디고운 여인으로 머물러 있다.

남조선에 내려와서 영화나 TV로 예쁘고 섹시하다는 영화배우와 탤런트를 많이 봤지만 물 좋은 강계 태생의 미인인 아내 근방에도 못 미치는 것 같았다. 기억이란 그렇게 윤색되고 미화되는 것인지도 모른다. 여기에 내려와서 개나 닭이나 소를 봐도 어릴 때 고향에서 본 것보다 죄다 작고 보잘것없어 보였다. 영덕 대게조차 압록강 꽃게에 비하면 형편없이 작고 알이 굵다는 강원도의 감자와 옥수수도 양강도의 감자와 옥수수에 비하면 볼품없이 작아 보였다. 놓친 고기가 가장 큰 월척이라 했던가. 그에게는 갈 수 없는 고향보다 아름다운 마을은 이 세상 어디에도 없었다.

기차가 밀양역에 정차하자 사람들이 왁자지껄 올라왔다. 일행인 듯한 중년 신사 두 사람이 차표와 좌석번호를 대조해 보며 두리번 거리더니 김길만의 옆좌석과 복도 건너편 빈 좌석에 앉는다. 둘은 고개를 복도로 내밀고 뭐라고 군시렁거리더니 자리가 불편한지 그에게 와서 미안하지만 자리를 좀 바꿔 앉을 수 없겠느냐고 물었다. 창측이 편하고 좋았지만 그들의 요청대로 복도 건너 내측 좌석으로 옮겨 앉았다. 회갑연에 가는 가족들의 바로 뒷좌석이다.

옆자리에는 눈매가 날카로워 보이는 가죽점퍼가 앉아 있었다. 그가 앉자 가죽점퍼는 읽고 있던 이코노미스트지에서 눈길을 떼고 가볍게 목례를 했다. 번뜩, 순간적으로 마주친 호동그란 눈동자에 갑자기 등골이 으스스하며 변의가 느껴졌다. 20년 동안 감방 스파이홀에서 냉혹하게 꿰뚫어보던 시선과 닮아 있었다. 석방되어서도 보안관찰자로 묶여 10년간 감시당한, 그 기분 나쁘고 심장이 멎는 듯한 눈길이었다. 감시의 눈길과 수없이 마주치다보면 평범한 사람의 눈빛과 감시의 눈초리를 쉽게 구별할 수 있다. 감시의 눈초리는 아무리 부드럽게 반죽해도 비수처럼 상대방을 찌르고 존재를 비하시킨다. 감시의 시선과 마주치면 자신은 한없이 초라해지고 과연 나 같은 놈이 살 가치가 있는 놈일까? 하는 열등감과 수치심에 사로잡힌다. 오늘도 예외가 아니군. 옆자리의 가죽점퍼는 형사인가 끄나풀인가. 서울까지 기차여행은 피로하고 고단한 여행이 될 것 같았다. 그는 슬며시 자리에서 일어나 화장실로 갔다. 흔들리는 좁은 화장실에서 손잡이를 잡고 조그만 변기구멍에 앉아 일을 보는 동안 0.75평의 감방 화장실에 앉아 있는 듯한 착각이 들었다.

비전향 장기수들을 구금하던 특별사동의 독방 뺑끼통에는 변기 대신 지름 5cm 크기의 구멍만 하나 뻥 뚫려 있었다. 처음엔 그 작은 파이프 구멍이 뺑끼통인 줄 모르고 변의가 느껴지자 패통을 쳤다.

"왜 불러?"

"저, 화장실에 가야 하는데 문 좀 따주세요."

"뭐? 문 좀 따달라고? 임마, 거기 있잖아."

"예?"

"뒤에 구멍을 뚫어 놓았잖아. 거기다 싸."

"예? 이 작은 구멍에다 어떻게 변을 보랍니까?"

"이 새끼 또라이 아냐? 임마, 다들 거기에 잘만 보는데 니만 지랄이야, 지랄은. 니 똥구멍엔 금테 둘렀냐?"

억지로 앉기는 했지만 작은 파이프 구멍에 적응하기란 무척이나 힘들었다. 소변을 볼 때야 문제가 없었다. 사내들이란 어렸을 때부터 오줌줄기로 개구리와 개미행렬에 정확한 사격을 가해왔지 않던가. 그러나 큰 걸 볼 때는 조준하기가 용이하지 않았다. 항문의 위치와 각도, 괄약근의 힘을 종합해서 정확하게 발사하지 않으면 낙하물이 빗나가 구멍 언저리에 황금칠갑을 하고 만다. 게다가 나오는 구멍이 다르고 시간이 다른 대소변을 한 구멍에 밀어 넣기란 여간 어려운 일이 아니었다. 처음엔 똥은 똥대로 오줌은 오줌대로 나와 콩칠팔칠 튀어나갔으나 수많은 낙하훈련과 조준사격 끝에 파이프 구멍에 적응할 수 있게 되었다. 방법은 대소변이 나올 때마다 구멍에 맞춰 엉덩이를 앞뒤로 까딱까딱 움직이는 것인데 나중에는 아주 숙달되어 책을 읽으면서도 까딱까딱 눈을 감고도 까딱까딱 뒤처리를 하는 묘기의 수준까지 올랐다.

물론 특사의 삥끼통이 처음부터 그렇게 요상스레 생겨먹은 것은 아니었다. 육연우라는 한 장기수가 삥끼통 구멍에 머리를 처박고 자살한 사건이 있고 난 뒤부터 입구가 큰 푸세식 삥끼통을 메워 작은 파이프 구멍으로 만들었던 것이다.

논리에 의한 설득이 아니라 테러와 고문으로 전향공작을 하던 암울한 시기가 있었다. 교회사(敎誨師)들이란 특이한 직업을 가진 자들이 있다. 이들은 전국을 통틀어 백 명이 안 되는 특수직 종사자인데 비전향 좌익사범과 공안수들에게 자유민주주의체제의 수월성(秀越性)을 인식시키고 그 공감대를 넓혀 전향을 시키도록 특별히 훈련받은 자들이다. 그들은 철학과 심리학과 상담학을 기본적으로 연수받고 임직된 전문가들이다. 인간의 사상을 뒤바꾸는 일은 많은 시간과 인내력을 필요로 하는 고차원적인 작업이다. 더구나 북에서 세뇌된 사상범의 경우는 장기간에 걸친 철저한 연구와 대처가 필요하다. 도덕적 우위에 서서 끊임없이 그들을 설득하고 그것으로도 되지 않으면 사랑을 베풀어 감동을 시켜서라도 전향시켜야 한다. 그럼에도 불구하고 교회사들은 손쉬운 방법을 택했다. 폭력과 고문 등에 의한 강압적인 방법으로 그들을 굴복시키려 한 것이다. 그것도 감옥에서 같이 징역을 살고 있는 살인범 강도강간범 조폭 등 흉악범들의 손을 빌어 그들에게 테러를 가하는 부도덕한 이이제이(以夷制夷)의 방법을 취했다. 흉악범들 중에서도 가장 잔인한 성격의 죄수들을 선발해서 교회사들이 손수 그들의 팔뚝에 '떡공이'라고 쓴 완장을 채워주고는 비전향 장기수들을 전향시키라는 명령을 내렸다. 폭력에 굶주려 있던 흉악범들에게 그들을 맘껏 두들기고 족치라는, 광주학살과 같은 '화려한 휴가'를 준 것이다.

힘없고 들피진 장기수들은 떡공이들의 좋은 먹이감이었다. 떡공이들은 우리에 갇힌 맹수처럼 장기수들에게 달겨들었다. 곤봉으로 때리고 연탄집게로 지지고 심지어 바늘로 온몸을 쑤셔서 절명케 만드는 등 온갖 잔인한 방법으로 테러를 가했다. 떡공이들의 테러에 여러 못이 죽어나갔고 전향공작이 끝났을 때는 천여 명의 비전향 장기수들이 백여 명으로 줄어 있었다. 한겨울에 발가벗겨 놓아 얼어 죽은 동사자도 생겼고 친하게 지내던 동지가 맞아죽자 따라서 자살하는 순사자도 나왔다.

인민군 특수부대 정찰대 출신인 육연우는 행동이 다듬어지지 않고 거칠었다. 단식을 할 때는 아예 밥그릇을 식구통 밖으로 내던졌고 담당들과 면담할 때도 제 성격을 못 이겨 목소리가 한 옥타브씩 올라갔다. 그런 그를 떡공이들은 입에 고자좆〔방성구(防聲具)〕을 물리고 발가벗겨 무릎을 꿇리고 쇠좆매로 다스렸다. 온몸이 가지빛으로 물든 채 의식을 잃자 떡공이들이 축 늘어진 그의 손을 잡고 전향서에 지장을 찍고는 방으로 돌려보냈다. 육연우는 방으로 돌아와서 분함을 참지 못하고 밤새 꺽꺽 울기만 하더니 다음날 새벽 똥냄새가 올라오는 뺑끼통에 머리를 처박은 채 죽은 시체로 발견되었다.

육연우는 조선시대 열녀에게서 볼 수 있는 그런 죽음을 택했다. 남편이 죽자 따라 죽고 총각에게 팔이 잡혔다 해서 칼로 팔을 베어버린 그런 열녀처럼 자신의 사상적 절개를 지켰다. 그의 죽음을 가지고 가치판단을 하는 것은 조선시대의 열녀를 현대적 관점에서 보는 것만큼 어리석은 일일 것이다. 시대가 다르고 신념의 체계가 달랐다. 그는 붉은 신호등이 켜지자 횡단보도를 건너는 것으로 생각해 길을 건넜고 똥차는 푸른 신호등을 보고 힘껏 달렸다. 그가 달려오는 똥차에 받혀 죽은 것은 신호체계의 차이 때문이지 그의 잘못도 똥차의 잘못도 아닌 것이다.

교도소 행정이란 것이 항상 소도 잃고 외양간도 잃는 식이다. 누가 팬티의 고무줄을 모아 목을 메어 죽었다고 하면 재소자들이 입고 있는 모든 팬티의 고무줄을 다 빼버린다. 마약사범 하나가 마약액에 적신 사모포를 차입하다 발각된 사건이 있었다. 그 뒤로 죄수에겐 일체 사모포 차입이 금지되어 추운 겨울을 관모포 한 장으로 덜덜 떨며 난 적도 있었다.

특사의 뻥끼통이 파이프 구멍으로 대체된 것도 육연우가 푸세식 뻥끼통 구멍에 머리를 처박고 죽었기 때문이다. 파이프 구멍에야 누가 머리를 처박고 죽겠는가. 까딱까딱, 그는 열차 화장실 변기에 엉덩이를 까딱거리며 용변을 본다. 언제부턴가 엉덩이를 까딱이며 변을 보는 것은 원통하게 죽어간 육씨의 혼령을 추모하는 기묘한 제의가 되었다.

담배를 한 대 태우는 것이 뻥끼통 귀신이 된 그의 영혼을 달래는 향불이 될 수 있을까. 그는 향을 태우는 심정으로 담배를 몇 번 빨고는 구멍에 던지고 물을 내렸다.

화장실에 갔다오면서 앞자리의 가족들을 보았다. 말잇기놀이도 369게임도 끝나고 모두들 조용하다. 아빠는 잡지를 읽고 있고 엄마는 스킬자수를 하고 딸애는 동화책을 읽고 어린 아들은 피카츄 인형을 베고 자고 있었다.

그는 자기 자리로 돌아와 보니 옆자리의 가죽점퍼는 빵모자를 쓴 채 차창에 기대어 자고 있었다. 아마 자는 척 하고 있으리라. 그도 고개를 복도 건너편 차창으로 돌리고 눈을 감고 잠을 청했다. 그러나 옆자리의 가죽점퍼 때문인지 눈알이 슴벅거리며 통 잠을 이룰수 없었다. 아니, 눈을 뜬 것보다 눈알이 더 말똥거렸다. 적과 동침이 이런 것일까?

그런데 열차가 동대구역 플랫폼으로 미끄러져 들어가자 가죽점퍼는 하품을 하며 일어나 빵모자를 고쳐 쓰고는 황급히 열차에서 내렸다. 그렇다면 가죽점퍼는 서울까지 동행하는 형사가 아니었단 말인가. 분명 감시의 시선이었는데…… 어쩌면 나의 예민한 신경 탓인지도 모른다.

대신 피에로의 코처럼 코끝이 뭉툭하게 솟아올라 익살스럽게 보이는 노인이 올라와 그의 옆자리에 앉았다. 방금 내린 가죽점퍼를 괜하게 의심한 걸까. 감시의 눈길에 부대끼다 보면 신경이 날카롭고 예민해져 아무나 닥치는 대로 의심하게 된다. 거리에 나서면 버릇처럼 미행하는 사람은 없나 뒤돌아보고 집으로 찾아오는 우체부나 수도검침원조차도 끄나풀로 의심하게 된다. 방금 올라온 노인네야 무슨 문제가 있으랴. 하지만 노인조차도 불편하게 느껴져 어색한 기분이 든다.

열차가 동대구역을 출발하자 긴 여행에 무료해진 딸과 잠에서 깨어난 아들이 의자 사이의 경계선을 두고 서로 다투기 시작했다.

"한솔이 너, 이 선을 넘어오면 안 돼."

"아이씨, 누나가 먼저 요 선을 넘어왔잖아."

"야는 무슨 소리야. 니가 먼저 이 선을 넘어왔잖아. 봐, 또 넘어오잖아. 이제 진짜 여기로 넘어오면 안 돼, 알았지? 절대로 안 돼!"

그래, 선을 넘으면 안 된다. 하지만 난 넘지 말아야 할 선을 넘고 말았어.

아이들의 자리다툼은 고통스런 옛 기억의 녹슨 방아쇠를 당긴다. 탕탕, 금단의 선을 넘었던 날의 총성이 고통스런 옛 기억의 잔해를 헤집기 시작한다.

그날은 폭우가 쏟아졌다. 그림자 셋이 임진강 상류인 철원의 역곡천을 넘고 있었다. 마가을 그믐밤 휴전선을 감고 흐르던 역곡천은 밤새 내린 폭우로 도도탕탕하게 흘렀고 굴살은 얼음처럼 차가웠다. 거친 물길을 헤치고 휴전선을 넘을 때 등골이 서늘했던 느낌을 잊을 수 없다.

구렁이강이라 불리는 역곡천. 북녘 땅 봉래호에서 발원한 이 임진강 지류는 남녘 땅 백마고지로 흘러들었다 용머리를 틀어 북쪽으로 올라가고 다시 왼고개를 틀어 남쪽으로 흘렀다가 다시 북쪽으로 올라가 임진강 본류에 합류한다. 남북을 무려 네 번이나 오르내리며 철책을 농락하는 이 강은 임진강보다도 더 분단의 비원이 서린 월경천(越境川)이다. 견고하고 완강한 철책을 구렁이 담 넘듯이 이리저리 넘어가는 걸 보고 있노라면 막힌 것이 뚫리는 듯한 통쾌한 느낌마저 든다. 이 강은 적경으로 흘러내리는 물줄기 때문에 남북의 공작원들이 자주 애용하는 비밀루트다. 많은 간첩과 특무들이 이 강을 넘어 적진으로 침투했고 넘다 죽기도 했다.

남파되던 날 대남연락 부부장이 그들의 무사귀환을 이 하천에 빗대어 말한 걸 그는 아직도 기억하고 있다.

"동지들, 철책을 기민하게 치고 빠지는 이 역곡천처럼 주어진 임무를 성공적으로 완수하고 무사히 귀환하길 바라오."

그러나 세 명의 조원들은 철책을 역곡천처럼 기민하게 넘지 못했다. 폭우를 헤치며 불어난 하천을 간신히 건너 남쪽 땅에 발을 올려놓자마자 기다리고나 있었다는 듯 조명탄과 크레모어가 터지고 콩볶는 듯한 총소리가 들렸다. 미처 응사할 틈도 없었다. 옆에서 펑하는 소리에 의식을 잃고 쓰러졌는데 깨어나 보니 남조선 00사단 의무대 병실이었다. 온몸이 수류탄을 맞아 벌집이 되었다. 그러나 그의 명줄이 질긴 탓인지 파편이 박힌 곳은 용케도 치명적인 급소는 피했다.

엑스레이를 찍어 엉덩이와 옆구리 등짝에 박혀 있는 파편들을 제거하는 수술을 받았지만 단 하나, 목덜미에 박힌 파편만은 적출하지 못했다. 무리하게 적출하면 할 수는 있지만 자칫하면 경추 속의 척수를 건드려 전신마비가 될 수도 있다는 것이다.

목덜미에 박힌 이 파편은 교도소 검문대인 체크 게이트를 지날 때마다 삐익 소리를 내어 자신의 존재를 알리곤 했다. 체크 게이트는 재소자들이 은닉하고 있는 칼이나 쇠톱 따위의 위험한 쇠붙이를 적발해내는 문인데 교도관은 그의 몸에서 나는 삑삑거리는 경보음만을 믿고 무조건 그의 알몸을 수색하곤 했다. 이놈의 파편 때문에 팬티까지 벗고 알몸 검신을 받은 적이 부지기수였다.

목덜미에 박힌 수류탄 파편은, 석방되고 난 뒤에는 소리낼 일이 없어졌지만 몸의 컨디션이 좋지 않을 때 한번씩 내이(內耳)에서 삐익 하고 기분 나쁘게 울렸다. 그때마다 온몸이 마치 전기에 감전된 듯 찌릿찌릿해지며 격심한 통증이 뒤따랐다.

그럴 때마다 수류탄을 맞은 역곡천 강안과 죽은 두 동지의 얼굴이 떠올랐다. 어느 날 침대에 누워 있는데 보안사 군인이 몇 장의 사진을 들고 왔었다. 얼굴과 가슴이 벌집이 된데다 강물에 얼굴이 불어터져 형체를 알아볼 수 없는 두 구의 시체를 찍은 사진이었다.

그는 사체들이 함께 월경한 동지라고 확인해 주었다. 한동안 두 동지를 죽게 하고 비겁하게 나 혼자만 살아남았다는 강박관념이 뇌리에 맹독처럼 퍼진 적이 있었다.

나도 그때 죽어버렸어야 하는 건데……

살아남은 자의 비겁함이 두고두고 목덜미에 박힌 파편처럼 그의 내면 깊은 곳에서 마음을 아프게 했다. 그때마다 그는 명상과 단전호흡으로 마음의 평정을 찾으려고 했다. 30년 동안 원죄적 아픔을 주었던 목덜미의 쇠붙이 파편을 지금 캐내어 보면 아름다운 진주로 변해 있지 않을까?

3

열차가 김천역을 지나자 그의 자리를 양보받아 같이 앉은 두 사람이 신문을 펴들고 떠들기 시작한다.

"디제이, 이거 완전히 김정일이한테 놀아난 거 아이가. 와, 숭악한 빨개이들을 한두 명도 아이고 떼거지로 이북으로 보내는 거고 말이다."

"와, 아이라. 남북정상회담 할라꼬 북에다 자꾸만 돈을 퍼주더니 이젠 빨개이까지도 돌리보내고 자빠졌네. 마, 이건 국기를 뒤흔드는 큰 사건인기라. 죽도록 고생해서 빨개이를 잡아놓으면 디제이는 막가파식으로 다 놓아준다 이 말이라. 노벨상위원회에서 빨리 땡기가지고 노벨상 안 주나? 디제이가 그걸 빨리 받아버리야 대통령이 우리 경제에도 관심을 가져서 나라꼴이 제자리로 돌아올건데 말이다."

남한사람들 서너 명이 모였다 하면 고스톱 아니면 정치이야기로 밤은 지샌다. 밤새워 입에 게거품을 물고 정치인을 욕하고 썩은 정치의 개선에 대해 말하는 걸 보면 이 세상에 우리 국민처럼 정치적인 국민은 없는 것 같다. 그러나 정작 한 표를 던져야 할 선거 때는 모두 산으로 바다로 놀러나가 버리니 정말 기이하기 짝이 없는 백성이다.

두 남정네는 입에 거품을 물고 디제이를 비난하지만 열차 승객 중 누구 하나 동감을 표명하거나 제지하는 사람이 없다. 얼음처럼 차가운 무관심이다. 둘은 얘깃거리가 바닥이 났는지 경상도 공장을 뜯어 전라도로 가져간다는 둥 천박하고 유치한 유언비어까지 주워섬겼다. 그가 듣기에도 도가 심하다 싶었는데 옆자리에 앉은 코주부 늙은이가 참견을 했다.

"거, 젊은 양반들, 좀 조용조용 이야기 아이 하겠소? 이 열차간을 둘이서 독으로 전세냈음둥? 거참, 예절을 알 만한 사람들이 더 떠들고 있네, 그랴."

노인네가 두 사람의 잘못을 지적해도 열차간의 승객들은 가타부타 말이 없다. 여전히 열차간은 깊은 정적과 무관심을 싣고 달리고 있을 뿐이었다. 두 남정네는 코주부 노인을 힐끔 쳐다본 뒤 볼륨을 조금 낮춰서 군시렁거리고 있었다.

그제야 그는 옆자리의 코주부 영감을 주목하고 바라보았다. 깡마른 얼굴에 낀 동그란 안경이 뭉툭하게 솟아오른 코를 더 도드라져 보이게 했다.

"헛헛, 요즘 젊은이들은 통 예의가 있어야지 말이야."

노인은 혼자 헛기침을 하고 끌탕을 친 뒤 말을 붙인다.

"근데 말씀을 들어보니 고향이 위쪽 같습니다만."

그가 말을 붙였다.

"난 고향이 함경도인 실향민이오. 이번에 이북 오도민 사무소에 가서 이산가족상봉 신청을 했는데 아직까지 가타부타 아무런 기별이 없소이다. 태어난 곳은 함북 성진이오. 지금은 김책시로 바뀌었다고 그럽디다만. 댁은 고향이 어디오?"

노인의 말에는 툽상스런 함경도 악센트가 실려 있었다.

"제 고향은 평북 용천입니다."

"평북 용천이라. 거기라면 압록강 하구에 있는 곳 아니오? 우리 둘 다 이북하고도 북쪽 끝입니다, 그려. 허어, 이거 인연이올시다."

자신보다 대여섯 살 윗길로 보이는 노인은 지루한 기차여행에서 좋은 말동무를 만났다는 듯 너털웃음을 지으며 반가워했다.

노인은 깡마른 외모와는 달리 성격이 쾌활하고 다변이었다. 카트를 밀고 지나가는 판매원을 불러 맥주 서 병과 조미한 오징어포를 사서 그에게 술을 권했다.

"자, 한잔 받으시오."

노인은 종이컵에 맥주를 붓고는 말했다.

"아니, 제가 먼저 한잔 따라 드리죠."

"그러시려오? 캬, 술맛 좋다. 기차여행에는 비가 그만이지. 여기다가 맥주 한잔, 이만큼 낭만적인 여행이 또 어디 있겠소."

기차여행과 비는 잘 어울린다는 생각을 해본다. 아내를 만난 것도 비오는 날 만포선 열차간에서였다. 철도부 공안원이었던 그는 차표 없이 무임승차하는 사람이나 열차 내 질서를 어지럽히는 사람, 주민증과 여행증 없이 무단여행하는 자들을 단속하는 업무를 맡고 있었다. 열차와 열차 사이를 잇는 칸막이칸이나 화장실에는 무임승차자 무단여행자들의 소굴이었다.

그날도 오늘처럼 열차 차창에 빗물이 사선으로 흐르고 있었다. 칸막이칸 구석에 머리에 비냄새를 풍기며 겁먹은 얼굴로 서 있는 아리따운 여자 동무를 검문했다. 여자 동무는 대담하게도 차표도 여행증도 하나도 없이 도둑열차를 집어탄 것이다.

"아니, 동무! 도대체 무슨 배짱으로 이 열차에 탄 거이가?"

"평양 이모집에 찾아가려고 탔습네다."

"차표도 여행증도 없이 누구 맘대로 평양에 간다는 기야?"

"병아리도 삐양삐양하고 운다는데 평양이 보고 싶어 무작정 탔습네다."

"메야, 이거이 정말 골치 아픈 해방처녀로군."

무작정 평양이 보고 싶어 도둑열차를 탔다는 맹랑한 처녀를 어떡할 것인가. 규정에 따르면 그런 처녀는 붙잡아 사회안전부로 넘겨주어야 함에도 불구하고 그는 차표와 여행증명서까지 만들어 평양역까지 무사히 가게 해주었다. 비를 맞은 여자 동무의 몸에서 나던 맑은 박하향과 산채향기 같은 묘한 비냄새가 그를 사로잡았던 것이다.

동그란 무테안경을 낀 노인은 술을 자작한 뒤 그가 시키지도 않았는데 스스로 고향 이야기를 술술 하기 시작했다.

"내 고향마을은 아름다운 바닷가 갯마을이었소. 어느 집에서건 문을 열기만 하면 푸른 바다가 가슴 가득히 안기는 정말 멋진 곳이었지요. 우리 같은 실향민들에게 어느 고향인들 아름답지 않겠소만 정말 눈에 삼삼한 마을이라오."

노인은 종이컵에 맥주를 한잔 마실 때마다 차창을 물끄러미 바라보곤 했다. 빗물에 젖은 풍경을 안주로 삼는 것은 아닐까 생각했다.

아니면 고향 바다를 보고 있는 것일까.

"고향 바다는 춤추는 물이라 해서 이름이 무수탄(舞水灘)이었소. 무수탄, 상상이 가오? 무수탄 수평선 위로 해와 달이 차르르 차르르 떠오르는 광경은 정말 일품이지요. 백사장 모래는 또 얼마나 맑은지, 하루종일 뒹굴어도 옷에 먼지 하나 묻지 않는 곳이라오. 원산의 명사십리(鳴沙十里)에 울 명(鳴)자가 들어간 것은 원산의 백사장이 우리 고향의 백사장에 와보고 자기 모습과는 달리 얼마나 모래벌이 길고 모래가 깨끗하던지 분해서 울었다는 전설도 있소이다. 이제 남북정상회담으로 뭔가 고향 갈 희망은 보이는데 그때까지 이놈의 몸이 따라줄는지 의문이오……."

노인은 제격 맥주 한 병을 비운 뒤 차창가의 빗물보다 더 물기가 많은 향수에 흠뻑 젖은 듯했다.

"댁의 고향이 평북 용천이라 했던가요?"

"예."

"이번에 이산가족상봉 신청했소?"

"아직 하지 않았습니다."

"왜 북에 남아 있는 친척이 없소?"

"그건 아닙니다만……."

"평북 용천이면 신의주 근처잖소."

"예, 경의선이 이어지기만 하면 부산에서 기차로 한번에 갈 수 있는 곳이죠."

일제시대엔 부산에서 신의주까지 단 한번의 승차로 갈 수 있었다. 아, 지금은 일제시대보다도 나은 게 없단 말인가.

항상 기억 속에는 고향집의 푸른 소나무가 몇 그루 서 있다. 소나

무의 솔잎은 세월이 흐를수록 앨범의 사진처럼 빛이 바래어지기는
커녕 점점 더 푸르러만 간다. 그러나 지금까지 고향을 아무에게나
함부로 말하고 싶지 않았다. 휴전선 이북에 대해선 말을 아꼈다. 말
한 마디로 졸경을 치르는 사회가 아닌가. 그는 또한 마음속에 고이
간직하는 고향이 가장 아름다운 고향이라 믿은 탓도 있어 함구해
왔다. 그런데 오늘은 같은 실향민을 만난 탓인가, 취기가 돈 탓인가,
이상하게도 코주부 늙은이에게 고향 얘기를 하고 싶다. 왜 이런가.
지금 꼭 북행열차를 타고 고향집 대문으로 들어가는 기분이다.

"그림 같은 집이었소. 집 뒤에는 크고 아름다운 소나무 숲이 있었
소. 그 솔숲에 늘 하얀 왁새가 집을 짓고 머물러 있어 마을사람들은
우리집을 왁새당이라고 불렀지요."

"왁새당이라, 정말 멋진 이름입니다. 왁새는 학을 가리키는 거 아
니오?"

"정확하게 말하면 학이 아니고 황새를 왁새라 합니다. 우리집이
왁새당인데다 내가 다리가 길어 애들이 날더러 왁새라 불렀지요."

학은 늪이나 물가에 둥지를 트는 물새이고 소나무 위에 둥지를
트는 건 관학(鸛鶴)으로 불리는 황새이다. 흔히 소나무와 함께 그린
학은 실제로는 학이 아니라 황새인 것이다.

"집 앞에는 백년 묵은 왕소나무가 세 그루 있었는데 해마다 왁새
가 둥지를 틀고 살았습니다. 그러면 형들이 그 높은 나무에 용감하
게 올라가서 왁새 둥지 속의 알을 집어내어 아래로 던지는 겁니다.
왁새알을 잘못 받아 떨어져 깨지면 얼마나 아까운지 모릅니다."

"왁새알의 크기는 얼마나 되오?"

코주부 노인은 궁금증을 이기지 못하고 물었다.

"보통 어린애 머리통 만합니다. 그걸 푹 삶아서 소금에 찍어 먹으면 맛이 기가 막힙니다. 지금도 왁새알의 맛을 잊을 수가 없습니다."

"햐, 고 정말 군침이 도는구만."

노인은 침을 꼴딱거리며 입맛을 다셨다.

"우리 고향엔 왁새알보다 더 진귀한 것도 있었어요. 그 왕소나무에서 왁새알처럼 또하나 떨어지는 게 있었는데 그게 바로 장어지요."

"장어? 아니 나무에서 웬 장어가 떨어진단 말이오? 연목구어(緣木求魚)라는 고사성어도 있지 않소. 내 나이 70평생에 소나무에서 장어가 떨어진다는 말은 처음 들어보오."

하지만 그의 고향에선 소나무에서 바다장어를 비롯해 물고기가 떨어지는 건 흔한 일이었다. 지금도 오염되지 않는 그의 고향마을 솔숲에서는 장어가 떨어지고 있을 것이다.

"어떻게 장어가 나무에서 떨어지냐구요? 왁새가 미련도 해요. 50리를 날아가 바다에서 그걸 물어다 오는 겁니다. 제 새끼 먹이려고 가져와서 새끼 주둥아리에 들이미는데 새끼가 받아먹질 못하니까 장어가 나무 밑으로 툭 떨어지는 겁니다. 소나무 밑에는 하늘에서 떨어진 장어들이 뱀처럼 꿈틀거리는데 아, 그걸 주워 불에 구워 먹는 맛이란 둘이 먹다 둘 다 죽어도 모를 거요, 허허허."

"캬, 고것 말만 들어도 거저 최고의 안주거리요."

노인은 장어구어가 눈앞에 보이는 듯 입맛을 짝짝 다시며 냉큼 맥주잔을 뒤집는다.

그도 맥주잔을 뒤집으며 고향이 새삼 얼마나 아름답고 풍성한 곳인가를 깨닫는다. 이제 왁새당이 있는 고향마을로 돌아가리라. 푸른 솔숲에는 왁새떼들로 하얗게 뒤덮이고 들녘에는 하얀 옷을 입은 농부들이 비단처럼 물결치는 오곡백과를 추수하는 그 아름다운 낙원의 땅으로.

4

"그래, 댁은 지금 뭣하면서 살고 있소?"

노인은 지나가는 이동식 홍익매점 판매원을 불러 맥주 두 병을 더 시키며 말했다.

이런 질문을 받을 때마다 저으기 곤혹스럽다. 차마 나이 육십이 넘어 취로사업 다닌다고 말할 수는 없는 노릇 아닌가. 직업에는 귀천이 없다지만 직업을 밝히는 순간 대하는 태도가 눈앞에서 확 달라진다는 걸 뼈저리게 느꼈다.

식당에 갈 때마다 자신에게 유난히 자상하고 친절하게 대해 주던 주인아주머니가 있었다. 된장찌개를 시키면 그에게만 꽃게를 넣어 끓여주고 다른 사람보다 반찬을 한 가지 더 내어주던 아주머니였다.

어느 날 아주머니가 '아저씨는 무슨 일 하세요? 보아하니 인텔리 같은데요.' 하길래 그는 무심코 '지금 취로사업 나가고 있습니다.'라고 솔직하게 말했다. 그러자 아주머니의 얼굴이 핏기가 가시고 해쓱해지더니 손으로 이마를 짚으며 카운터로 돌아갔다. 과부인 주인아주머니는 주변머리 없는 그의 대답에 적지 않은 충격을 받은 것 같았고 그 뒤로 음식을 내오는데 전처럼 특별 서비스는 없었다.

'지금 당신은 뭣하면서 살고 있소?'라는 질문이 떨어지면 하루 벌어 하루 먹고사는 자신의 모습이 한없이 초라하게 느껴진다. 이런 질문에 미리 준비해 놓은 답변이 있다.

"왕년에 벌어놓은 것을 조금씩 까먹으며 지내고 있습니다. 큰돈은 못 벌었지만 노후생활을 할 만큼은 됩니다."

"북에선 뭘 했소?"

코주부 영감이 갑자기 염소처럼 깐깐하게 느껴졌다. 시키지도 않은 고향 얘길 제 입으로 술술 해놓고는 이젠 당연히 들을 권리가 있다는 듯 북에서 뭘 했는지 이야기하란다.

'북조선에 있을 때는 난 잘나가는 철도부 공안원이었소. 저기 여객전무라며 근사한 제복을 입고 차표를 검사하러 객실로 돌아다니는 사람과 비슷한 일을 했었소.'

처음 보는 사람에게 차마 이렇게는 말할 수는 없었다.

"6·25가 나던 해에는 중학교에 다니고 있었지요."

"그런데 어떻게 그 먼 용천 땅에서 월남했소?"

"그때는 이미 온 가족이 평양으로 이사를 왔습니다."

"아, 그랬군요. 그럼, 가족이 다함께 월남을 한 거로군. 의지가지 없는 타향에서 정말 고생이 많았겠소이다."

의지가지 없는 타향에서 정말 고생이 많았겠냐고요? 두말하면 잔소리 아닌가. 남조선 감옥에서 20년을 살고 출소하고 난 뒤 당장 입에 풀칠하기 위해 안 해본 것이 없었다. 무의무탁 무연고자인 그는 출소하자마자 감옥이나 진배없는 갱생보호소에 수감되었다. 일 년 뒤 갱생보호위원의 추천으로 월 50만 원의 보수를 받기로 하고 시골농장으로 들어간 것까지는 좋았다. 마침내 남조선 땅에서 처음으로 국가기관에 의탁하지 않고 혼자 자력갱생하며 살 수 있는 기회가 온 것이다.

그는 부지런히 움직였다. 새벽 식전에 일어나서 착유기로 젖소의 젖을 짜고 아침에는 수백 마리의 돼지와 청둥오리에게 먹이를 주었다. 낮에는 수백 그루의 배나무 과수원에 가서 약을 치고 배나무 등도 긁어주었다. 오후에는 축사의 똥을 치우는 등 하루종일 메뚜기처럼 파닥거리며 뛰어다니노라면 시쳇말로 오줌 누고 X 볼 틈도 없을 정도였다.

그런데 족제비처럼 몸집이 작은 농장주인이 얼마나 바지런하게 움직이는지 주인 앞에서 요령을 피울 수 있는 형편도 아니었다. 주인 스스로 이신작칙(以身作則)의 모범을 보이는 데야 어찌할 도리가 없었다. 첫 한 달이 지나자 주인이 김길만을 불렀다. 그는 주인이 월급을 주려는가 생각했다.

그런데 주인이 막걸리 한 병을 대접하며 말했다.

"김씨, 오늘이 벌써 우리 농장에 온 지 한 달이 지났네. 정말 수고했네. 자, 한 잔 받아 쭉 마셔. 그런데 오늘이 약속한 대로 김길만 씨에게 월급을 주는 날이지. 지금 당장 현금으로 줄 수도 있지만 김씨 이름으로 매달 50만 원씩 통장에 돈을 적립해 놓을 테니 나중에 나갈 때 한꺼번에 목돈으로 받아가게. 받는 족족 회산파산 쓰느니 저축해 놓았다가 일시불로 받으면 전세방이라도 마련할 수 있지 않겠나. 나도 매월 자네에게 줘버리는 게 훨씬 편하다고. 다 자네를 생각해서 하는 것이야."

김길만은 주인의 말이 옳은 듯했다. 도시와 한참으로 떨어진 이 시골농장에서 돈은 있어도 그만 없어도 그만 따로이 쓸데가 없었다. 그렇게 만 이 년을 일한 뒤 그는 주인 앞에서 쭈밋거리며 어렵사리 말을 꺼냈다. 이제 농장일을 그만둘까 하는데 그동안 모아둔 월급을 돌려줄 수 없겠느냐고. 그러자 농장주인은 웬 제석항아리에 끼여든 말좆이냐는 식으로 아주 불쾌한 표정을 지으며 말했다.

"아니, 김씨 이보게나. 내가 언제 자네와 그런 약조를 했나? 이 사람이 지금 누구 앞이라고 익은 밥 먹고 선소리를 하고 있는 거야? 오갈 데 없는 사람을 먹여주고 재워주니 이제 돈까지 달라 이거야? 물에 빠진 사람 건져주니 내 보따리 내놔라는 격 아냐? 사기공갈죄로 다시 감옥 가고 싶어?"

농장주인은 도무지 상상도 할 수 없는 말로 윽박질렀다. 계약서나 증거자료가 없는 마당에 그는 마땅히 반박할 증거자료도 제시하지 못했다. 결국 그는 마소처럼 일한 농장에서 땡전 한푼 받지 못하고 쫓겨나는 신세가 되었다. 뒷날 알고 보니 농장주인은 몸은 건장하나 정신적으로 조금 모자라는 사람들만 골라 고용한 뒤 무보수로 실컷 부려먹고는 일정한 기간이 지나면 쫓아내곤 하는 전형적인 악덕 농장주였다. 나에게도 그런 수법을 쓴 걸 보면 나도 지능이 모자라는 축이라 생각한 모양이다. 정말이지 북조선에서 배운 대학지식이 남한 땅에선 아무런 소용이 없었다.

그는 농장에서 맨손으로 쫓겨나온 뒤 H신문 보급소 총무, 중고서점 점원, 아파트 경비원 등을 하다 지금은 구청에서 주관하는 취로사업에 나가고 있다. 그래도 북에서는 국제관계대학을 나와 철도부 공안원까지 한 엘리트인데 빈깡통을 줍고 가로수를 심고 놀이터 울타리에 페인트칠을 하는 게 자존심이 팍 상하기도 했다. 지금 생각해보면 북에서 잘나가던 그가 남파요원으로 차출된 것은 자신의 출신성분 때문이 아닌가 여겨지기도 한다. 아버지가 비록 일제시대에 중국에서 대학을 나온 진보적인 지식인이긴 하지만 그의 집안은 대대로 평북 용천의 지주출신이었다. 아버지는 시대의 변화를 깨닫고 재빨리 토지문서를 불사르고 소작인에게 땅을 분배하고 노동당원이 되었다. 그러나 부친이 소속된 계열은 중국에서 건너온 김두봉 무정 장군계열의 연안파로서 소위 김일성계열인 백두산 줄기가 아니었 다. 북에서는 백두산 줄기나 낙동강 줄기가 아니면 출세할 수 없다 는 말이 있다. 빨치산 출신이나 조국해방전쟁의 공훈자가 아니면 출 세할 수 없다는 뜻이다. 그의 집안에는 이런 공훈자가 없었다. 그래 서 당의 소환이 있었을 때 두려워하면서도 이번 기회에 공훈을 세 워보겠다는 욕망 때문에 기꺼이 응했는지도 모르겠다. 남북 어디를 가나 소위 빽과 뒷배가 필요하다. 한번 밑바닥에 떨어져 그렇게 분 류되면 위로 상승하기란 얼마나 힘든지 모른다. 변화가 어려운 무서 운 세상이다. 하지만 취로사업에 나와서 일하면서 비로소 더불어 살 아가는 인간의 맛을 느낄 수 있었다.

친구도 한 명 사귀었다. 고향이 원산인 박씨로 6·25 때 의용군 으로 내려왔다가 체포되어 거제도 포로수용소에서 반공포로로 석 방된 자이다. 박씨는 미군부대 하우스보이, PX병, 주류판매업자 등 월남민으로서 생존하기 위해 닥치는 대로 일하며 살아왔단다. 한때 는 서울로 올라가 애자와 트랜스를 생산하는 전업사를 차려 큰돈을 만지기도 했으나 동업자의 당좌발행 사기에 넘어가 회사는 부도가 나고 쫓기는 신세가 되었다. 그 뒤로 시골로 들어가 청둥오리를 사 육했는데 판로가 없어 실패했다. 비슷한 업종인 양계로 바꿔 재미 를 좀 보려는데 닭병이 돌아 닭들이 떼죽음을 당한데다 전문적인 위생과 가공시설을 갖춘 신설 닭공장들과 경쟁이 안 되어 문을 닫 고 말았다.

"하루만에 닭 삼백 마리의 창자를 빼고 초량시장에 내다 팔아야 했어요. 그날 밤 녹초가 되어 집으로 돌아오는데 사람은 다 생닭으로 보이고 길은 몽땅 닭내장처럼 보이는 거요, 젠장. 그날 꿈속에서 닭부리에 얼마나 쪼였던지 닭이라면 두 번 다시 쳐다보기도 싫어집디다."

결국 박씨도 취로사업장의 문을 두드리지 않을 수 없었다. 그래도 취로사업장에서 가장 교양있는 말을 하는 사람이 박씨이다.

"김 주사, 혹시 최인훈이라는 작가가 쓴 「광장」이라는 소설을 읽어 봤소? 난 그 소설의 주인공 명준의 삶을 살고 있다는 생각을 하며 살았소. 의용군도 반공포로 생활도 해봤지만 다 부질없었소. 김 주사, 너무 고향 생각하지 마소. 고향은 이 지상 어디에도 없어요. 우리의 마음에 있을 뿐이오."

박씨는 비록 배운 것 없이 험한 삶을 살았지만 틈틈이 독서를 하며 나름대로 삶의 철학을 정립한 보기 드문 사람이었다. 김길만은 박씨와 어울리면 말이 통하고 마음이 편했다.

IMF를 극복했다고 해도 서민들의 삶은 여전히 어려웠다. 취로사업도 일자리라고 지원자들이 대거 몰려들어 그는 치열한 경쟁률을 뚫고 간신히 일자리를 얻을 수 있었다. 그래도 박씨와 자신은 IMF 때 거리의 노숙자가 안 된 게 천만다행이라는 생각으로 열심히 노동하며 살아왔다.

뺀질이 양씨는 공공근로 나와서 땀빼면 3대가 빌어 처먹는다며 그의 별명대로 뺀질거렸다. 하지만 김씨와 박씨는 우직할 정도로 시키는 일을 곧이곧대로 했다. 하지만 이런 데에서는 적당히 쉬엄쉬엄 일하는 게 요령이다. 취로사업이란 실직자들에게 그냥 실업수당을 주기는 뭣하니까 적당히 노동을 시키고 돈을 준다는 취지에서 생겼으므로 일이야 하건 말건 얼굴만 내밀면 구청에서 일수 도장을 찍어준다.

한 조가 열 명이 되어 느티나무 가로수를 심기도 하고 무너진 축대를 쌓기도 하고 놀이터 미끄럼틀과 시소와 울타리에 페인트칠을 하기도 한다. 하루 두 시간 정도는 소주병을 까놓고 잡담과 음담패설로 시간을 죽이는 게 취로사업의 재미다.

대체로 술판은 뺀질이 양씨의 허두로 벌어진다. 며칠 전에도 그렇게 술판이 벌어졌다. 술안주에는 담치가 최곤데 하고 뺀질이 양씨가 말하면 조장 한씨가 그 말을 듣고 거 좋지, 내가 사올까고 맞장구를 치면서 술판이 벌어졌다.

뺀질이 양씨는 흰소리도 전문이다.

"뭐, 멀리 갈 거 뭐 있노! 여기 담치가 3개나 있는데."

일 나온 여자 셋 중에 야시라고 불리는 장씨가 말했다.

"이건 말로까 하는 성폭력이다. 우리가 진짜로 고소할 끼다."

"와, 내가 잘못 말했나? 너거들 전부 밑에 그거 안 차고 다니나? 문디 가수나, 지발 날 좀 고발해도고. 신문에 근사하게 이름 한분 나구로."

"지랄하고 자빠졌당게. 너거는 조지 오뎅 안 달고 있나?"

"그래 조지 오뎅 달고 다닌다 와. 담치 국물에 오뎅 익혀가 소주 안주로 한번 묵어보까?"

"하이고, 고마 때리치우소. 싱싱한 오뎅이라도 있나. 다 희물어빠진 거 차가지고 말로만 거창하지."

"뭐이라, 희물어빠졌는지 왕대빵인지 한분 보이주까?"

"양씨, 장씨! 자자, 이제 그만하고 술이나 한잔 합시다."

조장이 둘의 말다툼을 제지하고 건배를 제의했다.

"아따, 이 노가다 개판에 건배는 무신 건배고. 그양 각자 마시면 될래기지."

뺀질이 양씨는 이맛살을 찌푸리며 혼자서 소주잔을 뒤집는다.

"그래, 그럼 각자 알아서 건배!"

김길만도 오랜만에 소주를 한잔 한다. 차라리 정치인들의 위선적인 정치적 수사를 듣는 것보다 민중들의 육담패설이 더 아름답고 건강하게 들린다. 이들은 노가다가 끝나면 노래방에 가거나 한 번씩 개를 잡아 개고기를 먹으러 가기도 한다.

한번은 그도 동료들과 함께 노래방에 따라 들어가 가라오케에 맞춰 두만강과 한 많은 대동강을 불러보기도 했다. 야시는 얼굴이 해반드르하고 가슴이 발달한데다 낭창한 허리에 엉덩이가 팡파짐해 많은 남정네들이 눈독을 들이는 50대 초반의 아줌마다. 야시는 이 나이에 한 몸매 하는 것은 한 번도 아이를 낳아본 적이 없어서 그렇단다. 무슨 박복한 팔자인지 첫번째 결혼에선 종갓집에 시집가 생산을 못해 쫓겨나고 두 번째 결혼에선 사기꾼에게 걸려 이혼했다. 이후 식당과 술집 등으로 이리저리 굴러다니다가 여기까지 왔다고 했다. 별명이 야시인 것은 생긴 것이나 하는 짓이 여우같다 해서 그런 별명이 붙었다. 김길만이 아무리 눈치가 없다지만 야시가 벌써 감독하고도 몸을 섞은 것 같고 조장 한씨와도 예사로운 관계가 아닌 것 같아 보였다.

하지만 김길만은 언제부턴가 야시가 자기자신을 노리고 주변을 배회하고 있다는 걸 감지하기 시작했다. 도시락을 먹을 때 달걀부침을 슬쩍 얹어주면서 자기는 눈이 높아서 아무나 마음을 주지 않는다며 김길만에게 은근히 접근해오는가 하면 한번은 술기운에 비틀거리며 안겨와 횡설수설한 적도 있었다.

"김 주사님!"

그는 취로사업에 나온 사람들에게는 과거에 면서기를 했다며 신분을 감췄다.

"왜요?"

"왜요는 일본담요잖아, 자꾸 한국사람이 일본담요 찾지 말아요. 주사어른은 아무에게나 꼬박꼬박 말을 높여 주는 게 기분 나빠. 자만심도 없어요?"

자존심도 없어요? 라고 말해야 할 것을 자만심도 없어요, 라고 한다. 술이 많이 된 것 같다.

"주사어른, 잘난 척 하지 마세요. 안 그래도 잘난 줄을 아니까. 난 사람을 척 보면 알아요. 당신은 아주 잘났어. 이런 데 있을 사람이 아냐. 말도 점잖하고 행동도 진중하니 진짜 양반이에요. 답답한 양반이지. 생각도 아주 보수적이고. 우리 첫 남편과 꼭 같아. 한양반인지 두냥반인지 양반이 그러면 숭허다고 잠자리에서 뒤치기도 안 하는 양반이지. 이봐요. 난 박복하고 팔자가 기구해 여기에 나왔지만 딴 사람과 노는 물이 달라요. 아무 남자에게나 이런 말하는 게 아니라구요. 난 당신이 좋아요. 당신이 원한다면 살림을 차려도 좋아요, 목석 같은 양반."

도대체 이 여자는 뭐라고 중얼거리는 걸까. 내가 원한다면 살림을 차려도 좋다고? 나에게 정말 마음이 있는 것일까 아니면 내 마음을 떠보는 것일까. 야시는 정말이지 고혹적인 얼굴과 몸매로 목석 같은 나의 마음을 조금씩 흔들어놓는다. 이제 그만 떠돌아다니고 정착하고 싶은 욕망이 꿈틀거린다. 이런 맘은 처음인데. 아니, 처음은 아니다. 평양에서 수절하고 있을 아내에게는 미안하지만 남조선 여자에게 마음이 흔들린 적이 한 번 더 있었다.

쪽자 장사를 하는 아주머니였다. 아파트 경비원으로 취직해 초등학교 근처 허름한 달세방을 하나 구했는데 그날 저녁 어스름에 왼쪽 다리를 약간 저는 아주머니가 찾아와 말했다.

"저기, 아저씨가 이 방을 얻으셨어요?"

"그렇습니다만."

"그럼, 부탁이 하나 있는데요."

"뭡니까?"

"저기, 쪽자를 만드는 도구들을 좀 맡아주시면 안 되겠어요? 지금까지 이 집 아줌마한테 맡겼는데 이사가는 바람에……."

"아, 그런 일이라면 얼마든지 좋습니다만 어디 놓을 만한 마땅한 장소가 있겠습니까?"

"저기, 저기에 놓아두었거든요."

아줌마가 가리키는 곳은 담벽과 집벽 사이에 비닐지붕을 덧달아낸 조그만 공간이었다.

"그럼 저기에 갖다놓도록 하십시오".

"정말, 고맙습니다."

"뭘요. 당연한 일 가지고. 어서 물건들을 가져오십시오."

남조선에 내려와 살면서 호의를 부탁받기는 이번이 처음이다. 그날 저녁부터 김길만의 달세방 벽에는 쪽자를 만드는 도구인 나무상자, 가스화덕, 모양철, 쪽자, 파라솔 등이 차곡차곡 쌓여져 있었다.

쪽자 아줌마는 다리는 좀 절었지만 크고 선량한 눈이 묘하게 동정심과 연민을 자아내는 얼굴이었다. 그는 매일같이 쪽자 아주머니가 물건을 가져올 때와 내갈 때 거들어주었다. 처음에는 아줌마가 완강하게 거절했으나 진심으로 호의를 보이며 도와주자 나중엔 무거운 나무상자와 파라솔은 아예 그의 몫으로 남겨 두었다.

야근을 하고 비번일 경우는 넓은 운동장과 시원한 플라타너스가 있는 초등학교로 산책을 가곤 했다. 운동장으로 가는 길에 쪽자 아줌마가 있기 때문에 일부러 운동장으로 산책로를 정했다. 아줌마는 초등학교 담벼락 밑에서 부지런히 쪽자에 설탕과 이스트를 녹여 과자를 만들고 있었고 아이들은 의자에 옹기종기 둘러앉아 핀으로 별, 자동차, 꽃 모양의 과자를 따내고 있었다. 이러한 풍경을 볼 때마다 그는 마치 박수근 화백이 그린 따스한 민화를 보는 듯했다.

어느 날 쪽자 아줌마가 물끄러미 바라보며 지나가는 그를 불렀다. 아이도 없는데 쪽자나 하나 해먹고 가라고 붙잡는 것이다. 초등학생들이 앉는 낮은 의자에 어색하게 앉아 있으니까 아줌마는 쪽자에 설탕을 듬뿍 넣고 가스불 위에 올리곤 말했다.

"이번 주도 야간근무인가 보죠?"

"예."

"사실은 한 며칠간 못 나올 것 같아서 이 짐들을 어쩌나 하고 고민하고 있어요."

노란 설탕이 녹아 내리자 하얀 소다가루를 넣고 나무젓가락으로 휘젓기 시작한다. 과자가 노란 풍선처럼 부풀어오르는 모습은 언제 보아도 신기하다.

"예?"

"5년째 교통사고 후유증을 앓던 아들이 마지막으로 큰 수술을 앞두고 있어요. 수술이 잘되면 빨리 나올 수 있지만 그렇지 않으면 오래 걸릴 겁니다."

"그런 일이 있었군요. 이 짐들은 걱정하지 마세요. 아들의 수술이 잘되기만을 기원하겠습니다."

"고맙습니다."

아줌마는 쪽자에서 부풀어오른 노란 황금 덩어리를 철판 위에 뒤집어 놓고는 쇠주걱으로 납작하게 눌렀다. 그리고는 수많은 모양철 중에 하나를 골라 꾹 눌러 모양을 찍었는데 그 모양이 하트표였다. 하트표를 찍기까지의 과정이 숙달된 솜씨로 눈 깜짝할 사이에 이뤄졌다. 하트표가 사랑의 표시라는 것쯤은 그도 알고 있다. 그렇다면 이 아줌마는 나에게 사랑한다는 뜻을 간접적으로 전달한 것이 아닌가. 그는 갑자기 무람해져서 시선을 담 너머 플라타너스 나무에 두었다.

"아저씨, 바늘로 잘 따보세요. 걸리면 하트표를 하나 더 찍어드릴 테니까요."

남조선 사람들은 남녀노소를 불문하고 별 부끄럼이 자기의사를 똑부러지게 표현하는 게 신기하다. 그의 손이 긴장으로 약간 떨렸다. 그는 방망이질치는 마음을 진정시키며 조심스레 하트선을 따라 바늘을 콕콕 찍어나갔다. 하트표를 거의 다 땄다고 생각한 순간 그만 긴장이 풀렸나보다. 마지막 몇 땀을 남겨놓고 콕 찌른 바늘에 그만 하트표가 절반으로 탁 갈라지고 말았다.

"아쉽네요. 하지만 걱정하지 마세요. 기회는 또 있으니까요."

그도 아쉬웠다. 별것 아닌데도 왠지 하트표가 갈라진 게 자꾸만 마음에 구애가 되면서 안타까웠다. 만약 그것을 잘 따내었으면 쪽자 아줌마의 마음을 얻었을 거라는 엉뚱한 생각이 들었다. 부서진 건 하트가 아니고 과자일 뿐이야. 그래도 마지막에 좀더 신중을 기했어야 하는 건데. 아냐, 신경 쓰지마. 그딴 일에 정력을 낭비할 필요가 없잖아. 그래도 그렇지. 어떻게 찍어준 표시인데 깨뜨렸어, 그래. 며칠 동안 깨어진 노란 하트표가 내내 그의 뇌리에서 떠나지 않았다.

수술이 잘되면 하루만에 나오고 못 되더라도 며칠이라고 했는데 쪽짜 아줌마는 한 달 두 달이 지나도 나타나지 않았다. 그녀의 아들이 수술 중에 죽은 건 아닐까? 날마다 쪽자 아줌마의 얼굴이 눈앞에 어른거렸다. 묘하게 동정심을 불러일으키는 호수같이 큰 눈동자가 정말 미칠 정도로 애틋하게 그리웠다. 허수히 늙어버린 고목과 같은 나무에도 애틋함이 깃들 수 있는가. 그는 쪽자 아줌마가 맡긴 물건들을 여름 장마비에 젖지 않도록 비좁은 부엌 안에 들여놓으며 쪽자 아줌마가 찍어준 황금빛 하트표를 떠올렸다. 그 하트표처럼 결국 만나지 못하고 이대로 깨어지는 것인가.

그해 여름 기나긴 장마가 끝나고 늦더위가 기승을 부리던 날 쪽짜 아줌마는 세상이 약간 기우뚱거리게 느껴지는 특유한 걸음걸이로 허름한 다세대 주택의 대문을 밀고 들어왔다. 어찌나 반갑던지 그는 그녀를 보자마자 덥석 안아버릴 뻔했다.

그런데 그녀가 그의 방에 들어오자마자 쓰러져 다짜고짜로 우는 것이 아닌가. 당황한 그는 그녀를 붙잡고 등을 다독이다 그의 삶에다 아줌마의 얼굴을 파묻게 되는, 아주 기이한 형국으로 앉게 되었다. 서럽게 파고드는 그녀의 얼굴을 매정하게 밀쳐낼 수 없었다. 더욱 난감한 것은 그녀는 처절하게 흐느끼고 있는데 지금껏 아무런 구실을 하지 못했던 그의 샅이 뻑적지근하게 무거워져왔다. 남조선에 내려온 후 한 번도 느껴보지 못한 뜨겁고 맹렬한 성적 욕망이 전신을 감돌고 있었다.

물론 옥중에서 간수 몰래 자위행위를 해본 적도 있다. 탱탱하게 일어서는 생리적 욕구를 죽이기 위해서는 불가피한 선택이었다. 일반재소자들은 자위행위를 밥먹듯이 해 똥 푸는 '위생'들이 화장실에서 똥물을 퍼가는 게 아니라 용갯물을 퍼간다는 말이 돌 정도이다. 이런 일화도 있다. 한 재소자가 눈알이 들어가 사팔뜨기가 될 정도로 자위행위에 몰입하다가 순시하는 간수의 발자국 소리를 못 듣고 들켜버렸다. 당황한 그 재소자는 엉겁결에 간수에게 '수고하십니다'고 꾸벅 인사를 하자 간수가 헛기침을 하더니 '수고는 자네가 하는군.' 하고 대답했다나 어쨌다나. 그러나 무의식적이고 생리적인 성충동에 굴복한 적은 없었다. 잠자리에서도 북녘의 아내만을 생각하고 아랫도리를 주물럭거렸다. 비록 몸은 떨어졌어도 부부간의 절개를 충실히 지키고 있었던 셈이다.

그런데 그날은 너무나 엉뚱한 상황에서 엉뚱한 마음이 들었다. 순간적으로 쪽자 아줌마와 교합의 충동을 느낀 것이다. 그것도 아들이 아니라 5년째 병석에 누워 있었던 그녀의 남편이 죽었다며 울부짖는 자리에서.

그러나 봉창으로 비친 보름달을 보는 순간 자리를 털고 벌떡 일어났다. 평양의 아내가 두 아이를 가슴에 품은 달이 되어 찾아와 지켜보고 있었다. 지금 내가 무엇하고 있는 것일까. 나란 존재란 과연 무엇일까. 산다는 것, 운명이란 어떤 것일까. 가족과 민중과 민족은 무엇이며 역사란 또 무엇인가. 아, 이렇게 벌레처럼 고물거리고 살아있다는 게 무얼 의미하는 것일까. 온갖 생각들이 물밀듯이 밀려와 견딜 수 없었다. 그는 방을 뛰쳐나와 담배를 꺼내 물었다. 아, 저 달만 아니었다면, 저 보름달만 아니었다면…… 한숨을 쉬며 뿜어내는 진한 담배연기가 교교한 달빛에 잘 어울려 보였다.

5

마침내 기차는 서울에 진입했고 김길만은 옆자리의 노인에게 인사를 하고 영등포역에서 내렸다. 지하철을 바꿔 타고서 낙성대로 갔다. 낙성대 허름한 맨션형 아파트에는 옥중 친구인 장기수 최해종과 김인수 씨가 살고 있었다.

"아이고, 이거 몇 년 만에 김길만 동지를 보는 것 같군요."

최해종와 김인수가 그를 반긴다. 방구석에는 평양으로 갈 보따리가 이미 꾸려져 있어 어수선했다. 바퀴가 달린 끌가방들이 제법 큼직했다. 아직도 날 동지라고 불러주다니. 오랜만에 동지라는 소리를 들으니 실감이 나지 않고 그저 눈물이 확 끼칠 것만 같다.

"이 보따리에는 뭐가 들어 있어요?"

끌가방의 배가 볼록했다.

"평소에 입던 옷하고 그동안 만났던 사람들에게 받은 뜻깊은 선물들이지요. 물론 읽던 책들도 가져갑니다."

김인수 씨와는 같은 감옥에서 산 적이 없지만은 최씨와는 옥중 인연이 깊어 전주와 대전, 대구 교도소에서 함께 살았다. 특히 전주에서 전향테러공작이 자행될 때 같은 방에서 힘께 고문을 견뎠다.

최씨는 명민하고 뛰어난 두뇌를 가지고 있었다. 일제시대 신경제일중학교 하얼빈공대를 나왔고 해방 후에는 평양에서 김책공대를 나와 고스플란(국가계획위원회) 무역기획국 수출기획부장으로 근무한 그는 공작원이라기보다 실무형 테크노크라트였던 것이다.

그는 비전향으로 징역 36년을 살고 나와 이제 귀향길에 오른다. 처음 옥중에서 그를 만났을 때 그는 영문판 『처칠 회고록』 여섯 권을 영어로 읽고 암기하고 있었다. 그의 기억력보다 철저한 반공주의자인 처칠의 회고록을 읽는 여유와 식견이 놀라웠다. 한 평도 못 되는 공간에 앉아서 세계의 정치 경제 군사 문화 역사 등 다방면에 대한 놀랍도록 해박한 지식과 식견을 가지고 있었다. 그의 숙부가 중장으로 예편해 대한주택공사 사장으로 있어 전향만 하면 언제든지 출소할 수 있었는데도 자신의 신념대로 독방에 앉아 있는 특이한 사람이었다. 그렇다고 그는 인정도 감정도 없는 이념의 화신은 아니었다. 관에서 보여주는 삼류영화 〈기러기 아빠〉나 〈미워도 다시 한번〉을 보고 눈물을 멈추지 않았다. 북에 두고 온 처자가 생각이 났기 때문일 것이다.

숙모는 옛날 그의 초등학교 여자 동창생까지 데려와 새살림을 차리고 알콩달콩 살라고 권유했으나 이마저도 거부했다.

"숙모님, 제가 전향하지 않는 이유는 숙부님에 대한 사사로운 감정 때문이 아닙니다. 전 자신의 신념을 포기할 수 없습니다. 뿐만 아니라 뜨거운 가슴으로 안아야 할 사랑하는 처자식이 이북에 있습니다. 그들을 한시라도 잊어본 적이 없습니다. 전 반드시 돌아갈 것입니다. 그들과 한 점 부끄럼 없이 만날 그날을 위해 저 자신을 모든 면에서 순결하게 지켜나갈 것입니다."

그런데 6·15 남북정상회담에서 장기수 송환문제가 타결되고 그의 예언과 희망대로 최씨에게 석방과 동시에 귀향의 길이 열리게 된 것이다.

김인수 노인이 술상을 차렸다. 살림이라곤 하나도 없어 술상이라야 신문지에 소주병과 종이컵 건멸치가 전부였다. 고향이 평양인 김 노인도 남파공작원으로 내려와 30년을 비전향 장기수로 살다가 내일이면 평양으로 귀환하게 된다.

소주를 까고 최씨가 김길만의 잔에 따랐다. 그들은 누구를 위하여인지도 모른 채 위하여를 외치고 건배를 했다.

"아, 이거 우리만 평양으로 가게 되어 정말 면목이 없습니다."

최해종이 소주잔을 단숨에 들이키고 고개를 떨구면서 말했다.

"무슨 그런 말씀을!"

"김 동지는 운이 나빴어요. 이번에 같이 고향으로 가서 가족들을 만나야 하는데."

"나의 운명이지요. 그때 조금만 더 신중하게 대처하고 조금만 더 견뎠더라면……."

'이번에 함께 돌아갈 수 있었을 텐데'라는 말은 차마 나오지 않았다.

전주특사는 육씨가 똥통에 머리를 처박고 죽은 이후 전향공작은 소강상태에 빠졌다. 테러에 의한 전향공작은 잇따른 죽음, 자살 등 부작용이 커서 이제는 대화와 설득에 의한 회유로 들어가기로 했다는 것이다. 일제시대 왜놈들의 전향공작도 이처럼 처절하지 않았다는 자체 내의 반성도 있은 터였다.

그 때문에 전향테러에서 살아남은 비전향수들의 자신감은 대단했다. 마침내 사상적 전투에 승리했다는 뿌듯함을 느끼고 있었다. 살아남은 동지들 중에서도 김길만에 대한 칭송은 자자했다. 젊은 동지가 떡공이들이 가한 폭력과 물고문, 매달기 등 인간 인내력을 극한 온갖 고문에도 꿋꿋이 견뎌내었기 때문이었다.

그 중에서도 매달기 고문이 가장 견디기 힘들었다. 떡공이들은 포승줄로 사지를 묶은 뒤 철창에 매달아놓고 다리를 묶은 줄을 잡아당겼다 늦췄다 하면서 사지가 찢어지는 고통을 가했다. 고대 반역자들에게 행해지던 거열형(車裂刑)의 일종이었다. 거열형은 죄인의 팔다리를 네 마리의 말에 묶은 뒤 말을 다른 네 방향으로 뛰게 해 사지가 갈가리 찢겨져 죽게 되는 잔인한 처형이었다. 그러나 매달기로도 끝내 항복을 받아내지 못하자 떡공이들은 그의 팔뚝에만 두 겹으로 포승줄을 묶어 천장에 매달아놓고 나가버렸다. 고통에 못 이겨 몸부림칠 때마다 팔뚝의 살이 찢어져 나갔다. 떡공이들이 하루 뒤에 천장에 매달린 그를 내렸을 때 포승줄은 살을 짓이겨 파고들어 뼈에 걸려 있었다. 버들피리를 만들기 위해선 하얀 나무에서 버들껍질을 비틀어 빼내듯 짓이긴 살결이 팔뚝뼈에서 분리된 것이다. 여름날 무더위에 고름이 잡히며 살이 썩어들어가고 팔뚝에 구더기가 꾀었다. 아무는 데만 2년이 걸렸고 그의 팔뚝에는 그때 생긴 둥그런 상처자국이 지금까지 검은 완장처럼 채워져 있다.

전향테러가 끝난 평화의 시기 중에 한번은 교회사가 그를 불러내어 면담하면서 돼지고기 수육을 먹으라고 했다. 김길만은 거절했다. 본래 개결한 자세 때문이기도 했지만 고기를 먹으면 으레 전향과 연결되는 것이 그로서는 부담스러웠다.

"김길만 씨, 이건 괜찮아. 전향하고는 관계없어. 난 그냥 호의로 먹으라고 하는 거야."

"아닙니다. 그냥 먹고 싶지 않습니다. 속이 거북해서요."

"짜식이 내가 거북한 거겠지. 이 고기는 긴조법(긴급조치법) 학생 어머니가 특별면회 할 때 가져온 거야. 먹으라구. 당신은 전향하란다고 할 사람이 아니라는 걸 이제 알아. 그러니 안심하고 먹어."

"아니, 괜찮습니다. 사양하겠습니다."

"야, 이 새꺄. 좋은 말 할 때 먹으라면 먹는 거지. 빨갱이 주제에 건방지게 무슨 잔말이 그리 많아!"

교회사는 나름대로 순수했던 자신의 호의가 거절당한 데 감정이 격해져 돼지고기를 접시째 그의 얼굴에 던져버렸다. 지금 생각하면 권하는 고기를 몇 점이라도 집어먹는 시늉이라도 하는 게 현명한 방법이었는지 모른다. 자존심이 팍 상한 교회사는 얼굴을 감싸쥐고 있는 그를 구둣발로 짓이기며 옛날 권총을 들고 설치며 전향공작을 지휘했던 그 포악한 모습으로 되돌아갔다.

교회사는 그를 초다듬질한 뒤 떡공이들에게 넘겨주었다. 역시 사무관의 손으로 피를 흘릴 필요는 없는 게 아닌가. 관례에 따라 테러는 떡공이들의 손에 맡겼다. 폭력범들이 우글거리는 대방에 그를 집어넣어 매일을 주먹과 발길질을 하며 집단폭행을 가했다. 어떤 때는 그를 눕게 해 발을 들게 하고는 몽둥이로 밤새 발바닥을 때렸다. 그러나 그런 폭력은 견딜 수 있었다. 맞는데는 이미 이골이 나 있었으니까. 그러나 밤마다 떡공이들이 번갈아 가면서 성추행 하는 건 견딜 수 없었다. 김길만은 당시 나이 서른셋으로 특사에서 가장 젊은 나이였다. 게다가 얼굴 윤곽선이 부드럽고 살색이 하얀 미인형의 얼굴이었다. 아버지는 중국 유학을 갔다온 호남아였고 어머니는 근동에서 소문난 미인으로 둘이 결혼할 때 용천군이 떠들썩했다고 한다. 큰조카가 할머니의 미모를 이어받아 지금 북한에서 여배우를 하고 있고 명절 때 왁새당에 친척들이 모이면 모두들 인물 좋다고 동네 사람들이 입방아를 찧곤 했다. 성에 굶주린 폭력배들이 매끈하게 생긴 그를 가만 놓아둘 리 없었다. 떡공이들은 밤마다 시나리오에도 없는 계간과 성추행을 자행하며 전향공작을 했다.

젊고 팔팔했던 그였다. 세계혁명을 혼자서 다할 것 같았던 겁 없었던 시절의 그조차도 아귀같이 달려드는 그 비역질만은 당해낼 재간이 없었다. 더구나 그가 교회사의 심기를 건드린 사건을 계기로 한동안 잠잠하던 전향테러가 다시 고개를 들었다. 특별사동에 떡공이들이 재배치되고 또다시 악몽 같은 고문이 되살아났다. 어떤 동지는 떡공이를 보자 정신분열을 일으켰고 몇 사람은 지레 겁을 먹고 순순하게 전향서를 써주고 말았다. 이 모든 원인이 자신에게서 비롯되었다는 강박관념이 그의 뇌리에 자리잡아 자꾸만 비관적으로 되어갔다. 그는 죽고 싶었지만 떡공이들 틈서리에서 죽을 수조차 없었다. 결국 그는 전향서를 제출하기로 결심했다. 전향해서 자기만의 공간을 얻은 뒤 자살하기로 결심한 것이다. 당시로서는 그것이 최선의 방법처럼 느껴졌다. 그는 결국 전향서에 지장을 찍고 절뚝거리는 발걸음으로 교회당으로 나가 대한민국 만세 삼창을 외치고 전향성명서를 낭독했다. 독방을 얻어 돌아온 그는 그날 밤 자정 넘어 내의를 찢어 쇠창에 걸고 목을 달았으나 깨어나 보니 사회병원이었다. 새벽녘 순시를 돌던 성실한 간수에게 발견되어 목숨을 건졌던 것이다. 그 뒤로 그에게 24시간 감시가 붙어 자살할 틈조차 주어지지 않았다. 그렇게 자살 기일을 몇 주 몇 달 뒤로 미루고 하다가 일이 년

이 지나고 십 년이 지나 결국 20년을 채우고 전향수로 출소했다.

이인모 노인의 송환 뒤 비전향수들은 함께 모여 살면서 귀향에 대한 일말의 기대감을 가지고 살았다. 그들의 참된 조국인 북조선에서 그들을 데려갈 것이라는 확신 속에서 사회생활이 고생이 되더라도 희망으로 버틸 수 있었다. 그러나 남으로부터는 빨갱이로, 북으로부터는 전향한 배신자로 단죄되어 버림받은 전향수들에겐 희망이라곤 한 톨도 없었다. 강제전향이었음에도 불구하고 그들은 스스로를 정치적 생명의 사망자로 여겼다. 그런 억울하고 아픈 마음을 어디에 하소연할 데도 없어 사회에 나와 부적응자로 살다가 자살하거나 하나둘 병으로 죽어갔다.

"김 동지의 이름이 빠져 있는 것은 우리 모두의 불행입니다. 하지만 이제 우리가 이번에 길을 터놓으면 김 동지도 머잖아 귀향할 날이 있을 겝니다."

최해종이 위로의 말을 꺼내었다. 그나마 비전향수 중에서도 김길만의 처지를 이해해 주는 사람은 최해종밖에 없었다. 그를 가까이서 지켜보았고 그의 전향과정을 누구보다도 잘 알았기 때문이다.

"말이라도 고맙구려."

"솔직히 말하면 우리보다도 전향한 분들이 더 많은 어려움을 겪고 있잖소. 대한민국 정부가 따뜻하게 맞아주나 하면 오히려 그 반대이지 않습니까. 전향자에게도 똑같이 빨갱이의 낙인을 찍고 보안관찰법의 족쇄를 채워 끊임없이 감시의 눈길을 번뜩이지 않소. 창살 없는 감옥에 사는 거 아닙니까. 경제적 능력이 제로인 전향 장기수들에게 지원은 하나도 없이 맹수 같은 자본주의의 법칙에 맡겨놓으니 모두들 기아선상에서 헤매고 있는 것도 사실이고요."

그런 태도는 북이라고 해서 나온 것은 하나도 없다. 혁명의 배신자, 혁명을 팔아먹은 사람으로 낙인찍고 남파한 사실조차 없다고 한다. 김길만은 남북 어디에도 뿌리내리지 못하고 방황하는 자신들의 처지를 알아주는 최 선생이 고마웠다. 비전향 장기수들 중에서 자신을 동지로 불러주는 사람은 최 선생 말고는 아무도 없었다. 그들만이 의인인 것이다.

김길만은 가져온 물건을 조심스레 내놓았다.

"최동지, 이걸 내 아내와 딸에게 꼭 좀 전해 주시오. 약소한 거지만 내가 취로사업해서 번 돈으로 마련한 것이라오."

조그만 상자 속에는 값비싼 금반지와 귀고리와 브로치가 들어 있었다.

"여기 아내와 딸에게 쓴 편지도 있습니다."

"꼭 전해드리도록 하겠습니다. 이제 통일될 날이 얼마 남지 않았습니다. 그때까지 꼭 건강을 유지하도록 하십시오."

빗줄기는 더 굵어져 있었다. 그는 최 동지와 나란히 낙성대역까지 함께 우산을 쓰고 왔는데 최해종의 눈에 눈물이 흐르는 것을 보았다. 그의 눈에도 눈물이 흐르고 있었다.

"오늘은 정말 비가 많이도 오는구만요."

평양으로 떠나는 자의 마지막 말이었다.

6

김길만은 하행선 기차를 타고 달세방으로 돌아와 다시 취로사업 일터로 나갈 준비를 하고 있었다.

방문을 열고 나가려는데 보안관찰을 하는 담당형사가 저벅거리며 부엌으로 들어왔다.

"김길만 씨, 자꾸만 이렇게 신고하지 않고 비전향자와 불법접촉 하면 다시 감옥에 들어갈 수밖에 없어요."

형사는 그가 최씨에게 전달한 물품들을 보여주며 말했다. 제기랄, 어떻게 냄새를 맡고 적발한 것일까.

"정식으로 하면 김씨는 국가보안법상 금품수수와 회합통신죄 위반으로 구속감이오. 그러나 여러 가지 사정을 감안하여 이번만은 특별히 눈감아 주기로 했으니까 앞으로 절대로 이런 짓 하지 마시오!"

가족에게 선물하고 안부 전하려고 한 게 국가보안법을 위반한 것이라니. 하긴 국가보안법은 이현령비현령법이라고 하지 않는가. 귀에 걸면 귀걸이 코에 걸면 코걸이라고.

"압수된 물품들은 당신의 보안관찰 기록에 증거자료로 첨부하겠소. 그래, 아직도 반성을 못했단 말이오? 전향을 해 대한민국 국민으로 되었으면 좀 떳떳하게 살아 보세요. 이거야, 원. 편지내용도 가관이더군요. 북한으로의 잠입탈출의 생각을 포기하시오. 자신이 한 일은 자신이 책임질 줄 알아야지. 평생을 그렇게 살 거요? 앞으로 자꾸만 날 골치 아프게 하지 말고 제발 조용히 사시오."

"좋아요. 전향을 취소시켜 주든지 다시 감옥에 들어가게 해 주시오. 이렇게 사느니 차라리 그곳에서 죽는 게 낫겠소. 북으로부터도 버림받고 남으로부터도 버림받은 나의 삶이 싫소이다."

차라리 감옥이 나을지도 모른다. 그곳은 먹여주고 재워주고 국가공무원이 지켜주지 않는가. 이렇게 절대빈곤에 허덕이며 감시받고 살 바에야 그게 더 낫지 않을까. 감옥에 있을 때는 삶에 대한 분명한 목적이 있었고 동지들과 정세분석도 하며 단식투쟁도 하는 등 살아있다는 존재감을 느꼈다. 소내 도서실을 이용해 교양서적도 읽었고 틈틈이 불어와 중국어를 공부하기도 했다. 그런데 지금 내 삶은 스스로 혐오감이 느껴진다.

"이거야, 원. 당신들과 같은 변덕스런 사람들 때문에 우리도 골치 아파요. 솔직히 말하면 우리도 전향한 당신들보다 삼빡하고 아쌀한 비전향 장기수들이 좋단 말이오. 그런데 당신들은 뭐요? 이랬다저랬다하는 당신네들 때문에 이 아까운 시간을 낭비해야겠어요? 대한민국 국민이 되었으면 감사한 마음으로 열심히 살아줘야 할 것 아뇨? 지금 대한민국에 경찰이 해야 할 일이 얼마나 많소? 빨리 민생사범들을 잡으러 가야 하는데 내가 왜 여기 와서 이런 일에 신경을 써야합니까?"

그는 신경질적으로 말하고 문을 박차고 나가더니 돌아서면서 한마디 더 덧붙였다.

"취로사업장에서 함부로 말하지 마시오. 당신의 말은 일일이 다 녹음되고 있으니까. 김씨, 당신 덕분에 왁새가 황새라는 걸 알았소."

김길만은 갑자기 멍해지며 무테안경을 낀 코주부 노인의 얼굴이 떠올랐다. 그럼, 옆자리의 그 노인네도 이들의 끄나풀이었단 말인가. 앞으로 이런 세월을 얼마나 더 살아가야 한단 말인가. 여전히 통일은 멀었다는 생각이 들었다. 목적지는 없다. 이데올로기의 광태(狂態)와 광란의 틈바구니에서 고뇌할 따름이다. 지금 후회하고 있는가. 젠장, 오늘을 얼마나 기다려 왔는가……. 전향자라, 전향자. 이거야, 원. 형사가 쓰던 말이 입에 옮았다. 다 부질없는 세월이로군, 흐흐흐.

그의 데퉁맞은 표정에서 기괴한 웃음이 흘러나오고 있었다. 지금쯤 최해종과 비전향 장기수들은 판문점을 통과하고 있겠지. 개성에서 평양까지 연도에는 주민들의 환영인파로 도열해 있으며 평양에는 김정일 국방위원장까지 나와 장기수들을 맞는 대대적인 군중집회가 열릴 것이라는 라디오 방송을 들었다.

형사가 나가고 잠시 뒤 취로작업 동료인 박씨가 들어온다.

"아이고 김 주사, 며칠 동안 어디 갔었소?"

"아, 고향 친구 좀 만나러 서울에 갔다왔시다. 왜 그러오. 그동안 무슨 일이라도 있었소?"

"별다른 일은 없고…… 그런데 알고 보니 고 야시가 야시 중에도 백야시여."

"아, 장씨 아주머니에게 무슨 일이 있소?"

"장씨 아주머니는 무슨 장씨 아주머니. 반반한 얼굴로 꽃뱀 노릇을 한 거여. 전과도 몇 개나 있데여. 구청공무원과 관계를 맺고 돈 빼먹으려다 오히려 야시가 구속되었어. 야시한테 당한 사람이 한둘이 아닌갑데. 아, 벼룩이 간을 꺼내묵지 우리같이 취로사업 다니는 가난한 노가다들에게 뭘 빼묵을 게 있다고 달려들었을까. 조장도 살림 살자는 말에 살풋 넘어가 전세금 천만 원을 날렸다고 그라네. 그래도 야시가 있을 때는 일이 재밌고 신이 났는데."

그렇다면 야시가 나에게도 그런 의도로 접근했단 말인가. 술냄새를 풍기며 한 말도 꽃뱀의 말인 것인가? 아무 남자에게나 이런 말하는 게 아니라구요. 난 당신이 좋아요. 당신이 원한다면 살림을 차려도 좋아요.

최인훈의 소설에 나오는 광장적 존재인 명준은 살림 차릴 제삼의 나라라도 있었지만 나는 살림 차릴 데라곤 이 지상에 아무데도 없는 것인가. 문득 철조망을 휘감아 치고 빠지는 임진강의 지류인 구렁이강 역곡천이 생각난다. 그래, 나는 역곡천에 살림을 차리리라. 흘러가는 물에, 경계선을 자유분방하게 치고 빠지는 도도탕탕한 물결에, 강을 넘다 죽은 모든 사람들의 원혼 위에 둥지를 틀고 살림을 차리리라. 아직도 비는 계속 내리고 길바닥에는 물이 흥건히 고여 있었다. 그는 역곡천 물을 밟고 허청허청 취로사업장으로 향했다. 북녘의 가족에게 썼던 편지 내용이 띄엄띄엄 떠오른다.

　　사랑하는 아내에게

　　여보오, 못난 지아비를 용서하시오. 모두들 영웅이 되어 개선 장군처럼 돌아오는데 당신의 못난 남편 못난 지아비는 아무리 찾아도 그들의 얼굴 속에 끼어있지 못하니 얼마나 마음이 아프겠소. 돌아가고 싶어도 돌아가지 못하는 나는 당신보다 마음이 몇 갑절이나 더 아프오…….

　　이제 이산가족면회소가 설치된다고 하니 거기서나 얼굴을 한 번 볼 수 있을지…… 아니면 경의선 철도가 연결되면 북행열차를 타고나 갈 수 있을지 모르겠소. 철도 연결 소식은 나에게 좋은 소식이오. 철도는 늘 내게 꿈과 희망과 행운을 주었잖소…….

　　안녕, 자 나는 이제 일터로 돌아가야 하오. 당신은 취로사업이라는 말을 모르겠지만 그래도 일터가 있다는 게 행복하오. 그곳에 가면 말이라도 붙일 이웃이 있으니까. 박씨는 고향이 원산인데 말이 통하는 친구라오. 지난 여름 개도 안 걸린다는 독감이 걸려 달세방에 누워 있는데 소주와 고춧가루를 가지고 온 게 아니겠소? 하지만 그도 나의 감시자로 의심하게 될까 두렵소…….

　　돌아오는 일요일엔 절이나 교회에 한번 가볼까 하오. 종교라는 말이 당신에게는 생소하게 들릴지 모르겠소. 그러나 신을 한 번 찾아보고 싶은 생각이오. 부르주아적 감상이라고 욕하지 마오. 여기 남조선 사람들은 절반 이상이 종교를 가지고 있소. 하긴 의존할 만한 대상을 찾지 않으면 안 되는 불안한 사회구조여서 그럴 것이오. 하지만 지금 나의 심정으로는 부처든 예수든 그 무엇에라도 의지하지 않고는 단 하루도 살아갈 수 없을 것 같소. 도대체 나와 같은 이런 인간도 이 세상에 일찍이 존재했는지, 그렇다면 어디 구원의 길은 없는지 한 번 묻고 싶어서 말이오.

안녕, 건강하시오. 여전히 당신과 딸을 사랑하오.

남조선에서 당신의 남편 김길만으로부터

원한 위 둥지 틀기

정호웅 | 홍익대 국어교육과 교수 · 문학평론가

1.

김하기는 소설로써 통일의 길을 계속해서 닦아온 작가이다. 잘 다듬어진 그의 단정한 언어가 상상의 소설 세계 속에 거듭 열어보인 그 통일의 길이 현실화되기까지는 아직도 많은 시간이 필요할 것이다. 그러나 김하기의 문학과 함께 끊임없이 스스로를 열고 있는 그 상상의 길은 개개인의 이기적 욕망으로부터도 멀리 벗어나 있으며, 특정집단과 그 집단이 섬기는 이데올로기를 이끄는 정치·경제적 논리의 구속에도 갇히지 않은 순수한 인간사랑의 길이기에, 현실의 논리와는 무관하게 그 자체로 아름답고 진실된 것이다.

전향 장기수의, 사방으로 막힌 절망의 현실을 그리고 있는 중편「미귀(未歸)」는 실재하고 있는 사실의 증언이면서 그 사실을 넘어 참된 통일의 길을 열어나가는 인간사랑의 실천이기도 하다.

2.

2000년 9월 2일 판문점을 통해 63명의 비전향 장기수들이 북송되었다. 〈한겨레신문〉(2000. 8. 23) 보도에 의하면 이들은 '정치공작원 또는 빨치산으로 활동하다 국가보안법 위반 혐의로 70년 이전부터 30년 이상 옥살이를 한 70대 이상의 노인들'인데, 수감기간을 합치면 2045년이나 된다고 한다. 놀랍게도 한 사람 당 평균 32년 6개월간 완전격리 칠흑어둠의 세월을 견뎠던 것이다.

그런데 살인적인 전향공작에 걸려 감옥에서 전향한 사람들은 여기서 제외되었다. 북송 대상이 비전향 장기수로 제한되었기 때문이다. 자세한 사정은 알 수 없지만, 이들을 '혁명의 배신자, 혁명을 팔아먹은 사람'으로 규정하여 아예 그들의 남파 사실까지 인정하지 않으려 하는 북한 쪽의 완강한 태도 때문일 것이다. 그들이 목숨을 바쳐 지키고자 했던 그들 조국의 명령과 그 명령의 정당성에 대한 믿음을 그들의 조국은 정치적 논리로 무화시키고 말았다. 그렇다면 전향 과정에서 그들이 충성을 다짐한 대한민국은 어떠했는가? 다음은 비전향 장기수의 진단이다.

> 대한민국 정부가 따뜻하게 맞아주나 하면 오히려 그 반대이지 않습니까. 전향자에게도 똑같이 빨갱이의 낙인을 찍고 보안관찰법의 족쇄를 채워 끊임없이 감시의 눈길을 번뜩이지 않소. 창살 없는 감옥에 사는 거 아닙니까. 경제적 능력이 제로인 전향 장기수들에게 지원은 하나도 없이 맹수 같은 자본주의의 법칙에 맡겨놓으니 모두들 기아선상에서 헤매고 있는 것도 사실이고요.

전향 장기수는 그러니까 남에서도 북에서도 내몰린 주변인이다.

두고 온 고향은 그 존재 자체를 부인하고 있고, 살고 있는 이곳은 그들을 지배질서의 밖에 격리하고 있으니 이 현실 속에 그들이 설 자리는 어디에도 없다.

그들의 마음이 깃들 수 있는 곳의 하나는 갈수록 선명해지는 과거 기억의 세계이다. 세계의 비정함을 몰랐기에 천진난만 행복했던 어린 시절의 추억이 살아있는 그 세계, 아내와 어린 자식들의 체온과 살냄새가 아직도 생생한 그 세계, 자기가 충성했던 그 권력과 체제와 이념의 정당성에 대한 의문을 전혀 품지 않았던 그 완벽한 주객동일성의 세계, 그 속에서 매순간순간 충일했던 젊음의 시간들이 힘차게 약동하고 있는 그 세계이다. 그 세계는 지금의 현실이 고통스러울수록 마음에 들지 않을수록 더욱더 아름답고 진실된 것으로 미화되는, 그러므로 마침내는 환각의 차원으로 전화되는 성격의 것이다. 개인의 구체적 기억에 근거하고 있으며 그 기억을 생산하는 곳이기에 그 세계에 대한 그리움과 집착은 자연스럽다. 그러나 여기에 멈춘다면, 이 작품은 행복했던 과거에 대비된 불행한 현재를 강조하는 '행복했던 과거/불행한 현재'의 상투적인 이분법의 틀에 갇히고 말 것이니 참된 인간사랑의 길에 대한 모색으로부터 멀어지고 말 것이다. 작품 마지막에 이르러 작가는 한 걸음 더 나아감으로써 이같은 이분법으로부터 단숨에 벗어난다.

최인훈의 소설에 나오는 광장적 존재인 명준은 살림 차릴 제삼의 나라라도 있었지만 나는 살림 차릴 데라곤 이 지상에 아무 데도 없는 것인가. 문득 철조망을 휘감아 치고 빠지는 임진강의 지류인 구렁이강 역곡천이 생각난다. 그래, 나는 역곡천에 살림을 차리리라. 흘러가는 물에, 경계선을 자유분방하게 치고 빠지

는 도도탕탕한 물결에, 강을 넘다 죽은 모든 사람들의 원혼 위에
　둥지를 틀고 살림을 차리리라.

　역곡천을 넘다 죽은 모든 사람들의 원혼 위에 둥지를 틀고 살림
을 차리겠다는 주인공의 속다짐은 조금 갑작스러워 작품의 안정된
구성을 뒤흔드는 설정으로도 보인다. 그러나 이 갑작스런 파격에 이
작품의 가능성이 담겨 있다는 것이 내 판단이다. 상투적인 이분법을
허물어 새로운 단계로 나아갈 수 있는 가능성 말이다.
　주인공의 새로운 사상을 심화시키고, 그 거처를 이 현실 속에 마
련해주는 것이 이후 작가에게 주어진 과제일 것이다. 그 과제의 수
행은 갑작스런 파격에 담긴 가능성을 상상적으로 실현하는 것일 뿐
만 아니라 현실적으로 실현하는 것이기도 할 것이다.

에코르체 혹은
보이지 않는 남자

현 대 문 학 교 수 3 5 0 명 이 뽑은

박정규

1946년 서울 출생.

1991년 월간 〈문학정신〉에
단편 「니느웨로 가는 길」로 등단.

창작집 『로암미들의 겨울』 등이 있음.

현재 서울산업대학교 문예창작학과 교수로 재직중.

에코르체 혹은 보이지 않는 남자

박정규

　　발목까지 차 올라 퍼져나가는 안개처럼 잔잔하고 부드러운 선율이 나지막한 볼륨으로 네댓 평쯤 되는 실내를 맴돌고 있었다. 오늘 아침 이 사건의 담당 형사라는 오십대 남자가 찾아와 A일보사의 유부국장님이시냐며 내 신분을 확인한 후 모친상 중이신데…… 어쩌고 하며 주뼛주뼛 던지고 간 말들을 되씹어 보았다. 지금까지 수사한 바로는 피의자가 순간적인 감정의 동요로 저지른 일이라는 심증

---

* "에코르체란 머리부터 발끝까지 피부를 벗긴 남성의 모습을 조각해 인체의 근육 구조를 보기 위한 것이다." "대부분 에코르체는 남성의 몸을 정밀하면서도 완벽하게 표현해 관객이 남자의 몸을 '영웅'으로 보게끔 일조 했다." "현대에 이르러 '피부 벗기기'는 일방적인 남성의 이상화를 떠나 새로운 각도에서 조명되고 있다. 피부 벗기기가 성도착증으로 연관돼 보이기도 하고 정체성을 벗기는 것, 자아의 번민과 괴로움을 표현하는 것 등의 의미를 지니기도 한다. 대표적인 작가가 영국의 현대 작가 마크 퀸이다." "마크 퀸은 그 남성 모형에 감정을 투입해 이상화한 남성 상을 다시 벗기는 듯하다."
　　　　　— 문인희(미술사가) 씨의 글 중 일부를 작가가 임의로 발췌함.
　　　　　「보이지 않는 남자」는 마크 퀸의 작품 중 하나의 제목임.

을 굳히고 있습니다. 사건 현장에서의 정황이 피의 사실을 일단 인정할 수밖에 없었으니까요…… 그토록 사리가 분명하고 냉철한 판단력을 가진 아내가 순간적인 감정의 동요로 그런 엄청난 일을 저지르다니. 아내를 조금이라도 아는 사람이라면 그런 심증 따위는 결코 갖지 않으리라. 문이 열렸다. 환자복을 입은 아내는 간호사의 부축을 받으며 들어섰다. 잠시 나를 향했다가 거두어진 아내의 시선은 이내 초점을 잃은 채 벽 너머를 향하고 있는 듯했다. 그 짧은 순간 내게 머물렀던 아내의 눈길은 어떤 종류의 감정도 담고 있지 않았다. 며칠 사이 눈자위가 푹 꺼지고 볼이 패인 아내는 거동이 극히 부자연스러웠다. 사지를 제대로 추스르지 못하는 듯했다. 놀랄 것 같아 미리 얘기하네. 약물에 의한 일종의 부작용일세. 비교적 부작용이 적은 약을 처방하고 있네만 환자가 약물에 워낙 예민한 편이어서 다소의 부작용은 감수할 수밖에 없는 형편이야. 당연히 그럴 줄 아네만 환자에게 기억하고 싶지 않은 일을 상기시키지 말게나. 치명적인 스트레스가 되네. 사실 현재로서는 논리적인 기억 자체가 불가능할 것이네만…… 면회실에 들어오기 전에 내게 당부하던 김 박사님의 배려 깊은 목소리를 떠올렸다. 아내는 나와 마주앉아서도 시선을 내 후면 우측에 고정시키고 있었다. 나는 아내의 시선을 따라 뒤를 돌아다보았다. 아무런 장식도 없는 연두색 벽면에 다갈색 직사각형으로 변화를 주고 있는 이 방의 유일한 출입문이 아내가 보내는 시선의 종착지인 듯 했다. 아내는 기계가 움직이듯이 입을 열고 무표정하게 자음과 모음의 분화가 확실치 않은 소리를 반복했다. ……ㅏ……ㅏ……ㅐ……ㅏ……ㅏ……ㅐ…… 자세히 들어보니 이 모음들 사이에 자음들이 흐릿하게나마 끼어 있었다. ㄴ……ㅏ……ㄱ……ㅏ……

ㄹ······ㄹ······ㅔ······ 그것이 '나 갈래'인지 혹은 '나갈래'인지 확실
치는 않지만, 아내는 아무튼 이곳을 떠나고 싶어하는 것 같았다. 나
는 아내의 몰골을 묵묵히 지켜보다 자리에서 일어섰다. 아내는 간호
사의 부축을 받으며 비척비척 철문으로 차단한 병실을 향해 걸어갔
다. 아내는 한번도 뒤돌아보지 않았다. 절망이었을까. 원인은 한마디
로 극심한 정신적 충격이라고 할 수 있겠네. 대학 시절 사 년 내내
그 댁에 입주 가정교사를 하던 인연으로 지금까지 자식처럼 대해 주
시는 김 박사님의 음성에는 인자함이 배어 있었다. 약물 치료도 중
요하지만 환자의 면담을 통해 그 충격의 원인을 찾아내는 것이 관건
이네. 그런데 현재의 상황엔 그것이 불가능해. 혹시 일기장이나 편지
같은 것이 있으면 도움이 될 수도 있겠는데······ 아내는 평소 일기를
썼을까. 아내가 써놓은 일기가 있다면 그 속에는 무엇이 담겨 있을
까. 우리의 기형적인 부부 생활에 대한 아내의 속내며 아내와 이 교
수의 관계도 상세히 기술되어 있을까. 나는 아내의 서재에 들어섰다.
아내와 나의 서재는 출입문이 서로 마주보고 있었다. 그런데도 나는
아내의 서재에 몇 년 만에 들어와 보는 것이다. 아니 잠깐씩 들어오
기는 했었겠지만 서가를 둘러본다거나 책상 서랍을 열어본다거나
혹은 놓인 물건들을 요모조모 살펴본 기억은 없다. 그리고 보니 내
가 아내의 삶에 전혀 관여하지 않은 것이 꽤 오래인 듯 싶었다. 결혼
후 만학으로 영문학 박사학위를 받은 아내의 서재에는 전공 분야에
걸맞게 영문 원서가 제법 많았다. 국외 유학 경험이 전무한 국내파
로서의 한계를 원서 탐독을 통해 극복해 보려고 했던 것이었을까.
삼 년 전에 노망으로 벽에 똥칠하는 시어머니를 수발하기 위해 그때
까지 출강하던 몇몇 대학의 시간강사 자리를 과감하게 그만둘 수 있

었던 것도 결국은 그 한계와 무관하지 않았을 것이다. 가지런히 정리된 아내의 서가, 그것도 눈에 잘 띄는 중간 부분에 이가 빠진 듯 비어 있는 곳이 있었다. 그 작지만 휑하게 느껴지는 공동은 로망 롤랑의 『장 크리스토프』1, 2, 3권 중 제1권이 있어야 할 자리였다. 그 빈자리는 내가 만든 것이었다. 결혼 이야기가 오가며 세 번째 만날 때이던가 지금의 아내는 내게 이 책을 내밀었다. 자기는 둘째 권을 읽고 있노라며 혹시 안 읽었으면 읽어보라고. 세로쓰기 2단으로 되어 있는 J출판사 판이었다. 그날 그녀와 헤어져 몇몇 술집을 전전하는 동안 만취한 나는 결국 그 책을 잃어버리고 말았다. 마지막 술집에서 놓고 나왔다가 취중에도 걸어온 길을 한참을 되돌아가 책을 다시 찾아 들고 나온 기억이 있는 것으로 보아서는 필시 몇 번을 갈아 탄 버스 중 어느 한 곳에 그것을 놓고 내린 것이 분명했다. 청계천 헌 책방을 뒤져서라도 낙질본을 채워준다는 것이 차일피일하다 결혼을 하게 되었고 결혼 후에는 유야무야되고 말았다. 결국 지켜지지 않은 나의 약속은 아내의 서가 한 부분에 텅 빈 공간으로 지금까지 남아 있는 것이다. 이 공동은 서가가 아닌 아내의 마음속에 새겨진 것일지도 모른다. 아내는 이 채워지지 않는 휑한 공동을 매일 바라보며 무슨 생각을 했을까. 아내의 책상 서랍 속에서는 강좌별로 잘 정리된 강의 노트 몇 권 이외에 눈에 띄는 것을 찾을 수 없었다. 말끔하게 정리된 아내의 책상 위에는 겉표지에 '조운즈 Le Roi Jones의 60년대 희곡에 대한 재조명—연극을 통한 백인 제국주의자들에의 통렬한 도전'이라는 제목의 특집이 굵은 활자로 소개된 영문 저널이 놓여 있었다. 모두 다섯 챕터로 되어 있는 글 중 제2챕터까지의 내용을 메모한 A4용지가 끼워진 것으로 보아 아내는 사건 전까지 그 기사를 읽고 있었던 듯하다. 메모 내용 중에는 '사회의 모순과 부조리에 맞서는 지성의 양식과 양심'이라는 구절이 낙서를 하듯 여러 번 쓰여 있었다. 그리고 이십여 장의 플로피 디스켓과 흑백 레이저 프린터를 갖춘 데스크톱 컴퓨터 한 대. 디스켓의 목록 표시 라벨에는 아내의 꼼꼼한 필체로 수록된 내용들이 가득 메워져 있었다. 주로 자신의 논문들과 자료들 그리고 강의 노트를 작성할 때 사용한 듯한 파일들이었다. 나는 그것들을 대충 살펴보고 아내의 등받이 의자에 앉아 컴퓨터를 켰다. 기계음을 내며 컴퓨터가 작동 순서를 밟는 동안 나는 아내의 의자에서 그녀의 체취를 온몸으로 느끼기 위해 애쓰고 있었다. 아내와 잠자리를 함께 한 것은 결혼 후 삼, 사 년뿐, 그것도 온전하지 못한 것이었다. 후각만으로 아내의 체취를 기억하기에는 무리였다. 이런 경우가 흔한 것은 아닙니다만…… 시드 검사 결과는 좀 의외이긴 합니다만……. 쉽게 말하면 나의 정액 속에는 생명의 씨앗인 정충이 단 한 마리도 들어 있지 않다는 것이었다. 검사 결과가 기록된 차트를 들여다보며 한동안 말이 없던 대학병원 불임 클리닉의 그 젊은 의사는 추정할 수 있는 여러 원인과 새로 개발된 치료 방법에 대해서 열의를 가지고 설명했지만 상태 호전은 난망이라는 요지 이외에는 아무 말도 내 귀에 들어오질 않았다. 결혼한 지 삼 년이 지났는데도 아이가 없었다. 아내와 아무 의논 없이 내가 진찰을 받아야겠다고 생각한 것은 내게 있는 오랜 증세가 불임과 무관하지 않을 것이라는 생각 때문이었다. 결혼 전에는 주변의 친구들에게 고자 아니냐는 농담을 들을 만큼 애써 성적 접촉을 회피했으니 그렇다고 치더라도 결혼 후에도 거의 인사불성에 가까울 만큼 술에 취한 상태가 아니고서는 성욕도 일어나지 않았고 발기도 되지 않는

것이었다. 신혼여행을 가서도 아내와의 첫날밤은 남매지간처럼 지낸
채 둘째 날에야 술이 억병인 상태에서 겨우 일을 치를 수 있었다. 결
혼 생활 삼 년이 지난 그때까지도 이러한 증세는 마찬가지였다. 그
날 진료 예약 시간보다 훨씬 이른 시간에 나는 불임클리닉으로 갔
다. 그러나 내 차례가 온 것은 예약 시간을 삼십여 분이나 지난 다섯
시 무렵이었다. 내 뒤에도 예약 시간을 지키지 않는다고 볼멘소리를
하며 짜증스러운 얼굴로 기다리는 환자들이 적지 않았다. 그렇게 기
다려서 의사와 마주앉은 시간은 고작 몇십 초였다. 몹시 피곤해 보
이는 그 젊은 의사는 우선 시드 검사를 한 후에 그 결과를 가지고
이야기하자며 간호사에게 검사 지시를 하고는 다음 환자를 들여보
내라고 재촉했다. 정작 내가 의논하고 싶었던 것은 변죽도 못 올린
채였다. 그리고 일주일 뒤엔 어처구니없는 선언을 들었다. 일백칠십
육 센티미터의 키에 칠십사 킬로그램의 몸무게, 그리고 크게 결격
사유가 없는 용모의 남자가 멀쩡한 외모와는 달리 생식력을 갖지 못
한 불구적 존재라니…… 나는 속이 빠져나간 봉제인형처럼 형체가
허물어져가는 자의식을 추스르기 위해 애써야 했다. 그날 이후론 술
의 힘도 효험을 잃었다. 결국 나는 침실을 내 서재로 옮겼다. 그 이
후 아내와 각방을 쓴 것이 오늘에 이른 것이다. 치르르륵 삐삐 하며
움직이던 모니터의 화면은 아이콘이 줄을 맞춰 서 있는 화면으로 고
정되었다. 아내의 데스크톱은 어떤 보안 장치도 갖추고 있지 않아
패스워드도 요구받지 않고 어디든 드나들 수 있었다. 나는 아내의
메일박스로 들어갔다. 보낸 편지함은 모두 비워져 있었고 받은 편지
함에는 이 교수에게서 최근에 온 두 통의 편지가 그대로 남아 있었
다. 누님 보세요. 건강하신지요. 대학원에 진학한 녀석들 중에는 아

직도 누님의 그 정곡을 찌르는 깔끔한 강의에 대해서 이야기하는 녀석들이 적지 않습니다. 누님의 그 학문적 열정과…… 누님. 누님. 누님. 모니터 화면을 눈으로 더듬어가던 나는 저려오는 듯한 느낌에 머리를 감싸쥐었다. 누님…… 누님…… 으…… 음…… 벼엉…… 호…… 으음…… 거친 숨소리에 섞여 나오던 남자와 여자의 목소리는 '아'와 '음'으로 단순화되어 빠르기를 더하더니 단속적으로 이어지다 끊어진 후 한동안 창 밖의 하늘처럼 깜깜한 침묵이 흘렀다. 나는 숨소리도 내지 못하고 오돌오돌 떨고 있었다. 누님…… 이건…… 아니었어요. 앞으로 어떻게……. 아무 걱정도 하지 마 내가 알아서 할 테니 병호는 그저 평상시처럼 지내면 돼. 그래도 그렇지…… 나는 요의도 잊은 채 발소리를 죽이며 내 방으로 돌아와 이불을 뒤집어쓰고 서럽게 울었다. 그저 겁나고 서러웠다. 아침에 눈을 떴을 때 내 요는 축축하게 젖어 있었다. 국민학교 2학년이었던 그때까지 잠자리에서 오줌을 싼 것은 처음이었다. 그후로도 한동안을 나는 야뇨증에 시달려야 했다. 그 며칠 후 병호 형은 이사를 했다. 고시원엔가로 간다고 했다. 방문 밖에서 떠난다고 인사하는 병호 형을 어머니는 내다보지도 않았다. 나이 서른에 홀로 되어 유일한 재산인 방 다섯 칸짜리 집에서 하숙을 치던 어머니는 병호 형이 떠난 지 한 달쯤 후에 하숙집을 정리하고 국민학교 앞으로 이사하여 문방구점을 개업했다. 이 교수의 두 번째 메일은 재출강을 권유하는 내용이었다. 결혼 후 만학으로 이룬 학문에의 꿈을…… 간병인을…… 주당 몇 시간이라도 출강을 하는 것이…… 구절구절 아내에 대한 이 교수의 배려가 짙게 배어 있었다. 나는 쓴웃음을 지으며 디스켓의 목록 라벨들을 다시 찬찬히 살폈다. 색다른 디스켓이 눈에 들어왔다. 글자 대신에 로마자 Ⅰ, Ⅱ, Ⅲ으로 표시되어 있었다. 순간 나는 요 며칠간 잊고 있던 그 디스켓을 떠올렸다. 염 국장은 서류 봉투를 내밀며 나직이 말했다. 중요한 것이니 조심해서 보관해요. 가능하면 집에 두는 것이 좋겠는데. 자세한 것은 묻지 말기. 저쪽에서 온 거요. 염 국장은 검지를 꼿꼿이 세워 천장을 가리켰다. 집어 와서 꺼내어 보니 3.5인치짜리 검정색 플로피 디스켓 한 장이었다. 수록 목록 대신에 로마자로 'Ⅱ'라고만 표시된 이 디스켓의 내용물은 줄줄이 나열된 낯선 이름들과 숫자였다. 사주와 정부 당국이 사생결단으로 맞서고 있는 지금, 비선 조직을 통해 시급히 은폐하려는 것이라면 경우에 따라서는 분명 내게도 긴요하게 쓰일 수 있을 것이었다. 나는 그 디스켓을 복사해서 따로 보관해 두었다. 토사구팽은 고래의 진리다. 우물 밑바닥에 가라앉아 부식되어 가는 두레박이 되지 않기 위해서는 늘 유사시에 사용할 수 있는 다른 줄을 준비해야 하는 법이다. 눈에 보이지 않는 것일수록 더 안전하고 유용하지 않겠는가. 아내의 디스켓에는 위험한 숫자 대신에 글이 씌어져 있었다. 월간 〈오늘의 여성〉의 원고 청탁을 받고 나는 많이 망설였다. 이렇게 시작되는 글은 곳곳에 밑줄을 긋고 '?'표시를 해놓은 것으로 보아 퇴고가 안 된 초고인 것 같았다. 칠순이 지난 노인의 어디에서 그런 힘이 나오는 것인지. 오물 투성이가 된 채 막무가내로 버티는 노인을 달래고 어르며 겨우 씻겨 옷을 갈아 입혀놓으면 한 시간도 되지 않아 변을 보고 그것을 손으로 움켜주어 벽에 그림을 그리듯이 칠해댄다…… 나는 가끔 주변으로부터 효부라는 찬사를 듣기도 한다. 내가 제일 싫어하는 말 중의 하나다. 그들은 효부라는 호칭이 마치 나의 모든 고통을 충분히 보상해 주기라도 한다고 믿는 것일까. 나는 효부가 아니다. 하루에도 열두 번씩 온갖 패륜적인(?) 생각을 하기도 한다…… 내가 시어머니를 간병하는 것은 효심 때문이 아니다……가끔씩, 아주 짧은 시간이긴 하지만, 본정신이 돌아올 때면 당신의 당위적 자아(?)와 존재적 자아(?) 사이에서 몹시 갈등하는 모습을 보인다. 그것은 인간 실존의 본 모습이다.(?) 거기에서 나 자신을 보는 것이다. 그런 순간의 연민이 그 고통 속에서도 몇 년 동안 나를 시어머니의 곁에 붙잡아 두고 있다……. 아내에게 차라리 어머니를 치매노인 보호 시설로 옮기는 것이 어떻겠느냐고 한 적이 있다. 물론 꼭 그렇게 할 의향이 있었다기보다는 혹시 터져나올지도 모를 아내의 불만을 막기 위해 당신이 정 힘들다면 그렇게 할 수밖에 없지 않겠느냐는 뜻으로 한 말이었다. 그 말을 들은 아내는 몹시 격한 반응을 보였다. 도대체 말이 되는 소리를 하라는 것이었다. 간병인을 두라고 해도 막무가내였다. 남이 와서 이 일을 어떻게 감당하겠느냐는 것이었다. 아무리 전임이 될 희망이 적다고 하더라도 만학을 했던 아내가 출강까지 포기한다는 것은 나름대로 대단한 결단이었을 것이다. 나는 어머니에 대한 아내의 헌신적인 봉사가 혹시 이 교수와의 불륜에 대한 보상 심리가 아닐까 하는 생각을 한 적도 있었다. 물론 아내와 이 교수가 특정한 관계에 있음을 시사하는 구체적 상황들은 드러난 것이 없다. 어머니가 그랬듯이 아내에게도 생물학적 본능을 추구할 권리가 있지 않겠는가. 나는 이미 그 역할을 감당할 수 없다. 어머니는 돌아가시는 날까지 아내의 손길을 필요로 할 것이고 아내는 어머니로 인해 마음의 짐을 벗는다면 서로를 위해 다행한 일일 것이다. 그것은 내가 아내의 사생활에 대해 관대한 이유이기도 하다. 그런데 담당 형사의 심증대로 병 수발에 지친 아내는 순간적인 감정의 변화로 어머니를 십

팔 층 옥상 난간에서 밀어 떨어뜨려 죽게 한 것일까. 나는 컴퓨터를 끄고 아내의 서재를 나왔다. 아내는 이 서재로 다시 돌아올 수 있을까. 아내의 서재를 나서는데 여주댁이 근심스러운 얼굴로 저녁 식사를 어떻게 할 것이냐고 묻는다. 어머니가 참혹하게 돌아가시고 아내마저 그렇게 되어 내가 시름에 빠진 채 식욕을 잃고 자리를 비운 사람들의 흔적을 더듬으며 이곳저곳을 기웃거리는 것으로 보였나 보다. 사실 식욕이 없었다. 상중에 영안실에서 보낸 며칠간의 육체적 피로보다도 사고사로 돌아가신 어머니에 대한 외부의 미묘한 눈길이 스트레스의 주된 원인일지도 모른다. 나는 복장을 어떻게 할까 잠시 망설이다가 검정 넥타이에 검정색 정장의 상복 대신 감색 바지에 베이지색 재킷 차림으로 집을 나섰다. 박병호 변호사에게 내가 이미 어머니의 죽음에서 벗어나 일상으로 돌아와 있다는 사실을 은연중 알리기 위해서였다. 어머니의 죽음, 그것도 참혹한 죽음이 육순의 그에게 어떤 형태로건 충격을 주었을 것이다. 그가 어머니로 인해 마음속에 감추고 있는 나에 대한 부채 의식을 그대로 유지하도록 하기 위해서는 나는 어머니의 죽음에 도도록 무심한 태도를 보여야 한다. 내가 그에게 어머니의 죽음을 상기시키는 것은 그에게는 자신과 어머니의 관계에 대한 추궁으로 느껴질 수도 있을 것이다. 그는 어머니의 죽음에 대한 충격과 이러한 심리적 기제로 인해 앞으로도 나를 회피하게 될지도 모른다. 그가 아직도 잃지 않고 있는 법조계의 탄탄한 기반은 어느 땐가는 내게 아주 요긴한 것일 수 있다. 나는 그를 내 가까이 붙잡아둘 필요가 있는 것이다. 가로등이 켜진 거리엔 퇴근길 정체로 애가 타는 차들이 분통을 터뜨리듯 매연만 푹푹 뿜어대고 있었다. 나는 동맥경화증으로 혈압이 잔뜩 상승한 거리를 향해 담배 연기를 푹푹 뿜어대며 플라타너스 낙엽들이 뒹굴고 있는 보도를 천천히 걸었다. 박 변호사가 약속 장소를 내 집 근처로 잡은 것은 나에 대한 배려이리라. 삼십팔 층 빌딩이 휘황하게 불을 밝히고 이십 몇 층, 십 몇 층짜리 빌딩들을 신하처럼 거느리고 있다. 숲 속의 나무들은 생존을 위해 어떻게 해서든지 저보다 큰 나무들 위로 고개를 내밀어야 한다. 그 논리를 충족시켜 주기 위해 총수감으로까지 거론되던 박병호 부장검사는 옷을 벗고 박 변호사가 되었다. 논리도, 최소한의 형식도 숨어버린 그 절규와 몸부림뿐인 부조리극을 무대 뒤에서 연출한 것은 나였다. 그 대가로 비선 조직의 줄을 잡은 나는 오늘의 내 지위를 획득할 수 있었다. 약속 시간까지는 아직 십여 분의 여유가 있다. 미리 가서 기다리기로 했다. 오늘 같은 날은 충분히 공손할 필요가 있다. 당신을 어른으로서 믿고 따르겠다는 나의 낮은 마음자세가 전달되어야만 하는 것이다. 문을 밀고 들어서니 지배인이 용케 알아보고 안내를 한다. 최근 두어 번 와본 적이 있는 일식집이었다. 기모노를 입고 부채로 얼굴을 반쯤 가린 일본 여인의 초상화 아래 일본식 투구의 모형이 장식되어 있는 다다미방으로 안내되었다. 잠시 그와 만나서 나눌 대화들을 생각했다. 의외로 검은 싱글에 검은 넥타이 차림을 한 박 변호사는 들어서는 결로 내 손을 잡고 얼마나 상심이 컸겠느냐며 위로했다. 국외 여행 중이어서 문상을 못한 것이 몹시 마음에 걸렸던 듯 몇 번이나 그 사정을 되풀이해 설명했다. 황망 중에도 옆에 계셨으면 하는 생각을 했었습니다. 나는 짐짓 내가 그에게 의지하고 있다는 뜻을 전달하는 선에서 적절히 그의 상중 부재에 아쉬움을 표했다. 박병호. 그 사람이 어머니의 하숙집을 떠나고 난 후 내게 자신의 모습을 드러낼 계기를 만들어준 것은 내가 지금까지 몸담고 있는 A일보사에서 수습을 마치고 처음 쓴 기명 기사였다. 조간에 첫 기명 기사를 내보내고 난 후 스스로 대견스러운 마음에 그 작은 박스 기사를 열 번도 더 읽고 있던 그날 저녁 무렵이었다. 유 기자, 검찰 쪽에서 비공식적으로 가족 관계며 당신 신상에 대해 이것저것 묻던데, 뭐 짚이는 거 없어? 나보다 먼저 사무 직원으로 입사해 총무과에 근무하는 대학 동창 김이 걱정스러운 얼굴로 귀띔해 줬다. 첫 기명 기사는 미담 기사이니 문제될 것이 없을 것이고 출입처가 문화 관련 부서이니 그쪽과는 별 관련이 없을 터였다. 다음날 출근해서까지 께름칙한 기분은 가시지 않았다. 잘 아는 사람이야? 취재원과 스케줄 관계로 전화통화를 끝내고 일어서는데 정치부 김 차장이 메모를 건네며 물었다. 박병호 차장검사실. 연락 닿는 대로 전화 좀 부탁드립니다. 그리고 전화번호가 적혀 있었다. 박병호. 박병호 검사라…… 입 속으로 박병호라는 왠지 낯설지 않은 이름을 되뇌고 있던 내 머릿속에 얼굴 하나가 떠올랐다. 별로 탐탁지 않은 관계인 모양이구먼. 내 표정이 순간적으로 일그러졌었나보다. 아, 아닙니다. 워, 워낙 어렸을 때 이후로 소식이 끊어졌던 터여서…… 나는 말을 더듬거리며 허둥대었다. 내 속내를 들킨 것 같아 몹시 당황했던 것이다. 한참 잘 나가는 검사님이니 단단히 잡아두는 게 좋을 거야. 초년병 땐 요로에 확실한 취재원을 갖는 것이 데스크에서 인정받을 수 있는 기사를 작성하는 지름길이라는 뜻이었을 것이다. 그렇다. 생존경쟁이 벌어지고 있는 이 숲에서 한줄기의 햇살이라도 더 받으려면 다른 나무들보다 반 뼘이라도 내 키를 키워야 한다. 내 팔다리를 자르던 톱자루라도 할 수만 있다면 그것을 썩혀서 나를 키우는 거름으로 삼아야 하지 않겠는가. 나는 그날 거의 이십여 년 만에 그와 반가운 얼굴로 해후했다. 신문에서 자네 이름을 보고 처음에는 긴가민가해서 신문사에 전화를 걸어 확인을 했네. 그래 모친께서는 강건하신가. 나는 그의 부드럽고 여유 있는 음성을 들으며 스멀스멀 피어오르는 적개심을 온화한 표정과 헤픈 웃음으로 애써 덮고 있었다. 그후로 나는 틈틈이 그를 찾으며 관계를 돈독히 했다. 이차 삼차까지 술자리를 함께 하는 경우도 잦았다. 공격 표적인 거대한 짐승이 방심할 때를 기다려 그 목줄기에 날카로운 송곳니를 박기 위해서 주변을 어슬렁거리는 승냥이처럼 나는 그와의 호의적인 관계를 유지하며 기회를 엿보고 있었던 것이다. 그리고 나는 결정적인 호기를 틀어쥘 수 있었다. 착실하게 자신의 입지를 개척하여 마침내 주변의 촉망을 받던 그는 누가 던진 돌인 줄도 모른 채 맞아 비상하던 날개가 꺾이고 수장 자리를 바라보던 자신의 꿈을 하루아침에 접어야 했다. 벌써 삼 년 전의 일이었다. 그러나 지금 이 시간까지 그 돌팔매의 당사자가 나였다는 사실을 알지 못하고 있는 눈치였다. 박 변호사는 평소 즐기던 도미회에는 젓가락도 대지 않은 채 청주 잔만 기울이고 있었다. 나는 첫잔을 받아놓은 채 연신 비워지는 그의 잔을 채웠다. 그는 내 입장을 고려했음인지 술을 강권하지 않았다. 그래 산소는 어디에 모셨나? 여주 쪽에 마련해 둔 납골당에 모셨습니다. 평소 당신을 화장해 달라고 하셨거든요. 그랬구먼…… 나는 상복을 입고 있는 그의 표정이 매우 복잡하다는 생각을 했다. 기회가 되면 함께 가주게. 그렇게 하시죠. 그는 자신과 어머니의 관계에 대해서 내가 아무것도 모르고 있는 줄로 알 것이다. 그때는 내가 너무 어린 때였으니까. 그와 헤어져 돌아오며 나는 그에게 연민 같은 것을 느꼈다. 그가 지금 내 어머니에게 가지고 있는 감정의 실체는 무엇일까. 그는 자신의 실각이 나와 관련이 있다는 사실을 정말 모르고 있을까. 나는 술 한잔하고 싶은 생각에 주변을 두리번거렸다. 이층에 자리잡고 있는 조그마한 양주 코너였다. 중년 남자 몇이 눈에 들어왔다. 음질이 꽤 괜찮은 스피커에서는 현악기와 피아노가 주고받듯이 화답하는 감미롭고 낭만적인 선율이 흘러나오고 있었다. 좀 부드러운 맛의 크라운로열을 시키고 주변을 둘러보았다. 카운터에 앉아 있는 마담인 듯한 여자와 눈길이 마주쳤다. 그녀는 조용히 일어나 내게로 걸어왔다. 자그마한 몸집에 조신한 몸가짐이었다. 처음이신 것 같습니다. 예. 이 곡이 끝나면 1악장부터 다시 한번 부탁합니다. 슈만을 좋아하시는군요. 나는 고개만 끄덕여주었다. 내가 혼자 있는 시간이면 대개 음악에 빠져들곤 하는 것은 나 자신에 대한 일종의 치료였다. 모순에 찬 여러 개의 얼굴을 가지고 있는 내가 다중인격장애가 되지 않기 위해서는 질서가 필요했다. 그러나 엄격한 조형성보다는 즉흥성이 강한 슈만의 음악을 더 좋아하는 것은 그 질서에 대한 일말의 거부감 때문인지도 모른다. 마흔여섯의 나이에 정신병으로 죽었다는 슈만을 생각하며 아침에 보았던 아내를 떠올렸다. 맥주를 마시듯이 몇 잔을 거푸 들이키고 3악장의 제1주제가 관현악 서주에 이어 피아노로 연주되는 부분에서 자리를 털고 일어섰다. 적어도 아내가 어머니를 밀어 떨어뜨리지는 않았을 것이다. 그렇다면 아내는 왜 현장에 있었으면서도 어머니의 추락을 막지 못했을까. 아내가 분열증을 일으킬 만큼 정신적 충격을 받은 것은 단지 어머니의 죽음 자체에서 연유하는 것일까. 그러고 보니 나는 아내에 대해서 아는 것이 아무것도 없는 것 같았다. 나는 그동안 아내를 나의 삶에서 완전히 배제하고 살아왔던 것이다. 아니 아내뿐 아니라 어느 누구도 나의 삶에 능동적 역할로 개입시키지 않았다. 나의 모든 관심은 내 위치의 수직적인 상승에 모아졌었고 때로는 나 자신마저도 그것을 위한 발판으로 삼기에 주저하지 않았다. 내가 아는 아내는 자신의 감정을 좀처럼 드러내지 않는 여자였다. 평범한 용모에 말수가 적은 그녀를 만난 것은 수습기자 시절 친구의 소개에 의해서였다. S신문사 논설위원의 무남독녀 외딸이라는 친구의 귀띔에 나는 그녀의 마음을 사기 위해 혼신의 힘을 다했다. 장인은 권위주의 정부 시절 그 곧은 붓끝 때문에 감옥을 드나들다 해직을 당하기도 했던 인물이었다. 그러나 결혼 후 육 개월도 못 되어서 나의 야망은 좌절을 맛보아야 했다. 교통사고로 장인이 돌아가시자 그 충격으로 쓰러졌던 장모마저 한 달을 버티지 못했다. 나는 내 인생에 주어졌던 프리미엄을 졸지에 앗긴 박탈감으로 아내를 위로할 여유가 없었고 아내는 점점 더 말수가 적어졌다. 그때부터 아내와 나는 서로의 인생에서 서로를 완전히 배제해 버렸는지도 모른다. 아파트 단지의 지상 주차장은 차들로 촘촘히 메워져 있었다. 한겨울이나 장마철에는 지하 주차장이, 봄과 가을엔 지상 주차장이 붐비었다. 모두 자신에게 조금이라도 편리한 방식으로 살아가는 것이 아니겠는가. 나는 쉼터의 벤치에 앉아 주차장 너머의 화단을 건너다보았다. 어머니가 추락사한 곳이었다. 저 까마득히 올려다 보이는 십팔 층 옥상 위에서 어머니 스스로 뛰어내리신 것일까. 나는 잠시 망설이다 열쇠를 꺼내 현관문을 열고 들어섰다. 여주댁은 잠이 들었는지 기척이 없다. 언젠가 여주댁이 아내에 하는 말을 들은 기억이 났다. 할머니가 저러셔도 가끔 본정신이 돌아오실 때가 있어. 그런 땐 자꾸 울기만 하셔. 아내는 이미 알고 있다는 듯 그저 묵묵히 여주댁의 이야기를 듣고만 있었다. 그렇다면 어머니가 떨어질 때엔 어떤 상태였을까. 발병하기 전에 어머니는 자주 며느리를 앞세워 한강 둔치에 산책을 나가곤 하셨다. 언젠가는 산책에서 돌아온 어머니가 지나가는 말처럼 당신 돌아가시면 산소를 만들지 말고 화장해서 한강에 뿌렸으면 좋겠다고 하셨다. 한강이 내려다보이는 동부이촌동의 이 아파트로 이사한 것도 어머니가 원해서였다. 지금은 아파트 앞으로 건물이 들어서면서 칠 층인 우리 집에서는 한강이 보이지 않지만 이사올 무렵에는 앞이 탁 트여 있었다. 아내가 정신을 놓은 시어머니를 휠체어에 태워 옥상을 자주 오르내린 것은 이런 어머니에 대한 배려였을 것이다. 아내는 자신의 자리에서 최선을 다했다. 그런데 나는 아내에게 과연 어떤 존재였을까. 유일한 가족인 나로부터 소외되기는 어머니나 아내나 마찬가지였겠지만 비이성적인 혈연의 정으로 감싸려는 어머니 쪽보다는 객관적 안목으로 내 내면의 일부라도 꿰뚫고 있었을 이성적인 아내의 소외감이 한결 더했었을지도 모른다. 나는 거실에서 어슬렁거리다가 아내의 침실로 들어갔다. 결혼 초부터 사용하던 더블베드가 방 한쪽을 여전히 지키고 있다. 아내는 그 오랜 세월 동안 이 침대에 덩그러니 혼자 누워 무슨 생각을 했을까. 아내는 어머니처럼 욕정을 참지 못해 이 교수를 유혹했을까. 나는 침대에 벌렁 누웠다. 자신의 감정을 잘 드러내지 않던 아내가 내게 심하게 대든 적이 있었다. 박병호 검사가 수사를 지휘하던 사건으로 A일보사가 특종을 하던 무렵이었다. 하루는 아내가 내 서재로 와서 정색을 하며 물었다. 이 사건에 혹시 당신이 개입되어 있는 거 아니에요? 무슨 뚱딴지같은 소리야. 나는 우선 버럭 소리를 질러 아내의 입을 막았다. 전에는 이런 일이 한번도 없었다. 뭔가 작심한 듯한 아내의 태도가 예사롭지 않았다. 나대로 짚이는 구석이 있어서 하는 말이에요. 짚이는 구석이라니? 당신 지난 토요일 그 양반 만난다며 나갔다가 고주망태가 되어 들어와서 한 말 기억 나세요. 그날 모처럼 식탁에 둘러앉아 이른 저녁 식사를 하려던 참이었는데 아내가 전화를 바꿔주었다. 저녁이나 함께 하자는 그의 전화였다. 반주로 시작하여 자리를 옮기며 이어진 술자리에서 대취한 그는 횡설수설했다. 썩었어. 몽땅 썩었어. 내가 다 도려낼 거야 요즘 세상 다 그렇지요. 뭘 가지고 그렇게 역정을 내세요. 아냐, 아냐, 자 술이나 마시자구…… 그는 손을 내저으며 입을 다물어버렸다. 나는 무심한 척 그에게 연신 술을 권했다. 술이 몇 순배 더 돌아가고 난 후 자세가 완연히 흐트러진 그는 분명치 않은 발음으로 대여섯 명의 이름을 입에 올렸다. 모두 내노라하는 알 만한 사람들이었다. 이 자들이 다…… 내일모레 소환…… 그야 비밀리에 부를 거지만…… 당시 그는 최고위층의 지시로 고위공직자의 비리와 관련된 사건을 지휘하고 있었다. 그러나 여론의 초미의 관심사였던 이 사건은 관련자들에 대한 신분 때문에 수사의 진행 상황이 오리무중이었다. 나는 속으로 쾌재를 부르며 그 이름들을 머릿속에 담아두었다. 아니 내가 무슨 소리를 했다고 이래? 정말 기억 안 나세요? 그렇다니까. 드디어 복수하게 되었다고요. 그게 무슨 말이냐니까, 어머님께 여쭤보라고 했잖아요. 그러고 나서 이 일이 터졌잖아요. 쓸데없는 소리하지 마. 아무튼 나하고는 아무 상관없는 일이야. 그 정보를 입수한 날 나는 거래선을 찾기 위해 뜬 눈으로 밤을 밝혔다. 국장 부국장 급 인사들을 하나씩 머릿속에서 점검한 끝에 선정된 인물이 염 국장이었다. 나는 윤전기가 돌아가기 시작하는 것을 확인하고 나서 짐짓 다급한 목소리로 박병호에게 전화를 했다. 우리 신문에 이런 기사가 나가는데 어떻게 된 거냐. 손을 써야 하지 않느냐. 알겠다. 아무튼 고맙다며 그는 전화를 끊었다. 이미 체념을 한 것이었을까. 그의 목소리는 의외로 차분했다. 그가 우리 신문사에 손을 쓴 흔적은 감지되지 않았다. 그 일로 그는 변호사의 신분이 되었고 관련된 공직자들은 실각했다. 그리고 나는 염국장을 통해 비선 조직에 발을 들여놓았다. 그 일이 아니었다면 앞으로 몇 년을 더 기다려도 지금의 신분에 이르지 못했을 것이다. 박병호의 실각이 있고 일주일이 못 되어 어머니의 노망이 시작되었다. 박병호의 불행이 어머니에게 그토록 영향을 미친 것일까. 그보다는 우연의 일치일지도 모른다. 그후로 아내는 내게 아무것도 묻지 않았다. 아니 나와의 대화를 아예 단절했다는 편이 더 적절할지 모른다. 나는 침대 위에서 뒹굴거리며 아내 생각에 골몰했다. 내가 지금까지 이토록 아내에 대한 생각에 시간을 할애한 적이 없으리라. 맞은편의 커다란 거울이 달린 화장대에는 아내가 쓰던 몇 가지 안 되는 화장품들이 가지런히 놓여 있었다. 아내는 결혼 초부터 얼굴에 울긋불긋 그리고 바르는 것을 싫어했다. 그래서 별 특징 없는 얼굴이 더 평범해 보였다. 그런 아내에게 저 화장대는 무슨 의미였을까. 화장대 옆에는 어깨에 메고 다니는 멜빵이 달린 가죽가방이 놓여 있었다. 아내의 노트북컴퓨터가 들어 있었다. 보안 장치가 되어 있었다. 아내는 이 속에 무엇을 담아놓았을까. 이 궁리 저 궁리 하다가 새벽녘에야 깜빡 잠이 들었다. 눈을 떠보니 벌써 열 시가 다 되어가고 있었다. 나는 컴퓨터 프로그램 관계 벤처기업을 하는 윤에게 전화를 한 후 아내의 노트북컴퓨터를 챙겨들고 나섰다. 상황을 대강 설명해 주었다. 이 속에 들어가서 담겨진 내용을 읽을 수 있게 해주게. 윤은 대수롭지 않은 일이라는 듯, 바쁠 텐데 볼일보고 두어 시간 후에 들르라고 했다. 지금의 처지에서 누구를 만나기도 그렇고 딱히 갈 곳도 마땅찮아 망설이다가 꽂았던 자동차 키를 다시 빼들고 주차장 근처의 찻집으로 들어갔다. 테크노 계통의 음악이 흘러 넘치는 속에서 젊은이들이 북적대고 있었다. 발길을 돌리려다가 다시 들어갔다. 그들은 남녀 구별 없이 황금색, 붉은 색, 더러는 초록색이나 백발로 염색한 머리에 귀걸이, 목걸이, 팔지 등으로 치장하고 있었다. 장식은 야만인도 문명인도 다같이 하지만 야만인은 자신의 신체가 외적 사물에 의해서 장식되어서 그것을 기뻐하는 정도의 자기 장식에 그치는데, 지성적인 그리스인은 자기의 역량을 드러냄으로써 자신의 역량을 표시하고 그것을 즐기기 위해 장식을 한다고 주장한 것은 헤겔이다. 그가 지금 다시 역사철학 강의를 한다면 한국의 젊은이들을 어느 부류에 넣어줄까. 아니 내가 이토록 연연해하는 직위라는 장식은 어느 쪽으로 분류될 것인가. 그 시장바닥 같은 찻집에 앉아 나는 명상을 하듯 내 속으로 들어가는 길을 찾았지만 그것은 벼랑의 오솔길처럼 아스라하게 모습을 보이다가는 이내 신기루처럼 사라져버렸다. 나는 석 잔째 받은 커피를 마저 마시고 자리에서 일어섰다. 그 노트북컴퓨터 속에서 아내를 정신분열증으로 몰아간 어떤 단서를 찾아낼 수 있을까. 아내는 자기의 마음속으로 들어갈 열쇠를 그 속에 숨겨둔 것일까. 보안 장치를 해제해 놓았으니 가지고 가서 검색해 보게. 윤에게서 그것을 받아들고 나는 곧장 집으로 향했다. 나는 내 서재로 들어가 검색을 시작했다. 강의 자료가 대부분이었다. 그런데 좀 색다른 문건이 눈에 확 들어왔다. 내용은 일기 형식인데 날짜 표시는 없었다. 나는 마른침을 삼키며 읽어 내려갔다. 오늘 맑다. 모처럼 오월에 걸맞는 날씨다. D대학 캠퍼스는 지금쯤 달콤한 아카시아 향기로 온통 가득하겠지. 인문관 시계탑 뒤편 관목 숲엔 지금도 조팝나무가 그 자잘한 꽃에 벌들을 잔뜩 달고 있을까. 그 작은 꽃의 어디에 얼마나 많은 꿀을 담고 있어 그 많은 벌들을 불러모을 수 있는 것일까. 봄을 먼저 맞으려는 시샘에서 잎보다도 앞서 꽃을 피우는 백목련의 그 커다란 꽃송이에 자잘한 조팝나무 꽃만큼 많은 벌들이 찾아오는 것을 본 적이 없다. 그래서 목련은 치륵치륵 봄비 내리는 날엔 그 화사하던 꽃송이를 그토록 처참하게 뚝뚝 떨구어버리는 것일까. 영혼의 꿀을 간직하지 못한 삶이란 얼마나 허망한 것이랴. 그것은 불임(不妊)의 소비적인 삶일 수밖에 없기 때문이다. 강의실의 젊은 열기 속으로 돌아가고 싶은 마음이 불뚝불뚝 일어나지 않는 것은 아니지만 지금의 내 선택을 후회하진 않는다. 내가 자초한 일면도 있지 않은가. 무엇보다도 이 노인의 나만큼 가련한 영혼을 내가 돌보아야 하지 않겠는가. 나는 모니터에서 눈을 떼고 담배를 꺼내 물었다. 아내는 출강에 대한 미련을 접으면서 그것이 자기가 자초한 면도 있다고 했다. 무슨 뜻일까. 혹시? 그러나 적어도 저급한 욕망의 숨결은 느낄 수 없었다. 나는 담배를 입에 문 채 계속 모니터의 화면을 주시했다. 오늘은 아침부터 내리기 시작한 비가 지금까지 그치질 않는다. 워낙 가는 빗줄기여서 봄 가뭄을 해갈하기엔 어림도 없을 것이다. 날씨 때문인가 몸이 개운치가 않다. 갱년기에 접어든 것일까. 늙어간다는 것과 육체가 시들어간다는 것과는 분명 다르리라. 육체에의 탐닉이 없는 젊음은 얼마나 커다란 에너지인가. 그러나 그 에너지가 다른 욕구로 전환되어질 때 인간은 얼마만큼 탐욕스러워질 것인가. 나는 아주 가까이에서 그 모델을 보고 있다. 명예와 지위는 동일한 위상에 놓일 수 있는 어휘가 아니다. 정당하게 획득한 지위만이 명예가 된다. 그런데 다만 지위에 급급해 하는 모습이 안타깝다. 아내는 그 온순한 눈길 어디에 이런 비수 같은 눈빛을 숨기고 있었을까. 깜빡이는 커서에 아내의 눈빛이 담겨 있는 듯해서 섬뜩한 느낌조차 들었다. 더위가 기승을 부리기 시작한다. 어머님은 아주 드물게 잠깐씩 맑은 정신으로 돌아오곤 하신다. 오늘은 비교적 오랫동안 맑은 정신이 든 어머님의 모습을 보았다. 그러나 사람은 자기 정신을 잃을 때가 오히려 덜 불행할 수도 있다. 정신이 든 어머님은 장마 구름 사이로 반짝 비치는 햇살처럼 짧고 귀한 시간을 눈물과 넋두리로 보내고 만다. 사는 것이 죄여…… 사는 것이 죄여…… 그날 나는 어머님께 박병호 씨의 이야기를 묻지 말았어야 했다. 저이가 옛날에 박병호라는 분과 크게 원한을 진 게 있나요? 하는 내 물음에 어머니는 안색이 변하시며 무슨 일이냐고 재차 물으셨다. 아무래도 저이가 그분을 궁지에 몰고 있는 것 같아요. 무슨 복수심 같은 것으로…… 복수심? 복수심이라니…… 그러면 걔가…… 그…… 옛날 일을…… 어머님은 간신히 몸을 추슬러 당신 방에 들어가 자리에 누우신 후 저녁 무렵부터 행동거지가 이상해지셨다. 어머님은 다시 떠올리고 싶지 않은 특정한 기억을 잊어버리기 위해 당신의 정신을 통째로 놓아버리신 것이다. 나는 벌떡 일어나 거실로 나왔다. 청소를 하고 있던 여주댁이 여전히 근심스런 눈길로 내 안색을 살폈다. 나는 베란다로 나가 몇 번의 심호흡을 하고 다시 노트북컴퓨터 앞에 앉았다. 오늘도 여전히 덥다. 어머님을 목욕시켜 드리는 일은 적잖이 힘들다. 어떤 때는 하루에도 두어 번씩 해야 하는 일인데 목욕을 좋아하시는 편이어서 다행이다. 당신이 원하지 않는 일을 억지로 하려고 하면 입에 담지 못할 상소리를 하며 저항하신다. 평소 기품있고 조용하시던 분이 그 험한 말들을 어디에 품고 계셨을까. 무의식 속에 억압되었던 어휘들일까. 어머님이 마땅찮아하실 일을 할 때면 내가 좀 힘들더라도 가급적 여주댁을 가까이 오지 못하도록 한다. 십수 년을 어머님의 정갈한 모습만 보고 살아온 여주댁의 마음에 상처를 줄 것 같아서이다. 어머님의 육체는 아무리 칠십 노인의 것이라 해도 심할 만큼 여위어 있다. 이 허물어진 육신의 어느 구석에 그 긴 밤들을 하얗게 밝히게 했던 외로움의 흔적이 남아 있을까. 신혼여행에서부터 술 취한 사람에게 강간을 당하듯 그를 받아들이면서 나는 그에게 연민을 느꼈다. 그는 자신을 억누르고 있는 어떤 강박관념을 잊을 만큼 술에 취하지 않고서는 관계가 불가능한 상태인 모양이다. 그는 자신이 정신과 치료가 필요하다는 것을 인정할 수 있을까. 세상의 여자들 중에는 따스한 눈빛으로 건네는 다정한 말과 아늑한 품에 단지 안기는 것만으로도 더없이 행복해하는 사람들이 있다는 사실을 왜 모르는 것일까. 나는 천장에 닿아 해무처럼 옆으로 번지는 담배 연기를 바라보다가 고개를 흔들고는 다시 모니터를 응시했다. 오늘부터 장마가 시작된단다. 끈적끈적한 게 기분마저 축축해지는 느낌이다. 나는 지성인이란 아니 특히 언론인이란 모두 아버지 같은 분인 줄 알았다. 그이가 또 진급을 했다. 박병호 씨 사건 이후 그이의 진급이 너무 빠른 속도여서 겁이 난다. 이번의 진급도 그 일과 무관하지 않을지도 모른다. 가고 싶은 길을 가는 것은 범속한 사람들이나 할 일이고 지성인은 가기 싫지만 가야만 하는 길을 가는 사람이 아닌가. 가고 싶은 길을 남의 담장을 넘더라도 지름길만을 골라 가려고 한다면 그 사람에게서 시대적 소명이나 역사 의식을 기대하기는 힘드는 일이다. 나는 뻣뻣해지는 뒷목을 한 손으로 주무르며 계속 읽어 내려갔다. 아침저녁으로 제법 선들거린다. 해질녘 어머님을 휠체어에 싣고 옥상으로 가기 위해 엘리베이터를 탔다. 문득 이 엘리베이터가 추락해 버렸으면 하는 생각을 했다. 이 노인에게 지금 같은 상태로 목숨을 부지하는 삶이란 어떤 의미가 있는 것일까. 맑은 정신으로는 사는 게 죄일 만큼 고통스러워서 정신을 놓아버린 지금의 삶이 좀더 연장된다고 해서 무슨 의미가 있을까. 요즈음 들어 가끔 어머님이 자리에서 슬며시 일어나 창문을 열고 저 허공 속으로 걸어가 버렸으면 하는 생각을 한다. 여기서 아내의 일기 같은 글은 끝나 있었다. 내 머릿속은 갑자기 혼란스러워졌다. 그렇다면 아내가 정말 어머님을 옥상에서 밀어 떨어지게 한 것일까. 나는 오늘 아내의 글을 읽으면서 전혀 모르던 두 사람을 새로이 만났다. 그것은 나와 아내였다. 나는 노트북컴퓨터를 정리해 놓고 김 박사님께 저녁 무렵 찾아 뵙겠다고 전화를 했다. 머릿속이 멍해 왔다. 발가벗은 내가 들어앉아 있는 이 자료를 김 박사님께 보여야 할 것인가 말아야 할 것인가 판단이 서지 않았다. 이것은 아내의 치료를 위해 요긴한 자료가 될 수 있다. 그러나 이것을 넘긴다는 것은 내가 지금까지 김 박사님께 쌓아놓은 신뢰가 소멸되는 것을 의미한다. 나아가서는 내 앞길에 장애로 작용할 소지도 완전히 배제할 수는 없다. 이런 생각들에 골몰해 있는데 여주댁이 경찰서라며 전화를 바꿔 주었다. 담당 형사였다. 사모님께 유리한 결정적인 증인이 나타났습니다. 지금 잠깐 찾아뵈어도…… 물론 통상 이쪽으로 나오셔야 하는 것이지만 워낙 바쁘신 분이라서…… 아내에게 유리한 결정적인 증인이라니……. 담당 형사와 함께 온 사람은 꾸뻑 인사를 하며 단지 내 상가에 있는 통영세탁소 주인이라고 자신을 소개했다. 한두 번 본 듯한 얼굴이기도 했다. 당신이 직접 말씀을 드려. 차분차분히. 오십대쯤 되어 보이는 담당 형사는 마치 피의자에게 대하듯 젊은 세탁소 주인을 다그쳤다. 평소 몸에 밴 말투인 듯했다. 그날 제가 갑자기…… 아, 잠깐. 담당 형사가 말을 끊고 나섰다. 이 사건의 수사가 뭐랄까 약간의 혼선을 빚게 된 것은 현장의 상황이 아주 묘했단 말입니다. 오해가 없으시도록 우선 제가 그 대목을 먼저 설명드려야겠습니다. 그는 복사한 조서를 펼쳐놓고 손가락으로 짚어가며 목청을 높였다. 그의 말을 종합하면 대체로 이런 내용이었다. 5, 6레인을 담당하는 수우가 어머니의 사고를 알리기 위해 인터폰으로 연락했으나 아무도 받지 않았다. 올라와 보니 현관문은 잠기지 않은 채 집이 비어 있었다. 십여 분 후 관할서에서 나온 경찰관과 옥상으로 올라가니 휠체어는 옥상 난간 가까이에 놓여 있고 아내는 그 옆에서 푸른색 모포를 껴안은 채 실성한 듯 몹시 떨며 웅크리고 있었다. 그리고 아내는 이미 정상 상태가 아니어서 심문이 불가능했다. 노인이 휠체어에서 일어서 난간을 잡고 올라가 뛰어내릴 때까지는 적잖은 시간이 소요될 것인데 바로 옆에 있으면서 그것을 막지 않은 것은 적극적 살해 의도가 없었다고 하더라도 적어도 방조로 볼 수밖에 없었다는 것이다. 자, 상황이 이렇다 보니 그런 심증을 굳힐 수밖에 없었습니다. 내가 고개를 끄덕이며 동조의 뜻을 표하자 그는 득의만면하여 세탁소 주인에게 어서 말씀을 드리라고 재촉했다. 그는 아주 차분히 이야기를 이어갔다. 그날 새벽 큰아버님이 돌아가셨다는 연락을 받고 며칠간 고향에 다녀오기 위해 가게문을 닫게 되었거든요. 그래서 급한 세탁물을 배달해 주고 있는 참이었어요. 선생님 댁과 마주보고 있는 706호에 세탁물을 배달하고 나오다 엘리베이터에서 막 내리시는 사모님과 마주쳤습니다. 사모님이 급히 댁 출입문을 여는 것을 보고 저는 그 엘리베이터를 타고 일층까지 내려왔어요. 그리구 막 현관을 나서는데 쿵하는 소리가 들리더라구요. 뛰어나와 보니까 사람이 떨어졌다면서 지나가던 아파트 사람들이 사고 현장으로 달려가더라구요. 나두 가보구 싶었지만 큰아버지 상사에 내려가는 일이 더 바빴죠. 그리구 저희 집사람하구 저는 고향으로 내려가 상을 치르구 어제 저녁에야 올라왔어요. 그런데 동네사람들 얘기가 사모님이 할머니를 밀어 떨어뜨렸다잖아요. 말도 안 되죠. 사모님이 그럴 분이 아닌데요. 그리구 사모님은 할머니가 떨어질 때쯤에는 옥상에 있을 수가 없거든요. 아, 한 라인에 하나뿐인 엘리베이터를 내가 타고 내려왔는데 사모님이 원더우먼도 아닌데 어떻게 거기서 거기까지 그렇게 금방 올라가요. 말이 안 되죠. 그의 주장은 충분히 타당성이 있었다. 그의 말대로라면 아내가 가해자가 되기 위해서는 칠 층에서 일 층 현관까지 엘리베이터로 내려오는 속도보다 더 빠르게 칠 층에서 십팔 층 위의 옥상까지 계단으로 뛰어올라갈 수 있어야 한다. 그의 말대로 아내는 원더우먼이 아니다. 삼, 사 층 계단을 오르고 나서는 숨을 몰아쉬며 힘들어하는 사십대 초반의 보통 여자다. 할머니의 실족사로 사건을 종결지을 생각이라는 담당 형사에게 수고했다며 봉투 하나를 들려 보냈다. 세탁소 주인에게도 일간 한번 들르겠다며 사의를 표하겠다는 언질을 주어 보냈다. 아내는 왜 어머니를 혼자 남겨두고 급히 내려왔었을까. 급히 화장실에라도 가려고 했었을까. 미리 다녀갔으면 갔지 아내의 철저한 성격에 그런 상황은 만들지 않았을 것이다. 아내가 모포를 안고 있었다고 했다. 그렇다면 옥상에 올라가 보니 예상보다 바람이 차서 어머니를 남겨둔 채 그것을 가지러 급히 내려왔던 것일까. 그리고 다시 올라갔을 때에는 이미 상황은 끝나 있었고 아내는 이에 충격을 받아…… 그렇더라도 이 상황만으로는 침착하고 이성적인 아내를 착란 증세까지 몰고 갔다고 설명하기에는 뭔가 부족한 감이 있다. 그것이 무엇일까. 아내의 내부에 있던 정신적 기제는 아니었을까. 나는 서재에 들어가 노트북에서 아내의 마지막 글을 찬찬히 다시 읽어보았다. 이 노인에게 지금 같은 상태에서 목숨을 부지하는 삶이란 어떤 의미가 있는 것일까. 맑은 정신으로 사는 게 죄일 만큼 고통스러워서 정신을 놓아버린 지금의 삶이 좀더 연장된다고 해서 무슨 의미가 있을까. 요즈음 들어 가끔 어머님이 자리에서 슬며시 일어나 창문을 열고 저 허공 속으로 걸어가 버렸으면 하는 생각을 한다. 그렇다. 어머니의 추락사를 확인한 아내는 자기가 생각했던 무서운 일이 현실로 이루어진 것에 대해서 순간적으로 심한 죄의식에 빠져들었을 수도 있다. 아내를 그토록 심각한 정신적인 장애 상태로 몰고 간 치명적인 원인은 죄의식이었는지도 모른다. 어머니의 죽음은 자살이었을까 아니면 단순한 사고사였을까. 아내가 내려온 순간에 어머니가 맑은 정신으로 돌아왔다면 자살이었을 가능성도 충분히 있다. 옥상 난간의 높이는 일 미터 삼십 센티미터 정도였다. 아무리 노인이라도 사지가 마비되지만 않았다면 휠체어를 발판 삼아 난간을 넘어가는 것이 불가능하지는 않았을 것이다. 어머니의 죽음으로 아내는 미쳐버렸지만 나는 이렇게 멀쩡한 정신으로 시시콜콜 따지고 앉아 있다. 나는 정신적 장애 따위는 결코 일으키지 않을 것이다. 자신이 살아가고 있는 삶과 충돌을 일으킬 수 있는 어줍잖은 가치관을 내면에 품고 있는 것은 어리석은 일이다. 나는 노트북 컴퓨터가 든 가방을 챙겨 들고 김 박사님을 만나기 위해 집을 나섰다. 이것을 김 박사님에게 넘겨줄지 정보를 완벽하게 지워버릴지는 가면서 생각하기로 했다. 자동차의 헤드라이트와 가로등에 쫓겨 온 도시의 어둠이 차창을 통해 내 속으로 스멀스멀 기어들어와 나를 익사시킬 만큼 출렁이고 있었다.

한 지식인 가정의 사생활과 그 몰락

오양호 | 인천대 국문과 교수 · 문학평론가

1.

정신병은 발병 원인을 발견하면 완치가 가능하다. 물론 천성적으로 자기관리능력이 약하고, 그런 자신이 병적 증세라는 것을 모르는 사람이 있긴 하다. 그러나 대체적으로 정상인일지라도 외부로부터 강한 충격을 받으면, 그 영향으로 정신이 비정상적인 상태로 빠질 수 있다. 정신병은 바로 이런 심리의 이상상태나 장애징후를 말한다.

박정규의「에코르체, 혹은 보이지 않은 남자」의 여주인공 '아내'는 대학에서 강의를 하던 사리가 분명하고, 지극히 정상적인 여자이다. 그러나 정신병원에 입원해 있다. 이 여자는 시어머니가 아파트 옥상에서 떨어지던 날, 시어머니를 태우고 올라갔던 휠체어 옆에 푸른색 모포를 껴안은 채 실성한 듯 온몸을 떨며 웅크리고 주저앉아 있었다. 이 사건 후 정신에 이상이 생긴 것이다. 그래서 살인혐의자로 조사를 받고 있는 신분이다.

이 소설의 메인 스토리는 시어머니의 옥상에서의 추락과 아내의 정신병 발병에 발단이 가 있다. 벽에 똥칠을 하며 심한 노망증세를 보이는 시어머니를 며느리가 그 수발이 힘들어 순간적인 감정의 동요로 18층 옥상에서 아래로 밀어버렸고, 그 충격으로 정신에 이상이 생겼다는 것이다. 그러나 시어머니가 옥상에서 떨어지던 순간 '아내'는 칠 층 자기 아파트 앞에 있었다는 목격자가 나타났다. 세탁물 배달을 나왔던 인근 세탁소 주인이 그 증인이다. 그렇다면 박사이며 대학 강사인 이 현명한 여인이 왜 미쳤을까.

과부 시어머니의 비참한 죽음에 충격을 받았다고 하기에는 이 여자는 너무 침착하고 이성적이며, 정작 생모를 그렇게 죽게 한 아들은 멀쩡한데 며느리가 더 큰 심리적 자극을 받아 돌아버렸다는 것도 설득력이 약하다. 그렇다면 정신이상의 원인은 다른 곳에 있다.

이 소설의 두 여자, 시어머니와 며느리, 이 고부는 남자가 없다. 시어머니는 나이 서른에 과부가 되었고, 며느리의 남편(주인공 화자 '나')은 정액 속에 생명의 씨앗인 정충이 단 한 마리도 없는 사나이다. '나'가 어린 시절 자기집 하숙생이었던 어머니의 남자는 검사가 되어 검찰의 수장자리를 향해 승승장구 출세의 가도를 달리던 박병호라는 변호사이고, 며느리의 남자는 영문학을 전공하는 아내의 후견인 이 교수라는 인물이다.

이 두 남자는 소설의 전면에 나타나지 않는다. 한 사람은 아내의 노트북컴퓨터에 잠깐 뜰 뿐이고, 한 사람은 어머니의 부음에 정중한 문상을 할 뿐이다. 그러나 보이지 않은 이 두 남자 중의 한 사람은 어머니를 자살하게 했고(박병호), 다른 한 명은 아내를 미치게 했다. 그래서 이 두 남자는 '나'의 복수의 대상이 되어 있다. 이 소설이 독자에게 재미를 주는 것은 인물들의 이런 긴장관계 때문이다.

2.

아내는 어느 날 시어머니에게 "저이가 옛날에 박병호라는 분과 크게 원한을 진 게 있나요? 저이가 그 분을 궁지에 몰고 있는 것 같아요. 무슨 복수심 같은 것으로" 이때 시어머니는 "복수심이라니…… 그러면 개가…… 그 옛날 일을" 하면서 창백한 얼굴로 방에 들어가 누운 후 저녁 무렵부터 행동이 이상해졌다. 시어머니가 자살에 이르게 된 사건의 단초다.

아내의 발병 원인은 분명하지 않다. 그러나 아내가 이 교수와 내연의 관계 때문에 매우 긴장한 생활을 해왔고 그런 죄의식을 시어머니에 대한 병 수발로 보상받으려 했을지 모른다. 하지만 시어머니가 예상 밖의 방법으로 죽음에 이르게 되자 충격을 받았을 것이다.

아내의 정신착란증세가 발병하게 된 두 번째 원인으로 생각해 볼 수 있는 것은 아내를 둘러싼 환경이다. 이 여자는 S신문사 논설위원의 무남독녀로 곱게 자라 청상과부의 외동 '나'와 결혼했다. 그런데 그 6개월 후에 아버지가 교통사고로 죽고, 어머니마저 한 달을 버티지 못하고 세상을 떠났다. 그후 이 여자는 만학으로 영문학을 전공, 박사가 되었고 이 교수의 후원으로 시간강사가 되었다.

그러나 시어머니의 노망이 시작된 이후 이 여자에게 일어난 일은 모두 우울하고 절망적인 것뿐이다. 시어머니는 가끔 제정신이 들 때마다 자꾸 울기만 했고, 당위적 자아와 존재적 자아 사이에서 몹시 갈등하는 모습을 보였고, '사는 것이 죄여, 사는 것이 죄여' 하며 장마 구름 사이로 반짝 비치는 햇살처럼 짧고 귀한 시간을 눈물과 넋

두리로 보내는 것만 보였다. 그러다가 젊은 날의 숨겨둔 남자 박병호의 실각 이야기를 들은 후 생명의 줄을 놓았고, 나 죽거든 화장해서 한강에 재를 뿌려달라는 유언을 하며 강이 내려다보이는 옥상을 오르내리다가 그런 끔찍한 일을 저질렀다. 검찰 수장자리를 노리던 박병호의 추락과 그를 실각시킨 힘으로 출세가도를 달리는 아들을 보며 어머니는 삶의 허무를 더욱 느꼈을 것이다. 그 출세의 끝, 그러나 대가 끊길 가정에 곧 닥칠 어두움을 감지했기 때문이다.

학위를 받았으나 시어머니 병간호로 출강도 단념한 채, 생명을 잉태할 수 없는 여자로서 독수공방을 해온 여자가 아내이다. 고자나 다름없는 남편은 드디어 A일보사의 비선과 닿아 출세의 대열에 들어섰고, 그는 그것에 혈안이 되어 있다. 새 생명 탄생도 기대할 수 없고, 복수심에 가득 찬 인물, 그러면서도 거물 변호사와 손을 잡고 있는 이 무정자 남자를 보며 이 여자는 무엇을 생각했을까. 연인과의 밀회도 끝이 났고, 대학교수의 꿈은 생각해 볼 수도 없는 이 이지적인 여자가, 마침내 목격한 것이 외롭게 살던 시어머니의 비참한 죽음이었다. 시어머니의 이런 죽음은 곧 '아내' 자신의 죽음이다. 그것은 보이지 않는 남자와 맺어온 삶의 유사성 때문이다. 따라서 그렇게 우울한 생활과 절망적 삶에 가해진 강렬한 충격—시어머니의 죽음이 이 여자를 미치게 했다.

이런 점에서 이 소설은 이 시대 상류 지식인 사회의 삶에 던지는 하나의 경고이다. 그리고 남자(아들)의 심리 깊은 곳에 흐르고 있는 오이디푸스 콤플렉스 같은 본능이 불나비처럼 인간의 불행 속으로 스스로 뛰어들고 있는 어떤 모순 문제까지 제기하고 있다는 점에서 관심이 가는 작품이다.

비밀

서 하 진

1960년 경북 영천 출생.

1994년 〈현대문학〉 신인추천에 「그림자 외출」로 등단.

소설집 『책 읽어주는 여자』
『사랑하는 방식은 다 다르다』 등이 있음.

현재 재능대학 문예창작과 교수.

비밀

서 하 진

그곳으로 가는 길은 멀고 지루하다. 찌는 듯 무더운 여름날에는 더욱 그렇다. 51번 버스에 올라 아파트의 숲을 지나 35분, 마로니에 공원에서 4호선 전철을 타고 스물일곱 개의 역을 지나 상록수 역에서 내리면 미니버스가 기다리고 있다. 세 명의 승객을 태운 미니버스는 금방 출발하지 않는다. 에어컨이 가동된 버스 안은 오스스 소름이 돋을 만큼 서늘하다.

정수는 무릎 위의 책을 펼친다. 아파트에 오는 구청의 이동도서관에서 빌린 책이다. 낯선 이름의 일본 작가. 정수는 매번 아무도 빌려가지 않는 책, 처음 보는 이름의 작가를 고른다. 집으로 돌아온 애인에게 키스를 받는 여자 주인공. 마음이 담긴 키스, 라는 구절에 정수의 눈이 오래 머문다. 남편이 정수에게 마음이 담긴 키스를 한 것은 오래 전의 일이다. 신혼 초, 어쩌면 결혼 전.

검은 선글라스를 낀 운전기사가 백미러로 그녀를 쳐다본다. 한 분만 더 오시면 출발하겠습니다. 정수를 쳐다보며 기사가 친절하게 말했다. 그의 목소리는 굵고 부드럽다. 하얀 셔츠를 입고 보기 좋게 그을은 얼굴의 기사를 보며 정수는 막 해변으로, 푸른 바다로 갈 듯한 착각에 빠진다. 여자 하나가 버스 앞에서 파라솔을 접었다. 문이 열리고 문틈에 낄 듯 살찐 여자가 올라타자 훅 땀내가 끼친다. 여자가 조심스레 통로를 지나 정수의 뒷좌석에 앉는 것과 동시에 버스가 출발했다.

몇 개의 신호등을 지나고 골목을 돌면 낮은 울타리 안쪽에 숨은 듯 예쁜 집이 나타난다. 현관 옆 상담실에서 여자들은 헝겊 주머니를 지급받는다. 반지, 목걸이, 귀걸이, 그리고 작은 소지품들을 빼넣은 주머니와 플라스틱 번호표를 교환하는 여자들의 표정이 조금 비장해진다. 일곱 개의 방. 각각의 방에는 두 개의 싱글 침대가 놓여있다. 입구에서 일행을 맞은 여자가 일일이 방을 배정해 준다. 한정수 씨, 그리고 이선희 씨, 이 방을 쓰세요. 짐 정리가 끝나면 운동실로 모이세요. 간편한 복장을 하고 오세요. 여자는 상냥하게 웃고 다음 방으로 간다. 뚱뚱한 여자가 살 속에 폭 파묻힌 눈을 일그러뜨리며 어색하게 웃는다. 이선희라니, 내 이름 쓰는 것도 정말 오랜만이에요. 요즘은 은행에서도 번호로 불리잖아요? 난 진아 엄마예요. 우리 딸, 삼학년이에요.

여자의 목소리는 높고 투명하다. 서른셋? 넷? 어쩌면 그보다 더 어릴지도 모른다. 살이 찌면 많은 것이 불투명해진다. 난, 이런 데 처음이에요. 그쪽은, 정수 씨라고 그랬지요? 뭐 괜찮아 보이는데 왜 여길 왔어요? 여자는 정수의 대꾸가 없거나 말거나 이야기를 계속

한다. 이 방을 떠나기 전에 정수는 여자의 모든 것을 알게 될 것이다. 남편, 아이들, 아침에 일어나면 맨 먼저 무슨 일을 하는지, 어떤 드라마를 즐겨 보는지, 그리고 잠들기 전의 사소한 습관까지도.

운동실에 모인 사람은 스물 남짓, 그 중 한 여자가 정수에게 아는 척 눈짓을 보내온다. 조각도로 도려낸 듯 푹 꺼진 눈자위. 정수의 이마에 언뜻 주름이 잡힌다. 몇 해 전 정수와 한방을 썼던 여자. 여자의 이름을 떠올리려 애쓰다 정수는 결국 포기한다. 여자의 이 닦던 모습, 창을 열고 몰래 담배 연기를 내보내던 정경, 몽롱한 밤, 여자와 나누었던 비밀스러운 이야기들, 우리 다시는 만나지 말자고 농담처럼 했던 약속들…… 모든 것이 또렷한데 이름은 까만 테이프에 가려진 듯 떠오르지 않는다. 이즈음 들어 부쩍 기억력이 나빠졌다고 정수는 생각한다. 사람과 이름, 사람과 일, 일과 물건, 약속과 장소가 빈번히 섞여 들었다. 기억들은 장난감블록처럼 조각조각 머릿속을 돌다가 엉뚱하고도 무한한 재조립을 하기 일쑤였다.

눈자위가 꺼진 여자가 정수에게 다가와 말을 걸었다. 또 만났네. 한정수 씨. 여자는 정수의 이름을 또박또박 발음한다. 뭘 그렇게 놀래? 나, 강민주, 내 이름 잊어먹었지? 마요네즈와 요구르트를 어떤 비율로 섞어야 훌륭한 크림이 되는지, 마사지 할 때 어떤 방향으로 어떻게 문지르면 주름이 방지되는지 따위에 대해 끊임없이 가르쳐 주던 여자. 놀랍게 활발하고 그러다 문득 두터운 막에 갇힌 듯 침묵하던 여자. 다들 모이셨어요? 우선 간단한 입소식을 하겠습니다. 안내책자는 다 받으셨지요? 안내원이 들어선 덕분에 정수는 여자의 이어질 수다에서 놓여난다.

밤. 벽 틈과 천장을 타고 간헐적으로 물 흐르는 소리가 들린다.

배설제를 복용한 여자들이 저마다 화장실을 들락거리는 탓이다. 물소리가 멈춘 사이 깜박 잠들었다 깨어날 때마다 정수도 화장실로 간다. 장이 비면서 머릿속도 맑개진다. 기억도, 이처럼 깨끗이 비워 낼 수 있다면, 정수는 생각한다.

자요? 옆자리의 뚱뚱한 여자, 이선희가 정수를 부른다. 정수는 대답하지 않는다. 영, 잠이 안 오네. 난 원래 배고프면 잠 못 자거든요. 잠들지 않았다는 것을 알고 있다는 듯 이선희는 말을 건넨다. 아까 입소식 할 때 목표를 정하라, 고 했잖아요. 정수 씨는 뭘로 정했어요? 나는 말이죠. 그냥 심플하게 내가 아끼는 옷 입을 수 있는 거, 그걸로 정했어요. 그거 입고 아이 학교에 가는 거죠. 혹시 몰라서 그 옷을 가져왔는데, 진짜 입게 될까 몰라…… 여자의 말소리를 들으며 정수는 아슴아슴 잠에 빠진다.

정수는 꿈을 꾸었다. 늘 어디론가 가고 있는 꿈이다. 누더기를 걸친 사람들이 그녀를 지나쳐 걸어갔다. 사람들은 모두 입을 벌리고 눈을 크게 뜨고 있었다. 그들이 바라보는 방향은 어두웠다. 언뜻 눈을 뜨면 연회색의 커튼 사이로 누군가 자신을 들여다보고 있는 것만 같았다. 등줄기가 서늘해지며 소름이 끼친다. 괜찮아. 그건 그냥 꿈이었어. 정수는 스스로를 위로하며 돌아눕는다. 여섯 시 삼십 분의 기상 시각까지 정수는 네 번쯤 깨어났다. 다시 잠이 들면 비슷한 꿈이 계속되었다. 날이 밝을 무렵의 마지막 꿈에서는 검은 새가 날갯짓을 하며 머리 위를 지나갔다.

둘째 날, 뱃속을 말끔히 비우기 위해 관장을 한다. 여자들은 차례로 상담실에 들어갔다 고통을 참는 얼굴로 나온다. 그리고 화장실 행. 텅 빈 뱃속만큼 빈 시간들이 조용히 지나간다. 정수는 가져온 두 권째의 책을 읽었다. 어느 날 문득 마법의 비밀을 알게 된 소녀. 비밀은 호기심과 모험심을 불러온다. 소녀는 이제 악마를 만날 준비가 되었다. 뚱뚱한 여자, 선희가 이온음료를 내밀며 말한다. 참 대단해요. 어떻게 책을 다 읽냐. 불안하고 멍하고, 안 그래요? 다들 그렇다는데. 선희는 하루 몇 병인가의 이온음료를 마신다. 그것만은 금지 목록에 없다는 이유로. 꼬슬란? 주인공이야? 무슨 이름이 그래요? 책을 힐끗 들여다본 선희가 묻는다. 대꾸가 없는 정수를 두고 그녀는 전화를 건다. 딸아이와 통화를 하고 휴대폰을 들고 누군가에게 전화를 걸고 자판을 눌러 메시지를 남긴다.

사흘째 오후, 정수는 비로소 집에 전화를 건다. 전화를 받은 남편은 자신에게는 아무 문제가 없다고 말했다. 정수는 나도 그렇다고, 모든 것이 순조롭다고 말한다. 힘들지? 내일 저녁에 면회 갈까? 남편이 묻는다. 그의 음성은 다정하다. 그럴 거 없어요, 바쁠 텐데. 전화를 끊고 정수는 잠깐 남편을 생각한다. 그는 언제나 다정하다. 성실하고 세심하며 또한 거침없는 남자. 남편은 스스로를 릴라이어블(reliable)한 사람이라고 말하고 사람들은 그를 타고난 사업가라고 말한다. 그는 좀처럼 화를 내거나 슬퍼하지 않는다. 그가 슬픔, 분노, 그런 것들을 드러낸 것은 오래, 아주 오래 전의 일이다.

저녁 명상 시간. 가부좌를 틀고 앉은 여자들. 대금 소리가 방을 가득 채우고 있다. 대금 한 소절이 끝날 때마다 동화 한 장이 이어진다. 나는 뗏목으로 이 세상에 태어났습니다……. 뗏목은 소녀를 태우고 강을 건너간다. 뗏목은 젊은 여인과 애인을 찾아 떠나는 청년과 병을 앓다 죽은 남자의 시신을 차례로 태우고, 그리고 강 건너의 알지 못하는 곳으로 그들이 떠나는 것을 지켜본다. 물이 얼고 더

이상 강을 건널 수 없어버려질 때까지.

　두 번째 동화가 시작되기 전 여자 하나가 발작을 일으켰다. 여자는 히스테릭한 비명을 지르며 손에 뱀이 있다고, 떨어지지 않는다고 길길이 날뛰다 사감의 손에 이끌려 방으로 돌아갔다. 어제부터 현기증을 호소하던 여자. 아마도 여자는 내일쯤 이곳을 떠날 것이다. 남은 사람들은 저마다 손을 들여다보다 다시 눈을 감는다. 고개를 돌리던 정수의 시선이 강민주의 시선과 부딪쳤다 비껴간다. 문득 대금 소리가 낯선 칼처럼 느껴진다. 정수는 방으로 이끌려간 여자를 생각한다. 드물게도 뱀을 좋아하던 아이를 생각한다. 아이는 긴 몸을 똬리 틀고 있던 비단뱀을 보며 탄성을 질렀었다. 플라스틱 뱀을 불쑥 디밀며 정수를 놀래키던 아이.

　그날 밤에도 정수는 꿈을 꾸었다. 산부인과 병상. 정수는 아이를 기다리고 있다. 진통은 계속되지만 아직 아픔은 아이가 나올 만큼 충분하지 않았다. 뼈가 일그러지는 고통. 옆자리에는 노란 머리의 러시아 여자가 누워 있다. 여자는 쌍둥이를 낳을 것이라 했다. 너는 죽은 아이를 낳을 거야. 러시아 여자가 말했다. 러시아말이었는데도 정수는 그 말을 알아들었다. 진통보다 더한 두려움이 정수를 감싼다. 아이가 나오기 전에, 고통이 극에 이르기 전에 정수는 잠에서 깨어났다. 무슨 꿈을 그리 요란하게 꾸는 거야? 괜찮아요? 옆 침대의 뚱뚱한 여자 선희가 휘휘, 손을 부채처럼 흔들며 정수를 들여다보고 있다.

　정수 씨는 무슨 사연 있는 사람 같애. 그런 말 자주 듣죠? 멋있기는 한데, 난 너무 심심하잖아. 차가운 물수건을 건네주며 선희가 말한다. 사연? 정수는 말없이 웃는다. 사람들이 자신에게 그런 말을 할지 어떨지 정수는 알지 못한다. 사람들과 사소한 대화를 나눈 지 오래된 탓이다. 불을 끄고 다시 누운 선희가 괜찮아요? 한다. 말간 목소리. 정수는 괜찮지 않았지만 그냥 고마워요, 라고만 한다. 우리, 잠 안 오는데 밑에 노래방이라도 갈래요? 노래부르면 살빠진다고 해서 나 그것도 배우러 다녔잖아. 노래방, 마사지실, 물리치료실, 장찜질실, 이곳에는 시간을 죽이기 위한 온갖 시설물들이 있다. 하긴, 신새벽에 노래부르는 것도 좀 그렇네. 선희는 제풀에 의견을 거두고 다른 이야기를 한다.

살 빼려고 뭐 안 한 짓이 없어요. 커피 다이어트, 계란, 포도, 무슨 생식, 에어로빅, 수영, 아이구 지겨워. 우리 남편은 그래요, 너 그 돈 다 모았으면 우리 부자 됐겠다. 그러면 난 또 그래요, 너 술 끊었으면 우린 애저녁에 갑부 됐다. 살 빼려고 맨 먼저 했던 게 수영이었는데, 그때는 애 아빠가 먼저 회원권 끊어주더라고. 근데 수영이라는 게 하고 나면 무지 배가 고프잖아. 외려 역효과 났지. 정수가 입을 뗀 것이 반가운 듯 선희는 이야기를 계속한다. 저기 말예요. 7호실에 있는 강민주 씨, 그 사람은 여기 단골이라며? 뭐하는 여자인지, 좀 이상해요. 듣기로는 거식증이라고도 하고, 상습적으로 구토한다고도 하고, 정수 씨랑은 아는 처지 같던데 얘기 좀 해봐요. 내 잠 깨운 벌로.

정수는 강민주와 한방을 썼던 몇 해 전을 이야기한다. 먹고 토하고 또 실컷 먹고 토했다는 강민주. 모델이었던 여자. 어쩐지, 어디서 본 것 같은 얼굴이더라. 그래서? 모델은 왜 그만뒀대요? 아아, 그러고 보니 무슨 마약 어쩌고 그런 일이 있었지? 맞아, 맞아. 그것 때문이었대요? 선희는 엎드린 채 고개를 바짝 들어 정수 쪽을 보고 있다. 어둠 속에 선희의 얼굴이 흰 박처럼 떠있다. 강민주는 결코 그 일을 그만두고 싶지 않았을 것이다. 무대 위에 서면 살아있는 것 같다던 여자. 노란 위액을 게워내던 강민주. 위가, 장이 상하고 몸이 망가지기 시작했을 것이다.

내일, 직접 물어보세요. 저는 이제 잠이 오네요. 정수는 이불을 끌어올리며 돌아눕는다. 한두 군데의 여성지에 등장했던 강민주의 결혼과 이혼, 그 과장된 문구들을 정수는 입에 올리고 싶지 않다. 강민주를 처음 만났을 때의 불안감이 떠오른다. 쉼 없이 돌아가던 눈동자. 무언가에 대해 끊임없이 조잘대던 창백한 입술. 정수와 그 여자는 전혀 다른 외모, 같은 생각을 갖고 있었다. 먹는 일, 그리고 사랑하는 일에 대한 죄의식.

오전. 일행은 미니버스를 타고 숲으로 간다. 새로 생긴 프로그램이다. 이른 시간의 자연휴양림은 조용하다. 울창한 소나무 사이를 여자들은 소풍 나온 아이처럼 재잘대며 거닌다. 이따금 여자들은 손에 든 생수병을 입으로 가져가 한 모금씩, 마치 질긴 고기를 씹듯 천천히 마신다. 정수는 삼삼오오 짝을 지은 일행에 조금 뒤쳐져 따라간다. 숲 안쪽의 벤치에 꼭 붙어 앉은 젊은 남자와 여자가 때아닌 아줌마들의 행렬을 물끄러미 바라본다. 일행 중 누군가가 말한다. 쟤네들, 일찍도 만났다, 지금 몇 신데 벌써 데이트야? 누군가 심술궂게 대꾸한다. 척 보면 몰라? 어디서 같이 밤샜구먼, 뭘. 아, 자기는 연애할 때 안 그랬어?

아줌마들의 말소리가 들리련만 남자는 전혀 아랑곳없이 여자를 끌어안았다. 여자가 무어라 남자의 귓가에 속삭인다. 남자는 여자의 긴 머리를 쓸어 내린다. 밑동이 앙상한 소나무는 남자와 여자를 가리지 못하지만 그들의 눈에는 아무것도 보이지 않을 것이다. 저런 얼굴의 여자를 정수는 어디선가 본 것만 같다. 저처럼 어리고 저처럼 분별력 없던 여자. 강변에서, 어느 날의 찻집에서, 도서관 앞 돌계단 하나를 오르다말고 문득 정수를 향해 미소짓던 남자. 어두운 골목, 담벼락에 기댄 채 나누던 짧은 입맞춤. 천천히 그녀를 껴안았다 놓아주며 토해내던 긴 한숨. 여자의 손에 들린 종이컵에서 피어오르는 김이 보인다. 멀리서도 커피 향이 느껴진다. 정수는 달고 뜨거운 커피가, 미치도록 그리워진다.

오후. 정수는 사우나실을 나와 마사지실로 간다. 얼굴에 하얀 팩을 쓴 여자 하나가 구석 침대에 누워 있다. 흰 수건으로 가린 긴 몸. 강민주다. 이쪽으로 오세요. 흰 가운을 입은 여자가 가리키는 침대에 누우며 정수는 눈을 감는다. 스팀과 얼음에 재운 수건이 차례로 정수의 얼굴에 덮인다. 올리브 오일 냄새. 단단하고 마른 손가락이 정수의 얼굴을 문지르기 시작한다. 미간과 광대뼈, 콧망울과 눈자위를 춤추듯 오르내리는 손가락. 관리를 너무 안 하시나 봐, 피부가 많이 상하셨어요오. 여자의 음성은 손가락의 움직임처럼 가볍고 탄력적이다. 여기랑, 여기, 이런 점은 쉽게 뺄 수 있는데, 이것만 없어도 금방 달라 보일 텐데 제가 깔끔하게 시술하는 집 소개해 드려요? 정수는 누운 채 고개를 저으며 왜 이 방에 들어왔을까 생각한다. 벗은 등에 닿는 침대가 딱딱하고 거북스럽게 느껴지기 시작한다. 마사지를 받아본 것은 단 두 번이었다. 결혼식 전날과 어쩌면 그보다 더 먼 듯한 어느 날 오후.

꼭꼭 가루분을 찍어눌러 잔주름을 가리면서 그와 함께 하지 않은 날들의 흔적이 그처럼 가려지기를 바라던 그 목메이던 날을 생각한다. 예뻐졌구나, 하는 말을, 그보다는 전혀 변하지 않았구나, 하는 말을 듣고 싶던 그 조바심을 생각한다. 검고 커다란 사진을 바라보며 서 있던 그의 뒷모습. 발소리를 죽이며 다가가는 그녀에게 뒤도 돌아보지 않고 그가 했던 말. 왔니? 기다리고 있었어. 오 년의 시간을 훌쩍 뛰어넘던 편안한 목소리. 화랑 옆 찻집에서 면바지와 스웨터 차림의 정수를 보며 싱긋 웃음 짓던 남자.

왜 그처럼 훌쩍 떠났는지, 어째서 오 년 동안 단 한 번의 연락도 하지 않았는지 정수는 묻지 못한다. 뇌가 정지된 듯 정수는 아무런 생각도 나지 않는다. 그의 앞에서 정수는 백치처럼 앉아 있다…… 손가락이 멈추고 이윽고 차고 두터운 팩이 얼굴을 뒤덮는다. 마사지사가 멀어지는 기척이 들린다. 정수는 감은 눈, 보이지 않는 망막에 앞뒤 없이 떠오르는 환영 속으로 빠진다. 늪에 가라앉듯 천천히.

남자는 혼잡한 거리 한가운데서, 마치 허공을 걸어오듯 가볍게 정수에게로 온다. 덕수궁 입구, 담장에 기대 선 정수에게 다가온 그의 팔이 올라가고 찰칵, 셔터 누르는 소리가 들린다. 정수를 만날 때면 매번 그가 하는 일이었다. 인화된 사진은 그의 사진첩에, 날짜와 장소를 달고 간직된다. 사진을 끼우는 그의 손가락, 얇은 비닐막이 내던 미세한 소리들. 그의 좁은 방에서 정수는 자주 사진첩을 들여다본다. 사진이 한 장 늘어날 때마다 정수는 자신의 일부분이 그에게로 옮아가는 듯, 그와 하나가 되는 듯 느껴진다. 어느 날은 그녀의 맨발을, 또 다른 날에는 두 눈만을 찍고 커다랗게 확대해서 걸어놓고 그는 말한다. 이런 발, 이런 눈은 어디에도 없어.

그가 떠나고 정수에게는 그의 사진첩이 남는다. 사진 속의 정수는 더이상 나이를 먹지 않는다. 스물세 살. 서른이 되던 날 정수는 가

위로 사진들을 오리기 시작한다. 절반을 가르고, 다시 두 조각을 내고, 더 작게 자를 수 없을 때까지. 웃는 입술이, 놀란 듯 크게 뜬 눈들이, 길고 검은 머리카락들이 조각이 되어 떨어진다. 정수는 가위를 잡았던 손가락 안쪽, 붉은 자국을 들여다본다. 문득 날카로운 가위 끝으로 자신의 팔목을 찌르고 싶은 충동이 인다. 아이가, 자고 있는 줄 알았던 아이가 엉금엉금 그녀에게로 기어온다. 아이는 사진 조각을 입에 물고 정수를 빤히 바라본다.

무언가 차가운 것이 어깨에 닿는 느낌에 정수는 소스라친다. 차갑고 날카로운 금속성의 물건이 천천히 정수의 어깨를 지나 가슴께로 내려온다. 정수는 반사적으로 팩을 벗겨내고 눈을 부릅뜬다. 강민주의 얼굴이 눈앞에 있다. 머리에 비닐 캡을 쓴 강민주의 푹 꺼진 눈이 정수를 빨아들일 듯 들여다보며 묻는다. 잠들었었어? 정수는 강민주를 밀어내며 자리에서 일어난다. 뭐예요? 왜 그래요? 정수는 강민주의 얼굴과 손에 들린 작은 물건, 손톱정리용 가위를 번갈아 쳐다본다. 뭘, 그냥 장난친 건데. 강민주는 탁자 위로 가위를 툭 던진다. 여자들 두엇이 마사지실 문을 열고 들어온다.

그날 밤. 산책로에서 정수는 강민주를 본다. 강민주는 등나무 그늘 아래 주저앉아 담배를 피우고 있다. 그냥 가지 말고 여기 와서 좀 앉아. 발소리를 죽이며 등뒤를 지나는 정수를 강민주가 부른다. 견딜 만해? 얼굴은 괜찮네. 강민주의 얼굴은 괜찮지 않았다. 푸릇한 납빛. 난 작년에도 왔어. 이젠 연례행사야. 담배연기를 길게 내뿜으며 강민주가 말한다. 그래요? 정수는 짧게 대꾸한다. 그래요? 정수의 흉내를 낸 강민주가 홋, 웃음을 터뜨렸다. 정수 씨는 어쩜 그대로야? 가끔 생각했었지. 그 여자는 어떻게 지낼까. 이제는 멀쩡해졌을까. 여태도 소심하고 멍청하게 살고 있을까. 강민주는 정수의 얼굴 위로 담배연기를 훅 뿜어내며 눈을 가늘게 뜨고 정수를 들여다본다. 여기 또 온 걸 보니 내 예상이 맞는 모양이지? 정수는 부정도 긍정도 하지 않는다.

여기 올 때마다 정수 씨랑 쓰던 방을 달라고 하지. 정수 씨랑 나란히 누워서 하던 이야기들을 생각하는 거야. 우리가 했던 이야기들…… 그거, 진짜 있었던 일이었을까 싶어. 난, 내 이야기들은 다 진짜였는데 정수 씨 얘기는 아무래도 소설 같애. 그런 미친년들 있잖아. 사는 게 너무 심심해서 장난치는 여자들. 진실게임 같은 거라고, 우리 그러면서 이야기했었잖아? 웃겼어, 그래도 그때는 순진한 구석들이 있었던 모양이지.

강민주는 또 한 개비의 담배에 불을 붙인다. 이곳에서 담배는 첫번째 금지 품목이다. 빈속에 담배는 마약과도 같다고 강사는 말했었다. 강민주는 그런 것을 아랑곳하지 않는다. 시내에서 자기랑 비슷한 여자를 보면 덜컥, 겁이 나고 그랬지. 그리고 말이야. 나 뽕 맞은 것 탄로났을 때, 제일 먼저 떠오른 것도 정수 씨였어. 웃기는 일이지? 나중에 그 자식이 고자질한 걸 알게 될 때까지 난 사실 정수 씨를 의심했거든. 그럴 리가 없다, 싶으면서도 달리 그 일을 아는 사람은 없었으니까 말이지.

나쁜 자식. 느닷없이 강민주가 씹어뱉듯 말한다. 그게 누구인지 정수는 묻지 않는다. 어둠 속에서 울리는 벨소리, 취한 음성, 결코 끊어지지 않는 전화…… 나쁜 자식. 정수도 그렇게 말하고 싶은 충동을 느낀 적이 있다. 그 자식이 결국 애를 데려갔어. 내가 데리고 있을 수도 없었지만 그 어린것이 노랑머리들 속에 섞여 있을 걸 생각하면 미칠 것 같애. 머리채를 흔들던 강민주가 문득 말한다. 자기한테는 이런 이야기도 사치로 들리지? 정수는 강민주를 위로할 수 없다. 너무 마음 아파하지 말아요, 크면 엄마를 찾아올 거예요. 정수는 그런 말을 하지 못한다. 멀어지는 아이. 신문에 광고를 내고 후미진 골목마다 전단을 붙이고 미아보호소에서 멍한, 슬픈 눈의 아이들을 무수히 만났어도 찾을 수 없었던 아이를 생각한다. 집에 돌아오면 어느 방문을 열고 아이가 불쑥 나타날 것만 같은 날들. 이제 그만 하자. 어느 날 남편이 말한다. 다른 남자에게 마음을 빼앗겼던 아내, 낯선 사내를 따라가려 한 정수를 그렇게 용서하고 받아들인 남편. 강민주의 아이는 네 살, 이제 겨우 엄마와 대화를 나누던 아이는 곧 제 엄마를 잊을 것이다. 민주의 가슴속에서 아이는 자라고 나이를 먹고 그리고 어느 날 그녀는 낯선 청년을 만나게 되리라.

담배꽁초를 멀리 던진 강민주가 앉은자리에서 일어서며 민소매 셔츠 위로 드러난 팔뚝을 쓰다듬는다. 그대로 몸을 돌리던 강민주가 불쑥, 정수의 팔목을 잡는다. 정수는 소스라친다. 바짝 들이민 민주의 얼굴이 정수의 코앞에 있다. 훅, 담배냄새가 끼치고 숨이 막힌다. 자기는 멀쩡하지? 날 좀 봐. 나는, 나는 말이야. 이혼당하고, 애 뺏기고, 일도 할 수 없게 되고, 완전히 빈털털이야. 자기는 어떻게 그럴 수가 있지? 어떻게 그렇게 새침한 낯으로 살고 있느냐고. 그래, 내 얼굴을 좀 봐. 두렵지. 그렇지 않아? 정수는 강민주를 힘껏 밀어낸다.

엉덩방아를 찧으며 넘어진 강민주가 푸푸, 낮게 소리 죽여 웃는다. 정수는 달려들어 강민주의 목을 조르고 싶다. 밉살스럽게 웃는 얼굴을 한껏 힘주어 갈기고 싶다. 손을 툭툭 털며 일어난 강민주가 정수의 등을 툭 건드리며 말한다. 놀랐지? 그냥 한번 그래보고 싶었어. 언제 그랬냐는 듯 밝은 목소리. 아직까지 강민주의 손에 잡힌 듯 정수는 팔목이 아프다. 어둠 속에서 밤새가 푸드득 날아오르는 소리가 들린다. 눅눅한, 무더운 밤이다.

닷새째 아침. 정수는 인터폰으로 호출을 받고 내려갔다. 현관 앞에 서 있던 남편이 그녀를 보고 웃는다. 어쩐 일이에요? 전화도 없이. 그냥, 출근길에 들렀지. 남편은 정수의 셔츠 깃을 만져준다. 출근길? 정수는 피식 웃는다. 회사로 가기 위해 그는 온 길을 거슬러 가야 한다, 1시간쯤. 산책로를 걸으며 남편은 여기, 참 좋군, 딴 세상이야, 한다. 담 밖에서 깨어나는 세상의 소리가 들린다. 저기 좀 앉을까? 남편은 나무 아래 의자를 가리킨다. 어젯밤, 강민주와 부딪혔던 그 자리. 당신, 예뻐졌네. 얼굴이 말개졌어. 그는 가방을 열고 포장된 작은 물건을 꺼낸다. 그냥 오면 섭섭해 할까봐 내가 선물 하나 갖고 왔지.

붉은 셔츠를 입은 남자가 눈을 감고 있다. 안드레아 보첼리. 여자들이 이 목소리를 그렇게 좋아한다는 거야. 까무라친다잖아. 고마워요. 정수는 CD의 비닐을 벗기고 눈감은 가수를 들여다본다. 남편의 작업장에는 휠체어에 앉은 세 명의 직원이 있다. 그는 또다른 장애를 가진 세 사람에게 재택근무를 맡기고 있고 매월 일정액을 장애인재활회에 송금한다. 장님, 벙어리, 다리가 잘린 사람. 그는 장애를 가진 사람들을 사랑한다, 아이를 잃은 이후부터. 직원 하나가 정수와 남편에게 녹차를 가져다주고 돌아간다.

쌉싸름한 녹차를 마시며 정수는 비비 꼬여 올라간 등나무 줄기를 바라본다. 마른 줄기 위의 무성한 잎들이 아침 햇살을 받아 반짝인다. 남편은 한 손에 종이컵을 들고 한 손으로 정수의 어깨를 감싼다.

아침은 먹었어요? 정수가 묻자 당신 생각해서 나도 굶었지, 라는 답이 돌아온다. 정수는 녹차를 한 모금 삼킨다. 막 목을 넘어오는 미안해요, 라는 말도 함께. 그는 미안해하지 마, 라고 말할 것이다. 미안하다는 말을 저 무성한 잎만큼 되풀이하더라도 그는 괜찮아, 지난 일이야, 라고 할 것이다.

밤. 딸아이와 통화를 하고 휴대폰으로 문자 메시지를 입력하던 이선희가 한숨을 쉬며 정수를 보았다. 이 남자는 내가 집 비운 게 그렇게도 좋은가봐. 당최 전화통화조차 안 되니. 좁은 방을 서성이던 선희는 나, 아무래도 집에 가야 할까 봐요, 한다. 애를, 이 시간까지 혼자 두는 것도 걱정되고, 아무리 아파트라지만, 무서운 세상이잖아. 선희는 불안해 보인다. 정수는 선희를 물끄러미 바라보다 잠깐 다녀오는 방법도 있어요, 라고 말한다. 정말? 보내준대요? 외출은 절대 금지라던데, 유혹투성이라고. 선희는 눈을 빛낸다. 남편, 아이를 걱정하지만 선희의 관심은 딴 데 있다는 것을 정수는 안다. 금식 닷새, 그녀의 인내는 한계치에 달했다. 그럼, 나 잠깐 나갔다 올게요, 내일 아침까지 돌아오면 되겠지? 선희는 부리나케 옷을 갈아입는다. 문만 나서면 즐비한 음식점, 선희가 집까지 가는 데는 긴 시간이 걸릴 것이다. 그녀가 아끼는 옷을 입을 날은 그만큼 멀어질 것이다.

혼자 남은 정수는 쉽사리 잠들지 못한다. 이제 절반이 지나갔다. 비워내는 일, 비운 채 기다리는 일이 현기증을 불러온다. 정수는 남편이 주고 간 시디를 넣고 장님 가수의 노래를 듣는다. 퐁 테 빠르 띠로. 너와 함께 떠나리, 아무도 모르는 나라로. 가수는 노래한다. 눈이 보이지 않는 이의 억눌린 정열. 정수는 함께 떠나자던 남자를 생각한다. 그와 함께 떠나려 한다고 말했을 때의 남편, 그 해쓱해지던 얼굴을 생각한다. 현관 앞에서 손을 흔들고 뒤돌아가던 남편. 그는 모든 것을 이해하고 받아들인다. 그는 완벽한 남편이다.

악몽이 깨워 줄 이가 없는 정수를 마음껏 휘두른다. 뱀들의 숲. 눈을 떠도 천장 가득 뱀이 우글거린다. 뱀에 휘감긴 아이가 정수를 부른다. 아이는 울지 않는다. 이미 죽어 있을까. 정수는 뱀의 바다를 건너지 못한다. 소리를 지르지도 못한다.

다음날은 비가 내렸다. 창을 때리는 빗소리를 들으며 정수는 선희를 기다렸다. 두 권째의 책은 이제 십여 장이 남아 있을 뿐이다. 악마를 만나 그 허물을 벗기는 주인공. 마침내 악마와 하나가 되는 소녀. 책표지의 광고 문구까지 샅샅이 훑을 때까지도 선희는 돌아오지 않는다. 정오가 지나지 않아 직원 하나가 문을 두드렸다. 이선희 씨, 언제 나가셨어요? 직원의 음성에는 추궁하는 기색이 없지만 정수는 미안해진다. 곧 돌아올 텐데…… 직원은 빙긋 웃는다. 방금 전화를 받았어요, 안 오시겠답니다. 가방을 맡아달라더군요. 선희의 가방을 들고 나가던 직원이 7호실의 강민주 씨가 이 방으로 오실 겁니다, 그 방도 혼자 계시거든요, 괜찮으시겠죠? 한다. 정수가 무어라 답하기 전에 직원은 방을 나간다. 정수는 그녀를 불러 싫다, 고 말하고 싶지만 그러지 않는다. 나흘이 남았다. 어떻게든, 어디서든 강민주에게서 달아날 수는 없다, 고 정수는 생각한다.

강민주는 화사한 꽃무늬 원피스 차림이다. 오렌지빛 꽃이 뚝뚝 떨어질 듯 선명하다. 좀 야하지? 비가 오면 우울해지잖아, 그래서 입어 봤지. 강민주는 정수의 앞에서 한 바퀴 빙그르 맴을 돌았다. 무대 위에 선 듯 날렵하게. 내가 왜 이 방으로 오고 싶었냐 하면 말이지. 가방을 열고 화장품과 휴대폰과 자잘한 소지품들을 꺼내면서 강민주는 잠시도 말을 멈추지 않는다. 혼자 있기도 청승맞고, 가뜩이나 시간 보내기 힘든데 말이지, 그리고 사실…… 강민주가 손을 멈추고 정수를 쳐다본다. 정수는 바짝 긴장한다. 사실 정수 씨랑 다시 한번 해보고 싶었어, 진실게임 말야.

　밤. 노래방에서 한바탕 몸을 흔들고 올라온 강민주에게서는 역한 담냄새가 났다. 강민주는 아아, 피곤하다, 하며 침대에 엎드리고 눈을 감는다. 침대 가득 꽃무늬가 현란하다. 강민주는 막 파티에서 돌아온 여자처럼 보인다. 책을 읽고 있던 정수는 한참이 지나도 움직이지 않는 강민주를 부른다. 옷 갈아입고 자요. 잠든 줄 알았던 강민주가 고개를 발딱 들고 말한다. 자기는 모르지, 사람들이 자기보고 뭐라 하는지. 완연한 시비조다. 정수는 조금 놀란다. 사우나실에서, 요가 시간에 만난 여자들은 모두 정수를 상냥하게 대했다. 여자들의 이야기들, 어느 곳의 어떤 음식점의 어떤 것이 훌륭하다는 그 이야기들에 섞이지 않는다고 해서 정수를 비난하는 사람은 없었다.

　정수 씨를 보면 짜증이 난다는 거야. 맥이 탁, 풀리고 여기 있는 게 갑자기 무지하게 지겨워진다는 거야. 인간은 원래 자기랑 다른 족속을 싫어한다고. 가끔은 속물이 되어보는 기분도 괜찮은데, 자긴 대체 왜 그래? 강민주는 몸을 일으켜 침대에 걸터앉는다. 무슨 수양하러 온 사람처럼, 사실 수양이긴 하지만, 그렇다고 그렇게 티를 팍팍 내야 하느냐 말야. 웃긴다고 생각하지 않아? 강민주는 정수의 반응을 기다리지 않는다. 옷을 훌훌 벗고 화장실로 들어간다. 물 쏟아지는 소리가 들린다. 정수는 강민주의 날선 목소리를 생각한다. 내내 강민주의 안에서 무언가가 독오른 살무사처럼 고개를 바짝 치켜들고 있다. 불쑥 그녀의 입에서 파아란 독기가 뿜어나올 것만 같다.

정수는 두렵다. 여전히 비가 내린다.

7일째. 회복식이 시작되는 날이라 여자들은 모두 들떠 있다. 당근 주스, 오이 주스가 담긴 컵을 세상 가장 소중한 물건인 듯 감싸안고 천천히 마시는 사람들. 단 두 모금에 끝나는 주스를 마신 여자 중 하나가 컵을 핥는다. 여자는 행군 듯 깨끗해진 컵조차도 내려놓기가 아쉬운 듯 저마다 손에 쥐고 이야기를 꺼낸다. 또 하루가 시작된다.

오늘, 대화를 주도하는 사람은 강민주다. 그녀는 율무와 해동피와 우슬초, 구기자와 감잎, 뽕잎의 효능을 열정적으로 설명한다. 탄복할 만한 지식이다. 열에 들뜬 듯 붉게 상기된 얼굴, 쉼 없이 움직이는 얄따란 입술에 여자들의 시선이 고정되어 있다. 이따금 누군가 복분자와 삼백차, 우룽차 따위의 단어를 곁들이면서 방의 열기는 무르익어 간다. 허기가 여자들의 수다를 불러온다. 여자들은 뱃속을 비워냈듯 속엣말을 다 털어낼 기세로 이야기에 열을 올린다. 여자들의 눈이 야릇한 빛으로 번득인다. 무슨 종교 집단의 광신도 같다고 정수는 생각한다. 문득 저 여자다, 저 여자가 마녀다, 라고 누군가 자신을 손가락질 할 것 같다. 여자들이 우르르 몰려들어 자신을 달아맬지도 모른다. 정수는 슬며시 방을 나온다. 한정수 씨. 뒤에서 강민주가 부르는 소리가 들린다. 정수는 눈을 닫는다. 뒤따라 나오는 소리. 오후 내내, 그리고 날이 저물고 밤이 올 때까지 강민주는 정수를 상대로 이야기를 늘어놓았다. 횡설수설, 거의 미친 사람 같다.

아침. 정수는 잉크 냄새를 맡으며 잠이 깬다. 일어나. 날이 밝았어. 강민주가 눈앞에서 신문을 흔들고 있다. 신문을 받아들고 넘기다 정수는 빠르게 잠에서 빠져나온다. 문화면에 낯익은 얼굴이 있다. 손톱 만한 얼굴이지만 정수는 금세 그를 알아본다. 정수의 얼굴이 창백해진다. 그가 다시 돌아왔다. 정수를 피해 뱀처럼 사라졌던 그가 돌아왔다. 왜 그래? 묻던 강민주가 정수의 어깨 너머로 신문을 들여다본다. 정수의 얼굴과 신문을 번갈아 보던 강민주가 이 남자? 한다. 신문을 낚아챈 강민주가 커다란 소리로 기사를 읽는다. 재미 사진작가 김중일의 사진전에 관한 기사는 짧다. 나쁜 자식. 강민주가 내뱉는다. 다들 멀쩡하게 살고 있다, 이거지? 강민주의 음성 가득 원한이 묻어 있다.

그녀는 멀쩡하게 사는 모든 이에 대한 저주를 퍼붓는다. 신문을 박박 찢으며 울부짖는 강민주는 성난 암코양이 같다. 보이는 것 무어든 물어뜯을 것만 같다. 별안간 강민주가 정수에게로 눈을 부릅떴다. 너, 너도 그렇잖아. 애를 잃었다고 처량한 얼굴을 하고 있지만 사실을 알면, 그런 후에도 사람들이 너를 그렇게 불쌍하게 봐줄 것 같아? 니 남편, 사람 좋아 보이더라만 그게 언제까지 그럴까? 강민주와 정수는 서로 마주 노려본다. 갑작스럽고 무시무시한 침묵이 방을 메운다. 부드럽던 턱선이 깎이고 광대뼈가 도드라진 얼굴. 눈만이, 검고 깊은 동굴 같은 눈만이 번득이는 두 사람의 숨이 가빠진다. 한순간 강민주처럼, 저처럼 광포하게 소리를 지르고 비난하고 욕설을 퍼붓고 싶은 충동이 정수를 사로잡는다. 감추어진 비열함을, 잔인하고 야비한 그 속박을 까발리고 이해의 가면을 찢고 할퀴고 싶은, 모든 것을 파괴하더라도 그 뒤의 맨 얼굴을 확인하고 싶은 충동.

정수가 먼저 고개를 돌린다. 다 부질없다, 고 정수는 생각한다. 아이도, 그도 그녀에게는 이미 죽은 사람이라 생각한다. 녹슨 긴 못 하나가 식도를 타고 가슴 깊숙이 꽂히는 듯한 느낌이 인다. 가슴이 터질 듯 하지만 정수는 결코 못을 토해낼 수가 없다. 컥, 컥, 치미는 울음을 삼키며 정수는 널린 신문 조각을 치운다. 종일 두 사람은 입을 열지 않는다.

강민주의 침묵은 다음날까지 이어진다. 아마도 조증(躁症)의 구비를 넘어 울증(鬱症)으로 접어든 것이라 정수는 생각한다. 무거운 침묵이 촛농처럼 방에 깔려 있다. 정수는 침묵하는 그녀가 더 두렵다.

마지막 밤. 손톱정리를 하며 강민주가 내일쯤에는 매니큐어를 바를 수 있겠지, 하고 혼잣말을 한다. 첫날 짧게 깎은 민주의 손톱은 아직 제대로 자라지 않았다. 강민주는 매니큐어와 화장품병을 가지런히 정리하고 침대 옆의 머리등을 끈다. 먼저 자겠다던가, 잘 자라던가 하는 말도 없이 이불을 뒤집어쓴다. 정수는 강민주의 침대를 건너다보다 불을 끈다.

오늘밤을 지나면 이곳을 나간다, 정수는 생각한다. 어쩐지 내일이 오지 않을 듯한, 영영 이곳에 머무르게 될 것만 같은 느낌이 든다. 저기 말이야. 잠든 듯 고른 숨을 쉬던 강민주가 정수를 부른다. 어젯밤 이후 그녀는 처음 입을 열었다. 왜요? 정수는 눈을 뜨지 않는다. 어서 잠이 들고 싶다. 신문 따위, 전시회 같은 것은 생각하고 싶지 않다. 우리, 진실게임 하면 어때? 이제 다시 기회도 없을 것 같은데. 정수는 달아나려는 잠을 붙든다. 뭐, 그때 이후로는 별로 할 얘기도 없어요. 그러니까 그때 했던 이야기를 다시 하는 거야. 하나 빠짐 없이 똑같이. 강민주의 목소리는 딴사람처럼 맑다. 누군가 강민주의 입을 빌어 말을 하고 있는 듯 어색하고 기이하다. 소름이 끼친다. 정수는 눈을 뜬다. 잠은 어느새 저만치 사라졌다. 그러고 싶지 않아요. 난 다 잊었어요. 강민주는 뜻밖에도 조용하다. 정수의 눈은 점점 또렷해진다. 머릿속도 또렷해진다.

또박또박 걸음을 옮기며 아이가 간다. 유치원으로 늘 데리러 오던 엄마가 오지 않았지만 아이는 집으로 갈 수 있을 거라 생각한다. 아이는 큰길을 따라가다 몇 동의 아파트를 지나고 치킨 집을 지나 비디오 가게, 빵집 앞을 걸어간다. 엄마와 늘 가던 길이다. 초등학교 앞에서 병아리 장사를 본다. 노란 병아리가 아이의 마음을 빼앗는다. 아이는 오백 원을 내고 병아리를 산다. 남은 돈을 털어 좁쌀이 섞인 사료를 사서 등에 맨 가방에 넣는다. 아이는 조바심이 난다. 어서 집으로 가서 예쁜 상자에 병아리를 담고 싶다. 검은 비닐 속의 병아리는 삐약삐약 여린 소리로 운다. 아이는 길에 주저앉아 비닐을 열고 조심스레 병아리를 잡는다. 따뜻하다. 순간 버둥거리던 병아리가 아이의 손을 벗어난다. 병아리는 잰걸음으로 길을 따라 달아난다. 아이는 병아리를 좇아간다. 자칫 병아리를 밟을 것만 같아 아이의 손에 땀이 베인다. 병아리를 잡은 아이는 이미 집으로 가는 골목을 지나친 것을 모른다. 풍선 장수가 보인다. 아이는 점점 멀리, 알지 못하는 곳으로 걸어간다……

문이 열리는 소리, 엷은 불빛이 잠깐 스몄다 사라지는 기척이 느껴진다. 강민주의 침대가 비어 있다. 한참을 기다리다 정수는 문을 열고 나간다. 노래방. 사우나실. 모든 방의 불이 꺼져 있다. 현관을 지나 밖으로 나간 정수는 등나무 아래로 간다. 그곳 벤치에 앉은 강민주의 뒷모습이 보였다. 그믐밤, 무성한 잎들 사이로 어둡고 괴괴한 바람이 지난다. 풀숲 여기저기서 밤벌레가 울었다. 나방 한 마리가 머리 위로 날았지만 강민주는 미동도 하지 않는다. 어둠에 묻혀 강민주의 어깨는 더 여위고 초라해 보였다. 화려한 조명 아래 피어나던 여자, 사랑받는 일을 신기해하던 여자는 이제 어디에도 없다.

강민주에게 다가가던 정수는 마음을 바꾸고 발길을 돌린다. 정수에게는 더이상 강민주에게 해줄 말이 없다. 두 사람은 서로에게 상처가 될 뿐이다. 마주칠수록 상처는 깊어만 간다. 정수는 이 밤이 지나면 다시는, 결코 어떤 곳에서도 강민주를 만나고 싶지 않았다. 강민주와의 기억을 항아리에 넣고, 영원히 봉하고 싶었다. 현관에 이르러 강민주 쪽을 다시 쳐다보던 정수의 눈이 휘둥그레졌다. 강민주는 벤치를 딛고 올라서고 있었다. 무언가, 허리띠처럼 보이는 긴 끈을 등나무 등걸 위, 철골 구조물 위로 던져 묶고 있었다. 정수의 심장이 무섭게 뛰었다. 둥근 올가미를 만든 강민주가 톡톡 손으로 올가미를 건드린다. 올가미는 강민주의 눈앞에서 그네처럼 흔들린다. 정수는 밀랍처럼 창백해진 채 그 자리에 서 있었다.

　정수는 숨을 멈춘다. 강민주가 사라지려 한다. 아이를 앗긴 강민주. 그녀의 남편, 그녀에게 다른 사랑이 있음을 알아채자마자 남편은 아이, 명성, 그녀의 생명이었던 아름다움까지 빼앗아갔다. 그녀는 늙은 창녀처럼 버려지고 잊혀졌다. 강민주의 추해진 육신은 올가미에 걸리고 이제 축 늘어질 것이다. 맨발, 여윈 발목이 보인다. 일 분, 이 분이 지나간다. 약에 찌들었던 몸, 병든 정신의 강민주가 죽어간다. 정수는 눈을 감는다. 이제 끝이다. 나도 오래 전에 그렇게 하고 싶었다, 고 정수는 생각한다. 말하지 못한, 말할 수 없었던 많은 일들도 이로써 끝났다고 생각한다. 정수의 속에 묻은 강민주의 이야기들, 그리고 강민주에게 스며든 정수의 비밀들이 떠오른다. 정수를 위로하던 강민주의 나직한 목소리, 남자들은 원래 다 그래, 이기적이고 편협하지. 자기 아이는 어디선가 잘 자라고 있을 거야. 순간 정수는 눈을 번쩍 뜬다. 어디선가 아이 울음소리가 들린다. 정수는 강민주를 향해 달음박질친다. 축 늘어진 강민주의 몸을 끌어내리고 정신없이 문지르기 시작한다.

난, 자기가 그냥 갈 줄 알았어. 거기 서서 오랫동안 쳐다보고 있었잖아. 강민주가 말한다. 방으로 돌아와서도 한참이 지났다. 정수는 강민주의 목 언저리, 채찍으로 맞은 듯 붉은 자국을 쳐다보다 불을 껐다. 보랏빛의 멍은 푸르게 검게 변해갈 것이다. 엷어지다 어느 날에는 사라질지도, 혹은 평생 그녀를 괴롭힐지도 모른다. 그냥 놔두지 그랬어. 그게 도와주는 건데. 자기한테도 좋잖아? 정수는 대답하지 않는다.

한 남자가 낡은 성곽의 담벼락 틈에 입을 대고 있는 정경이 떠오른다. 남자는 입술을 움직이지만 소리가 되지는 않는다. 남자는 지푸라기를 쑤셔 넣어 구멍을 메운다. 남자는 뒤돌아 서서 그 허물어진 담, 자신의 비밀을 간직한 작은 구멍을 바라본다. 지푸라기 끝이 바람에 날린다. 남자는 죽는 날까지 그 자리를 다시 찾지도, 결코 잊지도 못할 것이다. 우리, 진실게임 할까요? 정수는 강민주의 침대 옆에 기대앉는다.

강민주가 긴 한숨을 내쉰다. 자기가 먼저 해. 그때도 그랬잖아. 어둠 속에서 까맣게 빛나는 강민주의 눈을 보며 정수는 이야기를 시작한다. 그날, 나는 잠들어 있었어요. 눈을 떴을 때 방은 어두웠지요. 여기저기, 어지럽게 널린 옷가지들이 생각나요. 내 옆에서 자고 있던 남자, 아마 나는 그의 잠든 얼굴을 쓸어보았던 것 같아요. 그 남자는 잠을 깨지 않았어요. 나는 그의 눈자위, 고르게 오르내리는 가슴, 어깨와 팔을 차례로 만져보았지요. 그러다 문득 아이를 데리러갈 시간이 지났다는 걸 알았지요. 나는, 허둥지둥 옷을 입고 방을 나왔어요. 차를 몰고 오면서 내내 울었어요. 아이는 무사히 집에 돌아와 있을 것이다, 아파트 입구에 주저앉아 땅바닥에 낙서를 하며 엄마를 기다릴 것이다, 어쩌면 아직 유치원에 있을지도, 어쩌면 옆집 여자가 아이를 들여놓았을지도, 그렇게 위로해봐도 눈물이 그치질 않았어요. 어쩐지 영영 아이를 볼 수 없으리라는 느낌이 들었어요……. 정수는 한동안 말을 멈춘다. 뜨거운 것이 목안에서 올라왔다. 긴 호흡 후에 정수는 천천히 이야기를 계속한다. 집에 닿았을 때는 이미 날이 저물어 있었지요. 화단에 핀 노란 개나리가 눈에 들어왔어요. 어스름녘에 노란빛이, 세상 오직 그것뿐인 듯 눈을 찔렀지요. 그처럼 선명하고, 그렇게 무서운 빛은 본 적이 없어요.

강민주는 말이 없다. 자요? 정수는 민주의 어깨를 건드린다. 민주 씨 차렌데 자면 어떡해. 민주는 눈을 감은 채 잠기 가득한 음성으로 말한다. 미친년, 다 잊어버렸다더니 별걸 다 기억하고 있네. 자기가 계속해. 난 좀 있다 할게. 민주가 곧 잠에 빠질 것이라 생각하면서도 정수는 이야기를 한다. 아이가 사라지고 그 남자도 사라졌지요. 함께 가자고, 아이를 데리고 어디든 같이 가자고 하던 그 사람은 아이를 잃은 나를 견디지 못했어요. 그 사람은 말했지요. 너는 나를 원망할 거야. 나와 함께 있었던 너를 원망할 거야. 내겐 너무 무거워. 난 그렇게 강한 사람이 아냐…….

정수는 이야기를 멈추지 않는다. 높낮이가 없는, 가라앉은 목소리가 어둠 속, 벽 틈 사이, 커튼과 빈 서랍 속으로 스며든다. 사람들은, 남편은 내가 아이 때문에 말을 잃었다고, 달라졌다고 했지요. 정말은 그게 아니었어요. 아이가 사라진 후에도 나는 그를 만났어요. 나는 그를 따라갈 수 있으리라 생각했어요. 아이가 있을 때보다 더 절

박했어요. 아이가 사라졌으니까, 그러니까 그가 다시는 나를 버리지
못할 거라 믿었지요. 그리고…… 그가 떠났다는 것을 알고도 나는
날마다 그를 기다렸어요. 전화를 걸어오고 불쑥 내 앞에 나타날 것
만 같았지요. 나는…… 죽을 때까지 나를 용서하지 못할 거예요.

푸르스름한 빛이 창에 스며들었다. 새벽이다. 강민주는 잠이 들었
다. 정수의 비밀을 안고 순한 양처럼 깊은 잠이 들었다. 정수는 잠
든 강민주를 내려다보다 탈진한 듯 강민주의 옆에 몸을 누인다. 밤
새 먼길을 헤맨 듯한 느낌이 든다. 강민주가 내쉬는 숨이 귀를 간질
였다. 정수는 그녀의 호흡을 천천히 따라해 본다. 강민주의 여윈 손
위에 자신의 손을 포갠다. 정수는 생각한다. 아이도 그도 어디선가
이처럼 평온히 잠들어 있으리라. 정수는 아이의 머리를 쓰다듬듯 강
민주의 머리카락을 쓸어내린다. 창 밖에서 부지런한 새가 울었다.
날이 새면 정수는 이곳을 나갈 것이다. 다시는 돌아올지 않을 작정
이지만 그것은 아무도 알 수 없는 일이다.

비밀로 남겨진 삶의 진실

윤병로 | 성균관대 국문과 교수 · 문학평론가

　서하진의 「비밀」은 한 여성의 심리를 통해 일상 속에 감추어진 고통스러운 삶의 진실을 포착해내고 있다. 그리고 보편적인 서사의 전개보다는 주인공의 예민한 내면 의식과 인물간의 대화 속에서 드러나는 미묘한 감정의 울림을 섬세하게 묘사함으로써 주제에 접근하고 있다. 이러한 특징은 일상에 드리워진 삶의 균열을 반영하고자 함에 있어 어쩌면 불가피한 선택이 아니었을까 짐작케 한다.

　이 작품은 금식원에서 주인공 한정수가 보낸 열흘간의 이야기이다. 정수는 몇 년 전 입소한 적이 있는 금식원을 다시 찾아가게 되고, 거기서 예전에 한방을 쓰면서 서로의 비밀을 나누었던 강민주를 만나게 된다. 정수에게 있어 금식원을 다시 찾는 일과 강민주와의 재회는 마음 한구석에 비밀로 묻어둔 쓰라린 상처를 상기해야 하는 일로 다가온다.

　금식원을 배경으로 전개되는 이야기 속 사건이란 별반 특별할 것

없는, 단순하고 평범한 것이다. 하지만 이처럼 단조로운 외부 사건들 사이사이에 놓이는 정수의 내면 의식이나 정수와 민주의 대화는 그들의 삶을 둘러싸고 있는 은밀하고 모호한 사연에 대해 궁금증을 유발하게 된다. 그리고 정수의 비밀스러운 삶을 해명하는 데 도움을 주는 소설적 장치들로 정수가 지닌 낯선 일본 작가의 책이나 명상 시간에 개입하는 동화의 이야기, 상징성을 띠는 꿈, 우연한 계기에 의해 촉발되는 내면의 의식, 민주와의 대화 등이 설정되어 있다.

정수가 가지고 간 소설들과 명상 시간의 동화는 음울하고 고통스러운 내면의 기억 속으로 빠져들어갈 것을 예시하는 이야기 속의 이야기로서 놓여 있다. 삶의 감추어진 비밀을 찾아 떠나며 점차 자신의 허물과 대면하며 악마와 하나가 되는 소녀의 이야기나 젊은 여인과 연인을 찾아 떠나는 청년과 병을 앓다 죽은 남자의 시신을 싣고, 강 건너의 알지 못하는 곳을 떠나는 뗏목을 지켜보는 동화의 이야기는 단순한 소품 이상의 상징임을 어렵지 않게 간파하게 된다.

정수의 내면 갈등은 주로 꿈에 의해 상징적으로 제시되고 있다. 정수는 금식원에 입소한 첫날부터 악몽에 시달리며, 어둠과 불안과 고통에 싸인 채 거듭되는 불투명한 악몽은 정수의 내면에 드리워진 상처 입은 삶과 죄의식을 드러내게 된다. 검은 새와 뱀의 상징, 죽은 아이를 낳을 거라고 말하는 러시아 여자가 안겨주는 충격과 두려움, 멀어져 가는 아이의 영상 등은 일상의 현실 속에 은밀히 감추어진, 그러면서도 삶의 실체에 닿아 있는 국면들로서 점차 작품의 표층으로 떠오르고 있는 것이다.

순간적인 감각적 인상이나 우연한 행동에 의해 촉발되는 정수의 내면 의식은 조각난 기억의 파편들을 모으고 재조립해 나감으로써,

과거의 삶과 현재의 삶을 대비시키게 된다. 삶의 진실된 실체가 일상성이라는 굴레에서 이탈하여, 과거의 삶에 의미를 부여하며 나아가 현재의 삶에까지도 겹쳐지게 됨을 엿볼 수 있다. 기억 속에 밀착된 과거가 시간의 벽을 넘어서서 초월성과 상징성을 부여받게 되는 것이다. 이처럼 시간의 속박을 거부하고 내면 의식의 심층을 떠돌아다니게 되는 것은 과거와 현재, 그리고 미래에도 지속될 일상적 삶의 균열과 허위를 예감하게 한다.

외부 사건에 의해 촉발되면서도 외부 사건에 의해 단절되기도 하는 정수의 내면 의식의 흐름은 기억이라는 파편화된 틀에 의해 굴절되면서도, 다른 한편으로는 중요한 국면들을 강조한다고 할 수 있다. 다른 남자와의 불륜과 진실성을 상실한 남편과의 관계, 아이를 잃어버린 날에 대한 정수의 회상은 과거의 일을 사실 그대로 반영하는 장면이 아니라, 기억 속에 강렬하게 각인된 순간의 인상들이라고 할 수 있다. 기억이란 이렇듯 과거의 삶을 파편화시켜 제시하고 있지만, 그것은 오히려 과거의 삶 심층에 감추어졌던 진실한 국면들의 표출이 될 수 있는 것이다. 거기에는 진정한 삶의 상실이 있음을 직감하게 된다.

정수 자신의 내면 갈등과 함께 또다른 갈등의 축인 정수와 민주의 대화는 표면적으로는 날카롭고 신경질적인 대립의 양상을 보여주지만, 내면적으로는 일상의 삶에서 상처 입은 두 영혼의 위안과도 같은 것이다. 정수가 민주와의 재회를 고통스러운 일로 받아들이지만, 정수에게 있어 결코 외면하거나 회피할 수 있는 일도 아니며, 선택의 여지도 주어지지 않는 불가피한 조건일 수밖에 없다. 이것은 정수의 내면에 남겨진 아픈 상처를 언제까지 묻어둘 수만은 없다는 비극적인 진실인 셈이다.

정수가 그렇듯이 거식증 증상을 보이는 민주 또한 이혼당하고, 아이를 빼앗기고, 일도 할 수 없고, 빈털터리가 되고만, 상처뿐인 삶이다. 이들은 자신의 비밀을 상대의 가슴속에 묻어두고 있으면서도, 서로를 껴안지 못한 채 비껴서고 있다. 정수와 민주의 비껴선 거리감은 민주의 자살 시도 순간 한없이 멀어지는 듯하지만, 이내 극적으로 관계성을 회복하게 된다. 민주의 목 언저리에 남겨진 검푸른 멍은 엷어지다 사라질 수도, 혹은 평생 지니고 살아가야 할 상처가 될 수도 있다. 그리고 그것을 바라보는 정수는 바로 자신의 삶에 새겨진 검푸른 멍을 확인하는 순간에 직면해 있는 것이다. 이제 정수와 민주의 사이는 날카로운 대립에서 진실게임으로 이어지면서, 정수의 삶의 상처가 고스란히 기억 속에서 드러나게 된다. 결코 지워질 수 없는 삶의 비극적 진실을 확인하는 통과제의와도 같은 것이다.

푸르스름한 빛이 스며드는 새벽녘 아무 말 없이 잠들어버린 민주의 옆에 조용히 몸을 누이는 정수는 밤새 먼길을 헤매다 제자리로 겨우 돌아온 듯한 숨을 내쉰다. 애써 외면하고자 했던 고통스러운 상처를 힘겹게 대면한 후의 쓸쓸한 안도감이라고 해야 할까.

정수가 내내 되뇌던 것은 비워내는 일이었다. 비워야 할 것은 가슴에 각인된 삶의 상처이기보다는 그러한 상처를 유발하는 삶의 진정성에 대한 강렬한 욕망일지 모른다. 상실해버린 진정한 사랑과 자기, 그리고 관계성을 회복하고자 하는 삶에의 의욕은 그만큼의 쓰라리고 깊은 상처를 정수의 가슴에 파고들도록 할 뿐이라는 것을 직감했는지도 모를 일이다.

삶의 복잡한 실체를 형성하고 향유하는 것을 허용하지 않는 것처럼 보이는 일상의 삶은 그 이면에 삶의 진정성을 구속하고 있다. 평범한 일상의 뒤안에는 훼손된 삶이라는 비극적 진실이 숨겨져 있는 것이다. 이제 삶은 심연으로 침잠하는 비밀로서 남겨지게 된다. 그리고 심연으로 가라앉은 삶은 그 진실을 모호하고 불투명한 베일 뒤로 묻어두게 된다. 고개를 돌려 돌아보아야 할 시선은 일상의 삶 이외에는 어디에도 향해질 수 없으며, 그렇게 하여 되돌아가야 할 곳에는 일상이라는 굴레가 기다리고 있음을 직감하는 것이다.

자신의 기억 속에 은밀히 자리하고 있던 쓰라린 상처를 끄집어내어 대면한 정수의 내면 고백은 삶의 진실을 회복하려는 실존적 물음이었지만, 그것에 대한 대답은 여전히 유예되고 있다. 어쩌면 일상적 삶과 그것에서 이탈하고자 하는 삶에의 욕망은 순환의 선상을 오갈지도 모른다는 우울한 비밀을 예감하게 한다. 어떤 한 남자가 낡은 성곽의 담벼락 틈에 자신의 비밀을 봉인한 후, 죽는 날까지 그 자리를 다시 찾지도 결코 잊지도 못하는 영상을 떠올리는 정수의 의식은 삶의 진실한 국면은 비밀로 남겨둘 수밖에 없다는 일상의 삶에 대한 작가의 비극적인 성찰로 이해해도 무방할 것이다.

그해 겨울을
우리는 이렇게 보냈다

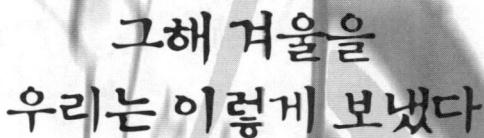

송 하 춘

1944년 전북 김제 출생.

1972년 〈조선일보〉 신춘문예 당선.

창작집 『한번 그렇게 보낸 가을』 『은장도와 트럼펫』
『하백의 딸들』 『꿈꾸는 공룡』 등이 있음.

오영수문학상 수상.

현재 고려대 문과대 교수.

그해 겨울을 우리는 이렇게 보냈다

송하춘

좌현, 견시 보고!

11.7마일 우현 전방, 상선 한 척!

텅 빈 바다. 하늘 끝닿은 자리. 25×120 스탠드 망원렌즈 안으로 낯선 물체 하나가 잡혀든 것은 다시 지루한 항해가 시작된 지 닷새 만이었다. 보고를 마친 최태열 상병은 일단 통쾌하였다.

썅! 닷새만에 겨우 지나가는 배 한 척을 보겠군!

너무도 통쾌한 나머지 그는 스탠드의 견고한 쇠기둥을 걸어차 버리고 싶을 정도였다.

개새끼! 우현이라니? 어차피 12마일 전방인데, 네 것 내 것이 어딨어? 그냥 12마일 전방이라고만 말하면 안 돼?

그때까지만 해도 우현 심승섭은 아직 자신의 망원렌즈 앞에 붙어 있는 상태였다. 처음에 그것은 아주 작고도 검은 점 하나로 시작되었는데, 그것이 느릿느릿 대형 컨테이너 상선으로 커 보일 때까지 보고를 망설인 것이다.

우현이면 그냥 우현 쪽에서 보고하게 놔두든지, 아니면 우현이라고를 말든지 했어야지, 승섭은 투덜거리며 7×50짜리 핸드 망원경을 목에 걸었다.

검은 기름을 쏟아 부은 듯, 망원렌즈 안으로 좁혀오는 바다가 바로 눈앞에서 지글지글 끓고 있었다.

방금 보고를 받고도, 함교 안의 포술장은 바다 앞에 덤덤하였다. 지나가는 상선이 아니라 썩은 갈매기의 주검 하나라도 만일 그것이 보고되지 않았더라면 아마 그건 문제를 삼았을 것이다. 그러나 일단 보고가 된 이상, 지나가는 상선 하나쯤 아무 문제될 것도 없었다.

우현, 위치 확인하라!

그는 그냥 알고 있다는 정도로만 가볍게 우현 쪽을 다독거렸다.

위도 17° 25′ 66″

경도 172° 53′ 03″

갈매기가 보이지 않은 지는 이미 오래였다.

수심 5천 또는 6천 킬로미터 이상.

어차피 고래나 상어떼가 살 수 있는 물은 아니었다. 그러니, 참치나 숭어 같은 어족들이 살지 못할 건 당연하다. 이런 바다에서는 등이 휘어지거나 납작한 원시어들이 겨우 바다 밑을 기어다니는 정도일 것이다. 산도 너무 높으면 숲을 이루지 못하듯 물도 워낙 깊으니까 고기들이 모여들지를 않는다. 고래가 살든지 말든지 해야 포경선도 오든지 말든지 하지, 바다에 고기가 없으니 고기잡이배가 찾아올리 없고, 고기잡이배가 안 오니 갈매기 또한 날아들 리 만무하다. 사람이나 물고기나 갈매기나, 바다는 어차피 함께 어울려 살도록 되어 있는 모양이다.

채곡채곡 많이도 실었군!

등뒤에 조타수 방 하사가 와 있었다.

함교 안에 있어야 할 그가 밖으로 나온 것도 아마 지나가는 상선이 보고싶어서였을 것이다. 그는 망원경도 없이 육안으로 꿈틀거리는 바다를 꿰뚫어보고 있었다.

괌으로 가는 겁니까?

심승섭은 힐끗 방 하사 쪽을 돌아보았다.

어디, 괌뿐이겠니? 군데군데 들르다 보면 아마 동지나까지는 갈걸.

동지나까지라면, 여러 날 걸리겠죠?

말도 마라……. 하긴, 요즈음은 마누라들까지 함께 싣고 다니니까 좀 나아지긴 했겠지만…… 와아! 닷새만에 겨우 지나가는 배 한 척이라니! 지독한 바다야.

입 벌린 하마처럼, 조 하사한테서는 서슬 퍼런 비린내가 풍겼다. 파닥거리는 날 것을 만나면 그는 당장이라도 집어삼킬 것 같다.

지금, 저 안에 여자가 타고 있단 말입니까?

상선은, 된다. 물론 우리 같은 군함은 어림없지.

느릿느릿 시야 밖으로 사라져 가는 컨테이너박스의 선체를 바다는 헐떡거리며 핥고 있었다.

늙은 선장은 언제나 텁석부리였다. 검붉은 육질의 마누라는 럭비볼처럼 젖가슴을 늘어뜨렸고, 그들은 별로 말이 없었다. 텁석부리 영감이 먼 바다를 지켜보는 동안 반라의 뚱뚱보 마누라는 검은 보리빵을 굽고 있었다. 스테판이 남자친구가 생긴 모양이에요. 바다는 등푸른 생선처럼 그들 눈앞에서 번들거리고 있었다. 계집아이가 사내아이를 자주 갈아치우는 건 좋지 않아. 노선장의 파이프에서는 모락모락 담배연기가 피어올랐다. 이번에는 제발 인연이 닿았으면 좋겠어요. 부디 그랬으면 좋겠군. 보물섬을 찾아가는 해적선처럼, 지금 저 안에서도 진짜 그럴까? 바다는 다시 아무 일도 없었다는 듯 뜨거운 태양 아래의 질주를 계속하고 있었다.

　포술장은 언제나 구릿빛 제독의 동상처럼 말이 없었다. 함교 안의 주임원사는 얼굴빛이 유난히 검다. 그는 지금 현재의 위치를 파악하기 위하여 해도를 읽고 있는 중이다. 그 앞에, 김 중사가 고개 숙이고 서서 컴퍼스를 재고, 뭔가를 썼다가 지우곤 하기를 반복하고 있다. 조타석에서는 방 하사 대신 키 큰 조 하사가 키를 잡고 앉아 있다. 방 하사는 곧 조 하사와 교대하기 위하여 레이더 박스 옆에 대기중이다. 기다리는 동안 그는 레이더의 둥근 화면을 들여다보고 있었다. 화면 안에 반경 8마일의 바다가 손바닥 보듯 훤히 잡혀 있었다. 마음만 먹으면 사방 12마일 바다까지도 끌어들일 수가 있다. 현재 시속 15.5노트. 괌으로부터 북동쪽 15° 각도로 600마일 선을 달리고 있었다. 이대로 캐롤라인 제도 위쪽을 향해 달리다 보면 오른쪽으로 2차 대전 때 미국과 일본이 한판 승부를 걸어야 했던 마샬 군도가 있기는 하지만 거기는 모두 사람이 살지 않는 섬들뿐이다. 두 제도 사이에 폰페이라는 작은 섬이 하나 갈매기의 깃털처럼 떠 있는데, 거기는 사람이 산다고 한다. 가다가 지치거나 풍랑을 만나기라도 하면 사람들은 거기 가서 고달픈 항해의 끝자락을 접고 싶어한다. 화면 한가운데 왕별처럼 반짝이는 점이 기함 가시산호함이다. 조 하사는 자기가 거기 타고 가는 것이 자랑스럽다. 같은 화면 위로 1센티미터 간격을 두고 돌고래함의 별자리가 떠 있다. 가시산호함이 앞서고, 돌고래함이 그 뒤를 따라 그들은 형제처럼 사이좋게 태평양 한가운데를 질주하고 있었다. 괌 해역을 벗어난 지 닷새 만에 겨우 지나가는 상선 한 척을 발견했으니, 이제 그들은 다시 얼마를 더 가야 반가운 그 무엇이라도 한 건 건질 수 있을지, 막막하기 짝이 없다.

좌현 최 상병은 지금 갑판 난간 위에 설치해 둔 높은 가림장 너머로 상체를 쑤욱 내민 채 우현 심승섭을 불러대고 있다.

야! 심승섭─.

불렀니?

우현도 좌현 쪽을 향해 상체를 쑤욱 빼보지만, 두 사람 묻고 대답하기에는 함폭이 너무 멀다. 거슬러 부는 바람 또한 워낙 세차다.

괌에서 애인이랑 통화했었냐?

뭐라고? 안 들려. 입을 크게 벌려 봐!

괌에서…….

방에서?

아니, 괌, 고암, 고암에서…….

그래, 말해 봐!

애인이랑…….

애인이랑?

전화통화 했었냐고?

방에서? 애인이랑? 무슨 짓을 했느냐고?

승섭의 커다란 주먹감자 하나가 좌현 쪽을 향해 먹여졌다. 물살은 게으른 혓바닥을 날름거리며 날아오는 주먹을 먹고싶어 하였다. 출렁이는 물살 위로 따가운 햇살이 부서져 내리자, 바다는 다시 클레오파트라의 푸른 눈빛으로 타올랐다.

　그날 괌에서도 승섭은 끝내 현아와 통화하지 못했었다. 현아는 지금쯤 서울로 올라와 있을 것이다. 괌은 블라디보스토크에 이어 두 번째 기항지였다. 첫번째 기항지인 블라디보스토크에서 이미 그는 서울로 전화했었다. 그러나 그때는 아직 진해에 머물러 있었다. 현아 방에 현아네 오빠 같지도 동생 같지도 않아 보이는 사내가 들어 있었다. 사내의 목소리는 낯설었으며, 그가 승섭에게 들려준 말은 현아에 대해 아무것도 말해 줄 수 없다는 말뿐이었다. 블라디보스토크에서 통화하지 못했으므로 승섭은 다시 괌을 기약하는 수밖에 없었다. 블라디보스토크에서 괌까지 바다에 떠 있는 일주일 동안, 승섭은 현아를 생각하는 일 말고는 아무것도 할 수가 없었다. 괌에 내리자, 그는 탈영병처럼 서둘러 시내 한복판으로 잠입해 들어갔다. 프리미엄 아울렛에 가서 국제전화 카드를 한 장 사고, 카드에 쓰인 대로 여러 차례 번호판을 눌러 보지만 좀처럼 현아와 통할 수 있는 길은 열리지 않았다. 들끓는 인파, 범람하는 외국어들 틈바구니에서 한 줄기 완전한 우리말 통로를 찾아내기란 쉽지 않은 일이었다. 마침내 서울로 가는 신호음이 또르르 또르르 또르르 흘러가고 있었다. 동대문구 제기동 제기천변 뒷골목 오현아의 방 전화통을 노크할 때까지 승섭은 꽤 오랜 지루함을 견뎌야 했다. '현아, 외출합니다. 말씀 남겨 주시기 바랍니다.' 승섭은 빠른 속도로 메모하기 시작했다. 현아니? 핸드폰이 터지질 않으니까 답답해 미치겠어. 블라디보스토크에서는 그냥 전화를 걸기도 어려워. 현대에서 지은 호텔이 하나 있는데 모두가 그리로만 나가는 거야. 물론, 더 알아보면 시내 어딘가에 국제전화를 걸 수 있는 데가 있기도 하겠지. 그렇지만 말이 통해야지? 한국말이 통하기를 하나? 그렇다고 영어가 통하기를 하나? 세상천지 러시아 말 아니고는 꼼짝달싹을 못하는 데가 블라디보스토크이더구나. 그러니, 어떡허냐? 죽으나 사나 현대호텔로 가서 매달리는 수밖에. 가면 금방 걸리기나 하니? 사람은 많지, 전화통은 적지, 지하 1층에 전화부스가 있는데, 지하 로비가 바글바글 들끓는 거야. 웬 목소리들은 그렇게나 큰지. 사랑한다. 보고싶어. 아냐. 괜찮아. 잘 있어……. 사랑한다. 보고싶어. 아냐. 괜찮아. 잘 있어……. 모두가 그렇게만 말하는 거 있지? 외국에 나가 보니까, 우리나라 젊은이들이 즐겨 쓰는 말은 사랑한다. 보고싶어. 아냐. 괜찮아. 잘 있어 뿐이더라. 그렇지만, 현아야! 그때 나는 차라리 그렇게라도 말할 수 있는 그들이 얼마나 부러웠는지 몰라. 그날 만일 네가 전화를 받았더라면 나도 그렇게밖에 말할 수가 없었겠지만, 그때 하필 네가 없었단 말이다. 어디 갔었니? 그럴 때 네 핸드폰이 터져만 주었다면 얼마나 좋았겠니? 많이 기다렸지? 미안하다. 어쩔 수 없었어. 마음 같아서는 밤에 다시 나와 걸려고 했었지. 그렇지만 일단 귀대를 하고 보니 다시 나올 수가 없는 거야. 군대는 외국에 나와서도 군대니까. 견뎌 주는 수밖에. 그리고는 끝장이었다. 네 핸드폰만 터졌더라도, 그렇지는 않았을 거야. 아니다. 그 뒤로도 핸드폰을 쓸 기회가 한 차례 더 있기는 있었다. 동해바다를 빠져나와 거제 앞바다를 지날 때였어. 이번 항로 가운데 우리 육지와 가장 근접한 데가 바로 그 지점이었거든. 이른 아침이었다. 혹시나 하고 함미 비행갑판으로 나가봤더니 역시나였어. 누가누가 잘 터지나, 핸드폰 터트리기 시합이 벌어져 있더라. 0003은 잘 터지는데, 0005는 안 터지고, 뭐 그런 거 있지? 이번에는 내 핸드폰이 터질 줄을 모르는 거야. 너도 알다시피 내 건 0005지 않니? 이 세상 어디에도 너는 없었어. 아, 그때 절망이라니, 이루 말할 수가 없구나. 그리고는 꼬박 일주일을 달려온 거야. 배 안에서는 전화를 걸 수가 없으니까. 그런데, 현아야! 오늘 또 네가 없어졌으니, 너 지금 어디 있는 거니? 어? 이 카드 다 끝나 가는가 보다. 끊어지기 전에 빨리빨리 말할게. 이따가 밤에라도 다시 걸고 싶은데, 장담 못해. 부두에서 시내까지는 아주 멀거든. 일단 들어갔다 하면 다시 나오기는 어려워. 그래. 현아야! 사랑한다. 보고싶어. 아냐. 괜찮아. 잘 있어라…….

카드는 이미 바닥이 나 있었다. 바닥이 난 줄을 뻔히 알면서도 그는 왜 말을 멈추지 않고 갈 데까지 가보자는 식이었을까. 갈 데까지 가보자면서도 그는 왜 꼭 물어야 할 것은 묻지 않고 핸드폰 이야기만 하고 있었을까. 그 방의 사내 목소리가 누구 것이었는지, 왜 그는 현아에 대해 아무것도 말할 수 없다는 말만 되풀이해야 했는지를 묻고 싶었다. 그런데 승섭은 용케도 그 부분을 건너뛰고 있었다. 그뿐인가. 그 많은 말들을 한꺼번에 빠른 속도로 메모하면서도 어떻게 그 생략 혹은 삭제할 부분을 따로 챙길 수가 있었는지, 자기 안에 그 무엇이 있어 그것들을 생략 혹은 삭제하도록 시켰는지, 승섭은 자기 자신이 무서웠다.

한 달째 지루한 항해가 계속되고 있었다.

앞으로 얼마를 더 가야 이 지루한 항해는 끝이 날지, 이번 순항을 승섭은 피할 수 없는 훈련이라고 했지만, 현아는 부득부득 여행이라고 우기고 싶어하였다. 승섭이 사나운 폭풍과 파도와 전투와 지옥 같은 훈련을 각오하던 것과 달리 현아는 외로운 조각배나 해변의 야자수, 또는 마도로스 파이프의 담배연기 같은 것들을 떠올린 것이다.

진해항을 처음 출발한 것은 지난 10월 초 어느 날이었다. 계절이 바뀌려고 하는 부둣가에 서서 그들은 다가올 겨울 이야기를 나누어 가졌다.

겨울이 가기 전에는 돌아온다.

승섭이 항해지도를 펼쳐 보였을 때, 현아는 무슨 겨울이 그러냐고 승섭을 부러워하였다.

블라디보스토크에서는 가을을? 괌이나 하와이에서는 봄을? 북미에서는 겨울을? 그리고 남미에서는 여름을?

10월이면 올 한 해도 벌써 반의 반은 다 간 셈인데, 남은 겨울 안에 다시 짤막한 한 해 봄 여름 가을 겨울이 다 들어 있다는 것이다. 아주 작고도 귀여운 달력처럼, 현아의 그것은 한 해 속에 끼어 붙은 또 하나의 멋진 한 해였다. 현아는 그러나 그 꿈 같은 한 해가 불만이었다. 승섭이 그 꿈을 몽땅 삼켜 버렸기 때문이다. 현아 말대로라면 그녀는 지금 승섭이 벗어 주고 간 겨울 코트를 입고 있었다. 스무 살이 되던 해 겨울 그들은 처음 만났고, 스물한 살 그해 겨울 그들은 서로 사랑하였고, 그리고 스물두 살 적 겨울 그들은 헤어졌다.

현아가 꿈꾸던 작고도 귀여운 한 해, 봄 여름 가을 겨울. 승섭은 어느덧 그 유별난 한 해 속으로 깊숙이 접어들고 있었다. 현아 말마따나 블라디보스토크에서는 가을과 겨울이, 괌에서는 봄과 여름이 뒤죽박죽으로 섞여 있는 것을 보았다. 그러고 보면, 현아의 말이 대충 맞는 것 같기도 하지만, 그러나 승섭은 영 아니었다. 블라디보스토크─괌─벤쿠버─로스앤젤레스─아카풀코─푸에르토케쌀─카야오─파페테─다윈……, 그러고 보니, 현아가 그린 지도에는 바다가 없었다. 현아야! 그만 이 환상의 도시들은 너에게 주마. 네 지도에 없는 바다는 내가 가지마. 그해 겨울 그들은 그런 식으로, 현아는 육지를, 승섭은 바다를, 각각 자기가 좋아하는 세계를 하나씩 나누어 가졌다. 머지않아 승섭은 곧 하와이 호놀룰루 항에 도착할 것이다. 그러나 호놀룰루 또한 그 너머 태평양을 가기 위해 잠시 머물다 가는 기항지일 뿐, 그가 가야 할 곳은 아니다. 블라디보스토크에서 괌으로 이어지는 바다, 괌에서 다시 하와이로 뻗어 가는 바다, 그런가 하면 다시 벤쿠버로 달리는 바다, 바다, 바다……. 그것은 현아의 지도에는 없는 또 다른 길이었다.

가시산호함 삼층 사관실의 아침 식탁은 뜻밖에 한산했다. 어젯밤 야식들이 과했던 탓일까. 뒤늦게 함장과 의무참모와 작전참모가 잇달아 들어와 자리를 같이하긴 했지만, 그 조금 전까지만 해도 실습대장과 부장 두 사람뿐이었다. 아침 식사는 참치캔을 뜯어 끓인 야채죽이었다. 부드러운 영양가 치고는 더없이 좋은 식사였지만 간이 약간 싱겁다 싶었는지, 부장이 당번을 시켜 간장을 가져오게 하였다. 비상벨이 울린 건 바로 그때였다. 실습대장이 또 한 사람 당번병으로부터 무전기를 건네받고 있었다.

돌고래함에서? 충수염이라고?

조용히 밥술을 떠넣던 의무참모가 힐끗 실습대장 쪽을 돌아다본다.

그래, 좀더 자세히 설명해 봐라.

실습대장의 응, 응, 응이 이어지는 동안 거기 앉은 참모들은 짐작으로 상황을 파악하고 있었다. 비상벨이 울리는 순간 가시산호 함장 이상수 대령은 바싹 긴장했지만, 그것이 맹장인 것 같다는 말을 들었을 때 한결 누그러졌다. 무엇보다 사건 사고가 아닌 것이 다행이었다.

의무참모, 수술할 수 있겠나?

함장은 짧은 순간 의무참모와 상의하였다.

충수염이 확실하기만 하다면, 그깐 수술쯤 문제 있겠습니까?

일단, 환자를 수송해 와야겠군. 의무장교들이 다 모여야 하나?

돌고래함은 내팝니다.

내과는 필요 없단 말이지?

사관실이 술렁거리기 시작한 것은 의무참모가 자리를 비운 뒤였다.

립(rib)을 띄워야겠지? 너울이 워낙 심해 놔서. 안 되면 하이라인(highline)을 써야겠지. 그럴 것까지 있었어? 괜찮을 거야. 괌에는 해군 병원이 없습니까? 물론 있지. 그럼, 헬리콥터를 타? 부장! 하와이는 안 되겠고, 괌에서 우리가 얼마나 왔지?

부장이 계량기를 보면서 머리를 굴리기 시작한다.

650마일이 넘습니다.

헬리콥터 반경이 어디까지지?

500마일입니다.

안 되겠군.

환자를 태운 돌고래가 어느덧 가시산호함 근처까지 육박한 모양이다. 멀리서 뱃고동소리가 울리고 있었다.

훈련 경계경보와 함께 함교 안으로 조함 조정 지시가 떨어진 것은 오전 8시, 방금 보초 임무교대가 이뤄지던 그 시각이었다.

또 무슨 일이지?

승섭은 아직 자기 자리를 떠나지 못한 채 사이렌 소리를 들어야 했다.

함교 안에서도 새로 교대하여 들어온 근무조와 아직 떠나지 못한 수병들이 뒤섞여 잡다하게 떠들고 있었다.

맹장이라면서, 갑자기 비상은 웬 비상이고?

글씨 말이다. 요즘, 포경수술보다도 더 간단한 기 맹장수술인데, 그만 조용히 데려다가 가위로 싹둑 잘라 뽑을 것이지, 뭘 비상썩이나 걸고 야단이고?

앙이다. 맹장수술도 어차피 훈련은 훈련인 기라. 그눔 자슥 혹시 꾀병 아인지 우이 아노? 필시 꾀병일 기다.

제3교대 경계근무조가 들이닥친 것은 8시 10분 전. 정확히 10분을 기다렸다가 포술장은 작전관 김진경 대위에게 무전기를 넘겨주었고, 좌현 최태열은 새로 온 일등병에게, 그리고 심승섭은 친구 최열 상병에게 자리를 물려주었다. 함교 근무는 하루 네 시간씩 밤낮으로 두 차례, 모두 여덟 시간을 서야 한다. 새벽 4시부터 아침 8시까지 방금 오전 근무를 마쳤으니까, 지금부터 오후 4시까지는 자유다. 그 안의 8시간은 김진경 대위 조와 김영진 대위 조가 각각 나누어 수고할 것이다. 자유로운 여덟 시간 동안 그는 두 끼 밥을 먹고, 밀린 세탁과 내무반 청소를 하고, 그리고도 시간이 나면 이따가 저녁 근무를 위해 부족한 잠을 자둘 것이다. 그러나 군대에서 그런 일이 과연 말처럼 자유로울 수 있을지, 밥 먹고 잠잘 것을 생각하면 기분 좋지만, 빨래하고 청소할 것을 생각하면 벌써부터 마음 한구석이 어둡다.

물위에서는 환자 후송작전이 한창이었다. 내려가다 보니, 130° 후방 1100야드 지점 물위에 환자를 싣고 온 돌고래함이 식식거리고 서 있었다. 그 안에 환자가 타고 있다고 생각해서 그런지, 그동안 한 달이 가깝도록 줄기차게 따라붙어 오던 돌고래가 오늘은 무슨 감기라도 걸린 사람처럼 지쳐 보였다. 거칠 것이 없는 바다인데도 항해를 하다 보면 사소하나마 늘 엉뚱한 일들이 벌어지곤 한다. 바다에 떠 있다고는 하지만, 배도 아마 사람 사는 세상이라 그럴 것이다. 환자를 후송한다거나 수술한다거나 하는 일도 훈련은 훈련이니까, 바쁘지 않은 사람은 다들 나와서 견학하도록 지시했다고 한다. 그래서 그런지 장교고 수병이고 할 것 없이 갑판 위에 꽤 많은 구경꾼들이 몰려 있었다. 오늘은 김태훈 중사가 고속단정을 타게 된 모양이었다. 크레인같이 생긴 커다란 집게가 구명보트의 몸체를 불끈 들어올리자, 누군가가 그 안으로 폴짝 뛰어들어갔는데, 얼핏 보기에도 날랜 김태훈 중사였다. 일단 물위에 뛰어들자, 그는 숙달된 유격대원답게 쏜살같이 돌고래함 쪽으로 내달았다.

구경꾼들 틈에 갑판 선임하사도 끼어 있었다. 선임하사를 보자, 승섭은 또 어제 그 일이 떠올랐다. 지금은 그도 물구경을 하느라고 거기 서 있겠지만, 그러나 승섭은 마치 자기를 감시하러 온 것만 같아 불안했다.

야, 최태열! 빨랑 가서 밥 먹자. 밥 먹고 그거 외워야지.

심승섭은 자리를 뜨고 싶었다.

그거라니? 그게 뭐지?

최태열은 눈치도 없이 뒤뚱거리고 있었다.

있잖아? 선박은 왜 여성인가? 그거…… 저기, 선임하사님…….

아차! 큰일났다. 선박은 여자다! 그거? 에이 썅! 그거, 안 외우면 안 되나?

김태훈 중사는 어느덧 돌고래함에 닿아 있었다. 멀리서 가물가물 움직이는 것들이 아마 환자를 실어 내리느라고 그럴 것이다. 그들은 그가 돌아올 때까지 미적미적 시간을 끌고 있었다.

갑판 선임하사는 졸병들만 보면 못 잡아먹어서 안달이다. 심심하니까, 괜히 장난 삼아서 그러는 줄은 알지만, 장난도 장난 나름이지, 개구리 맞아 죽는 줄 모르고 함부로 돌멩이를 던지면 되나. 무료한 사람들의 심심풀이가 때로는 얼마나 위험한 장난이 되고 마는지, 바로 어제 일만 해도 그렇다. 빨래방에 가서 겨울 점퍼를 빠느라고 바닥에 쭈그리고 앉아 박박 비누칠을 해대고 있는데, 최태열이 왔다. 야, 임마. 심승섭! 빨래를 하자는 거니? 물벼락을 맞자는 거니? 네 옷이 그게 뭐니? 벗어버려. 팬티까지 홀랑 벗어버리란 말야. 그리고 이따가 샤워하면 될 거 아냐? 인 줘라. 빨래는 내가 해줄게. 최태열이 먼저 알몸이 되고, 방금 심승섭도 팬티를 내리는 판이다. 배 안에서는 흔히 보는 풍경이다. 선임하사도 졸병 때는 아마 그렇게 자랐을 것이다. 그때 선임하사가 들이닥친 것이다.

엇쭈! 벗었어! 심상병, 여기가 어딘 줄이나 아나?

배 안입니다.

선박은 여성이고? 남성이고?

여성이라고 말씀하셨습니다.

그러면, 늬는 여성이고? 남성이고?

남성입니다.

그런 사내자슥덜이 임마, 대낮에 여성 앞에서 함부로 옷을 벗어?

남자들 체면이 있제. 안 그런나?

　다음 이어지는 수순이 무엇인지는 이미 그들이 더 잘 알고 있었다. 하나의 완성된 수병이 되기 위해서는, 제대를 하여 나가는 그 날까지 골백번도 더 들어야 하고, 골천번도 더 외워야 한다는 그 '선박은 왜 여성인가'를 선임하사는 외눈 하나 깜짝하지 않고 반복하는 것이다.

　안 되겠다. 내, 따라 복창해라! 선박은 왜 여성인가? 하나…….

　선임하사가 선창을 하면 나머지 졸병들은 복창을 하고, 그렇게 데카메론의 시간은 언제나 새로운 시작이다.

　선박과 여자는…… 선박과 여자는. 남성들로 둘러싸여 있기를 좋아하고…… 남성들로 둘러싸여 있기를 좋아하고. 선박과 여자는…… 선박과 여자는. 잘 다룰 남자가 필요하다! 잘 다룰 남자가 필요하다. 선박과 여자는…… 선박과 여자는. 허리와 코르셋 또는…… 허리와 코르셋 또는. 기둥서방을 갖고 있다! 기둥서방을 갖고 있다. 선박과 여자는…… 선박과 여자는…… 선박과 여자는…….

　선임하사는 낡은 데카메론을 바이블처럼 베껴 먹고, 데카메론은 베껴 먹히고 베껴 먹히다가 헌 누더기가 되는 고독한 시간이 지루하게 이어지고 있었다.

　데카메론의 바다는 늘 심심하였다. 바다가 육지로부터 완전히 멀어졌다고 생각될 때 사람들은 데카메론을 쓴다. 그것은 항해일지가 아니라, 바다에서 쓰는 육지에 대한 비망록일 뿐이다. 현아는 지금 자신의 데카메론을 어디까지 쓰고 있을까? 선박과 현아는 언제나 남자들로 에워싸여 있기를 좋아한다. 선박과 현아는 잘 다룰 남자가 필요하다. 선박과 현아는 허리와 코르셋 또는 기둥서방을 갖고 있다. 승섭은 알몸으로 서서 현아의 낡은 외투를 걸쳐 보지만, 그러나 지금 현아는 부재중. 현아, 외출합니다, 메모 남겨 주십시오. 먼 나라의 전설처럼 신호음이 들린다.

승섭이 너, 아니?

뭘?

지난 여름, 현아랑 동물원에 갔었다. 동물원에 가서 얼룩말을 보았다.

얼룩말은…….

얼룩말은?

흰 바탕에 검은 줄을 친 걸까? 검은 바탕에 흰 줄을 친 걸까?

현아야, 착각하지 마. 얼룩말은 그냥 얼룩말일 뿐이야. 얼룩말은 본래 검은 말도 아니고, 흰 말도 아니고, 그냥 얼룩말일 뿐이라구.

현아는 왜 얼룩말을 보면 얼룩무늬 수수께끼를 풀고 싶어하는 것일까. 승섭은 고개를 들어 바다를 본다. 바다는 늘 시야에 깔리는 만큼만 바다였다. 바다 너머 또 바다가 있다지만, 보이지 않는 바다는 바다가 아니다. 레이더에 잡힌 화면처럼 바다는 언제나 그의 가시거리 안에서만 존재하였다. 현아는 지금 그 가시거리 안에 없었다. 현아에게 묻고 싶다.

현아야! 지금, 대륙 위에 바닷물이 고인 거니? 바다 위에 대륙이 떠 있는 거니?

승섭아! 제발! 착각하지 말랬잖아? 얼룩말은 그냥 얼룩말일 뿐이야.

바다에서도 메아리가 칠 수만 있다면, 현아는 아마 메아리로 다가왔을 것이다. 그러나 바다에는 메아리가 없었다.

돌고래함에서 후송되어 온 맹장 환자는 3내무반 송진우 병장인
것으로 밝혀졌다. 김태훈 중사가 물에서 환자를 건져 올렸을 때, 그
는 죽어 가는 가마우지처럼 웅크리고 앉아 바들바들 떨고 있었다.
그는 그러니까 순항 전 같은 내무반 고참이었다. 최태열도 그가 아
는 고참이 환자가 된 것이 무척 신기한 모양이었다.

송 병장님, 이번 순항훈련 끝나고 나면 제대할 텐데!

그는 엉뚱한 데에 집착하고 있었다. 환자는 곧 의무실로 실려 갔다.

승섭은 그날 배 안에서 갈매기 한 마리가 죽어 있는 걸 보았다. 죽
은 갈매기는 함수 킹포스트 아래 육신을 흩트린 채 버려져 있었다.
겁도 없이 혼자 먼 바다로 날아들었다가 그만 머물 곳을 찾지 못하
고 지쳤을 것이다. 더이상 나래를 펴지 못할 만큼 지쳤을 때 이 배를
만날 수 있었던 건 그나마 다행이었다. 어제 보니까 함수 킹포스트
위에 힘없이 졸고 있더니, 피로와 굶주림을 더이상 이길 수가 없었던
모양이다. 올빼미, 가마우지, 학두루미까지, 새들은 날다가 지치면 모
두 배 안으로 들어오지만 결국은 살아서 돌아가지는 못한다.

승섭이 태풍의 바다를 꿈꾸기 시작한 것은 바로 그날부터였다.

낡은 데카메론의 시간들이 지루하게 이어지고 있었다. 선박과 여
자는…… 선박과 여자는…… 선박과 여자는…… 이 믿기지 않는 유
령처럼 바다 한가운데를 횡행할 때, 심승섭보다도 먼저 데카메론의
바다를 거부하고 나선 사람은 최태열 상병이었다.

안 되겠어. 태풍이라도 한 차례 몰아쳐야지……. 선박과 여자 좋
아하시네. 파도 앞에 여자고 나발이고가 어딨어? 죄 쓸어다 바닷물
에 풍덩 쏟아버리고 말 텐데. 최고 7미터 파도까지 본 적도 있다. 배
가 7미터 파고 앞에 가로막혀 있다고 생각해 봐라. 앞은 안 보이지,

어지럼증은 창자를 마구 훑어 내리지, 밑에서 파도는 자꾸만 떠받치지, 함수가 다시 물밑으로 꼴박히면서 함미의 프로펠러가 팽그르르 팽그르르 헛바퀴를 돌면, 뱃속에 있는 오물은 좔좔 쏟아져 나오지, 몸은 허둥지둥 맨바닥에 나뒹굴지, 그 판에 선임하사고 나발이고가 어딨어? 제나 내나 별 건가? 이럴 땐 함장도 혼자 못 버틴다. 어디로 방향을 틀어야 할지, 앞으로 계속 나아가야 할지 말아야 할지, 까딱 잘못 했다가는 죽는 수가 있거든. 그때는 하사관들을 소집해야지. 이론은 장교가 밝을지 몰라도 실무엔 하사관들이 강하거든. 그리고도 판단이 안 설 때는 바닷가 어부들을 부르는 수밖에. 어부들이란 감각적으로 세상을 읽을 줄을 안다. 오늘은 폭풍이다, 아니다를 그들이 안다. 우리도 지금까지는 바다가 고요했지만, 앞으로 어떤 파도가 밀어닥칠지 모른다. 아냐, 지금 당장이라도 몰아쳤으면 좋겠어. 언제 어떤 일이 닥칠지도 모르고 태평한 저, 데카메론의 바다는 이제 그만 딱 질색이야. 저, 게으르고 무사하고 한가하고 아니꼬운 시간들을 죄 쓸어다가 그만 바다에 풍덩 쏟아버리고 싶어. 더는 못 참겠다.

기다리던 태풍은 오지 않고, 그러나 그날 배 안에 희한한 일이 생겼다.

오늘은 토요일. 내일은 일요일. 그러나 내일 날짜 변경선을 지나면 다시 토요일. 그 다음날은 또 일요일. 그래서 모두 4일 연휴가 시작된다고 한다. 날짜가 하루 더 밀려났다는 말에 사병들은 일제히 아! 지루한 탄성을 바다에 깔기 시작했다. 기껏 달려왔더니, 하루가 더 늘어지다니? 먹어도 먹어도 배고픈 짐승처럼 그들은 끝없이 펼쳐진 시간의 바다 앞에 어쩔 줄을 몰랐다.

토요일 오후, 함내 청소검사를 마치자 곧 연휴는 시작되었다. 수병들은 대부분 밀린 잠을 보충하기 위하여 자신의 캐비닛 속으로 숨어 들어갔다. 신성한 잠자리가 왜 하필 캐비닛이냐고 선임하사는 불만 아닌 것이 없지만, 어쨌든 캐비닛은 캐비닛이다. 사관 휴게실에서는 끼리끼리 모여 비디오를 보거나 포커 짝을 맞추느라고 한창이었다. 하루가 갔다. 이튿날은 예정대로 일요일 오후 2시 정각, 날짜 변경선을 지나자 다시 토요일 오후 3시가 되었다. 하루동안 뒤로 걸어가기를 한 것이다. 어쨌든 또 하루가 갔다. 오늘은 즐거운 소풍날. 식당에서들은 아침부터 김밥을 싸느라고 바빴다. 배 안에서 어디로 소풍을 가느냐구요? 김밥을 싸들고 함상을 돌아다니면서 먹지요. 왜 그래야 되지요? 소풍이니까. 육지에서도 소풍 가면 김밥 먹지 않나요? 승섭은 배당받은 도시락을 싸들고 홍보실로 내려갔다. 어둑한 방에서 〈우나기〉를 관람하였다. 느릿느릿 움직이는 우나기의 게으른 욕정을 읽으면서 그는 김밥을 먹었다. 도색적일 테면 차라리 조심스럽지를 말든지, 벗겨 놓고 감독이 민망해하는 것 같아서 왠지 뒷맛이 너덜거렸다.

　승섭은 잠깐 눈을 붙이기 위하여 자신의 캐비닛 속으로 돌아왔다. 같은 모양의 캐비닛들이 독서실 서가처럼 일정한 간격을 두고 벌려 있었다. 최태열 상병은 아직도 건너편 자기 캐비닛 안에 처박혀 있었다. 승섭이 잠자리를 개키는 동안 그는 생각하는 파충류처럼 검은 눈망울을 굴리고 있었다.

　안 자니?

　승섭이 물었을 때, 그는 딴 생각을 하고 있는 것이 분명했다.

　송진우 병장 말이다. 괜찮을까?

왜? 수술, 잘못됐대?

승섭은 잠들고 싶었다.

그냥. 걱정돼서.

최태열이 몸을 뒤채더니 또 말을 걸어온다.

태풍은 오지 않는 게 좋겠어. 어제는 내가 괜한 말을 했었나 봐.

왜? 언제, 태풍이 온대?

그게 아니라, 태풍은 언제든 오고야 말 거 아냐? 그러면, 수술환자는 어떡허냐? 바닥에 굴리고 토하고 어지럽고…… 그러다가는 죽고 말 걸? 군대 와서 전투다운 전투도 한번 못해 보고 죽다니, 그런 개죽음이 어딨냐?

최태열 상병이 아무래도 이상해져 가는 것 같다. 송 병장님이나 최태열 상병이나, 아직은 멀쩡한 사람들이 왜 하필 죽어 가는 일만 생각한다지? 승섭은 머리꼭대기까지 이불을 무릅썼다. 최태열이 같이 걱정하자고 승섭을 불러댔다.

야, 심승섭! 항해중에 죽으면 어떻게 도지? 이렇게 느릿느릿 가다가는 육지에 닿기도 전에 시체가 썩어버릴 걸. 냉동실에 넣었다가 헬리콥터로 실어 가나? 아니면, 몰래 바다에 던져버릴지도 몰라.

야, 임마! 너, 정말 이럴래?

승섭은 이불을 걷어차고 큰소리쳐 보지만, 최태열은 소용없었다. 이제는 혼자 고민하다가 제풀에 미쳐서 떠들라고 가만 놔두는 수밖에.

배가 몸을 뒤챈다. 밖에 너울이 치는 모양이다. 세상의 흔들림을 한 몸에 받으며, 누운 채로 물결의 높낮이를 가늠해 본다. 간간이 코고는 소리. 이부자락 사이로 한기를 느낀다. 어디쯤일까. 겨울로 가는 길. 태평양 한가운데 어둠 속에서. 남실남실 검은 물체가 떠가는 것을 본다. 물위에 떠가는 것은 주검이었다. 거울을 보듯 그는 물위에 떠가는 자신을 보았다. 어디로 가는 것일까. 가다 보면 그는 현아한테로 가 닿을 것 같다. 이 세상에 아는 사람이라고는 현아밖에 다른 아무도 없으니까.

연휴 동안에도 배는 가야 하니까, 함교 근무는 차질 없이 이행되고 있었다. 포술장은 오늘도 배의 중심을 잡고 서서 자이로를 읽고 있었다. 조타수는 그 뒤에 앉아 키를 잡아당기고, 주임원사는 조 하사와 이마를 맞대고 서서 해도를 그리고 있었다. 간밤엔 물결이 높았다. 아침에 함미 갑판으로 나갔을 때 해는 수면으로부터 1미터쯤 솟아 있었다. 사방을 둘러보아도 섬 그림자 하나 보이지 않았다. 섬은커녕 종이배 한 척도 지나가지 않았다.

늘 뒤따라오던 돌고래함이 오늘은 갑자기 가시산호함을 추월해 간다. 그들은 달리면서 사이좋게 발광신호를 주고받는다. 돌고래가 잠깐 가스터빈으로 바꾸어 달리느라고 그럴 것이다. 늘 디젤선으로만 달리다 보면 배에 무리가 가니까, 가끔씩은 방식을 바꾸어 속력을 내줄 필요가 있다. 그러나 돌고래도 곧 속력을 늦출 것이다.

의무실로 통하는 우현 갑판 쪽을 지날 때였다. 환자복을 입은 송진우 병장이 벽에 기대어 바람을 쐬고 있었다.

와아―, 송 병장님! 괜찮습니까?

승섭은, 죽었다 살아난 사람을 만난 것처럼 반가웠다.

근무 나가니?

송진우가 힘없이 웃어 주었다. 바다보다도 더 진한 초록빛 환자복을 그는 입고 있었다. 제복을 입었을 때보다 그는 사납지도 않았고,

그래서 그런지 승섭은 무섭지도 않았다. 무슨 말인가를 많이 묻고 싶었는데, 왠지 그가 낯설어 보여서 물을 수가 없었다. 그 대신 최태열한테 가서 방금 송진우 병장을 봤다고 자랑했다.

그 새끼, 살아났어?

최태열은 어제보다 많이 깨어난 것 같았다.

방금 무덤 속에서 나온 사람 같았어.

그 새끼, 포경도 잘랐다디? 맹장수술을 할 때는 포경수술도 같이 해버리는 게 좋은데.

밤새 너무도 씩씩해져 버린 최태열이 승섭은 오히려 낯설 지경이었다.

오전 근무를 서기 위해 그들은 함교로 올라갔다. 우현 박 일병은 임무교대 시간이 임박한 줄도 모른 채 뒷모습으로 서서 바다와 대화하고 있었다. 바다소리를 듣느라고 두 귀를 감싸고 있는 그에게서 승섭은 손에 잡힌 작고 귀여운 것을 보았다.

핸드폰 아냐, 이거? 바다에서도 터지냐?

그냥요, 심심하니까.

승섭이 그것을 갖고싶어 했을 때, 박 일병이 잠자코 건네주었다.

승섭이 가만히 귀에 대본다. 쏴아— 하고 지나가는 바람소리뿐 아무것도 들리지 않았다.

현아야! 들리니?

승섭이 큰 소리로 현아를 불렀다. 현아는 말이 없었다.

지금 태평양을 건너고 있는 중이야. 아직도 태풍은 오지 않았어. 밤이고 낮이고 너울이 치고 있을 뿐이야. 그렇지만 현아야! 너울은 스치는 바람이 아니라 들끓는 바다라는 걸, 현아야, 넌 아니? 모르니?

속바다가 뒤채면 바다는 너울이 친다는구나. 겉으로는 다만 찰삭거리는 것 같지만, 속으로는 엄청 들끓고 있는 거래. 현아야! 선임하사님이 미쳐가고 있다. 날이면 날마다 데카메론의 바다 이야기를 골백번도 더 베껴먹는 거 있지? 베껴먹다 베껴먹다 지치면 아마 터져 버릴지도 몰라. 아니다. 최 상병이 먼저 터졌다. 어제는 그 미친놈이 뭐랬는 줄이나 아니? 태풍아! 몰아치라는 거야. 그래도 바다는 끄떡도 하지 않는 거 있지? 지독한 바다야. 차라리 태풍이라도 와 버렸으면 좋겠어. 현아야! 누렇게 태운 김발처럼 바다가 검어지면 그날 밤 태풍이 온다는데, 아! 저기, 조금씩 검어지는 것 같다……

박 일병이 돌아가자 승섭은 다시 혼자였다. 7×50짜리 핸드 망원경을 목에 걸어 보지만, 눈앞에 깔리는 것이라고는 텅 빈 바다뿐 아무것도 없었다.

우리들, 크리스마스 이브는 어디서 맞지?

함교 안에서는 지칠 줄 모르는 기다림이 눈발처럼 설레고 있었다. 스물두 살 적 겨울바다 이야기다.

떠나기와 그리워하기의 생태 역학

김봉군 | 가톨릭대 국문과 교수 · 문학평론가

　　송하춘의 단편 「그해 겨울을 우리는 이렇게 보냈다」는 바다와 등
대와 섬과 고기잡이 사나이들의 이야기가 아니다. 천금성의 남십자
성은 물론 김동인의 배따라기 가락조차 없는 전함 사나이들의 어느
겨울 이야기다.

　　배는 바다 위에 있어도 뭍의 분신일 수밖에 없다. 고래가 아닌 인
간이라는 포유류에게 바다는 삶과 역사의 현장이 아니다. 고래나 날
짐승의 생태를 선망하여 배나 날것들을 고안한 인간의 욕망이란 것
의 귀착지는 필경 뭍일 수밖에 없는 것이다. 이 작품의 주제는 이
같은 생태 역학과 관련된다.

　　군함 안에서 고유명사로 지칭되는 인물은 우승섭, 최태열, 김태훈,
송진우뿐이다. 방 하사, 김 중사, 조 하사는 성씨와 계급만 밝혀져
있고 포술장, 주임원사, 의무참모, 작전참모, 실습대장, 선임하사는
아예 성씨조차 언급하지 않고 있다. 그들은 대화 단절의 역학 관계

를 조성하는 섬과 같이 고독한 존재다. 서술자는 우승섭을 초점 인물로 하여 이야기를 전개하고 있으나, 고전적 소설론의 두드러진 액션이 될 일련의 통일성 있는 사건이나 스토리 라인이 없다.

> 좌현, 견시 보고!
> 11.7마일 우현 전방, 상선 한 척!

작품의 서두다. 인간의 관계론적 담론으로로선 사뭇 비정(非情)한 '보고'로써 서술자는 말문을 연다. 이 보고에 대한 비정한 반응의 시추에이션은 작가 특유의 문체에서 다시 감지된다.

> 포술장은 언제나 구릿빛 제독의 동상처럼 말이 없었다. 함교 안의 주임 원사는 얼굴빛이 유난히 검다. 그는 현재의 위치를 파악하기 위하여 해도를 읽고 있는 중이다. 그 앞에, 김 중사가 고개 숙이고 서서 컴퍼스를 재고, 뭔가를 썼다가 지우곤 하기를 반복하고 있다. 조타석에서는 방 하사 대신 키 큰 조 하사가 키를 잡고 있다. 방 하사는 곧 조 하사와 교대하기 위하여 레이더 박스 옆에 대기중이다.

이 장면에 등장하는 5명의 인물에게는 '대화'가 없다. 그들의 '실체'는 계급의 높낮이이고, '관계' 맺기는 명령과 복종, 임무의 교대에 국한된다. I. A. 리처즈 식으로 말하면, 그들의 언어는 '과학' 쪽에 편향되어 있다. 이것은 군함 안에 작용하는 관계 역학의 축도다.
비정한 관계 역학이 지배하는 곳은 '죽은 사회'이고, 거기서 인류로서의 '대화'는커녕 치열한 대립이나 갈등을 기대하는 것마저 무리다. 발단부에 잠시 드러나는 심승섭과 최태열의 갈등도 기능적인 것과는 거리가 멀다. 그들은 서로 전함 이물의 우현과 좌현을 맡은 상병이라는 임무 관계로 맺어져 있을 따름이다. 이는 '어떤 경우에도 절망적 저항을 찬성하지 않으며 최고음이나 최저음을 내지 않는' 작가의 '균형의 미학'과도 무관치 않을 것이다.

전함 속의 하루하루는 단조롭기 짝이 없다. 작가의 '원초적 창작 모티프'에 깃들인 그 수묵화적 '침묵과 정지'의 분위기를 깨뜨릴 '태풍'을 차라리 그들은 기다린다. 그들에게도 공휴일과 소풍날이 있지만, 고작 배당받은 김밥을 싸들고 홍브실로 가거나 비디오를 관람하며 욕정을 달랜다. 심승섭을 비롯한 병사들은 닷새 만에 나타난 컨테이너 상선이나 새털같이 떠 있는 무인도에 반색을 하며 그들의 무료한 '시간'과 싸운다.

그 무료한 시간에 파문을 던진 것은 자기네 가시산호함의 형제 함정인 돌고래함에서 환자가 발생했다는 소식이다. 맹장염에 걸린 송진우 병장은 외과 군의관이 있는 가시산호함으로 신속히 옮겨와서 수술을 받는다. 이때 유격대원 김태훈 중사의 숙달된 노하우가 광채를 발하나, 함정 안은 이내 무료와 침묵에 잠긴다. 그리고 마침내 최태열 상병과 송진우 병장이 '죽음 의식'에 사로잡히고, '죽은 갈매기'의 이미지가 오버랩되며, 망망한 바다에서 지친 새들도 모두 배를 찾아와 최후를 맞이한다는 서술이 개입한다.

배는 뭍의 분신이고, 새는 배에 와서 최후를 맞이한다. 그렇다면 배나 새는 모두 뭍의 것이라는 논법이 성립된다. 배에 탄 사람이 뭍의 소속임은 두말할 것도 없다. 배는 해도에 따라 길을 찾는다. 심승섭 상병과 그의 전우들이 탄 가시산호함은 블라디보스토크에서 괌을 거쳐 남지나해로 가고 있다. 벤쿠버·로스앤젤레스·아카풀코·푸에르토케살·카야오·파페테·다윈 등, 그들이 가는 바다는 모두 물으로 통하여 있다.

그들은 10월에 진해항을 떠났다. 그들이 탄 배의 원심력과 심승섭의 애인 현아로 대표되는 물의 구심력은 늘 팽팽한 긴장과 불안의 관계에 있다. "선박은 여자다"고 복창을 요구하는 선임하사의 절규와, 그런 선상의 '데카메론'은 그들을 구원하지 못한다. 심승섭과 그의 라이벌 최태열의 대화를 방해하는 함폭의 '거리'뿐 아니라, '대화'가 단절된 명령·복종의 말들은 '만남'을 가능케 할 생명의 언어가 아니다. 핸드폰이 '터지지 않는' 망망한 바다와 대화의 시늉을 짓는 박 일병의 모습은 한 절규에 갈음된다.

이 작품에서 전경화된 것은 기항지의 공중 전화로, 물의 구심점에 있어야 할 현아와 끊임없이 대화하기를 시도하는 심승섭의 행위다. 그의 의사 소통을 위한 욕망 표지는, 배의 원심력이란 물의 구심력에 수렴, 회귀할 수밖에 없는 생태 역학적 필연성과 결부되어 있음을 강렬히 시사한다. 그리고 언젠가 현아 방에서 대신 전화를 받은 사나이는 심승섭과 현아의 대화 관계에 불안을 조성하는 장애요인이다. 구심력의 좌표가 불안한 배의 원심력은 회귀와 만남을 불확실하게 한다. 큰 섬과 산이 없는 망망 대해에는 메아리가 없다. 메아리의 발원처는 구심력의 표지인 현아다. 현아는 지금 어디 있는가? 떠나기와 그리워하기의 생태 역학 관계란 어떤 것인가? 이것이 「그해 겨울을 우리는 이렇게 보냈다」가 우리에게 던지는 물음이다.

나비의 전설

윤 후 명

1946년 강릉 출생.

1967년 〈경향신문〉 신춘문예 시 당선,
1979년 〈한국일보〉 신춘문예 소설 당선.

소설집 『돈황의 사랑』 『협궤열차』 『여우사냥』
『가장 멀리 있는 나』 등과 시집 『명종』이 있음.

1993년 현대문학상, 1985년 한국일보 문학상,
1995년 이상문학상 수상.

나비의 전설

윤 후 명

　올해도 나비들이 지난해처럼 모여들어 있을까, 골짜기로 접어들
면서 나는 자못 긴장했다. 지난해 우연히 그 골짜기에 발을 들여놓
았던 나는 깜짝 놀라지 않을 수 없었다. 그것은 엄청난 나비떼였다.
그토록 많은 나비들을 한꺼번에 보리라고는 예상조차 하지 못한 일
이었다. 아니, 한꺼번에 보았다는 말도 어림없는 표현이었다. 나비
들은 길을 중심으로 시야를 덮으며 어지럽게 날고 있었다. 전체 빛
깔이 검은색인 나비여서 그야말로 까맣게 날고 있다는 말은 그것을
위해 만든 말이라는 생각도 들었다.

　그 무렵 지갑을 잃어버리는 통에 그 안에 들어 있던 주민등록증
까지 잃어버리게 되어 하는 수 없이 새로 만들려고 그곳 면사무소
까지 갔던 길이었다. 나는 서울에 살면서 그곳에 주민등록을 올려놓
고 있었다. 주민등록증은 발급된 곳에서만 재발급을 받을 수 있다는

것이었다. 술을 퍼마시고 나중에 기억도 없이 이리저리 헤매 다닌 끝에 잃어버린 지갑이 원망스러웠다. 그러나 그 김에 교외 바람이나 쐬리라 생각하니, 모든 것이 그만 느슨해졌다. 우선 분실 신고부터 해야 한다는 말에 간단히 몇 글자 적어 서류를 작성하고 요금 1만 원을 냄으로써 볼일은 싱겁게 끝나버렸다. 듣던 대로 관공서 일이 이토록 간편해졌구나 싶었다.

어떻게 한다? 이왕에 청량리에서 열차를 타고 서울을 떠나 한 시간이나 달려온 참이었다. 나는 면사무소를 걸어나오며, 돌아가는 열차의 예약권을 주머니에서 꺼내 들여다보았다. 무려 세 시간의 여유가 남아 있었다. 애초에 그 열차밖에 좌석이 남아 있지 않았지만, 한 시간 정도의 거리면 입석도 그리 무리는 아닐 텐데 나는 좌석을 고집했다. 말했던 대로 역시 그 김에 마냥 늑장을 부리며 하루를 유유자적하게 보낼 심사가 크게 작용했던 것이다. 하지만 막상 그렇게 되자 막막하기 그지없었다.

어떻게 한다?

점심을 먹기에도 이른 때였다. 그곳은 냉면이 유명해서 서울에서도 일부러들 찾는 곳이었다. 몇 해 전에는 동료 한 사람이 느닷없이 전화를 해서 그곳으로 냉면을 먹으러 가자는 약속을 해왔었는데, 약속된 날을 이틀 앞두고 교통사고로 그만 세상을 떠난 거짓말 같은 일도 있었다. 그러자 그 일이 일어난 것도 늦은 봄, 같은 무렵의 일이었다고 불현듯 깨달아졌다. 그러나 그 일은 너무 쉽게 거론해서는 안 된다. 나는 속으로 내게 말했다. 그와의 만남의 역사가 나를 아프게 하기 때문이었다. 우두커니 서 있던 나는 마침 앞을 지나가는 택시를 향해 손을 들었다.

"어디 가볼 만한 곳이 없을까요?"

나는 타자마자 말을 건넸다.

"어떤 곳을 말입니까?"

기사는 나를 쳐다보았다.

"글쎄요."

나는 머뭇거릴 수밖에 없었다. 때는 5월 하순인데도 벌써 햇볕의 위세는 만만치 않았다. 교외 바람이고 뭐고 자칫 더위에 지치기 십상인 날씨였다. 순간 나는 깨달았다. 따지고 보면 내가 그리던 것은 막연한 자연이었다. 막연한 자연 속에 노닐겠다는 막연한 휴식과 막연한 평화를 꿈꾼 것이었다. 살아오면서 나는 그런 착각을 수없이 겪어왔었다. 내가 꿈꾸는 세계는 결국 어디에도 없는지 몰랐다. 세계는, 즉 우리의 삶은 그렇게 궁극적이지 못하다는 게 옳은 판단일 것이었다. 그러니까 옛사람이 이미 '몽유(夢遊)'라는 말을 붙였던 것이리라. '꿈속에서 노니는' 것밖에, 실제 우리가 겪는 것으로선 결코 얻을 수 없는 무엇을 우리는 어줍잖게 바라는 게 아닐까…… 제길, 하고 나는 침을 꿀꺽 삼켰다. '가볼 만한 곳'은 그만두고라도 점심도 먹을 겸 단지 두세 시간을 보낼 만한 곳이 필요했다. 한참만에 기사는 알았다면서 택시를 몰았다.

그리하여 닿은 곳이 그 골짜기였다. 골짜기 위로 절이 있고, 아래쪽으로는 가든이니 카페니 하는 이름의 업소들이 있는 곳이었다. 그런대로 몇 시간을 그럭저럭 보낼 수 있겠다는 생각은 들었다. 차가 절 입구까지 갈 수 있다는 기사의 말에 나는 절을 둘러본 다음 점심을 먹기로 작정했다. 택시는 골짜기를 오른쪽으로 끼고 숲이 우거진 길로 꺾어들었다. 그런 길을 혼자 택시를 타고 가는 것도 오랜만이었다. 나는 무슨 생각엔가 잠겨 있었다.

바로 그때였다. 택시가 작은 시멘트 다리를 건넜을 때였다. 갑자기 앞이 흐려지는가 하더니, 차창으로 무슨 검은 날것들이 가득히 날아들었다. 전혀 예기치 못한 일이었다. 그것들은 어지럽고 분주하게 날아 눈앞을 온통 흐리게 하고 있었다.

"어, 이게 뭐지요?"

나는 꽤 높게 소리쳐 물었다. 나로서는 난생 처음의 일이었다. 그것들이 무엇이며, 어디서 날아왔는지 도무지 감조차 잡을 길이 없었다.

"나방이 같은 건가봐요. 허참, 나도 처음인데요."

기사도 혀를 찼다. 그러나 그는 뭐 그럴 수도 있지 않느냐고 얼마쯤 담담했다. 어느 쪽이냐 하면, 신기하다기보다는 귀찮아하는 눈치였다. 그나마 나방이라는 말이 나왔으니 망정이지 나는 그만큼도 짐작하지 못했었다. 나는 갑자기 하늘에서 무슨 조화가 일어났으며, 그 조화의 일단으로 사방에 무엇인가가 자욱히 나타났다는 느낌부터 앞섰더랬다. 거기서도 내가 퍽 현실적인 사람은 아니라는 게 여지없이 드러나는 것이다. 나방이? 나는 자세히 보려고 애써 초점을 맞추었다. 하지만 나방이는 아닌 듯했다. 나방이는 나비에 비해 날개나 몸뚱이가 좀 통통하여 전체적으로 둔하게 보인다는 게 내 상식이었다. 그렇다면 나비? 그것도 쉽사리 단정할 수 없었다. 우선 너무 검은데다 크기도 작았다. 나비가 아니고는 그 비슷한 어떤 곤충도 있을 리 없건만 나는 망설였다. 아무래도 바깥에서 직접 맞닥뜨려보아야 그것들의 정체를 확인할 수 있다는 생각부터 앞섰다.

택시는 검은 눈보라 사이를 뚫고 달려가는 듯 싶었다. 택시가 달려 지나가자 그것들은 더욱 가맣게 날아올랐고, 여러 마리씩 차창에 부딪쳐 떨어지기도 했다. 그래서인지 택시는 좁은 시골길 구비를 돌 때마다 유난히 기우뚱거리는 것 같았다.

용문산(龍門山) 사나사(舍那寺).

택시에서 내려서야 나는 입구의 기둥에 씌어 있는 절 이름을 읽었다. 그리고 그곳에도 여전히 어지럽게 날고 있는 그것들이 나비라는 사실을 비로소 확인했다. 그렇게 많은 나비떼가 과연 이 세상에 있을 것인가. 나는 마치 이 세상이 아닌 다른 어떤 곳에 와 있다고 여겨지기도 했다. 그러나 그것은 확실히 이 세상의 일이었다. 나비떼는 계속 날아오르고 있었다.

나비떼는 절의 경내에도 가맣게 날고 있었다. 어떤 무리는 땅바닥에 붙어 있다가 내가 가까이 감에 따라 날아오르곤 날아오르곤 했다. 확실히 이 세상의 일임에는 틀림없다고 해도, 나는 뭔지 모를 세계로 걸어들어간다는 환상이 곁들여지는 느낌이었다. 그것을 겪으려고 지갑을 잃어버렸으며, 또 늦은 열차표를 예매한 것이라는 생각이 들기도 했다.

"이 나비들이 웬일인가요?"

나는 나비떼를 가리키며 스님에게 물었다.

"해마다 이맘때쯤은 그래요."

스님의 대답은 간단했다. 그러나 나는 그 대답에 결코 만족할 수 없었다. 나는 내쳐 나비의 이름이 무엇이냐, 어디서 오느냐, 얼마 동안이나 이렇게 있느냐 등등 물음을 던졌으나, 스님의 대답은 그때마다 간단하기만 했다. 이름은 모르며, 산에 많이 사는 나비이며, 며칠 동안 몰려들었다가 사라진다는 것이었다.

나는 땅에 떨어져 있는 나비 한 마리를 집어들었다. 죽은 나비인가 했더니 아직은 숨이 붙어 있어서 날개가 가냘프게 바르르 떨고 있었다. 날개는 검은 바탕에 아래쪽 가운데에 부정형의 주황색 무늬가 상감(象嵌)처럼 또렷하게 돋보였다. 온통 검게 보이던 나비에게 이렇게 밝은 무늬가 있다는 사실이 믿기지 않았다. 부전나비일까. 나는 이름을 짐작해보려고 했다. 하지만 나비에 대해 내가 가진 지식은 너무나 빈약하기 그지없었다. 부전나비, 배추흰나비, 호랑나비, 노랑나비…… 게다가 노랑나비는 이름이 아니라 그저 빛깔만을 말하는 것 같기도 했다. 나는 낙담했다.

그제서야 나는 절 경내를 휘둘러보았다. 생전예수재(生前豫修齋)니 호마(護摩)기도니 낯선 글자들이 씌어 있는 플래카드가 걸린 종무소 한옆으로 보리수나무 두 그루가 꽃을 피우고 서 있었고, 뜰을 가로질러 맞은쪽으로 한눈에도 꽤 오래되었음직한 3층 석탑과 타원형 모양의 부도탑 같은 것이 보였다. 나는 그쪽으로 나비떼를 헤치며 걸어가서 안내판을 들여다보았다. 3층 석탑은 고려시대의 것이었는데, 부도탑은 태고(太古) 보우(普愚)의 것이었다. 부도탑 자체는 아무것도 없는 형태였지만, 그것을 기념하는 탑비에 그의 이름이 적혀 있다고 안내판은 설명하고 있었다.

태고 보우라…… 나는 뜻밖에 아는 사람의 이름을 보는구나 하는 마음이었다. 그러나 그에 관해 아는 것이라곤 아무것도 없이, 다만 직장생활을 할 때 전남 승주의 선암사에 취재를 갔다가 그곳 스님이 '태고 보우에 의하면 선(禪)과 교(敎)가 둘이 아니라고 했건만, 쯔쯧……' 하고 개탄하는 말 한마디만 머리에 퍼뜩 떠오를 뿐이었다. 어려운 말이었다.

그러는 동안 시간은 흘러서 나는 서둘러 절을 떠났다. 그리고 아래쪽까지 제법 걸어야 되는 거리를 내려와 무슨 가든이라고 이름붙여진 곳으로 들어가 된장찌개를 시켰다. 골짜기를 끼고 자리잡은 그 음식점은 주로 단체 손님을 받는 곳인 모양으로, 오리탕이 전문이었다. 이제 나비떼는커녕 한 마리의 나비도 없었다. 그 무렵 오랜 가뭄으로 물을 마을의 논으로 빼는 통에 골짜기는 바짝 말라 있었다. 나는 마른 골짜기를 내려다보는 누대(樓臺) 모양의 집에서 혼자 된장찌개를 먹으면서도 검은 나비떼의 환영에서 벗어날 수가 없었다.

그것들은 무슨 나비이며, 어디서 왔으며, 어디로 가는가. 왜 유독 그곳에만 엄청난 무리를 지어 모여 있는가.

생각 같아서는 나비떼와 함께 며칠 동안 그곳에 머물고 싶었다. 어느 나라인지는 잊었어도 해마다 짝짓기 계절이 되면 희귀한 나비들이 떼를 지어 날아온다는 곳이 텔레비전에 소개된 적이 있었다. 그 나비들도 짝짓기를 위해 모여든 것일까. 나비가 어떻게 짝짓기를 하는지 모르는 나로서는 그것들이 그래서 모여든 것인지 어떤지 알 수 없었다.

그런 가운데 나는 그것이 기사의 말대로 나방이도 아니고 또 잠자리나 메뚜기나 어떤 곤충도 아닌 하필이면 나비일까 싶었다. 언제부터인가 '나비'는 내게 자연 속의 생물이라기보다도 상징에 속했다. 고등학교 때 어줍잖게 나비를 제목에 등장시켜 시랍시고 써서 상장을 받은 것과, 대학교 때 '장자(莊子)' 시간에 나비 이야기를 배운 것이 함께 뭉뚱그려져 다가왔다. 장자가 꿈에 나비를 보다가 깨었는데, 사람으로서 나비를 꿈꾼 것인지 나비로서 사람을 꿈꾸는 것인지 알 수 없다고 한 그 구절이 오랜 진부함에도 불구하고 여전히 내 머리를 맴돌고 있다는 증거였다.

서울로 돌아와서도 나비는 쉽게 잊혀지지 않았다. 한번은 종로의 영풍문고에 갔다가 선 채로 『한국의 나비』라는 책을 들춰보기도 했지만, 웬일인지 그 나비를 짚어낼 재간이 없었다. 나비는 의외로 간단하게 모두 다섯 가지 과(科)로 나누어졌다. 호랑나비, 흰나비, 부전나비, 네발나비, 팔랑나비가 그것이었다. 그 나비는 아무래도 네발나비과(科)에 속하는 것 같긴 한데, 막상 꽉 떨어지게 이거다 할 만한 게 없었다. 언젠가 신종 나비를 발견한 사람의 이야기가 신문에 난 적이 있다고는 하더라도 그 나비가 신종이리라고는 여겨지지 않았다. 그런 걸 발견하려고 눈에 불을 켜고 달려드는 사람들에게 그렇게 큰 무리를 지어 나타나는 나비가 눈에 띄지 않았을 까닭은 없을 터였다. 그렇다면 '한국의 나비'가 아니라 다른 나라의 나비? 나비가 제주해협을 날아서 건넌다는 관찰도 있었으니 만치 다른 어느 나라에서 떼를 지어 바다를 건너왔는지도 모른다? 아무래도 지나친 상상인 성싶었다.

그러면서 나비는 천천히 뇌리 뒤로 사라져갔다. 어쩌다 그 광경이 떠오를라치면 그 광경 속에 내가 들어가 있었다는 것도 꿈속의 일처럼 아득하기만 할 뿐이었다. 내가 석주명 같은 나비학자가 아닌 다음에야 그것을 붙들고 씨름을 할 계제도 아니었다. 이리저리 닥치는 일을 추스르느라 한가하게 나비 타령이나 하고 있을 틈도 없었다. 한국에서 산다는 시늉이나 하며 살아간다는 것은 눈코 뜰 새 없이 살아간다는 말에 다름아니었다.

어느덧 한 해가 지나고 그 무렵이 되었다. 형식상의 주민등록지이나마 그래도 본인이 가야 되는 일이 생겨서 나는 다시 면사무소로 가게 되었고, 당연히 그 골짜기와 나비떼를 머리에 떠올리지 않을 수 없었다. 대충 볼일을 마친 다음 나는 지난해처럼 택시를 몰아 그곳으로 향했다. 올해도 나비들이 지난해처럼 모여들어 있을까. 어쨌든 가보지 않으면 안 되었다.

골짜기 어귀에 택시를 세운 나는 거기서부터 걸어가기로 마음먹었다. 도중에 문득 상황을 맞닥뜨리는 것보다 처음부터 차근차근 겪어 나가고 싶었다. 나는 시냇물 위에 놓인 시멘트 다리를 건너 걸어갔다. 나비떼가 없다면 그것도 다행이리라 싶었다. 그렇다면 나는 다시금 어떤 환상에 사로잡히지 않아도 좋을 것이기 때문이었다. '어떤 환상'이 그야말로 어떤 환상인지는 나도 몰랐다. 그렇지만, 말했다시피 나비가 내게는 상징이라는 데 문제의 해답은 있을 것이었다. 다시 말해서, 그 골짜기의 나비는 단순히 그냥 나비가 아니라 된가 내 삶에 의미를 던지는 나비로서 받아들여진다는 것이었다. 몹쓸 상징, 몹쓸 형이상학이었다.

얼마쯤 걸었을까.

새로 식목을 한 듯한 몇 그루의 잣나무들이 보이는가 하더니, 마치 검은 눈보라 같은 것이 분분히 앞으로 다가들었다. 나비떼였다. 올해도 어김없이 나비들은 떼를 지어 모여들어 있었다. 긴장했던 마음이 풀어지며 나는 나도 모르게 아아 탄성을 내질렀다. 걸음을 옮길수록 나비떼는 다시금 가맣게 앞길을 뒤덮었다. 갑자기 머리가 어지러웠다. 이것들은 무슨 나비이며, 어디서 왔는가. 왜 이곳에만 유독…… 나는 여전히 그렇게 묻고만 있었다. 나비 이름을 확인해봐야겠다던 것도 잊고 한 해를 보낸 것이었다. 지난 한 해 동안 무슨 일이 일어났던가. 아득하기만 했다. 나는 길바닥에 떨어져 있는 나비한 마리를 집어들었다. 지난해 보았던 것처럼 검은 바탕에 주황색 무늬가 또렷했다. 무늬가 또렷한 만큼 내 머릿속은 더욱 흐리게 지워지는 느낌이었다.

지난 한 해 동안 내게 무슨 일이 일어났던가. 도무지 생각이 나지 않았다. 이런저런 일들이 전람회의 그림처럼 지나갔으나, 정작 내가 겪은 일은 아니라고 여겨졌다. 그러자 지나간 몇십 년의 시간도 모호하기만 했다. 지금 나는 어디에 있는가. 그것도 모르겠다는 생각이 들었다. 이것이 이 세상의 풍경인가. 도저히 확인할 길이 없었다. 나는 지난해보다 훨씬 더 환상 속으로 빠져든 것만 같았다. 아무것도 가늠할 수가 없었다.

여기가 어디이며, 나는 왜 여기에 있는가.

아득한 물음 속에 나는 휘청거리는 걸음을 간신히 옮겨놓고 있었다. 몇천, 몇만의 나비들이 눈앞을 가리며 가맣게 날아오르곤 날아오르곤 했다. 나는 사나사의 일주문을 지났다. 사나사에서 나누어준 전단에 의하면, 생전예수재는 살아 생전에 수행과 공덕을 닦아 다음 생의 길에 잘못됨이 없게 준비하는 의식이며, 산스크리트 말의 'homa'의 소리를 그대로 옮겨온 낱말인 '호마'는 진리의 불로 번뇌의 나무를 태워버린다는 뜻이라고 했다. 보리수나무는 또 한번 꽃을 피웠고, 보우 스님의 부도탑은 묵묵히 그 자리에 앉아 풍화되고 있었다. 보우 스님은 그 절을 중창한 스님이었다.

나는 지난해처럼 나비떼 속에서 절의 경내를 둘러보고 '가든' 음식점으로 내려왔다. 변한 것은 아무것도 없었다. 지난해에는 눈여겨보지 못했는데 그 옆 카페의 이름 '애니 타임'이 새삼스럽게 눈에 들어왔다. 나는 주차장이기도 한 넓은 마당을 지나 골짜기를 내려다보는, 지난해의 그 자리로 올라가 앉아 다시 된장찌개를 시켰다.

"언젠가도 한번 오셨었지요?"

주인 사내가 물음을 던졌다.

"기억력이 좋으시군요."

나는 웃음을 지어 보였다. 눈썰미가 상당한 사람임이 분명했다. 1년 전에 와서, 그것도 오리탕이나 뭐 그럴듯한 음식 대신 된장찌개한 그릇을 먹고 간 사람을 기억한다는 것은 쉬운 일이 아닐 것이었다. 그러자 그렇기 때문에 기억이 가능했을 거라는 생각이 뒤를 따랐다. 이 골짜기에 누가 혼자 와서 된장찌개 한 그릇을 시켜놓고 소리 죽여 먹고 갈 것인가. 그는 어떤 슬픈 사연을 간직한, 진정 버림받은 사내가 아닐 것인가. 아닌게아니라 나 역시 지극히 비현실적이라는 점에서, 나는 속으로 쿡쿡 웃음을 머금었다. 하기야 외진 골짜기에서 혼자 된장찌개를 먹을 만큼의 슬픈 사연이야 내게도 많지 않았던가…….

한참동안 나는 골짜기에 졸졸 흘러내리는 물을 내려다보며 담배를 피우고 있었다. 그러는데 어느 순간 작은 소녀가 재떨이를 가지고 모습을 나타냈다. 지난해에는 재떨이 없이 누대의 난간 밖으로 재를 떨어버리며 담배를 피웠다는 기억이 났다. 그렇다면 주인 사내에 비해 내 기억력도 못지 않다는 반증일 터이기도 했다. 나는 소녀를 보고 고맙다는 웃음을 지어 보였다. 대여섯 살쯤은 되었을까. 어린 소녀는 잠깐 내게 눈길을 던지고는 곧 뒤돌아섰다. 주인 사내가 시켰다고 보기에는 지나치게 스스럼이 없어서, 내가 담배를 피우는 걸 본 소녀가 스스로 재떨이를 가져온 것처럼 받아들여졌다. 나는 소녀의 뒷모습을 물끄러미 바라보았다. 두 갈래로 묶은 머리가 걸음걸이마다 팔랑거린다고 나는 느꼈다. 팔랑거린다…… 그와 함께 나는 나비를 연상했다.

나비 같은 소녀로군……

나는 나도 모르게 읊조렸다. 그 소녀뿐만 아니라 모든 소녀들은 나비 같은 몸짓을 가졌다고도 생각되었다. 그리고 나는 어느덧 나비를 좇아가는 소년이 되어 있었다. 나는 내 일생에 나타났던 소녀들을 머리에 그렸다. 이웃집 어린 소녀 세화가 먼저 있었다. 이름 모를 여러 소녀들, 아마도 패(佩), 경(瓊), 옥(玉) 같은 이름들, 어디 가서 무얼 하는지도 모를 소녀들…… 재떨이를 갖다준 소녀가 모습을 감추었는가 싶더니 어느새 먼 초원의 구릉을 넘어가고 있었다.

몽골의 초원에 가서 말을 타고 구릉을 넘어가던 어느 여름날이 있었다. 그때, 처음 말을 타는 나를 위해 고삐를 끌어주게 된 것이 겨우 대여섯 살이나 먹었을까 싶은 소녀였다. 머리를 앙증맞게 두 갈래로 땋은 소녀는 말을 끌고 나풀나풀 초원의 구릉을 넘어가기 시작했다. 초원에는 여기저기 물싸리나 큰제비고깔이나 개양귀비 같은 꽃들이 피어 있었다. 어린 소녀가 말을 끌고 걷기에는 먼 길이었다. 구릉 위에 오르자 멀리 유목민의 전통 가옥인 게르(ger)가 몇 채씩 모여 있는 광경이 눈에 들어왔다. 초원의 땅은 왠지 움푹움푹 파여 있어서 걷기에 여간 불편하지 않을 듯 싶어도 소녀와 말은 잘도 걸었다. 나풀거리는 소녀의 모습이 나비 같았다.

순간 나는 '나비', 하고 생각을 멈추었다. 음식점 소녀가 실제로 초원의 구릉을 넘어간 것일까. 아니었다. 그럼에도 불구하고 나는 몽골 초원의 소녀와 음식점 소녀를 함께 보고 있는 것이었다. 나비 탓이 틀림없었다.

지난 한 해 동안 내게 무슨 일이 일어났던가. 나는 알고 있었다.

그동안 그럭저럭 이어오던 일거리도 끊기고, 하는 일마다 이른바 손재수가 뒤따랐다. 게다가 지방간은 위험 수치를 넘어 있었다. 몽골로 간 것은 그 어간이었다. 몽골의 수도 울란바토르에서 사업을 벌이고 있는 웬만한 한국 사람들은 선교사들 말고는 이런저런 이유로 한국에서 살기 어려워 온 사람들이라고 했다. 외환 사태 때 부도를 낸 사람도 있지만, 사회가 돌아가는 꼴에 역겨움을 느낀 사람도 여럿이라는 것이었다. 내가 비행기에 올라 펼쳐든 신문에서도 진보니 보수니, 개혁이니 퇴보니 서로 잡아먹기라도 할 듯 으르렁거리고들 있었다. '이곳에는 어처구니들이 산다'는 어처구니없는 소설 제목을 절로 떠올리지 않을 수 없는 노릇이었다. 내 생활도 생활이려니와 골머리가 지끈거렸다. 나는 어디로든 떠나야만 했다.

나는 말 위에 앉아 몽골의 광활한 산야를 바라보았다. 역겨운 속을 비로소 게워내고, 흐린 눈을 말끔히 닦아낸 것 같았다. 눈부신 뭉게구름이 떠 있는 하늘 밑으로 먼 산들이 안겨들었다. 골짜기를 흐르는 맑은 강을 건너 아득하게 말발굽 소리가 귓전을 울리는 초원이 펼쳐졌다. 세계 제국의 흔적은 어디에서도 찾아보기 어렵다 하더라도, 광활한 자연에 스며들어 있는 위대한 역사의 숨결은 가까웠다. 어디선가 모린 호르라는 현악기를 타는 소리가 들려왔다. 그 악기는 공명상자 위 자루 끝에 말 대가리를 새겨 달고 네 줄의 현을 맨 것이었다. 길거리의 장사치가 그걸 들고 다가왔을 때 나는 이게 바로 그 마두금(馬頭琴)이라는 거였군, 하고 어느 책에서 읽은 기억을 되살려냈다. 현에 활이 그어지고, 그리고 사람이 말을 부르는 소리인지 바람이 대지를 울리는 소리인지 분간하기 어려운 구음(口音) 노래인 호미(Khomi)의 절절한 울림이 흘러퍼졌다. 말과 나와 소녀는 혼연일체가 되어 초원 속으로 묻히고 있었다.

　말을 타고 구릉을 다시 넘어와 숙소인 게르에 들어간 나는 침대에 걸터앉아 담배를 피워 물고 몽골 안내 책자를 뒤적였다. 울란바토르를 끼고 흐르는 톨 강은 칭기즈 칸의 고향 마을에서 흘러내려 바이칼 호수로 가고 있었다. 그 곳 신화에서 신으로 떠받들려지고 있는 바이칼은 3백 개가 넘는 여러 강들이 흘러들어 세계에서 가장 깊고 가장 많은 수량을 자랑하고 있는 호수인데, 그 물이 흘러나가는 것은 오직 하나 앙가라 강뿐이었다. 바이칼에게는 앙가라라는 딸이 있었다. 앙가라는 예니세이라는 청년을 사모했으나 아버지 바이칼의 반대에 부딪친다. 어느 날 앙가라는 아버지 모르게 예니세이를 찾아 집을 나선다. 이를 안 아버지 바이칼은 돌을 던져 앙가라를 죽게 한다. 그래서 지금도 앙가라가 흘리는 눈물이 강을 이루어 북극해로 흘러가는 예니세이 강에 합류한다.

　예니세이 강이라는 말에서 나는 머리를 들었다. 예니세이 강이 뜻하는 것은 무엇인가. 우리 민족은 본래 그곳에 뿌리를 두고 있다가 동쪽으로, 동쪽으로 이동해왔다고 하지 않았던가. 비록 예니세이 강을 직접 보지는 못할지라도 그 강으로 '눈물'을 흘려 보내는 앙가라 강의 신화를 곱씹어보지 않을 수 없었다.

　그날 날이 어두워서였다. 누군가 게르의 문을 두드리는 소리에 나는 침대에서 몸을 일으켰다.

　"누구요?"

　나는 나무 문을 밀어 열고 밖을 내다보았다. 어둠 속에 웬 여자가 나뭇단을 들고 서 있었다. 그제서야 나는 여름인데도 밤이면 날씨가 추워져 난로에 불을 지필 거라는 말을 들었다는 기억이 났다. 나는 엉성한 나무 침대 위에 낙타 냄새 같은 냄새로 찌든 담요를 덮고 추위를 투덜대며 누워만 있었던 내가 우스꽝스러워졌다. 나는 여자가 안으로 들어오도록 몸을 비켰다. 그런데 여자를 뒤따르는 소녀가 있었다.

"이게 누구?"

나는 눈을 크게 떴다. 실상 내 한국말을 알아들을 수 있는 그네들이 아니었을 뿐더러 그런 물음을 던질 필요도 없었다. 저녁에 내 말을 끌던 소녀였다. 그네들은 관광객을 위해 말을 태우거나 난로를 때주는 일을 맡아하는 가족인 모양이었다. 내 말을 알아듣지 못했음이 분명한데, 소녀는 배시시 웃음을 띠었다. 소녀의 손에는 아마도 불쏘시개일 기름칠한 검은 종이가 들려 있었다. 게르 한가운데 놓여 있는 철판 난로에 그네들이 불을 지피는 동안 나는 말없이 담배만 피우고 있었다. 구릉을 넘어 갔다온 다음, 소녀는 한 손으로 말고삐를 꼭 그러잡은 채, 팁을 주는지 안 주는지 상기된 얼굴로 내 눈치를 살피고 있었다. 팁은 굳이 안 주어도 상관없다는 안내인의 설명이 있기는 했었다. 나는 그럴 때를 위해서 넣어둔 1달러짜리를 소녀에게 건넸다. 소녀의 얼굴이 더욱 발갛게 물드는 걸 나는 보았다.

게르 안은 연기 냄새로 매캐했다. 그네들이 다른 게르로 가고 나서도 잠은 오지 않았다. 말안장에 닿았던 엉덩이가 얼얼했으나, 그 탓은 아니었다. 나는 전등을 끄고 침대에 누워 허공을 바라보았다. 나비 같은 소녀…… 구릉을 팔랑팔랑 넘어가는 모습이 눈에 어렸다. 그 모습이 옛날에 죽은 어린 세화를 닮았을까. 아니, 헤어진 어떤 여자를 닮았다는 생각도 들었다. 몽골 사람들이 믿는 라마불교에서는 환생이 가장 중요한 요소로 꼽힌다고 했다. 소녀가 나와 관련이 있었던 여자의 환생일 수도 있다는 게 동골식 사고 방식일지도 모르겠다며, 나는 어둠 속에서도 피식 웃었다. 내가 몽골족의 일원이 맞다면 소녀는 혈연적으로 어떻게든 나와 닿아 있을 것이었다. 고비 사막에 내린 빗방울이 톨 강과 닿아 있듯이 말이었다.

보통 훌륭한 스님들은 열반에 들어 물고기로 환생한다고도 했다. 그러므로 자나바르라는 스님이 몽골 국기에 그려놓은 문장인 '소욤보'에는 물고기 두 마리가 넣어져 있다는 것이었다. 라마불교의 절에서 그 자나바르의 불상 모습을 보면서, 그것이 몇 해 전 서울시립 미술관에 전시되었을 때를 회상했다. 몽골과의 문화 교류의 상징으로 열린 전시회였다. 그때 나는 다 죽은 몸으로 다시 새로이 살아보겠다고 서울로 와 있었다. 경기도 안산으로 가서 몇 년 동안 술에 찌들어 이른바 자멸파(自滅派)로 악귀처럼 시간의 늪을 허우적거린 다음이었다. 그리고 나는 폐쇄병동에 갇히기 위해 서울로 왔다. 그래야만 실낱같이 붙어 있는 목숨을 건질 수 있다는 것이었다.

시인 박정만의 죽음은 나의 나날도 위태롭다는 사실을 새삼 일깨워주었다. 으음, 나는 신음소리와 함께 고통스럽게 하루하루를 견디고 있었다. 환각 속에 나타나는 모든 사물이 지옥의 모습이었다. 내가 환생을 하든 말든, 내가 죽은 다음 일어날 일은 이미 그 환각 속에 다 있었다. 하늘에 돌이 날고 죽은 승냥이들이 떼를 지어 우짖는 사막, 과벽탄(戈壁灘)이라 불리는 사막, 거기서 물고기 되어 바싹 말라간 것도 나였다. 나는 내가 꿈꾸었던 므든 인물이 되었다. 손기정 같은 마라토너가 되어 우주를 살별처럼 달리다가 별똥별이 되어 불에 탄 것도 나였고, 우장춘 같은 식물 육종학자가 되어 커다란 바오밥나무의 자궁 속으로 기어들어가 몇백간 톤의 씨 없는 옥수수를 꺼낸 것도 나였다. 나는 스님이자 손오공이었고, 날쎈돌이였고, 태권 V였고, 동방삭이었고, 홍길동이었고, 엉뚱하게도 가톨릭 사제였다. 주몽이었고, 테무진이었고, 무당이었고, 이순신의 부장(副將)이었고, 처용이었고, 마침내 비렁뱅이였다. 그리하여 시화호의 썩어가는 갯벌을 마지막으로 기진맥진 기어가는 말뚝망둥이 같은 물고기로 환생하는지도 몰랐다. 그런데 그만, 우리 죽어서 도라지꽃으로 다시 태어나자는 여자에게 이끌려 서울 땅으로 올라온 것이었다. 환생의 의미는 그럼으로써 뜻하는 바와는 전혀 다른 데 있다고 해도 달리 할 말은 없겠다.

그렇게 게르에서 밤을 지샌 다음부터 소녀의 환영은 내 머리를 떠나지 않았다. 눈을 감으면, 어린 나이에 상기된 얼굴로 말고삐를 꼭 잡고 있는 모습이 어김없이 떠올랐다. 말을 타고 소녀에게 이끌려 구릉을 넘은 것은 테를지라는 곳에서의 일이었다. 그 뒤 브랴트 항공사의 작은 프로펠러 비행기를 타고 국경 너머 러시아 땅의 몽골족 자치구로 가서도 소녀의 모습은 나를 떠나지를 않았다. 귀기울이고 있으면 소녀의 여릿여릿한 목소리가 호미의 울림이 되어 초원과 사막을 가로질러 들려왔다. 으으으으으…… 그 소리는 세상의 하늘 궁륭에 메아리쳐 울리는 소리였다. 나는 그 소리의 뜻을 명확히 알아들을 수 있다고 느꼈으나, 잊어버릴까봐 글로 옮겨 적고자 할 때는 도무지 되질 않았다. 그것을 무엇이라고 전해야 할 것인가.

"손님, 식사는 안 하세요?"

나는 소리나는 쪽으로 퍼뜩 눈을 돌렸다. 주인 사내가 무엇이 혹시 잘못되었느냐는 투로 나를 쳐다보고 있었다. 나는 어느결에 '가든'에 와 있는 것이었다. '어느결'이 아니었다. 나는 점심 한 끼를 먹기 위해 그곳으로 벌써부터 와 있었다.

"아, 예."

나는 숟가락을 집어들었다. 이제 소녀의 모습은 보이지를 않았다. 나비떼 속에 자취를 감추고 말았다는 터무니없는 공상이 머리를 스쳤다.

"지독한 나비떼예요. 보셨어요?"

나는 주인 사내에게 말을 던졌다. 그가 돌아서려다 말고 머리를 끄덕였다. 그와 나 사이에 그 나비떼를 서로 알고 있다는 은밀한 교감이 오가고 있음을 나는 간파했다. 그것이 왜 그토록 비밀스러운 느낌을 주는지 모를 일이었다.

"저도 여기 와서 처음 봤지요. 몇 해 전에 놀러 왔다가 그걸 보고 여기 자리를 잡은 걸요. 맛있게 드세요."

안 물어보아도 나는 그의 행적을 짐작할 수 있었다. 직장 생활을 하다가 물러나와 뭘 해먹고 사나 물색하고 다닌 끝에 음식점을 차린 사내였다. 경제가 엉망진창이 된 뒤 흔히 보는 사례였다. 그런데 그 골짜기에 자리잡은 것이 나비 때문이라면, 그것은 흔히 보는 사례가 아니었다. 그렇구나, 그렇게도 삶의 계기를 삼을 수 있겠구나, 나는 쉽사리 수긍했다.

나는 다른 손님이라곤 한 사람도 없는 마당가 누대에 앉아 밥을 먹었다. 사람들이 혼자 밥을 먹는 걸 무슨 외로움의 상징처럼 말하는 까닭을 비로소 알 것 같았다. 나는 너무나 오랫동안 혼자였다는 사실이 뒤늦게 사무쳐왔다. 뼈가 시리다는 말이 이것이었을까. 나는 비록 '가든'의 누대에 앉아 된장찌개에 숟가락을 넣고 있지만, 사막 이리처럼 외롭게 골짜기를 헤매는 몸이었다. 환생의 의미는 이미 곳곳에서 얼굴을 들이대고 나타나게 마련이라고, 나는 머리를 주억거렸다. 공룡의 화석이 가장 많이 발견되는 게 몽골 땅이었다. 사막이리의 울부짖음이 공룡의 뼈다귀를 통해 울려 그 골짜기를 따라 그 호미 소리처럼 울리며 내 뼈를 시리게 하고 있었다. 그것은 내 목숨이 몇천만 년, 몇억 년을 환생을 거듭하며 이어온 것으로서 이 이승을 하루하루 늘 새로이 살아가지 않으면 안 된다는 울부짖음이기도 할 것이었다.

"나빌레야, 수박좀 가져오너라."

주인 사내가 누대 옆으로 다가와 소리쳤다. 밥을 다 먹고도 우두커니 앉아 있는 내가 신경이 쓰인 모양이었다. 후식으로 수박을 내놓는 거야 그렇다 하더라도, 누군가를 뭐라고 부르는 소리는 귀에 설었다. 나는 방금 뭐라고 불렀느냐고 묻지 않을 수 없었다. 그는 스스럼없이 '나빌레'라는 이름을 들려주었다. 그리고 조지훈 시인의 「승무(僧舞)」에서 따왔다고 설명도 덧붙였다. 그 시인을 알아도 그만 몰라도 그만이라는 투로 말을 시작한 그는, 내가 "아, 나빌레라" 하고 알은 척을 하자 몹시 반갑고 흡족한 표정을 지었다. 한글로 이름을 짓는 것도 꽤 오래되기는 했건만…… 나는 감탄했다. 얇은 사(紗) 하이얀 고깔은 고이 접어서 나빌레라…… 나는 그 구절을 알고 있는 대로 낮게 읊조렸다.

"맞아요. 나빌레라. 거기서 나비 이미지가 느껴지지 않습니까?"

주인 사내가 내 반응을 살폈다. 예전에 들은 적이 있는 '나빌레라'의 뜻풀이는 잊었어도 나비가 느껴지는 건 당연했다. 그의 말이 아니더라도, 「승무」가 아니더라도 '나빌레'는 곧이곧대로 '나비일레'가 될 수 있는 것이었다. 나는 윗몸을 숙여 보이며 그렇다는 표시를 해

주었다.

"여기 온 첫해에 아이를 얻었지요. 절로 올라가다 보면 넓은 풀밭이 있어요. 거기 포대기에 싸여 누워 있더군요."

그는 별 대단한 일도 아니라는 듯 말하며 혼자 머리를 끄덕였다. 처음에는 이름을 그냥 나비라고 지으려고 했다고 그는 말을 이었다. 아이를 절에 맡기려다가 순간적으로 안고 내려오고 말았는데, 그렇게 나비들이 떼를 지어 날더라는 것이었다. 나비도 좋은 이름이군요, 하고 나는 말해주었다. 내 말에 그는 나비를 한자로도 지었었다고 받았다. '나'는 사나사의 '나(那)'자를 가져왔고, '비'는 날아오른다는 날 '비(飛)'자를 가져왔다는 것이었다. 그것은 또 '어찌 저리 날아오르는가' 하는 뜻이 된다고 풀이까지 했다. 한자가 어찌됐든, 그 뜻이 어찌됐든 나비는 아름다운 이름이라고, 나빌레는 더욱 아름다운 이름이라고 나는 받아들이고 있었다. 소녀가…… 그랬었구나…… 나는 멍하니 허공을 응시하고 있었다.

이윽고 소녀가 수박 두 쪽이 얹힌 작은 쟁반을 들고 아장아장 걸어왔다. 그러나 그 '아장아장'은 내게는 '나풀나풀'이자 '팔랑팔랑'이기도 했다. 그것은 먼 초원의 구릉을 넘어오는 발걸음이며 날갯짓이기도 했다.

게르에서 아이락(馬乳酒)을 기울이던 나는 소녀를 따라 초원으로 나갔다. 그리고 이름 모를 들꽃들이 여기저기 피어 있는 구릉을 말을 타고 가고 있었다. 머리 위로 나비들이 무수히 날고 있었다. 나비는 죽은 사람의 넋이라고 누가 말했던가. 아니었다. 나비는 죽은 사람의 넋이 아니었다. 만약에 환생이라는 게 있는 것이라면 나비는 소녀였고, 소녀는 나비였다. 나는 홀린 듯 소녀를 바라보았다. 초원으로 나를 이끌고 있는 몽골 소녀와 수박 쟁반을 들고 내게로 오고 있는 나빌레는 같은 소녀였다. 나는 내 머리가 뒤죽박죽되었다고는 결코 생각되지 않았다. 그것이 나비떼가 내게 준 환각의 병증이라 할지라도, 나는 물리치고 싶지 않았다.

　몽골 소녀 나빌레…… 나는 소녀의 이름을 부르며 초원의 나비떼 속으로 묻혀 들어가고 있었다.

나비와 순수한 삶의 꿈

강진호 | 성신여대 국문과 교수 · 문학평론가

소설을 읽는 일은 꿈을 해석해내는 일과 유사한 점이 많다. 우리가 기억하는 꿈의 심층에는 기억되지 않는 잠재된 꿈이 있다. 즉, 꿈의 재료가 꿈이라는 작업을 통해서 꿈, 즉 현재의 꿈으로 상영되지만, 그 꿈의 기저에는 꿈의 사유, 즉 잠재된 꿈이 존재한다는 말이다. 이렇게 볼 때, 윤후명의 소설들은 '문자화된 꿈'으로 이해될 수 있다. 난해하게 보이는 윤후명 소설을 꿈을 해석하는 방법으로 접근한다면 그 의미를 의외로 쉽게 찾을 수도 있다.

윤후명 소설에서 중요한 것은 꿈의 1차적 영상이 아니라 그 현란한 무늬들 속에 숨어 있는 '사유'이다. 윤후명에게 소설을 쓰게 하는 '심층의 사유', 즉 '문자화된 꿈'의 밑바닥에 도사린 그 잠재된 꿈은 무엇일까?

「나비의 전설」은 장자의 「호접몽」을 소재로 했다는 점에서 '꿈'이라는 모티프를 차용한 소설이고, 그래서 현실과 환상이 교묘히 변주

되는 작품이다. 장자의 「호접몽」("장자가 꿈에 나비를 보다가 깨었는데, 사람으로서 나비를 꿈꾼 것인지 나비로서 사람을 꿈꾼 것인지 알 수 없었다.")에서 나비가 전생과 현생의 경계, 현실과 비현실의 경계를 무너뜨리는 상징이듯이 소설 속에서도 나비는 상징적으로 차용된 존재이다.

　화자인 '나'는 분실한 주민등록증을 발급받기 위해서 서울 근교의 면사무소를 방문하고, 일을 마친 뒤 남는 시간을 보내기 위해 용문산에 들렀다가 우연히 '검은 나비떼'를 목격한다. 나비의 발견과 함께 그는 현실과는 다른 장소, 어쩌면 '꿈속이라 할 수 있을 공간'으로 이동한 것이다. 왜냐하면 그 나비란 검은 나비이고 현실 속에 존재하지 않는, 그야말로 가상적인 존재인 까닭이다. 그러니까 나비를 본 것은 꿈을 꾼 것이고, 나비를 만난 장소란 현실 속에 있으면서도 현실에 있지 아니 한 그런 비몽사몽의 '꿈 같은' 장소인 것이다. 즉, 허구와 실제 현실, 사실과 환상, 이상과 현실, 이성과 감성, 현생과 전생, 참과 거짓의 이항 대립구도가 지워져 있는 일종의 경계와도 같은 공간이다.

　　따지고 보면 내가 그리던 것은 막연한 자연이었다. 막연한 자연 속에 노닐겠다는 막연한 휴식과 막연한 평화를 꿈꾼 것이었다. 살아오면서 나는 그런 착각을 수없이 겪어왔다. 내가 꿈꾸는 세계는 결국 어디에도 없는지 몰랐다. 세계는, 즉 우리의 삶은 그렇게 궁극적이지 못하다는 게 옳은 판단일 것이었다. 그러니까 옛사람이 이미 '몽유(夢遊)'라는 말을 붙였던 것이리라. '꿈속에서 노니는' 것밖에, 실제 우리가 겪는 것으로선 결코 얻을 수 없는 무엇을 우리는 어줍잖게 바라는 게 아닐까 이런 상황에서 화자가 택시를 타고 작은 시멘트 다리를 막 건넜을 때 만나게 되는 '검은 나비떼'는 하나의 상징적 존재로 나타난다. 이를테면, 나비는 화자의 꿈속에 등장하는 1차적 표상으로서 기능한다. 물론, 나비의 의미가 작품에 구체적으로 명시되어 드러나지는 않는다. 하지만, '나'는 절을 떠나서도 검은 나비떼의 환영에서 벗어나지 못한다. 『한국의 나비』와 같은 전문 도서를 찾아보지만 나비의 정체를 알 수 없었으며, 나비에 대해 온갖 상상을 동원해 보지만 그뿐, 서서히 일상의 분주함 속에 묻혀 나비의 기억은 서서히 희미해져 갔다. 그럼에도 한 해 뒤에 그는 또다시 같은 장소를 찾아가게 되는 것이다. 다시 그곳에 나비들이 모여 있는가를 알아보기 위해서……. 그러니까 기억에서 사라졌다고 하나, 여전히 그는 '나비의 환상'에 사로잡혀 있었던 셈이다.

나비의 의미가 구체적으로 드러나는 것은, 화자가 지난해 들렀던 음식점으로 발을 돌리고 그곳에서 음식을 먹는 도중 재떨이를 들고 온 작은 소녀를 본 순간에 야기되는 무의식적 연상을 통해서이다. 소녀의 뒷모습을 물끄러미 바라보는 화자의 눈에 두 갈래로 묶은 소녀의 머리가 팔랑거리는 것으로 느껴진다. 말을 바꾸자면, '팔랑거린다'는 단어를 통해서 화자는 소녀를 나비로 연상하고 있음을 보여준다. 소녀의 모습이 바로 나비의 모습과 같았던 것. 그리고 그 소녀를 통해서 몽골의 초원에서 만난 소녀를 떠올리는 것이다. 즉 나비의 연상을 통해 음식점 소녀와 몽골의 초원에서 만난 소녀가 하나로 연결되는 것이다.

그러면 '나비'의 의미는 무엇인가? '나비'는 중의적 의미로 사용되고 있다. 하나는 몽골의 소녀를 통해서, 또 하나는 '가든 주인'의 일화를 통해서 그 의미가 드러난다.

화자에게 몽골은 "그럭저럭 이어오던 일거리도 끊기고, 하는 일마다 손재수가 따르고, 지방간은 위험수치를 넘어선" 최악의 상황에서 어디로든지 떠나야만 했을 때 비상구로 선택한 여행지였다. '나'는 그곳에서 만난 몽골 소녀에게서 옛날에 죽은 이웃집 여자 친구와 헤어진 여자의 이미지를 느끼고 소녀가 자신과 관련된 여자의 환생일지 모른다고 느낀 바 있다. 여기서의 나비의 의미는 '환생'과 연결되어 있음을 알 수 있다. 한편, 용문산 어귀에 있는 '가든 음식점'의 주인이 직장 생활을 하다가 물러나와 무엇을 해서 먹고사나 물색하고 다닌 끝에 이 골짜기에 음식점을 차리게 된 계기가 바로 '나비' 때문이었다. 그리고 골짜기에서 포대기에 싸인 아이를 얻게 되고, 그리고 그 아이가 나중에 '나빌레'라는 이름을 얻게 되는데 그 역시 나비 때문이었다. 즉 나비가 인생의 전환점을 만들어준 것이다. 따라서, '나비'는 환생이자 삶의 전환점이라는 중의적 의미를 갖는 것으로 볼 수 있다.

그런데, 화자인 '나' 역시도 너무나 오랫동안 혼자였다. 나는 비록 '가든'의 누대에 앉아서 된장찌개에 숟가락을 넣고 있지만 사막의 이리처럼 외롭게 골짜기를 헤매는 몸이었다. 그러면 사막의 이리가 찾아 헤매는 것은 궁극적으로 무엇인가? "환생의 의미는 이미 곳곳에서 얼굴을 들이대고 나타나게 마련이라고"고 했던 것을 상기하자면, '나'가 만난 나비는 결코 우연히 만나게 된 대상이 아니라는 것을 알 수 있다. 나비는 사실 화자가 찾아 헤매던 대상이었다. 따라서 사막 이리의 울부짖음이란 '나'의 목숨이 몇천만 년, 몇억 년의 환생을 거듭하며 이어온 것으로서, 이 이승을 하루하루 늘 새로이 살아가지 않으면 안 된다는 절규와도 같은 울부짖음인 것이다.

이제 나비를 불러들였던 그리움은 간절한 울부짖음으로 현실화된다. 지지부진한 삶을 벗고 새로운 삶을 갈구하는 한 영혼은 순수한 생명, 영원성을 상징하는 소녀의 모습으로 이미지화 되어, 그로 하여금 환생을 꿈꾸게 한다. 그렇기에, 애초에 나비와의 만남은 그의 무의식적 염원이 만들어낸 환상이지만, 그 속에는 작가의 잠재된 무의식, 혹은 순수한 삶에 대한 본원적 열망이 내재되어 있음을 알 수 있다. 따라서 '나비의 전설'은 전설이 아니라 작가의 무의식적 명령에 따른 현실적 지향과 가치를 담지한 상징이고, 바로 거기에 작품의 의미가 놓여 있는 것이다.

검은 나무

현 대 문 학 교 수 3 5 0 명 이 뽑 은

이 승 우

1959년 전남 장흥 출생.

1981년 〈한국문학〉 신인상 당선.

작품 『사람들은 자기집에 무엇이 있는지도 모른다』
『목련공원』『미궁에 대한 추측』『식물들의 사생활』
『생의 이면』『에리직톤의 초상』 등이 있음.

1993년 대산문학상 수상.

검은 나무

이승우

1

　그가 꾼 꿈은 한 장의 흑백 사진과 같았다. 움직임도 없고 대사도 없었다. 인물조차 등장하지 않았으므로 애초에 이야기가 만들어질 수 없는 노릇이었다. 그런 것도 꿈이라고 할 수 있을까? 동작이 배제된 한 장의 낡은 흑백 사진은 꿈도 서사라는, 적어도 서사의 형식을 띠게 마련이라는 생각에 익숙해 있는 그를 혼란스럽게 했다. 어쩌자고 똑같은 그림이 반복해서 나타나는 것일까. 어둠 속에 일어나 앉으며 그는 꿈이 자신을 깨우치기 위해 무슨 암시인가를 던지고 있는 것이 아닐까 생각했다.

　그가 본 것은 검은 나무였다. 나무는 크고 굵었지만 가지에는 잎이 하나도 붙어 있지 않았다. 잎은 떨어진 것이 아니었다. 잎은 떨어진 것이 아니라 불에 타 없어진 거였다. 불에 탄 나무는 숯검정이 되어 헐벗은 대지 위에 서 있었다. 대지도 검은 색이었다. 대지도 불에 탄 자국을 검버섯처럼 붙이고 있었다. 어떤 사진 작가의 사진 첩에서 본 것 같기도 했다. 그러나 아닐지도 몰랐다. 생각해 보면 그는 사진첩이라는 걸 가져본 적이 없었다. 의식을 동반하고 사진을 감상해 본 기억도 없었다. 여러 번 접해서 친숙하다는 느낌이 누군 가의 사진첩에서 본 듯하다는 생각을 불러온 것이라면 모를까 그 반대라고 할 수는 없었다.

일어나자마자 서둘러 불을 켠 것은 방안의 두터운 어둠이 그를 꿈속의 살풍경 속에 잡아두려 한다고 느껴졌기 때문이었다. 숯검정 나무 옆에 또 하나의 숯검정으로 서고 싶지 않다는 생각이 잠에서 막 깨어난 상황에서도 절실했다. 그는 손바닥으로 얼굴을 비비고 잠 시 그대로 있다가 시계를 보았다. 4시 45분. 출근하기에는 아직 이 른 시간이었다. 충분히 잤다는 생각은 들지 않았지만 그렇다고 더 잠을 청할 수는 없었다. 그는 느릿느릿 몸을 움직여 신문을 가지러 갔다. 아무리 부지런한 사람도 아직 일어나기에는 이른 시간이지만, 아무리 게으른 신문배달원도 벌써 배달을 끝냈을 시간이었다. 그의 집 현관문은 오른쪽으로 두 번 돌리게 되어 있었다. 잠글 때 왼쪽으 로 두 번이므로 열 때는 오른쪽으로 두 번이었다. 그는 문고리를 잡 고 오른쪽으로 두 번 돌렸다. 아니, 돌리려고 했다. 그러나 문고리는 한 번도 돌아가지 않았다. 혹시 착각을 해서 왼쪽으로 돌려야 할 것 을 오른쪽으로 돌린 것이 아닌가 싶어 얼른 반대쪽으로 두 번 돌리 고 문을 밀었다. 문은 밀리지 않았다. 착각을 하지 않았다는 증거였 고, 그러니까 그 문은 오른쪽으로 두 번 돌려야 열리게 되어 있는 문이 맞았다. 오른쪽으로 두 번 돌려야 열리는 문을 왼쪽으로 두 번 돌렸으므로 잠긴 것이었다. 그제서야 잠긴 것이었다. 그렇다면 지난 밤에 문단속을 하지 않고 잠들었단 말인가. 그랬다고밖에 할 수 없었다. 그래선 안 되는 일이긴 했지만, 그동안 그런 일이 전혀 없었던 것도 아니었다. 그리고 문단속을 하지 않는다고 반드시 강도나 도둑이 들어온다는 법도 없었다.

그런 식으로 편하게 마음을 먹고 현관 밖에 주정뱅이처럼 널브러져 있는 신문을 집어드는데, 문득 압정에 찔린 것처럼 날카로운 통증이 목덜미에 느껴졌다. 실제로 그는 읍, 하는 신음 소리를 내며 신문을 들고 있지 않은 손으로 목덜미를 움켜쥐었다. 그럴 리가 없어, 하고 중얼거리면서도, 그렇지만 혹시 모르는 일이지, 하고 속삭이는 또다른 내부의 중얼거림이 너무 압도적이어서 신문을 소파에 던져놓고 급히 안방 문을 열었다. 자고 있어야 할 어머니의 모습이 보이지 않았다. 어머니, 하고 불러 보았다. 대답이 없었다. 가슴이 덜컥 내려앉았다. 방에 깔린 우드륨 장판이 어딘가로 물결치며 흘러가는 것처럼 어질어질했다. 화장실 문을 열어 보고 베란다를 기웃거려보고 했지만 거실에서 쫓겨난 어둠만 웅크리고 있을 뿐 어머니의 모습은 집안 어디에도 보이지 않았다. 이 새벽에 어머니가 어디로 갔단 말인가. 와락 두려운 생각이 속에서 밖으로 팔을 뻗어왔다. 그는 내부에서 스스로 생성된 그 생각을 부정하듯 두세 차례 고개를 젓고 허겁지겁 겉옷을 걸치고 집을 나섰다. 11월의 차가운 새벽바람이 코끝에 매운 가루를 뿌렸다. 다섯 발짝밖에 되지 않는 현관에서 대문까지의 거리가 유난히 멀게 느껴졌다. 바닥이 그의 걸음을 뒤로 밀어내는 것 같기도 했다. 그의 걸음걸이는 불안정했고, 대문에 거의 이르러서는 하마터면 넘어질 뻔했다. 대문도 열려 있었다. 그러나 이번에는, 적어도 그것 때문에 놀라지는 않았다.

"어머니……" 그는 문을 열자마자 큰길로 이어지는 골목을 향해 크지도 작지도 않은 목소리를 냈다. 아직 해가 떠오르지 않은 골목은 어둠에 덮여 있었다. 20미터쯤 앞에 촉광 낮은 가로등이 깜박거리고 있었지만 동이 트려면 한참 더 기다려야 하는 새벽 다섯 시 무렵의 골목은 아직 어둠이 두터웠다. 그렇지만 그런 것은 문제가 되지 않았다. 그는 몇 발짝 떼어놓지 않아서 길 한복판에 웅크리고 있는 어둠보다 더 검은 물체를 발견했고, 그것이 어머니의, 어둠보다 더 무거운 몸이라는 사실을 알아차렸다. "어머니." 그의 목소리에는 안도와 울화가 같이 묻어났다. 그의 어머니는 길 한가운데 쭈그리고 앉아 있었다. 주변이 어두워서 자세히 보이지 않았고, 지나가는 사람이 없었으므로 볼 사람도 없었지만, 그리고 그래서 다행이긴 했지만, 그녀는 아마 치마를 내리고 속옷도 내리고 있을 것이었다. 여태 소변을 보고 있다고 추측할 근거는 없지만, 그녀의 치맛자락이 그녀의 몸에서 나온 오줌과 바닥의 흙먼지에 의해 지저분해졌을 거라고 추측하는 건 그다지 어렵지 않았다.

그녀는 오줌을 자주 오래 누었다. 다른 사람보다 자주 누었고, 다른 사람보다 오래 누었다. 치마와 속옷을 발목까지 내린 채 길거리에 오랫동안 쭈그리고 앉아 있는 그녀의 모습은 이 동네에 사는 사람들에게는 낯설지 않은 풍경이 되었다. 저렇게 오래 쭈그리고 있으면 발이 저리지 않나, 하는 식의 약간 우스꽝스런 걱정을 하는 사람이 있을 정도로 그녀의 행태는 유별났다. 처음에는 기웃거리던 사람들이 이제는 모른 체 지나가고, 그녀는 자기 옆으로 지나가는 사람들은 안중에도 없다는 듯 아주 오랫동안 오줌을 눈다. 보통 사람들보다 오줌을 오래 누지만 오줌을 다 눈 후에도 오줌 누는 자세를 풀지 않는다.

아무리 문을 잠가도 어머니는 문을 열고 나간다. 현관문은 밖에서 잠글 수 있지만 베란다 문은 그럴 수가 없다. 그는 언제나 출근할 때 베란다 문을 잠그고 나가지만 어머니는 그 문을 쉽게 열고 나간다. 아마도 조만간에 베란다 문도 밖에서 잠그는 조치를 취해야 할지 모른다. 그러면 어머니는 베란다의 유리를 깨고 밖으로 나갈 것이다. 마을의 모든 사람들이 그런 그녀에게 익숙해져서 별일 아니라는 듯 스쳐지나가게 되었다고 해도 그는 그러지 못한다. 그럴 수가 없다. 그녀는 그의 육친이기 때문이다. 사람들은 그녀를 사물처럼 대할 수 있었고, 또 그래도 되었지만, 그는 그럴 수 없었다. 그러지 못했다.

"집으로 들어가세요. 어머니." 그는 어머니 옆에 가만히 쭈그리고 앉으며 말했다. 어머니의 상태가 한층 나빠졌다는 사실을 인정해야 하는 사실이 그를 고통스럽게 했다. 어머니는 말이 없었다. 자세를 바꾸지도 않았다. 어디를 바라보고 있는지도 짐작할 수 없었다. 대체로 그녀의 시선에는 걸리는 것이 없었다. 아주 먼 시간이라면 모를까, 무엇인가를 보고 있다고 할 수 있는 눈이 아니었다. 그는 어머니의 팔을 가만히 붙들며, 바깥 공기가 차요, 감기 들겠어요, 하고 말했다. 아닌 게 아니라 살 속으로 파고드는 11월의 새벽 공기는 으스스한 데가 있었다. 더구나 그녀는 외투도 걸치지 않은 차림이었다. 그러나 어머니로부터는 여전히 아무런 반응이 없었다. 그는 붙잡은 팔에 조금 힘을 주어 일으켜 보았다. 노인의 몸은 앙상했다.

앙상한 몸의 어디에서 힘이 나오는지 일으켜지지가 않았다. 어머니…… 그는 노인의 허리를 안았다. "이놈이 어딜 만지고 그래……" 그녀는 그의 손길을 매섭게 뿌리쳤다. 그는 노인의 허리를 깍지를 껴서 끌어안았다. "봐라, 이놈, 이 나쁜 놈…… 나를 또 가두려고 그러지? 이 천하에 못된 놈……" 어머니는 몸을 흔들며 악을 썼다. 그녀의 팔꿈치가 그의 머리를 때렸다. "가만히 좀 계세요." 그는 어머니의 몸을 번쩍 들어올렸다. 발목에 걸린 치마가 아래로 떨어지면서 어머니의 속살이 드러났다. 20미터쯤 떨어진 곳에 서 있는 흐릿한 가로등은 결코 낮은 촉광이 아니었다. 당황한 그는 어머니를 내려놓고 치마부터 추켜올렸다. "이런 벼락맞아 뒈질 놈. 그 더러운 손으로 어딜 만지고 지랄이야……" 어머니는 화들짝 몸을 떨며 몸부림을 쳤다. 사정을 모르는 사람이 지나가다 본다면 영락없이 성추행 장면이라고 오해할 게 뻔했다. 그것도 머리가 허연 늙은 여자를 추행하려 하다니, 이만저만 파렴치가 아니라고 할 것이었다. 어머니는, 입으로는 자기 몸을 건드리려는 손길에 대해 강한 거부감과 함께 욕설을 퍼부으면서도 정작 옷으로 몸을 가리려는 시도는 하지 않았다. 그러기는커녕 오히려 발목에 걸쳐져 있는 치마를 아예 벗어 던져 버리려고 했다. 그 대문에 그녀의 몸부림은 그에게서 벗어나려는 것인지 아니면 거추장스러운 옷을 팽개쳐 버리려는 것인지 알 수 없게 되었다. 하기야 어느 쪽이든 그를 힘들게 하기는 마찬가지였다. 한 손으로 치마를 추켜들고 다른 손으로 어머니의 몸놀림을 제지하는 순간, 검게 불에 탄 나무의 형상이 눈앞에 떠올랐다. 빌어먹을! 그는 침을 뱉듯 욕을 하고 어머니를 안은 채 뛰었다.

어머니를 방안에 눕히고 나와 거실에 털썩 주저앉았을 때 그의 이마에는 땀방울이 송글송글 맺혀 있었다. 등허리와 목덜미도 흥건히 젖어 있었다. 어머니는 곧 잠이 들었다. 그러나 그는 잠들지 못하고 오랫동안 깨어 있었다. 얼마나 버틸 수 있을까? 그는 자신에게 물었다. 아주 조금…… 그 다음은? 대답은 다시 질문이 되어 돌아왔다. 이 집을 떠날 수 없을까? 그는 자신에게 물었다. 그럴 수는 없어. 그럴 수는…… 없어. 그는 자신에게 대답했다. 바깥이 조금씩 밝아오는 모습을 그는 넓은 유리창을 통해 지켜보았다. 마주보고 있는 십자가와 러브호텔의 붉은 네온간판이 한눈에 들어왔다. 그는 습관적으로 쌍안경을 꺼내들었다. 몇 개 창에 불이 켜져 있기는 했지만 중세의 성처럼 뾰족한 첨탑을 거느리고 있는 하이힐은 어둠과 고요 속에 깊숙이 가라앉아 있었다. 나가고 들어가는 승용차들의 모습도 보이지 않았다.

2

취미가 무어냐고 물으면 그는 이제 등산이나 운동이라고 말하지 않는다. 얼마 전까지는 등산과 운동이 그의 취미였다. 그러나 지금은 아니었다. 20년 동안 시장통을 누비며 야채와 생선을 팔던 야무지고 부지런한 어머니의 정신에 균열이 생긴 다음부터 그는 등산도 가지 않고 운동도 하지 않게 되었다. 그는 일이 끝나는 대로 곧장 집으로 들어온다. 그가 퇴근할 때 그의 어머니는 집에 있거나 집 밖에 있다. 집에 있을 경우에는 대개 잠을 자고 있고, 집 밖에 있을 경우에는 거의 항상 치마를 발목까지 내린 채 길바닥에 쭈그리고 앉아 있다. 옷은 흙먼지와 오줌에 젖어 지저분하고 눈빛은 꿈꾸는 듯 몽롱하다. 그는 어머니가 집에서 자고 있기를 바라지만, 그의 기대는 어쩌다 한 번씩밖에 성사되지 않는다.

집에 일찍 들어오면 그는 자기 시간의 거의 대부분을 쌍안경을 가지고 보낸다. 천문학자처럼 별을 관측하거나 어떤 영화에서처럼 누구를 감시하거나 하는 것은 아니다. 집 앞의 러브호텔을 주로 관찰하긴 하지만 그것은 그의 집에서 바라보이는 자리에 마침 하이힐이라는 이름의 러브호텔이 있기 때문이다. 물론 어떤 목적을 가지고 그러는 것은 아니다. 요컨대 그것은 그의 일이 아니라 취미다. 우연히 쌍안경을 구하게 된 것이 이유라면 이유였다. 그 물건은 효자손이나 드라이버, 건전지, 귀이개, 구두주걱, 망치 같은 잡동사니들 속에서 발견되었다. 먼지를 잔뜩 뒤집어쓴 가판대 위의 오만가지 자질구레한 물건들 가운데 삼발이 위에 척 올라앉아 있는 은색의 쌍안경이 마침 빗금을 그으며 떨어지는 석양을 반사해내고 있었다. 그 의젓한 모양새는 주변의 잡동사니들과 도무지 어울리지 않았다. 어쩌면 주변의 잡동사니들에 의해 그것의 위용이 두드러져 보였는지도 모를 일이었다. 그는 홀린 듯 가판으로 다가갔고, 무릎을 굽힌 엉거주춤한 자세로 쌍안경에 눈을 대었다. 아마도 아이들을 홀릴 양으로 받침대의 높이를 조절해 놓은 듯 삼발이의 키가 작았다. 건너편 아파트의 거실이 한눈에 들어왔다. 즉히 100미터는 떨어진 아파트의 거실에서 왔다갔다하는 사람의 모습이 바로 앞에 있는 것처럼 보였다. 주의를 기울인다면 이목구미까지 그려낼 수 있을 것처럼 선명했다. 생각한 것보다 훨씬 고성능이었으므로 그는 조금 놀랐다. "잘 보이죠? 러시아제예요. 원래 군사용으로 만든 거래요. 소련 해군

들이 쓰던 제품이라고 하더군요. 1킬로 떨어진 데서도 개미들 교미하는 것까지 볼 수 있다는 거 아닙니까? 이걸 능가하는 성능을 가진 쌍안경은, 최소한 우리나라에는 없어요." 잡동사니 물건들 가운데하나인 것처럼 지저분하게 생긴 주인 남자가 그의 뒤에 바짝 붙어서 흡사 속삭이는 것처럼 말했다. 조금 전에 자장면이라도 시켜 먹었는지 입에서 양파 냄새가 났다. 그는 쌍안경에서 눈을 떼며 얼만데요? 하고 물었다. 1킬로 떨어진 데서도 교미하는 개미를 볼 수 있다는 것이나 러시아 해군들이 사용하던 물건이라는 것까지는 아니었지만, 성능이 꽤 괜찮은 쌍안경이라는 건 믿어졌다. 꼭 필요한 물건이 아니었음에도 불구하고 그는 주인 남자가 제시하는 값이 유통경로에 대해 의혹을 제기할 정도로 쌌으므로 별 망설임 없이 그것을 샀다.

그렇지만 그것으로 그만이었다. 어쩌다 생각이 나면 한번씩 먼 산의 밤나무나 철길을 달리는 기차를 향해 쌍안경을 들이대긴 했지만, 대개는 책장 한 칸에 얌전히 놓아두었다. 적군의 침투를 감시해야하는 임무나 혹은 개미들이 교미하는 걸 보고싶은 호기심이라도 있었다면 사정이 조금 달라졌겠지만 아쉽게도 그렇질 못했다. 가판에 있을 때와 마찬가지로 그의 방에서도 먼지가 쌓여갔다. 그래도 상관없었다. 그 물건을 써먹자고 갑자기 군인이 되거나 파브르가 될 수는 없는 노릇이었다.

그에게 별스런 취미가 생긴 것은, 그 쌍안경을 구하게 된 것만큼이나 우연한 일이었다. 어느 날 밤, 그는 텔레비전을 보다가 자기가살고 있는 동네가 나오는 장면을 목격했다. 기자는 주택가에 우후죽순처럼 들어서고 있는 러브호텔 문제를 약간 흥분한 목소리로 전하고 있었다. 화면에 붉은 색의 목욕탕 표시가 있는 여러 채의 러브호텔 건물이 스쳐지나가고, 이어서 한 중학교에서 몇 발짝 떨어지지 않은 곳에 신축중인 건물이 나타났다. 컴퓨터 그래픽으로 중학교를 사방으로 둘러싸고 있는 러브호텔의 위치를 표시해 주는 친절까지 보였다. 기자의 코멘트에 의하면, 학교에서 100미터 거리 안에 지어졌거나 지어지고 있는 러브호텔이 다섯 개나 되었다. 기자는, 학교와 주택가 주변에서 유흥업소들을 몰아내기 위해 주민들이 발벗고 나섰다고 했다. 이어서 환락업소추방대책위원회 위원장이라는 야릇하고 긴 이름을 가진 여자가 자기 앞에 들이댄 마이크를 빼앗아들고 요란하게 손짓을 해가며 열변을 토해내었다. "우리는 주택가에 지금 지어지고 있는 러브호텔의 공사를 방해하기로 결정했습니다. 공사를 중단하고 물러날 때까지 우리는 매일 현장에 나와 시위를 벌일 겁니다. 밤에도 자리를 뜨지 않을 겁니다. 공사를 중지시키는 것이 우리의 목표이고, 그 목표를 달성하기 위해 우리 주민들이 돌아가면서 현장을 감시할 겁니다. 쾌적한 전원도시인 우리 시에 이런 걸 허용한 당국은 주민들에게 사과하고 당장 공사중단조치를 내려야 할겁니다. 아울러 우리는 환락 문화가 우리의 살림살이를 더이상 침해하지 못하도록 하기 위한 효율적인 방책으로 그곳에 출입하는 사람들의 신분을 공개하는 문제를 신중히 검토하고 있습니다. 예를 들어 사진 촬영을 하여 지역 신문이나 대자보에 내보내는 방법 같은. 이 문제는……" 여자의 말은 거기서 끊겼다. 기자는 목욕탕 표시의 붉은 네온간판을 한번 더 원경으로 잡아 보여주고 리포트를 끝냈다. 그는 흥분을 참지 못한다기보다 참지 않으려고 애쓰는 것 같은 환락업소추방대책위원회 위원장이라는 여자의 금속 안경테를 바라보면서 성적인 상상력을 불러일으키기 힘든 얼굴이라는 생각을 했다. 그러나 그 생각은 무의식적인 것이었고, 따라서 자동적이었다. 더 그럴듯하게는 자신이 그런 생각을 하고 있다는 것도 깨닫지 못했다.

그런데 뉴스가 끝난 후 그가 담배를 피우기 위해 베란다 문을 열고 창가에 섰을 때, 그의 눈앞에 조금 전 텔레비전 화면에서 본 것과 유사한 그림이 펼쳐졌고, 그러자 문득 성적인 상상력과는 도무지 상관없는 그 여자의 얼굴이 떠올랐고, 그녀가 했던 말이 연달아 떠올랐다. '예를 들어 사진 촬영' 운운하는 대목이었다. 그는 재떨이 위에 담배를 세워놓은 채 자기 방으로 가서 먼지를 뒤집어쓰고 있던 쌍안경을 집어들었다. 그의 집에서 멀지 않은 곳에 러브호텔이 생긴 것은 5개월쯤 전이었다. 공사를 할 때는 그것이 어떤 건물인지 알지 못했고 또 궁금해하지도 않았었다. 처음엔 그냥 상가 건물이겠거니 했고, 완성된 건물의 전면에 '하이힐'이라는 네모반듯한 간판이 걸렸을 때도 그러려니 했다. 더이상 여행자들의 숙박을 위한 장소로 사용되지 않는다는 사실이야 알고 있었지만, 그것의 용도에·대해 깊이 생각해 본 적은 없었다. 금속 안경테의 위원장이 흥분을 참지 않으려고 애쓰며 열변을 토하지 않았다면 그는 좀더 그 문제에 대해 둔감했을 것이고, 그러면 그런 취미거리도 생기지 않았을 것이고, 그리고 어쩌면 그 편이 나았을지 모르겠다. 운동도 취미도 잃어버려 심심하던 참이긴 했지만, 그래도 못 견딜 정도는 아니었다. 퇴근 후의 저녁 시간이 대체로 무료했다고는 해도(어머니가 집에 있는 동안은 안전했다. 그는 늘 어머니의 거동에 신경을 곤두세우고 있어야 했지만, 어머니가 밖으로 나가지 않는 한 말썽이 일어날 소지는 없었다) 그런 식의 소일거리를 바라지는 않았었다.

1킬로미터 떨어진 거리의 개미들까지 포착해낸다는 건 과장이지만, 200미터 떨어진 거리의 사람의 움직임을 감지할 정도의 성능은 충분했다. 그의 러시아제 쌍안경은 검은색 승용차가 조심스럽게 하이힐의 주차장 안으로 미끄러져 들어가는 장면을 포착해서 보여주었다. 그는 자동차의 움직임을 따라 쌍안경을 움직였다. 운전석에서 양복차림의 약간 뚱뚱해 보이는 남자가 내리는 게 보였다. 잠시 후 옆자리의 문이 열리고 굽 높은 구두 때문인지는 모르겠으나 남자보다 키가 조금 더 큰 흰색 원피스 차림의 뚱뚱한 여자가 뒤뚱거리며 내렸다. 여자는 석양 무렵인데도 선글라스를 끼고 있었다. 그렇게 생각해서 그런지 그들의 동작은 어쩐지 어색해 보였다. 같은 차를 타고 왔으면서도 마치 전혀 알지 못하는 사이인 것처럼 서로를 쳐다보지도 않고 몇 발짝 떨어져서 걸었다. 출입문을 열고 들어가기 전에 선글라스의 여자는 한 차례 주변을 둘러보았다. 그녀의 오똑한 콧날과 이마를 덮은 부드러운 머리카락이 한눈에 들어왔으므로 그는 순간 움찔 놀라 쌍안경을 눈에서 떼어냈다. 그럴 리가 없는데도 그 여자가 자기네를 엿보는 그의 존재를 눈치챈 것만 같았다. 그러나 물론 그것은, 그녀가 끼고 있는 선글라스가 군용으로 만들어진 러시아제 쌍안경이 아닌 한 공연한 걱정이었다. 잠시 후에 그가 쌍안경을 다시 눈에 댔을 때 그들의 모습은 더이상 보이지 않았다. 그들은 출입문을 통과해 러브호텔 안쪽으로 들어갔고, 아마도 직원의 안내를 받아 2층이나 3층, 혹은 5층(러브호텔 건물은 4층이었다. 그러나 아마도 한국의 대부분의 꺼림칙한 건물들과 마찬가지로 4층은 존재하지 않을 것이다)의 어느 방으로 들어갈 것이다. 혹시 어떤 방의 창문에 불이 켜지지 않을까 싶어 쌍안경을 이쪽저쪽으로 옮겨보았지만 그런 창문은 없었다. 아마도 반대쪽 방을 얻어 들어간 모양이라고 그는 생각했다. 약간은 아쉬워하면서 쌍안경을 거두려는 그의 눈에 주차장 안으로 미끄러져 들어가는 또 한 대의 승용차가 들어왔다. 이번의 차는 흰색이었고, 거기서 내린 사람도 운전자가 여자라는 점이 다르긴 했지만, 한 명의 남자와 한 명의 여자였다……그날 그는 한 시간 가량 하이힐의 주차장을 관찰했다. 어머니가 치마끈을 내리며 밖으로 쏜살같이 달려나가지 않았다면 아마 더 오래그 자리에 붙어 있었을 것이다. 어머니를 붙잡아들이기 위해 그는어머니보다 더 빠른 살같이 달려가야 했다.

한 시간 동안 그는 열여덟 대의 승용차가 움직이는 걸 보았다. 열두 대는 주차장으로 들어갔고 여섯 대는 주차장에서 나갔다. 한 시간 동안 그는 열여덟 명의 남자와 열여덟 명의 여자를 보았다. 여자가 운전을 하고 온 차는 네 대였다. 승용차의 색깔도 분류했다. 검은 색 승용차가 압도적으로 많아서 열한 대였고, 흰색이 세 대, 청색 계열이 두 대, 붉은 색 계열이 두 대였다.

그랬다. 그의 그 유별난 취미는 그렇게 생겨났다. 할 일이 없어서였고 심심해서였다. 다른 취미 생활이 불가능하기 때문이기도 했다. 책을 읽거나 음악을 듣는 것 정도는 가능하지 않느냐고 반문할지 모르지만, 책을 잡으면 10분이 되지 않아 잠에 빠지는 편이었으므로 곤란했고, 음악은 들을 귀가 없었으므로 곤란했다. 그에게 쌍안경이 있고, 그 쌍안경으로 관찰할 대상이 눈앞에 있다는 것은, 그 대상이 러브호텔이라는 것까지 포함해서, 참 다행한 일이라고 할 수 있었다. 첫날 이후 며칠간 그는 단순하게 건물 안으로 들어가는 승용차의 색깔과 종류와 숫자, 그리고 승용차에서 내리고 타는 사람의 성비(性比) 같은 것을 따지면서 시간을 보냈다. 그러다가 그만한 거리에서도 승용차의 번호판 숫자를 확인할 수 있다는 걸 알게 된 그는 별 생각 없이 번호를 적어 보았다. 구겨진 신문지의 여백에 적히던 숫자들은 얼마 후부터 수첩으로 옮겨갔다. 수첩에 숫자들이 늘어갔다. 무료함을 좀더 많이 느끼던 어느 날 밤에 그는 그것들을 좀 정리해야겠다는 생각이 들었고, 그래서 새 노트에 베껴 적었다. 그 과정에서 같은 번호가 중복되어 있는 것을 발견했다. 그곳을 자주 이용하는 이른바 단골이라고 할 수 있는 사람이 제법 있다는 증거였다. 그 사실이 그의 흥미를 당겼던가. 아마 그랬던 것 같다. 그는 자신의 노트에 날짜를 적고 승용차의 번호와 차종, 그리고 타고 온 사람의 인상착의를 비교적 꼼꼼하게 메모하기 시작했다. 그럴 때 그는 자신이 마치 중요한 임무를 부여받고 잠복해 있는 정보원인 것처럼 느꼈다.

한 달간의 관찰 후에 그의 노트에는 593대의 승용차 번호가 적혔다. 그 가운데 두 번 이상 기록된 번호는 쉰일곱 개였다. 그것은 한 달에 두 번 이상 그 호텔을 출입한 차가 쉰일곱 대라는 뜻이었다. 한 달에 세 번 이상 출입한 차량은 스물아홉 대였고, 다섯 번 이상 출입한 차도 다섯 대, 일곱 번이나 출입한 차도 두 대나 있었다. 그 두 대의 승용차 가운데 하나는 검정색 그랜저이고 다른 하나는 은색 벤츠였다. 검정색 그랜저의 운전자는 남자였는데, 특이하게도 여섯 번 모두 다른 여자를 데리고 나타났다. 키와 나이와 입고 있는 옷이 다 달랐다. 벤츠를 운전하는 사람은 여자였는데, 그의 파트너는 늘 같았다. 혼자 차를 몰고 오는 사람도 간혹 있었다. 그런가 하면 여자끼리 오는 사람도 있었다. 그런 사람들은 좀 야릇한 상상을 하게 했다.

그는 자신의 관찰 기록을 근거로 여러 가지를 계산하고 추정했다. 가령 이런 식이었다. 한 달에 평균 1200명이면 하루에 40명이었다. 그러나 그 숫자는 그가 관찰하는 대략 두 시간 내지 세 시간 동안의 숫자였다. 붐비는 시간대와 한가한 시간대의 구별을 무시하고 어림잡아 하루에 열 시간 영업을 한다고 할 때, 하이힐에 드나드는 남자와 여자의 숫자는 40의 다섯 배, 그러니까 약 200명 가량이 된다. 200명의 손님을 받으려면 100개의 방이 필요하다. 하이힐의 방이 한 층에 일곱 개씩 모두 28개라면 한 방을 세 팀, 내지 네 팀의 남녀가 이용해야 한다. 평균 두세 시간에 한 팀씩 교대해가며 방을 쓴다는 계산이 된다…… 그의 계산은 거기서 더 나아갔다. 그가 사는 고장에 하이힐과 같은 러브호텔이 몇 개나 될까. 그는 전화번호부에서 러브호텔이라는 항목을 찾아보았다. 그러나 그런 항목은 존재하지 않았다. 그래서 그는 숙박업소를 찾았다. 그러자 민박과 여관과 여인숙과 모텔과 호텔-관광과 호텔-일반이라는 업종이 순서대로 나왔다. 그는 그것들을 구분하는 기준이 무엇인지 알지 못했다. 예컨대 민박은 그렇다고 해도, 여관과 모텔, 호텔-일반이 어떻게 다른지 알 수 없었다. 여관이라는 항목을 펼치자 골든여관부터 형제장까지 모두 마흔세 개의 이름이 줄줄이 나타났다. 여인숙은 여덟 개였다. 모텔이라는 항목에는 강변비치파크를 비롯해서 힐탑모텔까지 모두 열여섯 개가 실려 있었다. 호텔-관광에는 세 개, 호텔-일반에는 열아홉 개의 업소가 있었다. 모텔과 여관과 여인숙과 호텔-관광과 호텔-일반을 모두 합하자 자그마치 여든아홉 개나 되었다. 그런데다가 그가 밤마다 쌍안경을 통해 바라보는 하이힐은 전화번호부의 어느 항목에도 나와 있지 않았다. 하이힐처럼 생긴 지가 얼마 되지 않아서 아직 전화번호부에 등재되지 않은 곳까지 합하면 거의 백 개나 되는 소위 숙박업소들이 그가 살고 있는 소도시 안에서 영업을 하고 있는 셈이었다. 손님이 많은 곳도 있고, 적은 곳도 있겠지만, 그리고 객실이 많은 곳도 있고 적은 곳도 있겠지만, 하이힐을 기준으로 셈을 해보면, 대략 하루에 2만 명, 그러니까 1만 쌍이 그가 살고 있는 소도시 안의 숙박업소를 이용한다는 계산이 나왔다. 그 숫자는 그가 살고 있는 소도시의 전체 인구의 5분의 1이었고, 20세 이상 성인의 3분의 1이었고, 60세 이상 고령 인구를 제외한 성인의 2분의 1이었다. 물론 그들이 모두 그 고장 사람이라고 할 수는 없었다. 더 많은 사람이 서울에서 왔다. 실제로 그의 노트에 적힌 승용차 번호판의 지역 이름은 서울이 대부분이었다. 하지만 서울에서 온 사람들이 서울에 여관이나 여인숙이나 모텔이나 호텔—일반이나 호텔—관광이 없어서 온 것이 아닐 터이므로 전체 통계가 크게 달라질 거라고 기대할 수는 없었다. 이것은 무엇을 뜻하는 것일까? 그는 스스로 묻고 스스로 대답했다. 자신의 남편이나 아내를 숙박업소에 데리고 와서 정사를 벌여야 할 특별한 사정을 가진 사람이 아주 없지는 않겠지만, 그 숫자는 무시해도 좋을 정도라고 할 만했다. 순수한 여행객들의 숫자가 차지하는 비중도 별거 아니라고 생각했다. 중복 이용자의 숫자는 물론 고려되어야겠지만, 그 숫자를 감안하더라도, 이 땅의 성인들 가운데 거의 절반 가까운 사람이 배우자 아닌 상대와 육체적 관계라는 걸 맺고 있다는 뜻이 된다. 이것은 무얼 뜻하지? 그는 자신에게 묻고 스스로 대답했다. 일부일처제라는 것이 사람의 본성에는 도무지 맞지 않는 제도라는 너무도 확실한 자료가 아닌가. 물론 러브호텔을 전혀 드나들지 않은 사람이 있긴 하지만…… 그는 자기 생각을 완성하기 위해 말을 이어갔다. 그렇지만, 그들은 단지 그럴 기회를 아직, 갖지 못한 것에 불과한 것인지 모른다…… 간통은, 결혼이라는 제도의 부산물이다.

생각을 거기까지 전개하고 있었으므로, 그의 집을 찾아온 통장이라는 공적 직함을 가진 여자가 환락업소추방대책위원회라는 단체의 이름으로 된 '우리의 결의'라는 유인물을 내밀었을 때 그는 좀 어리둥절한 심정이었다. 이게 뭐예요? 그는 눈으로 내용을 훑어 읽으면서 심드렁하게 물었다. "알잖아요? 주택가까지 파고드는 러브호텔 쫓아내자는 거…… 반상회에서 결정한 건데, 지금 저기 중학교 앞에 터닦고 있는 러브호텔, 그거 공사 못하게 그 자리에 가서 감시하기로 했거든요. 주민들이 돌아가면서 자리를 지키기로 한 거지요. 한 집에서 한 명씩…… 여기 명단이 있어요. 뭐, 한 달에 한 번이나 두 번일 거예요. 안 나오면 벌금이 3만 원이에요. 벌금이 좀 쎄다는 의견이 있기는 하지만, 그래야 다들 참가한다고 그렇게 하기로 했어요. 그러니까 꼭 참석하세요. 어디 보자, 이 집은, 닷새 후에 당번이네요." 통장은 말이 빠르고 행동도 빨랐다. 유인물을 그의 손에 들려주고 나가려던 여자는 눈을 게슴츠레하게 뜨고 묘한 표정을 지으며 물었다. "근데, 어머니, 어떻게 하실까? 아니, 내 말은, 여기 오래 산 우리는 다 이해하는데, 새로 이사온 사람들도 있고, 그 중에는 까다롭고 버르장머리없는 젊은것들도 있어서…… 내 입장이 난처할 때도 있고…… 아까 낮에도 보니까, 어린애들이 학교 끝나고 돌아오는 시간인데, 글세, 저기 전봇대 아래 치마를 내리고 주저앉아서…… 왜 그러실까? 아무리 사정을 하고 힘을 써도 어떻게 해볼 수가 있어야지…… 아니, 내 말은, 부담을 가지라는 게 아니고, 동네 사람들 생각을 알고 있는 것이 좋을 것 같아서, 그래서 이야기를 하는 거지. 아, 우리야, 어머니, 너무 잘 알지, 잘 아니까 문제가 없지. 근데, 다른 사람들은…… 집값 떨어진다는 소리도 하고…… 아이고, 미안해서 어쩔까. 어쨌든 총각도 생각을 좀 잘해 봐요. 갑니다." 여자는 거기까지 말한 후, 자기 말의 의지를 주입하듯 그의 얼굴을 뚫어져라 한번 쳐다보고, 그리고 몸을 돌려세웠다. 그녀가 그의 집을 찾아온 것이 러브호텔 건축 반대에 대한 협조를 구하기 위해서인지 아니면 길거리에서의 어머니의 행동에 대한 주민들의, 혹은 그녀 자신의 혐오감을 전달하고 경고를 하기 위해서인지 모르겠다는 생각이 들었다. 그것은 그가 받은 최초의 공식적인 불만이었다. 동네 사람들이 치매 증세를 보이는 어머니를 이해하고 있다고 생각한 것은 그의 착각이었을까. 아마도 그랬던 모양이라고 그는 중얼거렸다. 그에게 대놓고 말을 하진 않았지만, 다들 불쾌해하고 혐오스러워하는 모양이라고. 측은하다는 마음도 있기야 하겠지만, 그것은 그저 감정의 허례에 지나지 않은 모양이라고. 이웃집 치매 노인에 대한 측은지심은 떨어질지도 모르는 자기 집 값 걱정을 넘어설 수가 없었던 모양이라고. 그는 좀 충격을 받았고, 어머니와 자신의 인생에 대해 울화가 치밀어 올랐으므로 귀를 막은 채 소리를 지르고 발로 탁자를 걷어찼다. 탁자 위의 물건들이 와르르 바닥으로 쏟아져 내렸다. 그는 그 자리에 주저앉아 조금 울었다. 어머니가 그의 등뒤에 서서 왜 그러냐, 애야, 왜 울어? 누가 널 때렸어? 하고 물었다. 그는 더 크게 울음을 터뜨렸다.

3

그는 문을 잠갔다. 어쩔 수 없다고, 이 방법밖에 없다고 자기 자신에게 쉼 없이 주문을 걸면서 그는 안방과 건넌방 문을 잠갔다. 화장실 문은 열어두었다. "어머니, 소변이 보고 싶으면 화장실로 들어가세요." 그는 식탁 앞에 선 채로 김치를 손에 감아 한 입 가득 밥을 떠넣고 있는 어머니에게 큰소리로 말했다. 어머니는 입을 벌리지도 못한 채 고개를 주억거렸다. 어서 가라는 듯 손짓까지 했다. 그럴 때는 정신이 온전한 것 같았다. 그러나 그는 속지 말아야 한다고 다짐했다. 언제 뛰쳐나가 옷을 벗어 내릴지 모르는 일이었다. 그는 베란다의 창문을 모두 잠그고 현관문을 밖에서 잠갔다. 대문을 잠그면서 그는 한번 더 자신에게 최면을 걸 듯 이렇게 할 수밖에 없어, 하고 중얼거렸다. 간밤에 꿈속으로 또 모습을 드러낸 검은 나무의 황량한 그림이 그의 기분을 착잡하게 했으므로 그의 표정은 더욱 무거웠다.

순영이로부터 전화가 걸려온 것은 그를 태운 버스가 언덕길을 힘겹게 올라가고 있을 때였다. 언덕으로 올라가는 중간쯤에 중학교가 있었다. 그러나 중학교는 주변의 건물들에 둘러싸여 잘 보이지 않았다., 중학교를 둘러싼 건물들 가운데는 술집과 나이트클럽이 있었고 러브호텔도 여러 개였다. 그 옆에 또 하나의 러브호텔이 건축중이었다. 향락업소추방대책위원회와 주민들이 결사 반대를 하고 나선 문제의 공사장이었다. 주민들은 당번을 정해가며 24시간 감시를 하겠다고 했다. 붉은 색 페인트로 '러브호텔 물러가라'고 쓴 플래카드가 전봇대와 가로수 사이에 걸려 나부끼고 있었고, 그 아래 웅성거리는 사람들이 보였다. 매트리스를 깔아놓고 앉아 있는 사람들의 숫자가 서른 명은 족히 되어 보였다. 불참하면 3만 원이라는 강제 조항을 무시해 버리기가 쉽지 않았으리라는 생각을 등에 갓난아기를 들쳐 업은 젊은 여자가 하게 했다.

"나야. 잘 지내?" 전화벨이 울렸을 때 그를 태운 버스는 막 그 현장을 지나가던 참이었다. 그는 그녀의 목소리를 곧바로 알아들었다. 어떻게 못 알아들을 수 있을까? 그들은 3년간 연인이었고, 결혼을 할 뻔한 사이였다. 그들이 아직 연인일 때는 하루에 한 번 이상 통화를 했다. 그러나 그는 못 알아듣는 척 했다. "누구세요?" 그것은 그의 의지의 표현이었다. 다시 돌이키지 않으려는. 돌아가는 길을 스스로 차단하려는. 순영이는, 나야, 순영이, 하고 말했다. 어, 웬일이야, 하고 그는 무덤덤하게 받았다. "지금 뭐해?" 그녀가 그렇게 묻는다는 것은, 무의식적인지는 몰라도, 서로의 시간에 대한 이해가 그만큼 보잘것없다는, 혹은 공유한 시간에 대한 기억이 거의 지워져 가고 있다는 증거였다. 매일같이 전화를 하던 시절이라면 지금 뭐해? 하고 물을 수는 없었을 것이었다. 그가 출근길의 버스 안에 있다는 걸, 심지어는 언덕길을 힘겹게 올라가고 있는 버스 안에 있다는 것까지도 그녀는 알았을 것이고, 그러므로 묻지 않았을 것이었다. 그러나 이제 그녀는 그가 출근길의 버스 안에 있다는 걸 알지 못하고, 그러므로 지금 뭐해? 하고 묻는다. "버스 안이야. 출근중이지. 나를 태운 189번 버스는 언덕길을 올라가느라 끙끙거리고 있어." "그렇구나. 버스 안에 있구나." 그의 말을 따라할 때 그녀는 좀 풀이 죽은 것 같은 목소리를 냈다. 버스가 커브를 돌면서 기우뚱하는 바람에 그의 몸은 옆으로 쏠렸다. 공교롭게도 젊은 여자가 옆에서 있었다. 여자는 팔을 밀치며 눈을 흘겼다. 그는 죄송합니다, 하고 고개를 숙였다. 그러자 전화기 속에서 순영이가 뭐가? 하고 물었고, 그는, 아니야, 하고 대답했다. "뭔데?" 그녀는 그의 대답이 만족스럽지 않은 모양이었다. "아니라니까. 너한테 한 말이 아니야." 그는 조금 마음이 불편해졌고, 그런 기분은 그의 말투를 통해 그대로 드러났다. "뭐가 아니냐고. 무슨 일이 있잖아." "차가 흔들리는 바람에 옆에 서 있는 사람에게 몸이 쏠렸어. 그래서 미안하다고 말한 거야. 이제 됐어?" 그는 전화기를 던져버리고 싶은 충동을 겨우 참아내었다. 주변에 둘러선 사람들이 그를 쳐다보면서 비실비실 웃는 것만 같았다. 쳐다보지는 않는다고 해도 비웃음을 짓고 있는 건 분명하다고 생각했다. 후끈거리는 열기가 얼굴을 덮치는 느낌을 피할 수 없었다. 그는 고개도 들지 못했다. 순영이도 전화기 너머에게 잠시 침묵했다. 그는 그녀가 자신과의 공백의 시간을 반추하는 거라고 넘겨짚었다. 처음에 얕고 좁던 공백은 마침내 깊고 넓어져서 바다처럼 되었다. 바다를 건너가는 것은 불가능하다, 하고 그는 중얼거렸다. "다시 돌아가고 싶지 않아?" 그녀가 그렇게 물었을 때 그는 좀 어처구니가 없었고, 그래서 피식 웃었다. "진지하게 말하는 거야. 지난 석 달 동안 한 발짝도 움직이지 못하고 여기 그대로 서 있었던 것 같은 느낌이야. 주저앉아 있는 너를 밟고 가는 것 같아서 한 발짝도 움직일 수가 없어. 다시 시작하지 않을래?" 그녀의 말은 아마도 진실일 거라고 그는 생각했다. 그러나 적절한 주문은 아니라고 그는 또 생각했다. 그녀는 그렇게 말할 수 없었다.

　"어머님이 한의원을 하신다면서?" 그녀의 어머니가 그의 얼굴을 빤히 쳐다보며 그렇게 물었을 때 그는 막 커피잔을 입에 대고 있던 참이었다. 강이 내려다보이는 호텔의 커피숍이었다. 건너편에는 그녀와 그녀의 어머니가 앉아 있었다. 그의 옆에는 아무도 없었다. 그녀의 어머니는 그 빈자리가 신경이 쓰이는 듯 자주 그쪽으로 눈길을 주었다. 그는 어머니가 편찮으셔서 나올 수 없었다고 말하려고 했다. 그것은 사실이었다. 어머니의 야릇한 치매 증상까지 밝히지 않은 것을 트집잡을 사람도 있기야 하겠지만 굳이 그럴 필요까지는 없지 싶었다. 숨기려는 것이 아니라 아직 드러낼 단계가 아니라는 정도의 판단을 하고 있었으므로 그는 가책을 느끼지 않았다. 그런데 비어 있는 그의 옆자리를 한동안 지켜보던 그녀의 어머니가 먼저 말을 꺼낸 것이었다. 난데없이 웬 한의원이란 말인가. 그는 너무 당황한 나머지 하마터면 커피잔을 떨어뜨릴 뻔했다. 무슨 뜻인지 이해를 시켜달라는 뜻으로 그는 눈을 동그랗게 뜨고 그녀의 눈치를 살폈다. 그녀는 그와 눈을 맞추지 않은 채 자기 어머니의 팔을 붙들면서 잔뜩 애교를 섞어 말했다. "아이, 정식 씨 어머닌 고향인 나주에서 일하신다니까. 바쁘셔서 오늘은 도저히 시간을 낼 수 없으셨다잖아." 그녀는 자기 어머니에게 말하고 있었지만, 그러나 어머니를 향해서만 말하고 있는 것은 아니었다. 정말로는 그에게 말하고 있는 중이었다. 그가 알지 못하는 어머니, 전혀 다른 어머니가 탄생하는 순간이었다. 그녀는 그에게 그 어머니를 인정하고 받아들이고 수긍하라고 말하고 있는 것이었다. 그것이 전부가 아니었다. 그녀의 어머니는 그를 신문기자로 대했다. 그러나 그것은 사실이 아니었다. 그는 신문사에 근무하긴 했지만 기자는 아니었다. 단지 신문사의 전산실에 근무하는 직원일 뿐이었다. 기자라니. 그는 순영에게 거짓말을 한 적이 없었다. 그가 알지 못하는 그, 전혀 다른 그 역시 그녀가 만든 허구였다. 그는 한번도 가짜 신분을 만들어야 한다고 느끼지 않았었다. 그녀는 그럴 필요를 느꼈던 것일까. 그랬던 모양이었다.

그녀의 어머니가 자리를 뜬 후 왜 그랬느냐고 물었을 때, 그녀는 아무 일도 없었다는 듯, 뭐가? 하고 물었다. 그가 한의원은 뭐고 신문기자는 뭐냐고 따지자 아, 그거? 하고 건성으로 받아넘기려 했다. 마치 그제야 생각이 났지만 별거 아니라는 투였다. 그러나 그에게는 그 일이 별거 아닌 일일 수 없었다. "아, 그거? 어떻게 그렇게 태연하게…… 말해 봐. 어떻게 된 거야?" 그는 그녀의 처사와 행동을 이해할 수 없었으므로 조금 목소리를 높였다. 그는 그녀의 처사와 행동을 이해할 수 없어 하는 자신을 그녀가 이해하지 못할 거라고 생각하지 않았다. 그런데 그녀의 생각은 달랐던 모양이었다. "그걸 몰라서 물어?" 되받아치는 그녀의 큰 목소리에는 적반하장도 유분수지, 하는 심사가 그대로 묻어났다. 그녀가 그렇게 당당하게 몰아세울 일이 무엇이란 것인지, 추궁하다 오히려 추궁을 당한 꼴이 된 그는 혹시 자기가 무얼 잘못 알았거나 착각한 것이 있는지 곰곰이 되짚어보기까지 했다. 그러나 떠오르는 것은 아무것도 없었다. 그는 멀뚱히 그녀의 얼굴을 쳐다보았다. 그녀는 그의 얼굴을 외면한 채 말했다. "우리 엄마, 뭐 내세우는 거 무지 좋아한단 말이야. 정식 씨 어머니가 평생 시장에서 생선 배추 장사하고 지금은 치매까지 생겨서 아무데서나 치마를 내리고 오줌눈다는 말을 어떻게 해? 당신 사위가 전산실 근무하는 직원이라는 것도 용납 못하실 거야. 용납하지 않을 거라고……" 변호사와 성악가의 딸인 순영이는 거리낌없이 몰아붙였다. 그는, 충격 때문에 곧바로 반격을 하지 못했다. 그 대신 그는 잔에 가득 담긴 채 탁자 위에 놓여 있던 냉수를 벌컥벌컥 들이

켰다. 그리고는 겨우 한마디했다. "하지간 그건 사실이 아니잖아." 그녀는, 사실이 뭐가 중요해, 나는 뭐, 기분이 유쾌한지 알아? 하고 되받아쳤다. 그는, 내가 3년 동안 만나온 순영이가 너냐, 하고 물었다. 그리고는 덧붙였다. "이제 알았다. 네가 사랑한 남자는 내가 아니다. 나는 신문기자도 아니고, 한의원을 하는 어머니도 없다. 그런 걸 꾸며댈 마음은 더욱 없다."

그것이 마지막이었다. 그는 곧바로 자리에서 일어나 버렸고, 연락을 끊어 버렸다. 그녀로부터 몇 차례 전화가 오고 회사와 집으로 직접 찾아오기도 했지만 그는 그녀를 만나지 않았다. 만일 그녀가 사과를 하고 용서를 구했다면 받아들였을까? 그건 알 수 없는 일이다. 받아들이지 않았을 수도 있고 받아들였을 수도 있다. 하지만 그녀는 사과를 하지 않았고 용서를 구하지도 않았다. 그러므로 그녀를 받아들일까 말까를 고민할 과제는 주어지지 않았다.

"왜 말을 안 해?" 5개월 만에 다시 불쑥, 그것도 출근 시간에 전화를 걸어서 그녀는 다시 시작하자고 말한다. 문제가 되었던 허구의 어머니, 가짜의 그에 대해서는 한마디 말도 하지 않고. 그는 그녀가 참 편리한 내연기관을 가졌다는 생각을 했다. 그런 기관을 가지지 못한 자신에게 문제가 있는지도 모르겠다는 생각을 하면서 그는 단호하게 말했다. "너는 이미 나를 밟았어. 계속 밟고 있지만 말고 이젠 제발 지나가 줘. 전화 받기 힘들어. 끊겠어." 그는 힘들게 몸을 트는 차체의 움직임에 따라 휘청거리며 전화기를 귀에서 떼어냈다. 그 순간, 잠깐만, 하고 그녀가 다급하게 그를 불렀다. 그는 떼어냈던 전화기를 도로 귀에 댔다. "듣고 있어?" 그는 아무 말도 하지 않았다. "나, 결혼할 거야." 그는 아무 말도 하지 않고 전화기의 폴더를 내려 덮었다. 회사 앞에서 차가 멈출 때까지, 그리고 버스에서 내려 회사까지 걸어가는 10분 동안, 그는 어머니가 한의원을 하는 미혼의 신문기자가 몇 명이나 될까를 생각했다. 한 명이나 아니면 둘? 더 많을 것 같지는 않았다. 그렇다면 그녀의 결혼 상대자가 누구인지를 알아내는 것도 그다지 어렵지 않겠군, 하고 그는 중얼거렸다. 엘리베이터를 타기 전에 그는 그녀의 결혼 상대자에 대한 생각을 멈추었다.

4

불에 탄 숯검정 나무를 꿈에서 보기 시작한 것과 어머니의 치매는 관련이 있었다. 생각해 보니 그가 그런 꿈을 꾸기 시작한 때가 어머니가 그런 증상을 보인 날이었다. 그는 그날 일을 또렷이 기억했다. 회사에서 늦게 돌아온 그가 회식 때 마신 술기운으로 기분 좋게 흔들거리며 경사진 골목을 올라가는데, 여태 그가 지나가기를 기다리고 있기라도 했던 듯 가게문을 열고 나와 그에게 손짓을 하는 사람이 있었다. 은혜슈퍼의 주인 여자였다. 그녀가 전해준 바에 따르면, 어머니는 그날 오후 2시 35분경에 정확히 그의 집과 은혜슈퍼의 중간 지점에 주저앉아 옷을 벗고 오줌을 누었다. 사람들이 지나다니고 차들이 지나다니는 길의 한복판이었다. 자전거나 롤러블레이드를 탄 아이들도 쌩쌩거리며 그 길을 달려 내려갔다. 망측스럽기도 했지만 위험하기도 했다. 사람들은 욕을 했고, 얼굴을 돌렸고, 쯧쯧 혀를 찼다. 그러나 치마를 내리고 주저앉은 어머니는 오줌을 다 누고 난 후에도 좀처럼 일어나지를 않았으므로 사람들은 더이상 욕을 하지 않았다. 그 대신 욕을 하던 사람들도 얼굴을 돌리고 쯧쯧 혀를 차는 사람들 속에 합류했다. 그들은 어머니에게 그만 일어나라고 했고, 옷을 입으라고 했다. 그러나 어머니는 말을 듣지 않았다. 숫제 말귀를 알아듣지 못하는 사람처럼 묵묵부답이었다. 자동차가 빵빵거리고, 그러다가 별 미친년 다 보겠네, 어쩌구 욕을 하며 돌려 나가고, 아이들이 몰려와 구경을 하며 낄낄거려도 그녀는 개의치 않았다. 슈퍼마켓 주인의 눈에 어머니는 정신이 빠져나간 빈 껍데기처럼 보였다. 그 모습이 너무나 낯설고 안쓰러워서 눈물이 나오려고 했다. "이런 말 할 소리는 아니지만, 이 세상 사람이 아닌 것 같았어. 그 건강하던 어른이 갑자기 왜 그러신 거야? 아무리 건강은 장담할 수 없다고 하지만, 세상에……!"

어머니는 집에 있었다. 식탁에는 밥이 차려져 있고, 어머니는 잠들어 있었다. 누군가 파출소에 연락을 했던 모양인지 순경 세 명이 와서 몸부림을 치는 그녀를 들쳐업다시피 해서 집안으로 들여두었다고 했다. 그 과정에서 순경 한 명이 팔뚝을 물렸고, 다른 한 명의 옷이 찢어졌다고 슈퍼 주인은 전했다. 힘이 어찌나 세던지 장정 셋이 당해내질 못하더라고 했다. 거짓말 같았다. 평화롭게 잠든 어머니의 모습을 지켜보면서 그는 믿을 수 없다고 몇 번이나 되뇌었다. 그리고 어머니 옆에 자리를 펴고 누웠다. 잠이 잘 오지 않았다. 아들 하나만 들쳐업고 서울로 무작정 올라와서 온갖 궂은 일을 다 해가며 지금까지 그를 키웠던 어머니의 지난 삶이 조각그림처럼 떠올랐다가 사라지고 다시 떠오르고 했다. 회의나 의심이 끼여들 여지가 도무지 없을 것 같던, 언제나 꼿꼿하기만 하던 어머니의 안쪽에 차곡차곡 쌓여갔던 생의 부하가 그녀를 쓰러뜨렸다고 생각하니 마음이 혼란스럽고 안타까웠다. 그는 잠을 이루지 못한 채 오랫동안 뒤척였다. 그러다가 새벽녘에야 겨우 잠이 들었는데, 불에 타 숯검정이 된 채 서 있는 한 그루의 나무가 꿈에 나타났다. 육안으로는 무슨 나무인지 분별하는 게 불가능했는데도, 그는 그 나무가 감나무라는 걸 알아보았다. 얼마 지나지 않아 그는 순영과 헤어졌고, 그 이후 검은 나무의 방문은 더욱 빈번해졌다. 그날 이후 거의 매일 밤 그는 불에 탄 검은 나무를 보았다.

꿈이 반복되던 어느 날 그는 어머니가 갈아입을 옷을 찾다가 장롱 속에서 한 장의 편지와 함께 때묻고 빛바랜 사진 몇 장을 발견했다. 한 가족이 굳은 표정을 하고 서 있는 사진이 있었다. 네 명이었다. 어른 둘 아이 둘. 젊은 어머니와 어린 그가 있었다. 그리고 또 두 사람. 키가 큰 남자가 어머니 옆에 서 있고, 그의 어깨에 팔을 두른, 그보다 조금 키가 큰 여자아이가 그 앞에 서 있었다. 다들 어색하고 굳은 표정이었다. 어떻게 보면 화가 난 것 같기도 했다. 현기증이 일어난 것처럼 아찔했고, 가슴이 격렬하게 뛰었고, 눈을 감았고, 마침내 옷가지 속에 사진을 던져버렸다. 그는 보지 않았다고 우기고 싶었지만 이미 보아버렸다는 걸 부정할 수 없었다. 그의 어깨에 팔을 두른 누이의 눈빛은 왜 그렇게 허전할까. 파삭거리는 나뭇잎처럼 핏기 없는 얼굴은 또 뭐란 말인가…… 네 명의 가족 뒤에, 네 명의 어색하고 굳은 표정의 가족을 감싸안기라도 하는 것 같은 모습으로 크고 우람한 한 그루의 감나무가 잎을 무성하게 거느린 채 서 있었다. 5월이었던가, 아니면 6월? 흡사 싸락눈이라도 내린 것처럼 흰 감꽃들이 나무 아래 어지럽게 뒹굴고 있었다. 누이의 머리 위에도 흰 감꽃 하나가 달라붙어 있었다. 사진기의 셔터가 눌러지는 순간 공중제비를 하며 떨어지던 감꽃이 누이의 머리 위에 사뿐히 내려앉는 모습이 눈앞에 그려지는 듯했다. 감나무는 고향 집 뒤란에 있었다. 그는 기억했다. 감나무는 키가 컸지만 지면에서 그다지 높지 않은 곳에서 두 개의 가지로 갈라져 나갔기 때문에 그 위에 올라가는 것이 어렵지 않았다. 그는 자주 그곳에 올라가서 놀곤 했다. 감을 따서 나무 아래 있는 누이에게 던지며 놀던 일을 그는 기억했다. 누이는 몸이 약했다. 자주 햇빛 잘 드는 돌벽에 몸을 기대고 서서 꿈꾸는 듯한 시선으로 아득히 먼 곳을 응시하며 시간을 보내곤 했다. 조금만 달리기를 해도 가쁜 숨을 몰아쉬며 도중에 주저앉곤 했다. 그러나 누이의 죽음은 몸이 약한 것과 상관이 없었다. 집에 불이 나던 날, 누이는 방에 있었다. 타닥타닥 소리를 내며, 하늘로 검은 연기를 피워 올리며 불은 초가집을 다 태웠다. 어머니는 울었다. 어머니는 그의 입을 틀어막으며 밤새도록 울었다. 그때 그는 무슨 일이 일어나고 있는지 분명히 몰랐다. 울어야 하는지, 울지 말아야 하는지도 몰랐다. 어머니가 울면서 그의 입을 틀어막는 것이 울라는 뜻인지 울지 말라는 뜻인지 알지 듯했다. 그래서 그는 울지도 못하고 울상만 지었다. 그날의 기억은 어수선했다. 어떤 부분은 지붕을 태우며 날름거리던 불길처럼 선명하고 어떤 부분은 하늘로 치솟던 매캐한 연기처럼 흐릿했다. 어떤 부분은 시간과 공간이 서로 뒤섞이고 뭉개져서 비현실적인 추상화처럼 되었다. 그 기억의 안쪽에 아무에게도 공개되지 않은 깊고 캄캄한 동굴 하나가 숨겨져 있는 것 같았다. 사진과 함께 발견된 한 통의 편지는 꿈인지 현실인지, 아니면 상상한 것인지 분간이 되지 않던 그 동굴의 존재에 흐릿한 빛을 비췄다.

퇴근 시간이었지만 다행히 창가에 자리를 잡을 수 있었다. 생각들이 끊이지 않고 의식의 수면 위로 떠올랐다가는 가라앉고, 가라앉았다가 다시 떠오르고 했다. 한번도 제대로 회상된 적이 없었던 깊고 캄캄한 동굴의 시간 앞에 그는 있었다. 그 동굴 안으로, 그 캄캄하고 깊은 시간 안으로 발을 들여놓을 수 있을까? 그는 스스로에게 묻고 대답을 미루기 위해 창 밖으로 눈길을 주었다. 그 동굴의 안쪽에 발을 들여놓고 싶다는 열망은 왜 그런지 그 안쪽으로 들어서면 안될 것 같은 두려움에 의해 쉽게 주저앉혀졌다. 고향을 떠난 열 살후 여태 고향에 발걸음을 하지 않은 사연과 그것은 무관하지 않았다. 그에게 감나무가 서 있는 집은 공간이 아니라 시간이었다. 결국 그는 편지에 적혀 있던 내용을 떠올리지 않을 수 없었다. 세월은 흐르고 나는 늙었소…… 편지는 그렇게 시작하고 있었다. 칸이 넓은 백색의 편지지 위에 파란색 볼펜으로 또박또박 눌러쓴 글씨를 보는 순간 그는 이상하게도 가슴이 쿵쾅거리며 뛰는 소리를 들어야 했다. 어떤 예감이 있었던가, 아니면 미루고 미뤄왔던 사역을 감당해야 하는 순간이 마침내 이르렀음을 각성했다는 뜻이었을까. 그는 다음 줄을 읽어나가기 위해 거푸 심호흡을 해야 했다. '내가 이런 편지를 보내도 괜찮을지 몰라 많이 망설였소. 나는 죄가 크오. 내 큰 죄를 세월이 지워줄 거라고 기대하지는 않소. 모르고 있었겠지만, 15년 전부터 이런 편지를 썼었소. 그때부터 나는 이곳에 살고 있소. 당신이 정식이를 안고 떠난 후로 한번도 발걸음을 하지 않은 땅…… 나는 내 죄를 잊지 않기 위해 이곳으로 왔소. 숯검정이 된 채 서 있는 감나무는 단 한 순간도 내가 죄인이라는 걸 잊어버리지 못하게 하오. 상기시키고 고발하고 정죄하고…… 15년 동안 그렇게 살아왔소.

15년 동안 수없이 편지를 썼소. 그러나 부치지는 못했소. 이 편지도 아마 부치지 못할 거요. 혹 당신이 이 편지를 받아본다고 해도, 이 만하면 용서를 받기에 충분하다고 생각해서 그런 건 아니라는 걸 알아주었으면 좋겠소. 수소문 끝에 당신을 찾아 간 것은 10년 전이오. 먼발치에서 당신과 정식이를 바라보다 돌아왔소. 고생을 해서 거칠어졌지만 그러나 당신은 여전히 아름다웠고 정식이놈은 너무 의젓했소. 그런 당신들에 비해 내 모습이 어찌나 초라하고 부끄럽던지 차마 나설 수가 없었소. 그리고 시간이 이렇게 흘러 버렸소. 허물어진 집을 지었고, 텃밭에 채소들을 심었소. 가끔씩 배를 타고 나가 고기를 잡아 장에 내다 팔기도 하고…… 그렇게 살았소. 그러나, 15년 동안 내가 한 것은 그런 것이 아니었소. 정말로 내가 한 것은 그런 것이 아니라 불에 타 죽어 버린 나무를 바라보는 것이었소. 숯검정이 된 검은 나무는 내 안쪽의 검은 죄를 표상하며 그 자리에, 하늘 아래, 해 아래 서 있는 것이오. 몇 년 전부터는 아무것도 먹지 않고 물만 마시며 살고 있소. 물만 마시며 나무들처럼 살 생각이오. 이미 오래 전에 나는 검은 나무에 동화되었소. 뒤란에 숯검정이 되어 서 있는 나무가 곧 나요……' 그는 석양을 받아 조금씩 관능적인 표정을 띠어 가는 창 밖의 건물들에 시선을 주며 공연히 큼큼 헛기침을 했다.

이 세상을 뜰 때 누이는 열네 살이었다. 어머니와 그는 외가댁에서 돌아오고 있는 중이었다. 외가에서는 이틀 밤을 잤다. 하룻밤을 더 잘 계획이었는지는 잘 모르겠다. 그랬던 것 같기도 하고 그렇지 않았던 것 같기도 하다. 그들이 마을에서 약간 떨어진 산밑의 그들 집에 당도했을 때 11월의 짧은 해는 이미 자취를 감춘 뒤였다. 그는 어둠이 무서워서 어머니 뒤에 바짝 붙어서 걸었다. 어머니는 다 큰 놈이 이깟 어둠을 무서워 하느냐며 나무랐지만 붙드는 그의 손길을 뿌리치지는 않았다. "어서 가자. 누나 혼자 기다리고 있을 거다. 어서 가자." 어머니는 누이에 대한 걱정 때문에 걸음이 빨랐고, 그는 무서움 때문에 저절로 걸음이 빨라졌다. 그러나 집에는 누이 혼자만 있는 것이 아니었다. 바다에 나갔던 의붓아버지가 예정보다 빨리 돌아와 있었다. 바다에 나간 의붓아버지는 어머니가 생각한 것보다 빨리 돌아왔고 외가에 간 그와 어머니는 의붓아버지가 생각한 것보다 빨리 돌아왔다······ 그리고 그것이 문제였을까. 예정대로 되었더라면 아무 일도 없었을까? 아마도 그랬을지 모른다. 그러나 어머니는 그렇게 생각하지 않은 듯 했고, 관대하지 못했고 여유도 없었다. 그날 밤에 그는 방에 들어가지 못했다. 그의 집은 불길에 휩싸였고, 의붓아버지는 벌거벗은 채 방에서 뛰쳐나왔고, 어머니는 작대기를 들고 벌거벗은 아버지를 동구 밖까지 쫓았다. 그때 겨우 열 살이었던 그는 그의 집 지붕 위로 타오르는 붉은 불의 혀와 솟구치는 검은 연기를 넋을 잃고 바라보기만 했다. 마을 사람들이 달려온 것은 초가가 거의 다 타고 불길이 잦아들기 시작할 무렵이었다. 불을 끈다는 것은 생각할 수도 없다는 듯 그들은 구경만 했다. 외딴 집이어서 다른 집으로 번질 염려가 없는 것이 천만다행이라는 말은 했지만 다른 염려는 하지 않았다. 예컨대 집안에 누가 있는 것이 아니냐는 생각은 아무도 하지 않았다. 그 생각을 한 사람은 동구 밖까지 작대기를 들고 뛰어갔던 어머니였다. 그러나 그 생각은 너무 늦게 떠올랐고, 그녀는 집에서 너무 멀리 떨어져 있었다. 그녀가 돌아왔을 때, 초가는 형체를 무너뜨리고 주저앉은 뒤였다.

베란다 문은 활짝 열려 있었고 어머니의 모습은 보이지 않았다. 그러나 그는 별로 놀라지 않았다. 그는 가방을 던져놓고 옷을 갈아입고 베란다의 문을 닫고 어머니를 찾아나가기 전에 쌍안경을 집어들었다. 러브호텔 물러가라. 붉은 페인트 글씨가 불쑥 쳐들어왔다. 그는 잘못 보았나 싶어 쌍안경에서 눈을 떼었다가 다시 붙였다. 어제까지도 없던 플래카드가 하이힐모텔 정문 앞에 버젓이 걸려 있었다. 환락업소추방대책위원회의 이름으로 내걸린 그 플래카드는 그러나 그곳에 출입하는 사람들의 행동에 아무런 영향도 미치지 않았다. 주차장을 가득 채우고 있는 자동차들이 그 사실을 증거했다. 은색 소나타 한 대가 '러브호텔 물러가라'는 플래카드를 지나 하이힐의 주차장 안으로 미끄러져 들어갔다. 서울 3커 4783. 그는 노트에 습관적으로 차번호를 적고 네 자리의 숫자를 따로 떼어서 발음해보았다. 4783. 그의 노트에 적어도 두 번 이상 적힌 번호였다. 확인해 보진 않았지만 아마 틀림없을 것이다. 그러나 아무래도 상관없었다. 그 숫자들은 그에게 아무런 상상력도 발동시키지 않았고 어떤 행동도 촉구하지 않았다. 그는 쌍안경을 노트 위에 내려놓고 집을 나섰다.

골목이나 공터 어딘가에 치마를 내린 채 쭈그리고 앉아 있어야 할 어머니가 보이지 않았다. 그는 골목을 뒤지고 다녔다. 근처 놀이터와 연립주택 뒤와 건축자재가 널려 있는 공터까지 다 찾아보았지만 헛수고였다. 어디로 간 것일까? 그는 석양이 점차 엷어지는 걸 느끼면서 얼마 전까지 어머니가 생선과 배추를 팔던 시장을 향해 조금 빠른 걸음으로 걸어갔다. 거기 가 있을 거라고 확신할 수는 없었지만, 거기 말고 달리 찾아볼 만한 곳이 없었다. "어머니? 어머니

찾으러 다녀?” 시장 입구에서 그를 불러 세운 사람은 건어물을 파는 아주머니였다. 그의 어머니만큼이나 시장에서 장사한 지가 오래된 사람이었다. 어렸을 때부터 그는 그녀를 알아왔다. 그는 건성으로 인사하고 오늘 어머니를 보았어요? 하고 물었다. 모르는구나, 하고 곧바로 답을 낼 채비를 하였으므로 그는 한편으로 안도하면서 다른 편으로는 바짝 긴장했다. “거기 갔다던데…… 거기 말야.” 그는 거기 어디요, 하고 물었다. “아, 데모하는 데 있잖아. 거 무슨 호텔 짓는 거 반대하는 데…… 거기서 아까 난리났거든. 업자들이 공사 계속한다고 들이닥친 모양이야. 이쪽 사람들하고 충돌할 건 불을 보듯 빤한 노릇이 아닌가. 근데, 자네 어머니가 거기, 그 공사하려고 가져다놓은 연장들 위에 턱 하니 주저앉아서…… 여태 그러고 있을지 모르지. 어머니가 누구 말을 듣는 것도 아니지만, 이쪽에서야 굳이 하지 말라고 할 까닭이 없고, 저쪽 사람들이 억지로 어떻게 하려고 하면 이쪽 사람들이 가만있으려고 하겠어? 그래서……” 그녀의 말이 다 끝나기 전에 그는 러브호텔 공사를 저지하기 위한 농성에 참석해야 하는 날이라는 사실을 깨달았고, 어머니가 그걸 알았을까, 하고 자신에게 물었고, 그리고 고맙다고 인사하고는 얼른 몸을 돌렸다. 어느 쪽이든 바람직한 상황이 아니라는 데에는 차이가 없었다. 어떻게 하겠다는 것인가. 도대체 어디까지 가려고 이러는 것인가. 그는 금방 쓰러질 것 같은 몸을 힘들게 곧추세우며 앞을 보았다. 파문이 이는 호수에 비친 것처럼 사물들이 불안하게 흔들렸다. 어두운 하늘을 향해 치솟는 붉은 불길을 본 것도 같았고, 매캐한 연기 냄새를 맡은 것도 같았다.

5

차에 타기 전에도 차에 탄 후에도 그녀는 말이 없었다. 가지 않겠다고 하지 않았고 어디로 가느냐고 묻지도 않았다. 그렇다고 그녀가 원했다는 뜻은 아니다. 그녀는 아무런 의사도 표시하지 않았다. 적어도 겉으로는 그랬다. 적어도 겉으로는 어디로 가는지를 알고 있는 것 같지도 않았다. 그런데도 그는 그녀가 여행의 목적과 행선지를 뚜렷이 이해하고 있다는 느낌을 받았다. 근거는 없지만 그 예감은 제법 은근하고 촘촘해서 쉽게 뜯어내지지 않았다. 그는 시트에 푹 파묻힌 어머니의 어깨에 자신의 겉옷을 덮어 주었다. 어머니는 눈을 감고 있었다. 아마 잠들었을 거라고 그는 생각했다. 집에 있을 때 어머니는 거의 항상 잠을 잤다. 잠을 자다가 문득 생각난 듯 부시시 깨어 일어나 밖으로 나가곤 했다. 밖으로 나가기만 하면 치마를 내리고 주저앉아 있게 마련이었으므로, 그에게는 그녀가 잠들어 있는 편이 나았다. 그는 차라리 어머니가 목적지에 도착할 때까지 잠에서 깨지 않기를 바라는 마음까지 있었다. 국물 없는 식사를 차려 주고 음료수도 마시지 못하게 한 것이 다 그런 마음과 관련이 있었다. 차는 네 시간 이상 달릴 것이다. 중간에 어디서든 쉬지 않을 수는 없겠지만, 그러나 그는 웬만하면 내처 달릴 작정이었다. 만일 도중에 어머니가 용변을 보겠다는 의사를 보이면 사람이 다니지 않는 한적한 길가에 차를 세울 참이었다. 아직은 괜찮았다. 아직 오지 않은 사태를 미리 앞당겨 걱정할 필요는 없었다. 그는 가속 페달을 밟으며 이틀 전에 꾸었던 꿈을 떠올렸고, 그 꿈을 어머니에게 들려주어야 한다고 생각했고, 마침내 자동차가 고속도로로 접어들자 이야기

를 시작했다. 물론 어머니는 잠들어 있는 것 같았다. 그러나 그는
어머니가 그의 말을 들을 거라고 생각했다. 꿈을 꿨어요, 어머니. 감
나무가 숯검정이어요. 우리 집 뒤란에 있던 그 나무요. 그 아래서
사진을 찍은 적이 있지요. 누이는 예뻤어요. 언제나 좀 슬픈 표정을
짓고 있긴 했지만…… 그 사진 속에서도 누이는 슬픈 표정을 짓고
있었어요. 어머니가 누이 생각이 날 때마다 사진을 꺼내보곤 하셨다
는 걸 알아요. 세월의 먼지와 함께 어머니의 손때를 더 많이 확인할
수 있었지요. 누이와 나는 감나무 밑에서 놀곤 했어요. 더러는 감나
무 위에 올라가서 놀기도 했고요. 물론 불에 타서 숯검정이 되기 전
의 일이지요. 최근 얼마동안 불에 타서 숯검정이 된 감나무를 꿈에
서, 지속적으로 보았어요. 어머니도 혹시 그 나무를 보고 계시는 게
아닌가요? 맞아요? 어쩌면…… 그럴 거라고 생각했어요. 20년 동안
당신의 안쪽 가장 깊은 곳에 유폐되어 있던 그 나무가 당신의 정신
이 느슨해진 한순간을 노려 불쑥 떠오른 거라는 생각을 했어요. 어
머니, 당신의 꿈 위로 20년 동안 잠겨 있던 검은 감나무가 떠오르는
순간, 당신이 그 불타는 기억으로부터 받았을 화상의 정도가 어떠했
을지를 이젠 알 것 같아요. 당신은 봉인되었던 시간의 뚜껑에 금이
가자 그때까지 사생결단으로 붙잡고 있던 의식의 끈을 더이상 견디
지 못하고 놓아 버렸던 거지요. 그랬던 거지요…… 어머니는 잠들어
있는 것 같았다. 그러나 그는 어머니가 그의 말을 들을 거라고 생각
했다. 그는 이틀 전 밤에 꾸었던 꿈의 강렬한 영상에 사로잡혔고,
그 꿈의 이미지를 어머니에게 전해 주어야 한다는 다급한 요청을
받고 있었고, 그랬으므로 그는 시간을 끌지 않았다. 꿈을 꿨어요, 어
머니. 숯검정 나무를 이틀 전에도 보았어요. 우리 집 뒤란에 있는

그 감나무요. 그 검은 나무는 어머니처럼 보였어요. 깡마른 어머니가 나무 대신 거기 서 있었어요. 어머니가 숯검정이 되어 거기 서 있었던 거예요. 들어보세요, 어머니. 그런데 그 숯검정 나무에 잎이 돋고 있었어요. 검은 나무의 한쪽 줄기에서 여리고 순한 싹이 고개를 내미는가 싶더니 잠시 후에 가지 이곳저곳에서 여리고 순한 싹이 경쟁하듯 고개를 내미는 거였어요. 죽은 나무의 검은 줄기가 여리고 순한 이파리들을 희망처럼 피워 올리고 있는 그 그림이 어찌나 강렬하던지 그만 꿈의 자리를 박차고 일어나야 할 정도였어요. 꿈 밖으로 나왔는데도 가슴이 두근거렸어요. 눈앞이 환하고 얼굴이 화끈거리고 마음이 설레어서 어떻게 해야할지 어리둥절한 심정이었어요. 꿈이 끝났는데도 아직 꿈을 꾸고 있는 것 같았어요…… 어머니는 잠들어 있는 것 같았다. 그러나 그는 어머니가 그의 말을 들을 거라고 생각했다. 그는 이야기를 계속했다. 어제 집에 있는 아버지에게 전화했어요. 내가 꾼 꿈이 그러라고 지시하는 것 같았어요. 아버지는 전화를 받지 못했어요. 대신 전화를 받은 마을 사람이 아버지의 임종 소식을 전해 주셨어요. 아버지는 물만 먹고 살았어요. 몇 년째 아버지는 물만 먹고 살아 오셨어요. 어머니도 그걸 아시지요. 거추장스럽고 불필요한 것들, 정신에 붙은 검불이나 비계 덩어리 같은 것들, 탐욕이나 집착, 애증 같은 것들을 다 털어 버리고 나무처럼 말라서 세상에 가장 단순하고 순수한 하나의 몸이 될 때까지 살다가, 그런 몸이 되어 돌아가셨어요. 내가 검은 나무 가지 한쪽에 여리고 순한 잎이 돋는 꿈을 꾸던 날 밤, 아버지는 감나무 아래 누워서 눈을 감았어요. 마을 사람들이 아버지의 몸을 감나무 아래 눕히기로 했고, 그러니까 우리는 오랫동안 숯검정인 채로 대지에 박혀 있었던, 그러나 이제 가지 한쪽으로부터 여리고 순한 잎을 피워 올리고 있는 감나무 아래 누워 있는 한 그루 나무의 몸을 보러 가는 거예요…… 어머니는 잠들어 있는 것 같았다. 그러나 그는 어머니가 그의 말을 들을 거라고 생각했다. 그의 이야기는 영원히 끝나지 않을 것 같았다.

검은 나무에 돋는 새싹의 미학

권성우 | 동덕여대 국문과 교수 · 문학평론가

이승우의 소설에는 태작이 거의 없다. 그의 소설들은 인간의 근원적인 상처와 추억에 대한 진지한 질문들을 섬세하고도 정교한 문체에 담아낸다. 이승우는 여느 작가들처럼 화려한 스포트라이트를 받거나 유수한 문학상의 단골 수상자로 등장하지는 않았지만, 그가 지속적으로 발표하는 소설들은 이 시대 소설문학의 순금 같은 부분에 해당되는 문제작들이다. 이승우가 최근에 발표한 단편소설 「검은 나무」(《작가세계》 2000. 겨울호) 역시 이 줄에서는 예외가 아니다. 이 소설은 가족사로 인한 상처가 한 개인의 내면에 드리운 검은 심연의 모습을 불에 탄 감나무의 이미지를 통해 선연하게 보여주는 수작이다. 이러한 의미에서 「검은 나무」는 비슷한 무렵에 이승우가 발표한 「나는 아주 오래 살 것이다」(《문학사상》 2000. 10)와 같이 일종의 동굴 모티프 연작으로 평가될 수 있을 것이며, 아울러 작가의 장편소설 『식물들의 사생활』(문학동네, 2000. 9)에 이어지는 식물적 상상력을 환기시키는 작품으로 인지될 수 있을 것이다. 인간의 무의식을 규정하는 원형적 상처라는 의미에서, 아울러 인간의 동물적인 공격성을 성찰하게 만든다는 점에서 동굴 모티프와 나무 모티프는 최근 이승우 소설의 핵심적인 인자로 작용하고 있다.

여기 한 사람의 사내가 있다. 그의 취미는 무엇인가. 우연히 구입한 고성능의 러시아제 쌍안경을 통해 주변의 러브호텔에 드나드는 남녀들을 관찰하는 것이 사내의 유일한 취미이다. 그에게는 또한 치매에 걸린 어머니가 있다. 갑자기 집밖을 벗어나 아무곳에서나 치마를 내려 용변을 보기도 하는 어머니의 존재는 사내의 무의식을 압박하는 원형적 상처이다. 그 어머니의 인생여정은 "아들 하나만 들쳐업고 서울로 무작정 올라와서 온갖 궂은 일을 다 해가며 지금까지 그를 키웠던 어머니의 지난 삶"으로 표현된다. 어머니가 치매 증상을 나타낼 때마다 사내는 불에 타 숯검정이 된 채 서 있는 한 그루의 감나무에 대한 꿈을 꾼다. 그 검은 감나무가 표상하는 것은 사내의 유년시절의 추억과 상처이다. 그 추억과 상처와 대면하는 일은 사내에게 "한번도 제대로 회상된 적이 없었고 깊고 캄캄한 동굴의 시간 앞에 그는 있었다"고 표현된다. 사내가 고향에 살았던 유년시절, 어머니와 의붓아버지의 다툼으로 인해 그들이 살던 초가집은 완전히 불타버린다. 그 과정에서 사내의 누이가 집을 빠져 나오지 못한 채 세상을 등지고 만다. 그 집의 뒤란에 있던 감나무—사내와 누이는 자주 이 감나무에 올라가서 놀곤 했었다—가 불에 타 검은 숯검정으로 변한 대목은 그 가족의 파탄과 해체를 극적으로 상징하고 있다.

사내의 꿈속에 검은 나무는 다음과 같이 등장한다. "그가 본 것은 검은 나무였다. 나무는 크고 굵었지만 가지에는 잎이 하나도 붙어 있지 않았다. 잎은 떨어진 것은 아니었다. 잎은 떨어진 것이 아니라 불에 타 없어진 거였다. 불에 탄 나무는 숯검정이 되어 헐벗은 대지 위에 서 있었다" 이 꿈속의 검은 나무는 실상 사내의 유년의 상처를 정확하게 재현하고 있는 셈이다. 아울러 그 검은 나무는 화재로 인하여 가족과 헤어져 홀로 남은 아버지의 생을 표상하기도 한다. 다음과 같이. "정말로 내가 한 것은 그런 것이 아니라 불에 타 죽어버린 나무를 바라보는 것이었소. 숯검정이 된 검은 나무는 내 안쪽의 검은 죄를 표상하며 그 자리에, 하늘 아래, 해 아래 서 있는 것이오" 사내의 아버지는 그들이 살던 초가집이 불타고 그로 인해 누이가 죽은 사건 이후 15년 동안이나 속죄의 마음으로 혼자 지내왔던 것이다.

소설의 말미에서 사내는 숯검정 나무에 잎이 돋는 기이한 꿈을 꾸면서, 어떤 영감 때문에 고향의 아버지에게 연락을 했다가 아버지의 죽음을 인식하게 된다. 최근 몇 년 동안 그 아버지는 단지 물만 먹고 살아오면서, 즉 "탐욕이나 집착, 애증 같은 것들을 다 털어 버리고 나무처럼 말라서 세상에 가장 단순하고 순수한 하나의 몸이 될 때까지 살다가" 운명했던 것이다. 이를 일러 식물적인 삶과 죽음이라고 말할 수 있겠다. 그래서 고향 감나무 밑에 묻힌 아버지를 어머니와 함께 찾아가는 소설의 마지막 장면은 그토록 커다란 가족사의 상처를 조금씩 복원하기 위한 절박한 시도로 해석될 수 있을 것이다. 이제 세상에 남은 그들 내면의 검은 나무에도 조금씩 새 싹이 돋기 시작하리라.

이승우의 「검은 나무」는 이밖에도 다양한 해석의 지평을 열어두고 있는 작품이다. 가령, 러브호텔에 드나드는 사람들을 치밀하게 관찰하는 주인공의 행위, 치매에 걸린 어머니의 심리, 검은 나무가 등장하는 꿈이 지닌 정신분석학적 테마 등등에 대한 좀더 심층적인 분석이 요청된다. 이러한 과제에 대한 천착은 앞으로의 과제로 미루어두고자 한다.

일식(日蝕)

이 혜 경

1960년 충남 보령 출생.

1982년 계간 〈세계의 문학〉으로 등단.

작품집 『그 집 앞』 등이 있음.

1995년 장편 『길 위의 집』으로 오늘의 작가상 수상.

일식(日蝕)

이혜경

춤추는 그애는 행복하다. 눈을 지그시 감고 고개를 흔들며, 제 몸의 리듬에 실려 제 몸을 잊고 있다. 그애가 움켜쥔 오른손엔 그애만 느낄 수 있는 마이크가 쥐어져 있다. 물 흐르듯 부드럽던 동작이 어느 한 지점을 향해 응축한다. 마침내, 아픈 기억을 떨어내려는 듯, 온몸을 관통하는 극렬한 오르가슴에 이른 듯, 그애는 진저리치며 절규한다. 망치로 뒤통수를 호되게 맞은 것처럼 번쩍 뜬 그애의 동공은 그러나 비어 있다. 그애의 눈앞에서 오가는 사람들, 매연을 뿜으며 지나가는 차량…… 이 모든 형상이며 소음이 그애에겐 닿지 않는다. 눈을 뜨든 감든 그애가 바라보는 건, 그애의 기억 속에 비친 영상, 혹은 무의식이 이끌어낸 환상이리라.

혼절할 듯한 한낮의 열기 속에 제 노래에 취해 있는 그애의 나이를 어림하기는 쉽지 않다. 짧게 깎은 머리에 푹 꺼진 눈두덩, 소년과 청년의 중간쯤에서 성장이 정지된 듯 민틋한 몸. 늘 닳아빠진 티셔츠 차림이던 그애는 오늘 소매 없는 러닝셔츠를 입었다. 맨으로 드러난 어깨는 뜻밖에 떡벌어졌다. 장정 같은 몸매와 몽고증 특유의 헤실거리는 표정이 이루는 부조화. 아무리 입을 크게 벌려 노래한다 해도, 어어어어어, 뱃속에선 쥐어짜지만 성대의 협조를 얻지 못해 아무 뜻도 전하지 못하는 소리가 날 뿐이다. 그래도 그애는 한창 열창중이다. 영월은 그애의 입모양과 몸놀림으로 그애가 부르는 노래를 짐작해본다. 오늘도 날짜만 헤아렸어요. 내 사랑은 가버렸지요. 내가 아는 건 오직 지금 나는 혼자라는 것뿐…… 촘촘하고 녹슨 철망을 거쳐나온 듯 허스키한 여자 가수가 부르는 노래, 요즘 쇼핑센터마다 틀어놓는 곡이다. 그 곡에 비하면 그애의 리듬은 한결 빠르다. 이번엔 다섯 명이 그룹을 이루어 부르는 록을 대입해본다. 영월의 머릿속에서 떠오른 리듬과 그애의 몸짓이 일치하는 순간, 운전사는 더 못 참겠다는 듯, 앞을 막아선 버스를 비껴서 뚫려버린 반대편 차선으로 나아간다. 유연연료의 매캐한 냄새가 훅, 끼쳐온다.

"저앤 늘 저렇게 열심히 노래 부르지……"

영월의 시선을 따라가 있었는가. 다마이가 말한다. 그렇지만 아무도 알아들을 수 없어, 라는 말이, 한줌에 쥐일 만큼 얄따란 어깨를 들먹였다가 천천히 가라앉히는 깊은 한숨 속에 녹아들어 있다.

"레코드 가게에서 월급을 줄까?"

쇼핑센터의 모퉁이, 서향한 레코드점은 우묵하게 들어가 있는 데다 그 앞에 늘어선 오토바이들 때문에 열핏 눈에 띄지 않는다. 레코드점에서 틀어놓은 음악은 쇼핑센터의 호객용으로 여겨지기 십상이다. 그럴 때, 그애의 존재는 레코드 가게를 알리는 데 유용할 것이다. 레코드 가게에서 그애에게 어떤 보수를 지불할지, 영월은 늘 궁금했다.

"아마…… 준다면 아주 조금?"

신중하게 대답하는 다마이의 콧등에 주름이 잡힌다. 마음에 들지 않는다는 뜻이다. 10만 루피아? 5만? 어쩌면 근처의 포장마차에서 제공하는 점심 한끼가 전부일 수도 있다. 다마이가 말을 돌린다. 그 지질한 현실에서 눈을 돌리고 싶었을 것이다.

"그런데 어쩌면 못 만날 수도 있어. 워낙 오래 전의 일이니까. 그럼 어떡하지?"

"나는 괜찮아. 다마이의 시간을 뺏어서 미안해서 그렇지……."

"나도 괜찮아."

다마이는 대수롭지 않게 말한다. 하지만 오늘의 동행을 위해서 다마이는 몇 시간분의 수업료 손실을 보았거나 아니면 따로 시간을 내어 보충 수업을 해야 할 것이다. 사설학원에서 외국인에게 인도네시아 어를 가르치는 다마이에게 시간은 돈이다. 수강생이 학원에 지불하는 수강료에서 다마이에게 돌아가는 몫은 절반도 못 된다. 그래서 다마이는, 학원장 몰래 외국인을 집으로 방문해서 가르치는 아르바이트를 한다. 수업료는 학원 수강료의 절반이다. 배우는 입장에서는 학원에서 배우는 것보다 싸게 먹히고 다마이로선 시간당 수입이 는다.

다마이, '평화'라는 뜻의 이름과 썩 어울리는 고요한 얼굴이다. 갸름한 얼굴에, 눈두덩이 꺼져서 힘은 없어 보이지만 정직한 느낌을 주는 눈매를 지녔다. 그렇지만 요즘 다마이의 삶은 이름과 따로 논다. 다마이는 실질적인 가장이다. 부양해야 할 부모와 가르쳐야 할 동생이 있다. 첫 만남에서부터 사랑했지만 현실감각이 통 없어서 결혼비용을 언제 마련할지 기약이 없는 오랜 연인 토니도 근심거리다. 게다가 다마이에게 애인이 있는 걸 알면서도 죽자사자 쫓아다니는 샤하르의 일편단심이 다마이를 흔들고 있다. 다마이의 꿈은 이 얽히고 설킨 현실에서 홀홀 벗어나 다른 나라로 떠나는 것이다.

처음 다마이가 한국 음식 만드는 법을 배우고 싶어했을 때, 영월은 그저 이방에 대한 막연한 호기심으로 여겼다. 영월 자신이 이 나라의 향신료에 관심을 갖고 딱히 무엇을 만들겠다는 작정도 없이 하나씩 사모았듯이. 별 모양의, 코스모스 씨앗 모양의, 혹은 견과 모양의 향신료들. 한약 냄새, 겨드랑이의 액취 같은 냄새, 그냥 혼몽해지는 냄새가 나기도 하는 그것들은 찬장 구석에서 서로 어우러져, 무어라 설명할 길 없는 냄새를 찬장에 배이게 하고 있었다.

그러나 다마이의 관심은 영월처럼 호사스럽지 않았다. 한국에 간 동남아 근로자들의 월급은 얼마쯤인가, 한끼 밥값은 얼마인가…… 다마이는 진지하게 물었고 영월의 대답을 머릿속에 차곡차곡 갈무리했다. 아마도 다른 나라에서 온 사람들에게도 묻고 있을 것이라고, 영월은 짐작했다. 어디든 상관없을 것이다. 이곳 아닌 다른 곳, 몸값이 이곳처럼 헐하지 않은 곳이라면.

한국에 가서 가정부로 취업하는 게 영문학을 전공한 다마이의 절실한 소망임을 알고 난 뒤, 영월은 일주일에 세 번씩 받는 수업 가운데 마지막 날은 프리토킹을 하자고 제의했다. 기초 교재를 떼고 잡지 기사 따위를 읽어나가며 공부하던 때였으니 그래도 될 것 같았다. 이따금 그 시간을, 김치와 전유어, 잡채 등의 한국 음식을 만들며 이야기하는 것으로 채웠다.

수업 시작 전에 미리 볶아놓은 불고기 한 접시와 그 재료가 되는 고기와 간장, 설탕, 맛술, 그리고 파와 양파, 마늘 따위를 늘어놓은 주방에서, 다마이는 작은 수첩에 재료의 이름과 비율을 상세히 적었다. 고기는 몇 그램인가, 간장은 몇 숟가락 넣는가, 양파는 꼭 들어가야 하는가, 고기를 연하게 하는 데 사과나 키위 대신 파파야를 쓰면 안 되는가…… 실습하고 난 며칠 안으로 다마이는 전화를 걸어오곤 했다.

"영월. 오늘 저녁에 불고기를 해보았어. 그런데 고기가 영월의 집에서 먹은 것 같지 않고 질겨. 왜 그럴까?"

"글쎄, 파파야는 넣었어? 양파도?"

"응."

"혹시 양념을 하자마자 볶은 거 아냐?"

"맞아. 집에 가는 길에 고기를 샀거든."

"바로 볶지 말고 두 시간 정도는 두었다가 볶아야 맛있어."

"그렇구나. 그걸 잊었구나. 고마워."

영월은 고기의 질이 달라서 생기는 문제일지도 모른다는 이야기는 할 수 없었다. 대형 슈퍼마켓에서 산 고기가 시장에서 산 것보다 더 연했다. 다마이는 시장에서 고기를 샀을 것이다. 슈퍼마켓의 고기보다 싸니까.

다마이가 한국에 갈 수 있는 가능성은 거의 없었다. 한국에 가기 위해 중개인에게 지불해야 하는 돈만 해도 다마이의 2년 수입을 한 푼도 안 쓴 채 저축해야 가능한 액수였다. 게다가 비행기값, 한 달 수입보다 더 비싼 출국세…… 그걸 알면서도 영월은 요리 실습을 계속하고 있었다.

다마이는 언젠가 제가 떠나가게 될지도 모르는 낯선 땅을 위해 준비하고, 제 땅을 떠나온 외국인들은 다마이가 그토록 떠나고 싶어하는 이곳에서 살아가는 법을 그녀에게서 배운다. 중국음식 재료를 파는 곳이 어디인지, 가전제품은 어디가 싼지, 주말에 놀러갈 만한 곳은 어딘지, 묵은 신문을 볼 수 있는 공립도서관의 위치를 알려준 사람도 다마이였다.

공립도서관은 뜻밖에도 외국인 관광객이 들끓는 거리 초입에 있었다. 좁다란 일차선 도로를 사이에 두고 은이나 가죽, 나무로 만든 수공예품을 파는 노점들이 늘어선 곳, 그런 곳에 도서관이 있으리라고는 생각하기 어려운 곳이었다.

통가죽으로 만든 소품을 파는 노점상과, 스테인리스 목걸이에 연인들의 이름을 새겨주는 청년 사이에 있는 문을 밀고 들어서자, 중세 교회의 문서저장고가 이랬을까 싶은 풍경이 펼쳐졌다. 높다란 천창을 통해 들어온 어둑한 빛살과 드문드문 켜놓은 바랜 형광등 불빛이, 개가식 서고의 묵은 책들을 비춰주고 있었다. 청회색 제복을 입은 중년 여자 둘이 입구에 앉아 뜨개질을 하고 있었다.

"오래된 신문을 찾는데요. 있을까요?"

"언제쯤인데요? 무슨 기사를 보려고 하나요?"

영월은 대답 대신 수첩을 뒤적였다. 어려운 단어가 아니었는데도, 기억에서 자꾸만 달아나는 단어라서, 철자를 써 놓았었다. gerhana matahari(일식).

영월은 신문철을 들고 빈자리를 찾아 앉았다. 기사를 찾기는 어렵지 않았다. 일주일 넘게, 신문은 온통 일식 이야기로 뒤덮여 있었으니. 지구로 짐작되는 원 위에 서 있는 아이의 눈을 커다란 손이 가리는 삽화가 먼저 눈에 띄었다. 일식 현상에 대한 과학적인 설명, 일식의 진행과정을 설명한 그림, 개기일식을 맞이하기 위하여 사람들이 벌인 축제, 일식을 관찰하러 산으로 올라간 대학생들, 구경하러 온 외국인들…… 코로나가 미친 듯 갈기를 휘두르는 해 그림과, 그 그림을 그린 노화가의 사진도 실려 있었다. 겨우 제목과 사진 설명을 훑을 뿐, 영월의 실력으로는 그 기사들을 읽어낼 수 없었다. 사전을 가지고 오는 건데…… 영월은 그 자리에서 읽기를 포기하고 복사를 해왔지만, 어느 날 문득 다마이가 물어오기 전까지 서랍에 넣어둔 채 잊고 지냈다.

"영월, 도서관에 가 봤어?"

"응. 덕분에 원하던 기사를 찾아서 복사할 수 있었어. 고마워."

"궁금하던 것은 알아냈어?"

"아니, 한 사람에 대해서 알고 싶은데, 난 아직 말을 잘 못하잖아."

"알고 싶은 게 뭔데? 내가 기사를 좀 볼 수 있을까?"

다마이는 복사한 기사들 맨 위에 놓인 바랜 신문 조각을 먼저 집어들었다.

"이건 한국신문이야?"

"응, 이 도시에서 있었던 일식에 관한 기사야."

한글은 다마이에게는 고대 법전에 쓰인 설형문자나 다를 바가 없을 것이다. 그런데도 다마이는 찬찬한 눈으로 신문을 들여다보았다. 그 조그만 쪽지에 무슨 의미가 있다고 생각한 모양이었다.

결혼을 위해 열흘 동안 휴가를 내어 귀국했다는 남자를 만나러 나갈 때까지만 해도 영월은 자기가 그리 쉽게 결정하게 될 줄은 몰랐다.

남자는 무난하고 평범해 보였다. 검게 탄 얼굴이라서 더 빛나는 하얀 이가 정갈한 느낌이었다. 남자는 다이어리 뒤편에서 세계지도를 펼쳐놓고 자기가 살고 있는 도시를 짚어 보였다. 적도 부근의 길쭉한 섬 중간 지점이었다. "더운 곳이지요. 혹시 더위를 많이 타십니까?" 영월이 더위를 타고 안 타고가 결혼의 가장 중요한 관건인 것처럼 남자는 진지하게 물었다. 남자가 동남아 어딘가에서 일한다고만 들었던 영월은 지도를 보다가 문득 짚이는 게 있어 고개를 들었다. "혹시, 오래 전에 그 도시에 개기일식이 있지 않았나요?" "일식요?" 남자는 이 조용한 여자가 뜻밖에 생뚱맞다는 표정이더니 곧 친절함으로 그 의아함을 덮었다. "일식이라면…… 십 몇 년 전에 자바 섬 전역을 덮었다는 이야기가 있습니다만…… 그때 전 한국에 있었지요."

"그렇군요…… 그 나라가 맞군요……"

영월이 보이는 느닷없는 친밀감에 남자는 말이 많아졌다.

"전에는 자카르타에서 살았는데, 이쪽에서 도로를 넓히는 일을 하게 되었어요. 자카르타에 비하면 시골이지요. 아직도 왕이 살고 있는 도시인데, 왕궁에서부터 아주 유명한 사원에 이르는 길을 넓히는 큰 공사예요. 오래 걸릴 겁니다."

남자와 헤어져 돌아온 뒤, 영월은 수첩 갈피를 뒤져서 신문에서 오려두었던 기사를 찾아냈다. 몇 년 전, 일식현상을 다룬 칼럼. 그 칼럼에는 일식 현상을 직접 육안으로 볼 때, 달에 아직 가려지지 않은 적외선이 눈의 망막을 태워서 시력을 약하게 하거나 정도가 지나치면 눈이 멀게 된다는 사실, 80년대 어느 날 인도네시아 족자카르타에서 5분 동안 해가 달에 가렸던 '금세기 마지막 개기일식'을 보던 사람들이 눈병으로 병원에 입원했고 그 중의 한 명은 실명했다는 게 짤막하게 언급되어 있었다. 무심히 읽어 내려가던 영월은 그때, 그 대목에서 걸려버렸다.

보지 말아야 할 것을 맨눈으로 보아서, 결국 아무것도 볼 수 없게 되다니. 달이 해를 가릴 때, 그걸 보다가 망막이 타버려서 마침내 빛의 세계에서 멀어진 사람이 있다니. 그녀가 한번도 가본 적 없는 땅, 누군가가 깜깜한 어둠 속에 잠겨 있었다. 여자인지 남자인지, 아이인지 노인인지도 알 수 없는 그가 잠겨들었을 어둠, 그 어둠으로 잠겨들던 순간이 왜 그리 사무쳤던가.

그를 마음에 담기 시작한 뒤, 그 마음이 자신을 휘감아 옴짝달싹도 못하던 무렵, 땅 저 깊은 곳에서 어둠이 스름스름 스며나와 발을 잡아당기고 마침내 명부로 끌려들어가듯 아득해지던 그때, 그 어둠의 흐름에 몸을 묻어버리면서 영월은 허공에 뜬 초승달 위에 오도마니 올라앉아 있는 듯했다. 초승달의 곡선은 아늑하게 영월을 감쌌지만 그 촉감은 끝없이 시렸다. 헤어져서 그릴 때면 그리움으로 마음 한 자락이 흥건히 젖어오면서도 막상 만나면 큰 테이블을 앞에 두고 정상회담하는 사람처럼 서먹하던 날들. 그 삭연함을 견디지 못해 영월은 말했다. 이리 와서 내 옆에 앉아 줘요.

그날, 영월의 그 말은, 밤늦게까지 음악을 들으며 술을 마시고도 끝내 자신을 가두며 일어서던 그에게 도발이었을까. 여긴 소도 같아…… 그의 말은 그들이 죄인임을 여실히 드러냈다. 보아서는 안 될 것을 본 죄, 탐내서는 안 될 것을 탐낸 죄. 그의 품에 안겨 있는 안온한 순간에도 영월은 자신이 딛고 선 달이 차오르는 걸 잊지 않았다. 달이 둥글게 차오르면, 자신은 무한허공으로 떨어져나가게 되리라는 것도.

사거리에서 차가 붉은 신호에 걸린다. 옆구리에 아기를 낀 여자가 패스트푸드점의 일회용 컵을 차창에 바싹 들이민다. 손톱 끝이 하얗게 갈라졌다. 일회용 컵이거나 빈 담뱃갑을 들이미는 그들. 이 거리 어디에서나 볼 수 있는 풍경이다. 차선이 여럿인 곳에는 각 차선마다 담당한 사람이 따로 있다. 땡볕에 달궈진 아스팔트에서 구걸하는 그 여자는 맨발이다. 영월은 차창을 열고 동전을 컵 안에 떨군다. 동정은 아니었다. 그들은 땡볕 아래 노역을 하고 있었고 그 노역의 대가를 치를 사람은 지나가는 사람들뿐이었다. 밤이면 얄따란 천이나 신문지를 덮고 노숙하면서 폐포 깊숙이 스며든 그을음을 뱉어내느라 쿨룩거릴 노역.

"이 길로 가면 빠랑뜨리띠스야. 가본 적 있어?"

"응."

"설마, 초록 옷을 입고 간 건 아니겠지?"

다마이가 짐짓 눈을 동그랗게 뜬다. 영월은 그 앞에서 양손을 부채처럼 펼쳐 흔들며 음산하게 깐 목소리로 맞장구친다.

"다마이 눈엔 내가 영월로 보이지? 사실은 아니야. 불행히도 그날 난 초록 옷을 입었었거든."

다마이가 웃는다. 호르르, 바람에 날리는 마른 꽃잎 같은 웃음.

빛깔에 대해서 배우던 날, 영월이 검정을 바탕에 깐 것처럼 어두운 녹색을 좋아한다는 걸 안 다마이는 이 도시 끝에 있는 바닷가에 갈 땐 초록색 옷을 입어선 안 된다고 강조했다.

"빠랑뜨리띠스 바다엔 바다신이 있어. 그런데 그 바다신은 초록색을 좋아한대. 그래서 해마다 초록 옷을 입은 사람들을 데려간대. 여텄이 물에 빠져도 유독 초록 옷을 입은 사람은 살아나온 적이 없대.”

이곳 해변의 물빛이 환하고 어두운 비취색이니 초록 옷을 입으면 눈에 잘 안 띄어 구조가 어려웠겠지, 싶었지만 영월은 고개를 끄덕이며 들었다. 언제 한번 가봐야지 하면서도 못 가던 그 바다를 볼 수 있었던 건, 영월의 생각으로는, 남편의 새 비서인 인다 덕분이었다.

“난데, 나 이십 분쯤 있다가 집에 도착할 테니까 외출준비 하고 있어. 당신, 바다 보고 싶다고 했지? 우리, 바다 보러 가자. 거기서 점심도 먹고.”

난데없이 바다라니. 남편의 목소리는 파도 소리처럼 생생했다. 혼자 먹는 점심을 국수로 때우려던 영월은 막 물이 끓기 시작한 가스불을 끄고 선탠 크림을 얼굴에 펴 발랐다. 남편은 혼자가 아니었다. 얼마 전에 한국의 본사에서 와서 남편과 합류한 정 대리와, 가무스름한 얼굴에 머루같이 까만 눈을 가진 여자애가 타고 있었다. 인다…… 어느 날부턴가 남편의 출근길을 가볍게 해준 여자애. 목욕탕에서 휘파람을 불면서 면도를 하고 나오던 남편은 영월과 눈이 마주치자 머쓱하게 웃었다. 이상해. 왜 날마다 소풍 가는 기분이지. 사무실에 가봤자 김밥하고 사이다 먹을 일도 없는데…… 남편이 그렇게 말한 건 비서가 바뀐 지 얼마 안 되어서였다. 인다는 수줍게 웃으며 영월을 맞았다. 천생 여자예요, 라고 쓰인 듯한 얼굴이었다. 가녀리고 애잔한 분위기를 지닌 인다는 달궈진 무쇠솥 뚜껑 위에 찰벼를 볶았을 때 튀겨지는 꽃튀밥처럼 환하게 웃을 줄도 알았다. 제 웃음으로 원하는 것을 얻어낼 수 있고 저도 그 사실을 아는 여자애였다.

바닷가 절벽 위에 자리한 호텔의 레스토랑에서 밥을 먹고 차를 마시다가, 화제가 현지 직원들 이야기로 바뀌었을 때, 영월은 잠깐 산책을 하겠다고 일어섰다. "볕이 이렇게 뜨거운데? 그 모자 갖고 되겠어?" 남편이 물었고 인다가 제 숄더백에서 양산을 꺼내어 내밀었다. 비취색 바탕에 분홍 꽃무늬 양산이었다. 평일인데다가 볕이 쨍쨍한 한낮이어서 사람은 그리 많지 않았다. 절벽 위에서 내려다보았을 땐 제법 사이를 두고 밀려오던 파도는, 검은 모래를 밟으면서 보니 발정한 흰말 떼거나 인해전술로 밀려드는 흰 옷 입은 사람처럼 숨쉴 틈도 없이 밀려들고 있었다.

까르르, 갑자기 영월의 등 뒤편에서 웃음소리 같은 게 났다. 연보랏빛 반바지에 검은 셔츠를 입은 여자가 영월에게 부딪칠 듯 뛰어오더니 모래톱에 온몸을 던졌다. 막 밀려드는 파도가 여자를 적셨다. 물에 젖은 옷이 속살을 환히 비치게 했다. 여자는 파도가 삼킬 듯 널름거리는 바다를 바라보며 누웠다가 엎쳤다가, 기어서 몇 발짝 물살 쪽으로 다가갔다. 해변의 누구도 그 여자를 주목하지 않았지만, 영월은 그 여자에게서 눈을 뗄 수 없었다. 미친 여자일까? 퍼덕퍼덕, 탄탄하고 실한 몸을 뒤채는 그 여자는 인어거나 막 뱃전으로 끌어올려진 등푸른 생선 같았다.

남편의 마음을 외방으로 돌게 한 건 영월의 무심함이거나 냉정함이었을 것이다. 영월은 아내의 역할에 성실했다. 보다 실한 배추를 고르기 위해서 새벽같이 중국시장에 가고, 남편 손님 접대를 위해 상차림에 신경을 쓰고. 그건 정성이 아니라 몰입일 뿐이었다. 남편은 오늘따라 영월에게 다정하고 정중했지만, 영월은 알고 있었다. 영월도 정 대리도 남편과 인다의 외출을 장식하는 들러리에 지나지 않는다는 걸. 뒷날, 오늘을 기억할 때, 남편은 인다의 웃음소리와 부채꼴로 휘어진 속눈썹 그늘 아래 촉촉하던 인다의 눈망울만을 떠올리게 되리라. 그걸 알면서도, 발 밑에서 모래가 물살에 쓸려나가는 느낌이 잠깐 스쳤을 뿐 이내 제자리로 돌아와 미동도 않는 자신의 마음이 영월은 무서웠다. 자신이 남편을 외롭게 만들었다는 걸 영월은 알고 있었다. 사랑이 아니었으므로 오히려 공생은 수월했다. 영월의 마음을 끌어당긴 건 남편이 아니라 때없이 피어나는 꽃이며 작은 도마뱀이었다.

찌짝이라고 불리는 그 연둣빛 도마뱀은 열대 어디에서나 볼 수 있는 동물이었다. 대개 손가락 크기인 찌짝은 방이든 부엌이든 얼마든지 자유롭게 드나들었다. 더러 커다란 찌짝이 투실투실 살진 엉덩이를 아기작거리며 기어가는 걸 보면 아기공룡 둘리의 엉덩이가 생각나 웃기도 했다. 찌짝이 장소에 집착한다는 걸 안 건, 영월이 남편과 각방을 쓰기 시작한 뒤였다. 몸에 열이 많은 남편은 밤새 에어컨을 켜놓아야 잠드는 체질이었고, 영월은 에어컨을 켠 방에 삼십 분쯤 있으면 몸 안까지 꽁꽁 굳었다. 면 패드를 덮은 남편 옆에서 따로 차렵이불을 덮고 잤지만, 아침이면 자신이 찬피동물처럼 느껴지곤 했다. 자연히 잠자리에 드는 시각을 늦추게 되었고, 작은 책상과 침대가 놓인 손님방이 영월의 방이 되어 버렸다.

어느 날부턴가 아주 작은 찌짝 한 마리가 그 방의 책상 언저리에서 알짱거리기 시작했다. 녀석은 영월이 방을 비운 동안 방바닥이나 벽, 책상 위를 누비고 다니다가 영월이 문을 열면 후닥닥 책상 뒤로 숨곤 했다. 주로 책상 뒤편이 근거지인 것 같았다. 벽면과 책상이 맞닿은 곳에는 늘 사전이며 책이 올려져 있었으니, 제법 든든한 울타리로 여겨지기도 했을 것이다. 하지만 그냥 숨어 있기엔 호기심이 넘쳤다. 얼마 안 있어 녀석은 책상 위로 삐죽, 고개를 내미는 것이었다. 잘 여문 채송화 씨앗 같은 까만 눈에 호기심이 대롱대롱했다. 한밤중, 영월이 책을 읽으면 녀석은 영월이 뭘 하는지 알아내려는 듯 책상 위에 앞발을 척 얹고 바라보았다. 그러다가 영월이 저를 보고 알은체하면 깜짝이야, 다시 책상 밑으로 내려가곤 했다. 방문을 열었는데도 녀석이 나타나지 않으면 영월은 기웃거리면서 찾곤 했다. 숨바꼭질하는 기분이었다.

저녁 약속이 있어서 바삐 나가던 어느 날, 문을 닫으려다 보니 방바닥에 그 찌짝이 가만히 엎드려 있었다. 방문이 열리면 튀듯이 달아나던 녀석이. 녀석은 미동도 없이 그 구슬눈으로, 제 눈에는 하염없이 커다랗게 보일 영월의 눈을 바라보고 있었다. 영월이 가만가만 다가가는데도 달아나려 하지 않았다. 영월은 손가락으로 살그마니 찌짝의 앞발을 만졌다. 이제 친해진 거니? 찌짝이 이제야 경계를 풀었다고 환해지는 마음으로 영월은 방문을 닫았다.

영월이 저녁을 먹고 돌아왔을 때, 찌짝은 그 자리에 그대로 있었다. 형광등 불빛에 비치는 몸 빛깔이 전보다 투명해 보였다. 의아해하며 다가간 영월은 찌짝의 눈이 감겨 있는 걸 보았다. 찌짝은 방안에서 홀로 숨을 놓아버린 것이다…… 찌짝이 영월에게 앞발을 허락한 건 친밀감이 아니라 기진함이었는데, 그것도 모르고 기뻐했다니. 어쩌면 살릴 수도 있었을 찌짝을.

찌짝은 개미나 바퀴벌레만큼이나 흔했고 그러니 만큼 찌짝의 죽음도 흔하게 목격할 수 있었다. 그런데도 영월은 그날 밤, 한 찌짝의 죽음을 생각하며 뒤척거렸다. 정든 찌짝이 죽어가면서 바라보는데도 그걸 알아차리지 못했다는 자책과 상실감으로. 정든다는 건 그렇게 무서운 일이었다.

달이 차오르듯 그를 향한 마음이 벅차 오르고, 그에게 집착하게 될까봐 제 마음을 두려움으로 지켜보던 어느 날, 영월은 뜻하지 않은 자리에서 그를 보았다. 친구와 만나기로 약속한 패밀리 식당에 들어가던 참이었다. 아기처럼 올이 가는, 숱 성긴 머리와 겨자색 셔츠를 입은 등판을 영월은 한눈에 알아보았다. 영월의 눈에 익은 카키색 재킷이 의자 등받이에 걸쳐져 있었다. 그의 아내로 보이는 여자는 옆에 앉은 딸의 입에 고깃점을 넣어주는 중이었다. 이렇게 편안하다니…… 영월의 곁에서 이따금 그렇게 속내를 드러낼 뿐, 그가 자기 집이나 아내에 대한 불만을 말한다거나 허튼 약속 따위를 한다거나 한 적이 없다는 사실 때문에 영월은 그를 신뢰했었다. 그런데도 소도의 바깥, 부부와 두 아이, 한 테이블을 꽉 채운 그 구도가 명시하는 일상의 엄연한 질서에 영월은 가슴이 에였다.

그날 밤, 영월은 커튼을 꼼꼼히 여민 다음 집안의 불을 다 껐다. 밖에서 스며들어온 빛 때문에 사물의 윤곽이 어슴푸레 드러났다. 완벽한 어둠을 도시에서 찾기란 어려웠다. 영월은 욕실로 들어가 문을 닫아보았다. 눈앞이 아득하게 물러나는 느낌. 순수한 어둠이 일렁였다. 영월은 벽을 더듬어가며 욕조 안으로 들어가 앉았다. 바늘 끝만한 틈으로라도 빛이 들어온다면, 독 안에 든 쥐는 하루 이상을 견딜 수 있다. 하지만 완전한 어둠 속에 놓이면 쥐는 몇 시간을 못 견디고 죽어버린다. 언젠가 본 기사를 영월은 잊지 않고 있었다. 빛이 하나도 없는 상태, 완벽하게 깜깜한 상태는 어떤 것일까. 영월은 어둠 속에 눈을 크게 뜨고 앉아 있었다. 불안이 목을 조여왔다. 귓전에서 심장 뛰는 소리가, 생철을 통해 듣는 것처럼 금속성 섞인 소리가 들렸다. 이게 유희라는 걸, 몸을 일으키고 벽을 더듬거려 문 손잡이를 비틀고 문 바깥에 있는 스위치만 누르면 금방 환하고 익숙한 일상이 자기를 맞으리라는 걸 영월은 알고 있었다. 그러면서도 한편으로는, 누군가 자신을 꺼내주기 전에는 절대로 옴쭉하지 못할 것 같은 불안에 지질려 손끝도 까딱할 수 없었다. 빛이 없이도 살수 있을까. 그는 내게 빛이었을까. 마른 욕조에서 나왔는데도 몸을 쥐어짜면 푸른 물이 뚝뚝 들을 것만 같았다. 불 켠 거실 바닥에 누워서 자신을 말리며, 영월은 끝없는 허공으로 떨어지는 어지럼에 몸을 맡겼다.

차는 포장 안 된 시골길로 접어든다. 먼지가 풀썩풀썩 날린다. 한쪽 논은 벼베기가 끝나 그루터기가 보이고 한쪽에선 막 모내기를 마쳤는지 연둣빛 모가 물 댄 논에서 살랑인다. 저 한유로운 빛깔, 그러나 모는 물의 부력에 앙버티며 뿌리내리려 안간힘을 쓰고 있을 것이다. 다마이는 정말 떠나려는 것일까. 다마이의 진정을 알고 난 뒤 영월은 가능성을 타진해 보고 있었다. 정면에서 불어오는 바람을 막으려 점퍼 속에 신문지를 접어넣고 매연을 마셔가며 오토바이를 타고 누벼도 다마이가 버는 돈은 백 불 남짓. 다마이에게 한국은, 한때의 한국인에게 베트남이거나 서독이거나 중동일 것이다. 핏줄을 유난히 강조하는 그 배타적인 나라에서 다마이가 겪을 일을 생각하면 고개를 저으면서도, 영월은 다마이의 꿈을 무지를 수 없었다.

"저기, 저 가게 앞에서 세워주세요."

다마이는 운전사에게 말한다. 고개를 갸웃거리면서 내리는 품이 자신없어 보인다. 열린 문 바깥에서 뭉근한 열기가 확 끼쳐온다. 대나무로 담벼락을 만든 구멍가게, 일회용으로 포장된 샴푸와 조미료가 발처럼 줄줄이 늘어뜨려진 진열대 안쪽에 고개를 들이밀고 다마이는 무언가를 묻는다. 까치발 딛은 구두 뒤축은 다 닳았고, 뒤꿈치도 날긋거린다. 안쪽에서 얼굴 하나가 나와서 손가락으로 벌판 안쪽을 가리킨다. 그 얼굴이 하도 검어서, 그가 가리키는 방향을 바라보는 다마이의 얼굴은 상대적으로 희게 보인다.

"영월, 근데 어떡하지? 새로 연립주택 단지가 들어선다는데. 어쩌면 다들 이사했을지도 모르겠어."

"괜찮아. 여기까지 왔으니 그래도 가보는 게 낫겠지?"

하마터면 만날 필요없다는, 못 만나도 상관없다는 속마음이 튀어나올 뻔했다. 다마이가 보인 성의를 생각하면 해서는 안 될 말이었다. 신문 복사물을 가져가고 난 뒤, 한 달이 채 안 되어 다마이는 한 사내의 이름과 주소를 알아왔다. 그 무렵 스무 살이었으니 지금쯤 삼십대 후반일 것이다. 영월의 호기심을 위해서 다마이는 지방신문사에 문의를 했을 테고, 병원의 기록을 들추어 주소를 확인했을 것이다.

길을 물은 가게에서 십여 분을 달려들어간 연립주택 단지는 넓다. 단지 안의 도로는 완벽하게 포장이 되어서 복사열을 내뿜는다. 예쁘장한 발코니가 있는 2층집들이 늘어선 단지 안은, 야자나무만 보이지 않는다면, 유럽의 어느 마을이라 해도 믿어질 만큼 서구적이다. 그 단지에서 벗어나니 울타리 밖, 금방이라도 주질러앉을 듯 썩은 벽으로 간신히 지붕 무게를 지탱하는 집들이 몇 채 남아 있다. 나무 그늘 아래 놓인 평상에 중년 사내 둘이 앉아 담배를 피우고 있다.

"마스똠? 눈 먼 사람? 아…… 여기서 떠난 지 오래되었는데?"

"어디로 갔나요?"

"글쎄, 부모님이 수라바야에 있다니까 그리로 갔는지……."

맞지? 하는 표정으로 사내는 옆에서 담배만 빨아대던 사람에게 묻는다. 다마이는 난감한 표정으로 영월을 돌아보고 영월은 뜻없이 고개를 끄덕인다. 차라리 다행스럽다. 만나서 무얼 알아보겠다는 건가. 망막이 타면서 빛에서 어둠으로 꺼지던 순간의 기분? 아니면 어둠 속의 나날이 어떠냐고? 오래 전 그 기사를 읽을 때의 사무침은 그 순간으로 지나간 것이다. 그런데도 다마이와 함께 나선 건, 남편이 빛을 잃기 전에 결단을 내려야 한다는 초조함 때문이었을 것이다. 아담한 키에 비해 풍성한 가슴과 한줌에 쥐일 듯 날렵한 허리, 열대의 들큼한 쾌락에 어울리는 몸매와 기다란 속눈썹 아래 검은 눈이 신비로운 이곳 여인들은 부자나라에서 온 사내들이 데려가주는 호텔 바의 여유에 길든다. 실내는 시원하고, 지지한 현실은 유리창 밖 땡볕 아래에나 있는 것이다. 하지만 십중팔구, 남자는 약속을 뱀허물처럼 벗어놓고 달아난다. 솜사탕같이 달콤하던 나날은 녹아버린 설탕의 벗어나기 어려운 끈적임으로 남을 뿐. 아비 없는 혼혈아를 키우는 이곳 여인들 이야기를 얼마나 많이 들었던가. 남편이 인다에게 솜사탕을 쥐어주기 전에 결정해야 했다. 그들의 소풍길을 막아야 할지 아니면 영월 자신이 다시 떠날 것인지를.

이곳으로 떠나와서 딱 한 번, 그에게 전화를 건 적이 있었다. 파란 하늘에 낮달이, 투명에 가깝게 하얗고 둥근 달이 덩그마니 떠 있던 날이었다. 그를 떠올리기도 전에 마음이 먼저 글썽였다. 한 번만, 그의 목소리를 한 번만 들을 수 있다면. 왠지 집에서 전화할 수 없어서 영월은 집 근처 사거리의 전화방으로 갔다. 관엽식물이 어둑한 그늘을 드리우는 나무 벤치에서, 하릴없는 사내들이 하오의 볕과 무력감에서 도망쳐 담배를 피우고 있었다. 전화방 부스엔 손바닥만한 선풍기가 안전망에 더껑이진 때 사이로 탈탈탈, 손바닥만한 바람을 만들어 휘젓고 있었다. 말없이 등을 보이는 방식으로 그의 마음을 저버린 뒤 애써 잊으려 했던 그의 전화번호, 팩시밀리로 받은 편지가 감열지 위에서 날이 갈수록 희미해져 마침내 읽을 수 없게 되듯, 머릿속에서 지워져가던 그 전화번호를 어느 날 영월은 가계부 귀퉁이에 적어놓았다. 머리가 아닌 손가락이 숫자판 위에서 그 번호를 기억해냈다. 없는 번호입니다. 요금을 알리는 액정판에 메시지가 떴다. 마음이 앞서 달려나갔는가, 국가 번호를 빠뜨렸던 것이다. 숨을 고르고 다시 걸었다. 지금 거신 번호는 결번이오니 확인하시고 다시 걸어주시기 바랍니다. 녹음된 한국어가 나왔다. 다시 한번 걸어보았지만, 여전히 똑같은 메시지였다. 언젠가 그는 영월에게 일러주었다. 저 건물 7층 동쪽 창가가 내 자리야, 라고. 거길 지날 때면 습관적으로 올려다보던 그 창가, 그도 그곳을 떠났는가. 영월이 그의 생에서 슬몃 빠져나갔듯이, 이번엔 그가 영월의 생에서 잠적했는가.

"고마워. 그리고 괜찮아. 사실은 나 그 사람 만나는 거 조금 겁났거든. 만나고는 싶었는데, 할말은 없었어."

그래, 그럴 수 있지. 다마이는 그런 표정으로 고개를 끄덕인다. 오늘의 동행에 대한 감사를 어떻게 표시해야 다마이의 순수한 호의를 다치지 않고 다마이가 낭비한 시간을 벌충할 수 있을지 영월은 곰곰 생각한다. 다마이가 다른 나라에서 태어났더라면 어떻게 살고 있었을까.

"영월, 이상한 일이 있었어."

다마이의 시선은 앞을 향해 있다. 그래선지, 다마이의 말은 영월에게가 아니라 자신에게 하는 말처럼 들린다.

"무슨 일인데?"

"나 결심했어. 토니랑 결혼 안 할 거야."

"그럼 샤하르랑?"

"응. 그게 하나님의 뜻인 것 같아."

"그래. 그런데 왜 그런 생각이 들었어?"

토니를 사랑하는 다마이는 샤하르의 공세를 무심히 넘겨왔지만 어느 날부턴가 흔들리기 시작했다. 가장 친한 친구가 고개를 갸웃거리면서 다마이에게 말해온 것이다. "이상해 다마이. 나 어젯밤에 너랑 샤하르가 결혼하는 꿈을 꾸었어. 실은 전에도 한번 그런 꿈을 꾼 적이 있거든." 그 말을 들은 다마이는 소스라쳤다. 다마이 또한 그런 꿈을 꾼 적이 있기 때문이었다. 다마이는 빠랑뜨리띠스 해변의 레스토랑에서 결혼식 피로연을 하고 있었다. 분홍과 주홍, 흰 빛깔의 부겐빌레아가 뒤섞여 아치를 이루고 있었다. 웨딩드레스를 입고 머리를 틀어올린 다마이는 하객들 틈에서 신부답게 웃으면서 인사를 하고 다니는 중이었다. 그러다 문득 해변으로 시선이 갔다. 질질 끌리는 초록 드레스를 입은 여자가 모래사장을 달려나가더니 파도에 몸을 내던지고 있었다. 하객들 모두 그걸 보았는지, 주위가 물결처럼 술렁였다. 그 순간, 다마이는 그 물 속에 뛰어든 게 자신이라는 걸 깨달았다. 피로연장에 있는 다마이가, 거대한 파도 속에 휩쓸리는 자신을 보고 있었다. 다마이는 휘청, 파도 같은 어지럼증에 떠밀렸다. 그때, 어디에 있었는지 모를 신랑이 등뒤에서 껴안아 부축하는 것을 느꼈다. 든든하고 편안한 품이었다. 그에게로 고개를 돌리는 순간, 다마이의 눈에 띈 얼굴은 샤하르였다.

"지난 일요일에 낮잠을 자는데 또 그 비슷한 꿈을 꾸었어. 기분이 이상했어. 그 전에도 내 사랑에 어딘가 문제가 있다는 걸 느꼈거든. 그래서 그 자리에 앉아서 기도 드렸지. 하나님, 저는 토니를 간절히 사랑하지만, 당신의 뜻이 제가 사랑하는 사람과 결합하는 게 아니라면 그 뜻에 따르겠습니다. 하지만 그 전에, 제가 당신의 뜻을 알 수 있도록 제게 사인을 보내주세요, 라고. 그런데 그 기도가 끝나자마자 똑똑, 문을 두드리는 소리가 들렸어. 문을 여니 샤하르가 와 있었어. 그래서 토니에게 말했어. 너랑 맺어지는 걸 하나님이 원치 않는 것 같다고."

다마이의 옆얼굴은 고요하고 쓸쓸하다. 말을 하는 동안 내내, 다마이는 왼손 위에 겹쳐 놓은 오른손을 풀지 않는다. 뼈가 앙상히 드러나는 검누런 손등이 애처롭다. 그래서 그렇게 고요해 보였는가, 오늘 다마이는. 영월은 다마이의 손등을 제 손으로 가만히 덮는다. 최소한 다마이는 말 선 나라로 떠나지는 않아도 되는 것이다.

차는 영월이 사는 동네로 접어든다. 레코드 가게 앞에서 그애는 아직도 노래를 한다. 오후가 되어도 그애의 열정은 변함없다. 그애가 서 있던 그늘엔 볕이 스며들어, 양미간을 찡그리고 있다. 영월은 다시금, 다시는 못 만날 연인을 보듯 과장된 애절함으로 몸을 돌려 그애를 바라본다. 그애가 시선에서 지워질 때, 자동차의 라디오에서는 그애의 리듬과 완벽한 부조화를 이루는 발라드가 흘러나온다. 사랑은 추억이에요, 그 마음에서 벗어나기가 어려워요. 맑고 높은 여가수의 목소리는 나무 그늘처럼 서늘하다. 대체 무얼 확인하고 싶었던 걸까. 영월은 알고 있었다. '금세기 최후의 개기일식'이라던 일식 이후에도 지구 어딘가에서는 개기일식이 있었다. 달이 해를 가렸고,

맨눈으로 보지 말라는 금기를 어긴 몇몇 사람은 눈이 멀었다. 그건 그냥 언제 어디서든 일어날 수 있는 일 중의 하나일 뿐이었다.

찌짝이 죽은 다음날, 남편이 출근한 뒤 책상 앞으로 다가서던 영월은 아연했다. 죽은 찌짝이, 분명히 죽어서 뜰 귀퉁이에 묻어버린 찌짝이 화다닥, 달아나 책상 뒤로 숨고 있었다. 조금 있다가 고개를 쏙 내미는 것까지, 분명히 그 녀석이었다. 영월은 뜰로 나가 보았다. 부겐빌레아 그늘, 흙으로 덮은 자리는 그대로였다. 그렇다면, 책상 위를 오가던 찌짝이 한 마리가 아니었단 말인가? 나와 늘 눈을 맞추고, 깊은 밤에 찌찌찌찍, 외롭지 말라고 울어주던 녀석이? 그렇다면, 밖에 나갔다 돌아와 눈에 안 띄면 보고 싶어서 방바닥에서 천장까지 구석구석 둘러보던 그 마음은, 죽은 뒤의 애절함은 누구를 향한 것이었나…… 그날 밤, 책상 앞에 옴쭉도 않고 앉아 기다린 끝에 영월은 새 찌짝의 몸 빛깔이 죽은 찌짝에 비해 붉은 기가 돈다는 걸 확인했다. 하지만 한차례 혼돈을 겪은 마음은 이미 죽은 찌짝에게서도 떠난 뒤였다. 마음의 그 간절함도, 지나고 나면 헛것이었다.

울음과 웃음, 기쁨도 그 숱하던 미움도 그리움도, 그 모든 게 하나가 되어버렸어요…… 노래를 들으면서 영월은 목이 싸아해진다. 눈물을 참느라 눈을 홉뜨자 콧물이 고인다. 가방에서 휴지를 꺼내 콧물을 닦는다. 기다렸다는 듯이, 오래 가둬둔 눈물이 흘러내린다. 그를 떠날 때에도, 그가 살고 있는 땅을 떠날 때에도, 빨랫줄에서 말라가는 옥양목처럼 눈물 한 방울 안 흘린 영월이.

에어컨 바람이 차가워서일까, 눈물은 위로처럼 따뜻하다. 한 번쯤은 괜찮다고, 한 번쯤은 울어도 된다고 영월은 자신을 용서한다. 이번엔 다마이의 손이 영월의 손을 덮어온다. 까치발처럼 여윈 손이

서늘하다. 다마이는 제 사랑의 기억을 차곡차곡 접어두고, 신이 가
리켰다고 믿는 길을 걸어갈 것이다. 그 길 끝에서 무엇을 만날지 모
르는 채, 어둠 속을 더듬어가며.

가족! 사랑의 보루인가? 야만의 굴레인가?

공종구 | 군산대 국문과 교수

    지난 세기와 구분되는 새로운 세기의 한국 사회를 진단하는 변별적 표지로 예상해 볼 수 있는 구체적인 세목들로는 어떠한 것들이 있을까? 여성들의 사회·경제적 지위 향상, 사회적 약자나 소수들을 위한 다양한 시민 사회 운동의 활성화, 무한 욕망을 작동 기제로 하는 자본의 무차별적 개발로 인한 극심한 환경 오염과 생태계 파괴, 막다른 골목에 다다른 자들의 폭력과 테러의 일상화, 마약 중독이나 청소년 범죄와 같은 일탈 행위자들의 폭발적인 증가…… 이 목록에다 '가족 공동체의 해체와 다양한 가족 모델의 등장'이라는 징후를 하나 더 추가하는 데 딴죽을 걸거나 끙짜를 놓을 사람은 아마 없을 것이다. 그리고 이 마지막 목록과 관련하여 이혜경은 문제적인 작가가 아닐 수 없다. 1982년 「우리들의 떨켜」로 등단한 이후 발표한 『길 위의 집』이나 『그집 앞』 등의 작품을 통해 이혜경은 동어 반복의 혐의를 무릅쓸 정도로 '가족'을 화두로 삼는 글쓰기를 계속해 오고 있기 때문이다. 도대체 무엇이 이혜경으로 하여금 이토록 집착에 가까울 정도로 가족의 문제에 매달리게 하는 것일까? 가족을 이혜경 개인의 기억 안에 도사린 트라우마로 작동시킬 정도로 절실한 원체험은 과연 무엇일까? 정치한 정신 분석학적 접근을 요하는 그러한 작업은 「일식」에 대해 소략한 작품론 성격을 지닌 이 글이 감당하기에는 버거운 과제이다.

"이혜경의 소설은 집과 가족에 대한 기억으로부터 뻗어나온다. 집과 가족의 밧줄에 묶인 자의 고통과 괴로움은 이혜경 소설의 밑바탕을 이루는 곡진한 체험이다. 인내와 고통을 간직한 침묵하는 여성이야말로 이혜경 소설의 진정한 주인공이다"라는 백지연의 독법은 이 글의 대상 텍스트인 「일식」을 해석하는 데도 여전히 유효한 틀로 작용한다. 이 작품 또한 가족 서사의 범주에서 벗어나지 않고 있기 때문이다. 영월과 다마이라는 두 여성 인물을 초점으로 하여 가족의 가치를 진단하고 있는 이 텍스트의 의미론적 중심에 놓이는 문제는 크게 두 가지이다. 하나는 가족의 의미를 성찰하는 작가의 시선이며, 다른 하나는 그 의미와 관련하여 반복적으로 동원되는 일식 현상의 상징적 함의이다. 따라서 이 두 가지 문제에 대한 성실한 탐색이야말로 이 작품의 해석적 요체가 아닐 수 없다.

금지와 명령을 기제로 하는 가부장제와 여성에 대한 억압을 존속시키는 주요한 제도로서의 가족의 폭력을 지배적인 서사 대상으로 초점화시킨 이전의 가족 서사들에서와 마찬가지로 이 작품에서도 가족의 의미를 바라보는 이혜경의 시선은 냉정하면서도 견고하다. 그런 점에서 존재의 출발이면서 뿌리이자 인간 실존의 근저(根底)로서의 농촌 공동체와 가족에 대한 도저한 향수와 회귀 욕망을 결코 감추려 들지 않는 신경숙의 시선과는 사뭇 대조적이다. 가족 공동체의 해체와 붕괴를 반복적으로 변주하는 다른 소설들에서와 마찬가지로 이 작품에서의 가족 또한 포근한 안식처가 아니라 균열과 소외의 공간으로 등장한다. 인도네시아를 배경으로 진행되는 이 작품에서도 가계를 책임져야 할 아버지나 남편은 부재하거나 흔적으로만 기생할 뿐이다. 그로 인해 '아비 없는 혼혈아를 홀로 키워야 하는 어머니들은 길거리로 몰려 나와 날품을 팔거나 구걸 행각을 하다 돌아가 누울 안온한 집 한 칸조차 없어 밤이면 얄따란 천이나 신문지를 덮고 노숙하면서 폐포 깊숙이 스며든 그을음을 뱉어내는 노역을 감내하거나', '부양해야 할 부모와 가르쳐야 할 동생'을 둔 다마이처럼 실질적인 가장의 멍에로부터 벗어나기 위해 자신의 전공인 영문학을 한국에서의 가정부 자리와 등가적 교환의 대상으로 도구화하며 자신의 집과 고국을 떠나고자 하는 도피 심리만을 강박적으로 반추하거나, 그애처럼 '포장마차에서 제공하는 점심 한 끼가 전부'일 수도 있는 월급을 위해 '혼절할 듯한 한낮의 열기 속'에서 자동 인형의 추파와도 같이 '아무 뜻도 전하지 못하는 열창'을 반복할 뿐이다.

하지만 이 작품은 가부장의 권위와 폭력으로 무장하거나 부양 능력을 상실한 아버지로 인한 가족 구성원들의 상처와 인고를 통해 가족의 의미를 성찰했던 이전의 가족 서사들과는 그 초점을 달리한다. 대신 이 작품은 부부나 연인 관계를 축으로 가족의 의미를 성찰하고자 한다. 이를 위한 대립적 표지로 기능하는 인물들이 '영월을 축으로 한 그와 남편'과 '다마이를 축으로 한 토니와 샤하르'이다. 먼저 영월을 축으로 한 그와 남편의 관계를 통해 가족의 의미를 성찰하는 매개로 기능하는 의미소는 욕망(사랑)과 금기(관습)의 대립이다. 영월에게 '달이 차오르는 듯'한 충만한 에로스의 감정을 안겨주던 유부남인 '그'와의 사랑은 소도의 경계를 넘어서는 순간 '보아서는 안 될 것을 본, 탐내서는 안 될 것을 탐낸' 죄인이 될 수밖에 없는 상상계의 욕망이다. 따라서 '위반으로의 은밀한 초대'(엘렌 식수스)인 그와의 사랑은 상징계의 엄연한 금기와 질서가 해체되고 무화되는 소도 내에서만 가능할 뿐인 위험한 사랑이다. 위반으로의 은밀한 초대를 거부하고 상징계의 금기와 질서를 수락하는 과정에서 이루어진 남편과의 사랑 없는 가정 생활은 영월에게 무의미하고 소외만을 경험하게 할 뿐이다. '금세기 마지막 개기 일식 당시, 달이 해를 가릴 때, 그걸 보다가 망막이 타버려서 마침내 빛의 세계'에서 추방당한 마스똠을 불안한 심정으로 수소문하는 것도 눈이 멀까 두려워 상징계의 금기를 위반하지 못하고 남편과의 소외된 결혼 생활을 반복해야만 하는 자신의 처지를 조금이라도 위로받을 수 있으리라는 방어기제에서이다. 각 방을 쓸 정도로 건조하고도 사물화된 부부 관계를 유지해 오던 영월에게 남편의 비서로 근무하는 인다와의 외도는 결단의 상황으로 몰고 간다. 그러나 영월은 결단을 내리지 못하고 '그들의 소풍길을 막아야 할지 아니면 영월이 다시 떠날 것인지'를 두고서 갈등한다. 인다 또한 현지에서 수없이 많이 들은 바있는 아비 없는 혼혈아를 키우는 여인들의 불행한 삶을 반복할지도 모른다는 연민과 애정에서이다.

한편, 다마이를 축으로 한 토니와 샤하르의 관계를 통해 가족의 의미를 성찰하는 매개로 기능하는 의미소는 욕망(사랑)과 조건의 대립이다. 간절히 사랑하는 토니와 온갖 공세를 통해 사랑을 얻고자 하는 샤하르 사이에서 극도의 갈등을 경험하던 다마이는 결국 샤하르를 선택하게 된다. 실질적인 가장 노릇을 하며 가난의 비참함을 뼈저리게 알고 있는 다마이로서는 결혼 비용조차 마련하지 못할 정도로 현실감각이 결여된 토니에게 자신의 일생을 맡기는 것은 도박일 수도 있기 때문이다. 극도의 번민과 갈등 끝에 자신의 결혼 상대자로 샤하르를 선택하는 중요한 결단을 꿈이나 우연과 같은 운명론적 세계관에 의탁하는 다마이의 미래를 바라보는 이혜경의 시선은, '다마이는 제 사랑의 기억을 차곡차곡 접어두고, 신이 가리켰다고 믿는 길을 걸어갈 것이다. 그 길 끝에서 무엇을 만날지 모르는 채, 어둠 속을 더듬어가며'라는 서술자의 진술이 암시하고 있는 것처럼 지극히 불안하기만 하다.

이러한 서사 설정을 통해서 이혜경이 제시하고자 하는 가족의 성찰은 무엇인가? 상상계의 욕망은 상징계의 금기를 위반해도 좋을 정도로 진정한 것인가? 아니면, 상징계의 질서는 상상계의 욕망을 억압해도 좋을 정도로 가치있는 것인가? 질문의 방식을 좀더 전통적이면서도 소박한 형태로 바꾸어, 사랑인가 가족인가?(영월), 돈인가 사랑인가?(다마이) 이에 대해 이혜경은 섣부른 단정은 유보한다. 그 정답은 이혜경 소설의 인물들처럼 집을 떠나 길 위에서 불안스레 방황하고 있기 때문이다. 그런 점에서 "가족주의의 온전한 복원도 아니며, 그렇다고 가족의 전면적인 부정도 아닌 회색지대를 고수하는 작가는 고독하다"라는 백지연의 진단은 정곡을 꿰고 있다.

삼 년을 체류 예정으로 떠난 인도네시아에서의 현지 체험과 관찰이 바탕이 되었겠지만 그곳에서도 여전히 가족을 화두로 지속되는 이혜경의 글쓰기 행위! 공간의 외연을 확장하면서까지 가족에 대한 성찰을 강박적으로 반복하는 이혜경의 문제의식은 과연 무엇일까?

　가족!

　사랑의 보루(堡壘)인가?

　야만의 굴레인가?

동시에

조 경 란

1969년 서울 출생.

1996년 〈동아일보〉 신춘문예 단편 「불란서 안경원」 당선.
장편 『식빵 굽는 시간』으로 「문학동네」 제1회 신인작가상 당선.

소설집 『나의 자줏빛 소파』 『불란서 안경원』,
중편소설 『움직임』, 장편소설 『가족의 기원』
『우리는 만난 적이 있다』 등이 있음.

동시에

조 경 란

　아주 오래 전부터 이 땅에는 나무들이 자라났고 그 나무들이 모여 숲을 만들었고 사람이 생겨났단다. 나무들이 울창하게 자라면 신들은 나무를 쪼갰다. 쪼개진 나무 조각들이 사람이 되었다고도 하고 나무들이 스스로 쪼개져서 여러 쌍의 사람이 되었다고도 한다. 누군가는 열매를 맺는 대신 남자와 여자를 낳는 나무에 관해 이야기하곤 했었다. 그 남녀는 키가 몹시 작은 탓에 나무 안에서 살았고 사람들은 바람이 불면 이들의 몸이 얼음처럼 차가워졌다가 바람이 멈추면 다시 건조해졌다고도 하는구나. 먼 나라에서는 양을 낳는 나무도 있었으며 열매 대신 흰 거위가 주렁주렁 달린 나무도 있었다고 전해진다.

　바람과 안개와 눈과 비 속에서 나무들은 자랐고 봄이 되면 나무의 씨앗털들로 인해 세상은 눈가루를 뿌린 것처럼 희고 환해지기도 했다. 씨앗은 점점 더 멀리 퍼져나가 새로운 나무와 사람을 만들었으나 그들은 태초의 기억을 차츰 잊어버린 채 각각의 이야기를 만들며 늙고 병들어 갔단다. 기억을 잃어버린 탓에 사람들은 제가 어디서 왔는지 숲은 어떻게 만들어지고 한 그루의 나무들은 어떻게 씨앗이 만들어졌는지 모두 잊어버리고 말았지. 그래서 숲과 함께 형성된 크고 작은 지역들은 한때 모두 큰 강의 하류였다는 것, 강 하류에는 원래 울창한 숲이 형성되어 있었으며 물이 풍부했었다는 사실도 까맣게 잊혀졌다. 그 지역들은 오늘날 모두 황폐해졌거나 사막이 되어버렸다. 숲이 사라졌기 때문이지. 곡식을 심고 경작하게 되면서부터 사람들은 숲을 파괴하기 시작했단다. 나무들은 점점 잘려나갔고 상류 지대까지 숲이 파괴되었으며 이로 인해 홍수와 가뭄이 반복되었다. 호수 바닥 퇴적물인 꽃가루 분석을 통해서 과거에 살았던 식물의 종류와 양을 조사한 결과 사하라 사막도 그 옛날에는 숲이었다는 사실이 밝혀지기도 했단다.

그러나 생존의 위협을 느낀 나무들은 서로 도와가며 번식해가는 방법을 터득하기 시작했고 애야, 보통 삼사 년 주기로 열매를 낳는 나무들 이외에 포플러나 버드나무, 오리나무처럼 매년 수많은 양의 열매를 생산하는 나무들도 생겨났단다. 그 중에는 천년이 지나도 썩지 않는 열매들도 있었단다. 씨앗들은 바람과 새의 날개를 타고 멀리, 더 먼 곳으로 이동해갔다. 돌과 풀과 하늘과 태양의 기억을 간직한 씨앗들은 나무와 나무 사이, 아직 알려지지 않은 깊은 숲 속으로 혹은 단단한 아스팔트 속을 뚫고 땅 속으로 숨어들었다. 오랜 시간이 지난 후 씨앗들은 하나둘씩 발아하기 시작했고 새로운 작은 숲이 생기고 사람들이 새로 태어나곤 했다. 사랑하는 나의 조카 윤

슬아. 너는 숲이 무너지기 시작하고 남아 있는 숲마저 한밤의 벌목
꾼들의 도끼질에 난도당하고 있을 때, 저 먼 곳의 구름과 바람과 태
양을 거처 이곳에 날아온 한 점 작고 흰 씨앗이란다.

한때 잊혀졌었던 나무와 숲과 지금도 우리 머리 위를 떠다니고
있는 저 환하디 환한 씨앗털들에 관해 이야기 한다면 얘, 윤슬아,
너가 깨어날 수 있을까. 어쩌면 너는 지금 저 씨앗털들과 함께 가볍
고 작은 새처럼 허공을 날고 있을 테니까. 그러나 얘야, 너무 멀리
가지는 마라. 너무 멀리 간다면 다시 이곳으로 돌아오기 위해선 십
년, 이십 년, 혹은 백 년도 더 넘는 긴 시간이 필요할지도 모른단다.
그러니 얘야, 이젠 그만 눈을 좀 뜨렴.
네가 침울한 눈빛으로 고개를 저었을 때 나는 그래도 너를 데려
가야 하지 않을까 잠깐 망설이기도 했다. 그러나 너는 줄곧 혼자 있
고 싶어했고 네가 사랑하던 공원과 그림과 음악과 그리고 이모부나
나도 너에게 도움이 되지 못한다는 걸 우리는 서로 너무도 잘 알고
있었잖니. 그렇다곤 해도 너를 혼자 두는 게 아니었는데. 그랬는데,
윤슬아, 나는 너를 빈 집에 혼자 두고 죽은 자를 위한 기도를 하기
위해 집을 비웠구나.
미광사에 도착했던 때가 아침 열시 무렵이었다. 새털구름 하나 없
이 날은 맑고 화창했지만 불씨 하나만 튀어도 온 산이 활활 타버릴
정도로 건조했다. 대웅전을 지나 지장전에 들어가려고 신발을 벗으
려는데 퍼뜩 멀리서 개 짖는 소리가 들리기 시작했다. 주위를 둘러
보았지만 어디에도 개는 보이지 않았다. 개 짖는 소리라고 생각했던
건 차츰 새 울음소리처럼 들려왔고 그것이 나는 까마귀나 까치나

아니면 검은등뻐꾸기의 울음일 거라고 생각했단다. 그러나 하늘 어디에도 새 한 마리 보이지 않았다. 개의 울음소리인지 새 울음소리인지 분간할 수 없는 그 칵칵 소리는 마침내 목을 부러뜨리는 것처럼 칵! 절정을 향해 치닫다가 이윽고 그쳐버렸다. 사위가 조용해진 후에야 나는 지장전으로 들어갔다. 죽은 자들의 이름이 씌어진 수백 개의 흰 등이 켜져 있었지만 지장전은 맞은편 부처가 보이지 않을 정도로 어두컴컴했다. 그 어둠 속에서 나는 오랫동안 무릎을 꿇고 있었다. 병하라는 청년에게 그 일이 일어난 순간 혹시 너도 그런 소리를 들었었던 거니?

집으로 돌아왔을 때, 혹여 네가 잠이라도 들었을까 싶어 열쇠로 문을 따고 안으로 들어갔다. 네 방을 지나치는데 지장전 툇마루에서 들었던 그 울음소리가 들려오는 것 같았다. 너의 방에선 커다란 북의 여운 같은 울림소리가 은은히 들려오고 있었다. 또 음악을 틀어놓고 잠이 들었나보다, 나는 생각했었지. 세수를 하고 옷을 갈아입고 저녁 반찬으로 먹을 호박나물을 다 무치고 났을 때까지도 음악은 되풀이해 들려왔고 너는 깨어나지 않았다.

그래, 한병하. 그 청년을 내가 어떻게 잊을 수 있겠니. 그가 우리 집에 처음 와서 저녁식사를 함께 하던 날, 매번 너를 데려다주면서 공원 그네에 앉아 네 방에 불이 켜지기를 기다리던 청년. 지난번 명절에 그가 선물로 들고왔던 송이버섯이 아직도 냉장고에 남아 있는데.

생각나니, 윤슬아? 그가 처음 우리 집에 왔을 때 그가 나를 어머님, 이라고 불렀던 것을. 너와 자매처럼 자란 나에게. 너는 보지 못했을 거다. 곁에 앉아 있던 이모부가 슬그머니 나의 어깨를 감싸안는 것을. 나는 이모부의 팔에 내 팔을 끼워넣고 무성히 잘 자란 자작나무 같은 그 청년의 얼굴을 물끄러미 올려다봤단다. 마치 네가 미리 시키기라도 한 것처럼 그 청년은 이모님, 이 아니라 나를 어머니라고 청열한 목소리로 자꾸만 부르더구나. 그랬지. 나는 너의 이모였던 적은 없었다. 그건 너무 먼 이야기구나.

청년이 돌아간 뒤에 너의 이모부가 말했다. 윤슬에게 잘 어울리는 청년인 것 같다고. 나는 반박을 했단다. 무슨 생각을 하고 있던 것인지 이모부가 내 얼굴을 가슴으로 끌어당기더구나. 네가 그 청년을 배웅하고 있는 동안 나는 이모부 가슴에 얼굴을 묻고 흐느끼고 있었단다. 네가 들어오는 소리가 들리자마자 나는 얼른 욕실로 들어가버리고 말았지. 내 붉은 눈을 너에게 들키고 싶지 않았다. 욕실에서 나오니까 너는 저녁 설거지를 다 끝내놓고 이모부와 바둑을 두고 있더구나. 그리고 내 쪽을 쳐다보며 가지런한 치아를 드러내곤 환히 웃었다. 그게 언젯적 일이냐. 아주 먼 옛날처럼 왜 이렇게 가물가물해지는 거냐. ……아니다 애야. 나는 네가 기억하고 있는 모든 것을 아직도 다 기억하고 있단다. 지금의 너의 아픔을 내가 아주 모른다고도 차마 말하진 못하겠구나.

한번 떠난 사람은 다시 같은 모습으로 돌아올 수 없단다. 슬픈 건 헤어졌다는 사실이 아니라 다시 돌아왔을 때 우리가 그의 모습을 알아보지 못하는 거란다. 그는 너를 떠나지 않을 거다. 네가 병하를 잊을 수 없는 것처럼. 저 바람은 씨앗을 멀리 퍼트리는 힘을 갖고 있단다. 병하는 또다른 씨앗의 모습으로 너를 찾아올 거야. 그러니 너는 깨어나야 한단다. 얘, 윤슬아. 내가 이야기를 마칠 때쯤이면 너는 깨어나겠니. 우리 숲으로 가자. 가서 너와 내 나이를 합한 것보다 더 오래된 나무들도 보고 꽃도 보고 나비도 보고 오자꾸나. 거기라면 그동안 한 번도 하지 못한 이야기를 너에게 들려줄 수도 있을 것 같구나. 얘야, 그 청년이 죽은 건 너 때문이 아니란다.

잔디는 연녹색으로 파릇파릇하게 자랐고 백목련과 자두나무는 꽃을 피우고 열매를 맺고 너와 내가 늦게 일어나면 이모부가 우리를 깨워 마당으로 데리고 나가 배드민턴 채를 손에 들려주기도 했었지. 너와 이모부가 이른 아침에 공을 탁탁 튕기는 경쾌한 소리를 들으며 나는 쌀을 씻고 너의 도시락을 싸곤 했단다. 폭우가 내리고 우박이 떨어지는 한밤이면 겁에 질린 네가 우리 방으로 와 이모부를 한가운데 두고 서로 어깨를 끌어안고 밤을 지새우기도 했었잖아. 여느 가족들처럼 말이다.

병하라는 청년을 만나기 전에 너는 늘 입버릇처럼 이모부 같은 남자를 만나고 싶다는 말을 했었다. 이모부는 그 말을 들을 때마다 쑥스러운 듯 허허 웃고는 내 손을 잡아 쥐었단다. 나와 네 이모부를 쳐다보는 네 눈에 이따금씩 그렁그렁 눈물이 고여 있다는 걸 난 알수 있었다. 그러나 너는 너의 부모에 관해서는 더이상 묻지 않았단다. 네가 이미 알고 있는 사실 외에 달리 내가 해줄 수 있는 말도 없었지만 말이다. 그러고보니 병하를 만났을 때 처음 보는 그의 외모나 말투 같은 것들이 네 이모부를 닮았다는 느낌을 받기도 했다.

네 이모부는 단 한 순간도 너를 우리의 아이가 아니라고 여긴 적이 없는 사람이란다. 쉬운 결정이 아니었을 텐데 이모부는 너와 함께 살겠다고 약속했고 지금껏 변함없이 그 약속을 지키고 있다. 그러나 우리에게도 한때 위기란 게 있었단다. 지금에 와서야 하는 얘기지만, 이모부는 우리에게 아이가 생기지 않는 이유가 너 때문이라고 생각하는 것도 같았다. 우리에게 올 아이가 집에 들어오려고 하다가도 너의 웃음소리나 빨랫줄에 널린 너의 옷을 보곤 그냥 되돌아 어느 낯선 집으로 가버리는 것이라고. 나는 이모부의 등을 할퀴기도 하고 고함을 치기도 하고 꽃병이나 쿠션 같은 것들을 내동댕이치기도 했었단다. 지금 돌이켜 생각해보니 그건 이모부를 향한 적대의 감정이 아니라 그럴 수 있을지도 모른다는 의심에 사로잡히기 시작한 나 자신에 대한 미움과 회한이었는지도 모르겠구나.

그런 날들은 오래 가지 않았다. 십 년쯤 지나자 이모부도 아이를 포기하는 것 같았다. 불임의 원인을 이모부에게나 나에게도 찾을 수 없던 이유가 가장 컸겠지만 우리는 인공수정 같은 건 생각지 않았단다. 너를 두고는, 아니 너와 함께 살고 있는 이상은 그런 일은 해서는 안 되는 일이라고 생각했던 거겠지. 성교를 하고 난 다음날 아침이면 이모부는 자리에서 일어나기 전에 간밤에 꾼 꿈에 대해서 이야기하곤 했었다. 홀씨처럼 작고 가벼운 흰 털뭉치들이 하늘을 선회하다가 개화하듯 화락 벌어져 바람에 갈가리 날아가버린다거나 어느 날인가는 풋사과가 가득 든 바구니가 무릎 위에 놓여 있기도 한다는 등의 이야기였다. 이모부는 간절히 아이를 갖길 원했었던 것 같다. 나는……, 내가 그런 적이 있었던가는 잘 모르겠구나. 나는 이미 너와 함께 살기 시작한 지가 이십오 년이 되었으니. 이제 너는 내 언니의 딸이 아니라 나의 딸이고 나의 나무가 되었다. 네가 이모부를 좋아하고 따르는 것처럼 윤슬아, 나는 너의 이모부를 사랑한단다.

그런데 애야, 내가 사랑한 사람은 너의 이모부가 아니란다.

네 팔목에 친친 감았던 수건을 풀기 시작하는 의사를 붙잡고 나는 애원했다. 그 목소리가 의식을 잃은 너에게도 들렸던 것일까. 너는 뭐라 입술을 움직거리면서 한차례 몸을 부르르 떨기도 하더구나. 그 순간 네 심장 박동이 뛰는 움직임에 따라 분수처럼 피가 다시 쿨럭쿨럭 솟아올랐다. 안경을 쓴 의사의 가운과 안경알에까지 너의 붉은 피가 튀어올랐구나. 그리고 내 가슴과 이마에도. 몸 어디에 그토록 많은 피가 숨어 있었을까. 분수처럼 터진 피는 멈추지 않았다. 한밤의 응급실을 지키고 있던 의사와 간호사들은 연락이 닿는 대로 성형이나 정형외과 의사에게 콜을 하고 있었고 한쪽에서는 소독약을 묻힌 거즈로 상처가 난 동맥이 훤히 들여다보이는 네 손목을 소독하고 압박붕대로 지혈을 했단다.

나는 기어이 수술실까지 너를 따라들어갔다. 다시는 너를 혼자 두지 않겠다고 생각했던 것이지. 너의 인대는 크게 손상돼 있었던가 보았다. 동맥결찰수술을 한 후에 다시 인대제건수술까지 했으니까. 하루에도 몇 차례씩 죽음을 목격하는 사람들이라 그럴까. 그들은 한 번도 왜 스물다섯의 아름답고 까만 머리카락을 가진 네가 죽음을 선택했는지에 관해 묻지 않는구나. 너를 살려달라는 나의 애원도 귀담아 듣는 것 같아 보이지 않았단다.

얼음장처럼 차가웠던 너의 발가락과 손 끝에 차츰 온기가 돌기 시작한 건 오늘 오후의 일이란다. 나는 이제 너의 웃음과 청량한 목소리가 아니라 너의 손가락과 발가락을 통해서 네가 살아 있다는 걸 느낀다.

간호사가 와 새 링거를 꽂고 난 후 나는 모처럼 병실을 나와 병원 마당으로 나갔다. 그새 이틀이 지났는데 이모부는 한 번도 병실에 와보질 않는구나. 하필이면 이모부의 서재에 걸려 있던 장식용 칼로. 이모부는 네게 화가 난 게 아니라 장식용 칼을 거기에 걸어두었던 자신을 원망하고 있는 건지도 모른다. 얘야, 깨어나면 우리 이모부랑 먼 섬으로 가 배도 타고 해가 다 기울도록 해변가에 앉아 땅콩을 까먹자. 다시 돌아왔을 땐 이 모든 기억을 다 잊을 수 있도록. 그때쯤이면 네 손목의 상처도 다 아물 것이다.

건조한 하늘엔 흰 구름들이 유유히 흘러가고 꽃 향기를 품은 바람이 먼 데서부터 불어오고 있었단다. 그 바람 속에 얼굴을 쳐들고 앉아서 나는 아픈 너와 병하라는 청년과 오지 않는 이모부와 네 부모와 그리고 한 사람을 떠올리고 있었다. ……그 사람. 천년이 지나도 썩지 않는 씨앗처럼, 고산지대 사막의 죽지 않는 메마른 소나무처럼 내게 남아 있는 사람.

이 년 전 이맘 때 일이다. 그때의 나를 네가 기억하고 있는지 모르겠구나. 나는 혼자 며칠씩 집을 비우기도 했고 이른 새벽에 깨어나 어두운 실내에 우두커니 앉아 있다가 화장실에 가기 위해 잠에서 깬 너에게 몇 번씩 그 모습을 들키기도 했단다. 그건 그 일이 일어난 직후란다.

그때 내가 다니고 있던 해주사에서는 같은 구역에 사는 사람들 몇 명씩 모여 자원봉사활동을 하고 있었다. 혼자서는 몸을 가누지 못하는 사람들을 찾아가 목욕을 시켜주기도 하고 빨래도 해주고 김장을 담가주거나 쌀을 나눠주러 다녔지. 우리 집 건너편 상가 이층에 있는 '터사랑'이란 레스토랑을 기억하고 있니? 거긴 내가 속해 있던 모임의 한 사람이 그때 개업을 시작한 곳이란다. 몇 번인가 너도 이모부를 따라 그곳에 가 밥을 먹고 오기도 했었잖니. 물론 나는 함께 가진 않았지만 말이다. 개업날 이후로 나는 한 번도 그곳에 가본 적이 없단다.

개업하는 날 꽤 많은 사람들이 레스토랑에 모였다. 그날 우리 모임 사람들은 그곳에서 점심을 먹기로 돼 있었는데 몰려드는 손님 탓에 어떤 이는 직접 접시를 나르기도 했고 행주로 탁자를 치워주기도 했단다. 점심 시간이 지나자 조금씩 한가해지기 시작했다. 우리는 차를 마시면서 다음주에 봉사 가야 할 지역 주민들에 관해 이야기를 나누고 있었다. 건너편 테이블에는 주인의 다른 친구들이 몰려와 있었지. 무슨 이야기 끝엔가 우리는 주인을 중심으로 가장 넓은 홀로 자리를 옮겨 합석하게 되었단다. 그 사람들 중에 C 미대를 졸업한 사람이 있었던가보다. 주인이 나를 가리키며 어? 윤슬이 이모도 거기 나온 거 아냐? 라고 물었다. 나는 고개를 끄덕였다. 한 학기를 남겨두고 네 이모부를 만나 결혼을 하게 되었지만 말이다. C 미대를 나왔다는 사람이 나의 전공학과를 물었다. 서양학과요. 몇 학번이세요? 난 조소과예요. 그럼 혹시 서양학과의 김선벼 아세요? 아뇨. 이야기는 그런 식으로 꼬리를 물고 이어졌다. 나는 그만 자리에서 일어나고 싶었단다. 무슨 예감 같은 것도 없었는데 말이다.

아니다, 애야. 의식도 없이 누워 있는 널 붙잡고 이제 와서 내가 왜 거짓말을 하겠니. 나는 그 선배의 소식을 듣고 싶었단다. 그래서 마침내 내가 물었지. 조소과의 정수규 선배를 아세요?

주인의 친구라는 이가 입을 꽉 다물었다. 그리곤 한참이나 내 얼굴을 뚫어지게 쳐다보더구나. 난 긴장했지. 많이 아픈 사람이었으니까. 혹시 이미 이곳을 떠났을지도 모른다는 생각을 여러 번 하기도 했었단다. 봄이 되면, 해마다 봄이 되면. 그래, 내가 결혼을 하면서부터 학교에서 알았던 모든 이와 연락을 두절하고 살았던 것도 그 사람 때문이었다.

소식 못 들었나보네요. ……자살했어요, 이 년 전에. 주인의 친구가 말했다. ……! 찻잔을 집어드는 손, 웃고 있다 채 다물지 못한 입술, 입술 연지를 새로 바르던 사람, 회비를 걷던 사람들, 그리고 한 손으로 턱을 괴고 있던 나. 모두들 꼼짝도 하지 않았다. 긴 침묵이 흘렀다. 어쩌면 그건 나만의 느낌이었는지도 모르겠다. 곧이어 수군거리는 소리와 혀를 차는 소리, 또 정수규라는 남자와 내가 어떤 관계였는가를 묻는 소리들이 들려오기 시작했으니.

……그 순간, 나는 생각했단다. 그가 지금 나를 부르고 있는 거라고. 우리는 다시 한 번 만나야 한다고.

윤슬아, 너 삼 년 전 가을에 너를 찾아왔던 남자를 기억하고 있겠지. 희끗희끗 흰 머리카락이 생기고 그새 오십이 다 된 그 남자는 오랫동안 미국에서 살다가 잠시 돌아온 이모부의 친구였다. 그는 자신이 묵고 있는 호텔의 중국식당으로 우리 세 사람을 초대했었지. 너의 어릴 적 모습을 기억하고 있다는 그를 만나러 가기 전에 몇 번씩이나 옷을 갈아입던 너는 결국 산벚꽃 빛깔의 화사한 원피스를 입고 까맣고 찰랑거리는 머리에 흰 헤어밴드를 하고 집을 나섰다. 너는 이모부와 네 아버지의 친구였다는 그에게서 네가 알지 못하는 네 부모에 관한 이야기들을 들을 수 있을 거라고 기대했었는지도 모르겠다. 네 뺨의 홍조는 돌아오는 길에도 사라지지 않았으니.

우리 세 사람과 그는 저녁식사를 하고 와인 한 병을 마셨다. 몇 번인가 너는 네 어렸을 때 모습을 기억하느냐고 묻긴 했지만 정작 부모에 관해서는 입을 다물고 있었다. 이모부와 나는 까맣게 그을리고 탄탄해 보이는 너의 종아리와 단정한 콧날과 이마가 자랑스러웠단다. 이모부의 친구라는 사람은 오래 전 이 땅을 떠난 이유와 그곳 생활에 관해 짧게 이야기하곤 했었지. 이모부나 나나 술을 잘 못하는 편인데 와인 한 병을 더 주문한 건 그 사람이었다. 그리고 그걸 혼자서 다 마셔버린 사람도. 그 사람은 이틀 후 출국하기로 되어 있었다. 식당에서 일어서려는데 그 사람이 자리에서 일어나는 너의 한쪽 팔을 슬며시 잡아당기더구나. 이모부와 나는 모른 척하고 먼저 입구 쪽으로 걸어나갔지.

다음날 너는 그를 만나러 나갔다. 혼자 보내는 게 마음에 걸렸는지 이모부는 너를 약속장소까지 태워다주고 집으로 돌아왔단다. 돌아온 이모부는 아무 말도 하지 않았어. 나는 초조하게 너의 귀가 시간을 기다리고 있었단다. 너에게 무슨 일이 생겼을까. 그러나 얘야, 나는 이모부와는 달리 별다른 걱정은 하지 않았단다. 난 그 사람을 잘 알고 있거든. 우리가 먼저 그 사실을 털어놓지 않는 이상 그는 자신의 입으로 오래 전 그 이야기를 꺼낼 사람이 아니다. 그랬다면 그는 떠나지 않았을 거야.

다시 말하지만 얘야, 나는 한 번도 너와 함께 살았던 시간들을 후회해본 적이 없다. 너가 내 언니의 아이라고 생각한 적이 없는 것처럼. 그러나 이따금씩은 돌이켜보곤 한단다. 너를 혼자 두었으면, 그랬으면 지금쯤 네 곁에는 어쩌면 우리가 아닌 다른 사람이 너와 함께 있을 텐데. 혹시 우리가 그의 자리를 빼앗아간 것은 아닌지 하는 생각들을.

네가 태어난 다음해 동대문 시장에서는 큰 불이 일어났단다. 내 어머니와 아버지가 일하던 포목점도 마찬가지였지. 그 일대 상점들이 모두 불타버리고 수없이 많은 사람들이 죽어나갔단다. 그곳에서

일하던 내 부모와 스물한 살의 네 엄마도. 나는 세 사람 몫의 밥이
든 찬합을 싸들고 포목점을 향해 가고 있던 참이었다. 포대기에 싸
인 너는 내 등에 한쪽 볼을 댄 챈 잠들어 있었고. 그토록 거대하고
큰 불을 나는 지금껏 본 적이 없다. 무너지는 기둥 소리와 사람들의
아우성 속에서 불꽃은 아랑곳없이 맹렬하고도 거침없이 타오르고
있었다. 지난해 이맘때쯤인가 동해안 일대에 큰 산불이 났었던 걸
기억하고 있겠지. 텔레비전으로 그 산불을 지켜보면서 나는 자꾸만
찬물을 들이켰단다. 너는 그 산에서 타고 있을 오래된 나무와 나비
와 시냇가에서 물을 먹고 있던 고라니를 염려하고 있었지. 내 기억
속에선 그 산불도 이십삼 년 전의 불보다 두렵고 무서운 존재는 아
니었다. 산불은 열흘이 지나도록 진압되지 않았는데 말이다.

그렇게 너는 나에게로 왔다. 나의 형부, 네 아버지란 사람은 그
후 얼마쯤 더 이곳에서 피폐한 얼굴로 살아가다가 돌연 이 나라를
떠나버렸다. 너를 내게 맡기고. 다시 찾으러 오겠다는 약속도 하지
않고서. 형부는 그때 너를 버렸다. 그리고 한 번도 이 땅으로 돌아
오지 않았단다. 나는 형부의 이름을 너에게 가르쳐주지 않았다. 혹
여 네가 그를 미워하게 될까봐 두려웠을까. 어쨌거나 그는 한때 내
언니를 사랑했던 사람이었으니.

네가 아주 안 돌아올 길을 간 것도 아니었는데 나는 네가 돌아오
는 시간까지 잠을 이루지 못하고 내내 대문 앞을 서성거렸어. 네가
택시에서 내릴 때 옆자리에 앉아 있던 그와 내 눈이 마주쳤다. 이모
부의 친구는 택시에서 내리지 않더구나. 너는 짧게 그에게 인사하고
내 쪽으로 돌아섰다. 피곤한 얼굴이었지만 너의 눈은 나를 의심하는
눈빛도 그를 원망하는 눈빛도 아니었다. 그제서야 나는 안정을 찾을

수 있었단다. 그러나 안정은 곧 깨어지고 말았지.

내가 정수규 선배의 소식을 듣고 난 후 고통스런 시간을 보냈을 때 나는 그 무렵의 너를 떠올리곤 했었단다. 넌 내가 아무것도 모를 거라고 짐작했던 모양이다. 이모부의 친구와 헤어진 후 너는 급격히 말수가 줄어들었고 한동안은 이모부와 나와 함께 하는 식사시간도 피했었다. 너는 늘 분주했고 피곤했으며 잠이 많아졌다. 그런 너의 모습을 지켜볼 때마다 나는 톱날로 내 허리를 가르는 듯 선연한 통증이 느껴지곤 했구나. 얘, 윤슬아. 넌 왜 내게 아무것도 되물어보지 않았었니. 그게 나를 더 힘들게 했다는 걸 너는 알고 있을까. …… 고맙구나. 그 말밖에는 달리 할 말이 없다. 그래, 그 이모부의 친구라는 사람은 나의 형부다. 네 아버지란다. 그는 결국 그 말을 네게 하지 못하고 떠났더구나. 그러나 너는 알아버린 거지. 한눈에 그를 알아버린 거야. 지금껏 나에게 말도 못하고.

네가 깨어나면 윤슬아, 그의 이름을 말해주마. 네 아버지의 이름을 가르쳐주마.

……이모부에게도 그리고 너에게도 나는 정수규 선배에 관한 일에 관해서는 아무 말도 할 수 없었다. 나는 이모부에게 사랑의 언약을 했고 이모부는 나를 세상에 태어나 처음 심은 나무에서 열린 첫 열매를 돌보듯 사랑했던 사람이란다. 그런 사람에게 어떻게 내 마음속에 죽지 않고 남아 있는 그에 관해 맡할 수 있었겠니.

너도 알다시피 내겐 친구란 것도 없었다. 정수규라는 사람과 헤어진 후 학교 다닐 때 알았던 사람들과는 인연을 끊다시피 하며 지냈으니. 그날, 레스토랑에서 그 이야기를 듣고 난 후에도 나는 여느 때처럼 절에 열심히 다녔고 자원봉사활동도 빠지지 않았고 식탁도

풍성하게 차렸으며 이모부와 너와 나의 새 옷도 사들이고 마당에
새 나무들을 심기도 했었다. 아무 일도 없었던 것처럼. 그러나 얘야,
나는 누군가에게 내 마음을 털어놓을 수 있는 사람이 필요했었다.
그땐 왜 그렇게 내 곁에 아무도 보이지 않았었는지. 네 아버지를 만
나고 나서 너도 그랬었니? 너도 네 가슴속의 비밀을 털어놓을 수 있
는 누군가를 찾아다니곤 했던 거냐?

　자원봉사활동을 다니던 철거를 앞둔 구역에 사람들이 기피하던
한 집이 있었단다. 늙은 노모를 모시고 사는 중년의 남자가 사는 집
이었는데, 사람들은 그 집에 가길 꺼려했다. 옛날에 벌목하는 일을
했다는 그 남자는 숲에서 입은 화상 때문에 온몸이 거뭇거뭇하게
그을려 있었으며 특히 얼굴 부분은 눈을 마주하고 있기가 힘들 정
도로 상태가 나빴다. 게다가 불에 탄 그의 두 귀는 문드러진 채 양
쪽 뺨에 짓이겨져 있었다. 아주 흉칙한 모습이었다. 사람의 모습이
라고는 생각할 수 없을 만큼. 그는 하루종일 집안에만 틀어박혀 있
었다. 집안에 불도 켜지 않고 말이다.

　몇 번인가 죽을 결심을 했었다는 소문도 막상 그를 만나고보니
소문이 아니었을 거란 짐작이 들더구나. 그와 심한 관절염을 앓고
있는 노모는 동사무소에서 주는 약간의 쌀과 생활보조비로 생계를
이어가고 있었다. 처음에 몇 사람이 함께 그 집에 갔을 때 우리는
거동을 할 수 없는 노모를 이동식 목욕시설로 목욕시켜주고 청소를
하고 쌀과 밀가루를 놔주고 왔었단다. 그러나 아무도 다시 그 집에
가고 싶어하지 않았어. 노모의 아들인 그 벌목꾼을 마주치는 게 두
려웠던 게지.

　나는 꼬박꼬박 일주일에 한 번씩 그 집엘 갔단다. 나와 함께 그

집에 봉사를 다니던 레스토랑 주인도 슬그머니 빠지곤 더이상 오지 않더구나. 내가 고집스럽게 그 집을 다닌 건 화상을 당한 남자나 거동이 불편한 그의 노모 때문은 아니었다. 나는 몰입할 수 있는 일이 필요했고 그 일이 나를 더이상 정수규에 관한 생각을 할 수 없도록 지치게 만들기를 바랐던 거지.

그런데 시간이 지날수록 내가 그 집에 봉사를 하러 다니는 게 아니라 내 마음의 짐을 풀어놓고 온다는 그런 느낌이 들더구나. 특별히 뭔가 벌어지는 일도 없었는데 말이다. 김치나 부식 등을 챙겨주고 노모의 상태를 봐주고 나서 나는 그 집 쪽마루에 한참을 앉아 있다 오곤 했었다. 너도 알잖니. 우리 집에는 나간 오롯이 있을 공간이란 게 없다는 것을. 주방도 베란다도 그건 나만의 공간이 아니다. 수업이 없는 날이면 하루종일 서재에 있는 네 이모부의 세끼 밥을 챙겨줘야 하고 어쩌다 혼자 있을 적이면 나를 발견한 네가 우울한 눈으로 지켜보고 있고. 나는 혼자 있고 싶었단다. 혼자서 그 사람을 떠올리고 싶었지. ……방금 곁에 있던 사람이 갑자기 사라질 땐 그냥 무덤덤하더라. 시간이 흐른 후에야 이토록 설움이 북받치는 것이지.

그 집 쪽마루에 앉아서 나는 혼자 중얼거렸다. 십칠 년 전에 헤어진 그를 향해 원망도 하고 채 털어놓지 못한 그리운 마음도 전하고 지금 내가 살고 있는 모습도 들려주고. 응달진 남의 집 마루에 앉아서 나는 혼자 울고 웃었다. 어느 결엔가 내 옆에 벌목꾼이었다는 노모의 아들이 와 앉아 있는 것도 모른 채 말이다.

그는 어디서부터 나의 이야기를 듣고 있었던 것일까.

헤어질 것을 알기라도 했듯 그래, 곧 죽음을 눈앞에 둔 사람처럼 윤슬아, 병하에게 사고가 나기 전에 너희 둘이 함께 한 사랑의 시간을 우리는 알고 있었지. 그러나 나는 병하라는 청년이 자신의 죽음을 미리 알고 있었다고는 정말이지 생각하지 않는단다. 그는 다만 그 여느 때처럼 너를 사랑하고 아꼈던 걸 거야. 지금에 와서 돌이켜보니 어쩌면 그것이 전부가 아니었을 거란 짐작이 드는 것이겠지만 말이다. 병하의 죽음은 이미 정해진 게 아니었을까. 아무튼 죽음을 앞둔 병하는 그 어느 때보다 더욱 너를 사랑했고 너희는 잠시라도 헤어져 있는 시간을 못 견뎌 했었다. 옆에서 지켜보는 나와 이모부가 불안할 정도로. 이따금씩 너희 둘이 밤의 대문 앞에서 차마 헤어지지 못해 부둥켜안고 있는 것을 이층 베란다에서 내려다볼 때면 너희는 곧 활활 불타버릴 듯한 칠월의 석류나무들 같았단다. 네가 정원의 새벽 이슬을 밟고 들어오기 시작한 것도 그 무렵이었지.

……나는 바리다제라는 소염제와 세파클러라는 항생제, 그리고 진통제를 정량의 절반만 물에 개어 네 입술 사이에 흘려넣는다.

벌목꾼이었다는 그 남자에게 나는 정수규에 관한 모든 것들을 다 털어놓았단다. 혼잣말에 불과했겠지만 그는 내가 쪽마루에서 일어나 그 집 대문을 나설 때까지 언제나 내 곁에 잠자코 앉아 있었단다. 너와 네 이모부에게도 하지 못한 말들을 그에게 했던 건 아마 그의 귀가 온전치 못하다는 이유가 가장 컸을 것이다. 그렇다고 그가 아무런 소리를 듣지 못하는 것도 아니었는데. 시간이 흐르면서 나는 차츰 그가 내 비밀을 지켜줄 거라는 확신을 했단다. 그는 정말 귀가 없는 사람처럼 행동했으니까. 그런데 어느 날인가 그가 불쑥 이런 말을 하더구나.

나무를 베는 일은 한 순간에 이루어지는 것처럼 보이지만 그건 아주 계획적인 일입니다. 우리들은 돌아오는 겨울이나 새 봄에 죽어야 할 나무들을 골라 동력 톱으로 껍질을 벗겨놓습니다. 미리 표시를 해두는 거지요. 멀리서 보면 표시를 해둔 나무들은 마치 흰 띠를 두른 것처럼 보입니다. 그런데 난 아주 이상한 점을 발견했습니다. 껍질을 벗겨놓은 나무들은 모두 마지막으로 꽃을 피울 때 그 어느 때보다 특별히 많은 씨앗을 맺고 있다는 것입니다. ……나무들은 제가 죽을 때를 미리 알고 있었던 겁니다. 그런데 한 가지 더 이상한 점은 껍질을 벗겨놓은 나무들이 있는 계곡 맞은편의 나무들은 껍질을 벗겨놓지도 않았는데도 엇비슷한 시기에 유독 많은 꽃과 씨앗을 맺고 있었다는 사실이었습니다. 난 그 이유를 알 수 없었습니다. ……그 숲에서 번개 때문에 산불이 난 건 그 다음해 봄이었습니다. 아직 벌목을 시작도 하기 전이었어요. 처음에 난 뭐에 홀린 듯한 기분이 들었습니다. 그래요, 맞은편 계곡의 나무들 역시 자신들이 죽을 때를 알고 있었던 것이었습니다. 그래서 생의 마지막으로 죽을힘을 다해 꽃과 열매와 씨앗을 힘껏 맺어놓았던 거였어요. 그게 자연의 자기보존 기능이 아니었나 생각합니다. 나는 벌목할 생각도 못한 채 일꾼들 사이를 빠져나와 숲 속을 마구 헤매고 다녔습니다. 뭔가 또 내가 발견하지 못한 사실들이 숨어 있을 것만 같았거든요. 아니, 난 사실 무서웠던 건지도 모릅니다. 계곡을 벗어나 한참을 걸었어요. 그런데 그 계곡을 중심으로 오십 킬로미터 반경의 나무들 모두 같은 현상을 보이고 있다는 걸 발견했습니다. 먼 곳에서 죽어가는 나무들이 어떤 물질을 분비하고 바람에 의해 그 물질이 다른 나무들에 가 닿아서 신호를 주고받을지도 모른다는 짐작을 한 건 한참 후였습니다. ……내가 놀란 건 그 사실보단 표시를 해놓은 나무들이 이미 죽을 때를 알고 있다는 사실이었습니다. 그리고 그 유난히 탐스런 꽃과 열매와 씨앗들…… 사람도, 난 다르지 않을 거라고 생각합니다.

내 쪽을 쳐다보지도 않은 채 그는 단숨에, 그러나 또박또박한 어조로 말을 이어갔단다. 나는 그의 귀를 쳐다보았다. 살갗이 짓이겨져 뺨에 찰싹 달라붙은 귀를. 그랬는데도 그는 내 말을 다 듣고 있었던 거였지. 어쩌다가 그런 화상을 입게 되었느냐고, 처음으로 나는 그에게 물었단다. 그는 입을 다물고 있었다. 나는 마스크로 얼굴을 가린 남자의 보이지 않는 입술을 고집스럽게 쳐다보고 있었다. 그는 이미 내 생의 가장 큰 비밀을 알고 있는 사람이었으니까.

나는, 위험을 느꼈습니다. 숲에서, 나무를 베어내고 있을 때 말입니다. 바람이 부는 날엔 나무들은 더 사납고 난폭하게 변합니다. 살아 있는 짐승처럼 말예요. 나는 될 수 있으면 바람이 부는 날엔 일하러 나가지 않았습니다. 내 앞으로 서서히 다가오는 위험을 감지했던 거지요. 그 날도 꽤 바람이 심하게 불어댔습니다. 그날은 별 수 없이 나도 숲으로 갔어요. 중장비 톱을 돌리기 시작했습니다. 바람이 거세지기 시작했어요. ……나무들이 내게 복수를 하려 한다는 느낌에 사로잡히기 시작할 때는 이미 모든 게 늦어 있었습니다. ……숲은 기억력이 아주 좋아요. 특히 복수를 할 때는 말입니다.

거기서 그는 말을 멈추었다. 나는 그에게 무슨 일이 벌어졌었는지 짐작할 수 있었지. 평생을 벌목하는 일로 살아온 그는 아마도 영원히 마스크나 모자를 벗지 않고서는 외출할 수 없을 거란 생각도 했단다. 그런데 숲의 복수라니. 그건 너무 무서운 이야기였단다. 어느새 나는 어깨를 덜덜 떨고 있었구나. 한 그루의 나무도 베어본 적도 없는 내가. 그러나 난 정말 무서웠단다. 내가 기억하지 못하는 새 무심코 마당의 치자나무를 죽였을지도 모르고 회양목을 베어 넘어 뜨렸는지도 몰랐으니까. 혹은 나무로 가장한 다른 무엇인가를 미처 알아보지 못하고 날카로운 톱날을 갖다댔는지도 모를 일이잖니.

그는 숲에서 본, 서로 나무 껍질을 벗겨 상대방에게 내던지며 싸우는 나무들에 관한 이야기도 들려주었단다. 그들은 전생에 서로 화목하게 지내지 못했던 부부들이었을 거라고. 그리고 그는 키득키득 웃었다. 아마도 말을 돌리고 싶은가보다 생각했지. 그러나 나는 다른 생각을 할 수는 없었단다. 죽음을 미리 알고 있던 나무들…… 나는 그 전해 봄의 이야기를 벌목꾼에게 하기 시작했다.

이상하게 봄이면 더욱 그가 생각났어요. 오래 폐결핵을 앓던 사람이었죠. 해마다 봄이 되면 그가 아직 살아 있을까, 혹은 벌써 오래전에 죽은 건 아닐까 생각했죠. 지난 봄이었어요. 정말이지 견디기 힘들 만큼 갑자기 그가 보고싶어졌어요. 어떻게 수소문을 해 그의 거처를 알아볼까 하는 생각까지 했거든요. 하지만 관두고 말았어요. 한 번 그를 만난다면 다시 그를 만나지 않고는 더는 견딜 수 없을 게 분명했으니까요.

……그랬구나 윤슬아. 나는 자신이 없었단다. 한 번 그를 만나게 된다면 난 다시 그를 사랑했던 예전의 나로 돌아가버릴 것만 같았단다. 그와 헤어진 십칠 년 동안 내가 껴안고 있던 모든 것들을 훌훌 다 버린 채 말이다.

그해 봄에 나는 꿈을 꾸었다. 그와 나는 서로의 몸을 부둥켜안고 있었지. 내 눈두덩과 목덜미와 어깨를 만지는 그의 손길이 그토록 생생할 수가 없었단다. 내 몸의 솜털들이 보시시 일어나는 소리까지

들릴 정도였지. 마침내 그의 손이 내 가슴으로 파고들어왔을 때 나는 번쩍 눈을 뜨고 말았다. 꿈에서 깨어난 후에도 한참 동안 식은땀을 흘리고 있었단다. 그 생생하고 선명한 손길은 정녕 꿈속의 일이 아닌 것만 같았으니까. 내가 잠든 사이에 그가 다녀갔을까, 나는 자리를 박차고 일어나 집안 곳곳을 휘둘러보기도 했단다. 난 그의 뜨겁던 손길을 오랫동안 떠올리고 있었단다.

헤어지기 얼마 전, 나는 한밤에 그의 화실로 혼자 찾아갔었다. 난 내 손으로 옷을 벗고 그가 막 일어난 간이침대로 들어갔어. 불이 꺼지는 소리가 들리더구나. 난 후룩 숨을 들이쉬었지. 그리고 그가 오기를 기다렸어. 나는 그에게 나의 첫 몸을 주고 싶었구나. 네가 병하라는 청년에게 그러했던 것처럼. 문 소리가 나더구나. ……밤 내내 그는 돌아오지 않았다.

그 꿈을 꾸고 난 며칠 후, 막 봉오리가 터지기 시작하는 화단의 목련 아래 혼자 앉아 나는 중얼거렸단다. 이제 그가 죽었나보다, 라고.

그게 지난 봄의 일이었어요.

벌목꾼이 내 쪽을 돌아다보고 있었다.

그리고 일 년이 지난 올 봄에 난 낯선 장소에서 생전 얼굴도 모르는 이한테 그가 죽었다는 소식을 듣게 된 거였죠.

무슨 뜻인가, 벌목꾼이 고개를 끄덕거렸다.

어쩌면 그도 자신의 죽음을 알고 있었는지도 몰라요. 그런데 그는 그때 날 사랑하지 않았어요. 우리의 마지막은 정말이지 끔찍했죠. 그는 작업실에 있던 조각들을 바닥으로 다 패대기치면서 이제 그만 자신을 떠나라고 소릴 쳤죠. 석고상들이 조각조각 나 사방으로 튀어올랐어요. 누군가 먼저 그 자리를 떠나지 않는다면 그예 누구 하나

다치거나 더 큰 사고가 날 것만 같았어요. 난 울면서 뒷걸음질쳤어요. 내가 떠나겠다고, 그러니 이제 제발 그만 하라구요.

그러나 애, 윤슬아. 그때도 난 그가 날 사랑하지 않는 거라고는 생각하지 않았단다. 그는 두려웠던 걸 거야. 자신의 병든 몸과 가난과 한치 앞도 내다볼 수 없던 미래와 그리고 서미향이라는 스물세 살의 젊은 처녀가.

그 후에도 나는 벌목꾼의 집에 자원봉사를 하러 다녔단다. 노모의 몸을 씻겨주고 부식거리들을 놔주고 그 모든 일들이 끝난 후면 벌목꾼과 나란히 쪽마루에 앉아 시간을 보내다 집으로 돌아오곤 했다. 그새 봄이 다 가고 여름이 지나고 가을이 왔단다. 마당의 은행나무가 노랗게 물들기 시작한 날이었다. 나는 일주일만에 그 집으로 갔구나. 일을 끝내고 집으로 돌아오려고 하는데 노모의 아들이 내 팔을 잡았다. 여느 때처럼 마스크와 모자로 얼굴을 가린 그 남자가. 시간을 낼 수 있느냐고, 그는 조심스럽게 내게 물었다. 축 처진 일그러진 눈꺼풀 속의 눈동자는 형형히 빛나고 있었다.

자동차 열쇠를 꺼내려는데 그가 운전석 쪽으로 다가오더구나. 그가 내 자동차를 몰곤 빠른 속도로 달리기 시작했다. 톨게이트를 빠져나갈 때쯤에야 나는 그에게 어딜 가는 거냐고 물어봤단다. 그는 대답하지 않았다. 정오가 지난 뜨거운 가을 햇살이 차창으로 쏟아지고 나는 내 이마와 정수리께가 불에 덴 듯 뜨거워지는 것을 느끼고 있었다. 정선을 지나 그가 차를 세운 곳은 숲 초입의 어느 모퉁이였다.

그는 트렁크에 넣었던 그의 커다랗고 딱딱하게 각진 가방을 어깨에 짊어지곤 앞장섰다. 나는 큰 걸음으로 성큼성큼 숲 속을 향해 올라가는 그의 뒤를 바싹 따르기 시작했지. 그가 내게 어떤 나무 한 그루를 보여주려나보다, 그런 짐작만 한 채 말이다. 그런데 왜?

숲 한가운데서 그는 우뚝 걸음을 멈추었다. 나는 의아한 얼굴로 그를 돌아다봤다. 그의 정수리께에서 땀이 뚝뚝 떨어지는 것이 보였다. 진흙을 덕지덕지 이어붙인 듯한 나무의 메마른 수피를 매만지다가 그게 무슨 나무인가, 그에게 물었다. 갈참나무, 라고 그가 알려주더구나. 그는 아주 오랜만에 숲에 와본 거라고 덧붙였다. 그래, 그랬겠지, 그 큰 산불 속에서 가까스로 목숨만 건져 살아 나왔으니. 그는 아직도 그때의 공포에서 벗어나지 못한 듯 보였다. 어깨를 덜덜 떨고 있는 게 내 눈에 보이기도 했으니까 말이다.

잘 보세요.

벌목꾼이 말했다.

그는 가방을 열었다. 친친 동여맨 까만 전선줄들과 가죽 커버에 싼 톱과 손도끼와 그밖에 내가 이름을 알 수 없는 여러 도구들이 들어 있었다. 애, 윤슬아, 그때 문득 나는 두려워지더구나. 벌목꾼과 나를 제외하곤 아무도 보이지 않는 숲의 짙은 그늘과 앞으로 벌어질 일들이. 그는 수령 백 년은 더 넘을 것 같아 보이는 나무둥치에 대고 전선이 연결된 철못을 박기 시작했단다. 그가 망치로 철못을 나무둥치에 박을 때 아아, 나는 마치 내 몸에 몇 백 볼트짜리 전극을 꼽는 것처럼 진저리를 치면서 부들부들 떨고 있었다.

무, 무슨 짓이에요.

나는 간신히 입을 벌려 소리쳤다.

안심하세요, 이 정도론 나무에 해가 되지는 않습니다.

길게 늘어진 전선에 흰 종이 뭉치를 연결하던 그가 내 쪽을 돌아보며 말했다. 그의 눈은 어느 때보다 평화롭고 고요해 보였다. 나는 숨을 크게 내쉬고 있었다. 내가 진정할 때까지 기다렸다가 그는 백여 미터쯤 떨어진 곳으로 걸어가 곁에 있는 나무에 전선을 연결하기 시작했다. 나는 종내 숲에 혼자 버려질 것을 두려워하는 사람처럼 종종걸음치며 줄곧 그의 뒤를 따라다녔단다. 그는 백여 미터 간격을 두고 서 있는 양쪽의 나무에 전선을 연결하곤 그 중간쯤 되는 위치에 딱딱한 그의 가방을 내려놓았다. 그 가방 위에 두 그루의 나무에 전선이 연결된 흰 종이들을 펼쳐놓기 시작했단다. 대체 무슨 일을 하려는 것일까.

이해하는 것보단 눈으로 직접 확인하는 게 도움이 될 겁니다.

……!

그가 종이 뭉치를 내게 내밀어보였다. 내가 알 수 없는 부호 속에서 가느다란 선이 수평으로 곧게 그려져 있었다.

이 움직이지 않는 선을 잘 보세요.

한 손에 짧은 도끼를 쥔 벌목꾼이 나를 돌아보며 말했다. 나는 고개를 저었다. 그의 말도 그가 지금 숲 한가운데서 벌이고 있는 일들도 나는 하나도 이해할 수 없었으니까.

그러니까 이게 송신 나무가 되는 겁니다.

그가 전극을 연결한 첫 번째 나무 앞으로 나를 데리고 가선 말했다. 나는 고개를 들어 울창한 참나무를 올려다봤다. 우듬지 끝에서 천천히 구름이 흘러가고 있는 게 설핏설핏 보이기도 했다. 돌연히 나는 날이 반짝거리는 도끼를 든 그 벌목꾼이 무서워지기 시작했단다. 그래서 그 송신 나무가 아니라 바람이 불 때마다 한뼘씩 한뼘씩 드러나는 하늘만 연신 쳐다보고 있었던 게지.

마침내 그가 도끼로 한 번, 두 번, 세 번, 송신 나무의 둥치를 내리치기 시작했다.

　쿵, 쿵, 쿵. 나는 귀를 틀어막았단다. 그러나 벌목꾼은 도끼질을 멈추지 않았다. 귀를 틀어막은 두 손이 덜덜 떨려 내 얼굴이 마구 일그러지고 있었을 거다. 꼭 그렇게 세 번, 도끼를 내려친 벌목꾼이 내 손을 낚아채더니 가방이 있는 쪽으로 뛰어가기 시작했다. 나는 군데군데 잘려나간 나무 밑동에 발이 걸려 넘어지면서도 벌목꾼을 향해 따라 뛰어갔다. 가방 위에는 나무와 전선이 연결된 흰 종이 뭉치가 있었고 벌목꾼은 나를 향해 그 종이를 가리켰다. 나는 종이를 들여다봤다. 그리고 믿을 수 없는 일들이 곧 내 눈앞에 벌어지기 시작했구나.

　움직이지 않고 있던 송신 나무의 기록기의 선이 돌연 날개를 파닥거리듯 높이 치솟았다. 그러니까 벌목꾼이 나무를 세 번 내리친 그 순간 말이다. 몸을 떨듯 기록기는 한껏 치솟았다가 어느새 고요하고 일정한 선을 그리고 있었다. 내가 그 기록기를 확인한 것을 눈여겨보고 있다가 벌목꾼은 나를 그 자리에 세워두곤 다른 한 전선이 연결된 오십 미터쯤 떨어진 다른 나무를 향해 걸어갔다. 도끼를 들고서 말이다. 나는 기록기에서 눈을 떼지 않았지. 그리고 그가 수신 나무 둥치에 도끼를 내려치는 소리를 듣고 있었단다. 가슴이 터져나갈 것만 같았다.

　십여 초쯤 지났을까. 그가 수신 나무를 내려친 후 수신 나무의 기록기의 선이 또 높이 치솟기 시작했다. 송신 나무가 그랬던 것처럼. 나는 한 손으로 입을 꽉 틀어막고 기록기를 뚫어지게 쳐다보고 있었다. 송신 나무의 기록 선은 종이 끝까지 치솟았다가 어느 순간 숨을 고르듯 천천히 제자리로 돌아오고 있었다. 꿈을 꾸고 있는 것일까. 주렁주렁 열린 갈색 도토리들과 무성한 나무의 이파리 사이로 내려비치는 가느다란 햇살과 머리카락을 흐트러뜨리는 부드러운 바람과 저 구름과 먼 새의 울음소리와 움푹 패이는 발 밑의 흙들. 아, 나는 그 어느 때보다 맑은 정신으로 깨어 있었던 것이다. 그 깨어 있는 상태에서 애야, 나는 종이 위에 선명히 나타난 나무들의 신호를 분명히 읽을 수 있었다.

……귀를 찢어대는 듯한 커다란 웃음소리가 들려오고 있었다. 나는 반사적으로 고개를 후딱 들곤 내게서 멀리 떨어져 있는 벌목꾼을 쳐다보았다. 그가 온몸을 비틀어대면서 큰 소리로 웃고 있었다. 무서운 숲의 그늘 속에서 그는 비명을 지르듯 웃음을 터트리고 있었다. 그는 울음을 토해내고 있었다. 언제 마스크와 모자를 벗었던 것일까. 그의 울음소리는 한참 더 이어졌다 수신 나무의 기록처럼 서서히 끊겼다. ……숲은 다시 고요해지기 시작했다.

내가 전선의 한쪽을 저기 저 떨어져 있는 나무에 연결시키기 전에 이 수신 나무는 일정한 선을 그리고 있었습니다. 움직임이 없었던 거죠. 그랬는데,

……나도 보았어요.

나는 침울하게 말했다.

두 나무가 멀리 떨어져 있으면 있을수록 수신 나무는 신호를 늦게 받습니다. 그러나 분명한 것은 나무들끼리 이렇게 신호를 주고받는다는 사실입니다.

나는, 아무것도 모르겠어요.

우리가 저 나무들의 교신을 알아듣지 못한다고 해서 그게 존재하

지 않는다고는 말할 수 없습니다.

……우리가 여기 이렇게 앉아 있는 동안에도 저 나무들은 교신을 하고 있을까요?

눈에 보이는 게 전부는 아니겠지만, 그렇다고 확신합니다. 난 숲에서 내 생의 절반을 다 보낸 사람입니다.

나무들이 이미 죽을 때를 알고 있다는 말, 그 유난히 탐스런 꽃과 열매와 씨앗들…… 그게 다 우연이 아니었군요.

그 남자는, 아마 영원히 죽지 않을 겁니다. 당신이 그를 기억하고 있는 한. 당신이 그를 떠올릴 때마다 그도 동시에 당신을 떠올리고 있을 거예요.

나는 연락을 끊고 지냈던 학교 사람들 연락처를 알아내 몇 군데 전화를 걸었다. 그때 정수규 선배와 동기였던 한 선배와 가까스로 연결이 되었단다. 십칠 년이란 시간이 흘렀는데도 불구하고 그 선배가 나를 기억하는 데는 단 몇 초밖에 걸리지 않았다. 선배는 내 이름도 정확하게 기억하고 있었지만 그 이름으로 나를 부르지는 않더구나. 어디서 소식을 듣게 되었느냐고, 무슨 일이냐고도 묻지 않았다. 그는 나에게 성을 내고 있는 사람 같더구나. 한때는 정수규와 함께 어울려 경춘선을 타고 나들이를 가고 작업실을 빌려쓰기도 했던 관계였는데. ……나는 기어들어가는 목소리로 정수규가 있는 장소를 알고 싶다고 말했다. 그는 침묵했다.

이제 와서.

긴 침묵 끝에 그가 차갑게 내뱉은 말이었다. 그래요, 이제 와서. 나는 서슴없이 대꾸했다.

……시간이 많이 흘렀다.

시간이 많이 흘렀지만 그와 사랑을 하던 지난 시절은 내 생에서 따로 오려내 간직하고 싶은 시간이었다. 그러나 나는 그 선배에게 그렇다는 사실을 설명할 수 없었다. 내가 어떤 말을 해도 그에게는 변명으로밖에는 들리지 않을 테니까. 나와 헤어진 후 정수규는 학교를 휴학했고 경기도 벽제에 있던 그 선배 작업실에 머물렀다는 것을 알고 있었다. 내가 아는 사실은 거기까지였다. 선배가 그토록 냉랭한 목소리로 전화를 받지 않았다면 나는 아마도 그에게 한 번 만나자고 했을 터였는데.

착각하지 마라.

……!

그 자식이 죽은 건, 너 때문이 아니다.

상관없어요, 지금 중요한 건 그게 아니니까.

나는 그 선배에게 주눅들고 싶지 않았다. 이상한 오기 같은 것이 서서히 가슴속에서 치솟아오르는 게 느껴지더구나. 오기가 아니라 슬픔이었을까.

파주의 미광사에 있다는 말을 하곤 선배는 다시 말이 없었다. 나는 그가 언제 죽었는지, 죽기 직전에 그가 만난 사람은 누구였는지, 그런 것들이 궁금했다. 그러나 더는 아무것도 물어볼 수가 없더구나. 선배가 여태도 그의 죽음 때문에 고통스러워한다는 게 선연히 느껴지고 있었으니까. 나는 전화를 탁 끊어버리고 말았다.

처음으로 그를 만나러 가던 날, 나는 자동차를 놔두고 구파발까지 지하철을 타고나가 거기서 파주로 가는 시외버스를 탔다. 부러 길을 돌아갈 요량이었는데, 거기서부터 파주까지는 채 삼십오 분이 더 걸리지 않더구나. 그리고 버스는 바로 절 입구까지 가더구나. 버스에서 내리는데 허리가 휘청, 했다. 이토록 가까운 거리에 있다니. 죽어서, 그가 다시 내 옆으로 온 것은 아닐까. 나는 정거장 앞의 아무 나무에나 매달려 울고 싶은 심정이었단다.

석가탄신일을 앞둔 날이었을 거다. 절 입구 양쪽 길가엔 연등이 길게 늘어져 있었고 등을 켜기 위해 접수하는 창구에는 많은 신자들로 붐비고 있었으니까. 차례를 기다렸다가 나는 그의 이름을 대곤 기록을 찾아봐 달라고 부탁했다. 곧바로 지장전으로 가지 않은 건 그가 언제 죽었는가 분명한 날짜를 확인하고 싶었던 까닭이었지. 내 꿈에 나타났을 때, 나를 어루만지다가 홀연히 사라져버렸을 때, 정말 그 무렵이 아니었을까. 기록에는 그의 이름이 남아 있지 않았고 얼마 되지도 않는 장부를 후륵후륵 넘기는 보살의 표정엔 귀찮다는 기색이 역력하더구나. 나는 기어이 목청을 높여 화를 내고 말았다. 그래도 이 절에 있다는 사람인데.

스님 한 분이 내게 다가왔다. 그 절의 주지라고 하더구나. 주지스님은 사십구제를 지낸 사람이라면 그들의 이름을 모두 기억하고 있다고 했다. 그러나 정수규라는 이름은 떠올릴 수 없다고. 무릎이 꺾이는 것만 같았다. 아랫입술을 깨물고 있다가 접수처를 뒤로하고 걸어나왔다. 그러고도 곧바로 지장전으로 가지는 않았구나. 언제 죽었는지도 모르는데, 여기 있다는 게 확실한 것도 아닌데.

스님이 나를 따라나와 그의 나이가 몇 살쯤이나 되었나, 어느 해인가, 물었다. 벽제에서 화장한 후 절에 모시지 않고 바로 절 뒤편의 산에 골분을 뿌렸던 단 한 사람이 있었다고 했다. 스님의 짐작엔 아마도 내가 찾는 정수규가 그 사람일 것 같다고. 스님은 나에게 뒷산으로 오르는 길을 가르쳐주곤 대웅전 쪽으로 사라져버렸다. 여기 와서도 그를 만나지 못한다는 서러움 때문에 눈알이 쓰라릴 지경이었단다. 그리고 혼자 죽은 사람을 사십구제도 지내지 않고 바로 산에다 뿌리기만 했다는 사실도 참아내기 힘들었다. 그와 교제를 하던 무렵에 만나곤 했던 그의 어머니와 세 분의 형님들. 그들은 왜 그런 식으로 홀대하고 내버리듯 정수규를 보내야만 했을까. 나는 휘청거리며 산을 오르기 시작했다.

……산이랄 것도 없었다. 민둥산이었고 얼마 가지 않아 길은 더이상 이어지지도 않았다. 채 오르지도 못하고 선 평지가 전부더구나. 그 황폐하고 막막한 데가 그가 있는 장소라니. 그때 나는 그의 죽음보다 다신 걸음도 하고 싶지 않을 정도로 황폐한 장소에 그가 있다는 사실에 더욱 마음이 아프더구나. 날은 몹시 건조했다. 바람 한 점 불지 않았고 극심한 황사가 며칠째 이어지던 무렵이었다. 어느 누가 그곳까지 와 그를 만날 것인가. 아마도 그가 그 장소에 머문 이후부턴 단 한 번도 아무도 그를 찾아오지 않았을 거란 확신이 서더구나.

나는 그 메마른 땅에 손수건을 깔고 해질녘까지 앉아 있었다. 긴 시간이었지만 나는 그에게 아무런 말도 하지 않았다. 담배 한 가치도 붙여놔주지 않았다. 한데도 시간은 불쑥 흘러가버리더구나. 그날 내가 한 일은 산을 내려와 지장전에 들어가 삼배를 하고 일 년짜리 영가등 하나를 접수한 게 고작이었다. 그 후로 나는 미광사에 가지 않았다. 다시 미광사에 가기 시작한 건 올 봄부터이구나.

미광사에 다녀와 나는 아무데도 나가지 않고 집안에만 틀어박혀 있었다. 봄꽃이 후득후득 다 지고 장마가 시작될 때까지. 장마가 지나간 후에야 나는 다시 해주사에 다니기 시작했고 사람들과 어울려 오랜만에 봉사활동도 나갔다. 그게 벌써 지난 초가을의 일이로구나. 나는 맨 먼저 벌목꾼의 집으로 갔다. 미광사에 다녀온 후 나는 시간이 흐르는 것도 계절이 두 번씩이나 바뀌고 있다는 사실도 미처 몰랐었구나. 벌목꾼의 집에 가 본 뒤에야 그동안 꽤 많은 시간이 흘렀다는 사실을 깨닫게 되었지.

벌목꾼의 집은 사라지고 없었다. 철거는 이미 여름에 시작되었고 서너 대의 포크레인이 땅을 파헤치고 있는 중이었다. 나는 다음해로 철거가 미루어졌다는 그 동네 골목 초입의 가게로 들어가 벌목꾼에 관해 물었단다. 가게 주인은 고개를 가로저었다. 그가 언제 동네에서 사라졌는지 어디로 떠난 것인지 누구도 알지 못했다. 나는 마치 오래 사귄 친구 한 명을 갑자기 잃어버린 듯한 허탈감에 빠졌단다. 그는 어디로 갔을까. 어디서 어떤 모습으로 살아갈까. 다시 태어난다면 한 그루 나무가 되고 싶다고 말했던 그는.

벌목꾼이 사라진 후 두 번 다시 누구에게도 정수규에 관한 이야기는 하지 않았단다. 말할 대상을 잃어버린 거였지. 그와 내게 있었던 일들에 관해 이렇듯 다시 이야기하게 될 줄은 미처 몰랐구나. 그러나 병하라는 청년이 죽고 난 후 네가 병원에 실려오지 않았다면 내가 이 이야기를 했을까. 얘, 윤슬아, 네가 지금 내 목소리를 듣고 있기는 한 건지. 그날 숲 속에서 그가 마지막으로 내게 한 이야기는 역시 나무들에 관한 것이었단다.

그는 불쑥 전기톱을 꺼내들더구나. 그리고는 내가 뭐라 말 할 틈도 없이 쓱삭쓱삭 참나무 한 그루를 베어버리더라. 아주 익숙한 솜씨였지. 수령 몇십 년쯤 돼 보이던 나무 한 그루가 눈 깜짝할 사이에 잘려나갔다. 쾅, 소리를 내며 넘어진 나무를 보며 나는 숲의 기억력, 나무들의 복수, 라고 했던 벌목꾼의 말을 떠올리고 있었지. 그러자 뒤에서 누가 목을 조르는 것처럼 므섬증이 일기 시작했단다. 그러나 정작 벌목꾼의 표정은 태연해 보였다. 다시는 나무를 베지 않을 거라고 말했던 사람이.

그는 내 손목을 잡아끌곤 베어진 나무둥치 앞으로 데리고 갔다. 그가 가리킨 건 나무의 나이테였단다. 나이테는 지문 같은 둥근 원을 그리며 거미줄처럼 촘촘하고 빽빽이 둘러져 있었지.

어차피 이 나무는 더이상 자랄 수 없을 겁니다. 나무들도 너무 가까이 있으면 제대로 성장할 수가 없습니다. 서로 너무 가깝게 있으면 중요한 양분인 빗물을 잘 흡수하지 못할 뿐더러 햇빛이 나무 윗부분에서 차단되기 때문에 성장 속도로 느려지고 토양도 변질돼 버리거든요. 그래서 때로는 나무들을 솎아주거나 벌목을 해야 할 필요도 있는 법이죠.

벌목꾼은 전기톱을 커버에 씌우고는 가방에 넣었다. 탁, 하고 가방이 잠기는 소리가 숲 한가운데 크게 울렸다. 다짐을 하는 듯한 그 소리 때문이었을까. 나는 그가 다시는 숲으로 오지 않을 거라는 확신을 했단다. 그는 이미 숲에서 많은 것을 잃었고 또 많은 것을 배운 사람이었으니까. 다시는 여기 오지 마세요, 게다가 혼자서는요. 나는 벌목꾼을 쳐다보면서 속엣말을 했단다. 결국 그게 마지막 인사가 될 줄이야.

……얘, 윤슬아, 잠깐만. 의사선생님이 나를 부른다고 하는구나.

벌목꾼과 그 숲을 다녀온 후, 구월인가 시월쯤 나는 한 번 더 그
곳엘 가보았단다. 무성한 참나무 숲 속은 부드러운 바람과 흙 냄새
와 고요로 가득했고 나는 혼자 깊은 숲 속에 있다는 사실도 잊어버
린 채 나무둥치를 벽처럼 짚어가며 자꾸만 위로 위로 올라가고 있
었다. 갈참나무와 졸참나무, 신갈나무, 떡갈나무를 지난 산의 가장
높은 곳에서는 신갈나무들이 집단 군락을 이루고 있더구나. 나무들
마다 오월에 피었을, 채 여물지 않은 완두콩 같은 수꽃의 유이화서
나 암꽃의 수상화서에서 맺게 되었을 수천 수만 개의 갈색 도토리
들이 주렁주렁 열려 있었다. 한때는 길게 벗겨 지붕을 이어 너와집
을 짓기도 했다는 나무의 수피들은 더욱 단단하고 짙은 잿빛으로
변해 있더구나. 바람이 불어올 때마다 초록빛 이파리들은 쏴쏴 소
리를 내며 한꺼번에 우르르 이쪽으로 몰려갔다가 다시 반대편 방향
으로 와와와 몰려가기도 하였구나.
　천지가 나무들인 숲 속에서 나는 발돋움을 하며 도토리를 따기도
하고 이파리 몇 장을 따 후록 풀피리를 불기도 하고 배고픈 사슴마
냥 나무들의 수피를 벗겨내 입에 넣고 씹기도 했단다. 정녕 그곳에
서 나는 혼자였는데 혼자라는 느낌은 전혀 들지 않더구나. 해가 기
울기 시작했는지 숲 속은 점차 어두워져 가고 있었는데도 정오가
가까워오는 것처럼 돌연한 온기마저 느끼고 있었단다. 나는 산 정상
에 오른 사람들처럼 나팔같이 활짝 펼친 손가락을 입술 주변에 대
곤 목청껏 아아, 내 이름을 크게 불렀다. 일 분이나 이 분쯤 지났을
까. 웅웅 울리는 내 목소리가 먼 곳에서부터 부메랑처럼 다시 되돌
아오더구나. 나는 내 이름도 부르고 정수규의 이름도 부르고 또 지
금은 내 곁에 없는 사람들의 이름을 부르고 있었단다.

언젠가 벌목꾼이 그랬던 것처럼 나는 내 앞에 선 나무둥치를 주먹으로 세 번 쿵, 쿵, 쿵, 두드렸다. 그리곤 얼른 나무둥치에 내 귀를 바싹 가져다댔지. 숨을 쉬고 있는 듯 나무둥치에서는 심장이 뛰는 소리가 들려오는 것만 같았단다. 나는 얼른 뛰어 그 나무에서부터 멀리 떨어진 또다른 신갈나무 곁으로 닫려갔단다. 그예 내 신호를 받은 것일까, 애, 윤슬아, 그 나무에서도 쿵쿵쿵 심장 뛰는 소리가 들리더구나. 나는 와락 그 나무를 껴안고 말았단다. 눈물이 솟구치는 것만 같았어. ……그때 어디선가 아주 낯익은 목소리가 들려오기 시작했단다. 나는 오월에 담록색 꽃이 피는 화살나무인가 꽃잎이 없는 수술만으로도 꽃을 피우는 밤나무인가 부채같이 아름다운 열매를 맺는 미선나무인가, 나는 복사나무인가 조팝나무인가 생강나무인가, 나는 당신의 나무인가 나는 나의 나무인가…… 내 목소리는 햇살을 받은 새 이파리처럼 출렁거리며 허공으로 높이 높이 튕겨오르고 있었다. 아무도 없는 그 숲 속에서 나는 내 목소리를 듣는다, 아니 너의 목소리를 듣는다.

벌목꾼이 떠난 후 동네에서는 그에 관한 여러 가지 소문이 들리기 시작했단다. 그가 노모를 혼자 버려두고 다시 숲으로 들어갔다거나 아직도 이 동네를 떠나지 못해 밤이면 마스크와 모자를 눌러 쓴 채 골목을 휘적휘적 헤매고 돌아다닌다거나 하는 등의 소문이. 나는 그 동네가 완전히 철거가 될 때까지 봉사 활동을 나갔었단다. 실제로도 철거가 된 무너진 집의 지붕 위나 이른 아침 포크레인 위에 앉아 있는 그를 봤다는 소리가 들리기도 하였지.

그러나 애야, 나는 알고 있었단다. 지금쯤 그는 한 그루의 나무가 되었다는 것을. 보내지 못한 편지를 평생 간직한 사람처럼 그는 한 그루의 뜨거운 수신나무나 송신나무가 되었다는 것을. 그는 아마도 자작나무가 되었을 것이다. 하늘소의 침입도 두려워하지 않겠다는 듯 드높이 쭉쭉 뻗은 가지와 사월이면 아래로 처져 달리는 수꽃 화서와 위로 서서 달리는 암꽃 화서가 양손의 검지손가락을 기억자로 맞댄 듯 하나로 만나는 자작나무. 하얀 수피로 눈부신, 그 빛의 나무로.

지금도 나는 공원이나 어느 집 정원에 심어진 자작나무를 볼 때면 내게 한 번도 보지 못한 숲과 나무의 비밀을 알려준 그 벌목꾼을 떠올리곤 한단다. 그리고 그 정원의 주인에게 자작나무는 이런 땅에 심으면 뿌리를 깊이 내리지 않아 강한 바람에 약하다는 것과 가지를 잘라주면 아주 싫어한다는 이야기를 들려준단다. 자작나무는 산의 나무라고, 숲에서 자라야 하는 나무라는 사실도. 그러면 정원의 주인은 나를 물끄러미 쳐다보고는 나무에 관해 아는 게 많은 모양이라고 말한단다. 나는 고개를 젓는다. 아무것도 모른다고, 숲이나 나무에 관해서는 아는 게 아무것도 없다고. 나무는, 씨앗이 땅에 떨어져 뿌리가 내리고 잎이 나고 줄기가 자라고 꽃봉오리가 맺히고 수술과 암술이 자라고 꽃가루받이가 끝나면 꽃은 지고 열매가 열리고 종자가 성숙해지면 바람과 태양을 따라 씨앗은 멀리 멀리 퍼져나간다는 것도 정말 모른다고. 얘, 윤슬아, 병하라는 청년은 죽지 않았다. 네가 부르면 그는 네 목소리를 알아듣곤 곧장 심장을 쿵쿵거리며 네게로 올 거란다. 나의 그가 그러했듯이, 나의 나무가 그러했듯이.

의사선생님 말씀이 이제 나흘 후면 퇴원을 해도 된다는구나. ……

하지만 네가 받았던 뉴로레피라는 신경접합수술이 썩 잘 되었는데도 불구하고 아마 약지와 중지손가락의 신경은 마비가 될 것 같다는구나. 하지만 애야, 얼마나 다행이냐. 네 몸 속의 아기 생명에는 아무런 지장이 없다고 하니. 네가 태어나기도 전에 언니는 너의 이름을 미리 지어놨단다. 윤슬. 햇빛이나 달빛에 비치어 반짝이는 잔물결. 고향땅, 봄바다 천지간 반짝이는 윤슬. 강이나 밤의 호숫가에서 일렁이는 물결 따라 반짝거리는 물비늘들. 그러니 애, 사랑하는 윤슬아. 이제 그만 눈을 뜨렴. 그 맑게 빛나는 눈을 떠보렴.

유폐된 내면에서 소통 가능성의 탐색으로

김복순 | 명지대 교양학부 교수

1. 비정상적 가족 형태와 억압의 기원

조경란의 소설 속에는 비정상적인 가족 형태가 끊임없이 제시되어 있다. 그리고 이 비정상적인 가족 형태는 등장인물에게 억압기제로 작용한다. 이 억압기제 속에서 주인공들은 끊임없이 탈주를 꿈꾸는데, 낭만적 사랑에 비정상적으로 집착하기도 하고, 모든 것을 거부하며 타나토스 충동에 휩싸여 자살로 생을 마감하기도 한다.

「동시에」의 비극의 실마리 역시 비정상적인 가족 형태로부터 출발한다. 나 서미향은 지금의 남편에게 사랑의 언약을 하고 결혼하였으나 결혼 17년 동안 옛사랑(정수규)을 잊지 못해 번민하고 있다. 그녀는 정수규와 정사를 나누는 꿈을 꾸다가 소스라쳐 놀라 깨기도 하고, 정수규 생각에 정신나간 사람처럼 망연자실하게 서 있을 때도 한두 번이 아니었다. 표면적으로는 정상적인 가정 같지만 서미향 부부의 내면은 이미 황폐화할 대로 황폐화된 상태이다.

서미향은 아버지가 운영하던 동대문 상가 포독점에 불이나 언니가 죽자 조카인 윤슬을 마치 친자식처럼 키워 왔다. 지금의 남편은 아이를 갖기 원했으나 나 서미향은 별로 아이를 나을 생각이 없다. 조카 윤슬에게 모든 정성을 쏟을 뿐이다. 남편은 서미향이 윤슬을 너무 사랑하여 아이가 생기지 않는다고 생각한다 육체적 불구가 아님에도 이 둘 사이에서는 아이가 잉태되지 않는다. '불구성이 아닌 불구성'이 이들 부부의 비정상성이다. 또 윤슬은 병하와 열정적으로 사랑하게 되지만 병하의 죽음과, 자신을 버리고 떠난 아버지와의 해후 이후 자신을 견디지 못하고 동맥을 긋고 자살해 버린다.

　「동시에」에는 두 개의 비정상적 가족 형태가 있다. 나 서미향의 가족 관계와 윤슬의 가족 관계. 이 비정상적 가족 형태는 등장인물들로 하여금 세계와의 단절 속에서 내면 속으로 침잠하게 만든다. 그들에겐 친구도 없으며, 마음을 털어놓을 사람도 하나 없다. 「내 사랑 클레멘타인」 이후 끊임없이 등장하는 나만의 방인 '옥탑방'을 만들어놓고, 이 옥탑방 속에서 그들은 '동시에' 내면세계로 스스로를 유폐시킨다. 그리하여 그들의 내면세계는 끊임없이 확장되고, 그 확장된 연장선 끝에 낭만적 사랑에 대한 집착이 걸림돌처럼 놓여 있다. 서미향은 정수규가, 윤슬은 한병하가 '천년이 지나도 썩지 않는 씨앗'처럼, '죽지 않는 소나무'처럼 남아 있기를 바란다. 비정상적인 가족 형태는 사랑에 대한 억압을 놓고, 그 억압은 사랑에 집착하게 만들었던 것이다. 이제 그들은 태초의 기억을 잃어버린 숲이 되어 어떻게 씨앗이 만들어졌으며, 제가 어디서 왔으며 숲이 어떻게 만들어졌는지를 모르는 나무가 된다. 이 두 여주인공은 '동시에' '생존의 위협을 느낀 나무'들이다.

2. 소통에 대한 갈망과 매개의 불구성

'생존의 위협을 느낀 나무'들은 '서로 도와가며 번식해가는 방법을 터득'할 수밖에 없었다. 서미향은 윤슬이 '한 점 작고 흰 씨앗'이 되어 잃어버린 숲을 다시 만들 수 있게 되기를 갈망한다. 서미향은 유폐된 내면으로부터의 탈주를 강렬히 꿈꾸기 시작한다. 윤슬이나 자원봉사활동, 벌목꾼들은 서미향의 소통과 탈주 욕망을 가능케 해주는 매개들이다. 윤슬이 하나의 나무가 되어 주기를 바라면서, 또 자원봉사활동을 통해 서미향은 자신의 유폐된 내면세계에서 스스로 벗어나고자 애쓴다. 자원봉사에서 만난 벌목꾼은 서미향으로 하여금 소통의 장으로 나오게 하는 적극적 매개라 할 수 있다. 그녀는 화상으로 인해 흉측하기 짝이 없는, 그리하여 마스크를 쓰지 않고는 대면할 수 없는 벌목꾼에게 자신의 과거를 숨김없이 털어놓는다. 그녀는 벌목꾼을 만나 하나씩 둘씩 마음의 짐을 풀어놓고, 정수규를 향한 원망과 그리운 마음까지 전하게 된다.

그 결과 벌목꾼의 불구성과 서미향의 유폐된 내면은 '동시에' 자기동일성을 확보한다. 온 몸이 거뭇거뭇하게 그을려 있고 얼굴은 눈을 마주하고 있기가 힘들 정도이며 불에 탄 두 귀는 문드러진 채 양쪽 뺨에 짓이겨져 있는 벌목꾼의 불구성이나 서미향의 유폐된 내면은 불구성이라는 면에서 동일하다. 벌목꾼이 육체적 불구성이라면 서미향은 정신적 불구성이다. 이 둘의 불구성은 소통을 향해 자신을 힘껏 내던짐으로써 '계곡 맞은 편'에서 서로 송수신을 하고 있는 나무들과도 같이 반향하고 응수하게 된다. 서미향은 그리하여 '십칠년 동안 껴안고 있던 모든 것들을 훌훌 다 버리'고, 벌목꾼은 얼굴에 쓰고 있던 마스크를 드디어 벗어던진다.

숲 속에서 그들은 자신의 목소리를 듣고, 윤슬의 목소리를 듣고, 정수규의 목소리를 듣고, 병하의 목소리를 듣고, 나무들이 서로 교신하는 목소리도 듣는다. 이제 그들에게 서로는 억압이 아니라 소통 가능한 열린 공간이었고, 서로를 감싸는 하나의 나무요, 숲이 되었다.

3. 고백체 소통구조의 일방향성

하지만 「동시에」의 소통구조가 쌍방적이기만 한 것은 아니다. 서미향과 벌목꾼의 소통구조는 쌍방향이었으나, 서미향과 윤슬의 소통구조는 일방향이다. 또 서미향과 벌목꾼의 소통구조도 일단 '동시에' 소통이 이루어지기는 하였으나 그 후에는 소통상태가 지속되지 않는다. 벌목꾼의 집이 철거되면서 벌목꾼이 집과 함께 사라졌기 때문이다.

쌍방향의 열린 소통을 모색하고자 서미향은 여전히 윤슬을 향해 애쓴다. 그러나 윤슬은 대답이 없다. 따라서 서미향과 윤슬 사이의 자기동일시가 '동시에' 이루어진 동병상련의 억압구조는 부분적으로만 해소되었음을 확인시킨다. 서미향은 벌목꾼과의 소통으로 정수규를 발전적으로 긍정적으로 놓아주면서, 비록 헤어졌으나 영원한 사랑을 다시 확인하는 것으로 건강성을 확보하였다. 하지만 윤슬이 병하에게서 벗어났는지는 아직 드러나 있지 않다. 다만 서미향이 윤슬에게 병하라는 청년은 죽지 않은 것이라고 강조하고 있을 뿐이다.

이는 서미향의 윤슬을 향한 일방적 고백체의 한계이기도 하고, 진정한 소통의 어려움을 암시하는 부분이기도 하다. 서로가 서로에게 '또다른 씨앗의 모습'으로 숲을 만들 수 있는 소통구조란 '제가 죽을 때를 미리 알고' 동시에 '모두 마지막으로 꽃을 피울 때'만이 가능하다는 것을 이 소설은 우리에게 소중히 일깨워준다.

눈보라콘

현 대 문 학 교 수 3 5 0 명 이 뽑은

천운영

1971년 서울 출성.

2000년 〈동아일보〉 신춘문예 「바늘」 당선.

작품집 『바늘』이 있음.

눈보라콘

천 운 영

어머니가 오신다.

잔교(棧橋)를 건너 남항동 철공단지를 나와 신선국민학교 높은 담을 따라 지금 집으로 오고 있다. 낡은 차들이 검은 연기를 쿨럭이며 겨우 올라오는 가파른 길을 어머니는 힘 하나 들이지 않고 사뿐사뿐 올라온다. 고무작업복과 머릿수건이 담긴 보자기를 들고, 신선동으로.

부산시 영도구 신선동. 신선이 살았다고 믿기에는 너무 낡고 더러운 곳이다. 옹색한 집들로 향하는 좁은 골목마다 아침부터 저녁까지 집요한 악다구니가 이어지고, 악다구니가 끝나면 사내아이들이 모여 담배를 피우거나 벌거벗은 여자들의 사진을 돌려보고, 아이들이 사라지면 쥐들의 차지가 되는 동네.

나는 악다구니와 벌거벗은 여자들과 쥐들의 골목을 나와 담 위에 앉아 시시각각 다른 빛이 되는 항구를 바라보며 시간을 보낸다. 때로 선박 아래에 이는 흰 포말과 잠루(岑樓)에서 탄짝이는 싱싱한 금속성 눈부심을 보기도 하고, 해안을 따라 자리잡은 상점과 술집 들이 그려내는 주홍빛 소묘를 보기도 한다. 그리고 항구가 완전히 어둠에 잠기면 어김없이 담 위에 올라앉아 집으로 돌아오는 어머니를 기다리는 것이다.

내가 앉아 있는 콘크리트담은 산의 목언저리까지 바락바락 기어오르는 판잣집들과 고갈산을 가르는 경계선이다. 담이 최후방어선이라도 되듯 산은 더이상 집들을 받아들이지 않고 저 혼자 숲을 이룬다.

손을 뻗어 보안등 스위치를 올린다. 보안등을 켜기 위해 이곳까지 올라오는 사람은 없다. 흐린 불빛을 찾는 것은 고개를 쳐들고 몰려드는 날벌레들뿐이다. 벌레들의 날갯짓에 불빛이 흔들린다. 불빛이 흔들릴 때마다 나도 흔들린다. 내 마음은 이미 어머니의 부드럽고 깨끗한 손을 향해 달려가고 있다.

어머니는 망치를 들고 선박의 녹 떼어내는 일을 하지만 아직까지 싱싱하고 부드러운 손을 갖고 있다. 그건 어머니가 녹을 이해하고 있기 때문이다. 녹을 이해하는 것은 얼음을 이해하는 것과 같다고 어머니는 말하곤 한다.

곡괭이를 꽂으면 쩡, 얼음 갈라지는 소리가 나. 갈라지는 틈에 곡괭이를 몇 번 더 질러넣고 망치질을 하면 조각조각 떨어지는 녹덩이를 볼 수 있단다. 무턱대고 망치를 휘두르면 표면만 바스라져. 얼음도 그렇지 않니? 막 내린 눈과 사람이 밟아 단단해진 눈을 치우는 건 다르거든. 녹꽃은 살짝 긁어내야 하는 거야, 성긴 눈처럼. 끌로 긁어내면 사박사박 눈 밟는 소리가 나. 파도가 만든 녹덩이는 얼음을 가르듯 일격에 금을 내야 해. 무조건 두들겨팬다고 되는 게 아니거든. 차가운 것일수록 더 세심한 배려가 필요한 법이란다.

나는 녹을 설명하는 어머니의 나긋나긋한 목소리를 좋아한다. 영도로 시집와 십여 년을 살았는데도 어머니는 부산 말을 쓰지 않는다. 특히 녹과 얼음을 말할 때 어머니 목소리는 저절로 흘러나오는 꽃향기나 음악처럼 그윽하게 퍼진다. 그것은 공기 속으로 사라져버리는 소리가 아니라 한입 베어문 아이스크림처럼 목젖을 간질이며 내 속 깊은 곳으로 흘러들어온다. 그 웅숭깊고 달콤한 목소리가 좋아 몇번이고 얼음 이야기를 해달라고 어머니를 조르게 된다. 그렇다고 내가 어머니의 말을 모두 이해하는 것은 아니다. 나는 두껍게 얹은 얼음덩이를 깨어본 적이 없다. 처마끝에 매달린 고드름이나 소복이 쌓인 눈을 만져보지도 못했다. 그것은 내가 신선동에서 태어나 신선동에서 자랐기 때문이다.

신선동에 함박눈이 내리는 것은 십몇 년에 한번쯤이나 있을까. 눈이 내려도 바닥에 닿자마자 녹아버리거나 다음날 아침이면 시침을 뚝 떼고 흔적도 없이 사라지기 일쑤여서 눈 덮인 신선동을 보기란 그리 쉬운 일이 아니다. 중학생이 되도록 나는 눈사람을 만들어보지 못했다. 신발이 젖을 만큼 눈을 밟아본 적도 없다. 어머니가 끌로 긁어내는 녹꽃의 사박거림은 언제 들을 수 있을까.

어머니는 산복도로 횡단보도 앞에 서서 저녁 찬거리를 꼽아보고 있을 것이다. 지금 내려가면 중복도로 즈음에서 어머니를 만나 손을 잡고 집에까지 걸어 올라올 수 있다. 이제 담에서 내려 어머니를 맞을 시간이다. 바지에 묻은 흙을 털어내고 어머니가 오는 곳으로 향한다.

 신선미용원 앞에 소녀가 서 있다. 소녀의 손에는 아이스크림이 들려 있다. 점집 가시나, 사람들은 소녀를 그렇게 부른다. 국민학교 때 같은 반인 적도 있지만 말은 해보지 못했다. 어깨 위에 동자보살을 얹고 영도다리 밑에서 점집을 하는 어머니 때문에 아이들은 소녀와 친구가 되려고 하지 않았다. 소녀 또한 꺄불거리는 아이들 따위에는 별 관심이 없다는 듯 고개를 빳빳이 세우고 혼자 다니곤 했다. 소녀는 어머니와 함께 매일 밤 고갈산을 올라 기도를 드린다. 내가 담에서 내려오면 소녀가 담을 차지하고 다 녹은 아이스크림을 핥거나 붉은 사탕 따위를 오물거리며 점쟁이 어머니를 기다리기 시작한다.

 소녀가 아이스크림을 베어문다. 움푹 패는 것을 보아 오래 들고 있었던 모양이다. 소녀는 일부러 내가 오기를 기다렸다가 아이스크림 포장지를 벗기는지도 모른다. 소녀의 입가에 묻은 하얀 아이스크림을 슬쩍 올려다본다. 손등 위로 아이스크림이 녹아내린다. 녹은 아이스크림이 팔뚝을 타고 흘러내리는데 소녀는 혀끝을 살짝살짝 댈 뿐 서두르지 않는다. 오히려 그걸 보는 내가 안타까이 아이스크림을 훔쳐보며 침을 삼키게 된다. 밭게 침을 삼켜도 혀 아래에서 자꾸 침이 솟아오른다.

 소녀의 손에 들린 것은 부라보콘이다. 언제부턴가 나는 부라보콘을 운명적으로 받아들이기 시작했다. 부라보콘은 내가 태어난 1970년 4월에 출시되었다. 우리나라 최초의 현대적인 아이스크림과 나이가 같다는 사실만으로도 부라보콘을 운명적으로 여기는 것이 당연하게 느껴졌다. '부' 하고 입술을 부딪쳐 입안의 공기를 밀어내다가 입천장에 혀끝을 딱 붙이며 '콘' 하고 마무리짓는 부라보콘의 발

랄하고 향긋한 이름을 처음 들었을 때, 나는 그 운명적인 이름을 몇
번이고 발음해 보았다. 그 순간 강력한 승리감에 몸의 가닥가닥을
휘어잡힌 채 부라보콘에 빠져버리고 만 것이다.

내 이름은 용수다. 표용수. 그 이름은 발음하기도 어렵거니와 부
라보콘처럼 명쾌하지도 매혹적이지도 않은 시시한 이름이다. 내 이
름을 지은 아버지는 이발소에서 바닥을 쓸거나 머리를 감겨주는 보
조이발사였다. 3, 4분이면 꼬마녀석들의 머리를 깎아내는 이발사 밑
에서 잔일이나 하던 아버지의 꿈이 이발사인 것은 당연한 일이었다.
그런 아버지가 한자사전까지 빌려와 바리깡을 손에 든 채 만들어낸
이름이 바로 '용수'였다. 얼굴 용(容), 지킬 수(守). 얼굴을 지킨다, 아
버지에게 그보다 더 좋은 이름이 있었을까?

아버지는 내가 태어난 지 이태만에 교통사고로 세상을 떠났다. 용
수라는 이름에 아버지의 꿈이 주술처럼 남아 내 삶을 강요하지는
않을까 두려워지곤 한다. 그러나 나는 이발사가 되거나 얼굴을 지키
는 일 따위는 하지 않을 것이다. 죽은 아버지나 이름이 나를 구속할
수는 없는 일이다. 오직 부라보콘만이 내 운명에 관여할 수 있는 존
재였다.

내가 부라보콘에 빠져든 것은 이름 때문만이 아니다. 부라보콘은
결단코 최고의 아이스크림이라 부를 수 있다. 홀홀 벗겨내는 비닐포
장지의 삼강하드나 사카린과 색소를 적당히 섞어 만든 아이스께끼
의 싼 맛과는 질적으로 다른 최고의 아이스크림.

소녀는 왜 최고의 아이스크림을 몰라보고 저렇게 들고만 서 있는
걸까. 소녀를 밀쳐내고 부라보콘을 빼앗고 싶다. 진정 부라보콘을
사랑하는 자만이 그걸 먹을 자격이 있는 것이다. 나는 자리에 우뚝

서 부라보콘을 훔쳐먹는 상상을 한다. 눈을 감는다. 부라보콘이 내 손에 있다.

전체를 휘어잡게 만든 원뿔형의 부라보콘은 냉정한 육체를 가졌다. 그러나 내가 손에 쥐는 순간 그 차가운 몸뚱이는 뜨거운 잔상을 남기며 맹렬히 안겨온다. 표면에 생긴 물방울이 손금 사이사이로 스며들면 다른 손바닥에도 슬그머니 땀이 찬다. 비밀의 문을 열 듯 조심스럽게 옷을 벗겨낸다. 돋을새김이 되어 있는 콘의 표면은 소름이 살짝 돋은 발가벗은 여자의 몸처럼 안쓰럽기까지 하다. 아이스크림의 질감을 훼손하지 않을 정도로 바삭바삭하면서 촉촉한, 그 어떤 콘도 따라올 수 없는 아슬아슬한 균형감각. 나는 부라보콘 맨살을 아주 세심히 쓰다듬는다.

뚜껑에 붙은 아이스크림에 혀끝을 살짝 대어본다. 혀의 돌기마다 전해오는 감칠맛에 나는 안달이 난다. 빨리 나를 먹어봐, 부라보콘은 달콤하게 속삭인다. 유혹의 손길을 뻗는 부라보콘을 보란 듯이 한입 크게 베어물고, 빨리 그 몸 구석구석을 파고들고 싶다. 하지만 성급하게 굴지 않는다. 목구멍을 뜨겁게 달구며 내 혀를 부추기는 욕망이 자라도록 그냥 둔다. 그것이 점점 더 살이 올라 목구멍과 가슴 한복판을 지나 복사뼈를 짓누를 때까지 참고 견디며 포장지에 붙은 미세한 아이스크림을 샅샅이 빤다. 그러면 부라보콘은 제 몸을 촉촉이 풀어내며 봉긋 솟아오르게 된다. 이제 가장 탐스러운 부분에 이빨을 들이댈 때다. 살 속 깊숙이 이를 박으면 나를 짓누르던 욕구가 순식간에 방출되며 화사한 황홀경이 찾아온다. 입천장을 뜨겁게 후려쳤다가 부드럽게 목젖을 통과하고 종내는 말간 침에 의해 단 기억이 지워지는 일련의 과정. 천천히 그러나 격정적으로 부라보콘의 몸을 탐한다. 초콜릿이 살짝 묻은 꼬랑지가 남을 때까지. 손가락 한마디쯤 되는 부라보콘 뿔을 입에 넣는 순간 정신의 한 부분이 내 몸을 이탈해 무한한 공간 속으로 빨려가는 것 같다. 그러면서도 한 편으로는 어머니의 젖꼭지를 입에 물고 있는 듯 편안해지기도 하는 것이다. 아쉬우면서도 만족스러운 마지막 한입. 그 허망하면서 풍만한 달콤함.

별안간 사타구니가 뜨뜻해져온다. 팬티가 축축하다. 녹은 아이스크림처럼 미끈미끈한 액체가 허벅지를 스친다. 동년배에게 기습을 당해 흘리는 당혹스럽고 부끄러운 코피처럼 끈끈하고 불쾌한 감촉. 순간 서늘한 기운이 아랫도리를 스치고 지나간다. 부르르 몸이 떨리고, 얼굴이 홧홧해져 온다. 눈을 뜬다.

소녀는 아이스크림을 반쯤 남겨두고 있다. 거의 매일 소녀와 마주치게 되는 것이 영 불편하다. 반바지 아래 드러난 가느다란 허벅지와 동그랗게 솟은 무릎과 손에 들린 부라보콘도 편하지가 않다. 소녀는 왜 꼭 부라보콘만 먹는지, 아이스크림이 녹도록 놔두다가 왜 내가 나타나야 포장지를 뜯는지. 부라보콘을 들고 내게 시선을 떼지 않는 소녀의 당돌한 눈에 주눅이 들고 만다. 빨리 소녀에게서 벗어나고 싶은데 꿈쩍도 할 수 없다. 무언가 거대한 힘이 내 발목을 움켜쥐고 있는 듯하다.

될 수 있는 한 자연스럽게 보이려 애를 쓰며 심상한 표정으로 소녀 곁을 지나간다. 아주 서투르지는 않다. 골목을 돌아 안전한 곳에 이르러 소녀를 본다. 소녀는 엉덩이를 빼고 언덕길을 올라가고 있다. 그 씰룩거리는 엉덩이가 나를 조롱하고 있는 것 같다.

어머니가 집에 도착했는지도 모른다. 물매 싼 내리막길을 달리기 시작한다. 빨리 어머니의 손을 잡고 집으로 돌아가 부라보콘처럼 달콤한 어머니의 목소리를 듣고 싶다. 보송보송한 눈과 사박사박 눈 밟는 소리에 대해. 그러나 속력을 낼수록 어머니 목소리는 들리지 않고 날벌레들의 날갯짓소리만 귓가를 서성인다.

어머니가 오신다, 어머니가 오신다. 좁은 골목을 내달리며 줄곧 그 생각만 했다.

항구는 쇠 두드리는 소리와 벌건 쇠똥으로 가득 차 있다. 까마득하게 높은 곳에서 어머니는 나무 비계를 타고 망치질을 한다. 하루 아홉 시간 배 옆구리에 매달려 망치질을 하는 품삯으로 3800원을 받는다. 제일 오른쪽에 매달린 사람이 어머니라는 것을 나는 단박에 알아본다. 고무 작업복 속에 숨겨진 가느다란 허리와 유연한 팔놀림은 어머니만이 가질 수 있다.

녹이 떨어져나간 배는 심한 피부병을 앓고 있는 괴물 같다. 깡깡이 아지매들이 녹을 다 떼어내면 흰 옷으로 갈아입고 오호츠크해나 남태평양으로 항해를 떠나게 된다. 어머니는 녹을 다 제거할 때까지 배 옆구리에 포박당한 채 쉬지 않고 망치질을 해야 한다.

어머니 옆에 있는 사람은 하봉의 어머니이다. 하봉은 고개를 바짝 쳐든 채 손나발을 하고 엄마를 부르고 있다. 하봉의 목소리는 망치질 소리에 묻히고 만다. 어머니들은 해가 질 때까지 배에서 내려오지 않는다. 점심을 먹거나 오줌을 눌 때조차 줄을 타고 선박 위로 올라가 허겁지겁 일을 본다. 그걸 알면서도 하봉과 나는 학교가 파하자마자 어머니가 일하는 남항동으로 달려간다. 그래야만 하루를 시작할 수 있는 것처럼 책가방을 둘러맨 채 타박타박 그곳으로 가 어머니를 올려다본다. 그리고 난폭하고 수선스러운 괴물의 정강이를 걷어찬 후 어머니를 구해내는 상상에 빠지곤 하는 것이다.

하봉이 주머니에 손을 찔러넣고 영도다리로 발걸음을 돌린다. 언제 어머니를 불렀냐는 듯 노래를 부르기 시작한다. 영도다리 난간 위에 초생달만 외로이, 초생달만 외로이. 남항동을 지날 때마다 영도다리를 건널 때마다 자갈치 시장을 구경할 때마다 하봉은 제목도 모르는 그 노래를 불렀다. 하봉이 아는 부분은 그 구절뿐이다. 영도다리 난간 위에 초생달만 외로이.

"용수야, 니 영도다리를 받치고 있는 기 뭔지 아나?"

하봉이 갑자기 노래를 멈추고 물어왔다. 나는 어머니의 잔허리가 아른거려 심드렁하게 대답한다.

"다리지 뭐꼬?"

"바로 담치다."

하봉의 허풍이 시작되었구나. 나는 이똥이 덕지덕지 앉은 하봉의 앞니를 흘끗 쳐다보고는 고개를 돌려버린다.

하봉은 축농증이 심해 입을 헤벌리고 다니는데다 하는 짓도 되통스러워 친구들에게 면박을 당하곤 한다. 그런 친구들의 시선을 끌기 위해 하봉은 종종 허풍을 친다. 허풍쟁이 하봉이라지만 영도다리에 대해서만은 거짓말을 하지 않는다. 아버지가 영도다리 부양장치 기사로 일했다는 사실을 자랑스럽게 여기는 그에게 영도다리는 일종의 우상이었다. 영도다리에 대해서라면 누구도 그를 대적할 수 없다. 하지만 아무리 영도다리 박사라 해도 담치가 다리를 받치고 있다는 것은 도저히 믿을 수 없는 일이다.

"니는 그 조깬한 담치가 다리를 받칠 수 있다고 생각하나!"

"내사 잠수부한테 직접 들은 얘기다! 잠수부가 안전검사 한다꼬 호스 끼고 안 들어갔나. 근데 다리기둥 가운데 틈이 보인다 아이가. 눈구녕 대고 자세히 들여다보니까 시커머이 뭐가 박혀 있더라 이 말이다. 그게 바로 팔뚝만한 담치라 안카나."

"니 팔뚝만한 담치 봤나, 니는 와 맨날 이상한 소리만 주와갖고 다니노? 니가 원캉 이상한 소리만 하니까 아덜이 싫어하는 거 아이가!"

"거짓말 아이라카이! 내도 첨엔 안 믿었다. 근데 아는 사람은 다 아는 얘기라카드라. 첨에는 어떻게 빼볼까도 했는데, 그랬다가는 다리가 무너지게 안 생겼나. 그래서 새끼치고 살라고 내버려뒀다 아이가. 진짜다. 대교다리 지은 거 보믄 모르겠나? 담치가 죽아뿌믄 다리 무너질까봐, 그래서 대교다리 지은 거라 이 말이다. 영도다리도 곧 없어진다 안카드나."

하봉의 목소리는 단호하다. 더이상 하봉과 얘기하고 싶지 않다. 다리 한가운데 잠시 걸음을 멈추고 교각을 내려다본다. 정말 커다란 담치가 살고 있을까? 내가 밟고 있는 것이 콘크리트가 아니라 검은 담치일까. 어선 한 척이 영도다리를 빠져나와 자갈치시장 선착장으로 향하고 있다. 매캐한 연기가 바람을 타고 코끝을 스쳐지나간다. 나는 침을 가득 모아 바다를 향해 뱉는다.

하봉이 다시 흥얼거리며 걸음을 재촉한다. 대형화물차가 지날 때마다 다리는 움찔움찔 놀라며 몸을 비튼다. 서로 티는 내지 않고 있지만 우리는 조금씩 긴장하고 있다. 오늘은 하봉과 할 일이 있다. 배를 타고 자갈치시장으로 건너가지 않은 것도 그 때문이다. 다른 때 같으면 왕복선을 타고 자갈치시장으로 가 곰장어 껍질을 벗기는 능숙한 손놀림의 일꾼들과 배배꼬인 곰장어 맨살을 보거나, 낚싯줄을 드리우고 깡소주를 먹는 아저씨들을 기웃거리다가 돌아왔을 것이다. 하지만 오늘은 며칠 전부터 계획한 것을 실행해야 했다.

주위를 두리번거리며 하봉과 함께 광복동 거리를 걷는다. 광복동에는 남항동의 소란스러움과는 전혀 다른 분주함이 있다. 무언가 붕뜬 것 같기도 하고 유쾌한 웃음소리가 까르르 튀어오를 것 같은 거리. 하봉과 나는 차와 사람이 뒤섞인 광복동 도로를 훑으며 느리게 걷는다.

가능한 나이든 운전사여야 한다. 너무 늙어서도 안 된다. 젊은 여자 손님이 타고 있으면 더욱 좋다. 차가 밀리기 시작한다. 좋지 않은 징조다. 발빠른 하봉이 작업할 택시를 벌써 점찍었는지 내게 턱짓으로 신호를 보낸다.

막 횡단보도를 지나 속도를 올리려는 택시 쪽으로 하봉을 슬쩍 밀치면서 우리의 계획은 시작된다. 하봉이 절묘하게 택시 앞으로 넘어진다. 하봉의 왼발이 택시 앞바퀴에 끼여 있다. 누군가의 비명소리가 들린다. 운전사가 차에서 내리는 순간 하봉이 울음을 터뜨리고 사람들이 모여든다. 앞머리가 벗겨진 늙은 운전사의 얼굴은 파랗게 질려 있다. 모든 것이 순식간에 일어난 일이다. 선박 밑에서 엄마를 부르듯 엄마를 외치며 우는 하봉의 연기는 정말 대단하다. 발을 움켜쥔 채 눈물콧물을 짜내는 모습이 정말 발을 다친 게 아닐까 싶을 정도다. 그러나 나는 하봉의 발이 괜찮다는 것을 안다. 하봉은 일부러 앞창이 긴 형 신발을 신고 왔다. 차바퀴가 발등을 올라탄 것이 아니라 단지 신발부리만 밟았다는 사실을 운전사나 구경꾼들은 모르고 있다.

병원에서 사진을 찍는 동안 나는 택시 앞자리에 앉아 기다린다.

팬티만 입고 오토바이를 탄 가슴 큰 여자가 내 쪽을 향해 혓바닥을 내밀고 있다. 여자의 맨발 밑 달력에는 사흘마다 한번씩 빨간 동그라미가 쳐져 있다. 달력대로라면 이 늙은 운전사는 휴일 다음날 어린아이의 발을 깔아뭉개는 일진 사나운 날을 맞은 셈이다.

거스름돈 주머니에서 동전 몇 개를 꺼내 주머니에 집어넣는다. 택시로 돌아온 운전사는 전화번호를 적은 쪽지와 천원짜리 지폐 몇 장을 하봉에게 건네주며 몇 번이고 괜찮으냐 물어왔다. 택시가 시야에서 완전히 사라진 것을 확인한 후에 우리는 전화번호 쪽지는 버리고 돈만 집어넣는다.

모든 것이 계획대로 되었지만 언제까지 이 짓을 할 수 있을지는 미지수다. 왜소한 하봉의 몸집을 감안하더라도 우리가 중학생인 걸 알면 어떤 운전사도 쉽게 넘어가 주지는 않을 것이다. 번잡한 분식점에 가서 내지도 않은 지폐의 거스름돈을 달라고 우기거나 백화점 창고에서 훔쳐낸 스케치북을 아이들에게 몇 푼 받고 파는 것도 국민학교 때나 가능한 일이다. 중학생이 되는 것은 의심받기 쉬운 나이가 된다는 것이다. 세 명만 모여도 가게주인들은 의심의 눈초리로 우리의 주머니를 살피곤 한다.

또또문방구로 달려가 하봉은 판박이 나이키 스티커를, 나는 점찍어놓은 샤프펜슬을 산다. 흔들기만 하면 심이 나오는 신형 모델이다. 아이스크림 냉동고 앞에 선다. 하봉은 폴라포를 집는다. 올 여름 출시된 폴라포는 얼음 알갱이가 들어 있어 선풍적인 인기를 끌었다. 냉동고에는 폴라포를 비롯해 포포포 파삭 등 비슷비슷한 빙과류가 대부분이다. 색소가 지나치게 많이 들어간 정체불명의 얼음과자에는 관심이 없다. 나는 눈보라콘을 집는다. 아직 부라보콘 살 돈은 남아 있다. 부라보콘 가격이면 눈보라콘 두 개를 먹을 수 있다. 가격 때문이 아니더라도 물론 눈보라콘을 택했을 것이다.

눈보라콘은 부라보콘에 가장 근접한 콘이다. 나는 부라보콘을 먹는 것과 똑같은 방법으로 눈보라콘을 먹는다. 원뿔 모양의 콘을 두 손으로 꼭 쥐었다가 껍질을 벗기고 맨 위 땅콩 한 알을 이빨로 조심스럽게 들어낸 다음 아이스크림을 먹는다. 눈보라콘은 내게 부라보콘의 달콤함과 하얗게 휘몰아치는 눈보라를 동시에 맛보게 해준다. 그리고 어머니의 녹꽃 긁는 소리도 듣는다. 사박사박.

하봉은 벌써 폴라포를 다 먹어간다. 하봉에게 아이스크림은 중요하지 않다. 하봉을 붙들고 있는 것은 오직 나이키 스티커뿐이다. 다리미로 꾹꾹 눌러붙인 나이키 상표는 두 번만 빨아도 떨어지게 마련이지만, 하봉은 나이키와 가장 비슷한 스티커를 구하기 위해 영도다리 건너 문방구까지 샅샅이 훑고 다닌다. 하봉은 필통이나 도시락, 가방, 공책까지에도 나이키를 그려넣는다. 아무리 가짜라고 놀려도 개의치 않고 꾸준히 그려대는 하봉의 모습은 신념에 찬 선각자로 보일 정도다. 하봉은 조금 남은 폴라포를 입에 털어넣고 스티커를 들여다보기 시작한다.

"진짜랑 똑같제?"

"우예 이게 똑같노? 니는 눈도 없나?"

"그래도 나이키 아니가, 아무것도 없는 거보다 안 났나? 역시 또또문방구에서 파는 게 진짜랑 제일 똑같다. 그렇제?"

"진짜 나이키는 이렇게 안 얇다. 끄트머리는 또 너무 올라간 거 아이가. 파이다."

"니 진짜 나이키 있나? 있지도 않으면서 니가 우예 그리 잘 아노?"

"암튼 이렇게는 안 생겼다. 어차피 짜가 갖고 뭘 그라노!"

"그라믄 니는 와 눈보라콘을 묵노? 묵을라믄 부라보콘을 묵어야제."

"눈보라콘은 부라보콘하고 똑같다. 니도 묵어보믄 알거 아이가, 폴라포하고는 질적으로 다르다 이 말이다 니가 뭘 안다고 자꾸 까부노?"

눈을 부릅뜨고 윽박질러서 하봉의 입은 막았지만 찜찜한 기분은 어쩔 수 없다. 하봉의 말도 틀리지는 않다. 아무리 눈보라콘이 부라보콘과 비슷하게 생겼어도 부라보콘을 따라갈 수는 없다. 서걱거리는 아이스크림의 질감하며 허여멀건 콘 과자 색깔부터가 다르다. 조악하게 흉내낸 해태상표나 빨간색 파란색 하트모양도 부라보콘보다 어둡게 인쇄되어 있다. 초콜릿도 들어 있지 않은 아이스크림이 어찌 부라보콘이라 할 수 있겠는가.

하지만 나는 눈보라콘을 좋아한다. 눈보라콘 속에는 부라보콘을 향한 욕망과 열망이 들어 있다. 눈보라콘도 나처럼 부라보콘을 숭배하고 있는 것이다. 눈보라콘이 부라보콘의 대용물밖에 될 수 없겠지만 그래도 눈보라콘에는 다른 가짜들과는 구분되는 무언가가 분명히 존재한다. 나는 눈보라콘에게 동지애까지 느낀다.

하봉과 나는 동시에 발걸음을 멈추었다. 눈보라콘을 먹느라 나이키 스티커를 들여다보느라 복천사까지 와버린 것이다.

"우리 한번 들어가볼래?"

하봉이 나이키 상표를 주머니에 넣으며 말한다.

"여긴 미친 중이 안 사나? 안 갈란다."

절이면 산 깊은 곳에 있어야지 산속이 아닌 중복도로변에 자리잡은 것부터도 그렇지만, 담을 넘어 나온 빽빽한 나무들하며 복천사를 둘러싼 이상한 소문들은 왠지 두렵기도 하고 거부감까지 생긴다. 이 절에는 자기 성기를 꺼내놓고 내 자지만한 것 보았냐고 자랑을 하는 늙은 중이 산다고 한다. 그 늙은 중의 자지는 송도 앞바다에서 방금 잡아올린 개불처럼 큰데다가 살구빛이 돌 정도로 탱탱하더라는 얘기도 들었다. 제일 기분 나쁜 소문은 늙은 중의 작은 골방에서 나오는 소문이다. 그곳은 몸 보시를 받는 곳인데 신기하게도 그 땡추에게 보시한 여자들 중 과부는 시집을 가고 역마살 낀 남편이 돌아오고 입 돌아간 서방은 뛰어다니더라는 얘기가 아줌마들 사이에서는 이미 널리 알려져 있었다. 보시라는 말을 들었을 때 나는 보지나 자지라는 말과 겹쳐져 몸이 비비 꼬이면서 헛웃음이 나왔다.

"어무이도 보시하믄 아부지가 돌아올까?"

하봉이 절 안을 기웃거리며 중얼거린다. 아무리 땡추가 요술을 부린다 해도 사람을 찌르고 일본으로 도망간 하봉의 아버지가 돌아올 리는 없다. 하봉의 아버지에게 찔린 남항카바레 주인이 아직까지 눈에 불을 켜고 찾고 있는 터에 영도로 되돌아오는 것은 곧 죽음을 의미함을 그도 잘 알고 있을 것이다. 하봉이 어떻게 도망친 아버지 생각 따위를 하는지 도무지 납득할 수 없다.

나는 어머니만 있으면 된다. 어머니의 손을 잡고 어머니의 목소리를 듣고 어머니의 품에서 잘 수만 있으면. 내게 필요한 것이 더 있다면 아버지가 아니라 어머니를 닮은 부라보콘뿐이다. 어머니의 부드러운 손이 미친 땡추의 커다란 자지를 거머쥔다는 것은 상상할 수도 없는 일이다.

어느 결엔가 나는 눈보라콘 꼬랑지를 후닥닥 먹어치우고 복천사의 반쯤 열린 문을 열고 안으로 들어가고 있었다. 절 안은 생각보다 훨씬 넓다. 빽빽이 찬 나무들이 빛을 가로막고 서 있어 아직 해가 지지 않았는데도 어스레하다. 바람소리와 새소리만 들릴 뿐 정적이 흐른다. 선연한 주홍빛의 능소화 한 떨기가 담그늘에 서 있는 돌부처의 어깨 위에 내려앉아 있다. 몸통을 기괴하게 꼰 향나무들과 담벼락에 치렁치렁 매달린 능소화가 묘한 분위기를 자아내고 있다. 하봉과 나는 밀치거니 주춤하니 하면서 점점 더 깊숙이 들어가기 시작한다.

소풍 때 통도사나 범어사에서 보았던 탑이나 법고 따위는 찾아볼 수 없다. 울창한 나무와 작은 법당이 하나 있을 뿐이다. 법당의 문은 잠긴 채이고 움직임을 느낄 수 있는 그 무엇도 없다. 법당에 매달린 풍경만 간간이 흔들리며 정적을 몰아낸다. 법당 뒤로 돌아 눈을 부라린 괴물들의 그림을 훑어보고 다시 돌부처를 마주할 때까지 산 것의 흔적은 보이지 않았다. 잘 가꾸어진 정원수가 아니라면 이미 오래 전에 버려진 곳이라 여겨질 정도였다.

"별것도 아인 것 갖구 괜히 쫄았다 아이가!"

하봉이 내 어깨에 팔을 두르며 말한다. 누가 먼저랄 것도 없이 하봉과 나는 풀어헤쳐진 능소화 줄기에서 꽃을 따기 시작한다. 이유도 없이 키득키득 웃음이 나왔다. 주홍 꽃송이가 축축한 바닥으로 떨어진다. 꽃이 떨어질 때마다 한번도 못 본 중에게 알 수 없는 악의가 솟구쳤다. 땡추새끼, 자지새끼, 보지새끼. 속으로 욕설을 퍼부으며 꽃대를 부러뜨린다. 시간이 얼마나 흘렀을까, 손이 닿는 데는 거의 다 따내었을 무렵 갑자기 하봉이 행동을 멈추고 내 옷자락을 잡아 늘어뜨렸다. 나는 이제 막 꺾어낸 탐스러운 꽃송이를 들고 뒤를 돌아본다.

"와 그라노? 미친 중이라도 봤나?"

내가 본 것은 흰 고무신이었다. 흰 고무신 위에 드러난 두툼한 발등과 그 위를 가로지르는 힘줄. 서서히 고개를 들자 품이 넓은 승복바지에 메리야스만 입은 남자가 눈에 들어왔다. 기다란 귓불과 툭 튀어나온 광대뼈, 벌어진 어깨 때문에 큰 키가 더욱 우람해 보인다. 짧은 은회색 머리카락이 아니라면 근육질의 항구노동자라 생각될 정도로 나이를 분간할 수 없는 노인이다. 그리고 가느다란 눈매 가운데 자리잡은 흔들리지 않는 눈동자를 보았다. 그 속에서 가까스로 억제하고 있는 불길을 보았을 때, 내가 능소화 꽃을 마구 꺾어대고 있다는 사실을 깨달았다. 눈앞이 하얘진다. 바람소리만 들린다. 나는 사력을 다해 뛰기 시작한다. 하봉이 내 옷자락을 놓치고 휘청거리며 쫓아오는 것이 어렴풋이 느껴진다.

남항시장에 이를 때까지 정신없이 내달린다. 돼지국밥집을 지나 어묵 튀기는 후끈한 기름솥을 스쳐지나 남항카바레 앞까지 뒤도 안 돌아보고 무작정 뛰기만 한다. 저녁 장을 보는 사람들 속에 숨어서야 가까스로 거친 숨을 내쉴 수 있었다. 언제 떨어졌는지 하봉도 보이지 않는다. 도둑질을 하다가 들켰을 때보다 훨씬 숨막히고 긴 도주였다.

집에 도착해서야 그때까지 내가 손을 꽉 쥐고 있었음을 알았다. 손을 편다. 손바닥에는 능소화 한 송이가 처참히 짓뭉개져 있다. 비릿한 냄새가 난다.

겨울방학이 시작되었다. 기말고사를 볼 때쯤 국제시장에 큰불이 났고 우리나라에서 올림픽이 열리기로 확정되었다. 나는 가으내 키가 부쩍 컸고 겨드랑이털도 생겼다.

그동안 나는 복천사 근처도 가지 않았다. 그쪽으로 지나가야 할 때면 일부러 먼 길을 돌아갔다. 그러나 가끔 흰 메리야스를 입고 붉은 능소화 덩굴로 아랫도리를 가린 늙은 중이 꿈속에 나타나곤 했다. 얼굴은 없고 붉은 능소화만 선연한 중을 볼 때면 매번 내 고추가 움찔거리며 커지기 시작했다. 고추가 움직이지 않도록 의식하면 할수록 애초부터 내 몸에는 그것밖에 없었던 것처럼 아주 엄청나게 커지며 온몸을 장악해갔다. 나는 숨을 쉴 수가 없어 소리도 못 지르고 캑캑거리다가 결국 불쾌하고 축축한 기분으로 잠에서 깨어나곤 했다.

그후로는 모든 게 뒤죽박죽이었다. 더이상 눈보라콘도 사먹을 수 없게 되었다. 심벌즈 때문이었다.

하봉과 나는 국군에게 보낼 위문품이 음악실에 있다는 정보를 입수했다. 야간자율학습이 끝나고 화장실에 숨었다가 숙직실을 제외한 학교의 모든 불이 꺼지기를 기다려 어렵지 않게 음악실에 들어갈 수 있었다. 캄캄한 음악실 구석에 앉아 자루에 담긴 세탁비누나 치약 양말 내복 등에서 아이들에게 얼마간 돈을 받고 팔 수 있는 것들을 골라 가방과 주머니에 쑤셔넣었다. 더 넣을 수 없을 만큼 주머니가 가득해질 때쯤 어둠에도 익숙해졌다. 여유를 부리며 음악실 내부를 둘러보기 시작했다. 그때 심벌즈가 눈에 들어온 것이다.

나는 심벌즈를 처음 보았다. 그것은 먼 외계에서 특별한 전갈을 갖고 온 비행선 같았다. 그것을 본 순간 내가 선택된 인간이라는 강렬한 메시지가 전해져왔다. 심벌즈는 나를 강하게 끌어당기고 있었다. 홀린 듯 걸어가 심벌즈에 손을 대보았다. 차가운 쇠의 기운이 섬뜩하고 낯설었지만 매혹적인 힘을 느낄 수 있었다. 심벌즈를 들고 가볍게 마주 쳐보았다. 빙그르 돌면서 귓가를 간질이는 차가운 쇠의 유혹. 손끝에 전해져오는 떨림. 어둠의 결을 풀어내는 맑고 경쾌한 진동. 바르르 떨리는 공기의 호흡.

숨이 멎는 것 같았다. 그리고 조금 세게, 점점 더 세게 심벌즈를 마주 치기 시작했다. 외계에서 보내온 전갈은 점점 더 강렬하게 손끝을 잡아당기며 온몸으로 퍼져나갔다. 귓가에는 온통 파르라니 떨리는 심벌즈 소리뿐이었다. 몸이 조금씩 떠오르기 시작했다. 그리고 푸른 불빛이 내 눈을 찢고 들어왔다.

나는 당직선생에게 뒷덜미를 세게 움켜잡힌 채 당직실로 끌려갔다. 음악실을 나오면서 혼자 나뒹굴고 있는 심벌즈를 보았다. 풍금 뒤에 숨은 하봉의 옷자락도 보였다. 무릎을 꿇고 어머니를 기다리는 내내 내 귓가에는 심벌즈 소리만 울렸다.

파랗게 질린 어머니의 얼굴을 맞닥뜨리고 나서야 심벌즈 소리가 멎었다. 그때까지 나는 현실세계가 아닌 먼 우주공간을 날고 있었던 것 같다. 교문을 나서서 집에 도착할 때까지 어머니는 아무 말도 하지 않았다. 어머니의 침묵이 슬픔 때문인지 화가 났기 때문인지 분간할 수 없었다. 다만 내 어깨를 짚은 어머니의 손이 심하게 떨리고 있다는 것만 느껴졌을 뿐. 어머니는 목도리를 벗어 벽에 걸고 나서야 어정쩡하게 서 있는 내게 시선을 주었다. 그러고는 오랫동안 생각해왔고 지금이 아니면 안 된다는 듯 확실하고도 분명한 어조로 말했다. 아버지가 계셨으면…… 말끝을 흐리긴 했지만 그 말은 내 심장 깊숙이 와 박혔다. 그것은 내겐 너무 가혹하게 들렸다. 아버지가 계셨으면 내가 그런 일을 하지 못했을 거라는 건지 아니면 몹시 혼이 났을 거라는 건지는 분명하지 않았다. 막연하게 어머니한테 영원히 버림을 받게 될지도 모른다는 생각이 들었다. 다시는 눈보라콘이나 부라보콘을 먹지 않겠다고 결심했다. 모든 것은 눈보라콘을 먹기 위한 노력이었을 뿐이니까.

어머니는 요즘 깡깡이 일을 하지 않는다. 새벽에 자갈치시장에 나가 생선 선별 작업을 하고 낮에는 신발공장에서 본드칠을 하다가 자정이 되어야 돌아온다. 내가 담 위에 앉아 보내는 시간도 그만큼 길어졌다.

바람이 분다. 바다에서부터 온 찬바람이 고갈산 나무마다에 휘감겨 바삭바삭 마른 이파리를 베어문다. 벽에 부딪쳐 돌풍을 일으키며 나자빠진 바람이 다시 힘을 회복해 내 얼굴을 후려치기도 한다. 바람이 세어질수록 밤 항구의 불빛은 더욱 선명해진다. 수많은 방들이 따뜻한 불빛을 올리는 신선동도 아름다워질 것이다. 광복교회에 매달린 크리스마스 트리처럼 반짝이며 하늘로 솟아오르는 불빛들.

어머니가 일하고 있을 남항동 어디쯤을 바라본다. 어머니의 손은 깡깡이질을 할 때보다 훨씬 더 거칠어지고 있다. 어머니는 이제 산복도로 횡단보도 앞에 서서 저녁 찬거리를 꼽는 대신 다음날 피울 연탄 수를 헤아린다.

눈이라도 왔으면 좋겠다. 흰 눈이 신선동을 덮으면 어머니 마음도 풀어질까? 어머니 손을 잡고 얼음 이야기를 들으며 길을 걸어본 적이 언제였는지. 괜히 검은 하늘에 대고 눈을 흘겨본다. 눈은 오지 않을 것이다, 별들이 수만 개의 눈빛을 반짝이며 그렇게 말하고 있었다.

어디선가 딱딱한 돌멩이 같은 것이 날아와 머리를 때리고 바닥으로 떨어진다. 그것은 보안등 아래에서 톡 깨어진다. 동그랗고 붉은 사탕이다. 제수용 사탕. 소녀가 왔다. 소녀는 두 팔을 뒤로 꼬고 보안등에서 두어 발짝 떨어져 나를 쳐다보고 있다. 너무 놀라 하마터면 담에서 굴러떨어져 소녀의 발부리에 코를 박을 뻔했다.

한동안 소녀를 보지 못했다. 수업시간에도 학교 운동장에서 볼을 차다가도 문득문득 소녀가 떠올랐다. 담 뒤에 앉아서도 영도다리 쪽 불빛만 보면 그 밑에 있을 점집과 소녀가 생각났다. 소녀가 생각날 때면 어김없이 부라보콘의 달콤한 향도 따라 풍겨왔다. 나는 부라보콘을 지워버리려고 더 열심히 볼을 찼다.

담에서 내려가 소녀를 반갑게 맞아야 할지 아니면 소녀의 얼굴을 한 대 갈겨주기라도 해야 할지 머리를 굴려본다. 어떻게든 다 이상해 보이는 일이다. 나는 고개를 떨구고 아무 생각도 하지 않으려고 애를 쓴다.

"자, 무라. 니 이거 좋아하제."

소녀가 불쑥 아이스크림을 내민다. 부라보콘이다. 눈보라콘인가? 어둠속이라 잘 구분되지는 않지만 원뿔형의 아이스크림 콘이다.

"한겨울에 무신 아이스크림이고, 치아뿌라."

너무 무뚝뚝하게 말해버리고 말았다. 입을 꼭 다물고 있다가 엉겹결에 내뱉은 말이라 목소리 끝이 갈라지기까지 한다.

"그라믄 그냥 버리뿐다."

소녀가 앞으로 바싹 다가와서는 아이스크림을 던지는 시늉을 한다. 그렇다고 콘을 덥석 받아든다면 나를 비웃을 것이 틀림없다. 바로 내 앞에 있는 부라보콘을 외면하는 것도 결코 쉬운 일은 아니다.

"내도 거기 올리도."

"가시나가 어디 올라온다고 그라노!"

한참 딴전을 피운 다음 콘부터 받아 조심스레 담 위에 올려놓고 소녀에게 손을 내민다. 소녀는 내 손을 잡고 담벼락에 한발짝 도움닫기를 한 후 어렵지 않게 담 위에 올라앉는다. 소녀의 머리카락이 얼굴을 스쳐지나간다. 어지럼증이 인다. 무슨 말이든 해야 하는데 아무 생각도 떠오르지 않는다. 약한 모습을 보이면 안 된다. 나는 앞만 보며 겨우 말을 꺼낸다.

"와 요즘엔 산에 안 가노?"

"이제 안 간다. 아무리 기도를 해도 안 된다 아이가."

"뭐가 안 되는데?"

"울어마, 동자보살 좀 보내달라꼬."

"느이 어무이, 동자보살 읆나?"

"원래부터 동자보살 같은 건 있도 않앴다."

"그라믄 이제 점집 몬 하나?"

"어데! 아부지도 없는데 점집 안 하믄 우예 사노?"

"니도 아부지 읆나?"

"지금 감옥 가 있다 아이가."

"와?"

"가짜 휘발유 만들다 안 잡혀갔나."

소녀가 아이스크림을 먹기 시작한다. 나도 따라 아이스크림을 먹는다. 너무 성급하게 포장지를 벗겨냈다. 아무 맛도 느낄 수 없다. 소녀는 입술로 아이스크림을 빨아먹는다. 소녀에게 부라보콘 먹는 법을 알려주어도 될까. 입술이 아니라 입 전체로 아이스크림 먹는 법. 포장지를 벗기는 방법부터 꼬랑지에 입을 대고 어머니 젖을 빨듯 마지막 달콤함을 맛보는 법.

"니 가짜 휘발유에 젤 많이 들어간 게 뭔지 아나?"

소녀가 느닷없이 물어왔다. 나는 머쓱해져 부라보콘을 한입 베어 물고 대답한다.

"물 아이가?"

후후훗, 짧고 경쾌한 웃음소리가 귓가를 스쳐지나간다.

"그라믄 어떻게 차가 가겠노? 그랬다가는 당장 들통나뿌는데. 그 속에 젤로 많이 들어있는 거는 진짜 휘발유다. 무슨 얘긴 줄 알겠나?"

머리를 끄덕이긴 했지만 그게 무얼 의미하는지는 잘 모르겠다. 가짜에도 진짜가 들어 있다는 말인가? 진짜로 가짜를 만든다는 얘긴가? 내가 벗겨낸 아이스크림 포장지를 들여다보았다. 부라보콘이 아니라 눈보라콘이다. 여태까지 소녀가 먹고 있던 것이 부라보콘이라는 생각은 잘못이었다. 부라보콘을 먹는 법을 소녀에게 알려주려던 생각을 접었다.

"아빠는 가짜 휘발유를 만들고 엄마는 가짜 점쟁이고, 내도 가짜가 아닌가 모르겠다."

소녀가 이번엔 손으로 입을 가리고 후후훗, 웃는다. 소녀의 손을 잡는다. 그래야만 할 것 같았다. 몰캉몰캉하다.

소녀와 나는 아주 오래된 친구처럼 조용조용 얘기를 나누었다. 어머니와 심벌즈와 눈보라콘과 영도다리를 받치고 있는 커다란 담치에 대해. 말을 하지 않을 때에는 손을 잡은 채 항구에 내려앉은 별빛 수를 헤아리기도 했다. 꼭 어머니 손을 잡고 있는 것만 같았다.

신선동에서 마지막 밤이다.

저녁나절에 꾸린 짐이 머리맡에 놓여 있다. 어머니는 짐을 싸면서 많은 것을 버렸다. 내가 쓰던 앉은뱅이책상과 벽돌로 키를 맞춘 낡은 찬장도 치웠다. 내일 아침이면 우리가 덮고 있는 이 이불도 버려질 것이다. 꾸리는 것보다 훨씬 많은 양의 살림을 버리면서 어머니는 조금도 아까워하는 것 같지 않았다. 오히려 약간 흥분한 듯 보이기까지 했다.

어머니는 신발공장에서 만났다는 웬 낯선 남자를 데리고 와서는 내 아버지가 될 거라고 말했다. 손바닥이 유난히 두툼한 그 남자의 꿈은 나이키보다 멋진 신발을 만드는 것이라고 했다. 그 남자를 보았을 때 위문품을 훔치다 걸린 날 어머니가 내뱉은 말이 떠올랐다. 아버지가 계셨다면…… 내가 만약 그날 음악실에 들어가지 않았다면 어머니가 아버지라는 사람을 데리고 오는 일은 일어나지 않았을까?

나는 복천사를 의심했다. 복천사의 불결한 중이 아버지를 끌고온 것이 틀림없다. 혹시 어머니도 복천사에 갔던 것은 아닐까.

어머니는 두 손을 가지런히 모으고 깊은 잠에 빠져 있다. 잠이 올 것 같지 않다. 어머니 손 위에 내 손을 얹어본다. 이제 어머니 손을 잡고 길을 걷는 일은 없을 것 같다. 소녀와 담 위에 앉아 눈보라콘을 먹으며 항구를 바라보는 일도 없을 것이다. 어디선가 고양이 울음소리가 담을 넘어온다. 어머니에게서 몸을 빼고 방을 나온다.

나는 복천사로 향하고 있다. 딱히 무슨 계획이 있는 것은 아니었다. 어머니와 짐을 쌀 때까지만 해도 당장 복천사로 달려가 불결한 중에게 비극적인 죽음을 선사하리라는 생각이 들기는 했다. 하지만 복천사 문 앞에 이르자 이상하리 만치 마음이 편안해지는 것이었다.

문은 안쪽에서 빗장이 질려져 있다. 나는 고양이처럼 몸을 구부리고 복천사 담을 넘는다. 바람이 불 때마다 빽빽한 나무들이 파도소리를 낸다. 털고무신 한 켤레가 놓인 방문 앞에 서서 잠시 숨을 고른다. 방문을 열고 안으로 들어간다. 옅은 향냄새가 맡아진다. 이불을 턱까지 올리고 자는 중의 모습이 어렴풋이 보인다. 어둠은 두렵지 않다. 늙은 중도 두렵지 않다. 나는 중의 얼굴이 선명히 들어올 때까지 머리맡에 서서 좀처럼 사라지지 않는 어둠을 노려보았다.

복천사에서 빠져나오기 전에 담벼락에 붙어 서 있는 돌부처 머리에 오줌을 누었다. 그리고 머리를 딛고 조용히 담을 넘었다. 담을 넘으면서 문득 지난 여름 돌부처 어깨 위에 앉은 주홍색 능소화가 떠올랐다. 내 손에 뭉개졌던 능소화 비린 냄새가 코끝을 찔렀다.

담 위에 앉아 작별인사를 한다. 신선동의 골목들과 항구의 불빛들에. 항구는 출어를 준비하는 배들의 불빛으로 환하다. 그들은 곧 찬 바다를 따라 올라온 명태와 오징어를 잡으러 바다로 향할 것이다.

볼따구니에 무언가 차고 축축한 것이 와닿는다. 눈이다. 조금씩 흩날리는가 싶더니 어느새 커다란 눈송이가 되어 떨어지기 시작한다. 고개를 들고 눈이 오는 환한 하늘을 올려다본다.

눈오는 밤 가로등 아래 서서 하늘을 올려다보아라.

한알 한알 불빛을 머금은 눈발이 알전구 주변을 서성이다가 돌연 하늘로 솟구치며 그려내는 파사한 춤사위를 보아라. 그것은 오징어 떼를 모으는 집어등의 화사한 불빛이며, 다닥다닥 붙은 산동네 판잣집의 따스한 속삭임이며, 짝을 부르기 위해 점멸하는 반딧불의 처연한 눈부심이다.

그것을 보았으면 눈의 속살을 맛보아야 한다. 차갑게 부딪쳐서는 화끈 녹아내리며 양 볼에 홍조를 띠는 눈의 속살. 이내 복숭아 향을 품은 바람이 코끝을 간질이고 따스한 복숭아꽃 이파리가 이마 위에 사뿐 내려앉을 것이다. 귀를 기울이면 계곡을 굽이도는 정아(靜雅)한 물소리 새소리 들리고, 검은 망막 위로 생생한 도원(桃園)의 풍경이 펼쳐진다.

혀를 내밀어 눈을 받는다. 향긋한 냄새와 함께 눈보라콘의 단맛이 느껴진다. 따스하다. 눈보라콘 속에서 나는 늘 행복했다.

눈보라콘, 혹은 욕망의 그림자

황도경 | 이화여대 국문과 교수

그림자밟기 놀이를 해보았는지. 상대를 좇아 용케 그림자 위에 올라서면 다시금 저만큼 비켜나는 그림자. 잡힐 듯 잡힐 듯 그러나 결코 잡히지 않는 욕망의 대상. 부재로서만, 결핍으로서만 존재하는 욕망의 실체를 일찌감치 깨우치게 하던 그 허망한 놀이를. 천운영의 「눈보라콘」은 이런 그림자에 대한 이야기이다. 끝없이 다가가지만 결국에는 다다를 수 없는 욕망의 세계, 그리고 그 비극적 세계에 대한 인식과 함께 이루어지는 아픈 성장……

"어머니가 온다."

이 작품은 이렇게 시작된다. 태어난 지 이태만에 아버지가 돌아가시고 홀어머니 밑에서 살아가는 주인공은 매일 밤 악다구니와 벌거벗은 여자들과 쥐들로 소란스러운 골목을 나와 콘크리트 담 위에 앉아 어머니를 기다린다. 그가 살고 있는 신선동은 이름에서 환기되는 것과는 달리 더럽고 낡은 판잣집들이 들어차 있고, 그가 바라보는 항구는 쇠 두드리는 소리와 벌건 쇠똥이 가득한 금속성의 세계다. 어머니는 그 낡고 더러운 세계로부터, 아버지의 부재로 상징되는 결핍과 외로움으로부터 그를 구해낼 구원자와도 같다. 남항동 철공단지에서 괴물 같은 배의 녹을 떼어내는 일을 하고 있지만, 어머니는 부드럽고 깨끗한 손을 가지고 있다. 그것은 어머니가 녹을 이해하고 있기 때문으로 설명되는데, '차가운 것일수록 더 세심한 배려가 필요한 법'이라는 어머니의 말은 거칠고 차가운 세상을 보듬는 어머니의 모성적 포용력을 그대로 보여준다. 그와 같은 어머니의 부드럽고 따뜻한 모성성은 어머니의 목소리를 통해서도 드러난다. 녹과 얼음을 말할 때 어머니의 목소리는 '저절로 흘러나오는 꽃향기나 음악처럼 그윽하게 퍼'지며, '한입 베어문 아이스크림처럼 목젖을 간질이며 내 속 깊은 곳으로 흘러들어온다'. 요컨대 어머니의 손과 목소리는 차갑고 딱딱한 금속성의 세계를 부드럽고 달콤하게 만드는 마술사의 그것과도 같다.

어머니와 부라보콘이 의미상으로 겹쳐지게 되는 것은 이런 점에서이다. 차가운 얼음을 부드럽고 따뜻하게 품고 있는 실체, 그리하여 주인공으로 하여금 거칠고 더러운 세계 속에서의 외로운 삶을 견디게 하고 새로운 세계를 꿈꾸게 하는 실체, 그것이 바로 어머니 혹은 부라보콘이기 때문이다. 그리고 그것은 그가 욕망하는 여성성과 이어져 있다.

전체를 휘어잡게 만든 원뿔형의 부라보콘은 냉정한 육체를 가졌다. 그러나 내가 손에 쥐는 순간 그 차가운 몸뚱이는 뜨거운 잔상을 남기며 맹렬히 안겨온다. 표면에 생긴 물방울이 손금 사이사이로 스며들면 다른 손바닥에도 슬그머니 땀이 찬다. 비밀

의 문을 열 듯 조심스럽게 옷을 벗겨낸다. 돋을새김이 되어 있는
콘의 표면은 소름이 살짝 돋은 발가벗은 여자의 몸처럼 안쓰럽
기까지 하다. 아이스크림의 질감을 훼손하지 않을 정도로 바삭
바삭하면서 촉촉한, 그 어떤 콘도 따라올 수 없는 아슬아슬한 균
형감각. 나는 부라보콘 맨살을 아주 세심히 쓰다듬는다.

　부라보콘을 훔쳐먹는 상상을 하는 이 대목은 성적 비유로 가득
차 있다. 이는 잃어버린 낙원을 향한 동경으로서의 부라보콘에 대한
욕망이 주인공의 성적 눈뜸과 연관되어 있음을 보여주는 것으로, 어
머니에 대한 갈망이 이 부라보콘에 대한 욕망과 겹쳐지면서 아슬아
슬한 긴장감을 만들어낸다. 오이디푸스의 비극적인 이야기에서 환
기되듯 어머니는 결국 소유할 수 없는 욕망의 대상이기 때문이다.
그러기에 '부라보콘처럼 달콤한 어머니의 목소리를 듣고 싶'어 주인
공이 좁은 골목길을 내달리며 '어머니가 온다, 어머니가 온다'고 중
얼거릴 때, 우리는 어머니에 대한 이런 갈망이 현실화되기 어려울
것 같다는 불길한 예감을 갖게 된다.
　어머니를 맞으러 가는 길에 만나는 소녀는 어머니에 대한 이러한
욕망이 전이된 대상이다. 그녀가 어머니를 맞으러 가는 길 위에 서
있다는 것이나 신선미용원 앞에서 그가 그토록 꿈꾸는 부라보콘을
들고 서 있다는 것은 그러한 사실을 암시한다. 그는 소녀가 들고 있
는 부라보콘을 보고 '부라보콘의 몸을 탐'하는 상상에 빠져들고, 급
기야 사타구니가 뜨뜻해져 오는 것을 경험한다. '어머니의 젖꼭지를
물고 있는 듯'하다는 묘사에서 환기되는 것처럼 어머니와 연결되어
있던 부라보콘은 이제 서서히 소녀와 겹쳐진다. 거의 매일 소녀와
마주치게 되는 것이 불편하던 그는 한동안 소녀를 보지 못하게 되

자 그녀를 그리워하게 된다. 담 위에 앉아 있어도 소녀가 생각났고, 소녀가 생각날 때면 어김없이 '부라보콘의 달콤한 향도 따라 풍겨왔다'. 어머니에 대한 욕망이 이렇게 소녀에게로 전이되는 것은 어머니에 대한 자신의 욕망이 결국에는 이루어질 수 없는 것이라는 깨달음과 함께 나타난다. 싱싱하고 부드럽던 어머니의 손은 신발공장에서 본드칠을 하느라 점점 거칠어지고, 결국 그는 어머니의 손 대신 소녀의 손을 잡고 얘기를 나누게 된다. 그는 그때의 느낌을 "꼭 어머니 손을 잡고 있는 것만 같았다"고 고백하거니와, 이는 소녀가 어머니를 대신하는 욕망의 대상, 다시 말해 부라보콘을 대신하는 눈보라콘임을 시사한다. 결국 욕망의 원천적 대상으로서의 어머니와의 이같은 분리를 통해 그는 부재와 결핍으로서만 존재하는 욕망의 실체를 서서히 인지하게 되는데, 그 사이 그가 키가 부쩍 컸고 겨드랑이털도 생겼다는 것은 이러한 존재론적 성숙을 암시하고 있다.

　흥미로운 것은 어머니를 대신하게 되는 이 소녀가 그의 욕망의 대상이자 동시에 그리움과 외로움 속에서 따뜻함과 충만함을 갈망하는 욕망의 주체이기도 하다는 점이다. "눈보라콘 속에는 부라보콘을 향한 욕망과 열망이 들어 있다. 눈보라콘도 나처럼 부라보콘을 숭배하고 있는 것이다. (중략) 나는 눈보라콘에게 동지애까지 느낀다." 주인공의 이런 고백에서 암시되듯, 소녀는 부라보콘을 갈망하는 그를 그대로 닮아 있다. 가느다란 허벅지와 동그랗게 솟은 무릎 등 허약한 외모를 가지고 있고 점쟁이인 엄마 때문에 친구도 없고 아버지는 가짜 휘발유를 만들다 감옥에 가 있는 그녀의 상황은 '나'의 외로운 처지와 닮아 있다. 그러므로 그녀가 아이스크림을 핥으며 점쟁이 어머니를 기다리고 있을 때, 그 아이스크림 역시 그녀의 외롭고 쓸쓸한 삶으로부터 벗어나게 할 욕망의 대용물과 같은 의미를 갖는다.

외롭고 소외된 삶을 살아간다는 점에서 그리고 그 외로움과 쓸쓸함으로부터 벗어날 어떤 대상을 갈망하고 있다는 점에서 하봉 역시 이들을 닮아 있다. 하봉은 축농증이 심해 입을 벌리고 다니고 하는 짓도 되통스러워 친구들에게 면박을 당하곤 하는 인물로, 아버지가 사람을 찌르고 일본으로 도망을 가 홀어머니 밑에서 살고 있으며 그 어머니는 주인공의 엄마와 함께 배의 녹을 떼어내는 일을 한다. 주인공과 소녀 그리고 하봉 모두에게는 아버지가 없으니, 이는 이들이 근본적으로 결핍과 소외의 삶을 살아가고 있는 인물임을 드러내는 장치이다. 주인공과 소녀가 부라보콘에 탐닉하고 있다면, 그는 나이키 스티커에 매혹되어 있어 가방, 도시락, 공책 등에 가짜 나이키 스티커를 붙이고 다닌다. '짜가' 나이키 상표를 붙이고 "진짜랑 똑같제?" 하는 하봉과 "눈보라콘은 부라보콘과 똑같다"고 우기는 '나'는 '가짜'로 진짜를 향한 열망을 대신하고 있다는 점에서 닮아 있다. 이들은 모두 부라보콘/진짜를 향한 열망을 간직한 눈보라콘인 셈이다.

이 작품에서 주목되는 것은 영원히 닿을 수 없는 욕망의 세계로서의 부라보콘에 대한 인식을 성장의 전제로 파악하고 있다는 점이다. 어머니가 손바닥이 두툼한 남자를 데리고 오면서 그토록 갈망하던 어머니의 손이 자신의 것이 될 수 없다는 사실을 알게 되는 것은, 그리고 소녀가 들고 있던 아이스크림이 부라보콘이 아니라 눈보라콘이었음을 알게 되는 것은, 그래서 부라보콘으로 상징되는 진정한 욕망의 대상은 부재와 결핍으로서만 존재하는 것임을 인지하게 되는 것은 슬픈 일이다. 그러나 결코 잡을 수 없는 욕망의 대상을 향한 열정과 진정성이 '가짜'로 이루어진 세계의 진정성을 만든다. 신선동이 이름에서 환기되는 것과는 달리 더럽고 구차한 삶이 이어지는 세계일지라도, 아버지는 없고 대신 '가짜' 아버지를 갖게 되더라도, 어머니 대신 소녀의 손을 잡게 되더라도, '가짜' 눈보라콘과 '가짜' 나이키 상표로 위안을 삼을지라도, 아버지가 '가짜' 휘발유를 만들다 감옥에 갔어도, 엄마가 '가짜' 점쟁이여도, 그리고 소녀가 먹고 있던 것이 부라보콘이 아니라 눈부라콘이었어도, 그 '가짜'들에 제일 많이 들어가 있는 것은 '진짜'들이다 새 아버지가 나이키/진짜보다도 더 멋진 신발을 만드는 게 꿈이라고 하듯, 닿을 수 없는 욕망의 세계가 초라한 우리들의 삶을 이어가게 하는 또 다른 꿈을 만들어낸다. 어느 노래 가사처럼 결국 '사랑한 것은 너의 그림자'일 뿐일지라도, 우리는 사랑을 멈출 수 없다. 닿을 수 없는 '너'를 향한 우리들의 사랑, 그것이 우리를 살아가게 하고, 꿈꾸게 하기 때문이다. 그러므로 사랑이 끝난 뒤에도 우리는 그 아픈 상처 속에서 말할 수 있다. "눈보라콘 속에서 나는 행복했다"고. 그것이 아픔을 통해 성장한 자의 마지막 고백이다.

현대문학교수 350명이 뽑은
2002 올해의 문제소설

2002년 1월 15일 초판 1쇄 인쇄
2002년 1월 25일 초판 1쇄 발행

엮은이 • 한국현대소설학회
펴낸이 • 한 봉 숙
편집인 • 김 현 정
펴낸곳 • 푸른사상사

등록 제2-2876호
서울시 중구 을지로2가 148-37 삼오B/D 302호
대표전화 02) 2268-8706(7) 팩시밀리 02) 2268-8708
메일 prun21c@yahoo.co.kr / prun21c@hanmail.net
홈페이지 //www.prun21c.com

ⓒ 2002, 한국현대소설학회

값 9,000원

* 잘못된 책은 바꿔드립니다.
* 엮은이와의 협의하에 인지는 생략함.